Ursula Poznanski · Erebos 2

Bisher von Ursula Poznanski im Jugendbuchprogramm des Loewe Verlags erschienen:

Erebos

Saeculum

Die Verratenen
Die Verschworenen
Die Vernichteten

Layers

Elanus

Aquila

Thalamus

Erebos 2

Ursula Poznanski

Thriller

ISBN 978-3-7432-0049-4
3. Auflage 2019
© Loewe Verlag GmbH, Bindlach 2019
Dieses Werk wurde vermittelt durch die
AVA International GmbH Autoren- und Verlagsagentur, München.
www.ava-international.de
Coverillustration und Umschlaggestaltung: Michael Ludwig Dietrich
Redaktion: Susanne Bertels
Printed in the EU

www.ursula-poznanski.de
www.loewe-verlag.de

*Für Leon, der meint, eine richtige
Mutter würde ihm dieses Buch widmen.*

Eins

Seit ich Bescheid weiß, habe ich keine Nacht mehr länger als drei Stunden geschlafen. Ich laufe durch die Welt wie ein lebender Toter – genauer gesagt laufe ich nicht. Ich sitze erschöpft da und starre gegen die Wand, während sich vor meinem inneren Auge entsetzliche Dinge abspielen. Oder ich arbeite wie verrückt.

Unser Plan war fehlerlos, wir waren so nahe am Ziel. Jemand muss uns verraten haben, und nun kann ich kaum noch atmen vor lauter Angst. Nicht nur um mich, obwohl ich genau weiß, dass sie nicht zögern werden, mich beiseitezuschaffen, sobald ich einen falschen Ton von mir gebe. Ich würde einen Unfall haben oder einfach verschwinden, davon bin ich überzeugt.

Doch mit dieser Bedrohung kann ich leben. Was mich aber fast den Verstand verlieren lässt, ist die Angst um dich. Also habe ich mich entschlossen, zurückzuschlagen. Auf meine Weise. Auf eine Art, die sie nicht kommen sehen werden, die sie gar nicht kommen sehen können.

Ich habe alles, was ich dafür brauche. Manchmal erweisen sich Spielereien, die man als Fingerübungen begonnen hat, später als lebenswichtig.

Natürlich tut es mir leid, dass ich Unbeteiligte in unsere Angelegenheiten hineinziehen muss, denn ich werde die Folgen nicht mehr in der Hand haben. Ich lasse eine wilde Bestie von der Leine und muss hoffen, dass sie ihre Opfer nur erschreckt, nicht zerfleischt.

Auch das macht mir Angst.

Er hatte noch eine halbe Stunde bis zum vereinbarten Termin, aber wenn der Verkehr weiter so träge vor sich hin rollte, würde er es kaum pünktlich schaffen. Nick drückte auf die Hupe, als ein klappriger Toyota sich vor ihm in die Spur zwängte. Fuhr am Samstagmittag wirklich ganz London aufs Land?

Der Toyota bremste plötzlich und ohne ersichtlichen Grund; Nick bremste auch, es blieb ihm ja nichts anderes übrig. Die Tasche mit seiner Fotoausrüstung wurde von der Rückbank gegen die Lehne des Vordersitzes geschleudert.

Verdammt, hoffentlich war nichts kaputtgegangen. Nick hupte noch einmal, ausdauernd und wütend. Bis nach Froyle Park waren es noch rund fünfzehn Meilen, und die Hochzeitsgesellschaft wartete wahrscheinlich schon. Vor allem die Braut; sie hatte sich Fotos im Vorbereitungszimmer gewünscht: im Kleid vor dem Spiegel, beim Anlegen des Schleiers, Detailaufnahmen der Schuhe, solches Zeug.

Mit den Jobs als Hochzeitsfotograf finanzierte Nick sich sein Studium, er war darauf angewiesen. Als Fotograf zu spät zu erscheinen war schlecht für den Ruf. Wenn es sich herumsprach, dass er unzuverlässig war, konnte ihn das eine ganze Menge Aufträge kosten.

Am besten, er rief an. Die Handynummer der Braut hatte er gespeichert, sein eigenes Smartphone war mit der Freisprecheinrichtung gekoppelt, er musste nur in einem günstigen Moment die richtige Telefonnummer antippen.

Der Moment war zwei Minuten später da, als der Verkehr

wieder zum Stillstand kam. Nick griff nach seinem Handy, entsperrte es und wollte die Kontakte öffnen, als etwas ihn innehalten ließ. Das Display sah nicht aus wie gewohnt. Also, im Grunde schon, aber die Apps hatten sich verschoben. Da, wo sonst Instagram lag, war nun Runtastic. Instagram war eine Zeile tiefer gerutscht, merkwürdigerweise. Nick hatte sich die Reihenfolge, in der seine Anwendungen auf dem Handy angeordnet waren, genau überlegt, also wieso ...

Dann sah er es. Eine weitere App war hinzugekommen, hatte sich gewissermaßen hineingedrängt, das Icon kam ihm bekannt vor, allerdings –

Hinter ihm lautes Hupen. Er schrak hoch, ließ das Smartphone zurück auf den Beifahrersitz fallen und stieg aufs Gas. Es ging jetzt flüssiger voran, und die Chancen, dass er sein Ziel einigermaßen pünktlich erreichen würde, stiegen, doch nun war er mit dem Kopf nicht mehr richtig bei der Sache. Weder beim Autofahren noch bei seinem heutigen Fotojob.

Er hatte in den letzten Tagen keine Apps installiert, das wusste er. Dass da trotzdem eine neue war, begriff er zwar nicht, aber das alleine wäre bloß ein wenig merkwürdig gewesen und kein Grund für das flaue Gefühl in Nicks Magen.

Es war das Icon, das ihn überlegen ließ, ob er nicht die nächste Ausfahrt nehmen, kurz an den Rand fahren und genauer nachsehen sollte.

Unsinn, sagte er sich selbst. Ich habe versehentlich etwas heruntergeladen und es nicht bemerkt, das kann schnell passieren.

Nur dass man jeden Download bestätigen musste, auch bei Gratissoftware. Er biss sich auf die Lippen. Egal jetzt. Ein hastiger Blick auf sein Navi zeigte ihm, dass er Froyle Park in einunddreißig Minuten erreichen würde, damit war er so gut wie pünktlich. Nick atmete tief durch und drehte den Ton des Radios lauter.

Für den Rest der Fahrt schaffte er es, nicht an die App zu denken, er schaffte es auch zu verdrängen, woran sie ihn erinnerte, an das nämlich, was vor fast zehn Jahren passiert war. Er hatte schon lange nicht mehr daran gedacht, und er konnte auch in Zukunft gerne darauf verzichten.

Bis er Froyle Park erreicht und sein Auto hinter dem Herrenhaus abgestellt hatte, war es ihm beinahe gelungen, sich selbst davon zu überzeugen, dass er sich vorhin geirrt hatte, so gestresst, wie er war. Um sicherzugehen, stieg er nicht sofort aus, sondern griff nach seinem Handy und entsperrte es.

Nein, kein Irrtum. Es gab eine neue Anwendung auf seinem Smartphone – wobei das Wort *neu* sich falsch anfühlte. Nick kannte dieses Icon. Es war genau das Symbol, das er als Schüler eine Zeit lang auf seinem Desktop gehabt hatte, bevor das dazugehörige Programm sich selbst gelöscht hatte. Diesmal hatte es sich eigenständig installiert.

Er atmete tief durch. Sein Daumen schwebte unschlüssig über diesem Zeichen, das für ihn so viel Unheil symbolisierte. Dabei sah es vollkommen harmlos aus.

Es war nichts weiter als ein rotes E.

Pochen an die Seitenscheibe des Autos ließ ihn hochschrecken. Eine junge Frau in einem fliederfarbenen Kleid winkte ihn heraus, strahlend und aufgeregt. »Cindy wartet schon auf dich! Komm! Soll ich dir tragen helfen?«

Nick steckte sein Handy in die Hosentasche und folgte der Brautjungfer in das Ankleidezimmer der Braut. In den nächsten Stunden kam er nicht dazu, nachzudenken. Er fotografierte die Braut, die vor Nervosität kaum stillhalten konnte, ihre

Freundinnen, ihre Eltern, die Eltern des Bräutigams, die Tischdekorationen, die Gärten von Froyle Park, über denen sich allmählich Wolken zusammenbrauten.

Später fotografierte er die Trauungszeremonie, den Sektempfang, das Brautpaar an verschiedenen malerischen Stellen des Parks, den Trauzeugen bei seiner Rede, die Gäste beim Dinner. Als er sich todmüde und erschöpft in das winzige Zimmer zurückzog, das man im Herrenhaus für ihn bereitgestellt hatte, war es halb drei Uhr nachts, und er hatte das rote E auf seinem Handydisplay völlig vergessen.

Es fiel ihm erst am nächsten Morgen wieder ein, als er beim Frühstück nachsehen wollte, ob Claire ihm eine Nachricht geschickt hatte. Was nicht der Fall war, aber das neue Icon stach ihm sofort wieder ins Auge.

Es war zwar albern, aber er scheute sich davor, die App zu öffnen, solange er noch unter Menschen war. Erst als er sich verabschiedet hatte und im Auto saß, tippte er sie an.

Ein Teil von ihm hatte bis zu diesem Moment geglaubt, dass es einfach nur ein merkwürdiger Zufall war. Dass irgendein Online-Händler das E als Logo gewählt hatte und die App nun heimlich auf die Handys potenzieller Kunden schmuggelte. Doch alle diese Ideen waren sofort wie weggeblasen, als das Programm sich öffnete.

Der Anblick war Nick auf schaurige Art und Weise vertraut: ein Schwarz, das zu pulsieren schien und in dem sich rote Buchstaben formten.

Sei gegrüßt, Nick. Willkommen zurück.

Er hörte sich selbst einen ungläubigen Laut ausstoßen. Mit einem Schlag waren alle Erinnerungen an die Wochen, in denen das Spiel sein Leben bestimmt hatte, wieder da. All die Gefühle, die sein sechzehnjähriges Ich damals durchlebt hatte.

»Scheiße«, flüsterte er.

Die Begrüßung verschwand, und neuer blutroter Text erschien. *Mach dich bereit. Wir warten auf dich.*

Dann habt ihr Pech gehabt, dachte Nick und schloss die App mit einer schnellen Wischbewegung. Das Telefon vibrierte in seiner Hand, und Nick warf das Gerät auf den Beifahrersitz. Er startete den Wagen und trat dabei so heftig aufs Gas, dass der Motor aufheulte.

Erst als er ein paar Meilen auf dem Weg nach Hause zurückgelegt hatte, beruhigte er sich allmählich. Es gab keinen Grund, sich aufzuregen. Wahrscheinlich war das nur ein dummer Scherz von einem der früheren Mitspieler. Und selbst wenn nicht, selbst wenn irgendein Verrückter das Spiel wieder zum Laufen gebracht haben sollte – Nick war kein Schüler mehr. Er würde sich nicht noch mal einfangen lassen.

Den Rest des Wegs ignorierte er sein Smartphone, so gut es ging. Drei Mal hörte er es neben sich vibrieren, beim zweiten Mal warf er einen schnellen Blick zur Seite und glaubte, etwas Gelbes auf dem Display leuchten zu sehen. Von da an konzentrierte er sich ausschließlich auf den Verkehr. Drehte das Autoradio laut auf und sang bei allen Titeln mit, die er kannte. Allmählich schaffte er es, das unbehagliche Gefühl in seinem Inneren abzuschütteln.

Er hatte keine Angst, das war doch lächerlich. Sobald er zu Hause war, würde er die App einfach von seinem Handy löschen. Er war älter als damals und nicht mehr so leicht zu beeindrucken, zudem wusste er heute, was sich hinter dem ominösen E verbarg.

Falls es denn wirklich das gleiche Spiel war.

Wirklich Erebos.

Zu Hause fuhr er als Erstes den Computer hoch und hängte die Kamera an die Schnittstelle. Er würde gleich heute damit beginnen, die schönsten Hochzeitsfotos herauszusuchen und eine Zusammenstellung an das Brautpaar schicken, damit die beiden ihre Wahl treffen konnten. Vierzig bearbeitete Bilder waren im Preis inbegriffen, für jedes weitere würden sie sechs Pfund bezahlen müssen.

Während die Fotos hochgeladen wurden, tappte Nick in die Küche und schaltete den Wasserkessel an. Der Kaffee war fast aufgebraucht, er musste einkaufen gehen. Außerdem war es höchste Zeit, wieder einmal gründlich aufzuräumen. Im Becken stapelte sich flüchtig abgespültes Geschirr, im Wohnraum sah es aus wie nach einer Schlacht.

Er hatte einfach zu wenig Platz für seine Sachen. Das Appartement war winzig, aber mehr konnte er sich beim besten Willen nicht leisten, nicht bei den Londoner Wohnungspreisen.

Während das Wasser langsam heiß wurde, spülte er ein paar Teller, trocknete sie ab und räumte sie in den Schrank. So. Das war immerhin ein kleiner Fortschritt. Jetzt Kaffee aufgießen, das Wasser durch die Filtertüte laufen lassen und mit der Arbeit beginnen.

In Nicks Hosentasche vibrierte das Handy.

Ach ja, und die App löschen. Er zog das Telefon hervor und fand das rote E sofort. Ein kräftiger Druck mit dem Daumen, bis alle Icons zu zittern begannen, dann berührte er das kleine Kreuz in der Ecke des unwillkommenen Neuzugangs.

Und schon war er weg. Erleichterung durchflutete Nick, das war einfach gewesen. Wahrscheinlich verdarb er dadurch jemandem den Spaß, aber das war nicht zu ändern. Bei Gelegenheit würde er sich umhören, ob einem seiner früheren Freunde auch ein solch düsteres Déjà-vu beschert worden war. Über

Facebook hatte er zu einigen noch Kontakt. Und heute Abend traf er Jamie, aber der war sicher verschont geblieben. Er war ja schon damals keiner von den Spielern gewesen.

Mit seinem Kaffee kehrte Nick ins Wohnzimmer zurück, überlegte kurz, ob er die Sachen von der Couch räumen sollte, damit es ordentlicher aussah, entschied sich aber dagegen. Er hatte Wichtigeres zu tun und erwartete heute keinen Besuch. Claire hatte sich immer noch nicht gemeldet.

Dafür war der Computer fast mit dem Upload fertig. Nick hatte insgesamt eintausendsiebenhundert Fotos geschossen; in einem ersten Schritt würde er alle die löschen, die misslungen waren. Dann kam die langwierigere Arbeit: Die guten Bilder von den besseren trennen, darauf achten, dass in der Auswahl jeder Gast mindestens einmal mit drauf war, und am Ende etwa zweihundert wirklich sehenswerte Fotos an Braut und Bräutigam schicken.

Nick ließ sich auf seinen Bürostuhl fallen, die Kaffeetasse in seiner Hand war heiß, und er suchte auf dem vollgeräumten Computertisch nach einem Platz, wo er sie abstellen konnte. Während er einen Stapel Papiere zur Seite schob, sah er aus dem Augenwinkel, wie sich auf dem Bildschirm eines der Fotos öffnete.

Das hieß, der Upload war beendet und er würde nun den ganzen Fotoordner präsentiert bekommen, aber offenbar in falscher Reihenfolge, denn das Bild, das er sah, konnte nicht das erste der Serie sein. Er hatte es erst nach der Zeremonie geschossen – es gehörte zu den Bildern, die Cindy und Max erstmals als Ehepaar zeigten.

Sie standen eng umschlungen unter einem zierlichen weißen Pavillon; dahinter verloren sich die Gärten von Froyle Park.

Das Foto war wundervoll geworden, beide sahen schön und

glücklich aus, Licht und Farben waren perfekt. Nick würde kaum etwas daran retuschieren müssen.

Er griff nach der Maus, um das Bild zu schließen, weil er mit der Begutachtung der Fotos lieber am Anfang der Serie beginnen wollte, aber der Mauszeiger bewegte sich keinen Millimeter.

Stattdessen begann die Aufnahme, sich zu verändern. Das Gesicht der Braut verzog sich zu einer hässlichen Grimasse, aus ihren Augen quoll Blut, lief über ihr Gesicht und tropfte auf das weiße Kleid. Ihre Hände krümmten sich zu Klauen mit langen, spitzen Nägeln.

Nick ließ die Maus los, fuhr zurück und umklammerte unwillkürlich die Armlehnen seines Bürostuhls, nicht fähig, den Blick vom Monitor abzuwenden. Mit ihren dolchartigen Fingernägeln grub die Braut tiefe Furchen in die Wangen ihres Mannes, doch aus denen quoll statt Blut eine Unzahl schwarz glänzender Würmer, die auf Nick zuzukriechen schienen, bis sie den Bildschirm zur Gänze ausfüllten. Eine dunkle, pulsierende Fläche, aus der sich rote Buchstaben schälten.

Willkommen zurück, Nick Dunmore.

Derek stand vor dem Spind und durchwühlte ihn auf der Suche nach seiner Physik-Hausarbeit. Er hatte sie schon vor zwei Tagen fertig geschrieben und in der Schule deponiert; in der nächsten Stunde sollte er seine Präsentation abhalten, aber die Arbeit war nirgendwo zu finden.

Er wusste genau, er hatte die Blätter in eine leuchtend gelbe Mappe geheftet, die eigentlich aus dem ganzen Schulkram im Spind herausstechen musste. Doch da war nichts Gelbes.

Tief durchatmen. Keinen Wutanfall bekommen. Dereks Vater würde nicht erfreut sein, wenn man ihn wieder in die Schule zitierte. Um über *Strategien zur besseren Impulskontrolle bei seinem Sohn* zu sprechen, wie Direktor Lewis es formuliert hatte.

Wenn er wieder etwas demolierte, würden sie es diesmal nicht bei einer Verwarnung lassen, da halfen alle seine guten Noten nichts. Also war es die deutlich klügere Entscheidung, nicht gegen die Spindtür zu treten, bis sie sich verbog. So verlockend sich der Gedanke auch anfühlte.

Noch einmal wühlte er sich durch die Stapel von Büchern, Heften und Mappen. Nichts. Was genau genommen keine Katastrophe war, er hatte Mr Henley die Arbeit per Mail zukommen lassen, der Physiklehrer wusste also, dass sie fertig war. Aber Derek brauchte den Ausdruck als Gedächtnisstütze für die Präsentation.

In seiner Hosentasche vibrierte das Handy. Derek zog es in einer so hastigen Bewegung heraus, dass er es beinahe fallen ließ. Hatte ihm jemand eine WhatsApp-Nachricht geschickt?

Nein, offensichtlich nicht. Auch keine SMS und keine DM über Instagram. Er wollte das Handy schon wieder wegstecken, als sein Blick an etwas hängen blieb, das da nicht hingehörte. Es war eine neue App, eine, die er nicht kannte, zwischen den Symbolen für Google und Candy Crush.

Er würde mit Rosie ein paar klare Worte reden müssen, wenn er wieder zu Hause war. Seine Schwester machte so etwas nicht zum ersten Mal, sie manipulierte immer wieder an seinem Smartphone herum, wenn sie es zwischen die Finger bekam. Rosie war knapp zwei Jahre jünger und einen Kopf kleiner als er, trotzdem schaffte sie es mühelos, ihn auszutricksen, wenn sie es darauf anlegte. Auf wundersame Weise merkte sie sich jeden seiner Entsperrungscodes, sobald sie Derek auch nur einmal bei der Eingabe beobachtet hatte. Und dann entfolgte sie in seinem Namen Leuten auf Twitter, die sie nicht mochte. Zweimal hatte sie bereits Programme installiert, von denen sie dachte, sie würden ihm gefallen. Dieses neue hier war vermutlich das dritte.

Er tippte auf das Icon. Das Display verdunkelte sich, und einen Atemzug später erschien rote Schrift auf dem Schwarz.

Nicht jetzt.
Nicht hier.
Geduld, Derek.

Was war das? Eine Meditations-App? Geduld, ja klar. Wahrscheinlich stand das E für Emotion, Rosie hatte ein paar für ihn typische Charaktereigenschaften einprogrammiert, und die App spuckte jetzt Verhaltenstipps aus.

Er widerstand dem Impuls, das Smartphone gegen die Wand zu pfeffern.

Nicht jetzt. Nicht hier. Aber heute Abend konnte seine Schwester sich etwas anhören.

Schon als er den Physikraum betrat, wurde klar, was mit seinen Unterlagen passiert war. Morton und Riley grinsten ihm entgegen, und etwas Gelbes blitzte unter Mortons Physikbuch hervor. Sechs perfekt gefaltete Origamischwäne standen vor Riley aufgereiht; Derek war überrascht, dass sie eine künstlerische Ader zu besitzen schien. So wie sie sich schminkte, hatte er sie eher für farbenblind gehalten.

Seine Wut brodelte wieder bis knapp unter die Erträglichkeitsgrenze, aber er beschloss, diesmal cool zu bleiben. Sich nichts anmerken zu lassen. Ihnen den Spaß zu verderben und demnächst ein neues Vorhängeschloss für seinen Spind zu besorgen.

Die Arbeit hatte Mr Henley ihm vor der Stunde noch einmal ausgedruckt, seufzend und mit dem freundlichen Hinweis, dass Derek mit seinen sechzehn Jahren seine Sachen allmählich in Ordnung halten könnte.

Er setzte sich in die zweite Reihe, wo Syed einen Platz für ihn frei gehalten hatte. »Hey. Schon nervös?«

Derek schüttelte den Kopf. »Nein. Nur ziemlich geladen. Rate mal, wer in meinem Spind rumgestöbert und meine Physikarbeit geklaut hat.«

Syed runzelte die Stirn. »Welcher Idiot klaut eine Physikarbeit?«

»Plural. Idioten.«

Seinem Freund ging sofort ein Licht auf. »Tatsache? Sag bloß, Rileys Schwäne haben deine *Schalenstruktur der Atome* unter ihren Flügeln?«

Unwillkürlich ballte Derek die Hände zu Fäusten. Vor seinem inneren Auge lief ein verlockender Film ab: Wie er Morton an den Haaren nahm und sein Gesicht dreimal gegen die Tischplatte knallen ließ. Wie er Rileys langes hellblondes

Haar anzündete ... nein. Bloß abschnitt. So kurz und schief er konnte.

Es würde sich so gut anfühlen. So unbeschreiblich gut.

»Du solltest Henley einen Tipp geben«, hörte er Syed neben sich sagen. »Ihn fragen, ob er nicht vielleicht einen der Schwäne auffalten möchte.«

»Kommt nicht infrage.« Derek atmete tief durch. »Ich habe ja jetzt mein Zeug, und die laufen mit ihrer Schwachsinnsaktion ins Leere.« Es hörte sich gut an. So vernünftig. So richtig. Leider änderte das nichts an der Wut, die in seinem Inneren tobte.

Doch die erwies sich schließlich als perfekte Basis für seinen Vortrag; sie trug ihn wie auf einer Welle über jedes Lampenfieber und jede Unsicherheit hinweg. Er referierte über die Schalenstruktur der Atome, als hätte er sein Leben lang nichts anderes getan, und Henley zeigte sich entsprechend beeindruckt. »Das war ausgezeichnet, Derek. Ein glattes A.«

Es war ein guter Moment, und die frustrierten Gesichter von Morton und Riley machten ihn noch besser. Das Tüpfelchen auf dem i war allerdings, dass Maia ihn anlächelte und anerkennend die dunklen Brauen hob. Dass auch das anschließende Essen in der Cafeteria heute genießbar war, fand Derek schon beinahe unheimlich. Maia saß zwei Tische weiter, mit Sarah und Alison; er konnte kaum den Blick abwenden. Ihre Haut hatte die Farbe von dunklem Holz, die beiden anderen Mädchen sahen neben ihr fast kränklich aus. Ihr krauses schwarzes Haar kringelte sich bis auf die Schultern und bildete einen wunderschönen Kontrast zu dem weinroten Schulsweater. Wenn sie lachte, klang es nicht albern, nicht ziegenhaft, sondern einfach nur schön. Aber der Moment von vorhin wiederholte sich nicht. Sie lächelte nicht noch einmal in seine Richtung.

Er war der Erste, der nach Hause kam. Mit seinen Eltern konnte er bis sieben Uhr kaum rechnen, und Rosie war wohl den ganzen Nachmittag über im Tanzstudio. Sie tanzte Ballett, Jazz und Stepp, nahm nebenbei Gesangsunterricht und wollte unbedingt zum Musical. Am besten gleich, aber Papa sagte Nein.

Mit Schwung warf Derek seine Tasche in die Ecke und sich selbst aufs Bett. Er war angenehm müde, und es standen keine dringenden Hausaufgaben mehr an. Zwei Kapitel aus »Wer die Nachtigall stört« lesen, das war alles. Aber die konnte er auch morgen auf dem Schulweg noch überfliegen.

Er zog sein Handy aus der Hosentasche und sah, dass Syed ihm ein Meme über WhatsApp geschickt hatte. Etwas mit Schwänen, leider war der Witz nicht der Rede wert. Trotzdem schickte Derek drei Tränen lachende Smileys zurück, bevor er sich die neue Anwendung vornahm.

Im Grunde erwartete er sich nicht viel. Wenn das Programm nur Sinnsprüche oder Verhaltenstipps zu bieten hatte, würde er es heute noch löschen. Obwohl der Hinweis mit der Geduld gut gewesen war.

Er tippte auf das rote E. Schwärze breitete sich auf dem Display aus. Merkwürdig lange, beim letzten Mal war sofort Schrift erschienen. Lahmte das WLAN schon wieder?

Derek betrachtete das Schwarz, das in sich seltsam lebendig wirkte. Als würde sich darunter etwas bewegen. Als würde es atmen. Dann bildete sich in der linken oberen Ecke des Displays ein roter Punkt, nein, eher ein Tropfen, und wanderte über den Bildschirm des Smartphones. Ließ Buchstaben, Worte, Sätze erscheinen, als würde jemand sie mit einer unsichtbaren Feder schreiben.

Sei gegrüßt, Derek. Du bist auserwählt.

Er lachte auf. Was war das für ein esoterischer Quatsch? Aber zumindest schmeichelhaft esoterisch. Er tippte auf das Display, und das Rot bildete neue Worte.

Eine neue Welt wartet auf dich. Ein neues Leben.
Wir warten auf dich.

Er schüttelte den Kopf, halb amüsiert, halb ärgerlich. Was war das? Eine Werbeaktion? Egal, es war jedenfalls nichts für ihn. Er schloss die App mit einem schnellen Wischen und nahm im gleichen Moment aus den Augenwinkeln ein Aufleuchten wahr.

Sein Notebook. Es stand aufgeklappt auf dem Schreibtisch, und der Bildschirm warf rotes Licht ins dämmrige Zimmer. Sekunden später verdunkelte er sich. Das Rot hatte sich auf drei Worte reduziert.

Komm zu mir.

Derek blinzelte irritiert. Blickte von seinem Handy zum Computer und wieder zurück. Auf einmal wirkte dieses Programm nicht mehr wie etwas, womit Rosie ihn gegen seinen Willen beglücken würde.

Langsam stand er auf und setzte sich auf den Drehstuhl vor dem Schreibtisch. Die rote Schrift bebte, dann verschwand sie, nur um kurz darauf wieder neue Worte zu bilden.

Wir werden miteinander spielen. Wenn du gut bist, gewinnen wir beide. Wenn nicht, gewinne nur ich.

Derek lachte ungläubig auf. »Netter Witz. Und wenn ich nicht spielen will?«

Die Schrift veränderte erneut ihre Form.

Dann verlierst du sofort. Von nun an jeden weiteren Tag.
Alles, was dir wichtig ist.

Okay, das kam unerwartet. Nicht nur die kaum verkappte Drohung, sondern auch die Tatsache, dass diese Software, die so gerne mit ihm spielen wollte, ihn gehört und verstanden hatte. Und nun antwortete.

Aber klar war das technisch möglich. Es gab schließlich auch Siri und diverse Konsolen, denen man gesprochene Befehle erteilen konnte. »Spiel Weihnachtsmusik« oder »Bestelle Waschmittel« oder »Suche einen Zahnarzt in der Nähe«.

Keine Hexerei, nichts Ungewöhnliches dabei. Allerdings erlebte Derek zum ersten Mal, dass so etwas auch über normale Computersoftware möglich war. Noch dazu über eine, die plötzlich aus dem Nichts auftauchte.

Unbekanntes Zeug auf dem Rechner zu haben war nie gut. Und er hatte es nicht bloß da, sondern auch auf dem Handy. Aber vielleicht ließ sich ja mehr darüber erfahren. Wenn das Programm schon sprach …

»Bist du ein Virus?«

Nein.

»Aha. Irgendeine andere Art von Schadsoftware?«

Nein.

Derek biss sich auf die Unterlippe. Natürlich würde ein Virus nicht zugeben, dass es eines war. Andererseits, konnte diese Art von Programmen lügen? Vielleicht. Wahrscheinlich. Er wusste es nicht. »Was bist du dann?«

Einige Herzschläge lang geschah nichts, der Bildschirm blieb schwarz. Dann formten sich neue Buchstaben, in einem tieferen, dunkleren Rot.

Dies ist Erebos.

Erebos. Der Name sagte ihm nichts, aber er erklärte immerhin das E, das er auf seinem Handy vorgefunden hatte. Er würde es googeln, und dann würde er sich überlegen, ob er ein Spiel wagen wollte.

Er griff nach der Maus, um das offene Fenster zu verkleinern, doch da rührte sich nichts. Na toll. Aber egal, er hatte ja schließlich auch noch ein Smartphone.

Damit klappte es problemlos. Derek öffnete Google auf dem Handy, gab *Erebos* ein und tippte auf die Lupe, doch er bekam keine Ergebnisse angezeigt. Das Display flackerte nur einmal kurz, und danach stand ein anderer Text im Suchfeld.

Tu das nicht.

Oh Shit. Das war übel. Wenn diese neue App nach Lust und Laune die Bedienung der restlichen Anwendungen verhindern konnte, war Derek aufgeschmissen. Dann konnte er dieses Handy genauso gut wegwerfen. Bloß dass er nicht genug Geld hatte, um sich ein neues zu kaufen, und auf seine Eltern konnte er in der Hinsicht nicht zählen.

Er sah wieder hoch zum Bildschirm des Notebooks. *Dies ist Erebos*, stand immer noch da, in blutroten Buchstaben, die pulsierten und glänzten wie dicke Adern.

»Na gut«, sagte er. »Dann lass uns spielen.«

Der Bildschirm wurde schwarz.

Willkommen zurück. Nick fühlte den Puls in seinen Schläfen pochen. »Das ist nicht wahr«, flüsterte er.

Die Begrüßung zerfloss zu roten Wellen, bevor neuer Text erschien.

Da irrst du dich. Es beginnt eine neue Runde, Nick. Mit neuem Einsatz. Diesmal geht es um alles.

Spracherkennung, das verdammte Spiel verfügte jetzt über Spracherkennung. Nick schloss kurz die Augen. Er würde versuchen müssen, mit Adrian in Kontakt zu kommen. Außerdem mit Victor und vielleicht sogar mit Colin. Sie waren sicher auf Facebook, und zumindest Victors Mailadresse sollte er noch haben, jedenfalls hatte der ihm vor drei Jahren zu Weihnachten eine Happy-Holidays-Mail geschrieben. Oder war es schon fünf Jahre her?

Aber vielleicht musste er auch niemanden von seinen alten Freunden belästigen, er konnte erst einmal versuchen, das Problem selbst zu lösen. Als Erstes würde er den Rechner zurücksetzen und neu installieren.

Wir warten, Nick.

Die Schrift hatte sich wieder gewandelt. Er wehrte sich gegen das Gefühl der Hilflosigkeit, das in ihm aufstieg. »Ich werde nicht mitmachen. Mir hat das letzte Mal wirklich gereicht. Tut mir leid, ich habe keine Lust.«

Du hast keine Wahl.

Na, das würden sie noch sehen. »Und ob ich die habe«, murmelte Nick und zog das USB-Kabel, an dem die Kamera hing, aus der Computerschnittstelle. Er würde die Fotos notfalls auf den alten Computer überspielen, den er auf dem Boden neben der Couch stehen hatte. Der war zwar langsamer, aber funktionstüchtig. »Ich bin kein Schüler mehr, so wie damals. Ich falle nicht wieder auf die Tricks herein, mit denen Erebos mich rumgekriegt hat, ich kenne das System. Und ich weiß zwar nicht, was diesmal dahintersteckt, aber es ist sicher nichts Gutes.«

Wie du meinst.

Die Schrift verschwand. Das Schwarz löste sich auf. Dahinter kam Nicks Desktophintergrund zum Vorschein. Alle Programme waren noch vorhanden, aber nirgendwo entdeckte Nick das unheilverkündende rote E.

Was leider ebenfalls fehlte, war der Ordner mit den Hochzeitsfotos, die er gerade überspielt hatte, aber das sollte kein Problem sein, sie waren ja auf der Speicherkarte der Kamera gesichert.

Dachte er. Doch als er den Ansichtsmodus des Fotoapparats anwählte, zeigte der Zähler null Aufnahmen. Mit einem Gefühl, als würde sich sein Brustkorb mit heißem Beton füllen, schaltete Nick die Kamera aus. Schickte ein Stoßgebet zum Himmel und schaltete sie wieder ein.

Die Daten auf der Speicherkarte waren gelöscht. Von den eintausendsiebenhundert Fotos war kein einziges mehr übrig.

Nick gab nicht sofort auf, obwohl er schon ahnte, dass seine Versuche vergeblich sein würden, schließlich erinnerte er sich noch gut daran, wie es beim letzten Mal gewesen war. Wenn das Spiel jemanden bestrafen wollte, dann tat es das, ohne Rücksicht. Trotzdem startete er den Rechner neu, suchte den Bilderordner im Papierkorb und in der Cloud, holte die Speicherkarte aus der Kamera und steckte sie in eine andere – nichts davon brachte auch nur den geringsten Erfolg.

Er würde Cindy und Max sagen müssen, dass es keine Fotos von ihrer Hochzeit gab. Nur die, die ein paar beschwipste Gäste geschossen hatten; vermutlich waren siebzig Prozent davon Selfies.

Ihm war zum Heulen zumute. Wieso drängte dieses Drecksspiel sich ein zweites Mal in sein Leben? Oder halt, Moment – das Spiel selbst tat wahrscheinlich gar nichts, jemand musste es neu zum Laufen gebracht und wieder auf die Menschheit losgelassen haben. Es war ja auch beim letzten Mal nicht einfach aus dem Nichts gekommen. Aber darüber konnte er sich später Gedanken machen. Im Moment war etwas anderes wichtiger.

Das Smartphone wog schwer in Nicks Hand. Sollte er das Brautpaar gleich anrufen und den beiden die schlechte Nachricht überbringen? Oder …

Einen Rettungsversuch wagen. Einen einzigen.

»Gib die Fotos zurück«, flüsterte er. »Jetzt gleich. Dann spiele ich mit dir.«

Er hatte erwartet, dass der Bildschirm sich sofort verdunkeln würde, doch es tat sich nicht das Geringste. Nicks Kehle wurde trocken. Was, wenn sich das Spiel in der ihm eigenen Konsequenz wirklich schon gelöscht hatte? Unwiderruflich? Vom Handy hatte er es selbst entfernt, also hatte Erebos seinen Vorschlag wohl gar nicht gehört.

Er fühlte leichte Übelkeit in sich aufsteigen. Cindy und Max würden traurig und sauer sein, zu Recht, so etwas durfte einfach nicht passieren. Wenn sie andere Leute davor warnten, ihn zu engagieren, konnte er ihnen das noch nicht einmal übel nehmen.

»Ich brauche die Fotos«, stieß er zwischen zusammengebissenen Zähnen hervor. »Bitte.«
Dunkelheit legte sich über den Bildschirm, und diesmal sah Nick es mit Erleichterung.
Du erinnerst dich noch an die Regeln?
Ja, und ob. Sie hatten dazu geführt, dass die Leute in seiner Schule kaum noch normal miteinander gesprochen hatten, aus Angst davor, dass das Spiel sie ausschließen würde. »Niemandem etwas erzählen, niemandem etwas zeigen«, fasste er missmutig zusammen. »Auch nichts im Internet posten. Den Namen des Spielcharakters geheim halten. Nur spielen, wenn keiner dabei ist. Und möglichst nicht sterben, denn dann ist das Spiel vorbei.«
Gut. Das alles gilt nach wie vor. Was sich geändert hat, sind die Konsequenzen, die du tragen musst, wenn du dich nicht daran hältst. Oder stirbst.
Er hatte es befürchtet. Ein Rauswurf, so wie früher, wäre ja absolut in seinem Sinn. Er könnte ein paar Minuten lang spielen und dann in die erste Schlucht springen oder mit Anlauf in ein feindliches Schwert rennen. Doch so einfach würde Erebos ihn nicht davonkommen lassen. Sekunden später bestätigte das Spiel seine Vermutung.
Du wirst diesmal nicht verbannt. Du wirst bestraft.
Die Frage nach dem Wie lag ihm kurz auf der Zunge, aber sie war im Grunde überflüssig. Er hatte bereits eine Kostprobe erhalten, die gesamte Arbeit des letzten Tages war verschwunden. Ob er sie zurückbekam, hing vom guten Willen des Spiels ab.
»Alles klar«, knurrte er. »Und? Können wir dann anfangen? Ich habe heute noch etwas anderes zu tun.«
Die Schrift verschwand, der Bildschirm blieb dunkel. Nick trommelte mit den Fingern auf die Tischplatte; das dauerte al-

les viel zu lange. Wahrscheinlich, begriff er, war das eine Reaktion auf seine Ungeduld. Er hatte noch etwas anderes zu tun? Tja, Pech.

Nichts passierte. Nichts. Das Spiel wollte ihn ganz offensichtlich auf die Probe stellen. Nick vergrub das Gesicht in den Händen. Vor seinem inneren Auge tauchten Bilder auf, an die er seit Jahren nicht mehr gedacht hatte. Die Arena. Das unterirdische Labyrinth, in dem es von riesigen Skorpionen wimmelte. Eine Weide voller Schafe mit rasiermesserscharfen Zähnen und blutig verschmierten Mäulern ...

Als er wieder hochblickte, war der Monitor immer noch dunkel. Es war nichts zu sehen, aber vielleicht etwas zu hören? Die Kopfhörer waren in den Rechner eingesteckt, Nick griff zögernd danach. Noch eine Erinnerung war plötzlich wieder da, in aller Deutlichkeit: die an das schmerzhafte Geräusch, wenn man im Spiel verletzt wurde. Ein hoher kreischend-quietschender Ton, als würde jemand mit einer Gabel über eine Schultafel kratzen.

Er setzte sich die Kopfhörer auf, und sofort wurde klar, dass das Spiel noch aktiv war. *Tocktock.* Entferntes Klopfen wie von einem Herzen, einem, das tief unter der Erde schlug. Auch das hörte Nick nicht zum ersten Mal, und nun mischte sich in seinen Unwillen etwas wie ... nervöse Vorfreude. Was natürlich vollkommener Quatsch war, aber er konnte nichts dagegen tun. Er würde noch einmal einen Blick in diese Welt werfen können, die ihn damals so fasziniert hatte und aus der er so plötzlich und brutal geworfen worden war, dass er es kaum ertragen hatte.

Wie hatten die anderen Spieler geheißen? Xohoo hatte es gegeben. Blackspell. Lelant. Ach, und Hemera, doch mit ihr hatte er nie gespielt, denn das war ...

Willkommen zurück.
Tritt ein.
Dies ist Erebos.
Nick hob die Hand, die bereits auf der Maus gelegen hatte. Etwas fehlte hier, nämlich das Angebot, umzukehren. Das damals niemand ernsthaft in Betracht gezogen hatte, aber immerhin war die Möglichkeit da gewesen. Diesmal schien es nur einen Weg zu geben: den nach vorne, hinein in die Welt des Spiels.

Er seufzte. Klickte auf *Tritt ein*.

Trübes Licht erhellte den Bildschirm. Nick beugte sich vor und lachte unwillkürlich auf. Die Gestalt, die in einer Wiese mit kniehohem Gras stand und gegen die tief stehende Sonne blinzelte, kannte er nicht nur, er hatte sie selbst geschaffen. Ihr Anblick war ihm auch nach all der vergangenen Zeit noch in jedem Detail vertraut. Sein Dunkelelf. Hellblondes Haar, das stachelig vom Kopf abstand. Spitze Ohren, grüne Augen und ein verwegener Zug um den Mund.

»Sarius«, flüsterte Nick, und als hätte er damit ein Zeichen gegeben, hallte der Name vielstimmig in seinen Kopfhörern wider.

Sarius. Saarius. Sa-ri-us. Willkommen zurück, Sarius.

Der Elf wandte sich Nick zu. Lächelte und beugte grüßend den Kopf. Einen winzigen Moment lang war Nick versucht, zurückzugrüßen, bremste sich aber schnell wieder. Es war nichts weiter als eine verquere Form von Nostalgie, die ihn gerade zu packen drohte.

Das Gras bog sich unter einem leichten Windstoß, und Nick führte Sarius in den Schatten eines nahen Wäldchens, das freundlich wirkte. Es war eine Vorsichtsmaßnahme, denn Sarius war bei Weitem nicht mehr so gut ausgerüstet wie vor knapp zehn Jahren. Er trug zwar einen ledernen Brustpanzer und ein Schwert, aber er besaß weder Helm noch Schild. Beim letzten Mal, bevor geflügelte Dämonen ihn getötet hatten, war Sarius im Besitz ganz anderer Gegenstände gewesen. Er hatte fantastische Ausdauer- und Verteidigungswerte gehabt und eine angsteinflößende Waffe, er war kurz davor gewesen, in den Inneren Kreis aufgenommen zu werden …

Nun war seine Kondition ein Witz. Nick ließ Sarius in das Wäldchen hineinlaufen, ein wenig springen, über ein paar große Steine klettern und sah zu, wie der blaue Balken der Ausdaueranzeige immer kürzer wurde.

Er musste gewissermaßen wieder bei null beginnen. Nick warf einen Blick auf die Uhr. Gleich halb drei, mit jeder Minute, die verstrich, verminderte sich die Chance, dass er dem Brautpaar heute noch eine kleine Auswahl von Bildern schicken konnte. Wenn er sie überhaupt wiederbekam; es war zum Aus-der-Haut-Fahren. Morgen war nicht so viel Zeit, er musste in die Uni, außerdem sollte er lernen …

Als Nick wieder hochblickte, hatte sich in dem Wald rund um Sarius etwas verändert. Er wusste nicht sofort, woran es lag – vielleicht war es noch dunkler geworden. Stiller.

Ja, tatsächlich hatten die Vögel zu singen aufgehört, und nun drang über Nicks Kopfhörer etwas wie entferntes Donnergrollen. Als würde ein Unwetter aufziehen. In einiger Entfernung, zwischen den Baumstämmen, leuchtete etwas Helles auf, war aber sofort wieder verschwunden.

Ein Signal? Nick ließ seinen Dunkelelf auf die Beine kommen und steuerte ihn langsam auf die Stelle zu. Die Bäume standen hier dichter, zweimal verfing Sarius' Wams sich in dornigen Ästen, bis Nick ihn sein Schwert ziehen und sich den Weg freihacken ließ.

Er erinnerte sich noch genau, was beim letzten Mal am Beginn des Spiels gestanden hatte: eine Begegnung mit dem Toten Mann, der jeden der Neuankömmlinge begrüßt hatte. Begrüßt und gewarnt. Nick hatte die Warnung ebenso in den Wind geschlagen, wie die anderen Spieler. Ein großer Fehler wie sich später herausstellte, denn der Mann hatte besser als jeder andere gewusst, wovor er warnte.

Würde er wieder hier sein? War das überhaupt denkbar?

Der Wind legte sich. Nun herrschte völlige Stille in der Welt von Erebos, nur Sarius' Schritte waren noch zu hören. Nick bewegte ihn langsam vorwärts, ließ ihn vorsichtig einen Fuß vor den anderen setzen, in dem Bewusstsein, dass überall Fallen lauern konnten.

Alles, was ihn umgab, war gleichzeitig vertraut und neu; es wirkte noch lebensechter als beim ersten Mal, noch detailreicher. Das Spiel war mit der Zeit gegangen.

Und dann sah Nick zwei fahlgelb schimmernde Schlitze im Dunkel zwischen den Bäumen. Im nächsten Augenblick trat eine Gestalt aus dem Dickicht, größer als in seiner Erinnerung. Furchterregender.

»Sarius.« Die Stimme klang, als würde man Steine aneinanderreiben. »Du bist zurückgekehrt.«

Früher hatte Nick seine Antworten an den Boten tippen müssen, und auch umgekehrt waren dessen Anweisungen meist schriftlich erfolgt. Diesmal gab es kein Eingabefeld, keinen blinkenden Cursor. Sie sprachen miteinander.

»Das bin ich«, antwortete Nick also. »Wenn auch nicht freiwillig.«

Die hagere Gestalt näherte sich ein weiteres Stück. Mattes Licht fiel auf den kahlen Schädel, die graue Kutte und die überlangen Knochenfinger, die aus den Ärmeln ragten. Der Bote mit den gelben Augen, der Nick noch Monate nach dem Ende des Spiels in seinen Träumen verfolgt hatte.

»Freiwillig oder nicht, das spielt keine Rolle«, erwiderte er. »Du bist hier, und du wirst bleiben, solange du nützlich bist.«

Nick runzelte die Stirn. »Was bedeutet das im Klartext? Beim letzten Mal hieß es, ich könne das Spiel jederzeit beenden.«

Im Gesicht des Boten rührte sich kein Muskel. »Das war damals. Diesmal gehörst du uns, bis wir keine Verwendung mehr für dich haben.« Er griff in seine Tasche und zog etwas hervor, das wie eine Schriftrolle aussah. »Das hier ist, was du suchst, nicht wahr?« Er rollte das Papier auf, zeigte Nick, was darauf abgebildet war.

Cindy, in dem Moment, als eine ihrer Freundinnen ihr den Schleier im Haar festmachte. Es war eines von Nicks Fotos, eines von tausendsiebenhundert.

»Es gibt nicht weit entfernt von hier einen Hügel, auf dem einst eine große Schlacht geschlagen wurde«, fuhr der Bote fort. »Das wäre ein guter Ort, um deine Suche zu beginnen.«

Ein amüsierter Zug umspielte seine schmalen Lippen, als er die Hand hob, sich umdrehte und in den Schatten des Waldes verschwand.

4

Derek wartete, und mit jeder Sekunde wuchs in ihm die Befürchtung, dass etwas mit seinem Computer nicht stimmte. Der Monitor blieb jetzt schon viel zu lange dunkel, wahrscheinlich war der Rechner abgestürzt.

Einen Reset hatte Derek schon versucht, aber das hatte nicht geklappt. Die letzte Option war es, die Stromversorgung zu kappen; buchstäblich den Stecker zu ziehen, doch das würde er nur im Notfall tun.

Ohne es gleich zu bemerken, hatte er begonnen, an seinem Daumennagel herumzuknabbern. Blöde Angewohnheit. Und blödes Spiel, falls es denn wirklich eines war. Er würde ...

Auf dem Bildschirm rührte sich etwas. Derek beugte sich vor.

Eine blasse Hand mit dunklen, spitzen Fingernägeln reckte sich in sein Sichtfeld. Jede Hautfalte, jede Ader war genau zu erkennen. Dann schob sich der Besitzer der Hand ins Bild; eine Art Zwerg oder Gnom, mit kahlem Kopf und langer, gebogener Nase. Er verschränkte die Arme vor der Brust und musterte Derek prüfend von oben bis unten. »Man hat mich geschickt, um dich in Empfang zu nehmen.« Es wirkte nicht, als wäre das eine Aufgabe gewesen, die dem Gnom besondere Freude bereitete.

»Aha.«

»Du bist auserwählt.«

Das nun wieder. »Ja, das habt ihr schon gesagt«, antwortete er und hörte, wie gereizt seine Stimme klang. Der Gnom fletschte die Zähne.

»Nimm das nicht auf die leichte Schulter, Junge«, zischte er. »Es sind nur wenige auserwählt, sie tragen Verantwortung, und wäre es nach mir gegangen, hättest du keine Chance gehabt.« Er rülpste, und eine blassgrüne Made kroch aus seinem Mund. »Aber mich fragt ja keiner.«

Derek lachte nervös auf. Er hatte eigentlich kein Interesse an dem Spiel gehabt, und er wusste weniger denn je, was er davon halten sollte, aber dieses Gespräch hier faszinierte ihn. Der hässliche Typ war genauso schlecht gelaunt wie Derek selbst.

»Ich habe nicht darum gebeten, *auserwählt* zu werden«, gab er zurück. »Also lass mich in Ruhe oder lass uns endlich loslegen. Kommt da überhaupt noch irgendetwas?«

Die Augen des Gnoms verengten sich zu Schlitzen. »Oh ja«, flüsterte er. »Und ob da noch etwas kommt. Du wirst staunen.«

Im nächsten Augenblick war er verschwunden. Der Monitor färbte sich schwarz, dann rot, wieder schwarz und schließlich nachtblau. In grauen und silbrigen Schattierungen zeichneten sich die Umrisse einer verfallenen Burg unter einem fahlen Vollmond ab.

Davor stand eine Gestalt, die sich auf einen langen Stab stützte. Sie trug eine geflickte Jacke, eine Hose, die zu groß wirkte, und löchrige Schuhe.

Derek begriff sofort. Das hier war die Figur, mit der er spielen sollte; anfangs ein totaler Loser, wie so oft, bis er ihn nach und nach zu einem stahlgepanzerten Killer hochentwickelt haben würde.

»Originell ist anders«, murmelte er und griff nach der Maus, im selben Moment raschelte es neben seinem Spielcharakter im Gras. Er hatte nicht bemerkt, dass dort jemand lag. Erst jetzt, als die Gestalt sich aufrichtete, begriff er, dass er beinahe auf ihr gestanden haben musste.

Es war ein Mädchen. Kränklich blass, mit strähnigem, braunen Haar, das ihr bis auf den Rücken reichte. Die Augen standen zu nah zusammen, die Ohren waren spitz, standen aber ab. Eine Elfe vermutlich, oder eine Fee?

»Sei gegrüßt«, hauchte die junge Frau.

»Du auch.«

Sie blickte ihn aus großen, blaugrünen Augen verständnislos an. Dann bedeckte sie erst die Ohren mit den Händen und strich sich danach vom Ohr bis zum Mundwinkel. Wiederholte die Geste. Zweimal, dreimal, bis Derek verstand.

»Ich soll mir mein Headset aufsetzen, ja? Warum sagst du das nicht einfach?«

Sie neigte den Kopf, lächelnd. Legte eine Hand auf den Mund.

»Ist ja auch egal.« Derek stülpte sich seine Kopfhörer über die Ohren und aktivierte die Bluetooth-Verbindung.

Der Unterschied zu vorher war enorm. Er hörte einen entfernten Bach plätschern und ein Käuzchen schreien. Das Rauschen des Windes war so realistisch, dass Derek beinahe erwartete, ihn auch auf der Haut zu spüren.

Die Feenfrau nickte zufrieden. »So ist es gut. Jetzt wird er dich nicht mehr lange warten lassen.«

»Er?«

»Der Bote«, flüsterte sie. »Er wird dir alles erklären, was du wissen musst.«

»Ein Bote? Du meinst, so etwas wie ein Herold? Einer der Nachrichten überbringt? Von wem?«

Sie hatte sich schon halb abgewandt.

»Geduld. Es dauert nicht mehr lange.«

Geduld. Schon wieder. Vage und aus weiter Entfernung hörte Derek ein Geräusch wie von Hufschlägen.

»Er wird dich finden«, fuhr das Mädchen fort. »Keine Sorge. Du erkennst ihn an seinen gelben Augen.«

Er war von Kopf bis Fuß gepanzert, genau wie sein Pferd. Eine schwarze Rüstung, die an manchen Stellen rot schimmerte, wie von frischem Blut. Gelbe Augen in einem blassen Gesicht, dessen Haut so straff um den Schädel gespannt war, dass sich die Knochen darunter deutlich abzeichneten.

»Derek«, sagte er; es klang rau, als rieben die Stimmbänder trocken aneinander. »Mach dich bereit.«

Derek blinzelte. Dieser Bote wandte sich direkt an ihn, nicht an seine Spielfigur, die ein wenig verloren danebenstand. Die gelben Augen suchten Blickkontakt und hielten ihn, auch als das Pferd schnaubte und unruhig zu tänzeln begann.

»Bereit wofür?« Dereks Stimme klang heiser, er räusperte sich. Der gelbäugige Bote wandte keine Sekunde lang den Blick von ihm ab, verfolgte jede seiner Bewegungen. Es fühlte sich unbehaglich an. Als würde er ihn tatsächlich sehen können.

»Für das erste Ritual«, antwortete er und deutete auf die zerlumpte Gestalt, die sich auf ihren langen Stab stützte, zwischen dem Boten und Derek hin- und herschaute und ein wenig ratlos wirkte. »Du bist ein Namenloser und damit nutzlos für Erebos. Das erste Ritual ist der erste Schritt in dein neues Leben.«

Neues Leben hörte sich nun besser an als vorhin. Ein Leben, in dem Riley und Morton keine Rolle spielen würden? In dem Dad ihn nicht insgeheim ständig mit seinem anderen Sohn vergleichen würde, dem, über den nie gesprochen wurde? Ein

Leben, in dem er es wagen würde, Maia um ein Date zu bitten oder sie zumindest einmal anzulächeln?

Nein, darum ging es nicht, das war schon klar. Es ging um ein virtuelles Leben, eines, das ihn von seinem realen Dasein ablenken würde. Immerhin. Besser als nichts.

»Was muss ich tun bei diesem Ritual?«, fragte Derek.

Der Bote zeigte auf das Burgtor hinter der Spielfigur. »Du musst wählen.«

Er war grußlos in die Nacht davongeritten, nachdem er noch einmal nachdrücklich auf das Tor gewiesen hatte. Derek zögerte. Einerseits hatte ihn nun die Neugier gepackt, andererseits traute er der Sache nicht. Das Spiel war wie von selbst aufgetaucht, aus dem Nichts, und dafür sah es einfach zu gut aus. Wenn man solche Spiele downloadete, zahlte man dafür gut vierzig oder fünfzig Pfund. Für manche auch mehr.

Aber – vielleicht war es ja ein Testlauf? Und er war unter den zufällig ausgewählten Personen, die Probe spielen sollten?

Allerdings war er dafür nicht gerade die perfekte Wahl. Allein unter seinen Mitschülern fielen ihm auf Anhieb fünf ein, die deutlich mehr spielten als er. Und wenn er wirklich einer von einer Handvoll *Auserwählten* war …

Ach, war doch egal. Das Spiel war da, also konnte er es ebenso gut ausprobieren. »Der erste Schritt in ein neues Leben«, murmelte er, während er seine Spielfigur – seinen Namenlosen, wie der Bote ihn genannt hatte – zum Burgtor marschieren ließ.

Es öffnete sich von selbst, kaum dass der Namenlose die Hand nach dem rostigen Türring ausgestreckt hatte. Was dahinterlag, war kaum zu erkennen, das Mondlicht erhellte nur ein Stück brüchige Mauerwand und ein paar Zentimeter grauen Steinboden. Zögernd ließ Derek seinen Spielcharakter einen Schritt hineingehen. Dann noch einen.

RUMS. Hinter ihm war die Tür zugefallen, und nun herrschte undurchdringliche Finsternis. Wenn jetzt gleich ein Angriff kam, hatte der Namenlose keine Chance. Derek lauschte, aber es war hier ebenso ruhig, wie es dunkel war. Das Einzige, was er hörte, waren die Schritte der Spielfigur, wenn er sie vorsichtig weiterbewegte. Und, nach einiger Zeit, das Geräusch von Tropfen, die auf Stein fielen. Nicht oft und nicht regelmäßig, aber immer wieder.

War das ein Zeichen? Sollte er dem Geräusch folgen? Er drehte den Namenlosen um die eigene Achse, in der Hoffnung, doch irgendwo einen Lichtschein zu entdecken oder etwas anderes, woran er sich orientieren konnte. Aber da war absolut nichts.

»Scheiße«, murmelte Derek.

»Shhhhhh«, drang es im nächsten Moment durch die Kopfhörer. »Geduld.«

Nicht schon wieder, langsam wurde es wirklich ärgerlich. »Geduld ist nicht meine Stärke«, gab er schroff zurück.

»Du wirst sie lernen«, flüsterte die Stimme ihm ins Ohr, und beinahe hätte er die Kopfhörer abgenommen – er ließ sich doch nicht von einem Computerspiel bevormunden –, als an der Wand vor ihm eine Feuerscheibe erschien und den Raum erleuchtete. Sie drehte sich und wurde dabei immer langsamer, bis sie zum Stillstand kam. Rotgelbes Licht fiel auf die groben Steinblöcke der Burgmauer.

Dann verformte sich das Feuer zu brennenden Buchstaben.

Willkommen, Derek. Willkommen in der Welt von Erebos. Wenn du spielen möchtest, mache dich mit den Regeln vertraut.

Und wenn ich nicht spielen möchte?, dachte er trotzig, wusste aber bereits, dass er jetzt noch nicht aussteigen wollte. Erst würde er herausfinden, was es mit dem Spiel auf sich hatte, und danach konnte er es immer noch abbrechen.

»Es ist wichtig, dass du die Regeln genau behältst«, raunte ihm eine samtige Stimme ins Ohr. »Wenn du sie brichst, bleibt das nicht ohne Folgen. Okay?«

»Was denn für Folgen?« Er fragte mehr amüsiert als besorgt; angedrohte Konsequenzen nahm er höchstens ernst, wenn sie von seinen Lehrern kamen. Andererseits, falls Erebos doch eher ein Virus als ein Spiel war, konnte es seinen Computer lahmlegen. Danach hörte sich auch die Antwort an.

»Unerfreuliche Folgen, Derek. Keine, die du erleben möchtest.«

Er unterdrückte ein Seufzen. »Alles klar. Also, welche Regeln sind das?«

Das Feuer an der Wand formte einen Totenschädel.

»Die erste Regel: Du hast nur eine Chance, Erebos zu spielen. Wenn du sie vertust, ist es vorbei. Wenn deine Figur stirbt, ist es vorbei. Wenn du gegen die Regeln verstößt, ist es vorbei. Okay?«

»Okay.« Regelbruch bedeutete also nichts weiter als Rausflug aus dem Spiel, so viel zu den unerfreulichen Folgen. Möglicherweise würde er das schade finden, kam darauf an, aber es war ein Gratisspiel. Er würde den Verlust verschmerzen können.

Der Schädel zerfloss zu brennenden Tropfen, die die Wand hinunterliefen, als würde sie Feuer weinen.

»Die zweite Regel: Wenn du spielst, achte darauf, allein zu sein. Erwähne niemals im Spiel deinen richtigen Namen. Erwähne niemals außerhalb des Spiels den Namen deines Spielcharakters.«

Ah, große Geheimnistuerei. Derek grinste schief. »Meinetwegen.«

Die flammenden Tränen zischten, sammelten sich in der Mitte der Wand und formten ein Gesicht, dessen Mund zu einem Schrei aufgerissen war.

»Die dritte Regel: Der Inhalt des Spieles ist geheim. Sprich mit keinem darüber. Besonders nicht mit Unregistrierten. Mit Spielern kannst du dich, während du spielst, an den Feuern austauschen. Verbreite keine Informationen in deinem Freundeskreis oder deiner Familie. Verbreite keine Informationen im Internet.«

Das wurde ja immer besser. Das Spiel tat, als würde es ihn in einen Geheimbund aufnehmen, wahrscheinlich musste er gleich noch Blut auf die Computertastatur tropfen lassen, um den Pakt zu besiegeln. Das wäre ein echt origineller Einfall gewesen. »Einverstanden.«

»Wir werden dich beim Wort nehmen.«

Die Fackeln, die mit Eisenringen an der Wand angebracht waren, entzündeten sich wie von selbst und erleuchteten einen niedrigen Mauergang, dessen Ende ein Tor aus schweren Balken bildete.

Ohne dass Derek etwas dazu beigetragen hätte, wandte der Namenlose sich ihm zu. Hob langsam die Hand, führte sie an sein Gesicht und zog es vom Kopf, hinterließ nichts als eine glatte Fläche ohne Mund, Nase oder Augen. Trotzdem hatte Derek das widersinnige Gefühl, die Figur würde ihn mustern. Auf eine Reaktion lauern.

»Krank«, murmelte er und lotste seinen gesichtslosen Spielcharakter auf die Tür zu. Ein leichter Druck gegen das Holz, und sie öffnete sich. Der Namenlose trat hindurch.

Treppen, die nach unten führen. Eine weitere Tür, mit glänzenden Beschlägen. Und dahinter – eine Schatzkammer. Truhen, große Säcke, vermodernde Kisten. An den Wänden entdeckt er Kupfertafeln, die das einfordern, was der Bote bereits angekündigt hat: Er muss wählen.

Wähle ein Geschlecht, verlangt die erste Tafel, und schon hier beginnt er zu zögern. Nirgendwo sind die jeweiligen Vor- und Nachteile beschrieben, also entscheidet er sich am Ende dafür, ein Mann zu bleiben, das fühlt sich logischer an.

Die zweite Tafel. *Wähle ein Volk.*

Noch schwieriger. Sein erster Impuls ist es, den Werwolf zu nehmen, mit seinen langen Fangzähnen und den messerscharfen Klauen, doch der Barbar überragt ihn um gut einen halben Kopf und sieht schon ohne jede Ausrüstung unbesiegbar aus.

Der Dunkelelf kommt nicht infrage, ebenso wenig wie Echsen- oder Katzenmensch ... aber Vampir? Er schlüpft probeweise in dessen Haut und ist begeistert von den blitzschnellen, eleganten Bewegungen, zu denen sein Charakter plötzlich fähig ist. Mit seinen dunklen Haaren und der blassen Haut wirkt er wie eine verbesserte Version von Derek. Wie jemand, der er irgendwann vielleicht einmal werden könnte.

Doch so schnell will er seine Entscheidung nicht treffen, auswählen macht schließlich Spaß. Zum Beispiel stehen Zwerge zur Wahl, doch für die hat er noch nie etwas übriggehabt, die kann er leichten Herzens ignorieren. Das Gleiche gilt für die Menschen, die sind ohnehin immer sein Volk, ob ihm das gefällt oder nicht.

Dafür sieht die letzte Option umso spannender aus. Ein Geschöpf, das er so noch nicht kennt: Es nennt sich Harpyie und wirkt majestätisch. Ein Menschenkörper mit Greifvogelklauen statt Füßen, Federn anstelle von Haar und vor allem – Schwingen, die sich ausbreiten lassen. Sie sind nicht sehr lang, aber ein bisschen würde man damit sicher fliegen können. Und wahrscheinlich würden sie im Lauf der Zeit wachsen ...

Es ist verlockend. Derek betrachtet das Flügelwesen von allen Seiten und versucht, probeweise Harpyien-Gestalt anzunehmen, aber eigenartigerweise klappt das nicht. Dafür entrollt sich ein Pergament an der Wand, direkt neben der zweiten Tafel.

Zum Volk der Harpyien hast du keinen Zugang. Wähle ein anderes.

Na toll, wieso stehen sie dann hier zur Auswahl? Derek versucht es noch einmal, vielleicht ist die Meldung auf der Schriftrolle ja bloß ein Irrtum.

Ein Geräusch lässt ihn herumfahren. Die Tür hat sich knarrend geöffnet, und ein Gnom schlurft herein, der dem vom Anfang ähnelt. Er blickt sich um und lacht meckernd. »Sieh an. Ein neuer Kämpfer. Leider einer, der nicht lesen kann.«

»Natürlich kann ich lesen«, erwidert Derek. Die Anwesenheit des Gnoms stört ihn, nicht nur, weil er schauderhaft hässlich ist. Bläuliche Haut mit roten Flecken, krumme Beine und riesige Ohren, die fast bis zum Boden hängen. »Aber ich verstehe nicht, warum ich mir die Harpyien nicht als Volk aussuchen kann, wenn es sie doch gibt.«

»Weil du nicht zu ihnen gehörst«, antwortet der Gnom schroff. »Alles andere steht dir offen. Du würdest dich sicher bei den Werwölfen wohlfühlen, die sind alle so dämlich.«

Er spürt die vertraute Wut in seinen Eingeweiden rumoren und schiebt sie weg, so gut es geht. Den Gnom würdigt er keiner Antwort mehr, sondern entscheidet sich kurzerhand für den Vampir, mit dem Gefühl, dabei nichts falsch machen zu können.

»Langzahn«, sagt der Gnom verächtlich und versetzt der nächstliegenden Truhe einen Tritt. »So lange herumüberlegt und dann so schlecht gewählt.«

Nicht verunsichern lassen. Und nicht provozieren. Ein Blick auf seinen neu geschaffenen Spielcharakter genügt, und Derek weiß, dass er sich richtig entschieden hat.

Wähle dein Äußeres, lautet die Aufforderung auf der dritten Tafel. Das findet er einfacher. Er gibt seinem Charakter schmale, dunkle Augen mit rötlichem Schimmer; helle Haut und schwarzes Haar, das ihm bis über die Schultern fällt. Ein schlankes Gesicht, kräftige Lippen, die beim kleinsten Lächeln die Fangzähne freigeben. Eine gebogene Nase, schräg nach oben gezogene Augenbrauen. Zufrieden und gleichzeitig wehmütig betrachtet er sein Werk. So gut würde er auch gerne aussehen. Aber egal. Weiter.

Wähle eine Berufung.

Auch hier ist die Auswahl riesig. Assassine, Gladiator, Heiler, Krieger, Beschwörer, Ritter, Späher, Dieb, … es nimmt kein Ende. Doch wenn er seinem Vampir ins Gesicht blickt, ist klar, dass Ritter oder Heiler für ihn nicht infrage kommen.

Assassine hingegen … warum nicht auch einmal die erste Option auf der Liste nehmen?

Die fünfte Tafel. *Wähle …*

»Assassine, haha!« Der Gnom zieht an seinen Ohren, wahrscheinlich sind sie deshalb so lang. »Stiefelputzer wäre passender gewesen.«

»Meine Angelegenheit«, sagt Derek und wendet sich wieder der Tafel zu.

Wähle deine Fähigkeiten.

Es ist eine endlos scheinende Liste voll mit verführerischen Möglichkeiten, doch er kann sich kaum darauf konzentrieren, weil der verdammte Gnom begonnen hat, eine der Truhen auszuräumen und den Inhalt durch die Kammer zu werfen. »Spielt keine Rolle, was du dir aussuchst«, kräht er dabei. »Versagen wirst du in jedem Fall.«

»Lass mich in Ruhe.« Er zögert kurz, dann wählt er Tarnung, Nachtsicht und Sprungkraft.

Jede seiner Entscheidungen lässt eine oder mehrere der verbliebenen Optionen erlöschen. *Eisenhaut* ist verschwunden, ebenso *Langer Atem* und *Waffenkunde*. Macht nichts, dadurch wird die Auswahl einfacher. Er wählt *Klettern*, *Lautlosigkeit* und *Schlagkraft*, während der Gnom einen Totenschädel zu seinen Füßen detonieren lässt. »Du hast auf Selbstheilung verzichtet, du Narr«, ruft er. »Du hast Listigkeit verschmäht! Du bist dumm, Langzahn, und die Dummen überleben hier nicht lange.«

Er wählt *Zielgenauigkeit*, greift sich einen rostigen Kelch vom Boden und wirft ihn dem hässlichen Störenfried an den Kopf. Treffer. Grünes Blut läuft dem Gnom übers Gesicht. »Doch nicht so schlecht gewählt, oder?«, sagt er lachend.

Der Gnom streckt ihm drei gekrümmte Finger entgegen, als wolle er ihn verfluchen. »Lach nur«, zischt er. »Wenn dir das Lachen vergeht, werde ich da sein.«

Damit wendet er sich um und verlässt die Schatzkammer, hinterlässt nur eine Spur klebriger grüner Tropfen auf dem Boden.

Besser so. Die sechste Tafel. *Wähle deine Waffen.*

Aus der Truhe, die unterhalb dieser Aufforderung platziert ist, ragt spitzes und scharf geschliffenes Metall in allen denkbaren Formen. Gezackte Dolche, Äxte, breite Kurzschwerter, ein Morgenstern mit schauderhaft langen Stacheln.

Er lässt sich Zeit, nimmt eine Waffe nach der anderen zur

Hand, überprüft, ob sie ihn in seiner Wendigkeit beeinträchtigt. Zu guter Letzt entscheidet er sich für ein leichtes Schwert mit langer, schmaler Klinge, das silbrige Bögen in die Luft malt, wenn er es schwingt. Dazu einen dreieckigen Schild und einen Helm, der zwar ein bisschen verbeult wirkt, aber besser ist als nichts. Dann findet er noch eine Art Schmuckstück, einen bronzefarbenen Halsring, vorne offen und an den Enden mit Schlangenköpfen besetzt, deren Augen rubinrot glitzern. Es sieht perfekt aus, als wäre das Stück eigens für ihn gemacht worden.

Fast fertig. Es ist nur noch eine Tafel übrig. *Wähle deinen Namen.*

Keine einfache Aufgabe. Er möchte etwas, das zu seinem düsteren Aussehen passt. Nichts Banales, vor allem auch nichts aus Büchern oder Filmen Geklautes. Schon gar keine Anspielungen auf Dracula oder andere Vampirgeschichten.

Nachdenklich betrachtet er die Tafel. Neben ihr hängt an einer Kette ein schlichter Holzstab an der Wand. Wenn er damit gegen das Kupfer schlägt, erhält er dann Vorschläge?

Er versucht es. Vergebens. Also muss er selbst weitergrübeln.

Ein Wortspiel mit beißen oder Zähnen oder Blut? Nein, das findet er nicht nur langweilig, sondern lächerlich. Aber ...

Für diese Art Halsring, den er eben gefunden hat, gibt es einen speziellen Namen. Es ist ein Schmuckstück, das keltische Krieger früher getragen haben, er hat es einmal im Museum betrachtet, wie hieß das noch –

Dann hat er es. Torque. Genau. Damit ist seine Entscheidung gefallen. Er wird sich Torqan nennen, und sollte jemand ihn fragen, kann er seine Wahl sogar begründen.

»Ich habe einen Namen gefunden«, sagt er.

Das Feuer der Fackeln im Raum verfärbt sich blau; die Schrift auf der siebten Tafel erlischt, gleichzeitig schlagen helle Flammen aus der Spitze des Holzstabs.

Es dauert einen Moment, bis klar ist, was er nun tun soll. Er nimmt den Stab und brennt damit seinen Namen in die Tafel.

Torqan, wispert, raunt und flüstert es durch die nächtliche Burg. *Tor-qan. Sei willkommen, Torqan.*

Er hört sich selbst auflachen. Hinter ihm öffnet sich knarrend die Tür. Torqan wendet sich um und macht sich auf den Weg nach draußen.

Zwei

Es hat begonnen. Ich bin erschrocken und fasziniert zugleich, wie mühelos sich eines ins andere fügt. Es ist erstaunlich, wie schnell sich jedermanns Wünsche und Geheimnisse ergründen lassen, wenn man das richtige Werkzeug besitzt.

Natürlich ist es nicht fair, was ich tue, aber das ist im Moment die geringste meiner Sorgen. Ich habe einen Gegner, der keine Skrupel kennt und ein Heer von Helfershelfern auf seiner Seite hat. Wissende und Unwissende.

Also muss es auch mir erlaubt sein, meine eigenen Leute um mich zu scharen. Sie weben bereits das Netz, graben die Fallgrube, knüpfen die Schlinge. Sie jagen, noch ohne zu wissen, wie gefährlich das Tier ist, auf das wir es abgesehen haben. Es darf erst begreifen, dass es zur Beute werden soll, wenn es zu spät ist.

Dass sie nicht wissen, in welche Schlacht ich sie schicke, bereitet mir Sorge, doch es geht um so viel. Für mich, für dich, für andere.

An jedem Morgen, an dem ich die Augen aufschlage, frage ich mich, ob ich das zum letzten Mal tue. Ob ich gerade meinen Todestag beginne. Sollte das so sein, hoffe ich, dass ich gut genug gearbeitet habe, um meinen Gegner nicht ungeschoren davonkommen zu lassen.

Die Zeit wird knapp.

5

Ein altes Schlachtfeld. Sarius stapft missmutig einen schlammigen Weg entlang, nicht sicher, ob die Richtung stimmt, die er eingeschlagen hat. Regen setzt ein, und in das Geräusch der fallenden Tropfen mischt sich leise Musik, die seine Stimmung ein wenig hebt. Sie macht ihm Mut, allerdings nur so lange, bis er im Schlamm ausrutscht und hinfällt.

Er flucht, rappelt sich wieder hoch – und sieht dabei zufällig, dass ein paar Schritte weiter etwas aus dem nassen Gras ragt.

Eine Hand, eine tote Hand, um genau zu sein. Sie umklammert etwas, das sich im Regen langsam aufzulösen scheint. Sarius nähert sich vorsichtig, er weiß, dass in der Welt von Erebos nicht immer alles tot ist, was tot sein sollte.

Doch wider Erwarten gräbt sich der Besitzer der Hand nicht aus der Erde, seine Finger lassen sich widerstandslos von dem aufgeweichten Papier lösen, das er hält. Behutsam streicht Sarius es glatt – ja. Es ist eines der Bilder, die er sucht.

Mit deutlich besserer Laune sieht er sich um, versucht mögliche Verstecke zu orten. Dort vorne, am Fuß des Hügels steht ein knorriger Baum mit großen Astlöchern, die er sich genauer ansehen sollte.

Wieder ist er erfolgreich. Vier Pergamentrollen, alle mit vertrauten Motiven. Das ist gut, aber bei Weitem noch nicht genug. Zudem wüsste er gerne, ob die Nässe den Bildern schadet oder nicht, aber das wird er erst später überprüfen können. Jetzt gilt es erst einmal, so viele wie möglich zu finden.

Eine zerfetzte Flagge ragt in einiger Entfernung aus trockenem, brennendem Gras, vielleicht markiert sie eine interessante Stelle? Er läuft darauf zu, ohne sich groß umzublicken, und erinnert sich beinahe zu spät daran, dass Sorglosigkeit in dieser Welt fast immer ein Fehler ist.

Wie aus dem Nichts gekommen steht plötzlich eine Echsenkriegerin vor ihm, mit angriffslustig gespreiztem Nackenkamm. Die Machete, die sie hebt, sieht um einiges schlagkräftiger aus als Sarius' Kurzschwert.

»Verzieh dich.«

Er erinnert sich. Unterhaltungen sind nur an Feuern möglich, und sie laufen ab, wie er es von damals gewohnt ist. Anders als bei seinem Gespräch mit dem Boten hört er nicht, was die Echse sagt, sondern liest es. Sie unterhalten sich schriftlich, daran hat sich nichts geändert. Eine Stimme würde ja Rückschlüsse auf die Person hinter der Echse zulassen. Er antwortet in gleicher Weise.

»Verzieh dich doch selbst. Ich habe hier zu tun.«

Er hat nicht damit gerechnet, dass ihm so schnell ein anderer Kämpfer über den Weg laufen würde. Und schon gar nicht damit, dass er oder sie so angriffslustig sein würde. Warum auch? Normalerweise war es nur in der Arena erlaubt, sich mit anderen Kämpfern zu schlagen, ansonsten bestritt man Quests und Schlachten mit vereinten Kräften, nicht gegeneinander.

Doch die Echsenfrau hat es auf ihn abgesehen, gar kein Zweifel. Sarius pariert ihre Hiebe automatisch, zu seiner eigenen Überraschung fühlt es sich gut an, er hat nichts verlernt. Trotzdem würde er seine Gegnerin gerne fragen, was eigentlich in sie gefahren ist. Hat ihr niemand erklärt, wie das hier läuft?

Er würde das ja selbst tun, aber er kommt unter ihren Schlägen kaum zu Atem. Also kämpft er, was das Zeug hält. Zweimal verletzt er sie, er kann sehen, wie ihr roter Gürtel sich nach und nach grau färbt. Er denkt schon, sie wird sich zurückziehen, als ihn plötzlich etwas zu Fall bringt. Die Echsenfrau stürzt sich auf ihn, trifft ihn an der Schulter, und der verhasste Verletzungston setzt ein. Noch nicht in voller Lautstärke, aber trotzdem schauderhaft. Sarius kämpft sich wieder auf die Beine, und nun sieht er, worüber er gestolpert ist. Eine kleine, silbrig glänzende Truhe. Vermutlich ist sie der Grund für den Angriff seiner Gegnerin. Sie will sich ihren Schatz nicht wegnehmen lassen.

Nur dass es gar nicht ihrer sein kann, oder? Hier liegt doch Sarius' Zeug versteckt, so hat der Bote es ihm erklärt.

Mit einer schnellen Rückwärtsrolle weicht er dem nächsten Schlag aus, pariert geschickt ihren Angriff und treibt sie von der Truhe weg. Sie stolpert drei Schritte zurück, Sarius setzt nach, holt mit dem Schwert weit aus und trifft mit einem gewaltigen Hieb den Oberschenkel der Echsenfrau.

Sie stürzt. An ihrem Gürtel ist fast kein Rot mehr zu erkennen, kriechend versucht sie, vor Sarius zu fliehen.

Er lässt sie. Mit einer schnellen Bewegung des Mauszeigers überprüft er ihren Namen – Dispana, aha. Keine alte Bekannte, soweit er sich erinnern kann. Aber er ist damals sicher nicht allen Mitstreitern begegnet.

Normalerweise müsste der Bote jetzt auftauchen, Dispana aufsammeln und ihr ein Ultimatum stellen: sterben oder einen Auftrag erledigen. Doch nirgendwo sieht er das gepanzerte Pferd herangaloppieren; möglicherweise haben die Gebräuche sich geändert.

Ist aber ohnehin nicht sein Problem, er hat anderes zu tun. Seine Suche ist noch lange nicht beendet. Der Inhalt der Truhe erweist sich als echter Schatz – hundert Bilder, das steht jedenfalls auf dem Pergament, das oben auf dem Stapel liegt. Er blättert flüchtig durch, es sind viele sehr gute dabei. Sarius nimmt sie an sich, läuft weiter, den Hügel hinauf.

Hier muss die Schlacht heftig getobt haben, er bahnt sich seinen Weg zwischen Skeletten, die noch in ihren Rüstungen stecken und deren verrostete Waffen im hohen Gras für böse Überraschungen sorgen können. An einem zerbrochenen Katapult findet er wieder fünf Bilder, die er einsammelt.

Ungeduldig läuft er weiter, das geht alles zu langsam. Wenn er die toten Kämpfer untersucht, findet er auch da und dort einmal etwas unter Helmen oder Brustplatten. Einem der Gefallenen nimmt er den Schild ab und tauscht sein Schwert gegen ein besseres, aber viel lieber als brauchbare Ausrüstung würde er Bilder finden. Wenn das weiter so schleppend läuft, wird er Wochen brauchen, bis er alles beisammen hat.

Dann erreicht er den Scheitelpunkt des Hügels und hält inne. Mit dem, was ihn auf der anderen Seite erwartet, hat er nicht gerechnet. Drei gewaltige Skelette, groß wie Häuser, mit baumstammdicken Knochen.

Riesen, es muss eine Schlacht gegen Riesen hier getobt haben. Sarius marschiert langsam den Hügel hinunter, blickt sich dabei aufmerksam um. Sein Instinkt sagt ihm, dass Gefahr droht, hinter den toten Riesen könnten sich jede Menge feindlicher Angreifer verbergen, und er ist ganz auf sich allein gestellt.

Doch als er den ersten Leichnam erreicht, ist dort niemand. Er berührt den Brustpanzer, der wie eine matte Metallkuppel vor ihm aufragt – selbst liegend ist der Riese weit höher als Sarius. Der Schädel ist so gewaltig, dass man durch eine der Augenhöhlen hineinkriechen könnte …

Keine dumme Idee eigentlich. Der große Hohlraum bietet sich als Versteck geradezu an.

Sarius sieht sich noch einmal um, dann greift er mit beiden Händen nach dem Rand der Augenhöhle und zieht sich hoch. Klettert in das Innere des Schädels, wo sich altes Laub und Erde angesammelt hat. Er fegt einiges davon mit dem Fuß zur Seite und stellt zu seiner Überraschung fest, dass er damit die Bewohner der Knochenhöhle wohl aufgeschreckt hat. Sie flitzen unter den knisternden Blättern hervor; kupferfarbene Tiere, die wie Asseln aussehen.

Anders als Asseln beißen sie aber. Sarius' Stiefel haben kaum Verteidigungswert, sie halten die Bisse nicht ab. Der Verletzungston, den er in den letzten Minuten kaum noch wahrgenommen hat, legt an Lautstärke zu.

Er hackt mit dem Schwert nach den Tieren, die sich zu glänzenden Klumpen zusammenrotten. Und von denen einige, wie er zu seinem Schrecken bemerkt, an rechteckigen Papierstücken nagen, die aussehen wie die Bilder, nach denen er sucht.

Abhauen ist also keine Option. Der einzige Grund, warum er hier ist, sind die Bilder, und die werden gerade von diesen gefräßigen Asseln vertilgt. Er packt das Schwert fester und schlägt auf den schimmernden Haufen ein, ohne großen Erfolg. Die kupferfarbenen Panzer der Tiere scheinen unzerstörbar zu sein. Erst als er eines von ihnen zufällig seitlich aushebelt und auf den Rücken dreht, sieht er, wo die Schwachstelle liegt: Der Bauch ist rosig und weich.

Von da an ist es nur noch eine Frage von Minuten. Sarius lässt keine der Asseln am Leben. Als er mit ihnen fertig ist, durchsucht er die Innenseite des Schädels gründlich und zählt stolze vierundsechzig Bilder, die er erbeutet hat. So kann es weitergehen. Er wird sich jetzt den nächsten Riesenkopf vornehmen und ...

In den Verletzungston mischt sich ein weiteres Geräusch,

vertraut, aber im Moment leider lästig. Er wird es ignorieren, sich später darum kümmern, zuerst muss er seine Sammlung vervollständigen.

Doch als er aus der Augenhöhle wieder hinausklettern will, seilt sich gerade jemand nach unten ab. Einer der Gnome, die der Bote gern als Handlanger benutzt. Dieser hier ist dunkelgrün im Gesicht, seine Augen leuchten weiß.

»Sarius«, krächzt er. »Du wirst gerufen.«

»Ich weiß, aber das eilt nicht.«

»Darüber entscheiden wir, nicht du. Für den Moment bist du entlassen. Kehre zurück, wenn die Uhr zwölf schlägt und der alte Tag stirbt.«

Keine gute Idee. »Ich bin aber noch nicht fertig! Ich muss weitersuchen, diese verdammten Asseln fressen sonst meine ...«

»Ich sagte, wenn die Uhr zwölf schlägt.« Der Gnom grinst und entblößt dabei spitze rote Zähne. »Sei pünktlich.«

Er hebt die Arme, und die Welt versinkt in Finsternis.

Nick starrte auf seinen schwarzen Bildschirm und ballte die Hände zu Fäusten. Das durfte jetzt einfach nicht wahr sein. Er hatte erst einen Bruchteil der Fotos wiedergefunden, und wenn sein verfluchtes Handy eben nicht geläutet hätte ...

Er griff danach und warf einen Blick auf das Display. *Jamie. Entgangener Anruf*, stand da. Meine Güte, was wollte er denn? Sie trafen sich doch ohnehin heute Abend! Nick schloss kurz die Augen, und als er sie wieder öffnete, sah er seine Desktopoberfläche vor sich.

Immerhin. Hastig öffnete er seine Dateien und fand im Bilderordner das Unterverzeichnis Cindy&Max. Es war wieder da, dem Himmel sei Dank.

Doch natürlich enthielt er nicht die gesamten tausendsiebenhundert Fotos, sondern nur die einhundertfünfundachzig, die Nick eben eingesammelt hatte.

Sorgsam ging er sie durch, überprüfte jedes genau, und wie sich zeigte, tat er gut daran. Auf einem saß Cindy am Schminktisch und lächelte in den Spiegel, während eine Freundin ihr das Haar aufsteckte. Das war der Teil des Bildes, der okay aussah.

Ihre Reflexion im Spiegel dagegen war verstörend. Aus Cindys Augenhöhlen quoll Erde; sie lächelte nicht, sondern bleckte Zähne, die so spitz und rot waren wie die des Gnoms vorhin. Und ihre Freundin hielt keine Bürste in der Hand, sondern ein langes, bluttriefendes Messer.

Nick hörte sich aufstöhnen. Das war ein wirklich gutes Foto gewesen, aber es würde auch mit Photoshop nicht zu retten sein. Zum Glück gab es noch drei sehr ähnliche, die unbehelligt geblieben waren.

Von der Serie, die er beim Ringtausch geschossen hatte, waren fünf Bilder unter den erbeuteten. Von den Gruppenbildern, auf denen alle Gäste an den Treppen aufgestellt waren, gab es drei. Der Rest verteilte sich auf Bilder vom Dinner, vom Tanz, von den Vorbereitungen der Braut. Zwei Detailaufnahmen von Cindys cremefarbenen Pumps, eine vom Brautstrauß.

Kein einziges Bild vom Brautpaar im weißen Pavillon. Aus denen sollte aber das offizielle Foto des Paars ausgesucht werden. Das Bild, das sie auf die Dankeskarten drucken wollten. Nick vergrub das Gesicht in den Händen. Es war völlig klar, dass das Spiel die wichtigsten Dateien zurückhielt, um sicherzustellen, dass er wiederkam. Aber warum nur, zum Teufel?

Seufzend griff er zu seinem Handy und rief Jamie zurück.

»Hi, was gibt's denn?«

»Hey, Nick. Ich wollte nur fragen, ob es für dich okay ist, wenn wir uns um acht treffen und nicht schon um halb? Wird sonst knapp für mich.«

»Alles klar, kein Problem.« Nick fuhr sich durchs Haar. »Aber dafür hättest du mir auch eine Textnachricht schicken können.«

Ein paar Sekunden lang herrschte Schweigen am anderen Ende der Leitung. »Ja, schon«, sagte Jamie dann langsam. »Ich bin bloß gerade Auto gefahren. Tut mir leid, wenn ich dich gestört habe.«

»Quatsch.« Nick kam sich plötzlich lächerlich vor. »Ist schon in Ordnung so, es war nur gerade etwas ungünstig, ich war ... beschäftigt.«

»Oh. Sorry.« Man konnte Jamies Grinsen beinahe hören. »Mit Claire?«

»Nein, mit Arbeit. Also, bis acht, okay?« Nick legte auf. Die Erwähnung ihres Namens hatte ihm eben mit einem Stich zu Bewusstsein gebracht, dass er von Claire nun schon seit zwei Tagen nichts mehr gehört hatte. Was schieflaufen konnte, lief schief, aber über sein Liebesleben konnte er sich später noch Gedanken machen. Im Moment hatte der Fotoauftrag Vorrang.

Nick suchte fünfzehn gelungene Bilder aus seinen wiedergewonnenen Dateien heraus und begann sie zu bearbeiten. Jedes davon inspizierte er zu Beginn auf ekelige Special Effects, die das Spiel eventuell eingebaut hatte – Spinnen, Würmer, abgeschnittene Hände auf den Tellern der Festgäste –, aber die Fotos waren in Ordnung.

Er verkleinerte sie auf ein E-Mail-freundliches Format und schickte sie an Cindy, unter dem Betreff »Ein erster Eindruck«. Hoffentlich war sie damit für den Anfang zufrieden.

Dann genehmigte er sich eine schnelle Dusche, zog frische Sachen an und machte sich auf den Weg ins West End.

Jamie saß bereits im Foxlow, an einem der Tische nahe der Bar, über der die große Leuchttafel hing, die das Markenzeichen des Lokals war. Die Sprüche darauf wurden alle paar Tage getauscht. Der aktuelle lautete: *Es heißt Selfie, weil Narzisstie zu schwer zu buchstabieren ist.*

Vor Jamie stand ein großes Glas Cider auf dem Tisch, er tippte auf seinem Handy herum und blickte erst auf, als Nick sich auf den Stuhl ihm gegenüber setzte. »Na endlich, ich verhungere schon. Hi, Kumpel.«

»Hi.« Nick schälte sich aus seiner Jacke. »Tut mir leid, dass ich zu spät bin.«

»Kein Problem. Hauptsache, wir hauen uns jetzt beide mindestens zwei Double Bacon Cheeseburger rein. Ich habe seit fünf Tagen nichts Anständiges gegessen.« Jamie grinste und entblößte dabei die schiefen Zähne, die ihm zu Schulzeiten jede Menge Spott eingebracht hatten.

»Weiß Tara diesmal, dass du hier bist?« Nick mochte Jamies Freundin sehr, aber er war noch nie zuvor einer so militanten Veganerin begegnet. Unter Taras Herrschaft waren nicht nur Fleisch, sondern auch Eier und Honig gnadenlos aus Jamies Küche verbannt worden, stattdessen zogen Dinkel, Tofu und Hafermilch ein. Außerdem Unmengen von getrockneten Algen, die nach Fisch stanken, die Tara als Halbjapanerin aber unverzichtbar fand.

Jamie hatte sich mittlerweile daran gewöhnt und behauptete sogar, seine Migräneanfälle seien seltener geworden, doch ab und zu überkam ihn das heftige Bedürfnis nach Fleisch. Dann gingen er und Nick ins Foxlow und aßen, bis sie nicht mehr konnten.

»Tara weiß, dass wir uns treffen.« Jamie winkte der Kellnerin mit beiden Armen, als wolle er ein Flugzeug einweisen. »Sie lässt dich grüßen.«

Sie bestellten, dann begann Jamie von seiner Arbeit in der Anwaltskanzlei zu erzählen, und Nick bemerkte, wie seine Gedanken abschweiften. Er fragte sich, ob das Spiel nicht schon wieder bereit war, ob er nicht längst weitere Bilder zurückgewinnen konnte. Ob Cindy ihm bereits geantwortet hatte.

Was, wenn die beschissenen Asseln seine Fotos fraßen, während er hier saß und Burger futterte? Hunger hatte er sowieso nicht, und ...

»Langweile ich dich sehr?« Jamie versetzte ihm unter dem Tisch einen freundschaftlichen Tritt.

»Was? Nein! Tut mir leid, ich hatte nur ein paar Probleme ... mit meiner Kamera. Ich habe gestern auf einer Hochzeit fotografiert, und etwas stimmt mit der Speicherkarte nicht. Das geht mir nicht richtig aus dem Kopf.«

»Oh.« Jamie zog eine Grimasse. »Das ist allerdings übel. Aber falls du es nicht selbst hinkriegst, ich habe eine Freundin, die ist Weltmeisterin im Datenretten. Wenn du willst, gebe ich dir ihre Handynummer.«

Bevor Nick noch antworten konnte, wurden die Burger serviert, und Jamie stürzte sich auf seinen, als könnte der sonst die Flucht ergreifen.

Nick aß ebenfalls, wenn auch ohne Appetit. Mit seinem besten Freund hier in diesem vertrauten Lokal zu sitzen gab den Erlebnissen von heute Nachmittag etwas Unwirkliches. Dass Erebos zurück sein sollte, fühlte sich wie ein verschwommener Albtraum an, nun, wo Nick hier zwischen lachenden, essenden Menschen saß.

Aber natürlich trog ihn seine Erinnerung nicht. Er hatte mit

Sarius im Schädel eines toten Riesen gestanden. Er war dem Boten begegnet.

Das Bedürfnis, mit Jamie über alles zu sprechen, wurde plötzlich übermächtig. Er war schon damals ein Gegner von Erebos gewesen, hatte sich Nicks DVD nicht aufdrängen lassen. Im Gegenteil, er hatte sich gemeinsam mit ein paar anderen gegen das Spiel starkgemacht, und er hatte entsetzlich teuer dafür bezahlt. Dass nur eine starke Migräne aus dieser Zeit zurückgeblieben war, hielten Jamies Ärzte für ein mittelgroßes Wunder.

Wenn Nick ihm vom Neuerwachen des Spiels erzählte ... dann zog er ihn wieder in die Sache hinein, oder? Dann brachte er ihn ein weiteres Mal in den Fokus von Erebos, und niemand hatte das weniger verdient als er.

»Sag mal, glaubst du, dein Burger kriegt Junge, wenn du ihn hypnotisierst?«

Nick schrak zusammen und Jamie lachte. »Du starrst ihn an, als hätte er Antworten auf alle brennenden Fragen der Welt. Ist aber nur ein Burger, wenn auch ein sensationell guter. Iss ihn oder gib ihn mir.«

Ohne zu zögern, reichte Nick ihm seinen Teller, und Jamie griff sofort zu. »Selbst schuld«, erklärte er mit vollem Mund.

»Ja.« Nick verschränkte die Finger ineinander. »Ähm ... ich würde dir gern etwas erzählen, aber ich bin nicht sicher ob –«

In seiner Hosentasche vibrierte das Handy.

»Ja?« Jamie kaute mit halb geschlossenen Augen. »Erzähl ruhig. Ich werde nichts verraten, du hast mich schließlich in der Hand. Wenn du Tara von dieser Burger-Orgie erzählst, bin ich ein toter Mann.«

Toter Mann. Das Bild stand Nick unmittelbar wieder vor Augen, der Tote Mann in seinem langen schwarzen Mantel, wie er einen Stock in die Flammen seines Lagerfeuers hielt. Von ihm war diesmal nichts zu sehen gewesen.

»Es ist«, begann er, und wieder vibrierte sein Handy. Cindy, war Nicks erster Gedanke. Die mir schreibt, wie sehr ihr die Fotos gefallen.

Er zog das Smartphone aus der Hosentasche. Blinzelte ungläubig.

Die gelben Augen des Boten, auf schwarzem Grund. Darunter, in roter Schrift: *Tu es nicht.*

Nick atmete ein, verschluckte sich, hustete. Augen und Schrift verschwanden, stattdessen zeigte das Display jetzt eines der Hochzeitsfotos – das Brautpaar im weißen Pavillon; Max hatte seine Arme um Cindy geschlungen. Doch nun löste er die Umarmung, hob die Hände, legte sie Cindy um den Hals, drückte zu. Sie riss den Mund auf, versuchte nach Luft zu schnappen, ihre Augen quollen hervor …

»Was ist denn los?« Jamie klang alarmiert. »Nick! Ist etwas passiert? Du bist schneeweiß im Gesicht!«

Er wollte lachen, eine harmlose Ausrede finden; tun, als wäre nichts passiert. Doch es gelang ihm nicht, er konnte die Augen nicht von dem Bild abwenden, auf dem Max sich nun langsam in eine hochgewachsene Version eines Gnoms verwandelte und ihm die grüne, warzenbesetzte Zunge herausstreckte.

Erebos bekam mit, was Nick sagte. Wahrscheinlich wusste es auch, mit wem er gerade zusammensaß.

»Tut mir leid«, presste er heraus. »Ich muss weg.« Mit zitternden Fingern fischte er drei Zehn-Pfund-Scheine aus seiner Jackentasche, legte sie auf den Tisch und floh ohne jede weitere Erklärung.

Am Himmel steht ein einzelner goldener Stern. Torqan läuft durch die Dämmerung, mit gezogenem Schwert. Seit er den Turm verlassen hat, irrt er ziellos herum und fragt sich, was er hier eigentlich übersieht. Bisher hat er bloß eine Art Wildschwein erlegt, das neben ihm aus dem Gebüsch gebrochen ist. Ein Wildschwein mit Hauern neben dem Maul und einem langen Horn, das aus der Stirn ragte. Dieses Horn trägt Torqan jetzt bei sich; könnte ja sein, dass er es später noch brauchen wird.

Außer natürlich es passiert hier nichts weiter.

Kaum hat er das gedacht, bringt ihn etwas zu Fall. Er rollt sich ab, springt sofort wieder auf und sieht sich das Hindernis an – eine umgekippte Felsplatte, die geformt ist wie ein Grabstein. Es ist eine Inschrift eingemeißelt, aber kein Name, auch kein Sterbedatum, sondern ein merkwürdiger Satz: *Die Toten sammeln sich.*

Torqan wischt die Platte sauber und verscheucht zwei aschgraue Käfer, die aus Ritzen im Stein herauskrabbeln.

Die Toten sammeln sich? Sind damit gescheiterte Krieger gemeint, die schon wieder ausgeschieden sind? Oder laufen hier Zombies herum?

Er geht weiter, setzt einen vorsichtigen Schritt vor den anderen, bis er in einiger Entfernung Rauschen hört. Klingt nach Wasser. Er folgt dem Geräusch und stößt nach kurzer Zeit auf einen Fluss, doch was darin fließt, will er besser gar nicht wissen. Blut? Der Farbe nach ja.

Er bleibt nahe am Flusslauf, der sich schnurgerade durch die Landschaft zieht. Ist außer ihm wirklich niemand hier? Dann könnte er sich eigentlich an den goldenen Steinen bedienen, die den Strom an beiden Seiten einfassen. Wie glänzende Ränder an einer roten Samtschleppe.

Doch die Steine lassen sich nicht bewegen, geschweige denn aufheben. Dafür taucht ein Paar silbern schimmernder Stiefel neben ihm auf, die Schritte der Besitzerin waren lautlos. Torqan blickt hoch und hält die Luft an. Eine Vampirin mit dunkler Haut, nachtschwarzen Augen und ebensolchem Haar. Ihr Gesicht ist ihm vertraut, es ist das schönste Gesicht, das er kennt. Sie nennt sich Soryana, und sie lächelt ihn an.

Die fremde Welt ist soeben ein herrlicher Ort geworden. Nie hätte Torqan damit gerechnet, ausgerechnet ihr hier zu begegnen, jetzt müssten sie sich nur noch unterhalten können. Wie war das schnell mit den Feuern?

Bevor er sich eine Lösung überlegen kann, hebt Soryana grüßend die Hand und verschwindet im Wald. Verschmilzt mit der Dunkelheit. Torqan läuft ihr ein paar Schritte nach, doch sein Mantel bleibt ständig an Ästen hängen, seine Füße verfangen sich in verschlungenen Wurzeln. Als wollten die Bäume ihn festhalten.

Frustriert und alleine kehrt er zum roten Fluss zurück und entdeckt nun in einiger Entfernung Licht. Als läge ein Stück den Weg entlang eine Siedlung, na immerhin, dort erklärt man ihm bestimmt, wie es weitergeht.

Er legt an Tempo zu, sieht sich aber immer wieder in alle Richtungen um – vielleicht ist Soryana noch in der Nähe, oder er findet heraus, wo sich die Toten sammeln. Möglicherweise in den Häusern, denen er immer näher kommt. Eigentlich sind es Hütten, zwischen denen sich Lichter bewegen.

Ja, richtig. Sie bewegen sich, und sie flackern ein wenig, aber anders als Fackeln oder Laternen. Eher wie sehr große rote Glühwürmchen.

Kurz bevor Torqan die Siedlung erreicht, stolpert er wieder, diesmal ist es aber kein Stein, der ihn zu Fall bringt, sondern ein Körper. Eine Frau, ausgemergelt und leblos. Ob sie wirklich tot ist, kann er nicht mehr feststellen, denn jetzt hört er lautes Flappen, wie von großen Flügeln, und stellt fest, dass eines der Lichter auf ihn zufliegt.

Der rot glühende Fleck entpuppt sich als leuchtender Unterleib einer riesigen, geflügelten Heuschrecke, die knapp vor ihm landet und ein Maul mit skalpellartigen Kieferzangen entblößt.

Dass es gleich so heftig losgeht, damit hat Torqan nicht gerechnet. Das Vieh ist gut dreimal so groß wie er, und sein Schwert wirkt wie ein Buttermesser gegen das Gebiss der Heuschrecke, die jetzt zu allem Überfluss auch noch einen Stachel ausfährt; lang, silbrig und spitz wie eine Nadel.

Er hat noch keine Kampferfahrung, wenn man von dem kurzen Geplänkel mit dem Wildschwein absieht, aber ihm ist klar, dass er das Tier an der Seite erwischen muss, wenn er es verletzen will, ohne selbst dabei draufzugehen. Noch besser wäre ein Treffer in den Bauch, doch das ist deutlich schwieriger.

Torqan tänzelt um die Heuschrecke herum, er ist jedenfalls wendiger als sie. Und als er einen Hieb gegen ihren linken Hinterlauf setzt, kreischt sie auf. Milchig weißes Blut quillt aus der Wunde.

Nach einer Schrecksekunde geht sie zum Gegenangriff über, und Torqan muss abwechselnd ihren metallenen Kiefern und ihrem Stachel ausweichen.

Trotzdem flieht er nicht, bisher hat das Mistvieh ihn nicht

erwischt, seine Sprünge gleichen kurzen Flügen, Vampir zu sein ist geil.

Bis er bei einem dieser Sprünge auf einer weiteren Leiche landet und strauchelt. Nun ist die Heuschrecke über ihm, sie kreischt metallisch, es ist die abscheulichste Art von Lachen, die er je gehört hat. Dann beißt sie zu, und ein neuer Ton mischt sich zu ihrem Schrei, noch widerlicher, noch schmerzhafter.

Im nächsten Moment lässt sie von ihm ab.

Torqan begreift nicht, was passiert ist, aber er arbeitet sich sofort wieder auf die Füße. Sieht, dass der breite rote Gürtel, den er von Anfang an getragen hat, sich zu einem Drittel grau verfärbt hat.

Der Ton bleibt, Torqan fühlt einen ersten Anflug von Kopfschmerzen, aber darauf kann er jetzt nicht achten, denn ihm wird klar, warum die Heuschrecke ihm nicht den Rest gegeben hat. Sie ist von einem anderen Gegner abgelenkt worden, einem Barbaren mit stählernem Brustpanzer über dem blanken Oberkörper, gehörntem Helm und einer Doppelaxt, die er immer wieder gegen den Leib des Tieres schwingt.

Torqan packt sein Schwert fester. Der rot glühende Unterleib der Heuschrecke ist zum Greifen nahe. Erst versucht er, den Stachel abzuhacken, doch das ist, als würde er mit seiner Klinge gegen eine andere schlagen. Metall auf Metall. Also sticht er auf das leuchtende Rot ein.

Der Schrei der Heuschrecke ist markerschütternd, sie dreht sich um die eigene Achse, bäumt sich auf, bricht schließlich zusammen. Das Leuchten erlischt. Die Flügel zucken noch einmal, dann liegt sie still.

Der hinzugekommene Barbar mustert Torqan kurz und gibt ihm dann mit einer Geste zu verstehen, er soll ihm folgen.

Sie gehen auf die Siedlung zu, wo immer noch da und dort rot leuchtende Flecken zu erkennen sind. Torqan weiß nun, was sie zu bedeuten haben, also würde er eigentlich lieber eine andere Richtung einschlagen. Obwohl, ziellos in der Gegend herumgelaufen ist er lange genug. Dann lieber Heuschrecken zerhäckseln.

Er überprüft den Namen seines neuen Weggefährten – Mandrik heißt er. Ihre frisch geschlossene Partnerschaft bewährt sich, denn noch bevor sie die Hütten erreichen, hebt eine weitere Heuschrecke ab, steuert als dunkler Schatten auf sie zu und stößt auf sie herab.

Sie ist größer als die letzte, trotzdem erledigen sie sie schneller. Torqan weiß jetzt, wo die schwache Stelle liegt, und ist die einmal getroffen, ist der Kampf gewonnen.

Danach zieht Mandrik etwas aus einer Gürteltasche hervor und kniet sich auf den Boden. Sekunden später züngeln Flammen aus einem kleinen Stapel zusammengekratzter Äste.

»Hallo. Du bist neu hier, oder?«

Torqan erinnert sich. Gespräche mit anderen sind nur an Feuern möglich.

»Ziemlich neu. Und du?«

»Ich auch. Ich bin seit drei Tagen dran, und es läuft immer besser. Es ist schon das zweite Dorf, das ich von Heuschrecken säubere.«

Aha. Torqan setzt sich, weil Mandrik es ebenfalls getan hat. »Ist das unsere Aufgabe? Heuschrecken töten?«

»Im Moment schon. Es gibt Belohnungen dafür. Vorhin haben wir Helme bekommen. Und ein paar andere Dinge.«

Bekommen, nicht erbeutet? Von wem denn? Und was heißt …

»Wir? Sind hier noch mehr Leute?«

»Gesehen habe ich bisher drei«, sagt Mandrik. »Aber jetzt ist bloß noch einer hier.« Er blickt in Richtung der Hütten, wo nichts mehr rot leuchtet. Dafür schält sich eine große dunkle Gestalt aus den Schatten und kommt auf sie zu.

»Ich würde am liebsten meine ganze Zeit hier verbringen«, stellt Mandrik fest und wirft ein paar Äste ins Feuer. »Erst hat es so ausgesehen, als wäre nicht mehr als eine Stunde am Tag drin. Ständige Kontrolle, echt mühsam. Aber dann habe ich einen Weg gefunden. Na gut, nicht ich selbst, aber egal. Wie ist es bei dir?«

»Geht so. Meine Eltern sehen mir nicht mehr groß auf die Finger.«

»Da hast du totales Glück, bei mir ist es echt schwierig. Aber seit gestern habe ich Verbündete, mit denen hätte ich nie gerechnet.« Er blickt auf, denn die Gestalt, die sich vom Dorf her nähert, ist schon fast bei ihnen. »Mit ihm musst du ein bisschen vorsichtig sein, er wird schnell wütend«, erklärt er Torqan. »Und er ist abartig stark. Wenn du mit ihm gemeinsam kämpfst, bist du auf der sicheren Seite.«

Die Gestalt kommt näher. Auch ein Barbar, vermutet Torqan. Noch größer und muskelbepackter als Mandrik. Der Schein des Feuers erfasst ihn, und Torqan versteht, was sein Mitkämpfer gemeint hat; der Neue sieht aus wie der König aller Krieger. Als Helm trägt er einen vergoldeten Pferdeschädel, seine Stiefel sind gepanzert und mit Stacheln gespickt. In der linken Hand hält er ein Schwert, das Torqan vermutlich nicht einmal vom Boden aufheben könnte.

Er setzt sich nicht. Stellt sich nur breitbeinig ans Feuer und wirft einen geringschätzigen Blick in die kleine Runde.

»Ein Vampir. Denen sollte man besser misstrauen, meiner Erfahrung nach. Du heißt – wie?«

»Torqan.« Er ist immer noch ein wenig stolz auf den gelungenen Namen. Kurz zögert er, dann gibt er sich einen Ruck. »Und du?«

Der riesige Barbar dreht langsam den Kopf. »Ich bin BloodWork.«

Nachdem sie sich vorgestellt haben, tritt Schweigen ein. Torqan würde gerne ein paar Sachen fragen, aber BloodWork schüchtert ihn ein. Es waren vorhin sicher sieben oder acht der rötlich leuchtenden Heuschrecken in der Siedlung – die muss er alle eigenhändig erlegt haben.

Nun blickt er regungslos in Richtung des roten Flusses. Mandrik wirft immer wieder dürre Äste ins Feuer, um es am Leben zu halten. »Ich wüsste ja gerne, ob man wirklich raus ist, wenn man im Kampf stirbt«, sinniert er. »Das wäre echt Mist. Ich bin erst kurz dabei, aber seitdem ist es, als würde mir die Welt zu Füßen liegen. Alles klappt! Nicht nur hier, sondern –«

»Sei doch still!«, fällt BloodWork ihm grob ins Wort. »Erebos mag keine Schwätzer.«

»Puh, du bist ja schlecht gelaunt.« Mandrik reckt den Hals, als würde er nach jemandem Ausschau halten. Doch sie sind weit und breit die Einzigen hier.

Nach einiger Zeit ist Torqan die Herumsitzerei leid. »Wir könnten die Hütten durchsuchen, was meint ihr?«

BloodWork schenkt ihm nur einen kurzen Blick. »Nein.«

»Wir warten«, ergänzt Mandrik.

Worauf denn, will Torqan fragen, aber er verkneift es sich. Er ist hier der Neue, so viel ist klar, er kennt die Gebräuche noch nicht.

»Wisst ihr, wie man dieses abartige Geräusch wieder wegbekommt?«, erkundigt er sich, um das Gespräch am Laufen zu halten. »Eine der Heuschrecken hat mich gebissen, seitdem habe ich diesen Ton in den Ohren ...«

»Wirst du aushalten«, unterbricht BloodWork ihn barsch und hebt einen Herzschlag später aufmerksam den Kopf. Nun hört Torqan es auch. Hufgetrappel.

Mandrik springt auf, und auch Torqan kommt wieder auf die Beine. Soll er sein Schwert ziehen? Oder sind es befreundete Kämpfer?

Kaum kommt der Reiter in Sichtweite, ist alles klar. Es ist der knochige, gelbäugige Mann in der blutbefleckten Rüstung, der ihn zu Beginn einen Namenlosen genannt hat. Der Bote.

Kurz bevor er das Feuer erreicht, zügelt er sein Pferd, das schnaubt und vor ihnen steigt. Silbrig glänzende Hufe schimmern im Mondschein.

»Seid gegrüßt«, sagt der Bote. »Ich sehe, ihr habt gute Arbeit geleistet.«

»Wir haben sie alle erledigt«, antwortet Mandrik eifrig.

Die gelben Augen fixieren ihn, dann gleitet ihr Blick zu BloodWork, der merkwürdig unbeteiligt wirkt, am Ende heften sie sich auf Torqan.

»Nicht übel für einen ersten Kampf«, sagt der Bote. Seine Stimme klingt heiser, hallt aber dennoch in Torqans Ohren. Der unangenehme Ton ist verschwunden, wie er mit vager Dankbarkeit wahrnimmt.

»Gute Kämpfer werden belohnt. Gib mir dein Schwert, ich habe etwas Besseres für dich.«

Wie aus dem Nichts erscheint ein Morgenstern in der Hand des Boten. Der Griff ist schwarz und mit Leder umwickelt, die Kette ist aus dicken Ringen geschmiedet, die Spitzen, mit denen die Stahlkugel gespickt ist, leuchten in hellem Blau.

»Wir haben gut daran getan, dich in unsere Reihen aufzunehmen« fährt er fort. »Nicht wahr, BloodWork?«

Der riesige Barbar verschränkt die Arme vor der Brust. »Meine Meinung dazu ist nicht ausschlaggebend.«

»Aber, aber.« Der Bote bleckt lange Zähne zu einem furchterregenden Lächeln. »Wir sind doch alte Bekannte. Ich schätze deine Meinung.«

BloodWork nickt und entfernt sich ein paar Schritte vom Feuer.

»Halt.« Die reibeisenartige Stimme des Boten ist plötzlich kalt wie Eis. »Ich habe dir nicht gestattet zu gehen. Du hast deine Belohnung noch nicht erhalten.« Er lenkt sein Pferd auf BloodWork zu, sperrt ihm den Weg ab. »Du willst doch belohnt werden, oder? Erinnerst du dich nicht mehr, wie die Alternative aussieht? Weißt du nicht, was geschieht, wenn du dich widersetzt? Hast du deine Lektion nicht gelernt?«

Drei Sekunden vergehen, vier. Dann kehrt der Barbar schweigend ans Feuer zurück.

»Wir wahren unsere Gebräuche«, sagt der Bote, nun wieder freundlicher. »Du hast hervorragend gekämpft, alter Freund. Ich möchte dir einen neuen Brustpanzer schenken, der Feuerzauber und Gift abwehrt. Du wirst schon bald Verwendung für ihn haben. Wenn alles bereit ist für eure große Mission.«

»Aha«, wagt Mandrik sich vor. »Und worin besteht die?«

Der Bote blickt ihn durchdringend an. »Wer weiß? Einen König stürzen? Eine Prinzessin befreien? Eine Fee retten? Den Tod besiegen oder von ihm in die Arme genommen werden? Was würdest du denn gerne tun?«

»Drachen wären cool«, murmelt Mandrik. »Kann ich mich auch zur Harpyie befördern lassen?«

Schwer zu sagen, ob der Bote lächelt oder die Zähne fletscht.

»Eine Harpyie wirst du nie.« Er wendet sich wieder Blood-Work zu. »Nimm dein Geschenk entgegen, Freund.«

»Danke.« Der Barbar greift nach dem Rüstungsteil; es ist von so dunklem Rot, dass es beinahe schwarz wirkt. »Kann ich mich jetzt zurückziehen?«

»Du kannst.« Der Bote verabschiedet ihn mit einer lässigen Handbewegung. Er belohnt Mandrik noch mit kraftverstärkenden Handschuhen und einem Trank, der ihm mehr Ausdauer verschaffen soll, doch das bekommt Torqan nur am Rande mit. Er kann seine Augen nicht von BloodWork wenden, der wirkt, als würde die Last seines neuen Panzers ihn fast erdrücken.

Danach ziehen sie endlich weiter. Der Bote hat sie nach Osten geschickt, und es scheint, als wüsste BloodWork damit, welche Richtung sie einschlagen müssen. Nicht lange, und sie treten aus der Dunkelheit der Nacht in die noch viel tiefere Finsternis eines Waldes.

Weit und breit kein Feuer mehr, also kann Torqan niemanden fragen, was im Osten zu erwarten ist. Noch mehr Heuschrecken?

Mit seinem langen Haar bleibt er immer wieder an Ästen hängen und überlegt, ob er es nicht einfach mit seinem Schwert abschneiden soll. Er ist ohnehin schon der langsamste in der kleinen Gruppe, und die beiden anderen denken nicht daran, auf ihn zu warten.

Er hält Schritt mit ihnen, so gut er kann, aber ihm geht viel zu schnell die Puste aus. Bald wird er allein in diesem Wald stehen, aus dessen Gebüsch ihm drohende Augen entgegenleuchten, wenn er genauer hinsieht. Manche rot, manche grün. Zudem stehen die Bäume immer dichter, es dringt kaum noch

Mondlicht durch die Zweige. Demnächst wird er Mandrik und BloodWork aus den Augen verlieren … andererseits, hat er nicht Nachtsicht als besondere Fähigkeit gewählt? Doch, hat er; er muss sie bloß einsetzen.

Kaum hat er sich dazu entschieden, läuft es viel besser. Er kann Abkürzungen nehmen und schwierigen Stellen ausweichen; er sieht, wie der Abstand zu den Barbaren immer kürzer wird.

Und dann sieht er noch etwas anderes. Eine Art Trampelpfad, der nach rechts führt. In dieser Richtung wirkt der Wald weniger gefährlich, dafür aber geheimnisvoller. In einiger Entfernung blühen dunkle Blumen, glänzen wie Edelsteine.

Noch etwas ist neu. Torqan weiß nicht genau, seit wann er Musik hört, aber jetzt ist sie jedenfalls da. Sie klingt nach Aufbruch, nach Abenteuer. Sie macht ihm klar, dass er die Hauptperson in dieser Welt ist, auch wenn die anderen das noch nicht erkannt haben.

Er zögert, sieht Mandrik und BloodWork hinterher, die beide nicht registrieren, dass er zurückbleibt. Die es wohl auch nicht kümmert. Langsam setzt er einen ersten Schritt auf den Pfad, und die Musik schwillt an, sie ist wie eine Begrüßung.

Torqan geht weiter. Es ist viel einfacher jetzt, er gerät nicht mehr außer Atem, die Äste greifen nicht mehr nach seinem Haar, im Gegenteil. Es wirkt, als würde alles Dornige vor ihm zurückweichen.

Ob er die Barbaren noch im Blickfeld hat, kümmert ihn nicht mehr. Wohin sie laufen, ist egal, er jedenfalls ist auf dem richtigen Weg. Wenn er sich nicht täuscht, kann er zwischen den Bäumen warmes Licht erkennen, als gäbe es dort ein Dorf. Es ist noch ein Stück entfernt, aber in vier oder fünf Minuten müsste er es erreicht haben.

Ein Reh tritt aus dem Dickicht, sieht ihn einen langen Moment aus dunklen Augen an und verschwindet wieder zwischen den Bäumen. Es ist, als würde alles hier Torqan willkommen heißen. Als käme er nach Hause.

Der Weg neigt sich jetzt ein wenig, kleine Äste brechen unter seinen Stiefeln, über ihm erhebt sich etwas mit lautem Flügelschlag in die Lüfte. Er glaubt nun wirklich, ein Dorf zu erkennen, das in einer Senke vor ihm liegt. Geduckte Holzhäuser, hinter deren Fenstern Licht brennt, ein Brunnen, ein steinerner Turm …

Plötzlich ein Laut wie von einem Kanonenschuss, ein Schlag, ein Knall – und das Dorf ist verschwunden, alles ist verschwunden, alles in Schwärze getaucht.

Ein freundschaftlicher Rempler gegen Dereks Schulter. »Hey, Bruder, hast du mich gar nicht gehört?«

Er fuhr herum, so verstört, als hätte man ihn aus dem Tiefschlaf gerissen. »Rosie. Echt nicht witzig, warum musst du mich so erschrecken?«

Sie warf die Tasche mit ihren Tanzsachen auf sein Bett und setzte sich daneben. »Ich habe geklopft. Dreimal. Warum sitzt du vor einem ausgeschalteten Computer?«

Als wollte der Rechner die Frage selbst beantworten, wurde der Monitor wieder hell und zeigte Dereks Desktopoberfläche an. Kein Wald mehr, kein Dorf. »Ich habe ihn nur neu gestartet.«

»Alles klar.« Rosie beugte sich ein Stück vor, er konnte die Aufregung in ihren Augen lesen. »Rate, wer bei unserem nächsten Klassenabend eines von den vier Mädchen ist, die *Someone in the Crowd* singen dürfen. Und tanzen natürlich. Na?«

Dereks halbe Aufmerksamkeit hing immer noch an seinem

Monitor, wo theoretisch jederzeit das Spiel weitergehen konnte, es aber nicht tat. »Ähm. Du, schätze ich? Mir sagt bloß *Someone in the Crowd* nichts.«

»Ist aus *La La Land*, geniale Nummer, mit Stepptanz. Die drei anderen Mädchen sind schon sechzehn, ich bin die Jüngste!« Sie strahlte ihn an, und er lächelte zurück. Sosehr ihn die Unterbrechung störte, sosehr freute er sich für Rosie. »Sie hätten sowieso niemand besseren als dich finden können.« Warum hatte Erebos sich eigentlich ausgeschaltet? Derek hatte nichts getan, er war bloß auf die Lichter im Wald zugesteuert.

»Hast du gerade Schulzeug erledigt?« Rosie wies auf den Computer. »Mathe gelernt? Wird langsam Zeit!«

Sie hatte es also nicht gesehen. So irrwitzig der Gedanke auch war, es machte ganz den Eindruck, als hätte das Spiel sich versteckt, als die Tür geöffnet worden war. Derek lachte schnaubend auf, was Rosie prompt falsch verstand.

»Oh, sorry, dass ich gefragt habe.« Sie richtete in einer gespielt drohenden Geste den Zeigefinger auf ihn. »Arbeiten. Los.«

»Ja, Mama«, sagte er und verdrehte die Augen. »Sonst noch was?«

»Nein.« Sie sprang auf und hängte sich die Tasche über die Schulter. »Außer, dass jemand von uns noch Milch und Eier kaufen soll, sonst sieht es morgen düster aus mit Frühstück. Hat Mum mir geschrieben. Heute Abend bringt sie Sushi mit.« Eine Pirouette, zwei tänzelnde Schritte und Rosie war aus dem Zimmer. »Wir wissen beide, dass du dran bist, und diesmal lasse ich mich nicht weichklopfen.« Die Tür fiel ins Schloss, und von draußen hörte Derek seine Schwester singen, irgendwas mit »Mission« und »Casting Call«.

Nach kurzer Suche fand er das rote E unter seinen Programmicons, klickte darauf, doch nichts rührte sich. Wahrscheinlich würde er den Computer tatsächlich neu starten müssen. Nachdem er mit den Einkäufen von Sainsbury's zurück war.

Er hoffte, dass er das Dorf dann noch finden würde. Er hoffte es wirklich.

Auf dem Heimweg trafen im Minutentakt WhatsApp-Nachrichten von Jamie auf Nicks Handy ein.

Was ist passiert? Ich mache mir Sorgen!

Nach der siebten Nachricht entschloss Nick sich zu einer halben Notlüge.

So etwas wie eine mittlere Job-Katastrophe. Kann sein, dass ich die nächsten vier Fotoaufträge verliere, wenn ich nicht heute noch mein technisches Problem in den Griff bekomme.

Damit gab Jamie sich zufrieden, schickte Nick den Kontakt zu der Expertin für Datenrettung und wünschte ihm ansonsten viel Glück.

Die Augen des Boten zeigten sich nicht mehr, ebenso wenig wie die Horrorversion des Hochzeitsfotos. Nick stieg in die U-Bahn und wünschte sich die Zeiten zurück, in denen das Mobilnetz hier unten so schlecht gewesen war, dass man kaum je eine vernünftige Verbindung bekam. Vor einiger Zeit war es ausgebaut worden, was ihn bisher eigentlich gefreut hatte – jetzt allerdings wäre er dankbar gewesen für eine Atempause, in der nicht mit schlechten Nachrichten zu rechnen war.

Er rief seine Mails ab – ja, vor einer halben Stunde hatte Cindy sich gemeldet. Sie war begeistert von den Fotos und fragte, ob Nick eventuell noch ein paar schicken konnte? Wenn möglich heute noch? Am besten gleich? Bevor sie zu ihrer Hochzeitsreise aufbrachen?

Nick stieg an seiner Heimatstation Hammersmith aus und

hastete die Straßen entlang. Er würde versuchen, in dieser Nacht noch so viele Fotos zurückzugewinnen wie er konnte und vielleicht so etwas wie einen Deal mit Erebos zu schließen. Er wusste, es konnte auch diesmal nicht einfach nur darum gehen, Quests auf dem Computer zu erledigen. Das Spiel verfolgte ein reales Ziel, da musste man sich nichts vormachen. Warum sonst hätte jemand es nach so langer Zeit wieder zum Leben erwecken sollen?

Nachdem er sich in dieser Sache ziemlich sicher war, kam ihm ein neuer Gedanke – was, wenn er vorschlug, seinen Teil sofort beizutragen, im Austausch für sämtliche Fotos? Würde Erebos darauf eingehen?

Er war vor der Haustür angekommen und schloss auf. Stieg die engen Treppen in den zweiten Stock hoch.

Bei näherer Betrachtung war es Irrsinn, dem Spiel ein solches Angebot zu machen. Konnte ja durchaus sein, dass es wieder von ihm verlangen würde, jemanden zu vergiften. Das würde er auch für sämtliche Fotos der Welt nicht tun, also war es besser, sich die Bilder Stück für Stück zurückzuholen und Erebos dann zu verlassen, endgültig und für immer.

Erstaunlich war ja, dass es Spieler rekrutierte, die das Ganze schon einmal durchgemacht und am Ende durchschaut hatten. Warum nicht wieder Jugendliche, die arglos an die Sache rangehen würden?

Er seufzte. Das Handy in seiner Hosentasche fühlte sich schwer und heiß an; er zog es heraus. Keine Augen, keine Warnungen. Das rote E leuchtete ihm entgegen wie eine Kampfansage, ebenfalls rot verfärbt hatte sich die Batterieanzeige. Nur noch elf Prozent, das war wirklich schnell gegangen. Bestens. Er würde das Telefon einfach nicht aufladen, dann konnte das Spiel ihn nicht mehr orten. Erster Punkt für Nick.

Er betrat die winzige Wohnung, in der es aussah, als hätte jemand eine Handgranate geworfen. Er musste wirklich aufräumen, so konnte man weder leben noch vernünftig arbeiten. Zuallererst würde er sich aber etwas zu trinken holen.

Nick stand vor dem offenen Kühlschrank und versuchte, eine Entscheidung zwischen Bier und Cola light zu treffen, als das Handy in seiner Hosentasche wieder zu vibrieren begann.

Sein Puls beschleunigte sich, er griff nach der Colaflasche, schloss die Kühlschranktür und zog das Telefon heraus.

Du bist zu Hause. Wir warten auf dich. Doch wir warten nicht gerne.

Es war aber noch gar nicht zwölf, und das war die vereinbarte Zeit gewesen. Erebos beorderte ihn früher zu sich, einfach nur, weil er schon zurück war. Und weil es das wusste.

Nick bemerkte erst, dass er sich zu fest auf die Lippe gebissen hatte, als er Blut schmeckte. Das Spiel ortete ihn, natürlich tat es das. Also würde er am besten das GPS seines Smartphones deaktivieren und das Gerät dann ganz ausschalten. Für heute.

Doch es funktionierte nicht. Das Display erlosch zwar, erwachte aber umgehend wieder zu neuem Leben.

Das nützt dir nichts, erschien die vertraute rote Schrift. *Sorge für Energie.*

Er lachte bitter auf. Okay. Erebos hatte also sein Smartphone gekidnappt und konnte es eigenständig einschalten. Ein Netzkabel anstecken konnte es allerdings nicht.

Er beschloss, die Aufforderung zum Aufladen zu ignorieren; einfach so zu tun, als hätte er nicht kapiert, was gemeint war. In spätestens einer halben Stunde würde dem Handy der Saft ausgehen.

Mit dem Gefühl, dem Blick des Boten ein Stück weit entkommen zu sein, setzte er sich vor den Computer. Also gut. Nächste Runde.

Es ist Nacht, und Sarius steht auf einem Felsen. Die Skelette der Riesen liegen in einiger Entfernung auf dem nächtlichen Schlachtfeld; sie leuchten fahl in der Dunkelheit. Krabbelnde Schatten huschen über die Gebeine, Sarius tippt darauf, dass es die verhassten Asseln sind. Mit einer Mischung aus Tatendrang und Widerwillen macht er sich auf den Weg.

Er steuert diesmal das zweite Gerippe an, klettert mühevoll den glatten Schädel hoch und blickt durch eine der Augenhöhlen ins Innere.

Anders als erwartet scheint er alleine zu sein. Innerhalb des Totenkopfs bewegt sich nichts, es ist auch nichts zu hören. Vorsichtig lässt Sarius sich nach unten.

Immer noch alles ruhig. Niemand greift ihn an. Er beginnt in den vertrockneten Blättern zu wühlen, die sich im Lauf der Jahre hier angesammelt haben, und stößt schnell auf das erste Bild. Es ist heil, weder löchrig noch auf schaurige Art verändert, aber es ist trotzdem unbrauchbar. Ein Fehlschuss, der nur verschwommene Hinterköpfe vor einer grünlichen Wand zeigt.

Das nächste. Parkende Autos vor dem Herrenhaus. Das nächste. Das Brautpaar im Pavillon; sie hat die Augen zu, er den Mund offen.

Es ist klar, was hier passiert. Erebos hält sich an die Vereinbarung und signalisiert gleichzeitig Unzufriedenheit. Sarius kann die ganze Nacht lang weitersuchen, er wird nichts weiter als Ausschuss finden.

Oben an einer der Augenhöhlen tut sich etwas. Zwei blasse

Beine baumeln herunter, kurz danach taucht ein bläuliches Gesicht dazwischen auf. »Frustriert, Sarius? Nun, das tut mir leid, aber du weißt, dass du es dir selbst zuzuschreiben hast, nicht wahr?«

Ohne lange nachzudenken, zieht Sarius sein Schwert, es wäre eine wahre Wohltat, den Gnom zu zerhäckseln, nur leider kontraproduktiv. Unter dem hämischen Kichern seines Gegenübers steckt er es zurück. »Keine Ahnung, was euch nicht passt«, sagt er. »Ich bin hier. Ich tue, was man von mir verlangt.«

»Nicht so ganz.« Die Miene des Gnoms verfinstert sich. »Das ist dir auch bewusst. Du kannst gerne Widerstand leisten, aber er wird dir selbst am meisten schaden.« Er steht auf, tappt mit patschenden Schritten auf der Oberseite des Schädels herum. »Handle klug, Dunkelelf.« Dann ist nichts mehr von ihm zu hören.

Natürlich weiß Sarius, womit er Erebos gegen sich aufgebracht hat, aber bei dem Gedanken daran, klein beigeben zu müssen, könnte er schreien vor Wut. Was nichts an den Tatsachen ändern würde.

Nachdem er erledigt hat, was zu erledigen war – *sorge für Energie* –, setzt er seine Suche fort. Zuerst findet er gar nichts, dann einen tropfenförmigen Stein, der erst dunkelblau schimmert, um binnen Sekunden die Farbe von blutigem Matsch anzunehmen. Er wirft ihn zur Seite, wird mit jeder Minute ungeduldiger. Erebos gängelt ihn, zwingt ihm seinen Willen auf, und nun lässt es ihn zappeln. Er kennt das zwar schon, aber mit sechzehn hat er es weitaus besser ertragen.

Nur noch, bis ich habe, was ich brauche, tröstet er sich und stößt im nächsten Moment wieder auf ein Bild. Ein sehr gutes, zum Glück. Zwischen den Zähnen des Schädels finden sich sieben weitere, alle wirklich brauchbar. Sarius' Stimmung steigt.

Als die knöcherne Höhle nichts mehr herzugeben scheint, klettert er nach draußen. In einiger Entfernung sieht er eine Gestalt, die sich als schwarzer Schatten gegen den nachtblauen Himmel abzeichnet. Ein großer Mann, der einen rund gehauenen Steinbrocken auf den Schultern trägt. Hätte Sarius Zeit, würde er ihn sich näher ansehen, aber er hat es eilig. Steine liegen auch hier, er blickt darunter, sucht in den Taschen und unter den Helmen gefallener Krieger – immer wieder wird er fündig. Und es gibt ja auch noch den dritten Riesen, nicht wahr? Mit der Ausbeute dieser Nacht wird er Cindy fürs Erste zufriedenstellen können.

Er hat gerade drei Bilder im offenen Brustkorb eines toten Echsenwesens gefunden, als er den Hufschlag eines Pferdes hört, erst entfernt, dann immer näher. Er weiß, was es bedeutet; weiß, wer da kommt. Hastig nimmt er seinen Fund an sich und richtet sich auf.

Der Reiter und sein Pferd glühen dunkel in der Nacht. Etwas wie Nebel umgibt sie – Dampf aus den Nüstern, Staub, der von Hufen aufgewirbelt wird.

Nur wenige Meter vor Sarius zügelt der Bote sein Tier. Er grüßt nicht, weder mit Worten noch mit Gesten. Mustert ihn nur mit seinen gelben Augen. Ausdruckslos. Im Mondlicht wirkt sein Gesicht milchweiß.

Eine Zeit lang sehen sie einander einfach nur an. Dann ist es Sarius, der das Schweigen bricht. In einem ersten Impuls hätte er dem Boten gerne ein paar Beleidigungen entgegengeschleudert, das hätte sich fantastisch angefühlt. Wäre allerdings dumm gewesen. Es hätte ihn kaum getroffen – wie auch –, aber sicherlich Strafe nach sich gezogen. »Worum geht es diesmal?«, fragt er. Warum nicht gleich zum Kern der Sache kommen?

»Das weißt du, Sarius. Du hast etwas verloren, ich kann dir helfen, es zu finden.«

»Von wegen verloren, ihr habt es mir gestohlen. Aber das meine ich gar nicht. Worum geht es am Ende? Was soll passieren? Wozu das Ganze?«

Der Bote lächelt milde. »Ganz ruhig, eines nach dem anderen. Möchtest du meine Hilfe nicht?«

Nein, tut er nicht, aber er braucht sie. Und nun hat er sich in die dumme Situation gebracht, das auch zugeben zu müssen.

»Doch. Danke für das Angebot. Trotzdem will –«

»Was du suchst, ist ganz in der Nähe«, unterbricht ihn der Bote. »Ich kann dir zeigen, wo. Aber du wirst darum kämpfen müssen.«

Es ist ein gemauerter Brunnenschacht, etwa brusthoch. Die Steine sind moosbewachsen, ein dickes Seil hängt über den Rand und verschwindet nach ein paar Metern in der Tiefe.

»Dort unten«, sagt der Bote; nicht nur zu Sarius, sondern auch zu den beiden anderen Gestalten, die sich hier eingefunden haben.

Eine Zwergin und eine Katzenfrau, die Sarius vage bekannt vorkommt. Rotes Fell, ein grünlich schillernder Brustpanzer und eine neunschwänzige Peitsche.

Ich kenne sie, denkt Sarius, sie war auch schon einmal hier. Mit einer schnellen Bewegung überprüft er den Namen.

Aurora.

Die Erinnerungen strömen ungeahnt schnell zurück. Aurora, die damals in dem unterirdischen Labyrinth dabei war, als sie gegen riesige Skorpione gekämpft haben. Die er geheilt hat, auf Kosten seiner eigenen Lebensenergie.

Die bis heute anonym geblieben ist.

»Ihr alle wollt haben, was am Grund dieses Brunnens liegt«, sagt der Bote. »Aber nur einer wird es bekommen. Der Sieger steigt in den Schacht. Die Verlierer gehen leer aus.«

Er tritt zurück und verschränkt die Arme vor der Brust, Aurora schwenkt ihre Peitsche. Es wird ein unfairer Kampf werden, Sarius' Waffe ist im Vergleich ein Spielzeug. Sogar die verbogene Axt der Zwergin wirkt dagegen eindrucksvoll.

Idanna heißt sie. Nie gehört. Muss neu sein, oder sie ist Sarius beim ersten Mal einfach nicht begegnet.

Er bringt sich in Position. Ein Kampf zu dritt ist schwierig, entweder gehen zwei gemeinsam auf einen los, oder es ist ein ungeordnetes Herumprügeln.

Aurora nimmt ihm alle Überlegungen ab, sie läuft mit erhobener Waffe auf ihn zu, während die Zwergin noch bewegungslos dasteht. Sarius weicht aus, der Angriff der Katzenfrau geht ins Leere, aber er schafft es, sie im Vorbeilaufen mit dem Schwert am Oberschenkel zu treffen.

Aus der Wunde strömt dunkles Blut, und als Aurora sich umwendet, hinkt sie. Nun greift Sarius seinerseits an, aber Idanna stürzt sich ebenfalls in den Kampf. Mit ihrer Axt schlägt die Zwergin abwechselnd auf ihre beiden Gegner ein; Sarius gelingt es unter Mühen, die meisten Hiebe mit seinem Schild abzuwehren, aber an Auroras Gürtel ist beinahe kein Rot mehr zu erkennen.

Von ihr droht kaum noch Gefahr, dabei ist sie mit Abstand am besten bewaffnet, hat sie keine Lust? Egal, Sarius wird sich auf Idanna konzentrieren, sie ist bloß stark, nicht besonders geschickt. Er treibt sie zurück, fort von Aurora, bis sie mit dem Rücken gegen den Brunnen stößt.

Es läuft alles besser als erwartet, bis Idanna sich unter einem seiner Hiebe wegduckt und ihm einen Schlag mit ihrer Axt versetzt. Die Schneide gräbt sich knirschend in seine linke Schulter.

Das Kreischen, das sofort einsetzt, schmerzt in den Ohren und im Kopf, und Sarius erinnert sich, dass es noch viel unerträglicher werden kann. Dann, wenn tatsächlich Lebensgefahr besteht, aber so weit darf er es nicht kommen lassen.

Er springt zur Seite, versetzt Idanna einen Tritt, der sie aus dem Gleichgewicht bringt, drischt ihr dann erst den Schild ins Gesicht und stößt danach sein Schwert in ihren Bauch. Sie sinkt zu Boden; unmöglich zu sagen, ob sie tot ist.

Schwer atmend dreht Sarius sich um. Aurora ist wieder auf die Beine gekommen, hält sich aber an einem Baum fest. Sarius marschiert auf sie zu. Er wird die Sache jetzt zu Ende bringen.

Die Katzenfrau schwankt ein wenig, als sie den Baum loslässt, um die Peitsche mit beiden Händen zu packen. Sarius greift an, aber nur mit halber Kraft. Der Verletzungston macht es ihm schwer, sich zu konzentrieren, doch für Aurora muss es schlimmer sein. Obwohl sie Sarius überragt, gelingt ihr kein einziger Treffer, die dornengespickte Peitsche schwingt jedes Mal ins Leere, wie er gleichermaßen erstaunt und verwundert feststellt. Er holt weit aus, ein Hieb in die Seite, und Aurora bricht zusammen. Ist da noch etwas Rotes an ihrem Gürtel, das nicht Blut ist?

Noch bevor Sarius sich zu ihr beugen und genauer nachsehen kann, tritt der Bote zwischen ihn und seine verletzte Gegnerin. »Mein Glückwunsch. Der Sieg ist dein und die Belohnung ebenfalls.« In einer einladenden Geste weist er auf den Brunnen. »Hole sie dir.«

Er wendet sich Aurora zu. »Du erstaunst mich. Von einer kampferprobten Veteranin habe ich mir mehr erwartet. Du weißt schließlich, was auf dem Spiel steht, nicht wahr?« Wieder deutet er in Richtung des Brunnens. »Die Folgen hast du dir selbst zuzuschreiben. Was dort unten liegt, ist für dich verloren. Und nun komm mit mir.« Er zieht Aurora auf die Beine, das ist das Letzte, was Sarius beobachtet, bevor er den Abstieg in den Brunnenschacht beginnt.

Das Seil hält, doch schon nach kurzer Zeit wird es um ihn herum stockdunkel. Wenn er den Kopf hebt, sieht er die Brunnenöffnung als kreisrunde Lichtscheibe, sonst kann er nichts erkennen. Nach einigen Minuten hängt er in völliger Finsternis da, immer noch ohne Boden unter den Füßen. Was, wenn plötzlich das Seil zu Ende ist und er abstürzt? Oder nicht genug Kraft hat, um wieder hinaufzuklettern? Hat er in Wahrheit nicht gesiegt, sondern ist in eine Falle getappt?

Kurz bevor er beschließt, aufzugeben und wieder hochzuklettern, sieht er unter sich etwas flackern. Es ist ein brennender Kerzenstummel in einer Mauernische, nicht weit über dem Grund des Brunnens. Endlich. Sarius lässt das Seil los und sieht sich um. Die Kerze spendet schwaches Licht, das gerade ausreicht, um ihn erkennen zu lassen, dass jemand etwas auf die Brunnenwände geschrieben hat. Mit einem schlammigen Finger, wie es aussieht.

Schweigen ist Silber, Reden ist Tod,
die Wahrheit ein scharfes Schwert.

Er hat keine Ahnung, was damit gemeint ist, aber er hat ohnehin nicht vor, etwas zu sagen. Höchstens vor Freude zu jubeln, denn auf dem matschigen Boden steht eine Truhe mit blank polierten Messingbeschlägen. Seine Belohnung.

Er stürzt sich förmlich darauf, öffnet sie und findet das, worauf er gehofft hat. Bilder, Hunderte davon. Flüchtig fragt er sich, was die Kiste enthalten hätte, wenn Aurora oder Idanna siegreich aus dem Kampf hervorgegangen wären. Schriftstücke? Halb fertiggestellte Arbeit? Das wird er wohl nie erfahren, aber sein Hauptproblem ist ohnehin ein anderes: Mit der Truhe unter dem Arm kann er nicht klettern. Sie in sein Inventar zu stecken, wie er es bei der letzten, kleineren getan hat, klappt nicht.

Er blickt sich um. Dass er aus dem Brunnen rausmuss, ist klar, dass er seinen Siegespreis mitnehmen wird, auch. Doch so oft er es auch versucht, sobald er die Truhe bei sich trägt, gleitet er vom Seil ab.

Der Kerzenstummel in der Nische wird gleich heruntergebrannt sein. Ist das der Plan des Boten? Sarius glauben zu machen, er hätte es endlich geschafft, und ihn dann vor ein unlösbares Problem zu stellen?

Er läuft sein kreisrundes Gefängnis ab, sucht nach einem Hinweis, einer Lösung, doch da ist nichts. Das kann, das darf nicht wahr sein.

Voller Wut tritt er gegen die Mauersteine – und sieht, dass sich einer davon verschiebt. Mit seiner ganzen Kraft drückt er dagegen, und der Stein löst sich, dahinter ist ein Hohlraum und ... schwaches Licht.

Nun ist es nur noch eine Frage von Geduld und Anstrengung, bis er sieben Steine aus der Brunnenmauer entfernt hat und das entstandene Loch groß genug zum Durchzwängen ist.

Mit seiner hart erkämpften Belohnung unter dem Arm steht er in einem unterirdischen Gang. An den Wänden brennen Fackeln, über den Steinboden läuft Wasser. Nicht sehr viel, aber es sieht ganz danach aus, als würde es stetig mehr werden.

Sarius begreift. Er hat keine Zeit zu verlieren, bald wird der Gang ein Kanal sein und den Brunnen füllen.

Er beginnt zu laufen, das Wasser umspült bereits seine Knöchel, und es schwimmen durchsichtige, krabbenartige Wesen darin, die versuchen, sich mit ihren Scheren an seine Stiefel zu klammern.

Schnell merkt Sarius, wie seine Ausdauer schwindet. Er kommt voran, aber es wird mit jedem Schritt schwieriger. Zwischendurch muss er anhalten und warten, bis er wieder Luft bekommt; er fragt sich, wie weit es noch ist.

Das Wasser reicht ihm mittlerweile bis zu den Knien, der Widerstand ist kaum noch zu bewältigen, und nun trägt es auch größere Gegenstände mit sich. Holzstücke, einen zerbrochenen Stuhl und … ist das ein Körper, der ihm da entgegentreibt?

Ohne lange nachzudenken greift er mit der Linken nach dem Kopf der Gestalt und zieht ihn über Wasser, hauptsächlich weil er wissen will, ob es jemand ist, den er von früher kennt.

Ist es nicht. Es ist ein kleines, spitzohriges Wesen, wahrscheinlich weiblich, das er auf den ersten Blick keinem der Völker zuordnen könnte. Es sieht ihn aus riesigen Augen an, während es nach Luft schnappt.

Er flucht. Vernünftigerweise müsste er das Geschöpf einfach weitertreiben lassen und zusehen, dass er hier rauskommt, aber es klammert sich so verzweifelt an ihm fest, dass er es nicht abschütteln kann, ohne Gewalt anzuwenden.

Also klemmt er es sich unter den Arm und setzt seinen Weg fort. Was mit jedem Schritt einfacher wird, obwohl das Wasser weiter steigt. Sarius legt an Geschwindigkeit zu, weit vor ihm zeichnet sich nun etwas ab, das ein Ausgang sein könnte.

Er kämpft, beeilt sich. Trägt die Kiste und das spitzohrige Wesen schließlich hinauf, durch die Höhlenöffnung, in Sicherheit. Draußen angelangt lässt er seinen Schützling zu Boden gleiten und öffnet noch einmal die Truhe.

Da sind sie, die Bilder. Sehen unversehrt aus. Im Mondlicht

durchblättert er seine Beute; hoffentlich irrt er sich nicht, hoffentlich ist alles da.

Währenddessen ist das kleine Wesen wieder auf die Beine gekommen und wringt Wasser aus seinem langen Haar. Es blickt zu Sarius hoch, in seinen glänzenden Pupillen spiegeln sich die Sterne. »Nicht atmen und nicht schreien«, flüstert es. »Kein Ton.« Die riesigen Augen schließen sich, das Geschöpf dreht sich einmal um die eigene Achse, neigt den Kopf, und die Welt versinkt in Dunkelheit.

Zwei Uhr sieben. Nick lehnte sich in seinem Bürostuhl zurück, sein blasses Gesicht spiegelte sich matt im dunklen Monitor. Er hatte gefunden, was er suchte. Jetzt mussten die Dateien nur noch unbeschädigt sein. Gleich würde er mehr wissen. Hoffentlich. Bitte.

Ein Tippen auf die Space-Taste, und der Desktophintergrund erschien. Da war der Bilderordner. Öffnen.

Sein Aufatmen hörte sich rau und heiser an. Eintausendsiebenhundertelf Bilder. Alles war wieder da. Hart erkämpft, aber wieder da. Mehr als ein bisschen Zeit hatte Nick nicht verloren. Er würde jetzt die Auswahl treffen, einen Ordner mit den zweihundert besten Fotos online stellen und Cindy den Link schicken. Mit etwas Glück würde er noch zwei Stunden Schlaf bekommen, bevor er morgen Vormittag zur Uni kroch.

Er hatte es geschafft. Es war vorbei. Erebos konnte ihn mal.

Das Abendessen zog sich für Derek in beinahe unerträgliche Länge. Weniger deshalb, weil Mum Fisch gebraten hatte und das Herausoperieren der Gräten wie immer eine mühsame Prozedur war, sondern weil Dad erst um halb neun nach Hause kam.

Mums Gereiztheit verflog beim Anblick seines erschöpften Gesichts. »Schlimmen Tag gehabt?«

Er zuckte nur mit den Schultern, wuschelte Rosie durchs Haar und ließ sich dann auf den Stuhl am Kopfende des Tisches fallen. Derek hatte er kaum eines Blickes gewürdigt, was vielleicht auch daran lag, dass Rosie ihn mit ihrer Musical-Besetzungs-Geschichte zutextete, inklusive erster Hörproben.

Immerhin brachte sie ihn zum Lachen, das war Derek zuletzt gelungen, als er noch im Krabbelalter gewesen war. »Ihr seid euch zu ähnlich«, sagte Mum oft, wenn Derek anklingen ließ, dass Dad am Tag kaum zwei Worte mit ihm wechselte.

Damit konnte sie recht haben. Er und sein Vater waren in der Familie die mit dem dunklen Haar und dem düsteren Gemüt – Dad schweigsam und ernst, Derek selbst unsicher und wütend. Mum und Rosie waren dagegen beide lebendig, redselig und meistens abartig gut gelaunt.

Schon möglich, dass Dad sich daher lieber an sie hielt, aber insgeheim glaubte Derek, dass der Grund dafür ein anderer war.

Der Fisch auf seinem Teller war dunkelbraun gebraten und knusprig, genau so, wie er es liebte. »Ich hatte heute meine

Physik-Präsentation«, erzählte er, als Rosie gerade eine Sprechpause einlegte, um Luft zu holen. »Lief gut. Mr Henley war total zufrieden.«

»Toll, das freut mich!« Mum strahlte. Dad nickte immerhin wohlwollend. »Welches Thema?«, erkundigte er sich.

Dereks Laune sank mit einem Schlag. Darüber hatten sie erst vor zwei Tagen gesprochen. Er hatte Dad den ganzen Aufbau seiner Arbeit dargelegt, stolz darauf, wie wissenschaftlich alles klang. »Die Schalenstruktur der Atome«, sagte er leise und fühlte, wie das vertraute Grollen in seinem Inneren lauter wurde.

»Ah.« Dad zog eine lange Gräte aus seinem Kabeljau. »Interessant.«

Derek fing Rosies Blick auf, mit dem sie ihn bat, nicht auszurasten. Er nickte. Konzentrierte sich auf sein Essen und wünschte sich, es wäre schon vorbei.

Dieses Dorf, das er im Spiel vorhin beinahe erreicht hätte – würde er es wiederfinden? Er wollte sich so gerne näher dort umsehen, es hatte verlockend gewirkt. Die einladenden Lichter. Die Edelsteinblüten. Er musste die Stelle suchen, an der er aus dem Spiel geflogen war.

Oder eher rauskatapultiert worden, wenn man es genau nahm. Weil Rosie ins Zimmer platzen und ihn unterbrechen musste ...

Der Druck in seinem Inneren nahm zu. Als würde da etwas sitzen und sich aufplustern. Er kannte das Gefühl. Sobald dieses Etwas ihm die Luft zum Atmen abdrückte, war es gut möglich, dass er rumschrie oder einen Teller an die Wand pfefferte – alles schon passiert.

Er atmete aus und wieder ein. Dachte an Maia und wie sie ihn heute angesehen hatte. Als wäre sie wirklich beeindruckt gewesen. Und danach waren sie sich noch einmal über den Weg gelaufen; er hatte sie erkannt, sie ihn bestimmt nicht. Soryana. Die Vampirin, die Maia so sehr glich. Sie hatten sich beide für das gleiche Volk entschieden, zeigte das nicht, wie ähnlich sie sich waren? Seelenverwandt.

Der Gedanke ließ den Druck in seinem Inneren fast verschwinden. Derek fühlte Mums Hand auf seiner Schulter. »Alles gut?«

»Ja. Ist es.«

»Noch eine Portion? Es ist genug da.«

»Nein danke. Ich habe noch ein paar Sachen für die Schule zu erledigen.«

Er trug seinen Teller in die Küche und stellte ihn in den Geschirrspüler, dann verzog er sich in sein Zimmer. Hängte das »Bitte nicht stören«-Schild an die Türklinke, das Rosie ihm vor zwei Jahren zum Geburtstag gebastelt hatte. Sie freute sich jedes Mal, wenn er es verwendete, und hielt sich normalerweise an seinen Wunsch.

Das rote E leuchtete ihm von seinem Notebook entgegen. Er stülpte sich die Kopfhörer über und klickte es an.

Wald. Ja, er ist in einem Wald, der aussieht wie der, den er verlassen musste. Es ist immer noch Nacht, der Mond spiegelt sich in Torqans Helm und lässt die edelsteinartigen Blumen wirken, als würden sie von innen leuchten. Die Stelle, an der er steht, ist allerdings eine andere als zuvor.

Er dreht sich einmal um die eigene Achse. Von Mandrik und BloodWork ist weit und breit nichts mehr zu sehen, aber damit hat Torqan auch nicht gerechnet.

Er geht ein paar Schritte weiter, und die Musik ist wieder da, sie hüllt ihn ein und macht ihm Mut. Er ist auf dem richtigen

Weg, daran besteht kein Zweifel. Und tatsächlich, kurz darauf erreicht er die Stelle, die er gesucht hat. Aus der Senke, die vor ihm liegt, dringt warmes, einladendes Licht durch die Zweige bis zu ihm. Über einen bogenförmigen Weg beginnt er mit dem Abstieg.

Nun sieht er zum ersten Mal genauer, woher das Licht kommt. Es ist wirklich eine kleine Siedlung, die vor ihm liegt, sechs Hütten und drei hügelartige Höhlen. Gut die Hälfte der Behausungen muss bewohnt sein, denn im Inneren brennen Feuer oder zumindest Kerzen.

Torqan spürt, dass er hier keine Gefahr zu erwarten hat. Es ist ein friedlicher Ort, einer, der ihn willkommen heißt wie einen Freund. Oder einen Sohn.

Er ist fast bei der ersten Hütte angelangt, als jemand aus einer der Höhlen tritt. Ein groß gewachsener Mann mit dunklem Bart, in dem sich schon graue Spuren zeigen. Er kommt direkt auf Torqan zu und betrachtet ihn mit freundlicher Neugierde. »Sei gegrüßt, Fremder. Was führt dich nach Rhea?«

Seine Stimme ist tief und einnehmend. Torqan betrachtet den Mann, sucht vergebens nach dem roten Gürtel, an dem man die anderen Kämpfer erkennt. Räuspert sich. »Der Zufall. Ich war auf dem Weg nach Osten, doch dann habe ich meine Begleiter verloren.«

Der Mann lächelt. »Du bist ein Krieger der Nacht und glaubst an Zufall?«

Es dauert einen Moment, bis Torqan versteht, was gemeint ist. Er ist Vampir. Ist sein Volk dafür bekannt, besonders abergläubisch zu sein? »Vielleicht war es ja auch das Schicksal«, sagt er und kommt sich dabei ein bisschen lächerlich vor.

»Vielleicht.« Der Mann streckt ihm die Hand entgegen. »Ich bin Idmon. Darf ich wissen, wer du bist?«

»Ich heiße Torqan.« Er hat einen Moment gezögert, es ist das erste Mal, dass er seinen Namen laut ausspricht.

Es fühlt sich merkwürdig an.

Es fühlt sich gut an.

»Wenn du deine Begleiter suchst, so werde ich dir kaum helfen können«, erklärt Idmon. »Hier ist heute den ganzen Tag über niemand vorbeigekommen. Aber wenn du Unterschlupf willst, den gewähre ich dir mit Freuden. Ich habe einen Kessel Suppe auf dem Feuer, falls du hungrig bist.«

»Gerne.« Torqan nimmt die Einladung an, ohne lange nachzudenken. Gut, der Bote hat ihn mit den Barbaren nach Osten geschickt, und Suppe in einer Hütte klingt nicht gerade nach Abenteuer, aber es wäre unhöflich, Idmons Gastfreundschaft auszuschlagen. Außerdem will Torqan das Dorf noch nicht verlassen, es ist einfach wunderschön hier. Dunkel, aber nicht auf bedrohliche Art. Eher wie in einem behaglichen Versteck.

In Idmons Behausung verstärkt sich dieser Eindruck noch. Es ist keine Hütte, sondern ein in den Fels gehauener Raum mit Nischen und funkelnden Tropfsteinen. An den Wänden reiht sich Buch an Buch in steinernen Regalen, dazwischen stecken da und dort Schriftrollen.

An einer Kette über der Feuerstelle hängt ein kupferfarbener Kessel, in dem es verheißungsvoll blubbert.

»Nimm Platz.« Idmon weist auf einen der Stühle, die um den grob gezimmerten Holztisch stehen. Er stellt einen Zinnkrug vor Torqan hin und gießt etwas Goldgelbes hinein. »Du wanderst noch nicht lange durch unsere Wälder, habe ich recht?«

Sieht man ihm das an? »Nein. Ich bin neu hier. Also ... fremd. Und ich habe keine Karte gefunden, die mir hilft, mich zurechtzufinden.«

Idmon lächelt, kehrt an seinen Kessel zurück und rührt darin um. »Dann bist du bei mir richtig. Ich kenne diese Welt, ich kenne ihre Bewohner und ihre Gebräuche. Manchmal kenne ich sogar die Zukunft.« Er füllt zwei Holzschüsseln mit Suppe und bringt sie an den Tisch. »Wenn du etwas wissen möchtest, frage mich.«

Die Gelegenheit wird Torqan sich nicht entgehen lassen. Die erste Frage, die ihm in den Sinn kommt, betrifft Soryana – ob Idmon sie kennt und wo man sie finden kann –, doch damit anzufangen ist ihm unangenehm. Aber es gibt auch anderes, das er wissen möchte. »Ist es wirklich so, dass ich hier nur eine Chance habe? Dass es vorbei ist, wenn ich sterbe?«

Um den Mund seines Gastgebers spielt ein amüsiertes Lächeln. »Warum sollte das nicht so sein? Der Tod ist unwiderruflich. Für alle.« Er lehnt sich in seinem Stuhl zurück. »Dachtest du, du wärst unsterblich, nur weil du ein Krieger der Nacht bist?«

»Nein, das habe ich nicht gemeint, ich ...« Er bricht verlegen ab. »Ich wollte nur wissen, wie vorsichtig ich sein muss. Wie viel ich riskieren kann.«

In Idmons Augen funkelt es. »Der Tod kommt nicht nur zu denen, die es gefährlich lieben. Er nimmt sich auch die, die Sicherheit suchen. Oder Nahrung.« Ohne Torqan aus den Augen zu lassen, deutet er auf dessen Suppenschüssel. »Hast du dir überlegt, dass ich dich töten könnte, ohne ein Schwert in die Hand zu nehmen?«

Nein, das hat er nicht. Unsicher bewegt er seinen Holzlöffel in der dunkelgelben Flüssigkeit. Da, wo sie in Bewegung gerät, bilden sich goldfarbene Schlieren. Idmon selbst hat noch nichts gegessen, fällt ihm jetzt erst auf.

»Du würdest mich vergiften?«

»Nein.«

»Warum sagst du dann so etwas?«

Sein Gegenüber beugt sich vor. »Weil du von selbst nicht auf die Idee gekommen wärst. So wie die meisten verlorenen Wanderer. Die Frage ist doch: Vertraust du mir?«

Bis vor einer Minute hat Torqan das getan, er hat sich wohlgefühlt. Gut aufgehoben. Nun fragt er sich, ob er nicht vielleicht in eine Falle gegangen sein könnte.

Aber es spricht alles dagegen. Idmons Freundlichkeit. Das Gefühl, willkommen zu sein, das ihm sogar der Wald vermittelt. Wenn das Betrug ist, dann …

Er beschließt, es darauf ankommen zu lassen, und führt den Löffel zum Mund. Zweimal, dreimal, dann legt er ihn hin und wartet.

Nichts passiert, außer, dass draußen der Wind auffrischt und den Wald rauschen und raunen lässt. Die Flammen unter dem Kupferkessel flackern.

Idmon hat Torqan keinen Moment lang aus den Augen gelassen. Nun lächelt er. »Bist du überrascht? Ich sagte doch, ich würde dich nicht vergiften.«

»Stimmt. Und ich habe dir geglaubt und habe recht gehabt.« Er fühlt sich, als hätte er eine Probe erfolgreich bestanden. Als wäre er in Idmons Achtung gestiegen. »Du hast gesagt, du könntest die Zukunft sehen?«

Sein neuer Freund nickt. »Ich dachte mir schon, dass dich das interessieren wird.«

»Kannst du mir etwas dazu sagen? Es muss nicht viel sein, bloß irgendetwas, das mich morgen erwartet?«

Idmons Blick gleitet zur Seite, dann schließt er die Augen. Einige Zeit lang ist es still im Raum. Nur der Wind trägt ein Geräusch heran; ein Heulen, das von einem Wolf stammen könnte.

»Berge«, sagt Idmon schließlich. »Feuerberge.«

Torqan fragt nicht weiter nach, wahrscheinlich liegen sie im Osten, dorthin wird er sich wohl oder übel wenden müssen, wenn er den Boten nicht verärgern will. Überhaupt: der Bote! Der ist ein Thema, über das er gerne mehr erfahren würde.

Bei seiner Erwähnung wird Idmons Miene undurchdringlich. »Der Bote mit den gelben Augen. Vor ihm habt ihr alle die größte Angst, nicht wahr?«

»Ach, Angst ...«, sagt Torqan unbehaglich. »Angst nicht gerade. Aber etwas stimmt nicht mit ihm. Ich habe dir doch von den beiden Barbaren erzählt. Einer davon – ein echter Riese, heißt BloodWork – scheint ihn besser gekannt zu haben. Er wollte nichts mit ihm zu tun haben, obwohl er ein Geschenk bekommen sollte.«

Idmon schweigt. Zeichnet mit den Fingern auf der Tischplatte die Maserung des Holzes nach. »Es ist nicht der Bote, auf den ihr euer Augenmerk richten solltet«, sagt er dann leise. »Er ist ein Bote, verstehst du? Es liegt in der Natur seiner Aufgabe, von jemandem geschickt zu werden.«

Da war etwas dran. »Von wem?«

Für die Frage erntet er herzliches Lachen. »Es gibt Dinge, die hier niemand aussprechen wird.« Idmon beugt sich vor. »Von jemandem, der nicht selbst in den Vordergrund treten möchte.«

Draußen schreit ein Käuzchen, hohl und klagend. Er wendet den Kopf. »Es ist Zeit«, sagt er. »Du musst morgen ausgeruht sein. Wenn du möchtest, kann ich dir eine Schlafstatt anbieten, in der du für diese Nacht sicher bist.« Er weist auf eine breite Bank, über der mehrere Felle liegen.

»Danke.«

»Es gibt noch etwas, was du wissen solltest.« Die Glut in der

Feuerstelle glimmt nur noch, Idmons Gesichtszüge sind fast nicht mehr zu erkennen. »Es gibt ein Erkennungszeichen unter den Kämpfern und Wanderern von Erebos.« Er legt eine Hand flach auf die Brust, als wolle er einen Schwur leisten, ballt sie dann kurz zur Faust und streckt sie wieder. »Tu es mir nach.«

Zwei Versuche, dann ist Idmon zufrieden. »So kannst du erkennen, wer zu den Eingeweihten gehört, aber du darfst sie weder verraten noch dich mit ihnen besprechen, das weißt du, nicht wahr?«

»Ja. Ich verstehe nur nicht, wa–«

Idmon unterbricht ihn mit einer Handbewegung. »Ich wünsche dir eine ruhige Nacht.« Das Feuer ist heruntergebrannt, er schließt die Fensterläden. Die Welt wird schwarz.

Milch aus dem Kühlschrank, Kekse aus der Süßigkeitendose. Die Familie schlief schon, und Derek genehmigte sich einen späten Snack, um den Frust über das unerwartet schnelle Ende seiner Erebos-Session zu besänftigen. Er hätte doch nach Soryana fragen sollen. Morgen würde er das Zeichen bei Maia ausprobieren. Wenn er den Mut dafür aufbrachte.

Es war erst knapp elf Uhr gewesen, also hatte Derek versucht, das Spiel noch einmal zu starten, nachdem es sich selbst beendet hatte – ohne Erfolg. Sooft er das rote E auch angeklickt hatte, das Programm hatte überhaupt nicht reagiert.

Beim Antippen auf dem Smartphone war immerhin das Display dunkel geworden, und es hatte sich ein Wort gebildet. Und zwar – ja, genau – *Geduld*. Derek war ziemlich stolz auf sich, dass er das Handy daraufhin nicht an die Wand geworfen hatte.

Vielleicht würde er ja gleich noch auf Discord gehen und schauen, ob jemand von seinen Kontakten online war und Lust auf eine Runde Dragonhunter hatte.

Bloß reizte der Gedanke ihn nicht sonderlich. Er hätte lieber die Welt von Erebos weiter erkundet. Notfalls wieder Heuschrecken gekillt. Oder den Wald durchstreift, auf der Suche nach Gefährten.

Auf der Suche nach Soryana.

Fast genauso gerne hätte er das Gespräch mit Idmon weitergeführt. Es war so flüssig und normal abgelaufen wie eines mit Syed oder mit Mum. Ungewöhnlich war das.

Derek lehnte sich ans Fenster und sah auf die dunkle Straße hinaus. Vielleicht lag der Reiz auch darin, dass zwar jeder x-Beliebige Dragonhunter spielen konnte, Erebos sich dagegen seine Spieler selbst wählte. Ihn hatte es aus der anonymen Masse herausgegriffen, und das war sicher nicht zufällig passiert. Er war Teil von etwas Größerem, und er wollte wissen, was das war.

Obwohl er sich relativ früh schlafen gelegt hatte, fühlte er sich am nächsten Morgen wie durchgekaut und wieder ausgespuckt. Die Heuschrecken hatten ihn bis in seine Träume verfolgt, ihre stählernen Stacheln waren lang gewesen wie Lanzen. Sie hatten ihn umzingelt und begonnen, ihn bei lebendigem Leib zu fressen – zum Glück war er schnell aufgewacht. Dann aber nicht mehr richtig eingeschlafen. Nun rührte er in seinem Tee, während Rosie auf dem Flur Steppschritte übte. Hinter seinen Schläfen pochten beginnende Kopfschmerzen.

»Wollen wir dann?« Seine Schwester lugte durch die Küchentür. Sie besuchten zwar nicht die gleiche Schule, den ersten Teil des Weges legten sie aber trotzdem gemeinsam zurück.

»Klar. Bin gleich so weit.« Er kippte den restlichen Tee in einem Zug hinunter und griff nach seiner Tasche. Drei Minuten später waren sie auf dem Weg zur U-Bahn.

Als Derek vor der Schule ankam, wartete Syed schon am Tor auf ihn. »Hey, hast du das dritte Mathebeispiel kapiert, das wir aufgehabt haben? Ich werde noch irre damit. Du hast ...« Er unterbrach sich und legte die Stirn in Falten. »Alles okay mit dir?«

»Ja. Wieso?«

»Weil du irgendwie krank aussiehst.«

»Bin ich nicht. Ich habe nur schlecht geschlafen und totalen Mist geträumt.«

»Ah. Na dann.« Syed lockerte den Knoten seiner Schulkrawatte und deutete mit einer Kopfbewegung zum Eingang hin. »Ab in den Schlachthof?«

Auf dem Gang, wo sich ihre Spinde befanden, hatte sich eine kleine Menschentraube gebildet. Anfeuerungsrufe waren zu hören. Im Näherkommen sah Derek, dass sein Freund Owen in der Mitte der Ansammlung stand und Morton bei den Schultern gepackt hatte. Der war zwar größer und sicher stärker als Owen, machte aber trotzdem einen betretenen Eindruck. »Ich war das nicht, du Spast. Lass mich, okay?« Der halbherzige Versuch, sich zu befreien, scheiterte.

»Natürlich warst du es.« Owens Stimme war heiser vor Wut. »Du oder Riley, ihr habt doch gerade erst Dereks Spind aufgebrochen. Glaubt ihr, das hat keiner mitbekommen? Ich gehe zu Direktor Lewis, mir scheißegal, ob du von der Schule fliegst oder nicht, das Tablet gehört meinem Vater!«

Syed hatte sich bereits zu den beiden Streitenden durchgedrängt, jetzt zog er die rundliche Gestalt seines Kumpels zur Seite. »Was ist denn los?«

»Das Arschloch hat ein Tablet aus meinem Spind geklaut.«

»Hab ich nicht!«, rief Morton. »Sag dem Idioten, er soll besser auf seinen Kram aufpassen.«

»Ich geh zu Lewis«, wiederholte Owen, sichtlich verzweifelt. »Ich sag ihm, dass du das öfter machst. Oder du gibst mir das Ding jetzt wieder, ich hab es mir von meinem Vater geliehen, der bringt mich sonst um!«

»Da wäre ich ihm echt dankbar.« Morton warf erst Derek, dann Syed einen überheblichen Blick zu. »Lasst den kleinen Irren besser nicht ohne Aufsicht herumlaufen. Wenn er mich bei Lewis anschwärzt, kann er sich wirklich auf den Rest des Jahres freuen.« Er ging, und die Menge zerstreute sich.

Syed und Derek halfen Owen, seinen Spind noch einmal genauer zu durchforsten. Sie nahmen alle Hefte, Mappen und Bücher heraus, Syed leuchtete mit dem Handy in sämtliche Winkel, doch von dem Tablet keine Spur.

»Sicher, dass du es in der Schule gelassen hast?«, fragte Derek.

»Hundertprozentig. Dad killt mich.«

»Du solltest auf jeden Fall melden, dass es weggekommen ist«, meinte Derek. »Musst ja nicht sagen, dass du Morton verdächtigst. Obwohl es geil wäre, wenn sie in seinen Sachen suchen und es finden würden.«

»Vielleicht hast du es woanders hingelegt, und es taucht wieder auf«, versuchte Syed ihn zu trösten. Sekunden später läutete die Schulglocke, und Owen brach zu seiner Biologieklasse auf.

Syed und Derek hatten die erste Stunde gemeinsam. Geografie war eines der entspanntesten Fächer, Mr Clements erzählte locker vor sich hin, tat das aber so, dass die Fakten hängen blieben. Heute Morgen winkte er schon beim Hereinkommen Paul zu sich, damit der den Beamer startete. Dann wandte er sich der Klasse zu. »So, Freunde, die nächsten Wochen geht es um Vulkane. Um die verschiedenen Vulkantypen, um die Vorhersage von Ausbrüchen und damit verbundene Ereignisse – Glutwolken zum Beispiel oder pyroklastische Ströme – und natürlich auch um die Frage, ob sie eine Rolle beim Klimawandel spielen.« Er deutete auf die Fenster. »Kann jemand die Rollläden runterlassen? Wir fangen nämlich mit einem Film an, um in die passend explosive Stimmung zu kommen.«

Derek stützte sein Kinn auf die Hände. Owens Tablet ging ihm nicht aus dem Kopf, vielleicht hatte er ja recht, und Morton hatte es sich wirklich angeeignet. Wundern würde es ihn nicht.

Er betrachtete schläfrig, wie glühendes Gestein aus Kratern geschleudert wurde. Wenn er nicht aufpasste, würde die sonore Stimme des Sprechers ihn in kürzester Zeit einnicken lassen; er sollte zur Sicherheit Syed Bescheid geben. Damit der ihn wecke, wenn der Film zu Ende …

Er dachte den Gedanken nicht fertig, denn er hatte eben etwas begriffen, das alles andere aus seinem Kopf verdrängte. Schlagartig war er hellwach.

Er hatte Idmons hellseherische Fähigkeiten auf die Probe stellen wollen und ihn nach etwas gefragt, das ihn heute erwarten würde.

Berge, hatte Idmon gesagt. *Feuerberge.*

Dereks Blick hing starr an der Wand vor ihm und dem Lavastrom, der gerade daraufprojiziert wurde. Feuerberge.

Keinen Moment lang hatte er damit gerechnet, dass die Vorhersage sich auf sein wirkliches Leben beziehen würde. Tat sie wahrscheinlich auch nicht, das war bloß Zufall. Ein riesiger Zufall.

Wieder hatte er Idmons Stimme im Kopf. *Du bist ein Krieger der Nacht und glaubst an Zufall?*

In der Hosentasche tastete Derek nach seinem Smartphone,

am liebsten hätte er sofort nachgehakt. Seinen neu gewonnenen Freund gefragt, wie das sein konnte.

Doch Handys während des Unterrichts akzeptierte Mr Clements nicht, so nett er auch war. Und im Grunde wusste Derek, dass er bloß wieder eines zu sehen bekommen würde: *Geduld*, in roter Schrift auf schwarzem Grund.

Lava floss träge einen steilen Hang hinab. Glühende Brocken fielen ins Wasser und brannten dort weiter.

Derek dachte an leuchtende Blumen in der Nacht.

Er hatte so viele Fragen.

Drei

Verzerrte Schatten an der Decke, jedes Mal wenn draußen ein Auto vorbeifährt. Von Weitem die Sirene eines Polizeiwagens. Ein kläffender Hund im Nachbarhaus.

Ich liege im Bett und nähre dunkle Ahnungen in der dunkelsten Stunde der Nacht.

Wie verwerflich ist das, was ich tue? Ein Gedankenspiel: Gehen wir davon aus, wir hätten ein Werkzeug an der Hand, das unsere verzweifeltsten Wünsche erfüllt. Es hinterlässt keine Spuren, wir müssen uns nicht die Hände schmutzig machen, niemand wird uns je auf die Schliche kommen.

Wir haben allerdings nicht in der Hand, wer im Lauf der Zeit zu Schaden kommt. Und wie sehr. Tun wir es?

Je länger ich darüber nachdenke, desto sicherer bin ich, dass dies nicht die entscheidende Frage ist. Denn natürlich tun wir es, sobald genug auf dem Spiel steht. Nur verläuft die Grenze bei jedem anderswo. Wenn sie einmal überschritten ist, beißen wir die Zähne zusammen und sagen uns, dass wir uns nichts vorzuwerfen haben. Wir sind im Recht. Wir tun nicht mehr als das Nötige.

Aber sobald sich zeigt, dass der Preis zu hoch ist – treten wir dann auf die Bremse? Oder schließen wir die Augen und lassen die Lawine weiterrollen, die wir losgetreten haben und alles mitreißt, was ihr in den Weg kommt?

Ich stelle mir diese Frage immer öfter. Kann ich den Stecker ziehen, wenn es zu schlimm wird? Und dann mit den Konsequenzen leben?

Die District Line war so überfüllt, wie Nick müde war. Immer noch. Er hatte den gesamten letzten Tag verschlafen und war nicht in die Uni gegangen, denn in der Nacht davor hatte er bis fünf Uhr morgens gearbeitet und am Schluss buchstäblich doppelt gesehen. Doch die Fotos waren wohlbehalten auf dem Server gelandet, und er hatte sie mehrfach gesichert, in der Cloud und auf einer externen Festplatte.

Einen freien Tag hatte er sich gönnen dürfen, fand er, nach dem Schock mit Erebos; nun war das überstanden und er auf dem Weg zum College. Um neun fand der Termin mit seinem Professor statt, bei dem sie den Stand von Nicks Abschlussarbeit besprechen würden: *Der Einfluss des Fotojournalismus auf die Bewusstmachung von Umweltproblemen am Beispiel der Vermüllung der Meere.*

Das Thema war nicht einfach anzupacken, aber Mr Merills Tipps waren normalerweise Gold wert. Nach dem Termin stand ein kleiner Fotojob an – Speisen für die Homepage eines neuen Restaurants ablichten –, und dann würde Nick versuchen, Schlaf nachzuholen.

Er stieg gerade an der Station Embankment um, als er das Handy in seiner Jackentasche vibrieren fühlte. Er atmete tief ein. Gestern hatte er noch alle Vibrationssignale abgeschaltet, um genau diese Schrecksekunden zu vermeiden. Um gar nicht mehr mitzubekommen, wenn das Spiel sich meldete.

Doch das stellte offenbar seine eigenen Regeln auf, schon wieder. Egal. Er würde es trotzdem ignorieren. Sein Telefon erst wieder zur Hand nehmen, wenn er zu Hause war. Die Restaurant-Fotos konnte er problemlos auf seinem Offline-Computer bearbeiten, dort waren sie sicher. Er würde sich nicht von Erebos terrorisieren lassen.

Pünktlich fünf Minuten vor neun war er am College of Communication angelangt und klopfte an der Tür des Büros. »Ich habe einen Termin mit Mr Merill«, erklärte er der Sekretärin. »Nick Dunmore, es geht um meine Abschlussarbeit.«

Die junge Frau musterte ihn mit erstaunt hochgezogenen Augenbrauen. »Sie sind der Neun-Uhr-Termin?«

»Äh – ja.«

»Aber Sie haben doch gerade erst abgesagt.« Ein paar Klicks, dann drehte sie ihren Monitor so, dass Nick einen Blick daraufwerfen konnte.

Es war eine E-Mail, gerichtet an Dr. Merill, gesendet von Nick Dunmore.

Es tut mir sehr leid, mir ist im letzten Moment etwas dazwischengekommen. Ich muss den Termin heute Morgen absagen, aber ich melde mich so bald wie möglich wegen eines neuen.

Mit freundlichen Grüßen, Nick Dunmore

Er fühlte, wie Hitze in ihm aufstieg, sein Gesicht musste knallrot sein. »Das ist ... nicht von mir«, stammelte er. »Genauer gesagt, es ist ein Missverständnis.«

»Erklären Sie das Mr Merill.« Die Sekretärin schloss die Mail. »Er war nicht sehr begeistert, dass die Absage so kurzfristig kam. Er ist extra Ihretwegen so früh hier gewesen.«

Nick schluckte gegen einen Widerstand in seiner Kehle an. »Ist er vielleicht noch im Haus?«

Die Sekretärin zuckte die Achseln. »Möglich. Er hat etwas von einem Abstecher in die Cafeteria gesagt, aber ob er wirklich dort ist ...«

»Danke!« Ohne ein weiteres Wort stürmte Nick hinaus und die Treppen hinunter, so schnell, dass ihm zweimal fast die Fototasche von der Schulter rutschte. Im Laufen puzzelte er sich die Abläufe zusammen: Nachdem er das Vibrieren ignoriert hatte, war das Spiel aktiv geworden und hatte kurzerhand seinen Termin gecancelt. Von dem es wusste, weil er im Kalender von Nicks Computer und synchron dazu auch seinem Handy verzeichnet war. Aber wenn Erebos glaubte, dass es ihn auf diese Weise kleinkriegen würde, hatte es sich geschnitten. Im Laufen zog er das Telefon heraus.

Das gelbe Auge. Rote Schrift. *Dachtest du, es ist vorbei?*

Da war die Cafeteria, er stürmte hinein und entdeckte Merill an einem Stehtischchen hinten in der Ecke, wo er mit einer jüngeren Kollegin plauderte.

Nick straffte sich und ging auf die beiden zu. »Dr. Merill, es tut mir furchtbar leid, ich verstehe nicht, wie es zu der Absage gekommen ist.« Gelogen. »Ich habe sie nicht geschickt, jemand muss sich an meinem Computer zu schaffen gemacht haben.«

»Ernsthaft, Dunmore?« Merill biss von seinem Croissant ab und schüttelte amüsiert den kahlen Kopf.

»Ja. Sonst wäre ich doch nicht hier.«

»Na gut.« Der Professor zuckte mit den Schultern. »Lassen Sie mich mein zweites Frühstück noch beenden, dann gehen wir in mein Büro.« Er setzte die Unterhaltung mit der Kollegin fort, und Nick zog sich auf den Gang zurück.

Noch einmal holte er das Handy aus seiner Tasche. Er konnte kaum atmen vor Wut. Wenn das Dreckssspiel sich einbildete, es könne ihm sein Leben diktieren, hatte es sich geschnitten.

Das Display war dunkel, doch sobald Nick es entsperrt hatte, zeigten sich die vertrauten roten Buchstaben.
Du hast keine Wahl. Das solltest du bereits wissen.
»Ich habe gespielt«, knurrte er leise. »Das muss genügen.«
Die Schrift wandelte sich.
Nicht deine Entscheidung. Aber dein Risiko.
Prof. Merill trat aus der Cafeteria; Nick ließ schnell das Handy in der Jackentasche verschwinden.

Die Besprechung dauerte bloß etwas mehr als eine halbe Stunde. Merill war mit den Fotobeispielen, die Nick mitgebracht hatte, zufrieden, auch der geplante Aufbau der Arbeit gefiel ihm. Die zwei, drei Verbesserungsvorschläge, die er machte, leuchteten Nick ein, er notierte sie und verabschiedete sich.

Draußen zog er mit flauem Gefühl im Magen wieder das Handy hervor, doch es war keine neue Nachricht zu sehen. Gut. Dann konnte er den Fototermin hoffentlich störungsfrei über die Bühne bringen.

Das Rico's war ein frisch eröffnetes Tapas-Restaurant auf der Kenway Road, gemütlich und sauber. Als Nick ankam, hatten die beiden Inhaber bereits alles vorbereitet. Einer der Tische war dekoriert, dort stellte man nacheinander die Speisen vor Nick ab, und er schoss ein Bild nach dem anderen.

Was er fabrizierte, war okay, hätte aber besser sein können, wenn er es geschafft hätte, seine Nervosität beiseitezuschieben. Doch so überprüfte er alle paar Minuten, ob die Fotos noch auf der Speicherkarte waren, obwohl sie sich ja kaum selbst löschen konnten. Nick wurde bloß langsam paranoid, wie es schien.

Nach eineinhalb Stunden war alles im Kasten, Luis und Manuel – die Besitzer – bedankten sich herzlich und zahlten Nick schon die Hälfte des vereinbarten Honorars, bevor sie die Fotos überhaupt gesehen hatten.

Er würde das Geld nicht ausgeben. Erst wenn alles gut gegangen war. Falls Erebos wieder beschließen sollte, die Daten zu löschen, konnte er die Summe immerhin zurückgeben. Es wäre nicht so schlimm wie bei den Hochzeitsbildern. Tapas noch einmal zu kochen und zu knipsen war kein Problem, eine Hochzeit zu wiederholen schon.

Er war erschöpft, als er zu Hause ankam, obwohl es gerade erst halb zwei war. Das Handy hatte nicht mehr vibriert, aber Nick wagte es nicht, das als gutes Zeichen zu werten. Er schaltete seinen Computer an – auch hier keine Nachricht –, dann begann er, die Tapas-Bilder mithilfe eines USB-Kabels auf seinen alten Rechner zu überspielen, der so offline war, wie man nur sein konnte.

Die Übertragung lief langsam, und Nick sah ein Foto nach dem anderen auf dem Bildschirm erscheinen. Käsebällchen. Fischfilets. Fleischspießchen.

Das Tempo war ein Witz, so ging das nicht weiter. Hinzu kam, dass er spätestens, wenn er mit der Bearbeitung fertig war, den Bilderordner ins Netz stellen musste, und dann konnte Erebos sich wieder an allem bedienen. Ihn zwingen, all die abfotografierten Tintenfischringe, Chorizos und Fleischbällchen zurückzuerobern, jedes einzeln.

Stattdessen die Bilder auf Datenträgern ins Rico's zu bringen war umständlich, und die Besitzer würden sich zu Recht fragen, was das sollte. Nick vergrub das Gesicht in den Händen. Er kam mit diesem Mist alleine nicht mehr klar, er musste mit jemandem sprechen.

Nur dass Erebos das mitbekommen würde. So wie bei dem Treffen mit Jamie.

Mit ihm zu reden hatte aber sowieso keinen Sinn, der kannte das Spiel nicht. Bloß seine schlimmsten Auswirkungen.

Jemand anders hingegen …

Nick kochte sich mit dem letzten vorhandenen Kaffee einen Espresso, der Tote wieder zum Leben erweckt hätte, und entwarf einen Plan, Schritt für Schritt. Der alte Computer lief und überspielte noch, der neue war ausgeschaltet. Nick überprüfte es gewissenhaft, doch um sicherzugehen, zog er den Netzstecker ab. So. Er schrieb ein paar wohlüberlegte Sätze auf Zettel und steckte sie in die Hosentasche.

Blieb das Smartphone.

»Boah, bin ich müde«, murmelte Nick vor sich hin. Ein kurzes Selbstgespräch, das hoffentlich seinen Zweck erfüllte. Er vergrub das Telefon unter einem Haufen Schmutzwäsche, dann warf er sich auf sein Bett, dass die Federn quietschten. Fünf Minuten später stand er wieder auf, griff nach Jacke, Schuhen und Schlüssel und verließ leise die Wohnung.

Er kam sich unfassbar dämlich dabei vor. Und wahrscheinlich übertrieb er seine Vorsichtsmaßnahmen endlos.

Vielleicht aber auch nicht.

Er konnte sich an die genaue Adresse nicht mehr erinnern, war aber sicher, dass er das Haus erkennen würde, wenn er davorstand. Was er noch wusste, war, dass er bei Kings Cross aussteigen und dann etwa zehn Minuten laufen musste.

Kein Handy mitzuhaben fühlte sich seltsam an. Er war so gewohnt, es als Uhr zu benutzen, damit zu navigieren und vor allem erreichbar zu sein; es war, als wäre er unvollständig.

Aber er glaubte sich zu erinnern, dass er dort vorne rechts abbiegen musste. Ja. Richtig. Das war die Cromer Street, und das gesuchte Haus lag nur noch ein paar Schritte entfernt.

Er hatte nicht überprüft, ob Victor noch hier wohnte. Er würde bis auf Weiteres nichts mehr googeln, das Erebos auf seine Spur bringen konnte. Er hoffte einfach, dass er zur Abwechslung mal Glück haben würde.

Vor dem Hauseingang blieb er stehen. Die Klingelknöpfe waren noch dieselben wie früher und ... da war der Name. V. Lansky. Nick holte Luft und drückte den Knopf.

Ein paar Sekunden lang tat sich nichts, dann ertönte Rauschen aus dem Lautsprecher. Und eine Stimme. »Speedy? Ich dachte, du kommst morgen erst vorbei.« Der Türöffner wurde gedrückt, und Nick trat ins Haus.

Während er die Treppen hochstieg, zog er die Zettel aus der Hosentasche und suchte den ersten heraus. Nicht meinen Namen sagen. Das musste dem Spiel eigentlich gefallen, dachte er trotzig. Klang fast, als würde es zu den Regeln gehören.

Die Tür zur Wohnung war bereits geöffnet, als Nick oben ankam, und die Gestalt, die im Türrahmen stand, kam ihm so vertraut vor, als hätten sie vor einer Woche zum letzten Mal zusammengesessen.

Victor war immer noch klein und rund und trug immer noch von Kopf bis Fuß Schwarz. Doch der Bart war nicht mehr Musketierstil, eher Wikinger. Er gabelte sich am Kinn, und Victor hatte silbrige Kunststoffperlen auf die Enden gefädelt.

Als er Nick sah, klappte sein Mund auf. »Das glaub ich einfach nicht, das ist eine echte Überraschu–«

Nick hielt seinen Zettel hoch und einen Finger vor den Mund.

»Äh ... eine echte Überraschung. *Conrad.*« Mit einer Miene, die sich zwischen Belustigung und Irritation nicht entscheiden konnte, winkte er Nick herein. »Mit dir habe ich wirklich nicht gerechnet.«

Der zweite Zettel. *Schalte deine Computer aus, das WLAN auch. Leg dein Handy ins Badezimmer und wickle es in Handtücher ein.*

Victor lachte auf. »Jetzt machst du aber Witze, oder? Warum sollte ich ...«

Dritter Zettel. *BITTE! Ich erkläre es dir gleich.*

»Ist das die Nummer aus *Love ... actually*, die du da gerade abziehst?« Immer noch lachend führte Victor ihn durch die Küche. Der Anblick war so vertraut, dass Nick sich für einen Moment wieder wie sechzehn fühlte. Das Chaos aus Tassen und Teedosen, die geschmacklosen Kacheln und ein leichter Knoblauchgeruch.

In dem großen Raum, der dahinter angrenzte, hatte das Bild sich hingegen geändert. Keine massiven Monitore mehr, nur noch Flachbildschirme, und auch die waren spärlicher geworden. Nick war nicht auf dem Laufenden, was Victors derzeitigen Job betraf – schrieb er noch für Computermagazine? Irgendetwas IT-artiges musste er jedenfalls tun, denn hier liefen immer noch fünf Rechner gleichzeitig, von denen Victor mittlerweile drei heruntergefahren und ausgesteckt hatte. Nun blickte er ratlos drein, zog eine Grimasse in Nicks Richtung und schrieb dann seinerseits etwas auf einen Zettel.

Auf zwei Computern laufen noch Prozesse, die ich nicht unterbrechen möchte. Ist das schlimm?

Nick dachte kurz nach. Deutete dann auf die graffitibesprühte Tür zu dem Zimmer, in dem sie damals auch oft gesessen hatten. Auf Möbeln, bei denen kein Stück zum anderen passte.

Victor verschwand mit gezücktem Handy im Badezimmer und kam wenige Sekunden später ohne wieder heraus. »Okay, Conrad«, sagte er. »Nach dir!«

Das hässlichste der Sofas war verschwunden – keine Segelschiffe zwischen Rosenblüten mehr –, es hatte aber einen würdigen Nachfolger gefunden. Plüschig, mit einem Kuhfleckenmuster in Grün und Weiß. Die darauf ruhenden Kissen waren rosafarben kariert.

Mit einem Seufzen ließ Nick sich fallen und wartete, bis Victor die Tür hinter ihnen beiden geschlossen hatte.

»Darf ich dich jetzt wieder Nick nennen, Nick?«

»Ja. Sorry.«

»Oh, keine Ursache. Ich freue mich, dass wir uns wiedersehen, aber es kommt ein bisschen unvorbereitet. Alles okay bei dir?« Er lachte. »Ich würde ja gerne sagen, dass du echt groß geworden bist, bloß warst du das immer schon.«

Nick lachte ebenfalls. »Stimmt«, sagte er. »Tut mir leid, dass ich mich eben so seltsam benommen habe. Ich muss dir vollkommen irre vorkommen, oder? Außer – hat es dich auch schon erwischt?«

Victor versank fast in seinem Girlanden-und-Sonnenblumen-Sofa. »Was meinst du? Was soll mich erwischt haben?«

»Das Spiel.« Es fühlte sich so gut an, endlich jemandem davon erzählen zu können. »Erebos ist zurück.«

Leider schien Victor die Sache nicht sehr ernst zu nehmen. »Was?«, lachte er. »Du hast es wieder zum Laufen bekommen?«

»Nein. Es ist einfach aufgetaucht, von selbst. Erst auf meinem Handy, danach auf meinem Computer. Aber man kann nicht mehr aussteigen, wenn man das möchte. Es zwingt einen zu spielen.« Er hatte gemerkt, dass er am Ende lauter geworden war, und dämpfte seine Stimme. »Außerdem hört es mit. Es hat mich sofort ausgebremst, als ich Jamie erzählen wollte, was …«

»Moment, Moment«, unterbrach ihn Victor, immer noch

mit ungläubigem Lächeln. »Es zwingt dich zu spielen? Wie denn?«

Nick erzählte ihm von den geklauten Fotos, die er sich hatte zurückerkämpfen müssen. »Und heute Morgen, als ich auf sein Signal nicht reagiert habe, hat es einen Termin mit meinem Professor abgesagt. Per E-Mail, und natürlich über meinen eigenen Mailaccount.«

Victor betrachtete nachdenklich seine Fingernägel. Der am kleinen Finger der linken Hand war spitz zugefeilt und schwarz lackiert. »Das ist ... unschön«, sagte er schließlich.

»Und du hast es nicht auf deinen Geräten? Das rote E? Sieht genauso aus wie früher.«

»Nein, keine Spur davon.« Er faltete die Hände über dem Bauch. »Wie steht es denn bisher mit Aufträgen? Du weißt schon – Leute ausspionieren, falsche Gerüchte in die Welt setzen, das ganze Zeug, das Erebos so sympathisch gemacht hat?«

»Noch nichts bisher.« Nick seufzte. »Aber es ist auch erst vor drei Tagen losgegangen.«

Victor drehte an seinen Bartspitzen. »Hm. Und du bist sicher, es ist kein Scherz? Ein Streich, der sich in ein paar Tagen aufklärt?«

»Das wäre doch viel zu viel Aufwand.« Nahm Victor das wirklich nicht ernst? »Außerdem droht es mir.«

Auf Victors Stirn hatte sich eine tiefe Falte gebildet. »Warum du und ich nicht? Also, versteh mich richtig, ich bin nicht neidisch – aber ich würde gern wissen, nach welchen Kriterien Erebos diesmal auswählt.«

»Wahrscheinlich nach Nützlichkeit.« Nick zuckte mit den Schultern. »Obwohl es mit mir dann ziemlich danebengegriffen hat.«

»Verschätz dich nicht. Das Spiel kennt dich, und wenn es sich nicht sehr geändert hat, dann weiß es genau, was es tut.« Er drehte an einem der zahlreichen Silberringe, die an seinen kurzen Fingern steckten. Ohne Totenschädel, wie früher, stattdessen mit verschlungenen keltischen Mustern und einem brüllenden Löwenkopf. »Bist du denn schon alten Bekannten begegnet? Hat Erebos noch andere Ex-Spieler zurückgeholt?«

»Bisher habe ich nur einen gesehen«, sagte Nick. »Aurora, eine Katzenfrau. Ausgerechnet bei ihr weiß ich nicht, wer dahintersteckt.«

»Ich leider auch nicht.« Victor seufzte tief. »Ich mache uns Tee, einverstanden? Ich habe eine verteufelt köstliche Apfel-Zimt-Mischung entdeckt.«

Victor zu widersprechen, wenn es um Tee ging, war völlig sinnlos, also stimmte Nick zu. Ein Großteil seiner Anspannung war von ihm abgefallen, es tat gut, jemanden einweihen zu können. Überhaupt, wenn es Victor war.

Trotzdem blieb das dumpfe Gefühl, Erebos könnte irgendwie herausbekommen, dass er mit jemandem gesprochen und somit die Regeln verletzt hatte. Immerhin konnte er ohne Handy nicht geortet werden. Das Spiel musste glauben, dass er sich in der Glazbury Road aufhielt und schlief.

Victor kehrte mit zwei Tassen und einer dampfenden Kanne zurück, aus der es nach Apfelkuchen duftete. »Das hier war doch immer deine, nicht wahr?«

Er stellte die Simpsons-Tasse vor ihm ab, auf der Homer herumlümmelte, unter ihm der schon verblasste Spruch *Trying is the first step to failure*. Nick lächelte unwillkürlich, als er sie in die Hand nahm. »Stimmt, das war meine. Die mit dem optimistischen Motto.«

Victor schenkte ein. »Hörst du noch von den anderen?«, fragte er. »Von deinen Schulfreunden?«

»Eigentlich fast nur von Jamie«, sagte Nick. »Vor ein paar Monaten bin ich Rashid über den Weg gelaufen, der arbeitet bei einer Versicherung. Sieht total seriös aus, fast nicht wiederzuerkennen.«

»Wieder einmal etwas von Emily gehört?«

Nick schüttelte den Kopf. Victor wusste, dass sie sich nach drei Jahren getrennt hatten, immerhin war er immer so etwas wie ein Ersatzbruder für sie gewesen.

Wahrscheinlich wusste er auch, warum Emily damals Schluss gemacht hatte. Es war Nicks Schuld gewesen. Sie hatte vorgehabt, ein Jahr in den USA zu studieren, er wollte sie bei sich haben. Es hatte ein paar mittelgroße Meinungsverschiedenheiten und einen riesigen Streit gegeben, und der war dann auch das Ende ihrer Beziehung gewesen. »Wir haben lange nicht mehr geredet«, erklärte er. »Aber wir gratulieren uns zu den Geburtstagen, und ich weiß, dass sie wieder in London ist.«

»Ja. Sie schließt demnächst ihr Studium ab.« Victor klang so stolz, als wäre er Emilys Vater und Mutter zugleich.

»Wie sieht es bei dir aus?«, wechselte Nick hastig das Thema. »Dein Kumpel Speedy – wie geht es ihm?«

»Großartig.« Victor schlürfte seinen ersten Schluck Tee. »Ist genauso in der Computerbranche hängen geblieben wie ich. Macht die IT für ein paar wohltätige Organisationen und schickt mir ständig Mails mit Spendenaufforderungen.«

In der Rolle konnte Nick ihn sich gut vorstellen.

»Er ist immer noch mit Kate zusammen, erinnerst du dich an sie? Sie ist Ärztin geworden, das hat auch niemand kommen sehen!«

Nick hatte noch ein ungefähres Bild von ihr – dunkles Haar, an einer der Kopfseiten abrasiert. Darauf, dass sie Medizin studieren würde, hätte er tatsächlich auch nicht getippt. »Könntest du Speedy bei Gelegenheit fragen, ob er Erebos auch wieder im Pelz sitzen hat?«

»Nachdem wir beide unsere Handys in Handtücher gewickelt haben?«, grinste Victor. »Na klar. Aber ich denke, das hätte er mir schon erzählt.«

Der Tee war noch viel zu heiß, um ihn zu trinken. Nick rührte gedankenverloren mit dem Löffel darin herum. »Was soll ich denn jetzt machen?«, fragte er leise. »Ich muss mein Studium fertig kriegen und meine Nebenjobs erledigen. Bei beidem kann Erebos mir jederzeit reinpfuschen. Hat es ja schon bewiesen.« Er blickte auf. »Was, wenn es meine Abschlussarbeit löscht? Oder Fehler einbaut?« Er durfte nicht weiter darüber nachdenken, sonst fielen ihm noch viel schlimmere Szenarien ein. »Das Spiel kann mir alles ruinieren, wenn es möchte.«

Victor schwieg, das war untypisch für ihn und machte Nicks Sorgen nicht gerade kleiner. Als er endlich wieder sprach, war seine Stimme ernst. »Zuerst«, sagte er, »würde ich alles Wichtige sichern. Auf Datensticks, auf Festplatten – am besten drei Kopien auf unterschiedlichen Medientypen. Wenn du möchtest, gebe ich dir gleich ein bisschen etwas aus meinem Bestand mit.«

»Das wäre toll.«

»Kein Problem. Sagt dir der Begriff Ransomware etwas?«

Nick überlegte. »Gehört habe ich ihn schon einmal.«

»Das ist erpresserische Schadsoftware. Sie sperrt deinen Computer oder nimmt Dateien gewissermaßen als Geisel und rückt sie erst wieder raus, wenn du dafür zahlst.« Victor zog eine Grimasse. »Sieht aus, als hätte Erebos sich da etwas abgeschaut. Bloß dass du nicht zahlen musst, sondern spielen. Brauchst du einen zweiten Computer? Einen sauberen?«

»Nein, den habe ich eigentlich.« Nick pustete den Dampf

über seiner Tasse weg und nahm einen ersten vorsichtigen Schluck. »Der hängt nicht am Netz.«

»Dann schreibe deine Abschlussarbeit ab sofort nur noch darauf«, schlug Victor vor. »Fürs Schreiben ist es egal, ob der Rechner eine alte Krücke ist. Aber für die Fotos nicht, oder?«

»Nein.« Mit Unbehagen dachte Nick an die Tapas-Bilder, die in der Zwischenzeit hoffentlich heruntergeladen waren. Die Bearbeitung würde auf dem sicheren Computer dreimal so lange dauern wie sonst. Ihm stand wieder eine kurze Nacht bevor.

»Wenn du möchtest, kannst du jederzeit bei mir arbeiten.« Victor deutete auf die Tür zu seinem Computerraum. »Du kriegst von mir einen garantiert erebosfreien PC oder Mac ohne Internetverbindung, dafür aber blitzschnell und mit den neuesten Bildbearbeitungsprogrammen.« Er zwinkerte. »Ich habe vor Kurzem einen Testbericht geschrieben.«

Das klang alles hervorragend. Nach einem Ausweg. »Wenn es nötig wird, komme ich extrem gerne darauf zurück«, sagte Nick. »Danke dir. Ich weiß gar nicht, wie ich mich revanchieren …«

»Vergiss es«, unterbrach ihn Victor. »Wir haben damals zusammengehalten, und das machen wir wieder. Halte mich auf dem Laufenden, ja?«

Nick schnaubte. »Wie denn? Per Brieftaube?«

»Warum nicht? Sehr retro, aber wirksam.« Er lachte auf, wurde aber sofort wieder ernst. »Ganz ohne Witz: Ich möchte wissen, wie das weiterläuft. Wenn es wieder so sein sollte, dass du jemanden anwerben musst, nimm mich, okay?«

»Okay«, antwortete Nick, obwohl er daran zweifelte, dass das passieren würde. Diesmal rekrutierte Erebos selbst. Er stand auf. »Ich muss dann wieder. Danke für alles, Victor.«

»Keine Ursache.« Er begleitete Nick zur Tür und sammelte auf dem Weg dorthin diverse herumliegende Datensticks und zwei Festplatten ein, die er in eine Einkaufstasche packte und Nick überreichte. »So. Viel Glück heute. Vergiss nicht: Back-up. Und wenn du spielen musst, dann tust du es eben. Achte auf die Details, ja? Die waren beim letzten Mal der Schlüssel.«

»Mache ich.« Nick hob grüßend die Hand und war schon auf dem Weg zu den Treppen, als er noch einmal Victors Stimme hinter sich hörte. »Hast du dir schon überlegt, dass das Spiel es auf die Leute abgesehen haben könnte, die es beim letzten Mal haben scheitern lassen? Dass es sich rächen will?«

Nach der Geografiestunde hatte Derek sich intensiv unter seinen Mitschülern umgesehen. Doch niemand schien irritiert zu sein, es machte ganz den Eindruck, als wäre er der Einzige gewesen, dem der Schulstoff prophezeit worden war.

Lediglich Adam, dessen Haarfarbe der eben gesehenen Lava an Röte in nichts nachstand, wirkte verunsichert, als die Stunde zu Ende war.

Er gehörte nicht zu den Leuten, mit denen Derek normalerweise viel redete, aber jetzt, beim Hinausgehen, wartete er, bis Adam seine Sachen gepackt hatte und auf die Tür zusteuerte.

So unauffällig wie er konnte, legte Derek sich die flache Hand auf die Brust. Ballte sie zur Faust, lockerte sie wieder.

Keine Reaktion, Adam schien das Zeichen überhaupt nicht wahrgenommen zu haben, er warf Derek bloß einen kurzen Blick zu, dann war er aus der Tür.

»Bist du verliebt, Derryboy?« Morton versetzte ihm einen scharfen Rempler von hinten. »Und ich dachte immer, du stehst auf die Schokopuppe. Aber habt ihr gesehen, wie er die Hand aufs Herz legt? Liebesschwur, hm? So romantisch, ich heule gleich.«

Riley kicherte. »Lass ihn doch. Endlich outet er sich. Ich verstehe zwar nicht, was er an Adam findet, aber irgendwie passen sie zueinander.« Sie drängelten sich an Derek vorbei, der hektisch, aber vergeblich nach einer schlagfertigen Antwort suchte. Alles, was er in seinem Inneren fand, war der vertraute, weiß glühende Klumpen Wut. Allein dafür, dass sie Maia *Schoko-*

puppe genannt hatten. Er hätte Morton so gerne die Nase platt geschlagen, so gerne, aber damit hätte er ihm bloß einen Gefallen getan. Und wäre in Maias Achtung nicht gestiegen, so weit kannte er sie.

Vor den Spinden wartete Syed auf ihn; die nächste Stunde war Englisch, die bestritten sie gemeinsam. »Bist du heute dran mit deiner Buchbesprechung?«, fragte er.

»Was?« Dereks Gedanken waren noch halb bei Morton, halb bei der Tatsache, dass man ihm gestern den heutigen Lehrstoff vorhergesagt hatte. »Nein. Erst nächste Woche. Warum?«

»Weil du so nervös aussiehst.«

»Ach, es ist nur ...« Derek blickte zu Boden. Syed war sein bester Freund, er hätte ihm unglaublich gerne von Erebos erzählt. Aber das war verboten, und er wollte Torqans Existenz nicht aufs Spiel setzen, also begnügte er sich mit der halben Wahrheit. »Die Idioten mal wieder. Riley und Morton. Irgendwann schlage ich ihm die Nase ein, diesem –«

»Dann hat er doch nur, was er möchte«, fiel Syed ihm ins Wort. »Ehrlich, Derek, das wäre das Dümmste, was du tun könntest. Ihn zum Opfer machen. So viel kann ein gebrochenes Nasenbein gar nicht wehtun, dass Morton nicht eine Party schmeißt, wenn du seinetwegen von der Schule fliegst.«

Damit hatte Syed vollkommen recht, Derek erinnerte sich noch gut an das letzte Mal, als Direktor Lewis ihn zu sich zitiert hatte, wegen des Stuhls, den er gegen die Wand gedroschen hatte. Wie Morton gelacht hatte. Eine Zeit lang hatte er ihn »Hulk« genannt und Grunzlaute ausgestoßen, jedes Mal, wenn Derek vorbeiging.

»Die Sache ist, niemand mit mehr als drei Hirnzellen kann die zwei leiden«, erklärte Syed. »Siehst du doch, sie hängen nur miteinander und mit den Komplexlern rum, von den anderen kommt keiner zu nahe ran. Weil man sofort zur Zielscheibe wird. Das geht doch nicht nur dir so.«

Derek nickte, besser fühlte er sich trotzdem nicht. Er gewann schließlich auch keine Beliebtheitswettbewerbe an dieser Schule. Resigniert holte er seine Englischsachen aus dem Spind. »Los, lass uns geh–«

In seiner Jackentasche vibrierte das Handy. Fast ohne es zu bemerken, wich Derek einen Schritt von Syed ab. »Sorry. Warte mal kurz.« Er drehte sich um und zog das Gerät heraus.

Manchmal schickte Rosie ihm ein witziges Meme, oder Mum ließ ihm ein paar Anweisungen für den Nachmittag zukommen, doch irgendwie wusste er, dass es das Spiel war, das sich bei ihm meldete. Der Vibrationsalarm war anders. Nachdrücklicher.

Such dir einen Platz, wo du alleine bist, stand in roter Schrift auf dem Display. Jetzt? Das würde knapp werden. Die nächste Stunde fing gleich an, aber …

»Kannst du meinen Kram mit in die Klasse nehmen?«, fragte Derek und drückte Syed seine Bücher in die Hand. »Ich muss mich nur kurz … um etwas kümmern.«

»Geht klar.« Sein Freund machte sich auf den Weg, und Derek sprintete in Richtung der Toiletten. Er fand eine leere Kabine und schloss sich ein. Im gleichen Moment hallte der Gong durch die Schule, der den Beginn der nächsten Stunde ankündigte.

Derek hielt sein Handy zwischen den klammen Fingern. »Ich bin alleine«, murmelte er.

Ein neuer Satz formte sich auf dem Display. *Sieh gut hin.*

Er hielt sich das Smartphone näher vors Gesicht. Die Schrift verschwand, an ihre Stelle traten bewegte Bilder. Ein pixeliger, nicht allzu scharfer Film, der eine Straße zeigte und die Menschen, die darauf unterwegs waren. Autos, Fußgänger, ein Doppeldeckerbus. Nach zwanzig Sekunden war die Aufnahme zu Ende. Dunkles Display, rote Schrift. *Gern geschehen.*

Was sollte er damit anfangen? Das Spiel tat so, als hätte es ihm einen Gefallen getan, womit denn? Egal, er musste jetzt in den Unterricht, mit etwas Glück würde das Filmchen in der nächsten Pause immer noch da sein. »Ich sehe es mir später noch mal an«, murmelte er, auf merkwürdige Weise überzeugt davon, dass seine Botschaft an der richtigen Stelle angekommen war.

Die Englischstunde über war er so unkonzentriert wie selten, es konnte nicht sein, dass Erebos ihm einfach irgendein Video zugespielt hatte. Es war eine Nachricht darin versteckt, ein Hinweis, ganz sicher. Vielleicht testete das Spiel ihn ja. Seine Intelligenz, seine Aufmerksamkeit.

Mit der war es nicht weit her, wie sich zeigte. Erst beim dritten Mal bekam er mit, dass er aufgerufen worden war, um seine Interpretation zu einem Gedicht von Walt Whitman abzugeben.

Sein Kopf war wie leer gefegt. Er hatte zwar das Buch aufgeschlagen, wusste aber nicht, um welches der auf der Seite abgedruckten Gedichte es ging. Erst als Syed hinter vorgehaltener Hand »To a Stranger« flüsterte, fand er die Stelle.

»Danke, Derek, das war wohl nichts«, erklärte Miss Bonner und rief jemand anders auf. Maia, die sofort loslegte. Über das Vertraute in Fremden und die Frage, was Fremdsein überhaupt bedeutete. Wie der Dichter das möglicherweise sah, und wie sie sich persönlich davon angesprochen fühlte.

Nach der Stunde kam sie auf ihn zu, lächelnd. Soryana, dachte er. Hob bereits die Hand, um das Zeichen zu machen, aber dann wagte er es doch nicht.

»Mir geht es auch manchmal so«, sagte Maia, und es hörte sich nicht an, als wollte sie sich über ihn lustig machen. »Aber das Gedicht ist klasse, solltest du dir bei Gelegenheit doch mal ansehen.«

»Tue ich.«

»Und davon abgesehen: Es ist vollkommen okay, wenn du auf Jungs stehst. Lass dich nicht verunsichern, Morton ist der letzte Arsch, er ...«

»Ich stehe nicht auf Jungs!« Es hatte nicht so aufgebracht klingen sollen, wie es sich nun anhörte, und Derek bremste sich sofort. »Also – ich finde auch, dass das nicht schlimm wäre. Aber es ist nicht so. Ich, äh ... du weißt schon. Mag Mädchen.«

»Oh.« Eine Sekunde lang wirkte Maia überrascht, dann hob sie die Schultern. »Na, in dem Fall kann es dir ja überhaupt egal sein, dann blamiert Morton sich bloß selbst.«

Er nickte, aber es war ihm nicht egal, ganz und gar nicht. Vor allem, weil klar zu erkennen gewesen war, wie wenig es Maia gekratzt hätte, wenn Derek doch schwul gewesen wäre. Sie hatte ihm bloß zu Hilfe kommen wollen, weil man das heutzutage eben tat, wenn man anständig war.

So gerne hätte er ihr zu verstehen gegeben, dass sie ein gemeinsames Geheimnis hatten. Eine Kriegerin und ein Krieger der Nacht. Aber er wusste nicht, wie er es anpacken sollte, und dann war auch schon Syed neben ihm. »Mittagessen! Los, ich habe Hunger.«

Davon konnte bei Derek keine Rede sein, und laut Plan gab es heute ohnehin Lammkoteletts; die waren meistens flachsig und zäh. »Mir ist komisch im Magen«, teilte er Syed mit, machte kehrt und steuerte erneut auf die Toiletten zu.

Immerhin musste da gerade eine der Reinigungskräfte ihre Runde gemacht haben, denn der Boden glänzte und es roch scharf und künstlich nach Zitronen. Derek verkroch sich in der hintersten Kabine, klappte den Klodeckel hinunter und setzte sich.

Das Video war noch da. Er betrachtete es mit aller Konzentration, die er aufbringen konnte. Ein Handyladen, ein indisches Restaurant, die Filiale einer Kleidungskette. Ein Haus mit Baugerüst. Autos, die sich langsam auf eine Ampel zuschoben. Von rechts ein Bus. Jede Menge Passanten.

Derek wusste nicht, ob er diese Ecke von London kannte. Die Buslinie war die 242 – die fuhr zu St. Paul's und kam aus der Gegend von Hackney, wenn er sich nicht täuschte. Das half ihm nicht großartig weiter.

Gern geschehen, hatte Erebos nach dem ersten Ansehen verkündet. Leider begriff Derek immer noch nicht, was diese kurze Straßensequenz ihm bringen sollte.

Noch einmal ansehen. Noch einmal.

Beim vierten Mal versuchte er, Autos und Busse auszublenden und sich nur auf die Passanten zu konzentrieren. Die meisten waren mit schnellen Schritten unterwegs; einige achteten nicht auf die Umgebung, sondern hatten nur ihr Handy im Blick. Eine Mutter zog ein unwilliges Kind hinter sich her, eine ältere Frau führte ihren Hund spazieren und blieb stehen, als jemand sie ansprach.

Moment.

Derek richtete seine ganze Aufmerksamkeit auf die Frau und den Hund. Ein Mädchen war vor ihm in die Hocke gegangen und streichelte ihn; er schnupperte neugierig an ihrer Hand. Währenddessen …

Die Aufnahme war nicht so scharf, wie Derek es sich gewünscht hätte, aber er glaubte, dass er das Mädchen kannte. Dass er heute schon mit ihm in einer Klasse gesessen hatte.

Er ließ den Film anhalten und zog das Standbild mit zwei Fingern größer. Ja, er war beinahe sicher. Das war Riley, die den Hund streichelte. Er schob das Bild ein Stück nach links. Da stand noch jemand, hinter der alten Frau, und auch wenn Derek nur seinen Rücken sehen konnte, war er überzeugt davon, dass es sich um Morton handelte. Und dass der eine Hand in der Umhängetasche der Hundebesitzerin versenkt hatte.

Noch einmal alles von vorne ansehen. Die Frau spazierte die Straße entlang, das Pärchen kam ihr entgegen. Riley sprach die Frau an, bückte sich dann zu dem Hund hinunter, während Morton ein paar Schritte weiter ging. Sich umdrehte. Langsam in die Handtasche griff, die offenbar keinen Reißverschluss hatte.

Kaum dass er die Hand wieder hervorzog – sie war nicht leer, aber was sie hielt, war nicht zu erkennen –, richtete Riley sich auf, winkte grüßend und spazierte an Mortons Arm weiter.

Derek studierte den Film noch viermal, hielt das Bild immer wieder an verschiedenen Stellen an, zoomte Gesichter größer und lachte schließlich auf. Die zwei Idioten, die ihm das Leben schwer machten, waren nicht nur Arschlöcher, sie waren tatsächlich kriminell. Und er hatte den Beweis dafür.

Mit ein bisschen professioneller Bearbeitung konnte man die Gesichter bestimmt besser erkennen. Er hatte Morton und Riley in der Hand.

»Wahnsinn«, murmelte er.

Gern geschehen, antwortete das Spiel.

Obwohl er es nicht vorgehabt hatte, ging Derek nun doch in die Kantine. Er holte sich nur einen Salat vom Büfett und ließ seinen Blick suchend über die Tischreihen gleiten. Ja, da hinten saßen sie. Morton und Riley und drei Leute aus ihrem Gefolge.

Derek schlenderte gelassen lächelnd auf sie zu. Blieb grinsend vor dem Tisch stehen.

Morton blickte auf. »Was gibt's, Dummbeutel?«

Derek griff sich zwei Pommes frites von seinem Teller und steckte sie genüsslich in den Mund. »Du kannst mich mal«, erwiderte er kauend und setzte seinen Weg fort, zu einem der hinteren Tische, an dem Syed saß.

Er konnte die Verblüffung in seinem Rücken geradezu körperlich spüren. Aber niemand kam ihm nach, niemand stieß ihn zu Boden, wie sie es einmal mit Tom gemacht hatten. Er war bäuchlings in seinen Spaghetti gelandet, unter dem Gelächter der Anwesenden.

»Jetzt ist er endgültig irre!«, war alles, was Riley ihm hinterherrief, aber es klang verunsichert.

»Hey.« Syed wirkte ebenfalls irritiert. »Was war das eben? Legst du es auf Streit an?«

Er hätte es ihm so gerne erzählt, nein, besser noch, gezeigt. Doch das würde Erebos vermutlich nicht recht sein. »Die können mir nie wieder was«, sagte er.

»Aha. Und warum nicht?«

Ach, war doch egal. Bloß den Film herzuzeigen hieß ja nicht, die Regeln des Spiels zu brechen. Er konnte behaupten, er hätte ihn anonym zugeschickt bekommen. Das war gar nicht so weit von der Wahrheit entfernt.

Derek steckte seine Hand in die Jackentasche. Das Telefon vibrierte bereits, kaum dass er es berührte; trotzdem holte er es heraus.

Nicht.

Nur ein Wort, aber es ließ keinen Platz für Missverständnisse. Schnell schaltete er das Display aus und steckte das Handy wieder ein.

»Na?« Syed wirkte ungeduldig. »Warum können sie dir nichts mehr?«

»Weil ich es nicht mehr zulasse.« Das war die Wahrheit, wenn auch keine Erklärung. »Habe ich vorhin eben beschlossen.«

In Syeds Miene spiegelte sich milder Unglaube. »Na ja. Gut für dich.« Er spießte seinen letzten Bissen Kotelett auf die Gabel, steckte ihn in den Mund und war die nächsten drei Minuten mit Kauen beschäftigt. Derek hatte recht gehabt, das Zeug musste zäh sein wie Gummi.

Als er nach der Schule nach Hause kam, überspielte er das Video sofort auf seinen PC. Auf dem großen Monitor sah man die Details viel besser. Es waren unzweifelhaft Riley und Morton, die die Frau beklauten, und ebenso unzweifelhaft war es eine Geldbörse, die Morton einsteckte.

Wo die Aufnahme herkam, war leicht erklärt. London war gespickt mit Überwachungskameras, geschätzt eine halbe Million davon war über die Stadt verteilt. CCTV nannte sich das. Wie der Film auf sein Handy kam, war dagegen ein Rätsel.

Derek erwog seine Möglichkeiten. Er konnte Direktor Lewis informieren – allerdings verabscheute er Petzen. Selbst zu einer zu werden kam nicht infrage. Den Film der Polizei zuzuspielen war um nichts besser, eher im Gegenteil: Petzen zum Quadrat.

Option Nummer zwei: Er konnte ihn öffentlich machen. Auf Facebook hochladen, zum Beispiel. Oder auf YouTube, und dann den Dingen ihren Lauf lassen.

Oder – er wartete einfach ab. Behielt den Film als Druckmittel und konnte ihn jederzeit einsetzen, wenn Morton und Riley weiterhin Ärger machten.

Gedankenverloren setzte er die Kopfhörer auf und wollte gerade zur Maus greifen, als der Bildschirm sich verdunkelte.

»Willkommen zurück«, hauchte eine Stimme ihm ins Ohr, die ihn an die von Maia erinnerte. »Wir haben auf dich gewartet.«

Rhea ist bei Tag ebenso einladend wie bei Nacht. Im ersten Moment ist Torqan beunruhigt – wer weiß, was Sonnenlicht ihm als Vampir antut. Derzeit sitzt er noch im Halbschatten, auf einem moosbewachsenen Baumstumpf am Rand des Dorfs, das heute belebter ist als bei seinem letzten Besuch. Eine Frau schöpft Wasser aus dem Brunnen, ein muskulöser, bärtiger Mann versucht, sich einen beinahe kugelförmigen Stein auf die Schultern zu laden. Zwei kichernde Kinder malen mit Kreide einen weißen Stern auf ein blaues Kleid, das in der Sonne zum Trocknen hängt, werden aber umgehend von der Besitzerin vertrieben.

Vor seinem höhlenartigen Zuhause sitzt Idmon und schnitzt an etwas, das einmal ein Schiff werden könnte. Neben ihm auf der Holzbank liegt eine lange Pfeife. Er sieht Torqan und winkt ihn heran.

Er würde ihn warnen, wenn das Sonnenlicht ihm etwas anhaben könnte, oder? Torqan beschließt, es darauf ankommen zu lassen. Vorsichtig tritt er aus dem Schatten des Waldes hervor, wartet auf den Verletzungston oder andere Alarmzeichen, doch sie bleiben aus. Erleichtert beschleunigt er seine Schritte.

»Sei gegrüßt!« Idmon legt seine Schnitzerei beiseite und hebt die Hand. »Wie schön, dir so bald wieder zu begegnen.«

»Ja.« Torqan macht es sich neben ihm auf der Bank bequem. Nun sitzt er direkt in der Sonne, unbeschadet.

»Mein Tag war ruhig bisher«, fährt Idmon fort. »Nur der Bote kam ins Dorf geritten. Er hat nach dir gefragt.«

»Wirklich? Warum?«

»Du wurdest im Osten erwartet. Er war nicht erfreut, aber er sagt, du kannst dein Versäumnis gutmachen. Ich habe eine Schriftrolle für dich entgegengenommen, sie liegt drinnen auf dem Tisch.«

Torqan springt auf, hält dann aber inne. »Mein Tag war nicht allzu ruhig«, sagt er. »Brennende Berge. Du hattest recht.«

Darauf erwidert Idmon nichts. Lächelt nur.

»Und dann war da noch etwas. Eine Art ... Botschaft. Ein Film.«

»Ein was?«

Er sucht nach den passenden Worten. »Bewegte Bilder. Kamen die auch von dir?«

»Nein«, sagt Idmon und streckt gemächlich die Beine aus. »Davon weiß ich nichts.«

»Oh. Na dann. Dann ... sehe ich mir jetzt die Nachricht des Boten an.« Er betritt den Felsenraum, das Licht, das durch die Fenster fällt, lässt die Tropfsteine an der Decke funkeln. Die Schriftrolle funkelt ebenfalls, sie liegt auf dem Holztisch. Gelbliches Papier, mit rotem Wachs versiegelt.

Torqan öffnet sie und lässt sie beinahe fallen, denn im ersten Augenblick meint er, Würmer zu sehen, die aus einem Kadaver quellen, doch innerhalb eines Herzschlags sind es nur noch blutrote Tintenstriche, die sich zu Buchstaben verschlingen.

Dies ist ein Gruß und eine Warnung, Torqan.
Es ist dir gestattet, dich überall hinzubewegen, wo es dir gefällt. Allerdings nicht, wenn du eine Mission zu erfüllen hast. Du wurdest nach Osten gesandt, doch du hast den Gehorsam verweigert.
Einmal werde ich eine solche Verfehlung dulden, aber sei gewiss: nur dieses eine Mal. Widersetzt du dich ein weiteres Mal, wirst du die Folgen zu tragen haben.

Ich erteile dir nun einen neuen Auftrag. Wende dich Richtung Norden und schlage dich bis nach Theia durch.

Wenn du Glück hast, begegnen dir befreundete Kämpfer auf dem Weg. Alleine wirst du es schwer haben, doch das hast du dir selbst zuzuschreiben.

Gezeichnet ist der Brief mit einem schwarz-gelben Auge, von dem Torqan kaum den Blick wenden kann. Nach einigen Sekunden bildet sich im Augenwinkel ein Blutstropfen, läuft über das Pergament und tropft zu Boden.

Torqan lässt die Nachricht auf den Tisch fallen und hastet nach draußen.

Wirst du die Folgen zu tragen haben.

Das klingt nüchtern und sachlich, doch sein Bauchgefühl sagt ihm, dass er diese Folgen lieber nicht erleben will.

Idmon sitzt immer noch auf der Bank und hat seine Schnitzarbeiten wieder aufgenommen. »Neuigkeiten?«, fragt er lächelnd.

»Ich muss fort.« Torqan dreht sich ratlos um die eigene Achse. »In welcher Richtung liegt Norden?«

Er ist erst seit einigen Minuten auf dem Weg, doch der Wald hat sein Gesicht bereits völlig verändert. Obwohl Tag ist, fällt kaum Licht durch das dichte Geäst. Der Boden ist uneben und gespickt mit Stolperfallen; immer wieder schnellen kleine, bösartige Tiere aus dem Dickicht und schnappen nach Torqans Beinen. Eines davon tötet er mit seinem Morgenstern – die Überreste sehen aus, als hätte man eine Kröte mit einem Piranha gekreuzt, wobei der Piranha hauptsächlich die Zähne beigesteuert hat.

Aber der Kadaver gibt eine Fleischeinheit her, wie sich zeigt, und Torqan steckt ihn ein. Wer weiß, ob Theia ebenso gastfreundlich ist wie Rhea. Dorthin möchte er auf jeden Fall zurück, sobald es sich einrichten lässt.

Er hat den Gedanken kaum zu Ende gedacht, als sich aus den Ästen über ihm etwas löst und mit einem matschigen Geräusch auf dem Weg landet, nur einige Schritte von Torqan entfernt. Es ist eine Art überdimensionale Taube, durchbohrt von einem langen Pfeil. Er nähert sich misstrauisch und hört gleichzeitig ein Rauschen, als würde Wind aufkommen. Doch die Äste des Waldes bewegen sich nicht, dafür senkt sich etwas Großes von oben herab.

Eine Harpyie. Mit Frauenkörper, einem grün schillernden Harnisch, goldfarbenen Adlerschwingen über den Armen und Greifvogelklauen anstelle von Füßen. Der Bogen, den sie in der linken Hand hält, schimmert durchsichtig, als wäre er aus Eis. Sie ist bei der Auswahl des Volkes also nicht zurückgewiesen worden.

Das geflügelte Wesen greift nach der Taube und beginnt, die weißen Federn auszureißen. Torqan ist unschlüssig stehen geblieben. Er kann die Harpyie nicht ansprechen – dazu bräuchte er Feuer, und wie man das macht, weiß er nicht. Aber immerhin kann er ihren Namen herausfinden.

Aiello. Erinnert ihn an etwas Essbares.

Taubenfedern fliegen durch die Luft und schweben zu Boden. Tut Aiello das aus Wut?

Vielleicht. Möglicherweise aber auch nur, um zu sehen, was sich unter dem Federkleid verbirgt, und das ist tatsächlich überraschend. Es ist nämlich nicht einfach eine gerupfte Taube, die übrig bleibt, sondern eine mit blaugrünlich verfärbter Haut. Sie sieht aus, als wäre sie schon Wochen vor dem Pfeilschuss tot gewesen.

Aiello wirft sie mit einer verächtlichen Bewegung zur Seite, dreht sich um und geht davon. Ohne lange nachzudenken, folgt Torqan ihr, froh über gut bewaffnete Begleitung. Dass er befreundete Kämpfer auf dem Weg treffen könnte, hat der Bote ja angekündigt, und mit etwas Glück läuft Aiello ebenfalls nach Theia.

Doch er hat sich zu früh gefreut. Ein paar Minuten später weicht der Wald einer Sumpflandschaft. Der weiche Boden behagt der Harpyie nicht, sie breitet die Flügel aus, stößt sich ab und erhebt sich in die Lüfte.

Im nächsten Moment kriecht eine Unzahl von schleimigen Echsen aus dem Sumpf und auf Torqan zu. Er schwingt seinen Morgenstern, doch die Sache sieht übel aus, denn die Viecher können auch springen.

Aber er erlegt eines nach dem anderen. Bemerkt dabei, dass sie in unterschiedlichen Farben bluten – manche grün, manche blau, einige in ganz normalem Rot. Bevor sie sterben, beißen sie leider, und auch Torqan blutet, der Ton in seinen Ohren, der mit jeder neuen Verletzung anschwillt, ist so unerträglich wie noch nie. Zwei Drittel seines Gürtels sind bereits grau verfärbt, und es kriechen immer noch neue Echsen aus dem Schlamm.

Rückzug, etwas anderes bleibt ihm nicht übrig. Er drischt auf die Tiere ein, die noch an ihm hängen, trifft sich dabei einmal versehentlich selbst. In den quälenden Ton mischt sich ein anderes Geräusch: dumpfe Hufschläge.

Mit einer letzten Echse, die sich in seinem linken Arm verbissen hat, kriecht Torqan zurück in den Wald.

Du hast nur eine Chance, geht ihm durch den Kopf, und er zweifelt keinen Augenblick daran. Wenn er jetzt stirbt, ist es vorbei.

Mit dem, was ihm an Kraft verblieben ist, löst er das hässliche Tier von seinem Körper, greift nach einem Stein und zerschmettert es. Dann bleibt er ruhig liegen, während die Hufschläge lauter werden. Wenn sich hier ein Feind nähert, wird er Torqan mit einem einzigen Hieb töten können.

Sollte es das wirklich gewesen sein – wäre das schlimm?

Ja. Dann wird er Soryana nicht mehr begegnen, nicht mehr mit Idmon sprechen können. Es wäre, als würde er einen Verbündeten verlieren, jemanden, der auf seiner Seite ist.

Außerdem würde es bedeuten, dass er wieder einmal nicht gut genug gewesen ist. Erebos hat ihn auserwählt, und er hat versagt.

Der Reiter ist jetzt in unmittelbarer Nähe. Torqan versichert sich, dass er den Morgenstern fest in der Hand hält, dann richtet er sich ein Stück auf, nur um im nächsten Moment erleichtert zurückzusinken.

Kein Feind. Eher ein Auftraggeber. Es ist der Bote, und er wirkt Furcht einflößend und übermenschlich groß auf seinem Pferd, dessen Hufe nur knapp neben Torqans Kopf zu stehen kommen.

Er will das Gespräch nicht eröffnen, er wartet lieber, bis der Bote etwas sagt. Doch der lässt sich Zeit.

»Ich hatte erwartet, dich erst in Theia zu treffen«, meint er endlich. »Du enttäuschst mich.«

Das hat Torqan schon befürchtet. »Ich war auf dem Weg. Gemeinsam mit einer Harpyie, doch die hat die Flucht ergriffen, als die Dinger aus dem Sumpf gekrochen sind ...«

Das ist nicht ganz die Wahrheit, und Torqan glaubt, am Gesichtsausdruck des Boten zu erkennen, dass er das weiß.

»Nun«, sagt der mit tiefem Seufzen. »Wieder einmal stehst du vor einer Wahl. Du kannst hier liegen bleiben und sterben – es fehlt nicht mehr viel dazu, das weißt du. Oder du kommst mit mir.«

Diese Wahl zu treffen ist einfach. »Ich komme mit.«

»Ja?« Wirklich erfreut wirkt der Bote nicht. »Ich erkläre es dir lieber gleich: Mitkommen alleine wird nicht genügen. Ich kann dich heilen, ich kann dich sogar stärker machen – aber ich werde eine Gegenleistung verlangen.«

Würde es Torqan nicht so schlecht gehen, würde er jetzt bestenfalls *Na und?* sagen, aber wer weiß, wie der Bote auf Flapsigkeit reagiert. »Das ist nur fair«, erklärt er also freundlich.

Sein Gegenüber betrachtet ihn nachdenklich. »Gut. Aber denke daran, dass du selbst es so wolltest.«

Er steigt nicht vom Pferd ab, doch er streckt einladend einen Arm aus. Torqan arbeitet sich mühsam auf die Beine, er kann kaum das Gleichgewicht halten, doch der Bote hat ihn bereits gepackt und zieht ihn aufs Pferd.

Der furchtbare Ton in Torqans Kopf verstummt. Heute ist nicht der Tag, an dem er sterben wird.

Was Victor zum Abschied gesagt hatte, ging Nick den ganzen Heimweg über nicht aus dem Kopf. Dass das Spiel sich vielleicht an denen rächen wollte, die es beim letzten Mal gestoppt hatten.

Dann musste es aber auch Victor selbst im Visier haben. Emily. Adrian.

Es war dunkel, als er vor seiner Haustür ankam, vor ein paar Minuten waren die Straßenlaternen eingeschaltet worden. Nick kramte in seiner Jackentasche nach den Schlüsseln und fand erst nur die fürs Auto. Wo zum Teufel war der für die Wohnung?

Er trat ein Stück zurück, direkt unter die Leuchte, und sah im gleichen Moment eine Bewegung links von sich. Eine Gestalt wandte sich ab, steckte hastig etwas in die Hosentasche und lief davon.

Nick ahnte Böses. Er konnte sich gut daran erinnern, wie er selbst einmal jemandem aufgelauert hatte, und er wusste auch noch, zu welchem Zweck.

Da waren die Schlüssel. Na endlich. Er stieg die Treppen hoch und sperrte seine Wohnungstür auf, merkte erst jetzt, dass er sich bemühte, leise zu sein. Als würde jemand hier warten, der nicht mitbekommen durfte, dass Nick fortgewesen war.

Das Smartphone lag noch unter dem Wäscheberg. Ein entgangener Anruf von Finn, eine WhatsApp-Nachricht von Jamie. *Datenrettung geklappt?*

Er schrieb zurück, dass alles gut gegangen sei, und tippte dann den Kontakt seines Bruders an, um ihn zurückzurufen. Doch statt eine Verbindung aufzubauen, schaltete das Handy sich ab. Nick fluchte erst innerlich, dann laut. Aber vielleicht hatte das nichts zu bedeuten, vielleicht war nur der Akku leer. Er hängte das Gerät ans Netz, wartete ein paar Sekunden und versuchte, es wieder einzuschalten.

Zu seiner Erleichterung leuchtete das Display auf, allerdings zeigte es nicht seinen üblichen Bildschirmhintergrund, sondern ein Foto, auf dem Nick selbst zu sehen war. Unter der Straßenlaterne vor seiner Haustür, wie er nach dem Schlüssel kramte.

Wo warst du?, stand in roten Lettern darunter.

Fassungslos betrachtete Nick das Bild. Wer es geschossen hatte, war klar – er hatte ihn ja noch weglaufen gesehen. Aber dass das Spiel so schnell reagierte, so schnell die richtigen Schlüsse zog ...

»Ich war nur kurz draußen«, murmelte er.

Die Schrift veränderte sich. *Du lügst. Du hintergehst uns. Du solltest es besser wissen.*

War das möglich? Das war nicht möglich, oder? Das Spiel bluffte, es konnte nicht wissen, wo Nick den Nachmittag verbracht hatte, nachdem er sein Telefon zu Hause gelassen hatte.

Wie um seine Theorie zu bestätigen, verschwand das Foto. An seiner Stelle erschien der normale Bildschirmhintergrund, inklusive aller Apps. Erleichtert legte Nick das Handy auf den Schreibtisch und überprüfte mit nervös klopfendem Herzen, ob die Überspielung der Tapas-Bilder vom Vormittag auf den Offline-Computer geklappt hatte.

Ja, stellte er fest. Alles da. Also würde er sich jetzt Tee kochen und dann mit der Bearbeitung beginnen. Danach würde er massenhaft Back-ups anlegen.

Mit nervösem Flattern im Bauch steckte er seinen Online-Computer wieder an, fuhr ihn hoch und erwartete, dass sich das Spiel sofort melden und über das Kappen der Stromversorgung beschweren würde. Doch nichts dergleichen geschah. Das war ein gutes Zeichen.

Er schaltete den Rechner wieder aus, stellte sich ans Waschbecken und schaufelte sich eiskaltes Wasser ins Gesicht, um die Müdigkeit zu vertreiben. Erebos hatte ein paar erstaunliche neue Kunststücke auf Lager, aber er würde sich nicht unterkriegen lassen. Er hatte schon jetzt Wege gefunden, das Spiel auszutricksen.

Er trocknete sich ab und lächelte. In gewisser Weise war er ein zweites Mal als Sieger aus dem Kampf hervorgegangen.

Um zwei Uhr nachts sah er bereits doppelt und konnte sich kaum noch aufrecht auf seinem Stuhl halten, aber er hatte von jeder der Speisen eine gute Aufnahme herausgesucht und bearbeitet. Der Ordner mit den achtundvierzig Bildern war auf drei verschiedenen Datenträgern gespeichert, und Nick würde jetzt schlafen gehen.

Er streckte sich, gähnte herzhaft und rieb sich die Augen. Als er sie einige Sekunden später wieder öffnete, leuchtete ihm der Monitor seines Computers mit einer roten Aufforderung entgegen.

Komm her.

Nick schüttelte bloß den Kopf, schluckte hinunter, was ihm auf der Zunge lag – *du kannst mich mal* –, und zog sich nicht einmal die Jeans aus, bevor er sich aufs Bett legte.

Er musste sofort eingeschlafen sein, denn er hatte das Gefühl, es war kaum Zeit vergangen, als er mit einem unterdrückten Schrei wieder hochfuhr.

Waren das Sirenen? Eine Alarmanlage? Orientierungslos blickte er sich im dunklen Zimmer um, fand automatisch die einzige Lichtquelle: Seinen Computermonitor, vom Schreibtisch her kam auch das furchtbare Geräusch, das sich nun veränderte und immer schriller wurde, bis es sich anhörte wie der Verletzungston aus dem Spiel.

Nick taumelte zum Computer und schaltete die Lautsprecher aus. Einer der Nachbarn klopfte gegen die Wand, kein Wunder. »Tut mir leid«, murmelte Nick, er würde sich morgen im Haus entschuldigen gehen müssen.

Die Zeit wird knapp, stand auf dem Bildschirm. *Wenn du dich widersetzt, wirst du die Folgen zu tragen haben.*

Kaum zu einem klaren Gedanken fähig, vergrub Nick das Gesicht in den Händen. Er hatte den Rechner abgeschaltet. Ganz sicher. Ab sofort würde er ihn auch vom Netz nehmen, und wenn er sich dann nachts wieder selbst in Betrieb nahm, würde Nick endgültig an Zauberei glauben.

»Was willst du?«, flüsterte er.

Musik setzte ein, verlockend und unheimlich zugleich, denn eigentlich waren alle Töne abgestellt.

»Dass du kämpfst«, erklang die heisere Stimme des Boten.

Das Gefühl des Triumphs vom frühen Abend war verschwunden. »Meinetwegen. Okay. Aber nicht jetzt, ich muss schlafen, ich kann kaum noch die Augen offen halten.«

Die Schrift auf dem Monitor verschwand, bis auf den ersten Satz. *Die Zeit wird knapp.* Dann erschien ein Zähler, mit Stunden, Minuten und Sekunden.

06:00:00
05:59:59

05:59:58 …

Nick begriff. Erebos erlaubte ihm, sechs Stunden zu schlafen, dann würde es ihn unzweifelhaft wecken. Wahrscheinlich wieder mit einem Ton, als würde Katastrophenalarm ausgelöst.

Passt doch, dachte er, während er die paar Schritte zum Bett zurückstolperte. Eine einzige Katastrophe, das Ganze.

Die Zeit wird knapp, pulsierte die Schrift hinter seinen geschlossenen Lidern, doch bevor er noch begann, sich zu überlegen, was damit gemeint sein konnte, war er bereits wieder eingeschlafen.

Entgegen allen Erwartungen weckten ihn sechs Stunden später keine Alarmsirenen, sondern sanfte Gongs, wie von tibetanischen Klangschalen. Er setzte sich benommen im Bett auf, während die Erinnerung an den Vortag tröpfchenweise zurückkehrte.

Er hatte die Fotos bearbeitet. Heute musste er sie an das Restaurant schicken.

Immer noch schlaftrunken tappte er zum Computer und schaltete die Gongs aus, bevor er sich ins Badezimmer schleppte. Beim Zähneputzen begann er, Strategien zu entwerfen.

Er würde die Fotos nicht von zu Hause wegschicken, sondern von der Uni. Den Computer, den Erebos für sich in Beschlag genommen hatte, würde er überhaupt nicht mehr verwenden, er musste irgendwie an einen neuen kommen und den nach allen Regeln der Kunst gegen Schadsoftware absichern. Wie hatte Victor das noch mal genannt? Ransomware, genau. Programme, die einen erpressten.

Sein Handy wäre er am liebsten auch losgeworden, aber es war ein teures Modell, ein Geschenk seiner Eltern. Es zurückzusetzen war eine Möglichkeit, aber er glaubte nicht, dass er das Spiel damit loswerden würde. Dafür würde der Versuch als Akt der Rebellion gewertet werden, todsicher.

Er spuckte Zahnpasta ins Waschbecken, spülte sich den Mund und kehrte zu seinem Schreibtisch zurück.

Wir warten auf dich, stand in den verhassten roten Lettern auf dem Monitor. *Die Zeit wird knapp.*

»Die Zeit wofür?«, fragte er gereizt. »Worum geht es denn diesmal?«

Keine Reaktion, obwohl Nick sicher war, dass Erebos ihn gehört hatte. Das tat es seit seinem Wiederaufleben ja immer, wenn er nicht umfassende Vorsichtsmaßnahmen traf. Seufzend drehte er dem Computer den Rücken zu. Er würde jetzt duschen und dann zur Uni fahren. Die Fotos schicken und an seinem Projekt weiterarbeiten.

Sollte er sein Handy mitnehmen?

Als er gewaschen und frisch rasiert aus dem Badezimmer zurückkam, hatte das Spiel doch noch geantwortet.

Tod

Stand auf dem Monitor geschrieben. Sonst nichts.

Aha, es ging also um Leben und Tod, das war ja wahnsinnig originell. Unschlüssig nahm er sein Smartphone zur Hand. Sollte er es mitnehmen? Es hierlassen? Es würde garantiert wieder die ganze Zeit vibrieren und ihm auf die Nerven gehen.

Am klügsten wäre, sich wenigstens eine neue Sim-Card zuzulegen. Eine andere Nummer. Würde das reichen, um sich Erebos vom Hals zu schaffen?

Wahrscheinlich nicht. Wahrscheinlich hatte es sich schon irgendwie in die Hardware gefressen. Um aus der Sache rauszukommen, musste Nick wohl alle seine Geräte austauschen, und das konnte er sich nicht leisten. Er wog das Smartphone in der Hand und steckte es schließlich ein.

Dann griff er sich den Stick mit den Fotos und war aus der Tür, ohne noch einen letzten Blick auf den Computermonitor zu werfen.

In der U-Bahn wartete er die ganze Zeit über darauf, dass sich das Handy bemerkbar machen würde, mit Vibrationsalarm oder drohenden Botschaften. Doch nichts dergleichen geschah. Er warf immer wieder prüfende Blicke auf das Display, aber Erebos verhielt sich ruhig.

Auch in der Uni machte das Spiel keine Mätzchen. Nick setzte sich in den Computerraum der Bibliothek und überspielte die Fotos auf einen Server, schickte Manuel und Luis eine Nachricht mit dem Link und erhielt kurz darauf die freudige Rückmeldung, dass sie die Bilder perfekt fanden.

»Gute Arbeit!« Hinter ihm war die kurze, rundliche Gestalt von Bert aufgetaucht, ebenfalls Fotostudent, sie hatten gemeinsam das Seminar für Veranstaltungsfotografie besucht. Er betrachtete mit gerunzelter Stirn das Foto mit den Ziegenkäsehäppchen, das noch geöffnet war.

»Danke.«

»Wo treibst du eigentlich immer diese Jobs auf? Ab und zu könnte ich so etwas auch gebrauchen. Aber hey, ich fotografiere übernächstes Wochenende das Konzert von *Heavy Load*, sie spielen im Star of Kings. Hast du Lust, auch hinzukommen … oh sorry.« Bert zog sein Handy hervor, das eben drei lang gezogene Töne von sich gegeben hatte. Sein Gesichtsausdruck wechselte innerhalb von Sekunden von fröhlich zu verblüfft. Er hob kurz den Blick und senkte ihn wieder auf sein Display. »Äh – sag mal, hast du es dir mit irgendjemandem hier verscherzt?«

»Was?« Nick begriff nicht, was Bert meinte. »Nicht dass ich wüsste. Warum?«

Ohne ein weiteres Wort hielt Bert ihm sein Handy vor die Nase.

Halte dich fern von Nick Dunmore. Er ist ein Lügner.

Kein Name, der den Absender verriet, nur eine Zahlenabfolge, die viel zu lang war, um eine britische Telefonnummer sein zu können.

»Ähm ... tut mir leid, verstehe ich nicht«, stammelte Nick. Er blickte sich um, wer hatte ihn und Bert gemeinsam beobachtet? Wer wusste, dass sie in diesem Moment zusammenstanden?

Bert zog hörbar die Nase hoch und schüttelte dann den Kopf. »Egal, ich gebe sowieso nichts auf anonyme Nachrichten.« Er sah betreten zu Boden, dann ging er, ohne seine Einladung von vorhin zu wiederholen.

Nick trennte den Stick vom Computer und zog ihn ab. *Er ist ein Lügner.* Wie bekam das Spiel es hin, diese Nachricht ausgerechnet an die Person zu schicken, die gerade neben ihm stand? Oder – auch ein sehr erbaulicher Gedanke – hatte es alle Leute in seinen Kontakten vor ihm gewarnt?

Er warf sich seine Jacke über und stand auf. Er würde morgen erst an seinem Projekt weiterarbeiten. Erebos nahm es offenbar persönlich, dass er nicht wie versprochen heute Morgen gespielt hatte. Bevor es weiteren Schaden anrichtete, würde er eben ein paar Monster verkloppen. Oder noch mal in einen Brunnenschacht steigen. War doch egal.

Er war eben aus dem Unigebäude getreten, als sein Telefon läutete. Nicks Herz machte einen Sprung, es war die Melodie, die er für Claire eingestellt hatte. *Somebody to love* von Queen, was er gleichzeitig kitschig und angemessen fand.

Endlich passierte etwas Gutes. Sie war es, die sich nach vier Tagen meldete, das hieß, es lag ihr doch etwas an ihm.

»Claire! Schön, dass du anrufst, ich hätte mich sonst später auch –«

»Du bist so ein riesiges Arschloch!«

Er stutzte. »Ich wollte sagen – ich hätte mich auch gemeldet. Tut mir leid, wenn …«

»Oh, aber du hast dich doch gemeldet!«, fauchte sie. »Und wie du das hast! Und du warst ja wirklich deutlich. Wann ist dir denn klar geworden, dass dir mein IQ nicht hoch genug ist?«

Nick schnappte nach Luft. »Wie bitte?«

»Ach, du hast es schon vergessen? In einer knappen halben Stunde? Dass dir Intelligenz bei Frauen wichtiger ist als ein hübsches Gesicht, und so hübsch wäre meines ja schließlich nicht?«

Es war ein Gefühl, als würde sein ganzer Körper taub, mit Ausnahme des Magens, der sich schmerzhaft zusammenkrampfte. »So etwas würde ich nie behaupten. Ich finde du bist beides – intelligent, hübsch und überhaupt wunderbar. Das solltest du eigentlich wissen. Woher hast du diesen anderen Quatsch? Aus einer SMS? Einer WhatsApp-Nachricht? Wenn ja, dann waren die nicht von mir. Jemand muss mein Handy gehackt ha–«

»Du stellst dich absichtlich dumm.« Claire sprach so leise, dass er sie kaum verstand. »Ich hatte diese Nachricht auf der Sprachbox. Von dir. Glaubst du, ich erkenne deine Stimme nicht?«

Nick öffnete den Mund und schloss ihn wieder. Was Claire da erzählte, konnte nur ein Irrtum sein. »Ich habe dich nicht angerufen«, stammelte er. »Ehrlich. Keine Ahnung, wie das –«

»Du bist so feige, Nick. Steh doch wenigstens zu dem, was du sagst. Kann ja sein, dass es dir jetzt leidtut, aber lügen macht es nicht besser.«

Er atmete tief durch. »Können wir uns sehen? Jetzt gleich?«

Sie stieß ein kurzes Lachen aus. »Eigentlich habe ich darauf überhaupt keine Lust. Außerdem muss ich arbeiten.«

»Bitte. Nur fünf Minuten. Ich komme zu dir ins Café, gut?«

Er hörte sie seufzen. »Mir wäre lieber, du würdest es bleiben lassen. Aber wenn du meinst.«

»Okay. Bis gleich.« Nick stopfte sein Handy in die Jackentasche und begann zu rennen.

Eine U-Bahn-Fahrt und zwanzig Minuten später betrat Nick keuchend das Notes. Claire stand hinter der Bar und fabrizierte eines ihrer Kaffee-Kunstwerke; sie blickte nur kurz auf, als er eintrat.

Es war besser zu warten, bis sie fertig war. Nick trat von einem Bein aufs andere. Er war so nervös, als hätte er tatsächlich etwas falsch gemacht, dabei war in dieser Sache ganz klar er selbst das Opfer.

Als er sah, dass Claire sich die Hände abtrocknete und ihrem Kollegen das Tablett mit der fertigen Bestellung übergab, trat er näher.

Sie sah ihm ohne ein Lächeln entgegen. »Hi.«

»Hi. Können wir kurz rausgehen?«

»Weiß nicht.« Sie ließ ihren Blick durch den Raum schweifen. »Ist ziemlich viel zu tun gerade.«

»Bitte. Nur fünf Minuten.«

Sie zuckte mit den Schultern und ließ Nick vorangehen. Draußen lehnte sie sich mit vor der Brust verschränkten Armen gegen die Mauer.

»Ich verstehe nicht, was passiert ist«, begann Nick, »aber ich war es nicht, der dir auf die Sprachbox gesprochen hat. Glaube mir das bitte.«

Sie sah ihn nur an, wortlos.

»Wenn ich es gewesen wäre, wenn ich wirklich gemeine Dinge zu dir gesagt hätte, warum würde ich dann hier stehen? Dann würde mir doch nichts an dir liegen. Das ist doch logisch, oder?«

Immer noch schweigend, zückte Claire ihr Smartphone und entsperrte es. Sekunden später hörte Nick sich selbst sprechen.

»Hi, Claire. Wir haben ja jetzt ein paar Tage nichts voneinander gehört, und um ehrlich zu sein, ich glaube, das ist ganz gut so. Was ich damit meine: Du fehlst mir nicht. Ich habe nachgedacht, und es ist einfach so, dass ich lieber mit jemandem zusammen sein würde, der mehr im Kopf hat. Ist mir wichtiger als ein hübsches Gesicht, und so extrem hübsch ist deines ja auch wieder nicht. Sorry. Also lassen wir es dabei, okay? Mach's gut.«

Nick war schwindelig geworden, er musste sich mit einer Hand an der Wand abstützen. Die Stimme, die all dieses Zeug von sich gegeben hatte, war seine eigene. Daran bestand kein Zweifel. Die Nummer, die Claires Display anzeigte, gehörte ebenfalls ihm. Natürlich glaubte sie, dass auch die Nachricht von ihm gekommen war, nur dass das eben nicht stimmte, außer er verlor den Verstand und telefonierte, ohne davon zu wissen.

Claire sah ihn ruhig abwartend an.

»Ich war das nicht«, krächzte er. »Aber ich verstehe, wenn du mir nicht glaubst.«

»Oh.« Sie lächelte spöttisch. »Tust du das? Tja, ich müsste

wirklich so wenig im Kopf haben, wie du denkst, wenn ich dir die Nummer abkaufen würde, die du hier abziehst.«

Nick schloss die Augen. Hätte er ihr geglaubt, im umgekehrten Fall? Er wusste es nicht. Er wäre verletzt gewesen, getroffen und auf jeden Fall nicht gewillt, sich an der Nase herumführen zu lassen.

Einen Moment lang war er versucht, ihr von Erebos zu erzählen. Was passiert war, als er noch Schüler gewesen war, und was jetzt offenbar wieder geschah – diesmal gegen seinen Willen.

Nur würde er damit die Regeln brechen. Und er bekam ja gerade zu spüren, dass das Spiel keine Hemmungen hatte, sein Leben zu ruinieren, wenn er sich widersetzte.

Doch zumindest Claire sollte nicht darunter zu leiden haben. »Ich kann dir nicht erklären, wie das passiert ist. Aber ich weiß, dass du klug und schön und insgesamt ziemlich perfekt bist. Ich wollte nie den Kontakt abbrechen, und du hast mir die letzten Tage sehr gefehlt. Wenn du mit mir nichts mehr zu tun haben willst, kann ich es nicht ändern, aber … ich hoffe, du überlegst es dir noch.«

Zum ersten Mal sah sie nun verunsichert aus. Warf einen Blick zurück ins Lokal, dann wieder auf Nick. »Ich muss weiterarbeiten«, sagte sie leise. »Und ich möchte gerne in Ruhe nachdenken. Ruf mich erst mal nicht an, okay? Und schreib mir nicht.«

Es war so bodenlos unfair, dass Nick kaum Luft bekam. »Okay«, presste er heraus. »Wenn du das wirklich so willst. Aber bitte glaube mir, ich war das nicht. Und du bedeutest mir viel.«

Sie lächelte, immerhin, auch wenn es kein warmes Lächeln war. »Wir kennen uns gerade einmal drei Monate. Ich muss mir erst überlegen, wie es weitergeht. Ich melde mich dann.« Sie drehte sich um und ging zurück ins Café.

Nick blieb noch einige Sekunden reglos stehen, dann setzte er sich ebenfalls in Bewegung. Er konnte sich nicht mehr erinnern, wann er das letzte Mal so wütend gewesen war. Er würde das verdammte Spiel in Grund und Boden rammen.

12

Der Ritt auf dem Pferd des Boten ist atemberaubend. Torqan sieht die Landschaft an sich vorbeifliegen, zu schnell, als dass sein Blick alles erfassen könnte. Dann kommt ein Berg in Sicht, der ein Gesicht zu haben scheint. Der Bote steuert auf den weit aufgerissenen Mund zu, und innerhalb von Sekunden werden sie von Dunkelheit verschluckt. Das Pferd hält an, der Bote steigt ab und zieht Torqan mit sich.

Er sieht sich um. Tritt fast auf eine morsche Armbrust, die noch von einer knöchernen Hand gehalten wird. Ist im Inneren des Berges gekämpft worden?

»Ich belohne dich heute bereits zum zweiten Mal«, beginnt der Bote, »ohne noch eine Gegenleistung von dir erhalten zu haben.«

»Ja. Ich weiß. Danke.«

»Ich habe dir Rüstzeug gegen deine Feinde verschafft. Alles, was ich von dir verlange, ist, dass du den Gefallen erwiderst.«

Torqan ist verblüfft, er hätte nicht vermutet, dass ein Wesen, das so allmächtig wirkt, Feinde hat. Noch dazu solche, mit denen es nicht im Alleingang fertig wird. »Was soll ich tun?«

Der Bote tritt einen Schritt näher an ihn heran. Seine Erscheinung ist auf eine Weise erschreckend, die Torqan nur schwer definieren kann. Als könne das schädelartige Gesicht mit den gelben Augen sich jederzeit in etwas viel Schrecklicheres verwandeln. Als wäre es nur eine Maske, die vor einem grauenvollen Anblick schützt.

»Ich möchte«, sagt der Bote, »dass du dich nach Whitehall

Gardens begibst. Morgen, sobald man dir Zutritt gewährt. Dort findest du drei bronzene Männer und zu Füßen des mittleren ein Schriftstück mit Anweisungen, die es zu befolgen gilt.« Ein roter Schimmer tritt in das Gelb seiner Augen. »Versuche nicht, mich zu täuschen. Ich werde wissen, ob du meinen Auftrag erfüllt hast oder nicht.«

Torqan braucht einen Moment, um zu rekapitulieren, was der Bote eben gesagt hat. »Whitehall Gardens? Ich dachte, ich soll nach Theia gehen.«

Der Bote blickt zur Seite, als müsse er um Geduld ringen, und erst da versteht Torqan, dass diese Mission nicht so laufen wird, wie er ursprünglich gedacht hat. »Whitehall Gardens?«, wiederholt er. »Das echte Whitehall Gardens? Gleich bei der Themse?«

»Ein anderes wird uns nicht nützen«, antwortet der Bote.

Ungläubig starrt Torqan ihn an. Er traut ihm einiges zu, aber nicht, dass er Briefe in Parks hinterlegt. »Ich glaube, ich verstehe das nicht richtig«, presst er heraus.

»Es gibt nur eine einzige Art, es zu verstehen.« Der Bote klingt ungeduldig. »Doch im Grunde musst du das nicht. Entscheidend ist, ob du den Auftrag ausführst oder nicht.«

Morgen früh. Das könnte schwierig werden. Torqan überlegt anscheinend zu lange, denn der Bote tritt noch einen Schritt näher. »Du zögerst?«

»Nein! Es … ist nur – was passiert, wenn ich nichts finde?«

Die gelben Augen verengen sich. »Dann wird die Frage sein, ob es dein Fehler war oder nicht. Und nun antworte. Die Zeit wird knapp. Unser Gespräch wird nicht mehr lange ungestört sein.«

Torqan würde gerne nach den drei bronzenen Männern fragen, er kennt Whitehall Gardens nicht, aber er hat das Gefühl, dass er die Geduld des Boten bereits überstrapaziert hat. »In Ordnung«, sagt er schnell. »Ich tue mein Bestes.«

»Weniger habe ich auch nicht erwartet.« Eine der langfingrigen Hände hebt sich, sekundenlang wird es hell im Inneren des Berges, als würde ein Blitz niedergehen, der verkrümmte Leichen zwischen rostigen Gerätschaften und vermodernden Fässern erleuchtet. Im nächsten Augenblick ist alles in Schwärze getaucht.

Whitehall Gardens. Derek zog sich die Kopfhörer von den Ohren, den Blick immer noch auf den erloschenen Bildschirm gerichtet. Das Spiel schickte ihn an einen real existierenden Ort – warum, zum Teufel? Um zu sehen, ob er gehorsam war? Und bereit, sich lächerlich zu machen?

Andererseits hatte es ihm auch einen sehr realen Film von seinen ebenso realen Mitschülern zur Verfügung gestellt. War also fair, irgendwie …

Er fuhr herum, durch seine geschlossene Zimmertür hörte er Poltern und dann die Stimmen von Mum und Rosie. Unser Gespräch wird nicht mehr lange ungestört sein, hatte der Bote angekündigt. Und damit recht gehabt, unheimlicherweise.

Im nächsten Moment platzte Rosie herein. »Hey, Bruder! Wir waren einkaufen, hast du Lust, uns beim Pizzamachen zu helfen?«

»Äh … gleich. Ich brauche noch ungefähr zehn Minuten für Schulzeug, dann komme ich.«

Rosie reckte einen Daumen hoch und verschwand wieder.

Er musste mehr Information einholen. Der Computerbildschirm war nach wie vor dunkel, Derek tippte ein wenig auf der Tastatur herum, doch es änderte sich nichts. Also Neustart. Und dann Google.

Die Whitehall Gardens öffneten um neun Uhr, das war eine schlechte Nachricht. Da sollte Derek bereits in der Schule sein, er würde auf jeden Fall die Anwesenheitskontrolle verpassen.

Er sah sich den Weg auf Maps an: Die U-Bahn-Station, die dem Park am nächsten lag, war Charing Cross. Immerhin Northern Line, mit der würde er anschließend auch zu seiner Schule kommen. Es waren nur zwanzig Minuten Fahrtzeit. Bloß musste er erst mal in die falsche Richtung fahren.

Angenommen, er fand die Botschaft nicht sofort – oder gar nicht –, dann würde er nicht nur die erste Stunde verpassen, sondern auch die zweite.

Ein paar Sekunden lang überlegte er, ob er sich das wirklich antun sollte. Doch im Grunde hatte er die Entscheidung längst getroffen. Einfach so auszusteigen war keine Option. Nicht nur wegen Soryana.

Derek schob seinen Bürostuhl zurück und stand auf. Er würde jetzt erst mal mit den anderen Pizza machen.

Sie belegten die eine Hälfte mit Thunfisch, die andere mit Schinken. Rosie sang die ganze Zeit über, behauptete, sie würde proben, und schüttete bei einer graziösen Drehung eine halbe Dose Tomatensoße auf den Küchenboden.

Die Stimmung blieb trotzdem gut, bis Dad nach Hause kam. Er murmelte nur ein mattes »Hallo« aus der Diele und verschwand sofort im Schlafzimmer. Es würde also wahrscheinlich wieder einer dieser Abende werden. Angestrengte Fröhlichkeit beim Abendessen, in der Hoffnung, Dad aufzumuntern. Angst vor jedem falschen Wort.

Am besten ging Rosie mit seinen Stimmungen um, denn sie scherte sich nicht groß darum. Sie erzählte, was sie erzählen wollte, und wenn in ihren Berichten jemand namens Jack vorkam, dann war das eben so.

Tatsächlich wurde das Abendessen aber gemütlicher als gedacht. Dad lachte über einen von Dereks Scherzen und klaute Zwiebelringe von seiner Pizza. Als Derek noch kleiner gewesen war, hatte er bei solchen Gelegenheiten immer geglaubt, das wäre nun der Umschwung, ab jetzt würde alles gut werden. So naiv war er mittlerweile nicht mehr, trotzdem genoss er den Abend und ging erst zurück in sein Zimmer, als Dad sich mit dem Notebook auf die Couch zurückzog. Rosie und Mum schauten im Schlafzimmer »Britain's got Talent«. Dort mitzumachen war auch so ein Traum seiner kleinen Schwester.

Derek setzte sich vor seinen Computer und googelte nach Bildern der Whitehall Gardens. Der Park war nicht allzu weitläufig, das war gut. Überall gepflegte Blumenbeete, exotische Pflanzen, Kieswege. Mit den Bronzemännern, von denen der Bote gesprochen hatte, mussten drei Statuen gemeint sein, die auf einer der Rasenflächen standen. Die würde Derek finden, das zumindest war keine große Herausforderung.

Er schloss den Browser und betrachtete nachdenklich das rote E auf dem Desktop. Sprach eigentlich etwas dagegen, den Rest des Abends noch ein bisschen zu spielen? Heute war er überhaupt nicht weitergekommen, hatte bloß mit Aiello seine erste Harpyie gesehen und sich von diesen komischen Echsen halb auffressen lassen.

Aber eben deshalb war es riskant – er hatte kaum noch Lebensenergie übrig. Würde wahrscheinlich tot umfallen, wenn jemand ihn bloß schief ansah. Außer natürlich … der Bote hatte ihn schon vorab geheilt.

Kurz entschlossen klickte Derek das Icon an. Nichts. Er versuchte es noch einmal, aber das Programm reagierte nicht, es war, als wäre es defekt. Erst beim dritten Mal, als Derek eigentlich schon aufgegeben hatte, öffnete sich – nein, nicht das Spiel, aber eine Schriftrolle auf dem Monitor, die aus dem roten E hervorzuspringen schien.

Die enthaltene Botschaft bestand nur aus einem einzigen Wort: *Geduld.*

Er lachte höhnisch auf. »Na, das ist doch endlich einmal etwas Neues.« Schulterzuckend öffnete er Discord, dort hatte Syed ihn gerade erst angestupst. Er und Owen hatten vor, eine Runde *Dead by Daylight* zu spielen, und fragten, ob Derek dabei sein wollte.

Klar wollte er, auch wenn Erebos ihn mehr gereizt hätte.

Dead by Daylight war nervenaufreibend, man musste auf einem Schrottplatz einem irren Serienmörder entkommen, der einen auf Fleischerhaken spießte, wenn man ihm in die Hände fiel. Die Stimmung des Spiels war düster, und die Schreckmomente waren heftig – aber nachdem man die ganze Zeit über mit seinen Kumpels über Discord verbunden war, konnte man die Spannung gemeinsam weglachen.

Mit Erebos war es anders. Während er mit Syed und Owen auf den Start ihrer Runde wartete, überlegte Derek, woran das lag.

Vermutlich daran, dass es sich nur zum Teil wie ein Spiel anfühlte. Wenn er in ein paar Minuten aus Unachtsamkeit oder Ungeschicklichkeit an einem der Fleischerhaken des Serienkillers landen würde, wäre das noch im gleichen Moment egal. Doch der Gedanke, morgen in Whitehall Gardens nicht fündig zu werden, machte Derek nervöser als der an die nächste Mathearbeit.

Um halb zwölf legte er sich ins Bett. Sie waren einmal entkommen und zweimal aufgespießt worden, Mum hatte vor einer halben Stunde an die Tür geklopft und ihn schlafen geschickt.

Nun lag er im Dunkeln, nur das Smartphone warf Licht in den Raum. Zum dritten oder vierten Mal sah Derek sich das Video an, in dem Morton der alten Dame das Portemonnaie klaute. *Ich belohne dich heute bereits zum zweiten Mal*, hatte der Bote gesagt.

Diese Aufnahme war Belohnung Nummer eins gewesen. Derek musste sich nur noch überlegen, wie er sie am besten verwendete.

Nachdenklich rieb er sich die Augen. Wie war das eigentlich umgekehrt? Gab es etwas, das das Spiel über ihn wissen und an andere weitergeben konnte?

Auf Anhieb fiel Derek nichts ein, trotzdem wurde er ein leichtes Gefühl der Unruhe nicht los. Er öffnete die Wecker-App auf dem Handy und stellte seinen Alarm auf eine Stunde früher ein als sonst.

»Ich muss jetzt schon weg, sorry, morgen gehen wir wieder gemeinsam.« Rosie stand noch mit der Zahnbürste im Badezimmer, als Derek bereits in die Schuhe schlüpfte. Frühstück fiel heute aus. Er hatte ohnehin keinen Hunger.

»Warum?«, nuschelte seine Schwester durch einen Mund voll Schaum.

»Ich muss noch etwas für Physik vorbereiten, hab ich ganz vergessen, und das Buch liegt in der Schule.« Es war ein bescheuertes Gefühl, Rosie anzulügen, aber die Wahrheit hätte zu viele Fragen nach sich gezogen, die Derek nicht beantworten konnte. Nicht, ohne die Regeln zu verletzen.

»Okay.« Rosie spülte sich den Mund mit Wasser. »Schönen Tag!«

»Dir auch.« Er zog die Tür hinter sich zu, sprintete die Treppen hinunter und auf die Straße hinaus. Die U-Bahn war gesteckt voll, er musste einen Zug fahren lassen. Erst beim nächsten schaffte er es, sich in den Waggon hineinzuquetschen.

Trotzdem würde er zu früh bei den Whitehall Gardens sein, falls die Tore wirklich um Punkt neun Uhr geöffnet wurden. Erst jetzt, eingekeilt zwischen all den sehr realen Menschen auf ihrem Weg zur Schule oder Arbeit, wurde ihm bewusst, was er da eigentlich tat. Er folgte den Anweisungen eines Computerprogramms. Er verhielt sich nicht wie ein Spieler, sondern wie eine Figur, die gespielt wurde. Der Bote schickte ihn zu den Whitehall Gardens, und Derek gehorchte ihm.

War es ein Test, wie beeinflussbar er war? Oder würde es demnächst auch ein Filmchen geben, das ihn selbst zeigte, wie er zu Füßen einer Statue herumkroch?

Die Vorstellung weckte zu gleichen Teilen Wut und Scham in ihm: Morton und Riley waren ahnungslos in die Videofalle getappt, er tat es mit vollem Bewusstsein. Falls an seinem Verdacht denn wirklich etwas dran war.

Bei Charing Cross stieg er aus und überlegte einige Sekunden lang, ob er nicht einfach den nächsten Zug in die entgegengesetzte Richtung nehmen sollte. Er würde pünktlich in der Schule sein, keine unangenehmen Fragen beantworten müssen und lief nicht Gefahr, sich lächerlich zu machen.

Wie lange war es noch bis neun Uhr? Derek nahm sein Smartphone zur Hand und entsperrte es.

Für einen Moment war es so, als wären alle Gedanken aus seinem Kopf gelöscht worden. Er starrte auf das Display, bis jemand ihn im Vorbeigehen von hinten anrempelte. Der Stoß holte ihn in die Gegenwart zurück, und er machte sich ohne weiteres Zögern auf den Weg nach oben. Die Uhrzeit kannte er immer noch nicht, aber ihm war klar geworden, dass es besser war, den Auftrag auszuführen.

Sein Handydisplay hatte nicht den üblichen Hintergrund gezeigt. Auch keine einzige der Apps war mehr vorhanden gewesen.

Nur eine schwarze Fläche. Und ein gelbes Auge.

Er lief die Northumberland Avenue hinunter, auf die Themse zu, mit dem ständigen Gefühl, beobachtet zu werden. Erebos kommunizierte per Smartphone mit ihm, okay, aber bisher hatte das Spiel nie die Kontrolle über das Gerät an sich gerissen. Das war eben zum ersten Mal passiert, und ausgerechnet in dem Moment, als Derek mit dem Gedanken gespielt hatte, sich um den vereinbarten Auftrag zu drücken. Konnte das Zufall sein?

Was denn sonst, sagte er sich, als er am Park eintraf und – natürlich – noch vor dem verschlossenen Gittertor stand. Der Zaun war nicht sehr hoch, er ging Derek etwa bis zur Schulter. Drüberzuklettern wäre ein Klacks gewesen, bloß leider zu auffällig, bei den Mengen an Passanten, die um diese Tageszeit hier unterwegs waren.

Wenn er allerdings einmal um die Ecke ging und es auf der Seite des Victoria Embankment versuchte ... dort gab es zwar massenweise Autos, aber deutlich weniger Fußgänger. War einen Versuch wert.

Die erste geeignete Stelle fand sich kaum hundert Meter entfernt, das Zaungitter wurde hier von den tiefhängenden Ästen eines Baums fast verdeckt. Derek sah sich einmal kurz um – niemand beachtete ihn. Also setzte er den linken Fuß auf eines der schmiedeeisernen Zierelemente. Zog sich hoch, schwang das rechte Bein auf die andere Seite. Das einzig nennenswerte Hindernis, an dem man sich wirklich verletzen konnte, waren die Eisenspitzen des Zauns, und trotz aller Vorsicht blieb Derek mit der Innenseite seiner Hose an einer davon hängen.

Ratsch. Es war nur der Stoff, nicht seine Haut gewesen, doch je mehr Derek versuchte, sich zu befreien, desto größer wurde der Riss. Shit. Nun würde er nicht nur sein Zuspätkommen, sondern auch den Zustand seiner Schuluniform erklären müssen.

Er unterdrückte die aufkommende Wut, befreite sich mit einem Ruck und landete auf der anderen Seite. Im Park.

Außer ihm war niemand hier, soweit er sehen konnte. Kein Gärtner, kein Parkwächter. Dafür schräg rechts von ihm eines der Denkmäler. Und links ein weiteres – das musste das richtige sein.

Derek blieb halb verborgen hinter einem Baum stehen und sondierte die Lage. Unauffällig zu dem Denkmal zu schleichen war unmöglich – es stand mitten auf der Grünfläche, umgeben von einigen schlanken Palmen und einem Blumenbeet. Nirgendwo eine Chance, in Deckung zu gehen.

Allerdings war weit und breit noch niemand zu sehen. Wenn er jetzt loslegte und schnell war, konnte er vielleicht gemütlich mit seinem Fund in der Tasche aus dem Park hinausspazieren, sobald die Tore geöffnet wurden.

Oder er ließ es einfach bleiben. Fuhr mit der nächsten U-Bahn zur Schule und vergaß das Spiel, den Boten und alles, was damit zu tun hatte.

Zwei Dinge gab es, die dagegensprachen. Zum einen hatte Derek den Verdacht, dass Erebos ihn nicht so widerstandslos gehen lassen würde. Es hatte bereits die Kontrolle über sein Handy übernommen – die würde es kaum wieder hergeben, wenn er sich weigerte, den Auftrag zu erfüllen.

Der zweite Faktor, der eine fast noch größere Rolle spielte, war Dereks eigene Neugierde. Er glaubte einfach nicht, dass er bei der Statue etwas finden würde. Wenn doch, war das ziemlich cool, es bedeutete, dass das Spiel online ein Adventuregame und offline eine Art Schnitzeljagd war. Vielleicht würde er bei dem Denkmal Hinweise finden, die Torqan weiterbrachten? Eine Landkarte, zum Beispiel, damit er beim nächsten Mal nicht wieder im Sumpf landete. Wenn das so war, war es echt ein neues Konzept.

Länger hier herumzustehen hatte keinen Sinn. Derek kam hinter seinem Baum hervor und ging zielstrebig auf das Denkmal zu. Ein paar Minuten blieben ihm hoffentlich noch bis zur Parköffnung, die würde er für eine gründliche Suche nutzen.

Bartle Frere stand auf dem Sockel der Statue, das war wohl der Name des Bronzemanns, der in Uniform, einem weiten Umhang und mit einer Schriftrolle in der Hand da oben stand und in Richtung Fluss blickte.

Der Bote hatte von einem Schriftstück gesprochen, das sich zu Füßen der Statue befinden sollte. Hoffentlich hatte er das nicht wörtlich gemeint, denn um an Bartle Freres Füße zu kommen, hätte Derek klettern müssen.

Er ging in die Hocke und fuhr mit den Fingern durchs Gras am Rand des Sockels. Da war nichts, auf keiner der Seiten. Vielleicht am Stamm einer der Palmen?

Derek blickte sich prüfend um, bevor er auch dort nachsah. Ohne Erfolg. Hatte er es doch gewusst. Wo zum Henker konnte man an einem glatten Marmorsockel etwas verstecken?

Wobei – ganz glatt war er nicht. An der Vorderseite gab es ein Relief, das eine Frau zeigte, die ein Schwert hielt. An den Seiten waren Wappen angebracht. Alles aus schwarzem Metall.

Eine Kirchturmuhr schlug neun. Mist. Derek verdoppelte seine Anstrengungen, während er in einiger Entfernung Schritte auf dem Kies hörte. Gleich würde er entdeckt werden, und ihm fiel wirklich keine überzeugende Ausrede dafür ein, dass er hier an einem Denkmal herumtastete.

Ich kann dem Boten sagen, dass ich es versucht habe, dachte er. Ich war hier, aber es war nichts zu finden. Logischerweise.

Die Wappen auf der rechten und linken Seite des Sockels waren mit Lorbeerkränzen geschmückt. India, stand auf dem einen; Africa auf dem anderen, und hier fiel Derek endlich etwas auf. Da, wo Kranz und Wappen aneinanderstießen, befand sich etwas kleines Schwarzes, das wie eine Rolle aussah. So eng an die Lorbeeren geklebt, dass man es erst entdeckte, wenn man knapp davor …

»Hey! Was machst du denn da?«

Derek fuhr herum. Auf dem Weg näherte sich ein Mann in einer blauen Latzhose, einen Coffee-to-go-Becher in der Hand. Ein Gärtner, wie es aussah.

»Ich habe hier gestern etwas verloren«, rief Derek und zog gleichzeitig an der kleinen Plastikrolle, die abartig fest am Metall klebte.

»Dort? Dort hast du doch gar nichts zu suchen!«, blaffte der Mann.

»Tut mir ja auch wirklich leid!«, rief Derek, im gleichen Moment löste sich die Rolle vom Africa-Wappen. Er verbarg sie in der Faust und lief über den Rasen auf den Weg zurück.

»Betreten verboten! Ich will deinen Ausweis sehen!«, schrie der Gärtner ihm hinterher, doch Derek drehte sich nicht mehr um. Er steuerte auf das nächstgelegene Tor zu; mit dem Kaffeebecher in der Hand würde der Mann ihn wohl kaum verfolgen.

Die ersten Spaziergänger waren nun ebenfalls schon dabei, die Whitehall Gardens zu durchqueren. Derek reduzierte sein Tempo auf Jogginggeschwindigkeit, er versuchte auszusehen wie jemand, der spät dran war und es eilig hatte, zur Schule zu kommen. Nicht wie jemand auf der Flucht.

In der U-Bahn begutachtete er zum ersten Mal seine Beute. Ein abgeschnittenes Stück schwarzer Strohhalm, in dessen Innerem sich zusammengerolltes Papier befand. Nicht übel gemacht, das Ding hätte niemand durch bloßen Zufall gefunden.

Es juckte ihn in den Fingern, den Zettel schon jetzt herauszuziehen, doch er wollte dabei keine Zuschauer haben. *Ein Schriftstück mit Anweisungen, die es zu befolgen gilt,* hatte der Bote gesagt. Derek steckte das Röhrchen tief in seine Jackentasche und zog stattdessen sein Handy heraus.

Seine Apps waren alle wieder da. Das gelbe Auge war verschwunden.

Vier

Unvorhergesehenes beginnt einzutreten. Ungeplantes. Dass die Richtung immer noch stimmt, weiß ich, aber mich erschreckt die Härte, mit der getan wird, was sein muss. Vieles habe ich mir anders vorgestellt, harmloser, aber ich habe keinen Einfluss mehr darauf. Das Einzige, was ich tun könnte, wäre aufgeben. Den Dingen ihren Lauf lassen, ihren furchtbaren Lauf.

Das bringe ich nicht über mich, also habe ich weiterrekrutiert. Wäre der Grund für das alles nicht so ernst, würde ich mich über die Reaktionen derer, die wiedererkennen, was sie sehen, wirklich amüsieren. Manche freuen sich, zumindest zu Beginn. Werden nostalgisch. Die meisten aber sind schockiert und widerwillig, als hätten sie plötzlich Ungeziefer im Haus. Was nicht weit von der Wahrheit entfernt ist.

Sobald es dann ernst wird, bekommen sie Angst. Ich kann nicht anders, ich fühle mit ihnen, denn Angst ist mein ständiger Begleiter geworden. Ich weiß, wie man sie erzeugt, und ich weiß, dass die Menschen zu allem bereit sind, um sich von ihr zu befreien.

Ich bin das beste Beispiel dafür.

Sarius stapft wütend durch eine Landschaft, die wirkt, als wären ihre Farben durcheinandergeraten. Der Weg, auf dem er läuft, besteht aus roten Steinen, die Wiesen rechts und links davon sind blau.

Er will nicht hier sein, aber wenn man ihn schon dazu zwingt, wird er dafür sorgen, dass diese Welt ihn freiwillig wieder ausspuckt. Er wird lästig sein, er wird anderen Kämpfern das Leben schwer machen, er wird dem Boten in den Hintern treten.

Vor allem aber wird er die Augen offen halten. Beim letzten Mal gab es klare Hinweise auf das Ziel, das Erebos eigentlich verfolgte. Der Gegner hatte einen Namen, und es wurden diejenigen gesucht, die am ehesten geeignet waren, ihn zu vernichten.

Fragt sich, ob die Dinge diesmal ähnlich liegen. Wenn ja, hat Erebos sich den Falschen herausgepickt.

Das blaue Gras biegt sich wispernd im Wind, am Horizont erscheint ein einzelner heller Stern, obwohl noch nicht einmal die Dämmerung hereingebrochen ist. Sarius hat sein Schwert gezogen, er will unbedingt auf irgendetwas einschlagen – nur leider ist da nichts, kein Gegner, nicht einmal ein Baumstumpf. Frustriert drischt er die Klinge auf die Randsteine des Wegs, und plötzlich schimmert es golden unter dem Rot.

Sarius bückt sich, aber das Gold lässt sich nicht aufheben, es ist Teil der Straße und fest mit ihr verbunden. Mit einem Fluch steckt er das Schwert wieder weg. Was soll er eigentlich hier? Warum hat man ihn so unter Druck gesetzt, wenn hier überhaupt nichts passiert? Von wegen *die Zeit wird knapp.* Er verschwendet sie hier bloß. Keine Quests, keine Aufträge, keine anderen Leute unterwegs.

Grimmig setzt Sarius seinen Weg fort, aber es dauert noch fast fünf Minuten, bis er endlich etwas hört. Eine Art Rauschen über sich, im nächsten Moment fällt ein Schatten auf den Weg. Direkt vor ihm, nur wenige Schritte entfernt, landet ein Wesen mit adlerartigen Schwingen und Vogelkrallen, der Rest des Körpers ist allerdings der einer Frau in einer grün schillernden Rüstung.

Endlich jemand, an dem Sarius seine Wut auslassen kann. Wieder zieht er sein Schwert und läuft auf sie zu, doch das Wesen weicht dem Schlag aus und schwebt einfach hoch, zieht einen faustgroßen Stein hervor und schleudert ihn nach Sarius, der sich zu spät duckt.

Der Stein trifft ihn am Kopf, und der Ton setzt unmittelbar ein, nicht allzu laut, aber trotzdem widerlich. Im Moment ist Sarius das allerdings egal, er muss sich an jemandem abreagieren, und wenn ihn das sein Leben kostet – auch in Ordnung.

Die Adlerfrau ist ein Stück weitergeflogen, jetzt landet sie neben dem Weg und kniet sich auf den Boden. Sekunden später brennt ein kleines Feuer im blauen Gras. Feuer heißt, es gibt die Möglichkeit für ein Gespräch, und tatsächlich legt sie sofort los.

»Sag mal, was stimmt denn nicht mit dir? Ich habe dir nichts getan, warum greifst du mich an?«

Weil mich alles hier wütend macht, vor allem die Tatsache, dass ich gegen meinen Willen hier sein muss, würde Sarius gern sagen, doch ihm ist klar, wie albern er sich benimmt. Mit einer schnellen Bewegung ruft er die Information zu der geflügelten Frau ab. Aiello heißt sie, aha. »Ich wusste nicht, dass wir auf der gleichen Seite stehen«, sagt er nach kurzem Nachdenken. »Ich kenne Erebos von früher, da gab es nur Echsen- und Katzenmenschen. Keine Vögel.«

»Ich bin eine Harpyie«, erklärt Aiello. »Halb Mensch, halb Greifvogel. Halb dies, halb das. Schwer einzuordnen.«

»Aha.« Sarius mustert sie erstmals mit einem leichten Anflug von Neugierde. »Gibt es noch andere neue Völker?«

»Nicht dass ich wüsste.« Sie faltet die Schwingen auf dem Rücken, setzt sich ins Gras und legt ihren Bogen neben sich ab. »Wenn ich es richtig sehe, bist du einer von den Veteranen?«

Das klingt, als wäre er mindestens siebzig. »Wenn du es so ausdrücken willst.«

»Ich habe schon ein paar von euch getroffen«, fährt sie fort. »Sie sagen, es hat sich einiges verändert. Angeblich konnte man bei der ersten Runde sehen, ob man es mit jemand Stärkerem oder Schwächerem zu tun hat. Und es gab einen Inneren Kreis.«

»Stimmt.« Sarius erinnert sich noch genau. Wie brennend er sich gewünscht hat, dazuzugehören. »Den gibt es diesmal nicht?«

Sie schüttelt lächelnd den Kopf. »Der Bote sagt, das Konzept hat sich nicht bewährt. Aber diesmal gibt es einen Prinzen.«

Das ist Sarius bisher nicht zu Ohren gekommen. »Einen Prinzen? Soll heißen, der Sieger wird am Ende gekrönt?«

Aiello verschränkt die Arme vor der Brust. »Keine Ahnung.«

Schade, findet Sarius, aber eigentlich nicht so wichtig. Viel interessanter ist etwas anderes. »Du sagst, du bist schon ein paar Veteranen begegnet? Weißt du noch, wie die geheißen haben?«

Es raschelt, das müssen wohl Aiellos Flügel sein, die sie aneinander reibt. »Puh, nicht so genau. Einer war dabei, der hat sich extrem wichtiggemacht – auch ein Elf wie du. Der Name fing mit G an ... Glorion? Kann das sein?«

»Den kenne ich nicht.« Sarius sieht, wie der Stern am Horizont langsam heller wird. Oder verdunkelt sich der Himmel?

»Wer noch?«

»Eine Katzenfrau, die Aurora heißt.«

»Der bin ich auch schon begegnet! Noch jemand?«

Aiello spielt mit ihrem Bogen, während sie nachdenkt. »Eine Barbarin hat erzählt, sie wäre auch schon vor Jahren dabei gewesen. Tyranie?«

»Tyrania!«, ruft Sarius. »Ja. Die gab es damals.«

»Na siehst du.« Aiello packt ihren Bogen fester und steht auf. »Wir sollten weitergehen. Hier passiert nichts, und ich möchte meine Ausrüstung verbessern.« Mit ihren Raubvogelklauen tritt sie das Feuer aus und winkt Sarius, ihr zu folgen.

Er tut es, ohne lange nachzudenken. Seine Wut köchelt jetzt ein wenig tiefer unter der Oberfläche, und seine Lust darauf, jemanden mit seinem Schwert zu zerstückeln, lässt sich bändigen. Mal sehen, ob er nicht noch ein paar von den sogenannten Veteranen wiederfindet. Dann könnten sie gemeinsam ergründen, warum Erebos manche von ihnen zurückgeholt hat und andere nicht.

Aiello kommt schneller voran als er, was daran liegt, dass sie sich vom Boden abgestoßen hat und jetzt fliegt, allerdings sinkt sie zwischendurch immer wieder nach unten und macht ein paar Schritte zu Fuß. Sarius hat keine Ahnung, ob sie das aus Rücksicht auf ihn tut oder weil fliegen mehr Ausdauer kostet. Wahrscheinlich Zweiteres.

Je weiter sie kommen, desto dunkler und verdorrter wirkt das blaue Gras. In einiger Entfernung kann Sarius jetzt einen Berg mit wolkenverhangenem Gipfel erahnen, vermutlich steuern sie auf den zu. Im besten Fall hat Aiello einen Plan, er, Sarius, hat jedenfalls keinen. Seit seinem letzten Kampf ist ihm der Bote nicht mehr begegnet, daher gibt es auch keinen Auftrag, den er erfüllen müsste.

Der Stern am Horizont scheint die Position verändert zu haben, und weit entfernt, im blauen Gras, steht eine Gestalt, die Sarius schon einmal flüchtig gesehen hat: der Mann mit dem Felsen auf den Schultern. Er rührt sich nicht, blickt aber in ihre Richtung. Exakt in dem Augenblick, als Sarius beschließt, den Weg zu verlassen und sich diesen Mann näher anzusehen, raschelt es neben ihm. Erst kann er nicht erkennen, was das Geräusch verursacht hat, dann richtet in einer geschmeidigen Bewegung eine Schlange ihren Körper auf. Sie ist blau wie das Gras und riesig, sie überragt Sarius bei Weitem.

Er zieht das Schwert, hört nun, wie sich auch hinter ihm etwas nähert. Das blaue Gras scheint zum Leben zu erwachen, eine Schlange nach der anderen reckt ihren Kopf hoch.

Das Brodeln in Sarius' Innerem erwacht mit neuer Heftigkeit. Er tänzelt um das Tier herum, das jetzt bis auf den roten Weg gekrochen ist. Am liebsten würde er ihm den Kopf abschlagen, doch der ist zu hoch über ihm, also hackt er in einem ersten Versuch auf die Mitte des Leibes ein. Dort prallt sein Schwert so gut wie wirkungslos ab. Die blau glänzenden Schuppen sind wie aus Stahl ... aber wie sieht es mit der hellen Bauchseite aus?

Die Schlange entblößt gifttriefende Zähne, der Kopf schnellt auf Sarius zu, doch er springt zur Seite, der Biss geht daneben. Zurückweichen, schnell, denn von links und rechts kriechen immer mehr Vipern heran. Nicht alle so riesig wie die erste, aber dafür bewegen die kleineren sich flinker.

Hinter ihm schwebt Aiello auf und ab; sie holt einen Pfeil nach dem anderen aus dem Köcher und feuert sie auf die sich nähernden Schlangen ab. Drei liegen bereits durchbohrt auf dem Weg, nun versucht sie, ihre Geschosse zurückzuholen, ohne von einer der lebenden gebissen zu werden.

Sarius hat Abstand zwischen sich und die Viper gebracht, nun wartet er mit erhobener Schwerthand darauf, dass sie näher gleitet, und sobald sie sich aufrichtet, sticht er zu. Diesmal fährt die Klinge wie von selbst in den Leib, wässriges Blut strömt aus der Wunde, und die Schlange sackt in sich zusammen, aber nicht ohne den Versuch, noch einmal zu beißen.

Wieder weicht Sarius aus, doch einer der Giftzähne streift seine Schulter. Der Ton, den er seit Aiellos Steinwurf im Ohr hat, legt sofort an Lautstärke und Höhe zu, doch noch kann er daneben auch andere Dinge hören. Zum Beispiel Laufschritte.

Sarius dreht sich um, sieht, wie eine Gruppe von vier Kämpfern sich von der Weggabelung her nähert. Einer davon ist ein Zwerg mit einer stachelbesetzten Keule, ein anderer gehört zum seltensten Volk, den Menschen. Der Blick, den Sarius auf sie werfen kann, ist nur kurz, denn zwei der kleineren Schlangen winden sich von zwei Seiten her auf ihn zu. Er versucht, die erste am Kopf zu treffen, doch auch hier sind die Schuppen undurchdringlich, und das Vieh denkt nicht daran, sich aufzurichten. Es schnappt nach Sarius' Beinen, erwischt sie zwar nicht, aber trotzdem wird der Verletzungston mit jeder Minute lauter.

Natürlich. Es liegt am Gift, das nach und nach stärker wirkt, bis es ihn irgendwann lähmt und tötet. Aber wie immer nicht ganz, nein, es tötet ihn nur *beinahe*, und was dann kommt, weiß Sarius genau.

So gesehen ist es also egal, was jetzt passiert, da kann er sich genauso gut noch einmal beißen lassen.

Er versetzt der Schlange einen Schlag mit der flachen Klinge und einen kräftigen Tritt gegen die Mitte des walzenförmigen Körpers. Darauf scheint sie nicht gefasst zu sein, sie rollt zur Seite, entblößt den ungeschützten Bauch, und Sarius schlägt zu. Hackt sie beinahe in der Mitte auseinander. Wieder quillt dünnes Blut auf den Weg, und er fragt sich, ob die rote Färbung der Steine durch über Jahrzehnte hinweg vergossenes Schlangenblut entstanden ist, während er bereits auf das nächste Tier zuläuft.

Der Ton wird quälender und quälender, aber Sarius kämpft weiter. Ein Biss noch, dann ist er wahrscheinlich tot, bevor der Bote eingreifen kann. Das wäre geradezu fantastisch, niemand könnte ihm einen Vorwurf machen.

Leider gibt es nun auch die vier neuen Kämpfer, und die schlagen sich prächtig. Der Zwerg mit der Keule macht Matsch aus den Schlangen; außerdem ist eine Katzenfrau dabei, die mit ihrer Lanze ebenfalls eine beachtliche Schneise in die Front der Angreifer schlägt.

Sarius erlegt noch drei von ihnen und stellt schon während des Kämpfens fest, dass die noch lebenden Tiere beginnen, sich ins Gras zurückzuziehen. Kurz darauf hört er von Weitem die vertrauten Hufschläge.

Sein Gürtel ist fast zur Gänze grau, der Ton in seinen Ohren macht ihm allmählich Kopfschmerzen, aber er lebt. Alles andere wäre ja zu schön gewesen. Ein Blick in die Runde – ja, er ist von allen am schwersten verletzt, das heißt, er wird derjenige sein, den der Bote mitnimmt.

Er ist jetzt bereits zu sehen, ein herangaloppierender Schatten auf der blutroten Straße, der Dunkelheit zu verströmen scheint. Alle treten ein Stück zur Seite; die Katzenfrau, die Vendra heißt, läuft so weit ins Gras, dass sie wieder Schlangen aufschreckt, doch die flüchten unmittelbar.

Der Bote steigt nicht ab. Er zügelt sein Pferd, das unruhig auf der Stelle tänzelt, und blickt von einem zum anderen. »Gut gekämpft«, sagt er. »Ihr alle. Matrox, du hast dich seit dem letzten Mal sehr verbessert. Ich belohne dich mit einem neuen Helm, er macht dich immun gegen Feuer.«

Matrox ist der Zwerg mit der Keule, er tritt vor und nimmt einen Helm entgegen, der aussieht, als bestünde er aus glühendem Metall. Kein Veteran, denkt Sarius mit Bedauern. Vendra ist ihm genauso unbekannt, und die anderen beiden – der Mensch namens Zozan und eine Dunkelelfe, die Hellcat heißt – hat er auch noch nie gesehen. Sind die Neulinge derart in der Überzahl?

»Sarius.«

Damit, dass der Bote ihn so schnell drannehmen wird, hat er nicht gerechnet. Er tritt einen Schritt vor.

»Du hast mit Todesmut gekämpft, das rechne ich dir hoch an. Obwohl du so schwer verletzt bist, hast du dich nicht zurückgezogen, hast nicht den anderen das Feld überlassen.«

Weil ich gehofft habe, ich bringe es hinter mich, denkt Sarius, sagt aber nichts.

»Ich freue mich, dass du deine Bedenken überwunden hast. Zum Zeichen meiner Wertschätzung erhältst du den Heiltrank, den du dringend benötigst.« Sehr zu Sarius' Erstaunen reicht er ihm ein Fläschchen mit einer sonnengelben Flüssigkeit, einfach so, ohne Gegenleistung. Schon beim ersten Schluck verschwindet der Verletzungston.

»Das ist noch nicht alles. Die wahre Belohnung wirst du morgen erhalten, aber ich bin sicher, so viel Geduld wirst du aufbringen können. Und nun geh.« Der Bote hebt die Hand, und die Welt um Sarius herum versinkt in Dunkelheit.

Erst achtzehn Uhr. Benommen zog Nick sich die Kopfhörer von den Ohren. Er begriff nicht richtig, was eben passiert war. Das Spiel hatte ihn noch nie einfach so davonkommen lassen, für Belohnungen hatte es immer etwas verlangt.

Lag möglicherweise daran, dass Nick im Alter von sechzehn Jahren versessen darauf gewesen war, weiterzuspielen, jetzt aber mit Freuden auf Erebos verzichtet hätte. Vielleicht war das der Grund dafür, dass der Bote so freundlich mit ihm umsprang. Weil das Spiel Nick im wahren Leben heute schon einen so heftigen Schlag versetzt hatte.

Er warf einen bedrückten Blick auf sein Handy und dachte an Claire. Bei der er sich erst mal nicht melden durfte.

Egal, womit Erebos ihn noch belohnen wollte – was es ihm mit dem gefälschten Anruf angetan hatte, würde es nicht wiedergutmachen können.

Es war ihm vollkommen unbegreiflich, wie das Spiel das hinbekommen hatte.

Die Kopfschmerzen, die der Verletzungston mit sich gebracht hatte, verschwanden leider nicht, also beschloss Nick, den Abend ruhig zu verbringen. Er überlegte kurz, ob er sich trotzdem noch mit Jamie auf einen Drink treffen sollte, doch mit ihm konnte er nicht besprechen, was ihn beschäftigte.

Victor? Das war verlockend, aber auch ihn würde er vorher anrufen müssen, und es war völlig klar, dass Erebos das mitbekommen würde. Also holte Nick sich eine Anchovis-Pizza von Domino's, setzte sich vor den Fernseher und zappte von einem Kanal zum nächsten. Fußball – nein. Talkshow – nein. Eine Sendung, in der Leute altes Gerümpel auf seinen Wert schätzen ließen – doppeltes Nein.

Irgendwann blieb er bei einer Krimiserie hängen, merkte

aber schon, dass er müde wurde, als es noch nicht einmal zehn Uhr war. Missmutig und ohne die Begegnung mit Claire aus dem Kopf zu bekommen, legte er sich ins Bett. Blätterte noch in einem seiner Bücher über Kameratechnik und döste darüber ein.

Als er die Augen wieder aufschlug, war es draußen bereits hell. Nick rieb sich die Stirn, er hatte wirres Zeug geträumt – Claire und der Bote waren Hand in Hand über die rote Straße marschiert, die blaue Wiese hatte nicht aus Schlangen bestanden, sondern aus Glassplittern.

Ächzend richtete er sich im Bett auf. Sechs Uhr. Viel zu früh. Andererseits – er konnte die Gelegenheit ergreifen, um endlich wieder einmal joggen zu gehen.

Es kostete ihn enorme Überwindung, doch als er einmal draußen war, hätte er am liebsten gar nicht mehr aufgehört zu laufen. Verschwitzt und viel optimistischer als beim Aufwachen kehrte er zurück, stellte sich unter die Dusche und fabrizierte dann aus allem, was noch im Haus war, ein ausgiebiges Frühstück.

Damit setzte er sich vor den Computer, mit der heimlichen Befürchtung, dass Erebos ihn sofort wieder einberufen würde. Aber es half nichts, er musste seine Mails sichten.

Es war wie immer jede Menge Spam, aber auch zwei Aufträge, die beide in der letzten Stunde eingetroffen waren. Und während Nick las, kam ein weiterer dazu.

Sie kamen von Schulen. Und alle boten Nick einen Job an.

Sehr geehrter Mr Dunmore, schrieb etwa die St. Quentin School in Euston, *Sie sind uns als Fotograf wärmstens empfohlen worden, und nach Prüfung Ihrer Arbeitsproben würden wir Sie gerne mit den Aufnahmen der Klassenfotos und Schülerporträts beauftragen. Bitte setzen Sie sich baldmöglichst mit uns in Verbindung, ein Termin gleich in den nächsten Tagen käme uns sehr gelegen.*

Darunter war eine großzügige Summe angeführt, die Nick für den Auftrag erhalten würde. Knapp zwei Monatsmieten, dazu konnte er unmöglich Nein sagen.

Die beiden anderen Schulen wollten exakt das Gleiche von ihm. Klassenfotos, Porträtfotos, eventuell auch ein paar Aufnahmen von renovierten Gebäudeteilen. Eines der Häuser war ein renommiertes Privatinternat namens Arringhouse; da kostete das jährliche Schulgeld so viel wie ein Luxusauto. Folgerichtig bot diese Schule Nick auch das meiste Geld.

Er las alle Mails noch einmal durch und biss sich auf die Lippen. Es war völlig klar, dass das kein Zufall war. Der Bote hatte ihm für den nächsten Tag die richtige Belohnung versprochen, und das hier musste sie wohl sein.

Nick legte seine Finger auf die Tastatur, zog sie aber nach kurzem Nachdenken wieder zurück. Konnte er sich auf diese Jobs einlassen, obwohl er wusste, wer sie ihm verschafft hatte? Lieferte er sich dem Spiel damit nicht weiter aus?

Oder – durchaus möglich – die Mails waren ebenso wenig echt wie sein Anruf bei Claire. Wenn sie aber wirklich von den Schulen stammten und er einfach nicht darauf antwortete – was für einen Eindruck machte das?

Er kniff die Augen zusammen, bis er grün-weiße Punkte sah, öffnete sie wieder und begann zu tippen.

Derek kam eine halbe Stunde zu spät zur Schule. Weil seine Abwesenheit sowieso schon notiert worden war und er keine Lust hatte, mitten in den Unterricht zu platzen, beschloss er, bis zur Pause zu warten. Dann blieb ihm Zeit, sich eine gute Erklärung für seine Verspätung zu überlegen.

Und nachzusehen, was sich in dem Röhrchen befand.

An einer der Seiten des Gebäudes, neben dem Abstellplatz für Fahrräder, standen drei Parkbänke. Derek setzte sich auf die ganz links, die war von keinem der Klassenfenster aus zu sehen.

Das Papier aus der schwarzen Röhre herauszuholen erwies sich als schwierig. Mit den Fingern bekam Derek es nicht zu fassen, er hätte eine Pinzette gebraucht. Oder eine Rasierklinge, um den Strohhalm aufzuschlitzen.

Am Ende gelang es ihm, den Zettel mit einem dünnen Ast so weit herauszuschieben, dass er ihn mit den Fingernägeln herausziehen konnte. Mit gemischten Gefühlen, irgendwo zwischen Neugier und Beklommenheit, rollte er ihn auf.

Das Papier war dünn, und ein Windstoß hätte es Derek beinahe weggerissen. Der Text darauf war mit der Hand geschrieben, in gleichmäßigen, runden Buchstaben.

Sei gegrüßt!

Du hast getan, was dir aufgetragen wurde, doch das war erst der Anfang. Was nun kommt, ist ungleich wichtiger.

1. Nimm einen deiner Pullover, verpacke ihn blickdicht und lege ihn heute während der Vorstellung um sieben Uhr dreißig im Vue Cinema Shepherd's Bush unter Sitz E26 in Saal neun.

2. Nimm den Datenstick, den du ebendort findest, öffne das Foto darauf und lege einen Instagram-Account unter dem Namen lostprinceofdoom an. Dort lädst du das Bild hoch. Danach warten wir auf dich.

Ungläubig las Derek den Zettel ein zweites Mal. Mit einer Schnitzeljagd, so wie er sie kannte, hatte das nicht mehr viel zu tun. Er faltete die Nachricht zusammen und steckte sie wieder in die Jackentasche. Shepherd's Bush erreichte man über die Central Line, das war schon mal unpraktisch. Außerdem würde er ein Kinoticket kaufen müssen – hatte er überhaupt genug Geld dafür mit?

Nachdenklich holte er den Zettel noch einmal heraus und betrachtete die Schrift. Nein, er kannte niemanden, der so schrieb, aber wenn er eine Schätzung hätte abgeben müssen, hätte er gesagt, dass es die Handschrift eines Mädchens war.

Bevor die nächste Stunde begann, kramte Derek in seiner Tasche nach der Rolle Klebeband, die er dabeihatte, und flickte damit notdürftig den Riss in seiner Hose. Es sah überraschend gut aus. Mit etwas Glück würde niemand etwas merken.

»Mir war heute Morgen schwindelig«, erklärte er Mr Clements, als er zur Geografiestunde die Klasse betrat. »Aber jetzt geht es mir wieder besser.«

Der Lehrer zuckte gutmütig die Schultern. »Du wächst wahrscheinlich noch. Das passt ja beinahe zum Thema, wir sehen uns heute an, wie Vulkaninseln durch Ausbrüche wachsen. Und nicht nur die Inseln, auch die Vulkane selbst!«

Während Clements mit – ebenfalls wachsender – Begeisterung Bilder des Vulkans Krakatau vor und nach seiner Eruption im Jahr 2018 zeigte, waren Dereks Gedanken bei einem anderen Bild. Was, wenn das Foto, das er hochladen sollte, ihn in Schwierigkeiten brachte? Wenn es etwas Pornografisches war oder mit Nazis zu tun hatte?

Dann mache ich es einfach nicht, beschloss er. Zwingt mich ja keiner. Ich muss noch nicht mal den anderen Kram erledigen, wenn ich auf das Spiel pfeife.

Die nächsten zwei Stunden fühlte er sich ausgesprochen wohl bei dieser Vorstellung, dann kehrten seine Gedanken zu dem USB-Stick zurück. Konnte es sein, dass das Foto darauf Derek selbst zeigte? Dass er es war, der mit dem »Lost Prince of Doom«, dem »verlorenen Prinzen des Verderbens« gemeint war?

Ergab allerdings überhaupt keinen Sinn.

In der Mittagspause stieß er zu Syed und Owen, die auf dem Weg zum Speisesaal waren. »Du glaubst es nicht«, rief Owen, sobald er Derek sah. »Das Tablet ist zurück. Eben habe ich es im Spind gefunden, als wäre es nie fort gewesen.«

»Ernsthaft?« Das war erstaunlich. Sie hatten den Schrank schließlich zu dritt durchsucht, sie hätten das Gerät nicht übersehen, wenn es da gewesen wäre.

»Jemand hat es sich ausgeliehen«, erklärte Owen. »Willst du auch wissen, wozu?« Er holte das Tablet aus seiner Umhängetasche, entsperrte es und öffnete das Mailprogramm.

»Klar.«

»Jemand hat einen neuen Mailaccount eingerichtet und diese Nachricht verschickt.« Owen hielt ihm das Tablet hin. Die Mail war nur drei Zeilen lang.

Ein Leben für ein Leben.
Ein Tod für einen Tod.
Entscheide dich klug. Du weißt, worauf wir warten.

Der Absender lautete morus@deathfordeath.co.uk, die Adresse des Empfängers bestand aus einer Buchstaben- und Zahlenkombination, die nicht einmal entfernt an einen Namen erinnerte.

»Kapierst du das?« Owen schüttelte den Kopf. »Da wollte jemand, dass man seine Drohmail nicht zu ihm zurückverfolgen kann. Dafür aber zu mir oder, genauer gesagt, zu Dad. Findest du, ich sollte noch eine schicken, mit einer Entschuldigung und dem Hinweis, dass ich das nicht war?«

Derek, den beim Lesen des Absenders Morus ein merkwürdiges Gefühl beschlichen hatte, überlegte noch eine Antwort, als er das Handy in der Hosentasche vibrieren spürte.

Es war nicht das Spiel; seine Mutter rief an. »Das geht in Ordnung mit heute Abend, wir essen einfach ein bisschen später«, sagte sie. »Ich hab Dad informiert, der hat auch länger zu tun, passt also perfekt.«

»Äh«, machte Derek. »Was?«

»Na, wegen deines Treffens nach der Schule. Du hast doch vorhin angerufen und mir auf die Box gesprochen, dass du nicht vor halb acht zu Hause bist. Von meiner Seite aus total okay, ich finde es toll, dass du dich für Schach interessierst.«

»Ich habe ... angerufen?«

Eine Sekunde lang herrschte Schweigen. »Ja«, sagte Mum irritiert. »Vor ungefähr einer Stunde, das kannst du eigentlich nicht vergessen haben.«

»Ach so. Ja«, stammelte Derek schließlich, einfach um irgendetwas zu sagen. »Ja. Klar. Dann bis später.«

Mit tauben Fingern schob er das Handy zurück in die Hosentasche. Er begriff nicht, was er eben gehört hatte. Hatte jemand sich für ihn ausgegeben und mit Mum telefoniert? Aber seine Mutter würde den Unterschied doch merken.

»Alles okay?« Owen sah ihn prüfend aus seinen hellblauen Augen an. »Ärger zu Hause? Dann können wir ja bald einen Club aufmachen.«

»Nein.« Derek räusperte sich. »Meine Mutter hat bloß etwas missverstanden. Nicht wichtig.«

»Echt? Du bist irgendwie blass geworden.«

»Ist wahrscheinlich der Hunger«, log Derek, obwohl er alles, nur keinen Appetit hatte. Trotzdem packte er sich in der Cafeteria Salat, Würstchen und eine Schokoladenschnitte auf sein Tablett. Wenn er den Mund voll hatte, konnte er nachdenken und musste sich nicht an den Gesprächen beteiligen. Owen war mittlerweile zu dem Schluss gekommen, dass er die Mail einfach löschen würde. Hauptsache, das Tablet war wieder da.

So leicht konnte Derek nicht beiseiteschieben, was eben passiert war. Jemand hatte ihm eine Ausrede für die Kino-Aktion beschafft. Wer das gewesen war, das brauchte Derek nicht lange überlegen, aber ihm war unbegreiflich, wie es vonstattengegangen sein sollte. Selbst wenn das Spiel irgendwann seine Stimme aufgezeichnet hatte – Mum hätte sofort Verdacht geschöpft, wenn das Telefongespräch unnatürlich geklungen hätte.

Er stopfte sich Salat in den Mund, nahm nur am Rande wahr, dass er nach viel zu viel Essig schmeckte, und suchte nach einer logischen Erklärung. Ohne Erfolg. Dafür begriff er aber etwas anderes: Wenn Erebos ohne sein Wissen mit seiner Stimme telefonieren konnte, musste es sich nicht darauf beschränken, Derek praktische Ausreden zu verschaffen.

Es konnte in seinem Namen erzählen, was auch immer es wollte.

»Du siehst wirklich aus, als würdest du krank«, riss Syed ihn aus seinen Gedanken. »Hast du uns überhaupt zugehört?«

Derek schüttelte den Kopf. »Nein, sorry. Worum geht's?«

»Owen meint, wir könnten am Nachmittag zu ihm gehen, bisschen Playstation spielen. Seine Leute sind nicht zu Hause.«

Kurz war Derek versucht, den beiden das gleiche Märchen aufzutischen, das Mum so bereitwillig gekauft hatte, aber bei seinen Kumpels hätte das nicht geklappt. Sie wussten, wer tatsächlich im Schachclub war, er wäre spätestens morgen aufgeflogen. »Heute passt es nicht so gut. Ich habe versprochen, meine Schwester vom Tanztraining abzuholen.«

Die Würgegeräusche, die Owen von sich gab, waren zwar nicht sehr sympathisch, aber immerhin ein Beweis dafür, dass er ihm glaubte. »Scheißpech, so was.«

Direkt auf die Mittagspause folgte der Sportunterricht, und das Wetter war gut genug, um ihn nach draußen zu verlegen. Zu Dereks Freude stand nicht Leichtathletik auf dem Programm, sondern Fußball, darin war er einigermaßen brauchbar.

Syed war ins gegnerische Team gewählt worden, ebenso wie Morton, der Derek das erste Mal grob rempelte, als sie zum Aufwärmen Runden liefen. Das zweite Mal versetzte er ihm einen Stoß in den Rücken, als Derek versuchte, einen Pass anzunehmen, fünf Minuten später stellte er ihm ein Bein. Er stürzte auf sein rechtes Knie, der Schmerz schoss bis in den Oberschenkel.

Es war ein klares Foul gewesen, aber Mr Troy, der schon in die Jahre gekommene Sportlehrer, hatte es offenbar nicht gesehen. »Musst einfach besser schauen, wo du hinläufst«, rief Morton mit einem hämischen Blick über die Schulter, und Derek sah rot.

Die vertraute heiße Welle der Wut spülte den Schmerz fort,

Derek sprang auf und sprintete hinter Morton her. Packte den Gummizug seiner Shorts und riss sie ihm bis zu den Knien hinunter. Morton stolperte, fing sich aber noch, bevor er zu Boden ging.

»Bist du irre?«, zischte er, während er sich die Hosen wieder hochzog. »Möchtest du gern ein paar Zähne loswerden?«

Derek, so voller Wut, dass sein Kopf sich ganz leicht anfühlte, spuckte ihm ins Gesicht. »Gegenfrage: Möchtest du gern ein kleines Filmchen sehen? Du spielst die Hauptrolle!«

»Heeee!« Mr Troy hatte seine Trillerpfeife gezückt, der schrille Ton ließ beide herumfahren. »Hier gilt Fair Play, Leute.«

Mortons linke Faust war in Dereks T-Shirt gekrallt, mit der rechten Hand wischte er sich den Speichel aus dem Gesicht. »Er hat mich ange–«

»In der weiblichen Hauptrolle ist Riley zu sehen«, unterbrach Derek ihn grinsend, fast wünschte er sich, das Arschloch würde zuschlagen. »Und dann gibt's noch zwei Nebenrollen. Eine alte Frau und einen wuscheligen kleinen Hund.«

Der Griff um Dereks Shirt lockerte sich. »Keine Ahnung, was der Scheiß bedeuten soll«, stieß Morton hervor, doch in seiner Miene zeichnete sich Verunsicherung ab. »Verarsch doch jemand anderen.«

Mr Troy war nun fast bei ihnen angelangt. »Was habt ihr mit der Kohle gemacht?«, fragte Derek grinsend, und Morton ließ ihn los.

»Wenn ihr euch prügelt, bekommt ihr Schwierigkeiten mit mir«, herrschte Troy sie an, Schweißperlen auf der geröteten Stirn.

»Nein. Alles okay«, murmelte Morton. »Wir sind bloß zusammengestoßen.«

Derek sagte nichts, er lächelte nur zustimmend. Die Wut, die ihn von Kopf bis Fuß ausgefüllt hatte, war freudigem Triumph gewichen. Morton würde ihn künftig in Ruhe lassen, wenn Derek wollte, konnte er ab sofort den Spieß umdrehen. Interessanterweise reizte ihn das nicht. Der betretene Ausdruck im Gesicht seines Gegners genügte ihm. Für den Moment jedenfalls.

Nach dem Match, das Dereks Team gewann – ohne dass er selbst groß etwas dazu beigetragen hätte – kehrten sie in die Garderoben zurück. Morton verschwand sofort, ohne noch zu duschen, Derek ließ sich Zeit. Bis zu seinem Kino-Auftrag musste er noch drei Stunden totschlagen. Eine davon würde er in der Schulbibliothek verbringen und die Chemie-Hausaufgabe erledigen. Danach ... würde er sich etwas überlegen.

Zum Beispiel eine Stunde früher im Kino sein, dachte er, während er Fakten über unpolare Moleküle zusammentrug. Und unauffällig den Eingang zu Saal neun beobachten, vielleicht würde sich ja ein bekanntes Gesicht zeigen.

Wie er die Sache mit dem Pullover regeln würde, hatte er sich bereits überlegt. Notfalls würde er den opfern, den er gerade trug. Besser wäre es allerdings, einen aus der Lost-and-Found-Kiste auszugraben – Mum hatte ziemlich genauen Überblick über den Inhalt seines Kleiderschranks, sie würde merken, wenn etwas fehlte.

Die Kiste stand nahe dem Eingang, dort wo der Schulportier sein Kämmerchen hatte. Kaum hatte Derek sie geöffnet, wusste er, dass er keinerlei Problem haben würde, etwas Geeignetes zu finden. Er würde keinen Teil der Schuluniform wählen, sondern einen Privatpullover, von denen sich hier zwischen den dunkelrot-hellgrauen Schulsachen genügend fanden. Er zog einen grünen Sweater heraus, auf dem ein verblasster Basketball abgedruckt war. Das Ding war zerknittert, aber sauber und hatte etwa die richtige Größe. Dass er muffig roch, war nicht zu ändern.

Er stopfte ihn in seine Tasche und lief nach draußen. Auf dem Weg zur U-Bahn kam er an einem kleinen Park vorbei, dort setzte er sich auf eine Bank und betrachtete seine Beute genauer.

Ja, den Pulli konnte er guten Gewissens weitergeben, auch wenn ihm ein Rätsel war, wozu Erebos ihn haben wollte. In den Kragen war ein Namensschild eingenäht – B. Wickers. Jemanden, der so hieß, kannte er nicht. Umso besser, konnte ja sein, dass derjenige gar nicht mehr an der Schule war. Dann würde der Pullover niemandem fehlen.

An einer der Stellen, wo an der Straße ein Haufen Müllsäcke auf ihren Abtransport warteten, fand Derek ein Stück schwarze Plastikfolie, wickelte das Kleidungsstück darin ein und benutzte zum zweiten Mal an diesem Tag das Klebeband, um die Enden zu verkleben. Perfekt.

Schon neunzig Minuten vor Filmbeginn traf er am Vue Cinema ein und kaufte eine Karte für die Vorstellung um halb acht. Das Mädchen am Schalter betrachtete ihn in einer Mischung aus Skepsis und Belustigung.

»Bist du sicher, dass du nichts verwechselst? Spiderman läuft in Saal fünf, der beginnt auch um halb acht.«

»Nein. Ist schon richtig so.« Derek blickte angestrengt auf seine Hände. Der Film war eine dieser romantischen Komödien für Leute über dreißig.

Für die nächste Stunde bezog er einen Plastikstuhl nahe bei den Saaleingängen und tat so, als würde er in seinem Englisch-Lehrbuch lesen, während er in Wahrheit den Eingang zu Saal neun im Auge behielt.

Wenn dort jemand etwas versteckte, war er vermutlich gerade drin. Und würde irgendwann rauskommen müssen, dann bestand die Chance, dass Derek ein bekanntes Gesicht in der Menge entdecken würde.

Schließlich war der Film zu Ende, und die Leute strömten heraus, doch es war niemand dabei, den er kannte.

Zögernd legte er die Faust an die Brust, streckte die Finger, zog sie wieder ein. Ohne Ergebnis, niemand beachtete ihn.

Zehn Minuten später begann der Einlass für seinen Film, und Derek war der Erste, der die Karte kontrollieren ließ. Noch waren alle Sitzreihen völlig frei, doch er hätte sich keine Sorgen machen müssen, dass jemand sich auf den Platz stürzen würde, der auf dem Zettel angegeben war.

E26 war ein schauderhafter Sitz. Sehr weit vorne und ganz außen, hier würde sich erst jemand herverirren, wenn der Rest des Kinos knallvoll war.

Derek setzte sich. Ein Blick nach hinten; da und dort begannen die Besucher schon, sich Plätze zu suchen. Alle weit von ihm entfernt.

Er tat, als wäre ihm etwas aus der Hand gefallen, ging vor dem Sitz in die Knie – unter Mühen, hier war es eng – und holte das Plastikpaket mit dem Pullover aus seiner Tasche. Er legte es auf den leicht geneigten Boden, so, dass es nicht rutschte und man es nicht sah. Dann begann er, nach dem Datenstick zu suchen.

Nicht auf dem Boden, nicht an die Unterseite der Sitzfläche geklebt. Aber da, wo Lehne und Sitz aneinanderstießen, fanden Dereks Finger einen länglichen Gegenstand. Er packte ihn und zog daran. Das Ding war gut fixiert, es ließ sich nur schwer ablösen, aber nach ein paar anstrengenden Sekunden hatte Derek es in der Hand und steckte es sofort in die Tasche.

Der Saal begann, sich langsam zu füllen, doch rund um Sitz E26 blieb nach wie vor alles frei. Derek befühlte den Gegenstand in seiner Jackentasche – er war weich eingepackt, seine eigentliche Form ließ sich nicht ertasten.

Auf dem Bildschirm lief Werbung für eine Bekleidungskette. Gleich würde ein total uninteressanter Film starten. Es gab keinen Grund mehr, länger hierzubleiben.

Derek war aus dem Kino gehuscht, nun steuerte er auf die U-Bahn zu, die Hand fest um das kleine Päckchen geschlossen, von dem er immer noch nicht wusste, ob es wirklich einen USB-Stick in sich barg. Er holte seinen Fund aus der Tasche und inspizierte ihn genauer. Als Verpackungsmaterial dienten mehrere Lagen Küchenrolle, die mit grünem Klebeband umwickelt waren. Den Inhalt auszupacken erwies sich als mühsame Prozedur, doch am Ende kam, wie erhofft, ein silbergrauer Datenstick zum Vorschein.

Alles richtig gemacht. Beschwingt zückte Derek seine Oyster-Card und fuhr die Rolltreppe zum U-Bahnsteig hinunter. Gleich musste er seine Familie in puncto Schachclub belügen, das war der einzige Wermutstropfen an der Sache.

Aber danach ... danach würde er das Foto auf dem Datenträger sehen. Er war wirklich gespannt, ob es den ganzen Aufwand rechtfertigte.

»Schach?«, sagte Dad ungläubig, während er Carbonara auf seine Gabel wickelte. »Seit wann denn Schach? Du hast nie gesagt, dass dich das interessiert.«

Weil es in Wahrheit auch kaum etwas gab, das Derek langweiliger fand. »War eher ein spontaner Einfall«, erklärte er. »Ich dachte mir, ich probiere es mal aus. Kostet ja nichts.«

Dad nickte mit Verzögerung, wahrscheinlich war er in Gedanken schon wieder anderswo.

»Ich finde die Idee super!« Rosie zielte mit ihrer Gabel auf ihn. »Endlich suchst du dir ein vernünftiges Hobby.«

»Mir wäre lieber, er würde Sport machen«, murmelte Dad. »Das bisschen Fußball ist doch ein Witz.«

Ich könnte ja zum Beispiel schwimmen gehen, lag es Derek auf der Zunge, aber wenn er das laut aussprach, konnte er ebenso gut eine Handgranate auf den Tisch werfen. »Du weißt genau, dass ich aus dem Karateclub geflogen bin«, sagte er stattdessen leise, um zu verhindern, dass seine Stimme schwankte.

Dad seufzte, nickte und aß weiter seine Nudeln, Mum warf Derek einen liebevollen Blick zu. Beides zusammen vertrieb, was von seinem Hunger übrig gewesen war. Er zwang sich, noch drei Bissen zu essen, dann schob er seinen Teller weg. »Ist es okay, wenn ich aufstehe? Ich muss noch was für die Schule machen.«

Sein Vater schien die Frage gar nicht gehört zu haben, seine Mutter nickte. »Aber geh nicht zu spät schlafen.«

Eilig füllte Derek den Rest seiner Spaghetti in eine Frischhaltedose und stellte sie in den Kühlschrank. Dann hängte er das Bitte-nicht-stören-Schild an seine Zimmertür und warf das Notebook an.

So. Jetzt den Datenstick in den Slot. Oder … doch nicht? Er zögerte. Auf dem Stick konnten alle möglichen Viren drauf sein – gleichzeitig war ihm klar, wie albern der Gedanke war. Er hatte ja schon ein Programm auf dem Rechner, das den Computer nach Belieben ein- und ausschalten konnte. Sein Handy telefonierte selbstständig und mit Dereks eigener Stimme … viel schlimmer konnte es nicht mehr werden.

Der Stick wanderte in die Schnittstelle, eine einzelne Datei wurde sichtbar. 053428.jpg. Mit klopfendem Herzen öffnete er das Foto.

Was er erwartet hatte, wusste er nicht genau, aber auf jeden Fall etwas Spektakuläreres als das, was er hier sah. Ein Messingschild, das an dunkles Holz geschraubt war, darauf eingraviert war der Name *Marlowe*.

Derek vergrößerte das Foto auf dem Bildschirm, suchte nach irgendwelchen interessanten Details, aber ohne Erfolg. Gleichzeitig enttäuscht und erleichtert öffnete er Instagram auf seinem Handy und legte einen neuen Account an. *Lostprinceofdoom*, den User gab es tatsächlich noch nicht. Er lud das Foto hoch, überlegte, ob er ein paar Hashtags dazustellen sollte wie zum Beispiel #randombullshit oder #weristmarlowe, aber er ahnte, dass der Bote seinen Humor nicht zu schätzen wissen würde. Nachdenklich betrachtete er den neu erstellte Account. 0 Follower, 0 following. Er selbst würde wahrscheinlich der Einzige sein, der das Bild zu Gesicht bekam.

Eine knappe Minute später färbte sich der Bildschirm seines Notebooks erst rot, dann schwarz. Derek setzte seine Kopfhörer auf. Es war Zeit, sich belohnen zu lassen.

»Wir hätten den Termin gern noch diese Woche.« Der Schuldirektor klang entschuldigend. »Uns ist der Fotograf überraschend ausgefallen, eigentlich war alles für Freitag organisiert.« Kurze Pause. »Ist Ihnen das zu knapp?«

Überraschend ausgefallen. Nick atmete tief ein, er hätte zu gern gewusst, wie es zu diesem Ausfall gekommen war. »Freitag passt mir gut. Ich kann gegen halb neun da sein.«

»Viertel nach acht wäre besser«, erklärte der Direktor. Lewis hieß er, Gavin Lewis. »Damit Sie sich die Lichtverhältnisse ansehen und alles einrichten können. Ich bin wirklich sehr dankbar für Ihr Entgegenkommen.«

»Keine Ursache.« Nick notierte sich die Uhrzeit und verabschiedete sich. Es war schon das zweite Gespräch heute Morgen gewesen, und er war noch immer verblüfft darüber, dass die Mails tatsächlich echt gewesen waren. Nun blieb noch der Anruf bei der Nobelschule, Arringhouse.

»Mr Dunmore?« Eine hohe, leicht arrogante Frauenstimme. »Ja, Direktor Wiley ist leider gerade beschäftigt. Aber ich soll den Fototermin mit Ihnen besprechen.« Sie räusperte sich. »Es wäre gut, wenn Sie sich den ganzen Tag Zeit nehmen würden, wir möchten optimale Ergebnisse. Wie sieht es bei Ihnen kommenden Mittwoch aus?«

Das war in sechs Tagen. Nick hatte theoretisch ein Seminar an der Uni, aber einmal fehlen konnte er sich noch leisten. »Das passt mir gut. Wann soll ich da sein?«

»Neun Uhr reicht. Sie bekommen bei uns natürlich ein Mittagessen und, falls es spät werden sollte, auch Abendessen. Wir sind sehr froh, dass Sie für Mr Hastings einspringen. Haben Sie Ihrerseits noch Fragen?«

Tausende, aber keine davon würde die Schulsekretärin ihm beantworten können. Er versprach, dass er sich melden würde, wenn ihm noch etwas einfiel, und legte auf.

Alle drei Aufträge hatte er der Tatsache zu verdanken, dass die jeweils engagierten Fotografen kurzfristig ausgefallen waren. Nick hatte keine der Schulen danach gefragt, was der Grund dafür gewesen war – einfach aus Angst vor der Antwort. Erebos hatte keine Skrupel, wenn es darum ging, die eigenen Pläne durchzusetzen. Was, wenn der eine oder andere von ihnen mit Schädelbasisbruch im Krankenhaus lag? So wie Jamie damals?

Er betrachtete den Zettel, auf dem er sich alles aufgeschrieben hatte. Zum ersten Mal seit Ewigkeiten würde er die Termine weder in seinen Computer noch in sein Handy eintragen. Papier fühlte sich einfach sicherer an.

Mit dieser Meinung schien er nicht alleine zu sein. In der Post fand Nick eine abgrundtief hässliche Ansichtskarte – Big Ben besprenkelt mit goldenem Glitter und umrahmt von Rosenblüten. Er drehte sie um.

Hi, ich dachte, analoge Nachrichten wären zur Abwechslung eine gute Idee, stand da. *Du hast dich nicht mehr gemeldet, und ich wüsste gern, wie die Dinge stehen. Ich bin am 16.5. um 19 Uhr im Lowlander, das ist ein Lokal in der Drury Lane. Wenn du Zeit hast, komm vorbei. Ich lasse mein Handy zu Hause, dann kannst du deines mitnehmen. Ich bringe Kaugummi mit, zum Mikrofon-Verkleben.*

Cu, Victor

Der sechzehnte war heute, und falls das Spiel ihm nicht dazwischenpfuschte, hatte Nick Zeit.

Er bewegte die Computermaus, und der Monitor erwachte zum Leben. Er zeigte den Posteingang, nichts weiter. Erebos war nicht aktiv, aber Nick wusste, wie schnell sich das ändern konnte.

Bevor das Spiel es sich anders überlegte, packte er seine Sachen und machte sich auf den Weg zur Uni.

Dort verbrachte er einen anstrengenden, aber produktiven Tag, besuchte ein Seminar, arbeitete an seiner Abschlussarbeit und trank mit Bert Kaffee. Jedes Mal, wenn sein Handy klingelte oder vibrierte, zuckte er zusammen, doch nie war es das Spiel. Leider war es auch nie Claire, sondern bloß seine Mutter, die ihn für Sonntag zum Essen einlud. Und eine der Schulen, die schon jetzt seine Kontonummer haben wollte.

Kurz nach sechs machte Nick sich auf den Weg nach Covent Garden. Natürlich war er zu früh da, also spazierte er die Straßen rund um die Seven Dials entlang, betrachtete die Schaufenster in der Monmouth Street und erklärte sich bereit, in der Neal's Yard ein Pärchen vor dem Haus zu knipsen, in dem Monty Python ihre Programme geschrieben hatten.

Zehn Minuten vor sieben betrat er das *Lowlander* und fand wider Erwarten einen freien Tisch. Während er sein Handy in Flugmodus schaltete und danach in ein paar eigens mitgenommene Skisocken wickelte, fragte er sich kurz, ob er nicht vielleicht in eine Falle gegangen war. Er kannte Victors Handschrift nicht, die Karte konnte ein Test sein, ob Nick nicht doch die Regeln brach und mit anderen über Erebos sprach.

Aber schon ein paar Minuten später tauchte Victors vertraute Gestalt in der Tür auf, trotz der frühlingswarmen Temperaturen mit einer Wollmütze auf dem Kopf. Er winkte Nick mit einer Hand zu, hielt den Zeigefinger der anderen vor die Lippen und förderte zwei kleine Stücke grünen Knetgummi aus seiner Jackentasche ans Licht.

Kamera, formten seine Lippen. Mikrofon.

Nick verstand, befreite das Handy von den Socken und klebte eines der Gummistücke auf das Mikro, das andere auf die Linse des Handys.

»So«, sagte Victor zufrieden und zog sich die Mütze vom Kopf. »Und jetzt bestellen wir Bier.«

Das taten sie, und dazu jeder einen Burger. Der erste Bissen machte Nick bewusst, dass er heute noch nichts gegessen hatte.

»Übrigens habe ich mit Speedy gesprochen.« Victor zog mit spitzen Fingern eine Tomatenscheibe aus seinem Burger. »Bei ihm ist Erebos nicht wieder aufgetaucht, aber er platzt beinahe vor Neugierde. Vielleicht kommt er später noch auf einen Sprung vorbei. Ich habe ihm aber schon gesagt, er muss dann sein Handy zu Hause lassen.«

Nick lächelte. Es wäre so cool gewesen, alle die Leute wiederzutreffen, die Erebos damals entschlüsselt hatten – wenn ihm das Spiel nicht zum zweiten Mal im Nacken gesessen hätte. »Weißt du, was passiert ist?«, fragte er und nahm einen Schluck aus seinem Glas. »Jemand hat meiner Freundin auf die Sprachbox gequatscht, mit meiner Stimme. Leider nichts Nettes, also ist meine Freundin jetzt nicht mehr meine Freundin.«

Victor verschluckte sich fast. »Was?«

»Ja. Sie hat es mir vorgespielt, ich habe es selbst gehört. Meine Stimme. Bloß habe ich sie nicht angerufen, und ich hätte niemals solche Sachen gesagt. Aber sie glaubt mir nicht, im Gegenteil, sie fühlt sich zusätzlich verarscht.«

Die Perlen an Victors Gabelbart gaben leise Klingelgeräusche von sich, als er den Kopf schüttelte. »Das ist Wahnsinn. Will das Spiel, dass du nicht mehr abgelenkt wirst?«

»Nein«, sagte Nick düster. »Ich bin sicher, es wollte mich bestrafen. Nachdem ich meine Fotos zurückhatte, habe ich nicht mehr weitergespielt. Trotz Aufforderung. Tja, und zack – schon war ich Single.« Er seufzte. »Erebos schickt auch Mails und Textnachrichten in meinem Namen. Also wundere dich nicht, wenn dich ein Nick per WhatsApp beschimpfen sollte … ich war's nicht.«

»Ist ja irre.« Victor sah so fassungslos drein, dass es ihn beinahe zum Lachen gebracht hätte.

»Dafür werde ich jetzt belohnt. Ich habe ein paar hässliche blaue Schlangen zerhäckselt und dafür drei Fotojobs bekommen. Schulfotos. Frag mich nicht, wie sie die Direktoren dazu gebracht haben, ausgerechnet mich zu engagieren. Und aus welchen Gründen die eigentlichen Fotografen ausgefallen sind, will ich lieber gar nicht wissen.«

Victor hatte zu essen aufgehört, gedankenverloren drehte er an einem seiner Ringe. »Das klingt nicht schön, aber ich würde eine Menge dafür geben, mir das Spiel selbst noch einmal ansehen zu können.«

»Tja.« Nick seufzte. »Kann ich leider nicht ändern. Es gibt immer noch keinen Rekrutierungsbefehl.«

»Aber ich könnte dich besuchen und zusehen«, überlegte Victor. »Hast du die Webcam auf deinem Notebook zugeklebt?«

»Ich arbeite auf einem Desktop«, sagte Nick langsam. Doch das war egal, sein Bildschirm hatte eine eingebaute Webcam, idiotischerweise. Daran hatte er bisher nicht gedacht. Das hieß, er stand zu Hause unter permanenter Beobachtung. Außer er klebte alles ab. Nick vergrub das Gesicht in den Händen.

»Wir kriegen das hin.« Victor tätschelte ihm tröstend die Schulter. »Wirst du denn die Fotoaufträge anneh... oh, hallo Speedy!«

Nick sah hoch. Auf den ersten Blick hätte er Speedy nicht erkannt. Vor knapp zehn Jahren war sein Haar lang und knallrot gewesen, sein Bart ebenfalls. Den trug er nun überhaupt nicht mehr, und seine Frisur war geradezu bürotauglich. Ein straßenköterbrauner Kurzhaarschnitt. Nur sein Grinsen war immer noch das gleiche. »Hey, Nick! Du hast dich ganz schön verändert.«

Nicht so sehr wie du, lag es Nick auf der Zunge, doch er sprach es nicht aus, schüttelte bloß Speedys Hand. »Schön, dich wiederzusehen.«

Unter Speedys Jacke kam ein Rettet-die-Regenwälder-Shirt zum Vorschein. »Das finde ich aber auch! Victor hat mir erzählt, dass dich die Vergangenheit wieder eingeholt hat. Ehrlich gesagt hätte ich mit sowas nie gerechnet.«

»Und du weißt noch gar nicht das Neueste!« Victor wiederholte, was Nick ihm eben erzählt hatte, während der sich wieder seinem kalt gewordenen Burger widmete.

»Und keine Chance für uns, wieder einzusteigen?«, fragte Speedy, als Victor mit seinem Bericht fertig war. »Also, nicht dass ich scharf darauf wäre, dass Erebos mir in meine Beziehung pfuscht ...«

»Stimmt«, unterbrach ihn Victor, »wie geht's Kate eigentlich? Ich habe sie ewig nicht gesehen.«

Kurz zog ein Schatten über Speedys Gesicht. »Komplizierte Sache«, sagte er. »Sie ist so viel im Ausland, ich sehe sie selbst kaum. Macht Einsätze in Krisengebieten, als Ärztin. Ich kann's kaum erwarten, dass sie zurückkommt, hoffentlich heil.«

Das konnte Nick sich lebhaft vorstellen. »Ihr seid beide ziemlich engagiert, nicht wahr?«, sagte er und deutete auf Speedys Shirt.

»Immer schon«, antwortete Speedy und winkte der Kellnerin. »Aber Kate noch viel mehr als ich.«

Die nächsten Minuten drehte sich das Gespräch abwechselnd um Impfprogramme in Entwicklungsländern und die Highlights auf der Speisekarte, aus denen Speedy schließlich Fish and Chips wählte. »Damit kann man nicht falschliegen«, stellte er fest. »Wirst du die Fotos machen, von denen Victor gesprochen hat?«

»Die in den Schulen? Ja, klar.« Nick war mit dem Essen fertig und schob seinen Teller zur Seite. »Ich kann das Geld gut gebrauchen, aber vor allem würde Erebos mir wahrscheinlich wieder Knüppel in den Weg werfen, wenn ich mich weigere. Mein Auto verkaufen oder so.«

Speedy blinzelte nachdenklich. »Hm. Du kennst niemanden sonst, den es wieder erwischt hat?«

»Nein. Einen bekannten Namen habe ich gesehen – Aurora. Aber da wusste ich schon damals nicht, wer sich dahinter verbirgt.« Er blickte von Speedy zu Victor und wieder zurück. »Wie soll ich weitermachen? Was würdet ihr tun?«

Beide hatten keine schnelle Antwort parat. »Gibt es denn wieder Hinweise wie beim letzten Mal?«, fragte Speedy schließlich zögernd. »Du weißt schon – die Hecken, die Flüsse …«

»Gestern hatte ich einen roten Weg«, sinnierte Nick. »Blaues Gras rechts und links davon. Es sieht aber anders aus als vor zehn Jahren, ich glaube nicht, dass Erebos noch einmal nach dem gleichen Muster arbeitet.«

»Wahrscheinlich nicht«, bestätigte Victor. »Teufel, ich würde zu gerne einen Blick drauf werfen.«

»Optisch ist es wahnsinnig gut«, fuhr Nick fort. »Die Grafik total überarbeitet, es gibt auch ein neues Volk: Harpyien. Können fliegen. Einen Inneren Kreis gibt es diesmal nicht, dafür war einmal von einem Prinzen die Rede. Und den Boten hört man jetzt sprechen. Er einen auch. Mit den anderen Spielern unterhält man sich immer noch schriftlich.«

»Damit man sie nicht an der Stimme erkennt«, führte Speedy den Gedanken zu Ende. »Logisch.«

Ja, logisch, aber es half Nick nicht weiter. »Tipps«, sagte er müde. »Bitte.«

Die beiden Freunde wechselten einen Blick. »Wenn Erebos nicht nach den alten Mustern gestrickt ist, sieh dich nach neuen um«, schlug Victor vor. »Ich bin sicher, es gibt einen Masterplan. Den musst du entschlüsseln – hat ja schon einmal geklappt.«

Ja. Bloß war Nick da nicht auf sich allein gestellt gewesen.

»Die Augen offen halten«, schlug auch Speedy vor. »Wir helfen dir, wo wir können, aber du darfst keine Spuren zu uns legen. So, wie es heute gelaufen ist, dürfte Erebos eigentlich keinen Verdacht geschöpft haben.«

Also Postkarten. Wider Willen musste Nick lachen. »Okay. Es gibt aber etwas, das ihr tun könntet, im Gegensatz zu mir.« Er griff nach einer der Papierservietten, lieh sich von Victor einen Kugelschreiber und begann, Namen zu notieren. Adrian. Emily. Colin. Jerome. Brynne. Bei den meisten wusste er sogar noch die Nachnamen. Darleen. Aisha. Greg. Michelle.

»Könnt ihr versuchen, Kontakt zu bekommen und zu fragen, ob von ihnen jemand rekrutiert worden ist?«

Victor überflog die Liste. »Ich gebe mein Bestes.«

Auf dem Weg zurück nach Hause holte Nick sein Handy aus dem Sockenknäuel, entfernte die Knetgummistücke und warf einen prüfenden Blick auf das Display. Das Gerät befand sich immer noch im Flugmodus, Kamera und Mikrofon waren verklebt, dennoch leuchtete ihm rote Schrift entgegen.

Wir warten.

Mit dem flauen Gefühl, dass Erebos trotz aller Sicherheitsmaßnahmen Lunte gerochen haben könnte, stieg Nick in die U-Bahn.

Er betrat seine Wohnung, die von rötlichem Licht erfüllt war. Der Monitor des Computers war eingeschaltet und zeigte eine fließende Abfolge von Gesichtern – Vampire, Echsenmenschen, Zwerge –, die sich verformten, neu bildeten, wieder zerflossen. Als wären sie aus Wachs. Zwischendurch tauchten auch menschliche Gesichter auf, häufig Kinder, doch ihre Züge blieben kaum eine Sekunde lang konstant, änderten sich ständig. Viel zu schnell, als dass Nick versuchen konnte, jemanden zu erkennen.

Er schaltete kein Licht an, sondern ging in dem gespenstisch roten Flackern auf den Computer zu. Nach Hinweisen suchen, wachsam sein, hatten Victor und Speedy ihm empfohlen. Also konzentrierte er sich auf das Kaleidoskop aus Augen, Nasen und Mündern, das er vor sich hatte.

Binnen weniger Minuten war ihm schwindelig, und er wandte den Blick ab. Beendete den Flugmodus auf seinem Handy, das prompt vibrierte, kaum dass es wieder Netzverbindung hatte.

Du schließt uns aus. Was verbirgst du?

Das war zu befürchten gewesen. Nick zuckte betont lässig die Schultern, er nahm an, dass die Webcam auf dem Monitor ihn im Visier hatte. Die auf seinem Smartphone sowieso. »Nichts. Ich war nur draußen. Nachdenken. Mit Freunden gemeinsam ein Glas trinken, das ist alles.«

Du betrügst uns.

Weder die Webcam noch die Handykamera konnten erkennen, wie trocken sein Mund wurde. »Ich war unterwegs und wollte nicht angerufen werden, das ist alles«, sagte er patzig. »Ab und zu bin ich gerne ungestört. Wir haben keine Vereinbarung, dass ich täglich vierundzwanzig Stunden über zur Verfügung stehen muss.«

Die Schrift auf dem Handydisplay pulsierte.

Noch nicht.

In seinem immer noch dunklen Zimmer setzte Nick sich vor den Computer. Na gut, dann würde er eben spielen, schon damit Erebos heute Nacht nicht wieder das ganze Haus aufwecke, aber auch, um der Lösung vielleicht einen Schritt näher zu kommen.

Ein rote Straße, blaues Gras. Die Randsteine der Straße waren goldgelb gewesen, das konnte ein wichtiges Detail sein. Nick zog sich einen Block und einen Stift heran, dann fiel ihm die Sache mit der Webcam wieder ein. Erebos würde begreifen, was er tat, und würde es nicht gutheißen.

Er musste sich auf sein Gedächtnis verlassen. Und auf seinen Instinkt.

Eine Ruine. Brüchige Steine unter einem fahlen Mond. Aus einer Nische flattert eine Fledermaus, weit entfernt schreit ein Vogel. Sarius blickt nach oben, sucht Licht hinter den verfallenen Fenstern des Gemäuers, das einmal eine eindrucksvolle Burg gewesen sein muss. Doch allem Anschein nach ist er allein.

Er geht einige Schritte durch das raschelnde Gras – in der Dunkelheit lässt sich nicht erkennen, ob es blau ist. Ein roter Weg jedenfalls scheint nirgendwo in der Nähe zu sein.

Dann hört er Klirren. Nicht von zerbrechendem Glas, sondern wie von Schwertern, die aufeinanderschlagen.

Es wirkt, als kämen die Geräusche aus der Ruine, und Sarius zieht seine eigene Waffe. Eigentlich hat er keine Lust zu kämpfen, viel lieber würde er vor eine andere Aufgabe gestellt werden. Etwas suchen, zum Beispiel. Solange es nicht wieder etwas ist, das man ihm vorher gestohlen hat.

Ein leiser Aufschrei. Erneutes Klirren, dumpfe Schläge. Laute, die klingen wie schwere Schritte auf Steinboden. Sarius tritt durch ein wenig vertrauenerweckendes Tor; er wünscht sich eine Fackel oder eine Laterne, denn nun ist auch das Mondlicht verschwunden, und er könnte genauso gut blind sein.

Vorsichtig tastet er sich einen finsteren Gang entlang. Immer wieder fallen kleine Steinchen auf seinen Helm, er hört das hohle Geräusch, mit dem sie auf das Metall treffen.

Und dann sieht er vor sich einen graublauen Schein, in dem sich Gestalten bewegen – sicher sieben oder acht. Das erhobene Schwert in der Hand geht er weiter. Es ist der Innenhof der Ruine, dem er sich nähert, und nun kann er erste Details erkennen.

Fünf Skelettkrieger; aus ihren Augenhöhlen dringt blaues Licht, das auf die Kämpfer fällt, die sich ihnen entgegenstellen. Zwei Barbaren, ein Vampir und eine Dunkelelfe behaupten sich so gut sie können gegen die viel größeren Gerippe, die mit Äxten, Schwertern und Sensen auf sie losgehen.

Sarius macht sich bereit, er wird versuchen, der Dunkelelfe zu helfen, von ihrem Gürtel ist schon bedenklich viel Rot verschwunden – doch dann dreht einer der Barbaren sich halb in seine Richtung, und Sarius erstarrt.

Er kennt ihn. Seine riesige Gestalt ist schon vor zehn Jahren unverwechselbar gewesen, und es macht den Eindruck, als hätte er noch an Muskelmasse zugelegt. Trotzdem sieht es aus, als wäre das Skelett ihm überlegen. Er weicht immer wieder zurück, und nicht jeder seiner Schläge ist ein Treffer.

Gegen seinen ersten Impuls kommt Sarius also ihm zu Hilfe, er hackt mit aller Kraft auf die Rippen des toten Kriegers ein und schafft es beim vierten Mal, eine davon zu brechen. Nun erst dreht das Skelett sich zu ihm um, es schwingt eine Axt über dem Kopf, von der etwas Zähes, Grünliches trieft. Sarius hebt seinen Schild, der plötzlich lächerlich klein wirkt, wie ein Kuchenteller, und bessere Verteidigungswerte hat er wahrscheinlich auch nicht.

Die Axt durchschneidet singend die Luft, Sarius duckt sich instinktiv zur Seite weg, und die Schneide schlägt auf dem Steinboden auf.

Ein Hieb mit seinem Schwert, und eine zweite Rippe bricht. Nun kommt Leben in den Barbaren, als hätte er erst begreifen müssen, dass sein Gegner nicht unbesiegbar ist. Mit seinem enormen Breitschwert schafft er es, dem Skelett ein Bein abzuhacken, und von diesem Moment an ist der Kampf entschieden. Sarius tritt ein Stück zur Seite und beobachtet ein paar Sekunden lang, wie der Barbar sich müht, den Schädel des Gerippes zu knacken. Mit einer flüchtigen Bewegung überprüft er die Identität des riesigen Kriegers, und was er mehr als nur ahnte, bestätigt sich.

BloodWork.

Sarius weiß genau, mit wem er es hier zu tun hat, und er ist ziemlich sicher, dass das auf Gegenseitigkeit beruht. Zur Hälfte jubelt er innerlich – endlich eine konkrete Person, nach der er suchen kann –, zur anderen Hälfte wünscht er sich, es wäre jemand, den er mag.

Ein Stoß von hinten lässt ihn beinahe der Länge nach hinschlagen, er fängt sich im letzten Moment und wendet sich um. Einer der Skelettkrieger ist im Eifer des Kampfs gegen ihn gestolpert, kümmert sich aber nicht weiter um Sarius, sondern schwingt eine gezackte Sense gegen einen Vampir namens Torqan.

Ein Stück weiter liegt die Dunkelelfe auf dem Boden; Sarius kann nicht sehen, ob sie noch lebt oder tot ist, aber ihr Gegner ist zweifellos lebendig.

Er kämpft mit einer Art Dreizack, einem unhandlichen Ding, an dem Sarius problemlos vorbeikommt. Wieder schlägt er auf die Rippen ein und hat Erfolg; das Geräusch, mit dem sie brechen, hat etwas von im Feuer knackendem Holz.

Er ist jetzt völlig in seinem Element, jeder Streich sitzt, und es macht tatsächlich Spaß. Der riesige Skelettkrieger wankt; Sarius dagegen hat noch keinen einzigen Kratzer abbekommen, in seinen Ohren kreischt nicht der Verletzungston, sondern er hört Musik. Die Melodie macht ihm klar, dass er gar nicht verlieren kann, sie spornt ihn an und verkündet schon jetzt seinen Sieg. Es ist die Auftrittsmusik für einen Helden, und Sarius wird den Erwartungen gerecht. Er wirbelt um die eigene Achse, diesmal trifft seine Schwertklinge die Wirbelsäule des Gerippes, das zusammenbricht. Auf dem Boden liegend versucht es, Sarius in den Dreizack hineinlaufen zu lassen, doch da hat es keine Chance, er ist viel zu wendig und geschickt.

Mit einem Satz ist er neben dem Kopf. Ein kräftiger Schlag, und er rollt über den Boden. Die Musik klingt wie eine Hymne zu Sarius' Ehren.

Ein schneller Blick quer durch den Hof – BloodWork kniet neben dem Schädel des ersten erlegten Skeletts und versucht, ihn mit seinem Schwert zu spalten, doch er scheint hart wie Stein zu sein.

Eine Erinnerung ist plötzlich da; etwas, das Sarius vollkommen vergessen hatte. Wunschkristalle. Sie waren selten gewesen, man musste die toten Körper besiegter Feinde zerfleischen, um an sie zu gelangen, aber wenn man einen fand, hatte man einen Wunsch frei.

Sarius weiß noch genau, was er sich damals gewünscht hat, und auch, dass es in Erfüllung gegangen ist. Ein Hauch von Scham trübt sein Triumphgefühl. Diesmal würde er den Kristall besser einsetzen – wenn er einen fand.

Der abgetrennte Totenkopf seines besiegten Gegners liegt vor ihm, so groß wie der eines Elefanten. Anders als Blood-Work, dessen Pranken riesig sind, wird Sarius den Schädel nicht kaputt hauen müssen. Er kann einfach seine Hand in eine der Augenhöhlen stecken und versuchen, im Inneren etwas zu ertasten.

Was natürlich mit Risiken verbunden ist. Vielleicht schnappt etwas nach ihm, oder Gift ätzt sich in seine Haut … zu Handschuhen hat er es bislang nicht gebracht.

Er schiebt die Bedenken beiseite und versenkt vorsichtig seine linke Hand in dem Totenkopf. Zuerst ist da nichts als glatter Knochen, doch dann stoßen seine Finger auf einen kleinen Gegenstand. Er zieht ihn heraus.

Eine blaue Scheibe, etwa von der Größe einer Münze. In die Oberfläche sind fünf Worte eingraviert: Nicht atmen und nicht schreien. Der Satz kommt Sarius vage bekannt vor, bloß woher fällt ihm nicht ein. Er dreht die Münze um; auf der anderen Seite ist ein zartes geflügeltes Wesen eingeprägt, und nun weiß er auch wieder, wann er die Warnung schon einmal gehört hat: von dem feenartigen Geschöpf, das er aus dem Tunnel hinter dem Brunnenschacht gerettet hat. Sarius steckt die Scheibe ein, ohne zu wissen, was er damit anfangen soll.

Nun stehen nur noch zwei der Gerippe aufrecht: Mit einem beschäftigen sich BloodWork und der zweite anwesende Barbar, das andere ist dabei, den Vampir namens Torqan zu töten.

Die Siegessicherheit füllt Sarius bis obenhin aus; er wird heute noch einen dritten Gegner besiegen. Der Vampir ist mit einem Morgenstern ausgerüstet, den er kaum noch heben kann, wie es aussieht. Sarius schubst ihn unsanft zur Seite und konzentriert sich wieder auf die Rippen des Skeletts, rollt einmal zur Seite, als die Sense auf ihn niedersaust, erwischt den Gegner in der Kniekehle.

Knochen splittern, das Gerippe stürzt. Im Fallen reißt es Sarius fast mit, ein Arm streift ihn an der Schulter, und der Ton setzt nun doch ein. Allerdings so leise, dass er kaum wahrnehmbar ist, das Geräusch sich nähernder Hufe ist deutlich lauter.

Gleich wird also der Bote wieder hier sein. Wut und Abscheu schwappen überraschend intensiv in Sarius hoch. Der Drecksack mit den gelben Augen taucht immer erst auf, wenn alles vorbei ist, und verteilt dann gönnerhaft seine Geschenke oder schließt seine erpresserischen Deals. Er steht für alles, was an diesem Spiel falsch ist, doch diesmal kann er Sarius kreuzweise. Er ist unverletzt geblieben, er braucht keine Almosen.

Für die anderen gilt das allerdings nicht. Die Dunkelelfe, die Hellcat heißt, liegt zusammengekrümmt an einer der Mauern des Burghofs und rührt sich nicht. Torqan steht noch, aber bis auf einen schmalen Streifen, der rot geblieben ist, hat sein Gürtel alle Farbe verloren.

BloodWork hat ein paar Kratzer abbekommen, der zweite Barbar – Mandrik – eine Schulterwunde, die ernster aussieht. Schnauben. Das Pferd des Boten muss den Durchgang erreicht haben, wenige Sekunden später trabt es in die Mitte des Burghofs. Der Mond steht nun hoch über ihnen, rund und blass.

Sarius hat den Eindruck, dass der Blick, mit dem der Bote ihn misst, kühl und abschätzend ist. So, als wüsste er, was Sarius eben über ihn gedacht hat.

Doch als Erstes kümmert er sich um BloodWork. »Alter Freund«, sagt er. »Ich sehe, du bist unschlagbar wie eh und je. Dein neuer Brustpanzer tut dir gute Dienste. Deine Belohnung erhältst du morgen, und sie wird großzügig ausfallen.«

BloodWork verbeugt sich wortlos; die stolzen Siegerposen, die früher so typisch für ihn waren, scheint er aufgegeben zu haben. Er wendet sich um und schlurft in die Schatten der Burg davon.

»Mandrik.« Der zweite Barbar tritt vor. »Nicht übel, aber noch bei Weitem nicht perfekt.« Er holt eine Flasche Heiltrank und einen Helm mit Widderhörnern hervor. »Hier. Für bessere Belohnungen erwarte ich bessere Leistung.«

Danach ist Torqan an der Reihe. »Du solltest an deiner Geschicklichkeit arbeiten. Deine Fähigkeiten gezielter einsetzen. Die Nacht gibt dir Kraft, also warum bist du so schwer verwundet?« Er wartet die Antwort nicht ab. »Heilung auch für dich, doch das muss für heute genug sein.«

Sarius ist klar, dass jetzt er an der Reihe ist. Hellcat wird der Bote mitnehmen, wenn sie nicht doch tot ist, und das tut er immer ganz zum Schluss. Das Pferd schnaubt und kommt einige Schritte näher. Der Bote richtet sich leicht in seinen Steigbügeln auf. »Sarius. Du hast mich nicht enttäuscht, ich habe große Pläne für dich. Und natürlich werde ich dich belohnen.« Aus seiner Tasche fördert er ein Messer mit geschwungener Klinge zutage, auf deren flacher Seite Zeichen eingraviert sind. Sie leuchten auf, kaum dass Sarius das Geschenk entgegennimmt. »Ein Elfendolch«, erklärt der Bote. »Tötet leise und schnell.«

Am Ende wendet er sich Hellcat zu. Fragt sie, ob sie gerettet werden möchte, und packt sie vor sich aufs Pferd, als sie Ja sagt. Der schwarze Gaul steigt, wirbelt mit den Vorderhufen die Nachtluft auf und verschwindet mit drei Sprüngen im Durchgang nach draußen.

Sie bleiben zu viert im Burghof zurück. Sein neuer Dolch interessiert Sarius nicht, er will unbedingt mit BloodWork sprechen, koste es, was es wolle, doch der Barbar steht immer noch bei der Mauer.

Kurz entschlossen trägt er ein paar der Skelettknochen zusammen, schichtet sie auf einen Haufen und entzündet ein Feuer. »So«, sagt er. »Das war ein Kampf, was?«

Torqan stellt sich zu ihm, wachsblass im Schein der Flammen. »Ja, war echt hart. Nett, dass du mir geholfen hast, aber ich wäre auch allein zurechtgekommen.«

»Wärst du nicht«, sagt Mandrik, der dabei ist, seinen neuen Helm über den Kopf zu stülpen. »Du könntest also ruhig Danke sagen.« Er blickt in die Runde. »Ist einer von euch der Prinz?«

Von einem Prinzen hatte doch neulich schon Aiello gesprochen. *Ich jedenfalls nicht*, will Sarius sagen, als völlig ohne Vorwarnung ein Blitz in den brüchigen Turm der Ruine einschlägt.

Der Knall ist ohrenbetäubend, Funken stieben leuchtend durch die Nacht, Steine stürzen herab, einer verfehlt Mandrik nur um wenige Zentimeter.

»Scheiße«, keucht Torqan. »Was war das?«

BloodWork ist wie eine düstere Gottheit neben ihnen am Feuer aufgetaucht. »Eine Mahnung, den Mund zu halten, schätze ich.« Er versetzt Mandrik einen Rempler, der ihn fast in die Flammen stürzen lässt.

Sarius tritt einen Schritt näher. »Hallo, BloodWork. Lange nicht gesehen.«

Der Barbar blickt zur Seite. »Ja«, sagt er schließlich.

»Geht es dir gut?«

In einer fließenden Bewegung hebt BloodWork das Schwert, als wolle er Sarius' Schädel spalten, die Reaktion kommt unvorhergesehen, und Sarius stolpert außer Reichweite, doch da senkt der Barbar seine Waffe bereits wieder.

»Bist du irre? Ich habe nur gefragt, wie es dir geht, aber vergiss es, du Psycho.«

BloodWork steht mit hängendem Kopf da. »Ich habe gehofft, ich würde niemanden von euch treffen.«

»Oh, ich hätte auch gut auf dich verzichten können!« Sarius ist immer noch aufgebracht. Manche Leute änderten sich einfach nicht, egal, wie viel Zeit verging.

»Ich hätte auf all das hier verzichten können«, spricht der Barbar langsam weiter. »Bist du etwa freiwillig hier?«

Die Frage kommt überraschend. »Nein. Das kann man so nicht sagen.«

»Eben«, entgegnet BloodWork. »Du kannst mir aber glauben, für mich steht viel mehr auf dem Spiel als für dich.«

Torqan und Mandrik haben bisher stumm zugehört, nun mischt sich der Vampir ein. »Heißt das, ihr kennt euch? Wir dürfen doch niemandem sagen, wer wir tatsächlich sind!«

Donnergrollen aus der Ferne. Eine Warnung, denkt Sarius. Jede Wette, beim ersten falschen Wort schlägt wieder der Blitz ein, und diesmal nicht in den Turm.

»Wir sind uns schon begegnet«, sagt er vorsichtig. »Beim ersten Mal.«

»Beim ersten Mal? Welches erste Mal?«

Wieder Donner, näher jetzt. »Nicht wichtig«, erklärt Sarius und ordnet Torqan im Geiste bei den Neuzugängen ein. Denen, die ganz sicher nicht an der Jagd auf Ortolan beteiligt waren.

Er überlegt, wie er BloodWork am besten klarmachen soll, dass sie in Kontakt treten müssen. Außerhalb von Erebos. Doch bevor er noch eine vernünftige Formulierung gefunden hat, richtet der Barbar seine Schwertspitze auf ihn. »Vergiss, dass du mich kennst, Sarius. Mach nicht den Fehler, dich mit mir verbünden zu wollen. Ich werde hier mein Bestes tun, ich werde die Regeln nicht verletzen, um keinen Preis. Lass mich in Ruhe, hier und anderswo, oder ich mache dich einen Kopf kürzer.«

Damit dreht er sich um und geht, verlässt die Burgruine. Mandrik hastet ihm nach, wahrscheinlich sind die beiden Weggefährten.

Bleibt nur Torqan zurück, der Sarius unschlüssig mustert. »Wie sieht es aus? Sollen wir draußen nachsehen, ob sich noch etwas tut? Der Bote war nicht sehr beeindruckt von mir und … na ja. Ich habe echt coole Belohnungen bekommen, als ich heute hergekommen bin.« Er deutet auf seinen Brustpanzer, der schwarz ist und mit silbrigen Punkten gesprenkelt. Wie ein nächtlicher Sternenhimmel. »Ich hätte nichts dagegen, noch ein bisschen besser zu werden. Macht doch Spaß hier, oder?«

Sarius betrachtet die Rüstung. »Dafür musstest du etwas … erledigen, oder?«

Donnergrollen. Er hat schon vermutet, dass Fragen dieser Art nicht gern gehört werden.

»Ja. War ein bisschen mühsam, aber okay.« Er zögert kurz. »Sagt dir der Name Marlowe etw–«

Wieder ein Blitz, gleichzeitig ein reißender Knall. Flammen und eine graue Rauchsäule zeigen an, wo hinter der Mauer ein Baum getroffen worden ist. Torqan ist erschrocken zusammengezuckt und beobachtet nun mit schreckensweiten Augen, wie ein Gnom mit einem Gesicht in der Farbe von Grießbrei aus einer der Mauernischen schlüpft.

»Der junge Herr erzählt gerne, nicht wahr?«, schnarrt er und tritt mit bloßen Füßen das Feuer aus. »Er sollte lernen, sich auf die Zunge zu beißen, bevor jemand sie ihm abschneidet.« Wie zur Demonstration streckt der Gnom seine eigene Zunge heraus, die löchrig und grün ist. »Der junge Herr erhält gleich eine Lektion im Guten, und er sollte sie sich zu Herzen nehmen.«

Er winkt Torqan zu sich; nach kurzem Zögern folgt ihm der Vampir.

Sarius betrachtet die rauchenden Knochen zu seinen Füßen. Marlowe. Keine Ahnung, was er damit anfangen soll, aber für den Moment scheint er ohnehin entlassen zu sein. Eine Gewitterwolke verdeckt den Mond, und die Welt verdunkelt sich, bis sie ganz verschwunden ist.

Nick starrte noch lange auf den schwarzen Monitor, nachdem das Spiel sich ausgeschaltet hatte.

BloodWork. Der Barbar, der eigentlich ein Mädchen war – genauer gesagt eine Frau, mittlerweile. Helen. Sie war mit ihm zusammen zur Schule gegangen, und niemand hatte sie wirklich gemocht, doch am Ende hatte Nick nur noch Mitleid für sie empfunden. Ihr war Erebos wichtiger gewesen als den meisten anderen, aber für diese neue Runde galt das wohl nicht. Sie war nicht freiwillig dabei, hatte sie behauptet. Und dass für sie viel mehr auf dem Spiel stand als für ihn.

Nicks Finger lagen auf der Tastatur. Was würde passieren, wenn er Helens Namen googelte? Ihre Adresse herausfand und vielleicht noch ein paar interessante Details darüber, was mit ihr passiert war, als man sie aus der Jugendpsychiatrie entlassen hatte?

H tippte er. E.

Dann lehnte er sich zurück und lachte resigniert auf. Googeln konnte er vergessen, unabhängig von den Folgen, denn ihm fiel Helens Nachname nicht mehr ein.

Torqan lässt sich von dem hässlichen weißen Gnom fortziehen. Er könnte sich dafür ohrfeigen, dass er *Marlowe* erwähnt hat, aber nachdem ihm klar geworden ist, dass es offenbar schon viel dienstältere Spieler gibt, wollte er diesen Umstand nutzen. Fehler.

Der Gnom führt ihn durch einen Wald, der lebendig zu sein scheint. Bäume, die zusammenrücken, als würden sie miteinander tuscheln. Fahle Augenpaare, die ihm mit ihren Blicken folgten. Manchmal klingt der Wind wie unterdrücktes Gekicher.

Nach ein paar Minuten kommen sie bei einer Lichtung an, auf der ein einzelnes, schiefes Haus steht. Es ist mit Holz gedeckt, hinter den kleinen Fenstern brennt Licht. »So«, erklärt der Gnom. »Hier soll ich dich abgeben. Gehab dich wohl.«

Torqan wartet, bis er im Gebüsch verschwunden ist, dann geht er langsam auf das Gebäude zu. Es ist ein Gasthof, wie er jetzt sieht; über dem Eingang hängt ein Schild mit verblichener Aufschrift. Zu erkennen ist nur das A am Beginn und die Abbildung darunter: ein Gürtel, der sich wie eine Schlange windet; die Schnalle hat die zackige Form eines Blitzstrahls.

Beim Eintreten schlägt Torqan Stimmengewirr entgegen. Und Musik. Sie kommt von einem Mann, der in der Mitte des Raums auf einem Hocker sitzt; sein langes rötliches Haar bewegt sich um ihn herum, als befände er sich unter Wasser. Er zupft auf einer Laute und summt dazu.

Torqan fühlt sich hier unbehaglich. Fast alle Plätze sind besetzt, am liebsten würde er wieder umkehren. Er glaubt nicht, dass er in dieser Gesellschaft wohlgelitten ist. An einem der Tische sitzt ein Minotaurus – oben Stier, unten Mensch. Er glotzt Torqan mit blutunterlaufenen Augen an, ist aber weniger erschreckend als der Mann, mit dem er sich im Gespräch befindet. Er ist ebenso groß wie der Minotaurus, aber nackt bis auf einen Lendenschurz, seine Haut ist nussbraun, auf seinem Kopf wächst ein merkwürdiges Büschel weißer Haare. Als hätte ihm jemand einen Wattebausch über die Stirn geklebt. Seine Ohren sind spitz, die Augen quellen ihm so weit aus den Höhlen, dass Torqan nicht erstaunt wäre, wenn sie herausfallen und über den Tisch kullern würden.

»Sing das Lied von der Fee!«, brüllt der Minotaurus.

Der Sänger mit dem fliegenden Haar legt den Kopf schief. »Schon wieder?«

»Die Fee!«, stimmen einige andere Gäste ein.

Torqan wendet sich ab, nur um in der nächsten Nische drei Männer zu entdecken, denen anstelle von Köpfen riesige Spinnen auf dem Hals sitzen. Ihre Beine zucken, einem hängt ein halb gefressener Käfer aus dem Maul.

Der Barde zupft eine Melodie in Moll.

»Die Fee«, singt er. »Die Fee ist verstummt,
vielleicht verlorn,
gefangen im dunklen Netz,
doch wirkt ihr Zauber und unser Zorn,
er schärft die Axt, er schärft den Dorn,
macht Täuschung zum …«

Eine Hand legt sich auf Torqans Schulter. »Sucht Ihr jemanden?« Die Stimme lässt ihn herumfahren, sie gehört einer Frau mit langem roten Haar, die ihr Kleid mit dem gleichen Gürtel zusammenhält, der auf dem Schild des Gasthofs abgebildet ist.

»Wenn Ihr hungrig seid – wir haben noch Wildschwein im Ofen. Und Täubchen.«

Torqan wollte eigentlich gerade wieder verschwinden, aber nun hat er an einem der hinteren Tische Idmon entdeckt, der alleine vor einem großen Steinkrug sitzt und sinnierend vor sich hin starrt.

»Ich würde mich gerne zu Idmon setzen«, sagt er. »Wir kennen uns.«

Die Frau nickt und geht voran. »Gesellschaft für dich«, sagt sie.

»Schweigen ist Silber, Reden ist Tod«, hört Torqan den Barden singen und seine Zuhörer mitgrölen. Den Rest bekommt er nur noch am Rande mit, denn Idmon blickt auf. »Torqan, das ist eine schöne Überraschung! Nimm Platz. Apate soll dir etwas zu trinken bringen.«

Die rothaarige Frau lächelt. »Elfenblut? Oder einfachen Wein?«

Als Vampir sollte er sich für Blut entscheiden, umso mehr, weil er dann besser in die schaurige Gesellschaft hier passt. Apate nimmt seinen Wunsch ungerührt entgegen und geht.

»Was führt dich in diese Gegend?«, fragt Idmon.

»Ein Kampf. Gegen Skelette, hier in der Nähe ist eine Burg, dort haben wir sie geschlagen. Zu dem Gasthof hat mich ein Gnom geführt.«

Idmon nickt wissend. »Ja, diese Gnome. Eine Landplage, wenn du mich fragst. Zwei von drei Malen wollen sie dir nichts Gutes.«

»Man sieht es ihnen an«, bestätigt Torqan. »So wie diesen Spinnenleuten dort drüben. Was sind das eigentlich für Geschöpfe?«

»Für eine Fee eine ganze Armee«, singt der Barde,

»Gewissheit für die Toten.
Wer viel riskiert und nicht verliert,
dem ist auch nichts verboten.«
Die Zuhörer rund um ihn stampfen mit ihren Füßen den Takt mit. »Dem ist auch nichts verboten!«, grölen sie.

»Die Spinnenmenschen sind harmlos.« Idmons Blick richtet sich auf den Tisch, an dem die drei Männer sitzen. Die zappelnden Beinchen, die aus ihren Köpfen ragen, bewegen sich hektischer als vorhin. »Fressen meist nur Insekten und weben Netze aus Geschichten. Anzusehen sind sie allerdings nicht schön.« Er betrachtet Torqan nachdenklich. »Du hingegen hast ein gutes Gesicht. Eines der besten.«

Das ist ein merkwürdiges Kompliment, doch zum Glück tritt gerade Apate an den Tisch und stellt ein schmales Kristallglas mit glänzend roter Flüssigkeit vor ihm ab. »Danke«, sagt er und lässt offen, an wen er sich dabei wendet.

Idmon streicht sich über den Bart. »Du erinnerst mich an meinen Bruder. Er war kein Krieger der Nacht, aber er hatte den gleichen Zug um den Mund wie du. Die gleiche Art, skeptisch eine Augenbraue hochzuziehen.« Er nimmt einen Schluck aus seinem Krug. »Hast du Brüder?«

»Nein.« Torqans Brust fühlt sich plötzlich eng an, es ist ein Reflex, sobald jemand das Thema anschneidet. Zudem hat er nicht ganz die Wahrheit gesagt. »Na ja, eigentlich doch. Einen. Aber ich kenne ihn nicht.«

»Er lebt anderswo?«

Torqan holt tief Luft. »Nein. Er ist tot.«

Es ist Ewigkeiten her, dass er diesen Satz ausgesprochen hat. Er kennt, hasst und fürchtet die Reaktionen darauf. Doch Idmon nickt nur. »Meiner ebenfalls. Es vergeht kein Tag, an dem ich nicht an ihn denke.«

»Ja.« Es ist ein vertrautes Gefühl, das Idmon beschreibt. »Dabei habe ich ihn gar nicht gekannt. Er ist gestorben, bevor ich ... also, bevor ich geboren wurde.«

Der Blick seines Gegenübers ist voller Wärme. »Er ist ein Schatten in deinem Leben, nicht wahr?«

»Ja. Genau.« Torqan atmet tief ein und aus. »Manchmal denke ich, es wäre besser, er wäre statt mir noch da. Es gibt mich eigentlich nur deshalb, weil er ertrunken ist. Danach wollte mein Vater ... er wollte eine neue Familie gründen. Neu anfangen, verstehst du?«

Idmons Blick ist dunkel geworden. »Aber du glaubst, dass er das bereut?«

Ja, denkt Torqan. »Nein, nicht wirklich«, sagt er. »Aber wenn er die Wahl hätte zwischen seinem ersten Sohn und mir ...« Er vollendet den Satz nicht, aus Angst vor dem, was vielleicht noch mit hochkommen könnte. »Egal. Keine Brüder, um deine Frage zu beantworten.«

Idmon nickt langsam. Sagt einige Zeit lang gar nichts, dann hebt er seinen Krug. »Auf die Lebenden. Auf uns.«

Torqan stößt mit ihm an. »Ja. Auf die Lebenden.«

Ein Schluck von dem, was Apate als Elfenblut bezeichnet hat, und er sieht, wie das Rot seines Gürtels tiefer und das Leder breiter wird. Er lacht auf. Die Lebenden sind gerade ein bisschen stärker geworden.

»Die brennenden Berge«, reißt Idmon ihn aus seinen Gedanken. »Ich beneide dich. Du sagtest letztens, du hättest sie wirklich gesehen.«

»Ja. Woher hast du –«

»Das ist meine Gabe. So wie andere Blitze oder den Wind zähmen können.«

»Das muss großartig sein.«

Idmon blickt zur Seite. »Es ist ebenso Segen wie Fluch. Man kann andere warnen, muss aber hilflos zusehen, wenn sie die Warnungen in den Wind schlagen.«

In Torqans Kopf tun sich unzählige andere Möglichkeiten auf, diese Fähigkeit zu nutzen, als bloß irgendjemanden zu warnen. Dann begreift er, was Idmon ihm vielleicht sagen möchte. »Gilt das auch für mich? Willst du mich vor etwas warnen?«

Sein Gegenüber schließt die Augen, als wolle er nach innen blicken. »Sehr bald«, sagt er, »wird jemand, der dir vollkommen fremd ist, dich nach deiner Familie fragen. Erzähle ihm nichts. Traue ihm nicht.« Er öffnet die Augen wieder. »Das ist alles, was ich dir sagen kann.«

»Ich … danke«, erwidert Torqan perplex. »Ich werde dran denken.«

Idmons Blick ist voller Wärme. »Und ich werde dir auf deinem Weg helfen, so gut ich es vermag. Nur jetzt muss ich leider gehen. Morgen in aller Frühe erwarten mich Aufgaben in Rhea.«

»Aha.« Torqan schluckt die leise Enttäuschung darüber, dass das Gespräch schon wieder zu Ende ist, so gut es geht hinunter. »Tja, dann werde ich auch aufbrechen.«

»Das solltest du nicht.« Idmon legt ihm eine Hand auf die Schulter. »Apate bietet auch Schlafstätten an, unter dem Dach. Es ist eine unruhige Nacht heute; seltsame Wesen sind unterwegs. Hier bist du sicher.«

Auf einen Wink hin ist Apate wieder neben dem Tisch aufgetaucht und deutet auf eine Treppe, die aus der Schankstube nach oben führt. »Du bist mir willkommen. Idmons Freunde sind auch meine.«

Ein schneller Blick über die Schulter zeigt Torqan, dass der

Minotaurus und der Mann mit dem Lendenschurz bereits fort sind. Die Spinnenkopfmänner befinden sich gerade im Aufbruch.

»Gut«, sagt er. »Wenn ihr meint.«

Idmon lässt ein paar silberne Münzen auf den Tisch kullern und erhebt sich. »Wir sehen uns wieder«, sagt er und klopft Torqan auf die Schulter. »Achte auf dich. Meine guten Gedanken sind mit dir.«

Er legt sich einen dunkelblauen Umhang um die Schultern, zieht sich die Kapuze über den Kopf und ist schon fast an der Tür, als Torqan noch etwas einfällt. »Warte! Eine Frage habe ich noch: Das Zeichen, das du mir gezeigt hast – ich habe es einige Male ausprobiert, aber niemand hat es erwidert.«

Idmon lächelt. »Das ist kein Wunder. Es sind nur sehr wenige, die es kennen. Doch die sind wichtig.« Er blickt nach draußen, wo der Wind auffrischt und die Wipfel der Bäume biegt. »Sie haben es alle von mir gelernt.«

Einige Sekunden später ist er aus der Tür, und Torqan geht hinter Apate die Treppen hinauf. Die Dachkammer sieht heimelig aus; der Mond leuchtet durch ein rundes Giebelfenster, auf dem Boden warten Schlafstätten aus Fellen, Decken und Kissen. Zwei davon sind bereits belegt, von einer Menschenfrau und einem Echsenmann. Torqan wählt die, die dem runden Fenster am nächsten ist. Sobald Apate gegangen ist, lehnt er sich ein Stück hinaus und blickt in die Nacht.

Die Gewitterwolke hat sich verzogen, der Himmel ist sternenklar. Etwas Großes fliegt weit entfernt durch das Rund des Mondes. Ein Greif? Ein Drache?

Dann hört Torqan Rascheln, aus dem Gebüsch vor dem Gasthof. Er blinzelt, bis seine Augen sich an das Dunkel gewöhnt haben, und entdeckt dann die drei Spinnenmänner, die im Gras knien, über etwas gebeugt, das sie offensichtlich fressen. Es sieht nicht aus, als wäre es eine Heuschrecke.

Schaudernd wendet Torqan den Blick ab, zieht die Fensterluke zu und bleibt in vollkommener Finsternis zurück.

Rosie besetzte das Badezimmer länger als sonst. Schon dreimal hatte Derek gegen die Türe gehämmert und war mit einem genervten »gleich« abgespeist worden. Als sie endlich herauskam, war ihr Haar geflochten und aufgesteckt – wahrscheinlich gab es am Nachmittag wieder irgendwelches spezielle Theaterzeug, für das sie sich aufhübschen musste.

»Du siehst völlig kaputt aus«, stellte sie fest, kaum dass beide das Haus verlassen hatten. »Als würdest du krank werden. Fühlst du dich okay?«

Ja, das tat er, wenn man sich vor Augen führte, dass er nur drei Stunden geschlafen hatte. Die Zeit war während des Spiels rasend schnell verflogen; als am Morgen der Wecker geläutet hatte, hätte Derek ihn am liebsten aus dem Fenster geworfen und sich selbst gleich mit.

»Mir geht's gut«, knurrte er.

»Dafür siehst du ziemlich zombiemäßig aus.«

»Und du wie ein Cupcake«, stellte er fest und tippte gegen eine der aufgesteckten Strähnen.

»Nicht! Anfassen!« Rosie sprang förmlich aus seiner Reichweite. »Schon okay, ich lasse dich in Ruhe, aber irgendwas stimmt mit dir nicht in den letzten Tagen.« Damit überquerte sie winkend die Straße. »Bis heute Abend, Bruderherz.«

Derek setzte seinen Schulweg fort und traf in der U-Bahn Owen, der ihn in ein Gespräch über eine der neuen Netflix-Serien verwickelte. Außer »Hm« und »Aha« hatte Derek nicht viel beizutragen; er kannte die Serie nicht und war außerdem damit beschäftigt, die Augen offen zu halten. Ob er sich im Lauf des Vormittags krankmelden sollte? Nein, besser nicht. Aber wenn er nach Hause kam, würde er sich für eine Stunde hinlegen und danach versuchen, nach Rhea zu gelangen. Der Bote hatte ihm keinen neuen Auftrag erteilt, also sprach nichts dagegen, Idmon zu besuchen. Sich weiter zu unter–

»Sag mal, hörst du mir eigentlich zu?« Owen versetzte ihm einen freundschaftlichen Rempler gegen die Schulter. »Ich rede mir hier den Mund fusselig, aber das schläfert dich ein, oder was?«

»Äh. Sorry.« Tatsächlich hatte Derek kurz die Augen geschlossen gehabt und Idmon vor sich gesehen, wie er an seinem Schiff schnitzte. »Habe die letzte Nacht nicht viel geschlafen.«

»Ach.« Owen zog den linken Mundwinkel hoch. »Gezockt?«

Derek zögerte einen Moment, dann nickte er. »Ja. Ich habe völlig die Zeit vergessen.«

Die Frage, auf die er hätte lügen müssen, nämlich die, um welches Spiel es sich gehandelt hatte, stellte Owen nicht, dafür förderte er eine Dose Red Bull aus seiner Tasche zutage. »Da. Ich dachte, die brauche ich heute vor der Geschichtestunde, aber du hast sie nötiger.«

»Danke!« Derek war beinahe gerührt. »Dafür hast du etwas gut bei mir.«

Als sie an der Schule ankamen, war eines der drei Treppenhäuser im Inneren gesperrt. Ein groß gewachsener, schlaksiger Typ mit halblangen Haaren war eben dabei, dort ein Stativ aufzubauen. »Scheiße, das auch noch«, murmelte Derek.

Er schlich zu seinem Spind. Auf dem Gang kamen Morton und Riley ihm entgegen, warfen ihm einen kurzen Blick zu und setzten ihr Gespräch betont lebhaft fort, ohne ihm weiter

Aufmerksamkeit zu schenken. So war das okay, fand er. Mehr als dass sie ihn ignorierten, wollte er gar nicht.

Von Maia ignoriert zu werden tat hingegen weh, stellte er fest, als sie kurz darauf ihren Spind aufsperrte, nur ein paar Schritte neben ihm. Er zwang sich ein Lächeln ins Gesicht.

»Hey.«

»Oh. Auch hey.« Sie holte ihre Mathesachen heraus.

»Sieht aus, als würden heute die Schulfotos gemacht«, versuchte Derek das Gespräch fortzuführen.

»Tatsache«, sagte sie. »Ist aber keine große Überraschung, die Mitteilung mit dem Datum haben wir schon vor drei Wochen gekriegt.« Sie musterte ihn mit zusammengezogenen Augenbrauen. »Aber keine Sorge, deine Uniform sieht einigermaßen okay aus. Die Krawatte hättest du bügeln können, aber sonst ...«

Verlegen strich Derek sich über sein Sakko. »Ich hab's echt nicht auf dem Plan gehabt.« Er hatte die Hand flach auf die Brust gelegt. Ballte sie vorsichtig zur Faust.

»Kein Grund, nervös zu sein.« Maia hatte die Spindtür schon fast wieder zugedrückt, als sie noch einmal innehielt. Nun lächelte sie ihn doch an. »Wenn du willst, kann ich dir einen Kamm leihen.« Sie deutete auf seinen Kopf. »Für dieses Gestrüpp da oben. Der ist zwar für eine Drahtkrause wie meine gemacht, aber ich denke, ein bisschen Ordnung wird sie auch in deine Engelslöckchen bringen können.«

Sie beförderte einen grobzackigen, leuchtend orangefarbenen Kamm zutage und hielt ihn Derek hin.

Er griff danach. »Das ist echt nett, danke.«

»Gib ihn mir einfach zurück, wenn du ihn nicht mehr brauchst.«

Derek nickte und versenkte den Kamm in seiner Tasche, ehrfürchtig, als hätte er es mit einem wertvollen Artefakt zu tun. Engelslöckchen. Hätte jemand anders Dereks Unfrisur so genannt, wäre er sich verarscht vorgekommen, aber aus Maias Mund klang es wie ein Kompliment.

Ihr Jahrgang wurde in der dritten Stunde zum Fotografieren geholt, er würde also ein gutes Stück des heutigen Englischunterrichts verpassen. Derek hatte sich bis dahin bereits vier Mal mit Maias Leihgabe gekämmt, wobei er sich gleichzeitig glücklich und albern fühlte.

Sie stellten sich auf der Treppe auf. Ein paar der weniger groß gewachsenen Jungs wurden nach vorne geholt, um sich auf die unterste Treppenstufe zu setzen, dahinter sortierten Miss Bonner und Direktor Lewis die anderen zu möglichst ebenmäßigen Reihen.

Der Fotograf, der noch ziemlich jung wirkte, fragte schüchtern an, ob man die Aufstellung nicht vielleicht lockerer gestalten wollte, er hätte da zwei oder drei Ideen, doch Lewis schüttelte entschieden den Kopf. »Die Art der Gruppenfotos hat bei uns Tradition. Bei den Porträts und den Kleingruppen dürfen Sie gerne kreativ sein.«

»Tradition.« Syed, der neben Derek stand, verdrehte die Augen. »Deshalb sind die Bilder auch traditionell grässlich.«

Derek antwortete nicht. Er hätte zu gerne neben Maia gestanden, doch die hatte man eine Reihe vor ihm positioniert, weit auf der linken Seite. Hätte er einen Wunsch frei gehabt, dann wäre es der gewesen, ein Freundschaftsbild mit ihr gemeinsam machen zu lassen. Sein Arm um ihre Schultern gelegt, ihr Lächeln und seines im gleichen Moment festgehalten.

Aber eher hätte er Mortons Schuhe abgeleckt, als sie darum zu bitten. Stattdessen stand er bloß da und wartete genervt darauf, dass der Fototyp endlich loslegen würde.

Der fummelte aber noch an der Kamera herum. »So. Und jetzt alle lächeln«, rief er.

Fehlte nur, dass er *Cheese* sagte. Derek behielt seine finster-gelangweilte Miene bei, in der Masse fiel das überhaupt nicht auf, und falls ihn später jemand fragen sollte, hatte er eben ein Statement gesetzt. Gegen die oberflächliche und falsche Selfie-Kultur, in der jeder immer gut drauf war und das Leben eine einzige Party.

»Perfekt, danke«, sagte der Fotograf, nachdem er mindestens zwanzig Mal abgedrückt hatte. »Und jetzt machen wir die Einzelfotos – entweder dort gegen die Säule gelehnt oder auf dem Stuhl hier. Alphabetisch, okay?«

Er wischte sich die Hände an den Hosenbeinen ab, bevor er zu der Schülerliste griff. »Kedar Agarwal«, rief er.

Kedar stand bereits neben ihm, gewohnt daran, bei solchen Anlässen immer der Erste zu sein. Für Derek würde es auch nicht mehr lange dauern – drei Leute, dann war er dran. Syed hatte sich ebenfalls schon in Position gestellt, er hieß mit Nachnamen Barua.

Maia hingegen hatte sich gemütlich auf die Treppen gesetzt und sah lächelnd dem Fotografen dabei zu, wie er Kedar erklärte, dass sie keine Fahndungsfotos schossen und dass Lächeln daher erlaubt war. Mit ihrem Nachnamen – Tackett – würde sie erst beim letzten Drittel der Schüler mit dabei sein.

Immerhin arbeitete der Fotograf schnell und, wie es aussah, gründlich. Er vergewisserte sich immer, dass ein gutes Bild dabei war, bevor er sich seinem nächsten Opfer zuwandte. Er hatte die ersten vier Leute in fünf Minuten abgelichtet. Derek machte sich bereit.

»Okay, der Nächste. Derek Car–« Er stutzte, unterbrach sich. Blickte sich um. »Derek Carver?«

»Hier.« Derek trat vor ihn. »Ich würde lieber vor der Säule stehen, wenn das okay ist.«

»Sicher.« Der Fotograf betrachtete ihn so intensiv, als suche er etwas. Unsicher fuhr Derek sich über den Mund, klebte ihm etwas im Gesicht?

»Ähm – gut. Lehn dich ruhig ein wenig an. Mit der Schulter. Ja, genau so.« Er drückte mehrmals ab, dann senkte er die Kamera. »Entschuldige, wenn ich frage, aber hast du eine Schwester?«

Derek blinzelte ungläubig. Wie schnell Idmons Vorhersagen eintrafen, war beinahe gespenstisch. Jemand, der ihm vollkommen fremd war, fragte ihn nach seiner Familie.

Erzähle ihm nichts. Traue ihm nicht.

Automatisch verschränkte er die Arme vor der Brust. »Wieso wollen Sie das wissen?«

»Nur weil ich einmal jemanden kannte ... Emily. Emily Carver. Seid ihr verwandt?«

Ach nein, er kannte Emily. Und hatte dann auch noch diesen sehnsüchtigen Ton in der Stimme. Derek zuckte mit den Schultern. »Es gibt mehr als nur eine Familie Carver in London.«

Der Fotograf blinzelte, wahrscheinlich erstaunt darüber, dass er nicht einfach ein Ja oder Nein als Antwort erhielt. »Das stimmt natürlich«, sagte er und hob den Apparat wieder vors Gesicht. Kam zwei Schritte näher und drückte mehrmals ab. »Aber wenn man genau hinsieht, habt ihr ähnliche Augen ... und sie hat das gleiche Kinn wie du.«

Derek unterdrückte den Impuls, sich eine Hand über das besagte verräterische Kinn zu legen. »Sind wir fertig?«

Der Fotograf sah betreten drein. »Ja, eigentlich schon. Möchtest du die Bilder gern noch sehen?« Er drehte die Kamera so, dass Derek einen Blick auf das Display werfen konnte.

»Nein. Nein danke. Sie sind sicher in Ordnung. Wiedersehen.« Damit floh er, ungeachtet Syeds Rufen, dass sie doch noch ein Freundschaftsfoto machen wollten.

Die Englischklasse war leer, und Derek ließ sich auf einen Stuhl fallen. Der Fototyp musste ihn für vollkommen abgedreht halten. Normalerweise hätte er einfach geantwortet. *Eine Schwester? Ja, klar, sogar zwei. Ach, Sie kennen Emily? Ich habe sie schon viel zu lange nicht mehr gesehen, aber ja, sie ist meine Schwester. Halbschwester.*

Doch die Frage hatte ihn kalt erwischt. Er hatte gar nicht mehr an Idmons Voraussage gedacht, und plötzlich hatte sie sich bewahrheitet. Wie schon die Sache mit den Vulkanen, Derek begriff nicht, was da vor sich ging. Deshalb war er wie erstarrt gewesen und hatte nur verlegen herumgestottert, statt einfach zu lügen. Ein klares Nein hätte die Sache beendet, und trotzdem hätte er Idmons Warnung nicht in den Wind geschlagen.

Lange blieb er nicht allein. »Wieso bist du abgehauen?« Syed war in der Tür aufgetaucht, er sah genervt drein.

»Mir ist komisch im Magen«, erklärte Derek. »Weiß auch nicht, warum.«

»Das heißt, wir machen unser Foto nicht? Owen wollte vielleicht auch mit drauf.«

»Mal sehen.« Derek schloss die Augen. Idmon hatte klargemacht, er sollte dem Fotografen nicht trauen. Aber warum? Der Typ wirkte vollkommen harmlos, sogar ein bisschen unbeholfen. Sympathisch. Und ... er kannte Emily.

Als er die Augen wieder öffnete, saß Syed zwei Tische weiter, über sein Handy gebeugt, aus dem es rötlich leuchtete. Er tippte konzentriert auf dem Display herum, die Zungenspitze zwischen den Zähnen. Als Derek aufstand und zu ihm trat, legte er das Handy schnell mit dem Bildschirm nach unten auf die Tischplatte.

»Hast du gerade gespielt?« Derek setzte sich auf den Stuhl neben seinem Freund.

»Was? Nein. Nur eine WhatsApp-Nachricht geschrieben.«

Okay, das war gelogen. WhatsApp leuchtete nicht rot. Derek überlegte angestrengt, wie er seine nächste Frage formulieren sollte. »Du kannst es mir ruhig erzählen«, sagte er nach ein paar Sekunden. »Ich bin auch dabei.«

Syed sah ehrlich verwirrt drein. »Wobei?«

Außer ihnen war niemand in der Klasse, und Derek würde das E-Wort nicht in den Mund nehmen. »Ich kenne die Regeln, und ich halte mich daran. Aber ... du weißt, wovon ich spreche.«

»Nein. Musst du mir schon erklären.«

Na gut, dann eben pantomimisch. Derek legte die Hand auf die Brust, machte das Zeichen. Sah Syed erwartungsvoll an.

»Werden die Magenschmerzen schlimmer?«

»Nein!« Jetzt wurde es langsam ärgerlich. Entweder er hatte sich völlig getäuscht, oder Syed war um Klassen besser im Dichthalten als er. »Schon in Ordnung.«

»Finde ich nicht. Rück schon raus damit, was meinst du? Welche Regeln?«

»Egal. Ich —« Er schüttelte den Kopf, unschlüssig, wie er sich aus der Affäre ziehen sollte, als Owen in der Tür erschien.

»Hier steckt ihr! Wenn wir noch ein Foto zu dritt machen wollen, dann jetzt.« Niemand reagierte, und er blickte irritiert von Syed zu Derek. »Was ist los? Habt ihr Krach?«

»Nein, Quatsch.« Derek sprang auf. »Nur ein Missverständnis. Lass uns gehen.«

Der Fotomann war beim Buchstaben S angelangt, als sie in die Aula zurückkamen. Die Halle hatte sich schon merklich geleert, doch Maia und Sharon standen noch an der Treppe, in ein Gespräch vertieft.

Owen wartete, bis der Fotograf damit fertig war, ein rothaariges Mädchen namens Gerry abzulichten, dann ging er zu ihm. Sie unterhielten sich, der Fototyp lächelte, nickte, warf Derek einen schnellen Blick zu und sah sofort wieder weg. »Geht okay, aber wir müssen warten, bis er mit allen anderen durch ist«, verkündete Owen, als er zurückkam. »Da kann ich vorher noch mein Sandwich futtern.«

Genau. Und Derek konnte dabei zusehen, wie Maia fotografiert wurde. Sie stand einfach nur da, strengte sich überhaupt nicht an, hübsch zu sein, und war dabei umwerfender als alle anderen Mädchen der Stufe. Der Schule. Des Universums. Als der Fotograf ihr zunickte und ihr die Bilder auf dem Display zeigte, warf sie Derek einen kurzen Seitenblick zu, ein winziges Lächeln auf den Lippen.

Fast hätte er den Mut zusammengekratzt, sie um das gemeinsame Foto zu bitten, doch da waren schon Sharon, Sarah und Alison zur Stelle. Die vier hakten sich beieinander unter und strahlten in die Kamera.

»Super macht ihr das«, stellte der Fotograf fest, senkte die Kamera und reckte einen Daumen hoch. »Okay, Jungs, wollt ihr jetzt schnell dazwischen drankommen?« Er drehte sich zu ihnen um, wobei er es vermied, Derek direkt anzusehen. »Ich habe gerade das richtige Objektiv drauf.«

Owen legte hastig sein Sandwich beiseite und schluckte den aktuellen Bissen hinunter. Sie stellten sich nebeneinander, unschlüssig, wie sie am besten posieren sollten. Entschieden sich dann für ein sportliches Arme-um-die-Schultern-Legen. Während sie dastanden, fühlte Derek das Handy in der Hosentasche kurz vibrieren, doch das musste jetzt warten. In wenigen Sekunden waren die Fotos ohnehin geschossen.

Bevor das nächste Opfer sich in Position brachte, ging Derek einen Schritt auf den Fotografen zu, Idmons Prophezeiung im Kopf. Er legte die rechte Hand als Faust auf die Brust, entspannte sie, ballte sie wieder.

Der Typ hatte ihm zugesehen, nun runzelte er die Stirn, sichtlich ratlos. »Tut mir leid, wenn dir meine Frage vorhin unangenehm war«, murmelte er. Auf das Zeichen reagierte er nicht.

Derek nickte schnell und verzog sich. Seine Ahnung hatte sich als Irrtum erwiesen. Hinter dem Mann mit der Kamera verbarg sich kein Barbar, Werwolf oder Vampir, der ebenfalls von Idmon eingeweiht worden war.

In gewisser Weise fand er das bedauerlich.

Das Erebos-Icon zeigte eine neue Nachricht an. Derek hatte sich in einer der Toilettenkabinen eingeschlossen, voller böser Vorahnungen öffnete er die App. Wenn Syed doch spielte und gepetzt hatte ... oder wenn Erebos das Gespräch zwischen ihnen vorhin mitbekommen hatte –

Aber seine Befürchtungen erwiesen sich als unbegründet. Es wirkte, als hätte das Spiel ihm einfach nur einen neuen Auftrag erteilt, es hatte sich mit Google Maps verbunden und eine Stelle in Wandsworth mit einem roten Pin markiert. Darunter fand Derek drei Anmerkungen:

Tate Inc.
18.30 Uhr
7699823

Erleichtert seufzte er auf. Wandsworth war relativ leicht zu erreichen und 18.30 zu schaffen. Er würde sogar pünktlich zum Essen daheim sein, wenn er den Auftrag einigermaßen flott erledigte.

Nur was er eigentlich tun sollte, hatte er noch nicht verstanden.

Ein Industriegelände, ab- und zufahrende Lkw, Lärm. Derek stand mit seinem Smartphone in der Hand an einem der Gittertore. 250 Meter bis zum Ziel, laut Navigationsapp.

Es war noch nicht halb sieben, er war eine Viertelstunde zu früh angekommen. Bisher hatte ihn niemand gefragt, was er hier suchte, aber das würde bald passieren, wenn er lange so unschlüssig hier rumstand.

Er warf einen letzten prüfenden Blick auf die App, dann marschierte er los. Zügig, denn alles Zögerliche machte bloß verdächtig. Er wich einem Gabelstapler aus und hielt auf sein Ziel zu, eine große Halle mit angrenzendem Verwaltungsgebäude.

Dort war nichts mehr los, wie es schien. Die Zufahrtstore waren geschlossen, und auf dem firmeneigenen Parkplatz standen nur zwei Autos, eines davon trug die Firmenaufschrift Tate Inc.

Er war also am Ziel, doch was kam als Nächstes? Derek öffnete die Erebos-App, aber dort fand er bloß die Informationen, die er schon kannte.

Unschlüssig streifte er die Hallenwand entlang, auf der Suche nach einem Hinweis, nach irgendetwas. Doch alles, worauf er stieß, war eine Tür; da, wo die Halle ins Verwaltungsgebäude überging. Derek drückte dagegen, aber natürlich war sie versperrt.

Erst auf den zweiten Blick entdeckte er das Tastenfeld. Ein

Türschloss mit Code. Er ahnte, was jetzt zu tun war, nur war ihm absolut nicht wohl dabei. War das Einbruch? Machte er sich strafbar?

Halb hoffte er, dass seine Vermutung sich als falsch erweisen würde und die Zahlenkombination aus der App mit dem Schloss gar nichts zu tun hatte.

7699823. Kaum war die letzte Zahl getippt, da entsperrte die Tür sich mit lautem Klacken und Summen. Derek trat ein.

Eine Produktionshalle, spärlich beleuchtet. Hohe Stahlregale, in denen sich Kisten stapelten, in der Bewegung erstarrte Roboterarme, die über Fließbändern schwebten. Auf dem Boden gelbe Markierungen, wie Straßenbegrenzungen.

Auch wenn der Code richtig gewesen war, Derek war hier falsch. Ganz sicher. Er warf noch einen schnellen, prüfenden Blick auf die App, dann wandte er sich wieder der Tür zu.

Verschlossen. Er rüttelte am Türknopf, drückte so fest er konnte, alles vergebens. Und hier gab es kein Tastenfeld, in das er seinen Code hätte eingeben können.

Panik ergriff ihn. Sollte er um Hilfe rufen? Sollte er …

Mit ohrenbetäubendem Lärm erwachten die Maschinen zum Leben. Die Fließbänder setzten sich in Bewegung; die Roboterarme begannen, Metallteile zu bearbeiten. Derek war so heftig zusammengezuckt, dass ihm sein Handy aus den Fingern rutschte. Er hob es auf und sah erleichtert, dass Erebos ihm eine neue Nachricht geschickt hatte. *Suche einen blauen A4-Dokumentenordner mit breitem Rücken, auf dem Lieferungen 3283–3577 geschrieben steht. Nimm ihn mit.*

Einen Ordner mit Papierkram zu klauen fand Derek nicht schlimm, das würde er hinbekommen. Nur finden musste er das Teil zuerst.

Der Krach der Maschinen machte das Denken fast unmöglich. Doch dass Bürounterlagen nicht in Fertigungshallen aufbewahrt wurden, war Derek klar. Das Verwaltungsgebäude lag direkt auf der anderen Seite der Wand, gab es da eine Verbindungstür?

Er suchte. Fand nichts. Versuchte noch einmal, die Tür nach draußen aufzubekommen. Fehlanzeige.

Es wurde nun schnell dunkel, nur im Inneren der Halle war das Licht scheußlich grell. Jemand musste die Maschinen überwachen, das war klar, und wahrscheinlich saß derjenige hinter einer der Glasscheiben, die sich am anderen Hallenende in gut vier Metern Höhe befanden. Derek verbarg sich hinter einem Container und hielt sich das Smartphone ans Ohr.

»Ich kann das nicht«, rief er ins Mikrofon und versuchte dabei, die Maschinen zu übertönen. »Lass mich raus hier.«

Keine Reaktion. Auch beim nächsten Versuch blieb die Tür verschlossen, und Derek begann, dagegenzuhämmern, vielleicht hörte ihn draußen jemand.

Nach fünf Minuten gab er auf. Ließ sich an der Wand zu Boden gleiten und verbarg das Gesicht in den Händen. Er musste jemanden anrufen, aber wen? Syed? Nein, was sollte der tun? Es musste jemand Erwachsenes sein, am besten mit einem Auto, am besten … Dad.

Der dann endlich die Bestätigung dafür hätte, dass sein lebender Sohn nichts taugt. Derek seufzte. Das war dann eben so. Er wählte auf dem Handy Dads Nummer an und presste es so fest ans Ohr, wie er konnte. Er würde schreien müssen, um sich bei dem Krach verständlich zu machen.

Freizeichen. Freizeichen. Dann wurde abgenommen.

»Hallo, Derek.«

Das war nicht die Stimme seines Vaters.

»Es ist nicht klug, was du da tust.«

Es war die Stimme des Boten. Wie konnte das sein, wieso –
»Du hast einen Auftrag.«
»Aber ich bekomme das nicht hin«, rief Derek verzweifelt. »Ich bin in der Halle, hier gibt es keine Bürodokumente und auch keine Tür ins Nebengebäude!«
»Du hast nicht gut genug hingesehen.«
Leises Klicken, die Verbindung war beendet. Derek presste die Fingerknöchel gegen die Augen und versuchte, seine Panik in den Griff zu bekommen.

Wenn er den Boten richtig verstanden hatte, gab es wohl doch eine Tür. Die würde er jetzt finden. Er stemmte sich vom Boden hoch und begann, systematisch zu suchen. Dazu musste er für ein paar Sekunden aus seiner Deckung kommen und einen der Gänge überqueren ... aber wenn man ihn entdeckte, kam er hier wenigstens raus.

Und dann stand er tatsächlich vor einer Tür. Sie war aus Metall und weiß wie die Wand; er hatte sie vorher nicht gesehen, weil sie von einer Stahltreppe halb verdeckt wurde. Er legte seine Hand auf den Türknopf und drehte. Die Tür öffnete sich.

Zwei Büroräume. In einem davon ein Regal voller Ordner. Nun war der Auftrag plötzlich ein Klacks, denn wer immer hier zuständig war, hatte Sinn für Ordnung. Innerhalb von zwei Minuten hatte Derek gefunden, was er brauchte. Er bemühte sich, die verbleibenden Mappen so aneinanderzurücken, dass die Lücke, die durch seinen Diebstahl entstand, nicht auffiel. Dann versuchte er, nach draußen zu kommen. Erst durch die Tür des Verwaltungsgebäudes. Vergeblich. Danach noch einmal durch die Halle. Aber auch diese Tür war wie zuvor verschlossen.

Wütend rief er die App auf. Das gelbe Auge blickte ihm entgegen, er richtete es auf den Ordner ... doch wahrscheinlich genügte das nicht. Unterhalb des Auges befand sich die Abbildung einer kleinen Truhe mit silbernen Beschlägen. Als Derek sie antippte, sprang sie auf, und er stellte ein Foto seiner Beute ein. Wieder wartete er auf eine Reaktion, wieder kam nichts.

Sechsundsechzig Prozent Handyakku, zum Glück hatte er in der Schule noch einmal aufgeladen. Vielleicht kam er jetzt zu Dad durch?

Kein Freizeichen. Dafür ein seltsamer Signalton. »Die gewünschte Nummer existiert nicht«, erklärte eine freundliche Frauenstimme vom Band.

Resigniert legte er auf, im gleichen Moment erschien das gelbe Auge auf dem Display. Verschwand wieder. Was blieb, war pulsierendes Schwarz, auf dem sich kurz danach die vertrauten roten Buchstaben bildeten.

– *Die dritte Regel: Der Inhalt des Spieles ist geheim. Sprich mit keinem darüber. Besonders nicht mit Unregistrierten. Mit Spielern kannst du dich, während du spielst, an den Feuern austauschen. Verbreite keine Informationen in deinem Freundeskreis oder deiner Familie. Verbreite keine Informationen im Internet.*

Er stutzte. Begriff erst nicht, dann wurde ihm klar, worum es ging. Sein Gespräch mit Syed. Er war nicht vorsichtig genug gewesen, Erebos hatte es doch mitbekommen.

Oder Syed hatte ihn verraten.

Nein. Nein, unmöglich. Er hatte keine Ahnung gehabt, wovon Derek gesprochen hatte. Ganz sicher nicht.

Andererseits – das rot leuchtende Display ...

Derek schüttelte den Kopf. Nein. Er hatte es seiner eigenen Dummheit zu verdanken, dass er hier saß.

Unangenehme Folgen hatte Erebos ihm für den Fall eines Regelbruchs angedroht. Dass sie so extrem ausfallen konnten, damit hatte er nicht gerechnet.

»Ich hab's kapiert«, rief er in sein Telefon. »Aber lass mich jetzt bitte raus!« War das Spiel dazu überhaupt imstande?
Das Display flackerte. Neuer Text.
Lerne deine Lektion.
Das durfte doch nicht wahr sein. Es war mittlerweile nach acht Uhr, zu Hause würden sie sich fragen, wo er blieb. Sie würden alle Freunde durchtelefonieren und spätestens gegen Mitternacht die Polizei alarmieren.
Noch einmal warf Derek sich mit seiner ganzen Verzweiflung gegen die Tür, trat dagegen, versuchte alles, was ihm einfiel. Ohne Erfolg.
Ein weiterer Anruf, diesmal bei seiner Mutter, brachte das gleiche Ergebnis wie vorhin. »Die gewählte Nummer existiert nicht.« Hörte seine Familie das Gleiche, wenn sie versuchte, ihn zu erreichen?
»Ich muss hier raus«, schrie er ins Telefon. Wieder erschien rote Schrift.
Geduld.

Um zwei Uhr morgens erreichte Dereks Verzweiflung den Höhepunkt. Er hatte sein Handy kaum verwendet, damit der Akku lange hielt, aber nun öffnete er die App. »Ich steige aus«, brüllte er ins Mikrofon. »Ich mache nicht mehr mit.«
Er wartete auf Antwort, auf die roten Zeilen, die ihm in formschönen Worten erklären würden, dass er mit den Folgen seiner Geschwätzigkeit klarkommen und *Geduld* haben müsse. Stattdessen drang eine Stimme an sein Ohr, und alles in ihm wurde starr. »Falls Sie immer noch Ihre Katze suchen, Miss Everly – die habe ich schwimmen geschickt. In die Themse.« Grölendes Lachen. »Sie können die Suchplakate wieder von den Bäumen abnehmen, denke ich.«

Das war er gewesen. Er selbst. Seine Stimme. Doch er hatte so etwas nie gesagt. Er wusste nicht einmal, dass Ms. Everly eine Katze besaß. Derek fühlte, wie sein Magen sich hob, und atmete tief durch, um den Brechreiz im Zaum zu halten.

Kein Wunder, dass Mum gedacht hatte, er selbst hätte ihr auf die Sprachbox gesprochen. In genau der gleichen Weise würde seine Lehrerin glauben, dass er ihre Katze ersäuft hatte.

Derek gab auf. Er legte sich auf den Boden und verschloss Augen und Ohren vor Licht und Lärm, so gut er konnte. Irgendwann würde irgendjemand ihn finden, und dann würde irgendetwas mit ihm passieren. Egal, was.

Er musste trotz aller widrigen Umstände eingeschlafen sein, denn das Vibrieren des Telefons in seiner Hand weckte ihn aus wirren Albträumen. Es dauerte einen Moment, bis er sich orientiert hatte, denn in der Halle war es jetzt dunkel und still.

Beinahe still, bis auf ein leises Summen. Derek rappelte sich auf und raffte seine Sachen zusammen. Das, was summte, war der Türöffner. Der Türknopf ließ sich drehen, endlich, und eine Sekunde später stand Derek draußen in der kühlen Londoner Morgenluft.

Sechs Uhr, zeigte sein Handy an. Noch acht Prozent Akku. Er taumelte auf den Ausgang des Industriegeländes zu, nach draußen, zur nächsten Bahnstation. Den blauen Ordner hatte er in seinen Schulrucksack gestopft, ohne einen einzigen Blick hineingeworfen zu haben. Ihn interessierte nicht, was er hatte mitgehen lassen. Er wollte nur nach Hause, hatte gleichzeitig Angst vor dem Moment, in dem er seinen Eltern unter die Augen treten musste. Wie sollte er ihnen erklären, warum er jetzt erst heimkam?

Kurz vor sieben schloss er mit hämmerndem Herzen die Wohnungstür auf. Ihm war keine überzeugende Ausrede für sein Wegbleiben eingefallen, er würde etwas erzählen müssen, das nah an der Wahrheit war. Ohne dabei Erebos zu erwähnen. Diese Lektion hatte er gelernt.

»Hey!« Mum kam ihm lächelnd im Bademantel entgegen, mit ihrer ersten Tasse Kaffee in der Hand. »So früh habe ich gar nicht mit dir gerechnet.«

In seinem Kopf herrschte Leere. »Was?«

»Na, es ist doch Samstag, ihr hättet ausschlafen können. Sonst bin ich doch immer der einzige Morgenmensch der Familie. War's nicht schön bei Matthew?«

Derek ließ seine Tasche zu Boden gleiten. »Doch.«

»Dachte ich mir. Seine Mum klang so nett am Telefon. Er kann ruhig auch mal bei uns übernachten!«

»Ja.«

»Aber du hast nicht so gut geschlafen, hm? Bist du deshalb so früh wieder da?«

»Ja.«

Sie musterte ihn mit liebevollem Lächeln. »Möchtest du auch Kaffee? Oder nein, wahrscheinlich legst du dich gleich noch mal hin.«

Er nickte stumm. Matthews Mum.

Der einzige Matthew, den er kannte, hatte letztes Jahr die Schule gewechselt. Und er lebte nach der Scheidung bei seinem Vater.

Fünf

Mit am schlimmsten ist die Tatsache, dass ich mein Wissen ganz alleine tragen muss. Ich kann es mit niemandem teilen, darf mit niemandem über meine Angst sprechen. Es ist, als würde die Last mich erdrücken, allerdings bin ich mittlerweile gut darin, so zu tun, als ob nichts wäre.

Um nicht völlig wahnsinnig zu werden, verstecke ich immer wieder Hinweise, doch bisher scheint niemand sie zu durchschauen. Ich lege an einem Ort Spuren und verwische sie an einem anderen. Und ich wage es nicht, deutlicher zu werden.

Mir gibt niemand Hinweise oder Zeichen. Es könnte alles passieren oder schon passiert sein. Aber immerhin schreiten die Dinge voran. Es dauert nicht mehr lange, und die Vorbereitungen sind abgeschlossen.

Was dann geschieht, steht in den Sternen.

17

Nick stand am U-Bahn-Gleis und fühlte sich wie gerädert. Es war noch nicht spät, aber er hatte von neun Uhr morgens bis ein Uhr nachmittags Schüler und Lehrer abgelichtet. Danach war er in die Chemiesäle, die Sportanlagen, den Chorsaal und zur Theaterbühne geschleift worden, um alles zu fotografieren, was die Schule zu bieten hatte.

Fast die ganze Zeit über hatte er versucht, sich zu erinnern, wie Emilys jüngere Geschwister geheißen hatten. Ein Mädchen und ein Junge, da war Nick vollkommen sicher. Der Name Derek hatte vertraut gewirkt, aber darauf geschworen, dass er richtig war, hätte Nick nicht. Emily hatte die beiden nicht oft erwähnt, und sie hatte ihn nie mitgenommen, wenn sie zu Besuch bei der neuen Familie ihres Vaters gewesen war.

Warum hatte dieser Derek so merkwürdig auf Nicks Frage reagiert?

Die U-Bahn fuhr ein, er fand einen freien Platz, bettete die Fototasche auf seine Knie und schloss die Augen. Vor einer Woche noch hätte er in einem Fall wie diesem einfach gegoogelt. Bei Facebook oder Instagram nach Derek gesucht und nach Zeichen einer Verbindung zwischen ihm und Emily Ausschau gehalten.

Doch er wusste genau, dass Erebos das mitbekommen würde, und er wollte die Aufmerksamkeit des Spiels nicht auf Emily lenken.

Der Tag heute hatte ihn sehr an seine eigene Schulzeit erinnert, unwillkürlich hatte er sich gefragt, ob unter den Schülern jemand war, den die neue Erebos-Version ebenfalls in ihren Fängen hatte.

Er hatte den Gedanken noch nicht zu Ende gedacht, als sein Handy vibrierte. Nick seufzte, er hatte jetzt keine Kraft mehr für Zusatzaufträge. Er war einfach nur müde.

Aber das Vibrieren wiederholte sich. Ungeduldig, drängend. Voller Widerwillen zog er das Smartphone hervor.

Beeil dich.

Das war keine besonders exakte Anweisung. Dass er die U-Bahn nicht beschleunigen konnte, musste auch das Spiel verstehen. Er wollte mit einem Tastendruck das Display ausschalten, als die Schrift sich veränderte.

Die Zeit wird knapp.

»Jaja, Leben und Tod«, murmelte er kraftlos. Er hätte nicht gedacht, dass das Mikrofon seines Handys empfindlich genug war, um diese Bemerkung aufzufangen, doch die Antwort, die er bekam, belehrte ihn eines Besseren.

Genau. Zeig uns die Bilder.

Die Forderung kam überraschend. Erebos wollte die Schulfotos sehen, die er eben geschossen hatte? Wozu? Damit er sie anschließend wieder zurückerkämpfen musste, jedes einzeln? »Scheiße«, flüsterte er.

Beeil dich.

Er steckte das Telefon weg, an der nächsten Station musste er ohnehin aussteigen. Okay, dann würde er die Bilder eben auf dem erebosverseuchten Computer hochladen. Aber erst, nachdem er sie auf einer von Victors Festplatten gesichert hatte.

Der Gedanke an Victor brachte ihn auf eine weitere Idee. Bei dem Kiosk an der Station kaufte er ein paar Postkarten. Wählte eine aus – das London Eye bei Nacht –, dachte kurz nach und schrieb:

Ist Derek Carver Emilys Bruder? Wenn ja: Ich habe ihn heute kennengelernt, und er verhält sich merkwürdig. Kann viele Gründe haben, könnte aber auch DEN EINEN Grund haben. Vielleicht möchtest du Emily Bescheid geben.

N aka S

In seinem Portemonnaie trug er schon seit Langem ein paar Briefmarken mit herum; eine davon kam jetzt endlich zum Einsatz. Nick fühlte sich gut, als er die Postkarte in einen der großen roten Briefkästen warf. Ausgetrickst, Erebos.

Zu Hause steckte er erst die Speicherkarte der Kamera in den passenden Slot der Festplatte, dann ging er zu seiner Küchenzeile, nur um festzustellen, dass er immer noch keinen Kaffee nachgekauft hatte. Egal, würde er eben Tee trinken und in Gedanken Victor zuprosten.

Er wollte die Fotos gesichert haben, bevor er den Computer einschaltete, doch noch während das Wasser im Kocher heiß wurde, sah er aus den Augenwinkeln den Bildschirm aufleuchten. Rot. Schwarz.

Worauf wartest du?

»Ich mache mir Tee, okay?«, rief er genervt. »Zwei Minuten, dann ...«

Das Heulen setzte unmittelbar ein. Wie vor ein paar Nächten, nur lauter. Nick stürzte zum Computer und versuchte, die Lautsprecher auszuschalten, doch das Gerät gehorchte ihm nicht.

Er fluchte. Ob die Datenübertragung schon beendet war? Jemand klopfte von nebenan gegen die Wand, das Heulen legte an Lautstärke zu, wie Feueralarm, aus dem Klopfen der Nachbarn wurde Hämmern, bis Nick aus reiner Verzweiflung einfach den Netzstecker zog.

Schwärze. In der Kanne kochte das Wasser. »Sorry«, rief er

und hoffte, dass man auch das durchs halbe Haus hören würde.

Er goss den Tee auf, in vollem Bewusstsein, dass Erebos seinen Ungehorsam nicht ungestraft durchgehen lassen würde. Aber gleich würde das Spiel bekommen, was es wollte, auch wenn Nick nicht begriff, was es mit Schulfotos anfangen konnte.

Die Übertragung der Daten auf die Festplatte war erfolgreich gewesen, und Nick holte die SD-Karte heraus. Steckte sie in die Kamera und schloss dann seinen Computer wieder ans Stromnetz an.

Es dauerte ein paar Sekunden, bis der Bildschirm zum Leben erwachte. Nick hatte eine empörte Nachricht erwartet; *das wirst du büßen*, oder so. Stattdessen war da nur das riesige gelbe Auge. Es blickte erst nach rechts, dann nach links und richtete sich schließlich auf Nick.

»Ich möchte, dass du weißt, was passieren kann, wenn du dich widersetzt«, hörte er den Boten sagen. Eine kurze Pause, Rauschen, dann eine Stimme.

»Der Sprengsatz ist an einer Stelle versteckt, mit der niemand rechnet«, sagte sie. Nick fühlte, wie alle Kraft aus seinem Körper wich. Das war er selbst, der da sprach. »Wenn Sie meine Forderungen nicht erfüllen, wird er hochgehen, und die Explosion wird mehr Menschenleben fordern, als Sie es sich in Ihren schlimmsten Träumen vorstellen können!« Klick. Ende der Ansage.

Nick fühlte seine Hände nicht mehr, alles kribbelte, wie bei einem Schock. Würde das Spiel wirklich so weit gehen? Ihn zum Terroristen machen, zumindest nach außen hin? Sein Leben zerstören?

Alberne Frage, eigentlich. Es hätte schon vor zehn Jahren

nicht gezögert, Mr Watson aus dem Weg zu räumen. Nick würde immerhin nicht sterben, er würde nur für lange Zeit ins Gefängnis gehen. Selbst wenn sich herausstellte, dass es keine Bombe gab. Und danach würde er bestenfalls noch als Straßenkehrer arbeiten können.

»Wirklich?«, fragte er heiser und erwiderte den aufmerksamen Blick des gelben Auges. »Ab sofort muss ich jedes Mal damit rechnen, dass du mein Leben ruinierst, wenn ich nicht sofort springe, sobald du pfeifst?«

»Nein«, hallte die Stimme des Boten durch die Lautsprecher. »Sobald die Schlacht gewonnen ist und du deinen Beitrag geleistet hast, ist es vorbei. Du kannst dich freispielen.«

Die Schlacht. Die hatte es auch beim ersten Mal gegeben, und sie war blutig verlaufen. Ohne ein weiteres Wort holte Nick die Kamera und schloss sie an den Computer an. Die Bilder des Fotoshootings erschienen blitzschnell nacheinander auf dem Monitor; lächelnde Gesichter, Mädchen und Jungen in allen Hautfarben.

»Was jetzt?«, fragte Nick tonlos.

»Was wohl?«, antwortete der Bote. »Jetzt verrichtest du deine Arbeit.«

Wieder würde es eine lange Nacht werden. Um acht rief Jamie an und fragte, ob Nick nicht Lust auf einen gemeinsamen Burger hatte. Widerwillig musste er ihn abwimmeln, aber immerhin konnte er ihm als Grund die halbe Wahrheit nennen: zu viel zu tun. Die andere Hälfte – *sonst verhaften sie mich demnächst als Bombenleger* – verkniff er sich.

Während er sich durch Gruppenbilder und Porträts von elf- bis achtzehnjährigen Menschen klickte, sie mit den Schülerlisten abglich und unter den entsprechenden Namen abspeicherte, erwartete er ständig, dass sie nach und nach verschwinden würden. Oder sich verformen, bluten, vor seinen Augen verwesen.

Die Zeit flog dahin. Er würde es nicht schaffen, die Unmenge an Fotos heute noch durchzuarbeiten. Um vier Uhr morgens, als er vor Müdigkeit fast schon vom Stuhl rutschte, schloss er das Bildbearbeitungsprogramm und klickte stattdessen das Erebos-Icon an.

Er landete nicht im Spiel, aber das gelbe Auge erschien. »Hör mal«, sagte Nick, »ich kann nicht mehr. Ich muss jetzt schlafen. Ich mache morgen weiter.«

Einige Herzschläge lang herrschte Schweigen. Als eine Antwort kam, war es nicht die Stimme des Boten, die sprach, sondern die einer Frau. Der Tonfall kam Nick vage bekannt vor. »Es ist gut für heute. Was wir wollten, haben wir.«

»Und ihr lasst nicht gleich wieder die Sirenen losheulen?«

»Nein.«

»Keine Anrufe mit meiner Stimme?«

»Nein.« Der Computer schaltete sich ab, ohne dass Nick etwas dazu getan hätte. Er starrte noch ein paar Sekunden stumpf auf den dunklen Monitor, bevor er sich zu seinem Bett schleppte. Er ließ sich darauffallen, so wie er war, und schlief, kaum dass sein Kopf das Kissen berührte.

So geht es nicht weiter, war sein erster Gedanke, als er am nächsten Tag erwachte. Ein Blick auf sein Handy zeigte ihm, dass es schon nach elf Uhr war. Sonst zeigte es dankenswerterweise nichts. Erebos hatte sich nicht gemeldet, und auch sonst wollte die Welt nichts von ihm.

Er vergrub sich noch einmal tiefer unter seiner Decke. Was hatte der Bote gestern gesagt? Nick konnte sich freispielen. Es ging nur darum, eine Schlacht zu gewinnen. DIE Schlacht.

Aber Erebos kam diesmal ohne Inneren Kreis aus. Warum? Er drehte sich auf die andere Seite, schloss noch einmal die Augen. Eigentlich war es logisch. Der Innere Kreis hatte dazu gedient, die Spieler zu identifizieren, die die geringsten Skrupel haben würden, den Schlag gegen Ortolan auszuführen. Doch die Technik hatte sich seitdem sprunghaft weiterentwickelt; es gab viel präzisere Mittel, um den Charakter eines Users zu durchleuchten. Nick war überzeugt davon, dass das Spiel alle diese Tricks beherrsche.

Zehn Minuten lang wälzte er sich noch von einer auf die andere Seite, dann stand er endlich auf. Es lag noch ein Berg Arbeit vor ihm, wenn er die Fotos zeitgerecht an die Schule weiterleiten wollte. Stunden der Auswahl, der Bearbeitung, des Sortierens.

Was wir wollten, haben wir. Er fragte sich, was Erebos damit gemeint haben konnte. Es waren Fotos von Kindern und Jugendlichen, die das Spiel sich bestimmt auch anders hätte beschaffen können. Über Instagram, Facebook, Snapchat. Oder nicht?

Er schwang die Beine aus dem Bett und schwappte sich am Waschbecken kaltes Wasser ins Gesicht.

Erst einmal Kaffee kaufen gehen.

Kurz vor zwei Uhr nachmittags hatte Nick alle Fotos ausgewählt, die er bearbeitenswert fand. Von jeder Schülerin, jedem Schüler war ein präsentables dabei, mit dem er oder sie zufrieden sein würde. Oder zumindest nicht unglücklich. Derek Carvers Bilder hatte Nick so lang und intensiv studiert, dass er nicht mehr wusste, ob er sich die Ähnlichkeit zu Emily nun einbildete oder ob sie wirklich vorhanden war.

Er war eben dabei, das Foto eines Mädchens namens Sandra

Birney zu bearbeiten, als es an der Tür klingelte. Natürlich, einer der Nachbarn, der ihn wahrscheinlich fragen wollte, ob er irre geworden war, in letzter Zeit solchen Krach zu machen.

Seufzend stand Nick auf. Sein Herz raste dank der Überdosis Koffein, mit der er sich gedopt hatte. Auf dem Weg zur Tür legte er sich ein paar Entschuldigungsfloskeln zurecht und setzte schon mal ein betretenes Gesicht auf. Fehlfunktion. Tut mir sehr leid. Kommt nicht wieder vor.

Doch all das war wie weggewischt, als er die Tür öffnete und sah, wer draußen stand. Eine Frau ungefähr in seinem Alter, die ihm sofort bekannt vorkam, auch wenn er nicht wusste, woher.

Sie sah ihn aus großen Augen an, ihr Mund formte stumm ein Wort. *Handy.*

Er schüttelte irritiert den Kopf, sein Telefon lag beim Computer ... und in diesem Moment fiel der Groschen.

»Helen!«, stieß er hervor. Sie legte sofort einen Finger über die Lippen, nahm ihn am Arm und zog ihn ein Stockwerk tiefer. Nick stolperte ihr nach und versuchte, in der Unbekannten das unglückliche Mädchen von damals wiederzufinden.

Sie hatte viel Gewicht verloren, wirkte aber trotzdem weder frisch noch gesund. Eher erschöpft und abgekämpft.

»Woher hast du ...«, begann er, doch sie unterbrach ihn sofort mit ungeduldigem Kopfschütteln. »Du bist wieder Sarius, habe ich recht?«

»Ja. Und du BloodWork.«

»Natürlich.« Sie warf einen Blick die Treppe nach oben, als wolle sie sichergehen, dass die Entfernung zu aller Technik, die mithören konnte, groß genug war. »Ich wollte nie wieder etwas mit dem Spiel zu tun haben«, raunte sie. »Bist du freiwillig dabei?«

»Nein.« Obwohl Nick wusste, dass er das Smartphone nicht bei sich trug, befühlte er unwillkürlich alle seine Hosentaschen, nur um sicherzugehen. »Ich hatte Erebos erst als App auf dem Handy, dann auf dem Rechner. Ich habe versucht, es zu ignorieren, aber … es lässt mich nicht.« Er betrachtete sie von oben bis unten und hoffte, dass es nicht aufdringlich wirkte. »Ich habe dich seit dem Tag bei Soft Suspense nicht mehr gesehen. Wie geht es dir?«

Sie lachte auf. »Beschissen, danke.«

»Das tut mir leid. Du warst doch in einer Klinik damals? Hast Therapie bekommen?«

Sie musterte ihn finster. »Ja. Und ich habe die Schule gewechselt, damit ich euch Idioten nicht mehr sehen muss. Aber das tut jetzt nichts zur Sache.«

Da war sie wieder, die alte Helen, so hatte er sie gekannt. Voller Freundlichkeit und Charme.

»Hör zu, wir haben keine Zeit für Smalltalk«, fuhr sie fort. »Das Spiel zwingt dich, dabeizubleiben?«

»Ja.«

Sie nickte. »Was hat es dir genommen?«

»Genommen? Ach so. Also, erst Fotos. Ich studiere Fotografie, finanziere mir das durch Fotojobs, und die hat Erebos ziemlich torpediert.« Er fühlte, wie sein Magen sich zusammenballte. »Außerdem hat es mit meiner Freundin Schluss gemacht. Und es droht mir mit Dingen, die kannst du dir überhaupt nicht vorstellen.«

»Doch«, sagte sie. »Und wie ich das kann.«

Nick hatte Helen nie besonders gemocht, umso erstaunter war er darüber, dass er ihr jetzt einfach alles erzählte. Konnte er so sicher sein, dass sie wirklich in der gleichen Klemme steckte wie er?

»Wie ist es denn bei dir?« Er sah sie forschend an. »Was hat es dir ... genommen?«

Ihre Augen glänzten verdächtig. »Meine Tochter«, flüsterte sie.

Erst dachte Nick, er hätte sich verhört. Helen hatte ein Kind? Okay, sie war in seinem Alter, Mitte zwanzig – aber bisher hatte noch niemand aus seinem Freundes- oder Bekanntenkreis Nachwuchs. Eine Tochter. Helen. Ausgerechnet.

»Mir ist schon klar, dass du das nicht verstehst.« Sie wischte sich mit der flachen Hand über den Mund. »Aber wenn man alleinerziehend ist und nicht besonders gut verdient und meine Vorgeschichte hat, dann steht das Jugendamt schneller vor der Tür, als ...« Sie schluckte und zog die Nase hoch. »Nancy ist doch erst zwei! Sie versteht überhaupt nicht, was passiert und warum ich plötzlich nicht mehr da bin.«

Helen brach in Tränen aus. Weil Nick nicht wusste, was er sonst tun sollte, nahm er sie ungeschickt in den Arm, tätschelte ihr den Rücken. Er konnte sich auch ohne weitere Erklärungen zusammenreimen, was passiert war. Es hatte bloß einen dieser falschen Anrufe gebraucht. Jemand behauptete, dass Helen ihr Kind vernachlässigte. Irgend so etwas.

»Es wird alles wieder gut«, murmelte er. »Ich helfe dir. Ist Nancy bei einer Pflegefamilie?«

Helen nickte schluchzend. »Sie sagen, es geht ihr sehr gut. Aber ich vermisse sie so!«

Er wusste nicht, was er darauf sagen sollte. Er hatte keine Erfahrung mit Kindern, und auch wenn er zu helfen versprochen hatte, war ihm unklar, wie er das bewerkstelligen sollte.

»Wir können uns freispielen, weißt du?«, sagte er, weil ihm nichts Besseres einfiel. »Hat mir der Bote letzte Nacht erklärt. Wir müssen nur erst eine Schlacht gewinnen.«

Helen löste sich aus Nicks Umarmung, zog ein Papiertaschentuch aus ihrer Hose und putzte sich ausgiebig die Nase. »Du erinnerst dich noch an die letzte Schlacht, nicht wahr? Und wie es danach für mich weitergegangen ist?« Sie sah ihn an, und nun waren ihre Augen nicht mehr dunkel, sondern trüb. »Wenn Erebos wieder etwas Illegales von mir verlangt und ich mich weigere, verliere ich Nancy. Wenn ich tue, was verlangt wird, und man erwischt mich, ebenso.« Sie atmete zitternd ein. »Ich komme aus der Sache nie wieder raus.«

Nick stammelte irgendetwas Beruhigendes und fühlte bei allem Mitleid mit Helen seine eigene Panik neu erwachen. Wenn Erebos nicht zögerte, jemandem das Kind wegzunehmen, dann würde es erst recht keine Skrupel haben, aus Nick ganz nebenbei einen Terroristen zu machen. Es war …

»Du musst zurück in die Wohnung«, unterbrach Helen seine Gedanken. »Das Spiel wird wissen wollen, wo du dich herumtreibst. Wer an der Tür war. All das.«

»Also jetzt übertreibst du.«

»Nein, tue ich nicht!«, zischte sie.

Na gut. Nick bat sie zu warten, lief die Treppen zu seiner Wohnung hoch und klimperte mit den Schlüsseln. »Einen Moment noch, Mrs Williams«, rief er. »Ich verstehe zwar nicht, wie Wasser aus meinem Kellerabteil kommen soll, aber ich sehe es mir gerne gemeinsam mit Ihnen an. Ich muss nur … den Schlüssel finden!«

Weiteres Geklimpere, er stand so, dass die Webcam ihn nicht erfassen konnte. »Okay, hab ihn. Wir können gehen.«

Er lief die Treppen wieder hinunter, erfüllt von dem unwirklichen Gefühl, gerade eben seinem Computer etwas vorgemacht zu haben. Gleichzeitig voller Angst, der könnte ihn durchschaut haben und Konsequenzen ziehen.

Helen stand noch da, an die Wand gelehnt, die Arme um den eigenen Körper geschlungen. »So«, sagte Nick. »Ich habe uns noch gut zehn Minuten verschafft. Lass uns mal überlegen: Hast du noch jemanden im Spiel gesehen, den du von früher kennst?«

Sie blickte ihn müde an. »Nein. Denkst du, sonst wäre ich ausgerechnet zu dir gekommen?«

Dass sie immer noch bissig sein konnte, beruhigte ihn. »Okay. Also, fürs Erste solltest du alles tun, was Erebos verlangt. War bisher schon etwas Verbotenes dabei?«

»Nein. Ich soll bloß einen Schlüssel kopieren lassen, den ich in Wembley unter eine Parkbank geklebt gefunden habe.«

»Gut. Daraus kann dir niemand einen Strick drehen.« Er strahlte sie an, wartete aber vergeblich auf ein Lächeln ihrerseits. »Beim letzten Mal gab es Hinweise im Spiel, weißt du noch? Die grün-gelben Hecken, der goldene Falke, die Brücke mit den riesigen Rittern – in Wahrheit alles Ortsangaben. Ist dir diesmal etwas Ähnliches aufgefallen? Etwas, womit wir arbeiten könnten?«

Helens breite Stirn legte sich in Falten. »Ich bin nicht sicher. Manchmal sind die Farben komisch. Falsch, wenn du weißt, was ich meine.«

»Ja«, rief Nick. »Ich hatte letztens eine blaue Wiese, durch die ein knallroter Weg ging.«

»Und ich einen schwarzen Sumpf mit einem schneeweißen Himmel darüber. Es war Tag, trotzdem waren Sterne zu sehen. Grüne Sterne.« Sie zuckte mit den Schultern. »Wie gesagt, die Farben stimmen manchmal nicht, aber ob das etwas zu bedeuten hat?«

Innerlich war Nick überzeugt davon – Erebos überließ nichts dem Zufall, auch nicht die Farbe des Grases.

»Überhaupt ziemlich viele Sterne«, murmelte Helen. »Oder gar nicht mal viele. Aber auffällig große.«

Jetzt, wo sie es sagte, konnte auch Nick sich zumindest an einen Stern erinnern, der ihm merkwürdig vorgekommen war. Er hatte allein am Himmel gestanden und manchmal hell, dann wieder matt geleuchtet.

Doch das konnte alles und nichts bedeuten. Besser war es, sich auf Elemente zu konzentrieren, die sich leichter durchschauen ließen.

»Einmal ist mir beim Spielen Aurora begegnet. Die kenne ich von früher, aber ich weiß nicht, wer sich dahinter verbirgt. Du vielleicht?«

Helen dachte kurz nach und schüttelte den Kopf. »Nein. Leider.«

»Wie steht es mit Tyrania? Barbarin. Auch eine von den Veteraninnen.«

Helen warf Nick einen dieser genervten Blicke zu, die er noch aus der Schule kannte. »Sie haben mich von Soft Suspense weggezerrt, und ich bin ziemlich schnell in der Psychiatrie gelandet. Im Gegensatz zu dir hatte ich überhaupt keine Gelegenheit, groß zu ergründen, wer hinter welcher Figur gesteckt hat.« Sie betrachtete die Kratzer an der Wand des Stiegenhauses. »Ich weiß es nur von ein paar Leuten aus unserer Schule. Emily hat mich mal besucht, die konnte ich fragen.«

Der Name war wie ein kurzer Nadelstich. »Verstehe«, sagte Nick. »Also erkennst du zumindest einige der Veteranen. Wenn du jemanden davon siehst, kannst du mir Bescheid geben? Ich tue es umgekehrt auch. Wir müssen versuchen, Erebos in den Griff zu bekommen, bevor es uns – kaputt macht.« Er war knapp dran gewesen, *bevor es unser Leben zerstört* zu sagen, wollte dann aber nicht zu dramatisch klingen. Nicht Helen gegenüber. »Deshalb bist du doch hergekommen, oder? Damit wir uns gemeinsam etwas überlegen können?«

Sie senkte den Kopf. »Irgendwie schon. Irgendwie auch nicht. Mir ist bloß nichts anderes eingefallen.«

Ihm lag die Frage auf der Zunge, woher sie seine Adresse bekommen hatte, aber eigentlich war es egal. Von ihrem Computer aus würde sie nicht gegoogelt haben; sie verhielt sich noch vorsichtiger als er.

»Postkarten«, schlug er vor. Warum nicht Victors Idee mehrfach umsetzen? »Meine Adresse hast du, und wenn du mir deine gibst, können wir unbemerkt Informationen austauschen. Falls etwas unerhört Wichtiges passiert, stehe ich dann eben vor deiner Tür.«

»Und umgekehrt.«

»Genau. Und umgekehrt.« Er versuchte es noch einmal mit Lächeln, und diesmal erwiderte Helen es.

»Ich werde jetzt gehen«, murmelte sie. »Danke für … na ja, danke eben.«

»Sehr gerne.« Nick ging mit ihr bis zur Tür.

»Du musst mit allen deinen technischen Geräten total vorsichtig sein«, erklärte sie noch. »Auch wenn sie ausgeschaltet sind. Ich dachte zuerst, dann wäre ich unbeobachtet, aber es ist nicht so.«

»Mache ich.« Er hielt ihr die Tür auf.

»Ach. Willst du wissen, was der Bote gesagt hat, nachdem sie mir Nancy weggenommen haben?« Sie sah ihn nicht an, aber ihre Stimme schwankte verdächtig.

»Natürlich. Was?«

»Ich habe ihn angebrüllt, und er sagte: Du weißt immerhin, dass dein Kind lebt. Beinahe weißt du sogar, wo.«

Nick stieg die Treppen hoch, zurück zu seiner Wohnung. Das Bild von Helen, wie sie unter Tränen eine Computerspielfigur anschrie, ließ ihn nicht los.

Trotzdem war er geistesgegenwärtig genug, seine Charade von vorhin zu Ende zu bringen. »Sehen Sie, Mrs Williams«, rief er, sobald er die Wohnungstür geöffnet hatte, »ich habe Ihnen doch gesagt, dass es nicht mein Keller ist. Wie bitte? Nein, kein Problem. Ihnen auch einen schönen Tag.« Mit Schwung zog er die Tür hinter sich zu und lief zum Computer, voller Angst um die Bilder, an denen er gearbeitet hatte.

Doch als er den Rechner aus dem Stand-by-Modus geholt hatte, war alles noch da. Sandra Birney sah ihn ernst vom Monitor her an, ihre Schulkrawatte saß so eng, dass er das Gefühl hatte, ihm selbst würde die Luft abgedrückt.

Er photoshoppte ihr einen Pickel vom Kinn, doch auch während er arbeitete, ließ der Gedanke an Helen ihn nicht los. Sie war tatsächlich Mutter. Alleinerziehende Mutter. Die Adresse, die sie für ihn notiert hatte, lag in Kennington Park, einer Gegend, die für ihre hässlichen Wohnblocks bekannt war. Und dafür, dass man dort abends besser nicht alleine spazieren gehen sollte. Dass Erebos ausgerechnet Helen zurückholte, die ohnehin vom Schicksal eine Ohrfeige nach der anderen kassierte, war verdammt unfair. Wenn es möglich war, würde Nick versuchen, ihr zu …

Sein Handy klingelte, er warf einen Blick auf das Display. Jamie.

»Hey, Nicky, wie sieht es Montagabend aus? Lust auf eine Burger-Orgie?«

»Weiß noch nicht. Vielleicht. Ich habe jede Menge Fotos auf dem Tisch, und offenbar gibt es einen Wasserschaden im Keller – kann also sein, dass ich nicht so vorankomme, wie ich möchte.« Er wusste, *wusste*, dass Erebos zuhörte. Den Wasserschaden noch einmal zu erwähnen konnte kein Fehler sein.

»Hm. Soll ich mich Sonntagabend noch mal melden? Tara trifft Montag ein paar Freundinnen, und ich habe Riesenappetit auf Burger.«

»Gute Idee.« Bis dahin würde Nick abschätzen können, ob er seinen Zeitplan einhalten konnte oder nicht.

Er würde wissen, wie viel Zeit Erebos ihn gekostet hatte.

Und er würde sich einen Weg überlegt haben, Jamie zu erzählen, was passiert war.

Derek hatte den Montagsunterricht wie in Trance durchgestanden. Zweimal hatte er nicht mitbekommen, wie er aufgerufen worden war, seinen Freunden hatte er erklärt, er fühlte sich krank.

Das kam der Wahrheit ziemlich nahe. Die Erinnerung an die Halle mit ihrem gleißenden Licht und ihrem höllischen Maschinenlärm hatte ihn noch vollkommen im Griff. Doch das Schlimmste war zu wissen, dass Erebos jederzeit an seine Stelle treten konnte. Seine Eltern, Lehrer, Freunde anrufen und ihnen weiß Gott was erzählen konnte.

Er hatte das Wochenende über den Computer nicht angerührt, und zu seinem großen Erstaunen hatte das Spiel ihn in Ruhe gelassen. Kein Vibrieren auf dem Handy, keine neuen Aufträge. Derek hatte die Zeit genutzt, um Mathe zu lernen, doch er hatte sich kaum konzentrieren können. Ebenso wenig wie schlafen, seine Träume waren geprägt von Spinnenmännern und gelben Augen.

Den ganzen Montag über rechnete Derek damit, dass die App sich wieder melden würde. Im ungünstigsten Moment und mit einem neuen Irrsinnsauftrag, doch alles blieb ruhig. Erst als er schon auf dem Heimweg war, spürte er das Signal.

Wir warten auf dich.

Er wünschte sich eigentlich nichts anderes, als sich hinzulegen und zu schlafen. Aber er würde nicht noch einmal den Fehler machen, Erebos nicht ernst zu nehmen.

Torqan erwacht in Apates Gaststätte, die anderen Gäste sind bereits verschwunden. Die Spinnenmänner auch, wie er sich mit einem schnellen Blick aus dem Fenster überzeugt. Doch die Sonne scheint auf ein paar unsauber abgenagte Knochen, um die Schwärme von Fliegen kreisen.

Er wendet sich ab und läuft die Treppe nach unten. Apate steht hinter der Theke und wäscht schwere Steinkrüge in Wasser, das verdächtig rot aussieht. Als sie ihn sieht, kommt sie mit ausgebreiteten Armen auf ihn zu. »Guten Morgen«, sagt sie und drückt ihn an sich. »Ich habe gehört, was du letzte Nacht durchgestanden hast. Idmon auch, er ist außer sich, er sagte, eine solche Aufgabe hätte man einem älteren Krieger übertragen müssen.«

Das wäre Torqan auch lieber gewesen. Aber Apates Mitgefühl und Idmons Empörung tun ihm gut. »Ist er hier?«

Apate lässt ihn los. »Nein. Er hat zu tun. Er sagte, er würde sich eine angemessene Entschädigung für dich überlegen.« Sie blickt sich um, als wolle sie sichergehen, dass niemand zuhört. Doch abgesehen von einem Mann mit nacktem Oberkörper, der einen riesigen runden Stein neben sich liegen hat, sind sie allein in der Gaststube.

»Ich wollte eigentlich nicht zurückkommen«, sagt Torqan müde.

»Das verstehe ich sehr gut. Idmon hat befürchtet, dass es so kommen würde.« Sie lächelt. »Er wird sehr froh sein, dich zu sehen. Ich denke auch, er wird den Boten in seine Schranken weisen. Idmon achtet sehr auf seine persönlichen Freunde.« Sie weist zur Theke. »Möchtest du etwas trinken?«

»Das Gleiche wie letztes Mal.« Elfenblut ist das gewesen. Es hat seine Lebenskraft erhöht, das kann auch heute nicht schaden.

Der Mann mit dem Stein hebt seinen Krug und prostet Torqan zu. Sein Äußeres kommt ihm vage bekannt vor, und er fragt sich, wie er diesen Brocken durch die Tür bekommen hat.

Apate beginnt wieder, Krüge trocken zu wischen. »Falls du möchtest – in der letzten Nacht war jemand hier, der einen Auftrag zu vergeben hat. Er sagte, er belohnt gute Dienste sehr großzügig.« Sie schiebt ein Stück Papier über die Theke.

Torqan greift danach und entfaltet es. Die Fingerabdrücke darauf sehen nach Blut aus. Er hat schriftliche Anweisungen erwartet, doch den meisten Platz auf dem Zettel nimmt eine Zeichnung ein. Ein Galgenbaum. An drei der dicken Äste hängen dunkle Gestalten, es macht beinahe den Eindruck, als würden sie im Wind sanft hin- und herschwingen.

Darunter stehen nur drei kurze Zeilen:
Sie hingen
Zu sehr
An ihnen.

Das Bild sieht schaurig aus. Sie hingen. Ja, wohl in mehrfacher Hinsicht, das war ein ziemlich makabres Wortspiel. Sind die Toten drei Kämpfer, die zu vorsichtig waren? Oder die ... sich nicht an die Regeln gehalten haben? Und deshalb bestraft wurden? Zum Tode verurteilt?

»Was soll ich damit anfangen?« Im Grunde hat er keine Lust auf neue Abenteuer.

»Behalte es.« Apate lächelt ihn an. »Und suche diesen Baum.«

Mit wachsendem Unbehagen studiert Torqan die Zeichnung. Irgendetwas sagt ihm, dass er ebenfalls an einem der Äste enden könnte, wenn er etwas falsch macht. Er denkt an ertrunkene Katzen. »Wie komme ich dorthin?«

Apate zuckt mit den Schultern, dann deutet sie auf den Mann mit dem Stein, der immer noch müde an seinem Tisch sitzt. »Frag ihn. Wenn es darum geht, einen Ort zu finden, weiß niemand besser Bescheid als er.«

Der Mann hebt den Kopf, als Torqan näher tritt. »Ja, ich kenne den Baum«, sagt er nach einem kurzen Blick auf das Bild. »Du findest ihn, wenn du dem Bach am Waldrand folgst.« Er will sich wieder abwenden, aber Torqan hält ihm die Zeichnung näher vors Gesicht. »Weißt du, wer die Männer sind? Warum sie aufgehängt wurden?«

Der Mann wendet sich ihm langsam zu, in einer Bewegung, die kraftlos und erschöpft wirkt. »Es steht doch hier. Kannst du nicht lesen?«

»Aber ich verstehe es nicht.«

»Gold«, sagt der Mann. »Gold und Reichtümer. Das ist die Antwort auf fast alle wichtigen Fragen, die du dir im Leben stellen wirst und die mit *warum* beginnen.« Er schließt die Augen. »Die zweite Antwort ist Liebe.«

Gut, es sieht aus, als würde Torqan keine brauchbaren Informationen mehr aus seinem Gesprächspartner herausbekommen. Solange Idmon nicht auftaucht, kann er ja wirklich zu dem Baum wandern. Er bedankt sich, steckt die Zeichnung ein und verabschiedet sich von Apate.

Den Bach hört er rauschen, sobald er aus der Schenke tritt. Er muss an dem Knochenhaufen vorbei, um hinzugelangen. Ein kleiner Schädel fällt ihm auf, sind das Überreste eines Kindes? Egal, die haben nichts mit seinem Auftrag zu tun.

Er folgt dem Wasserlauf in den Wald hinein, das Plätschern ist fast wie Musik, die seine Laune hebt und ihn vorwärtstreibt. Die Welt ist heute freundlich zu ihm, rechts und links des Wegs blühen die dunklen Kristallblumen, die ihm so gut gefallen, die sich aber nicht pflücken lassen. Und nach ein paar Minuten entdeckt er etwas Schillerndes im Bach. Goldmünzen. Alle paar Schritte eine; er sammelt sie ein, obwohl er bisher nirgendwo in dieser Welt etwas hätte kaufen können.

Als der Wald sich zu lichten beginnt, kann Torqan bereits den Hügel erkennen, auf dem der Baum wächst. Doch daran hängen sieht er niemanden.

Er zieht die Zeichnung heraus. Keine Frage, der gleiche Baum. Im Näherkommen sieht er drei Gestalten, die dort stehen, eine große, eine mittelgroße und eine, die die beiden anderen überragt, aber aus der Entfernung bucklig wirkt.

Doch wie sich herausstellt, ist es der Bote, der eine Truhe auf den Schultern trägt. Die hochgewachsene Gestalt, die vor ihm steht, ist BloodWork, den kennt Torqan immerhin. Die Werwölfin, die sich ein Stück abseits hält, ist ihm fremd; sie hört auf den Namen Kiria.

»Torqan, ich grüße dich«, sagt der Bote, als er ihn kommen sieht. Seine gelben Augen wirken bei Tageslicht fahl. Wie Licht, das durch ein schmutziges Fenster fällt. Er stellt die Truhe ab. »Ich habe erfahren, du warst erfolgreich.« Er blickt ihn herausfordernd an. »Trotz der Ängste, die du durchstehen musstest. Dabei ist die Nacht doch deine Zeit, nicht wahr, Vampir?«

Torqan hätte große Lust, dem Boten etwas an den Kopf zu werfen, Worte oder Steine, beides würde sich gut anfühlen. Doch er weiß, er sitzt am kürzeren Hebel. *Ich habe sie schwimmen geschickt. In die Themse*, hört er seine eigene Stimme im Kopf. Also schweigt er.

»Hat man dir nach dem Leben getrachtet? Dir Schmerzen zugefügt? Dir etwas genommen, das du liebst?« Der Bote lässt nicht locker.

»Nein«, gibt Torqan zu.

»Dann hast du keinen Grund, empört zu sein, nicht wahr?« Er wendet sich ab. »Ich habe drei Aufträge zu verteilen, für die ihr geeignet seid. Mit ihnen sind große Belohnungen verbunden.« Er entnimmt der Truhe drei Schriftrollen. »Ihr wisst bereits, wie Erebos seine Dankbarkeit zeigt. Wie sehr es sich lohnt, hilfreich zu sein.«

»Nein, eigentlich nicht«, sagt Kiria.

»Spielt keine Rolle. Ich übernehme alle drei.« BloodWork drängt sich nach vorne. »Für alle drei Belohnungen. Wenn die beiden anderen etwas dagegen haben, kann ich sie gerne einen Kopf kürzer machen, gar kein Problem.«

Der Bote scheint zu überlegen. »Das wäre amüsant«, sagt er. »Aber nicht zielführend. Folgender Vorschlag: Für geleistete Dienste wird jeder von euch belohnt. Doch derjenige, der als Erster wieder hier ist und mir einen Beweis für die Erledigung seines Auftrags bringt, hat einen Wunsch frei.«

Kaum hält er die erste Schriftrolle in BloodWorks Richtung, entreißt sie ihm der schon mit einem Ruck, macht auf dem Absatz kehrt und rennt davon. Die zweite Rolle geht an Kiria, die dritte an Torqan.

»Schnelligkeit wird honoriert«, sagt der Bote. »Die Zeit ist knapp.« Er klopft beiläufig mit der flachen Hand gegen den Stamm des Galgenbaums und geht; Kiria macht sich ebenfalls auf den Weg.

Nur Torqan hat für einen Wettlauf heute keine Energie. Seine wahren Wünsche sind verdammt unbescheiden und wahrscheinlich gar nicht zu erfüllen, außerdem hat er kürzlich erst einen Auftrag zu Ende gebracht. Und was für einen. Am liebsten würde er jetzt noch ein wenig durch die Gegend schlendern und sie einfach nur erkunden. Doch vor allem will er sein Gespräch mit Idmon fortsetzen. Mit ihm über das sprechen, was gestern passiert ist. Die Unterhaltungen mit ihm sind die besten Momente der letzten Tage gewesen.

Er entrollt das Pergament, das der Bote ihm überreicht hat. *Was du suchst, findest du an der Oberfläche*, steht darauf. *Folge den Anweisungen.*

Nun ist er vollkommen ratlos. Oberfläche? Welche denn? Und schon wieder Anweisungen, toll. Was soll die Rätselei, wo doch angeblich die Zeit knapp ist?

Er wendet sich dem Wald zu. Die Aufgabe wird ein wenig warten können, Torqan wird jetzt einfach tun, wonach ihm der Sinn steht …

In der Mitte der geöffneten Schriftrolle bildet sich ein dunkler Fleck. Wie ein Brandloch. Bevor Torqan begreift, was passiert, breitet er sich über das ganze Pergament aus und danach darüber hinaus. Es frisst die Bäume weg, den Bach, den ganzen Wald und lässt nur Schwärze übrig.

Rausgeschmissen, das Spiel hatte ihn einfach rausgeschmissen. Derek starrte den Bildschirm in einer Mischung aus Ratlosigkeit und Wut an. Erst beorderte es ihn an den Computer, und dann entließ es ihn so schnell.

War ja auch klar, warum. Der Auftrag. Bloß würde sich Derek sicher nicht schon wieder an irgendeinen Ort locken lassen. Besser war es, Mathe zu lernen. In drei Tagen würden sie die Arbeit schreiben, und er war ziemlich ahnungslos, was den Stoff anging, das musste er schleunigst ändern.

Nur dass er in dieser Sache keine große Wahl hatte, also war es wohl am besten, den Auftrag schnellstmöglich zu erledigen.

Oberfläche. Wenn die Wasseroberfläche des Bachs gemeint gewesen war, hatte Derek Pech, dann war er zu langsam gewesen. Wenn nicht …

Er lachte grimmig in sich hinein. Verkleinerte alle offenen Fenster auf seinem Computer und – tatsächlich. Da fand sich etwas Neues auf der Desktopoberfläche. Ein Schriftrollen-Icon; gelbliches Pergament, zusammengebunden mit einem roten Band.

Er klickte das Symbol an, und ein Word-Dokument öffnete sich.

Was du erbeutet hast, gib nun an uns weiter. Wickle es in Plastik und bringe es zum Spielplatz in Crabtree Fields, dort verstecke es unter der hölzernen Kletterlandschaft. Lass dich dabei nicht beobachten. Wenn du fertig bist, verlasse unverzüglich den Park.

Unwillig lehnte Derek sich in seinem Stuhl zurück. Dann musste er tatsächlich schon wieder aus dem Haus. Wenigstens war es nicht weit, Crabtree Fields war der Park um die Ecke, den kannte er in- und auswendig. Dumm nur, dass seine Mutter gerade nach Hause kam.

»Derek?«, rief sie, Sekunden bevor sie seine Zimmertür aufriss. »Ah, du bist schon da, sehr gut. Könntest du Rosie vom Tanzstudio abholen?«

Er verdrehte die Augen. »Mum. Sie ist vierzehn. Sie schafft es doch schon seit Monaten allein nach Hause, sie braucht keinen Babysitter mehr.«

Über der Nasenwurzel seiner Mutter entstand die steile Falte, ein Zeichen für Unheil, seit er denken konnte. »Bei Dunkelheit möchte ich das nicht. Tu mir einfach den Gefallen, ja? Mrs Lawley hat mir erzählt, sie hätte letztens einen komischen Typen vor dem Studio gesehen. Angeblich hat er ein paar Mädchen mit seinem Handy fotografiert. Und ich will nicht ...«

»Schon gut, ich tu es ja.« Seufzend stand Derek auf. »Aber du weißt, dass ich in drei Tagen eine Mathearbeit schreiben soll, nicht wahr?«

Mum drehte sich wortlos in der Tür um. »Dein Vater hat Stress im Job, und ich möchte heute vernünftig kochen. Das freut dich doch normalerweise, und Rosie zu holen kostet dich nur eine halbe Stunde.«

Da war was dran. Allerdings würden es vierzig Minuten werden, wenn Derek zuvor noch den Auftrag erledigte, und das hatte er fest vor. Kaum war Mum wieder aus dem Zimmer, holte Derek einen ungebrauchten Müllsack aus der Küche und wickelte den blauen Aktenordner darin ein. Dann schaltete er den Rechner auf Stand-by und machte sich auf den Weg. Im Treppenhaus hielt er inne. Vor dem Computer hatte er es nicht riskieren wollen, aber hier ...

Er zog die Mappe noch einmal aus ihrer Plastikverpackung und schlug sie auf. Blätterte ratlos und ein wenig enttäuscht darin herum.

Es ging um Lieferdaten. Und Lieferfristen, meist in Monaten angegeben. Ein Monat, zwei Monate, fünf Monate. Drei Wochen. Ab und zu tauchten daneben Namen auf, die wirkten, als wären sie direkt aus Erebos geklaut. Gedo. Huddur. Lisala. Baidoa.

Ratlos schlug er den Ordner wieder zu und trat aus dem Haus.

Crabtree Fields war um diese Zeit fast schon menschenleer; der Kinderspielplatz lag verlassen im schwindenden Licht des Tages. Derek umrundete die Kletterlandschaft; zwischen Holzfundament und Boden war tatsächlich genug Platz, um den Ordner reinzuquetschen. Er schob ihn so weit herein, dass man das gelbe Plastik des Müllsacks nur sah, wenn man sich bückte und unter das Holz spähte. Dann betrachtete er zufrieden sein Werk, zog das Handy aus der Hosentasche und schoss ein Foto – er würde dem Spiel einen Beweis liefern können.

Doch statt nach erfolgreicher Erledigung des Auftrags sofort wieder abzuhauen, blickte er sich um. Stand hier schon jemand zur Abholung bereit? Jemand, den er vielleicht kannte?

Aber die Passanten waren spärlich, und keiner würdigte ihn oder den Spielplatz eines Blickes. Also ging Derek, widerstrebend, er würde es ohnehin kaum noch schaffen, rechtzeitig bei der Tanzschule zu sein.

Was sie davon hielt, ließ Rosie ihn deutlich spüren, als er zehn Minuten zu spät vor dem Studio ankam. »Wenn diese Familie mir schon verbietet, bei Dunkelheit alleine U-Bahn zu fahren, was ich für total hysterisch halte, dann soll sie mich gefälligst pünktlich abholen!« Demonstrativ hängte sie Derek die Tasche mit ihren Tanzsachen um.

»Ich habe mich nicht darum gerissen, dich zu bewachen«, murmelte er. »Mum ist es, die darauf besteht. Sie sagt, irgendwer würde hier lauern und euch fotografieren, wenn ihr aus dem Haus kommt.«

Sie schüttelte den Kopf. »Das sind nur die Freunde der älteren Mädchen. Schießen Fotos für Instagram – in Tanzsachen auf der Straße, das gibt coole Bilder.«

Dazu hatte Derek keine Meinung. Das Thema Fotos erinnerte ihn dafür an den Wettlauf um den am schnellsten erledigten Auftrag. Den er gewinnen konnte, wenn der Bote das Bild bald bekam. »Los komm, beeilen wir uns. Mum kocht heute.«

Rosie funkelte ihn an. »Ich war es nicht, die zu spät gekommen ist.«

Die U-Bahn war so voll, dass sie zwischen den anderen Fahrgästen beinahe zerquetscht wurden. Mit leiser Erbitterung dachte Derek an die Erebos-App auf seinem Handy. Wieso fiel ihm die erst jetzt ein? Hätte er das Bild gleich hochgeladen, wäre heute vielleicht noch eine zusätzliche Belohnung fällig geworden.

Kaum waren sie bei ihrer Station ausgestiegen, zückte er das Smartphone und tippte das rote E an. Das Auge erschien, darunter die Truhe.

»Was machst du da?« Rosie hatte vor ihm die Rolltreppe betreten und versuchte, von oben einen Blick auf das Display zu erhaschen.

»Kümmere dich um deine eigenen Angelegenheiten«, fuhr er sie an, was ihm noch im gleichen Moment leidtat, aber er wollte keinesfalls erklären müssen, was es mit der App auf sich hatte.

»Weißt du was, du kannst mich mal.« Beleidigt drehte Rosie ihm den Rücken zu.

Derek tippte die Truhe an, öffnete die Fotos, wählte das letzte aus und zog es hinein. Der Deckel klappte zu, die App beendete sich selbst.

Mit gerunzelter Stirn tippte Derek auf das E, er war nicht sicher, ob alles geklappt hatte – letztens war die App nach dem Upload offen geblieben. Nun reagierte sie nicht mehr.

Schöner Mist. Er seufzte und entschuldigte sich bei seiner Schwester, die sofort wieder versöhnt war und begann, ihm Details über ihre Tanzstunde zu erzählen. In regelmäßigen Abständen gab er Geräusche von sich, die darauf schließen lassen sollten, dass er zuhörte, doch in Gedanken war er anderswo.

Ob Kiria oder BloodWork schneller gewesen waren als er?

Dad war bereits zu Hause und lag auf dem Sofa, sein Tablet auf den Knien. Er lächelte Derek und Rosie müde zu, winkte aber ab, als Rosie ihm Tanzschritte zeigen wollte.

Derek versuchte erst gar nicht, mit ihm ins Gespräch zu kommen. Er deckte den Tisch, in der Hoffnung, dass es dann schneller gehen würde mit dem Essen. Aus der Küche roch es nach Knoblauch, was hieß, dass Mum eine ihrer Pasteten fabrizierte.

Noch einmal checkte er sein Handy. Jetzt ließ die App sich wieder öffnen, und diesmal war kein Auge zu sehen, sondern der Galgenbaum, von dem etwas baumelte. Eine große Zwei, die an einem Strick hing. Das hieß wohl, dass das Foto angekommen war – allerdings nicht schnell genug.

Hastig schloss er die App, als Mum mit dem Essen kam. Das Gespräch bei Tisch bestritten sie und Rosie praktisch alleine. Derek war gedanklich bei seinem zweiten Platz, über den er sich nun doch ärgerte. Sein Vater wirkte heute noch bedrückter als sonst, und Derek wusste auch, dass die dunklen Tage noch eine Weile andauern würden. Je näher Jacks Todestag kam, desto weniger war Dad ansprechbar. Danach fing er sich wieder, wurde zugänglicher, aber Derek hatte den Eindruck, dass es seinem Vater nicht besser, sondern schlechter ging, je mehr Zeit verging. Je älter Derek selbst wurde, je mehr er Jack ähnelte. Bald würde er das Alter erreicht haben, in dem sein großer Bruder ...

»Möchtest du Kartoffeln?« Ohne auf seine Antwort zu warten, schob Mum ihm drei Stück auf den Teller. »Und Apfelsaft?«

Er ließ sich sein Glas vollschenken. Prostete in Gedanken Idmon zu. *Auf die Lebenden.*

Wäre Rosie nicht gewesen, hätte er das Abendessen als reine Qual empfunden, doch sie erzählte, sang und sprang zwischendurch sogar einmal auf, um ein paar der Tanzschritte vorzuführen, die sie besonders schwierig fand.

Derek entschuldigte sich, kaum dass er seinen Teller leer gegessen hatte. »Mathe«, seufzte er. »Ihr wisst ja.« Damit zog er sich in sein Zimmer zurück, nicht ohne das Bitte-nicht-stören-Schild an die Tür zu hängen.

Bevor er sich an den Computer setzte, stellte er sich ans Fenster und sah auf die nächtliche Straße hinaus. Dann holte er das Handy hervor und tippte das Erebos-Icon an.

Kein Galgenbaum, diesmal. Dafür eine Kristallblume, die dunkelviolett leuchtete.

Der Wald begrüßt Torqan wie einen alten Freund, dem man einen grünen Moosteppich ausgerollt hat. Mondlicht dringt durch die Wipfel und lässt Bach und Blumen funkeln, ebenso die Augen der Eule, die ein paar Schritte weit entfernt auf einem Ast sitzt und die Schwingen ausbreitet, als Torqan vorbeigeht.

Er erinnert sich an dieses Waldstück, es liegt zwischen dem Galgenbaum und Apates Schenke, hier ist er heute bei Tag schon einmal entlanggegangen. Doch die Nacht ist viel mehr seine Zeit, die Dunkelheit sein Element, er spürt es ganz genau. Die Schatten sind auf seiner Seite.

An einer Weggabelung hält er an, um die Schrift auf den verwitterten Wegweisern lesen zu können. *Arena*, steht auf dem, der nach links weist. *Zum schmalen Gürtel* auf dem anderen. Torqan erinnert sich an das Schild über der Schenkentür und wendet sich ohne Zögern nach rechts. Arena klingt nach Kampf, und danach steht ihm jetzt nicht der Sinn. Er will jetzt endlich seine Belohnung erhalten.

Er hat den Gasthof erst einmal besucht, trotzdem hat er das Gefühl, nach Hause zu kommen, als er auf die Lichtung tritt und die Fenster ihm entgegenleuchten. Trotz der Nacht in der Fertigungshalle. Trotz des Schreckens, der immer noch tief sitzt. Er versteht es selbst nicht.

Der Knochenhaufen am Waldrand scheint größer geworden zu sein; Torqan sieht diesmal zwei Schädel und einen kleinen Stiefel, ein Stück abseits. Aber keine Spinnenmänner.

Die Tür der Schenke öffnet sich quietschend, und er sieht sich um. Der Minotaurus sitzt am gleichen Platz wie gestern, doch heute ohne Gesellschaft. Am Nebentisch unterbrechen zwei Männer ihr Gespräch und starren Torqan an; statt Armen wachsen ihnen Schlangen aus den Schultern, winden sich, rollen sich ein. Es sieht verstörend aus. Ein paar Zwerge umringen den Barden, der wieder einmal seine Laute stimmt.

»Du bist zurück!« Apate begrüßt ihn lächelnd. »Idmon hat nach dir gesucht.«

»Ist er hier?«

»Nein. Er hat auf dich gewartet, aber dann meinte er, er müsse noch etwas erledigen. Er wird wiederkommen.« Sie deutet mit einer Hand zu dem Tisch in der Nische, wo sie beim letzten Mal gesessen haben. »Möchtest du trotzdem hierbleiben?«

»Gerne.« Er setzt sich, sieht sich entspannt im Raum um. Der Mann mit dem nackten Oberkörper und dem großen, runden Stein ist immer noch hier, sitzt jetzt aber an einem anderen Tisch. Er sieht müde aus, auf seinen muskulösen Schultern entdeckt Torqan blutige Kratzer. Waren die vorhin auch schon da?

Der Barde hat seine Vorbereitungen beendet und schlägt einen Akkord an. Offenbar wissen die meisten der Gäste schon, was nun kommt, und beginnen im Takt mit den Füßen auf den Holzboden zu stampfen.

»Schweigen ist Silber, Reden ist Tod
Die Wahrheit ein scharfes Schwert
Und der, den es zu treffen droht,
weiß gut, wie man sich wehrt.

Für eine Fee eine ganze Armee,
Gewissheit für die Toten,
wer viel riskiert und nicht verliert
Dem ist auch nichts verboten«.

»Dem ist auch nichts verboten!«, wiederholen die Zwerge im Chor.

Schon wieder diese Fee, für die scheint der Barde eine Schwäche zu haben. Torqans Blick schweift durch die Gaststube und bleibt an einem Kerl hängen, der an der Theke steht und zu ihm hinüberblickt. Er ist jung und groß gewachsen, aber nicht massiv genug für einen Barbaren. Sein schwarzes Haar trägt er lang und im Nacken zusammengebunden. Torqan weiß nicht wieso, doch irgendwoher kommt ihm der andere bekannt vor.

Der rote Gürtel um die Taille markiert ihn als Kämpfer, sein Volk dürften die Menschen sein. Jedenfalls kann Torqan nichts Vampirartiges an ihm entdecken.

Nachdem sie einander eine Zeit lang gemustert haben, kommt der Schwarzhaarige auf ihn zu. »Dich kenne ich nicht«, sagt er. »Hat man dich auch hergezwungen?«

Ja, denkt Torqan zuerst, findet das aber schon im nächsten Moment albern. So widerwärtig der Bote ist – er hatte nicht unrecht. Niemand hat sein Leben bedroht, niemand hat ihn verletzt. »Nein«, antwortet er trotzig. »Ich bin freiwillig hier.«
Dass sie sich unterhalten können, erstaunt ihn. Normalerweise ist das doch nur an Lagerfeuern möglich. Allerdings ... steht auf seinem Tisch eine bauchige Flasche, in deren Hals eine brennende Kerze steckt. Vielleicht genügt das.

Der andere fingert nervös am Griff des Säbels herum, der an seinem Gürtel hängt. »Ich will da nicht noch einmal durch«, sagt er. »Das ist doch totaler Irrsinn, aber –«

Im Hintergrund sieht Torqan, wie sich ein riesiger Schatten erhebt. Der Minotaurus ist aufgestanden, legt den Kopf in den Nacken und brüllt, dann stapft er mit donnernden Schritten auf den Dunkelhaarigen zu.

Torqan erkundet dessen Namen. LordNick. Ernsthaft? Hat sich da jemand selbst in den Adelsstand erhoben?

»Ich habe keine Nerven für so etwas«, erklärt der Möchtegernlord. »Vielleicht kannst du mir helfen. Ich will –«

Der Minotaurus packt ihn am Kragen seines Wamses und hebt ihn mit einer Hand hoch, schüttelt ihn und wirft ihn zu Boden. Sein Gürtel verliert Farbe, nicht viel, aber die Auswirkungen müssen trotzdem unangenehm sein. »Du wirst tun, was dir aufgetragen wurde!«, brüllt er. »Unsere Gaben hast du schließlich auch gerne genommen!«

Während sich LordNick am Boden krümmt und der Minotaur zurück zu seinem Platz marschiert, wird die Tür aufgestoßen, und Idmon stürzt herein. Er entdeckt Torqan sofort und läuft auf ihn zu. »Du musst weg hier!«

»Was? Aber ...«

»Schnell. Ich habe gesehen, was gleich geschehen wird. Du musst fort. Wenn man dich nach uns fragt, streite alles ab. Du warst nie hier.« Er blickt Torqan besorgt ins Gesicht. »Nie. Verstehst du?«

»Warum? Ich habe doch ...«

»Es muss sein. Du wirst es gleich verstehen.«

Torqan geht einen zögerlichen Schritt auf den Ausgang zu. »Ich will aber wiederkommen.« Dass Idmon ihn loswerden möchte, tut auf unvernünftige Weise weh. »Ich habe meinen Auftrag erfüllt. Alles richtig gemacht, ich dachte ...«

»Mache weiterhin alles richtig. Wenn du dich an das hältst, was ich gerade gesagt habe, sehen wir uns bald wieder.« Er nimmt ihn am Arm und zieht ihn zur Tür. »Leb wohl, mein Freund.« Durch die geöffnete Tür stößt er Torqan sanft hinaus.

»… doch wirkt ihr Zauber und unser Zorn
Er schärft die Axt, er schärft den Dorn,
macht Täuschung zum Gesetz«, hallt es ihm hinterher.

Draußen ist nicht Nacht, sondern das Nichts. Vollkommene Schwärze, als hätte es die Welt von Erebos nie gegeben.

Ungläubig starrte Derek den dunklen Bildschirm an. Was war da eben passiert? Hätte er nicht mit LordNick sprechen dürfen, war das ein Fehler?

Er nahm die Kopfhörer ab. Es war ungerecht, Idmon hätte ihm zumindest erklären müssen, warum …

Von draußen hörte er die Türglocke läuten. Ein Blick auf die Uhr, es war kurz vor neun, wer kam denn um diese Zeit noch vorbei?

Mums Schritte im Flur, das Geräusch, als sie den Hörer der Gegensprechanlage abnahm. Dann ihre Stimme. »Hallo? Oh! Du bist es! Ja. Ja, natürlich kannst du noch auf einen Sprung hereinkommen.«

Eine ihrer Freundinnen? Dereks Stuhl ächzte, als er sich daraus hochstemmte. Er griff sich sein Handy und legte sich damit aufs Bett. Vielleicht kam er über die App irgendwie ins Spiel zurück oder bekam wenigstens eine ausführlichere Erklärung für seinen abrupten Rauswurf.

Doch als er die App antippte, zeigte sie ihm nur schwarzen Hintergrund. Er wollte sie bereits wieder schließen, als Schrift erschien, einzelne Buchstaben, die sich nur langsam zu einem Satz ordneten. Derek kniff die Augen enger zusammen. Das las sich wie der Anfang eines Märchens.

Es war einmal ein König, der hatte einen Sohn.

Er setzte sich auf, zog die Knie an. Auf eigenartige Weise schmerzte es, das zu lesen. Ja, der König hatte einen Sohn gehabt, doch der war ertrunken. Seit sechzehn Jahren hatte er wieder einen, aber mit dem war es offensichtlich nicht dasselbe.

In der Diele mischten sich nun Stimmen, die Derek nur am Rande wahrnahm.

Königssohn. Prinz. War er es, den Erebos mit dieser Bezeichnung meinte? *Du bist auserwählt*, war das Erste gewesen, was das Spiel ihm mitgeteilt hatte. Das passte also.

Draußen wurde das Gespräch lauter, und nun hob Derek den Kopf. Es war wirklich eine Besucherin gekommen, er hatte ihre Stimme lange nicht gehört, und normalerweise hätte er sich jetzt sehr gefreut, aber –

»Ich will nur kurz mit ihm sprechen.« Es klopfte an seine Tür. »Vielleicht kann er mir bei etwas helfen. Danke dir, Jane!«

Derek hatte keinen Mucks von sich gegeben, nicht *herein* gesagt, trotzdem öffnete sich nun die Tür, und jemand steckte den Kopf ins Zimmer.

Es musste ein halbes Jahr her sein, dass er Emily das letzte Mal gesehen hatte. Sie hatte eine neue Frisur, das dunkle Haar trug sie jetzt als Pagenschnitt, es reichte nur noch bis knapp unters Kinn, nicht mehr über den halben Rücken. »Hey, Bruderherz. Dachte ich mir doch, dass du schon Feierabend machst.«

Er stand von seinem Bett auf, ging zu ihr und umarmte sie. »Hi, Em.«

Sie drückte ihn an sich. »Jane meinte, ich würde dich beim Mathelernen stören, aber wie's aussieht, bist du für heute schon durch damit?«

Er zuckte mit den Schultern. »Jedenfalls störst du mich nicht.« *Nicht dabei.*

Sie sah sich in seinem Zimmer um, in dem das übliche Chaos herrschte. »Wie läuft's denn so bei dir? Seit ich zurück in London bin, schreiben wir uns weniger als früher.«

Wieder hob er die Schultern. »Alles okay so weit. Die Schule ist mal mehr, mal weniger übel, aber was soll's.« Er lümmelte sich aufs Bett, wo auch sein Handy noch lag. Das Display hatte sich ausgeschaltet. Emily schnappte sich seinen Schreibtischsessel. »Und Dad?«

Unwillkürlich blickte Derek zur Tür, um sicherzugehen, dass sie geschlossen war. »Na ja«, sagte er. »Nicht so toll. Du weißt ja …«

Sie nickte. »Es ist bald wieder so weit.« Nachdenklich kräuselte sie die Stirn. »Soll ich mal mit ihm reden? Was denkst du?«

»Weiß nicht.« Das Thema anzuschneiden führte meistens dazu, dass Dad sich noch mehr in sich selbst verkroch. Andererseits studierte Emily Psychologie. War fast fertig. Und sie kannte ihren Vater; wenn jemand die richtigen Worte fand, dann wahrscheinlich sie.

»Wie geht es deiner Mum?«, erkundigte er sich, mehr aus Höflichkeit. Er war der Frau höchstens drei- oder viermal in seinem Leben begegnet.

»Ein bisschen besser. Die neuen Tabletten helfen ihr.« Emilys Blick streifte kurz seinen Computer. »Da ist noch etwas, das ich dich fragen wollte. Ich glaube, ich habe es dir nie erzählt, aber als ich so alt war wie du, gab es ein Computerspiel, das fast alle an unserer Schule gespielt haben. Und nicht nur an unserer. Es hieß Erebos.«

Derek erstarrte innerlich. Mit einem Überraschungsangriff aus dieser Richtung hatte er nicht gerechnet. Emily? Sie hatte Erebos gespielt?

»Aha«, sagte er und hoffte, dass er einigermaßen gleichmütig wirkte.

Seine Schwester ließ ihn nicht aus den Augen. »Es hat sich am Ende herausgestellt, dass Erebos viel mehr war als ein Spiel. Ein paar Leute wären fast draufgegangen, ein Mädchen aus meiner Klasse ist in der Psychiatrie gelandet. Für andere gab es Jugendstrafen, sie hätten beinahe jemanden umgebracht.«

Fast draufgegangen, echote es in Dereks Kopf, aber die Stimme des Boten war ebenso präsent. *Hat man dir nach dem Leben getrachtet? Dir Schmerzen zugefügt?*

»Ernsthaft?« Derek gab sich Mühe, Entsetzen vorzutäuschen. »Und wieso?«

»Weil das Spiel es verlangt hat.« Sie seufzte. »Ist lang und kompliziert zu erklären. Eigentlich wollte ich nur wissen, ob du etwas über Erebos gehört hast. Angeblich macht es wieder die Runde.«

»Nein.« War seine Antwort zu schnell gekommen? – *Wenn man dich nach uns fragt, streite alles ab.* Er tat, als würde er noch einmal genauer überlegen, und schüttelte dann den Kopf. *Du warst nie hier.* »Nein. Wir spielen Dead by Daylight, Apex Legends und Monster Hunter World. Damit sind wir ziemlich ausgelastet.«

Emily lächelte. »Hört sich ganz so an.« Wieder betrachtete sie sein Notebook, diesmal ein paar Sekunden länger, und Derek fürchtete mit einem Mal, dass es sich anschalten und die rote Schrift erscheinen würde. *Tritt ein. Dies ist Erebos.*

»Sei aufmerksam, okay?« Emily machte das wirklich gut, sie bohrte nicht weiter. »Auch wenn Freunde von dir plötzlich anfangen, sich merkwürdig zu verhalten. Falls Erebos wirklich zurück ist, und danach sieht es aus, dann verfolgt es ein Ziel. Und zwar kein gutes.«

Er nickte, als ginge ihn das alles nichts an, gleichzeitig schoss ihm der perfekte Anlass für einen Themenwechsel durch den Kopf. »Mir fällt gerade ein, letztens hat mich jemand nach dir gefragt.«

»Ach? Wer denn?«

»Der Typ, der unsere Schulfotos geschossen hat. Seinen Namen weiß ich nicht, aber er hat gemeint, er würde dich von früher kennen.« Derek sah, wie die Augen seiner Schwester sich weiteten.

»Wie hat er ausgesehen?«

»Sehr groß, sicher über einen Meter neunzig. Dunkles Haar bis zu den Schultern.«

Nun blinzelte sie. »Und der war bei euch an der Schule?«

»Ja. Der Fotograf, der uns normalerweise ablichtet, ist ausgefallen. Dein Freund ist eingesprungen.« Bei den Worten *dein Freund* war Emily nicht zusammengezuckt, sie hatte nur zur Seite geblickt.

»Ich habe ihm nicht gesagt, dass ich dein Bruder bin«, fuhr Derek fort. »Geht ja keinen was an.«

»Hm.« Sie lächelte nach wie vor, aber Derek war sicher, dass der Gedanke an den Fotografen sie jetzt deutlich mehr beschäftigte als die Frage, ob Erebos wieder im Umlauf war.

»Ein komischer Zufall«, sagte sie. »Wenn es … na ja.« Sie stand auf und strich sich das Haar aus der Stirn. »Jetzt sage ich schnell noch Hallo zu Dad. Und lasse mir etwas von Rosie vorsingen, das habe ich ihr versprochen.« Sie drückte Derek einen Kuss auf den Scheitel. »Bis bald, okay?«

Er nickte. Lächelte. »Bis bald.«

Kaum war sie draußen, entsperrte er sein Handy, öffnete die App.

Es war einmal ein König, der hatte einen Sohn.

Die Schrift stand einige Sekunden da, dann verschob, verbog, veränderte sie sich.

Du hast dich würdig geschlagen. Wir warten auf dich.

Würdig geschlagen. Damit war klar, was er seit dem Gespräch mit Syed vermutet hatte. Sie hörten mit. Ein merkwürdiges Gefühl, trotzdem überwog in Dereks Innerem die Erleichterung. Neben dem schlechten Gewissen, er hatte Emily angelogen, obwohl sie ein so gutes Verhältnis miteinander hatten. Sie war die Einzige, mit der er über Jack sprechen konnte. Alles, was er über seinen toten Bruder wusste, hatte er von ihr erfahren. Außerdem war sie immer seine Verbündete gewesen, wenn es um Dad ging.

Aber was sie über Erebos erzählt hatte, war einfach Unsinn. Jemanden umbringen, weil das Spiel es verlangte, das würde doch keiner tun, denn nicht einmal der Fake-Anruf mit der gekillten Katze würde als Druckmittel funktionieren. Weil das immer noch harmloser war, als einen Menschen zu töten. Derek selbst hatte bisher bloß einen Pulli aus der Altkleidersammlung geholt und in einem Kino deponiert. Ein Foto bei Instagram gepostet, das er auf einem Datenstick gefunden hatte. Und ... ja, okay, einen Dokumentenordner geklaut und auf einem Kinderspielplatz versteckt. War nicht total in Ordnung, aber kriminell ging anders.

Er lachte leise auf. Nein, eigentlich brauchte er kein schlechtes Gewissen zu haben. Das Spiel, das Emily kannte, hieß vielleicht auch Erebos, aber das, was er spielte, war zwar abenteuerlich, aber nicht gefährlich. Hätte er zugegeben, dass er es spielte, hätte sie sich bloß Sorgen gemacht. Und das war unnötig, selbst die Nacht in der Fabrikhalle konnte man im Nachhinein als irres Abenteuer betrachten. War ja alles gut gegangen.

Das Unglaubliche war, Idmon hatte es gewusst. Er hatte nicht nur Emilys Besuch vorhergesehen, sondern auch, worüber sie mit ihm würde sprechen wollen. Derek streckte sich auf seinem Bett aus. Mit einem Gefährten wie Idmon war er unschlagbar. Auch wenn er nicht begriff, wie diese Prophezeiungen vonstattengingen.

Am liebsten wäre er sofort zurückgekehrt, sie warteten schließlich auf ihn, aber zur Sicherheit würde er sich gedulden, bis Emily gegangen war. Am besten auch, bis die anderen schliefen. Geduld. Er grinste. Sah so aus, als würde er diese Kunst doch noch meistern.

Es ist nicht *Zum schmalen Gürtel*, wohin Torqan zurückkehrt, es ist Rhea. Das Dorf schläft bereits, nur hinter wenigen der schiefen Fenster flackert noch das gelbe Licht von Kerzen und Öllampen. Ein leichter Wind streicht vom Wald her und bringt die Kristallblumen zum Klingen. Manchmal fliegen leuchtende Insekten vorbei wie winzige Kometen – einige blutrot, andere tintenblau.

Torqan findet den Weg zu Idmons höhlenartiger Behausung auch im Dunkeln. Hinter zweien der Fenster lässt sich noch Licht erahnen. Er klopft gegen die Holztür.

Idmon öffnet ihm wenige Herzschläge später. »Willkommen, Torqan«, sagt er. »Ich wusste, du würdest mich nicht enttäuschen.« Er führt ihn zum Tisch und stellt einen Becher vor ihm ab; diesmal ist die darin enthaltene Flüssigkeit silbrig.

»Du hast dich nun mehrfach bewährt.« Idmon schenkt sich selbst auch ein und prostet Torqan zu. »Ich bin stolz, dich zu meinen Freunden zu zählen.«

»Danke.« Er trinkt, in der Hoffnung, dass es wieder positive Auswirkungen auf seinen Gürtel haben wird, doch diesmal setzt nur leise Musik ein. Vertraut und beruhigend.

»Was ist mit LordNick passiert?«, fragt er. »Er hat gesagt, er sei nicht freiwillig hier, und wollte Hilfe.«

Über Idmons Gesicht zieht ein Schatten. »Er hätte allen Grund zur Dankbarkeit. Ich denke, er wird das noch begreifen.« Nach einem großen Schluck aus seinem Becher steht Idmon auf und geht zu seinem dicht gefüllten Bücherregal. Eine Zeit lang bleibt er davor stehen, scheint zu überlegen, dann zieht er eine Schriftrolle heraus, die zwischen zwei ledergebundenen Büchern klemmt. Er trägt sie zum Tisch und legt sie vor Torqan ab. »Dir wurde eine Belohnung versprochen, und du sollst sie erhalten. Hier, mein Freund. Aber öffne sie nicht jetzt. Warte, bis wir uns verabschiedet haben. Du musst mir versprechen, dass du den Inhalt niemandem zeigst, auch wenn es noch so verlockend sein sollte.« Er blickt ihn ernst an. »Niemandem, verstehst du?«

Torqan nickt und steckt das Pergament ein. Wäre es nicht Idmon, mit dem er hier sitzt, würde er aus reiner Neugier so schnell wie möglich wieder gehen, aber dazu genießt er dessen Gesellschaft zu sehr.

»Es ist etwas, das du mit Gold nicht kaufen kannst«, erklärt Idmon. »Etwas, das nur ich dir geben kann.«

So wie die Ausblicke in die Zukunft, denkt Torqan. »Woher wusstest du, was passieren würde?«, fragt er. »Als du mich aus Apates Gasthof geworfen hast?«

Sein Gegenüber lässt die Flüssigkeit in seinem Kelch kreisen. »Ich sagte es dir schon. Das ist meine Gabe.«

»Ja, aber …« Torqan weiß nicht, wie er am besten formulieren soll, was er meint. Schweigt dann lieber.

»Wer die Gegenwart wahrnimmt, dem offenbart sich oft auch die Zukunft«, sagt Idmon. »Mach dir nicht zu viele Gedanken. Meinen Freunden bin ich gern mit dieser Gabe von

Nutzen. Du wirst es heute noch sehen. Ich habe mir mit deiner Belohnung viel Mühe gegeben.«

Die Bemerkung versetzt Torqans Geduld den Todesstoß, was er bedauert, andererseits ist es spät, und er ist ohnehin nicht in der Stimmung, über seine Familie zu sprechen.

Also verabschiedet er sich, kündigt an, dass er morgen wiederkommen wird, und geht. Schon wenige Schritte außerhalb von Rhea verschluckt ihn die Nacht.

Fast ein Uhr. Dad schnarchte heute so laut, dass Derek es durch zwei geschlossene Türen hörte. Wie Mum daneben schlafen konnte, war ihm ein Rätsel.

Er wusste nun schon, wo er suchen musste. An der Oberfläche, und tatsächlich war dort eine neue Schriftrolle aufgetaucht. Diesmal würde es kein Auftrag sein, sondern eine Belohnung.

Ein Foto vielleicht? Eines, das Morton ein für alle Mal die Lust verderben würde, sich mit Derek anzulegen? Nein, kaum – er durfte den Inhalt ja niemandem zeigen, damit war er als Druckmittel wertlos.

Voll freudiger Erwartung klickte er das Schriftrollen-Icon an. Ein Dokument öffnete sich, und es dauerte einen Moment, bis Derek begriff, was er da vor sich hatte.

Sechs Mathematikbeispiele. Der aktuelle Stoff, das Zeug, das er die ganze Zeit schon übte, wenn auch mit wenig Begeisterung. In der rechten oberen Ecke des Dokuments ein Datum: das der Mathearbeit, die sie in drei … nein, mittlerweile in zwei Tagen schreiben würden.

Ungläubig lachte Derek auf. Wenn Idmon auch diesmal richtiglag und genau diese Beispiele in der Arbeit vorkamen, würde Derek ein glattes A bekommen. Seinen Notenschnitt heben.

Er musste nur alles einmal durchrechnen, gemütlich zu Hause, wo er jederzeit die Bücher zur Hand nehmen konnte.

Er fühlte sich, als wäre eine Last von ihm genommen worden, die er in den letzten Tagen fast unbewusst mit sich herumgeschleppt hatte. Idmon hatte recht gehabt, diese Belohnung war mit Gold nicht aufzuwiegen. Wenn es wirklich die Beispiele waren, die in der Arbeit abgefragt werden würden.

Wenn nicht, war Derek geliefert.

»Lass uns heute mal nicht ins Foxlow gehen.« Es war Montagabend, Nick hatte am Wochenende – von Erebos relativ ungestört – seine Fotobearbeitungen erledigt, draußen war es dunkel, und er hatte Jamie am Telefon, dessen Hunger auf Burger ungebremst war. »Gehen wir ins *Dublin Castle*.«

»Äh«, machte Jamie. »Was hast du plötzlich gegen das Foxlow? Das liegt doch super und …«

»Ab und zu brauche ich Abwechslung«, unterbracht Nick ihn schnell. »Ich sehe zu, dass ich einen Tisch reservieren kann. Acht Uhr?«

Ohne große Begeisterung sagte Jamie zu, und Nick buchte einen Tisch übers Netz. Erebos durfte gerne wissen, wo er heute den Abend verbringen würde. Er verstand, warum sein Kumpel zögerte, aber für Nicks Zwecke war das *Dublin Castle* der ideale Treffpunkt.

Er war als Erster da, befand den Tisch als perfekt und holte sich ein Glas Cider von der Theke. Als Jamie fünf Minuten später ebenfalls den Pub betrat, war das Programm bereits in vollem Gange. Punk-Karaoke; ein rotbärtiger, untersetzter Mann grölte *Psycho Killer* ins Mikrofon.

»Genau das hatte ich befürchtet«, stöhnte Jamie genervt. »Krach.«

»Krach ist großartig.« Nick legte die Jacke, in der sich sein Handy befand, zusammengeknüllt auf den Stuhl neben seinem. »Krach ist genau, was ich wollte.«

Fünf Minuten später hatte Jamie Getränk und Burger geordert und saß Nick mit offenem Mund gegenüber, als der ihm erzählte, dass das Spiel mit der Wucht einer Granate wieder in sein Leben eingeschlagen hatte. Sie mussten sich über den Tisch zueinanderbeugen und wirklich laut reden, aber keine Spracherkennung dieser Welt würde ihr Gespräch aus dem Karaokelärm herausfiltern können.

»Wirklich Erebos?« Jamie hörte mit Kopfschütteln gar nicht mehr auf. »Nicht jemand, der schlechte Witzchen macht?«

Etwas Ähnliches hatte Victor ihn auch schon gefragt. »Nein. Es ist das gleiche Spiel, nur mit neuen technischen Finessen. Es kann zum Beispiel mit meiner Stimme telefonieren. Hat es auch getan, es hat Claire so beleidigt, dass sie nichts mehr von mir wissen will.« Er trank einen Schluck Cider. »Außerdem hat es angekündigt, an meiner Stelle Bombendrohungen zu hinterlassen, wenn ich nicht tue, was es verlangt.« Er lachte gezwungen. »Du bist doch Jurist, du weißt sicher, was mir blüht, wenn das wirklich passiert.«

Jamie betrachtete mit düsterem Blick seinen Burger. »Dafür kannst du schon zwei Jahre in den Knast gehen. Oder mehr, wenn man auf deinem Computer dann zufällig passendes Material findet. Pläne zum Bau von Bomben, zum Beispiel. Oder islamistische Propaganda. Wenn Erebos jetzt so tickt, wie du sagst, bekommt es das sicher hin.«

Hinter Nicks Schläfen pochte es. »Was mache ich jetzt bloß?«, murmelte er. Jamie hatte es sicher nicht gehört, aber konnte sich wohl ausrechnen, was Nick gemeint hatte.

»Ich versuche, mich unauffällig umzuhören«, sagte er. »Nicht persönlich, dann kriegst du wahrscheinlich auch Schwierigkeiten. Ich könnte mir vorstellen, dass dein Handy längst die Nummern aller im Raum anwesenden Leute gecheckt und weitergegeben hat. Das Spiel weiß also, mit wem du Kontakt haben könntest, auch wenn ihr kein Wort miteinander wechselt. Dass wir uns treffen, hat es längst registriert, wir haben schließlich am Telefon darüber gesprochen.« Er biss von seinem Burger ab und kaute nachdenklich. »Wann hast du das letzte Mal etwas von Adrian gehört? Adrian McVay?«

Das musste Nick nicht lange überlegen. »Als er die Schule gewechselt hat. Also vor neun Jahren.«

»Hm.« Jamie zog eine Tomatenscheibe aus dem Burger. »Wer damals nicht alles von unserer Schule gegangen ist. Adrian. Brynne. Helen. Colin. Und das sind nur die, die mir auf Anhieb einfallen.«

Colin. Mit ihm war Nick wirklich gut befreundet gewesen, aber nach dem Tag bei Soft Suspense hatten sie kaum noch drei Sätze miteinander gewechselt. Es war Colin sichtlich peinlich gewesen, ihm unter die Augen zu treten.

»Originell ist, dass Erebos mich zwar einerseits terrorisiert, mir andererseits aber Jobs beschafft«, rief Nick über den Tisch, in dem Bemühen, den Mann mit Glatzentattoo zu übertönen, der auf der Bühne *London Calling* sang. Sehr laut und sehr falsch.

»Sicher nur, solange du nicht aus der Reihe tanzt.« Jamie vertilgte den letzten Bissen seines Burgers. »Sei vorsichtig, Nick.«

Er nahm sein Smartphone erst wieder zur Hand, als er schon in der U-Bahn saß. Noch bevor er es entsperrte, sah er, dass Erebos in der Zwischenzeit nicht untätig gewesen war. Anstelle des Landschaftsfotos, das er sonst als Hintergrundbild für den Sperrbildschirm verwendete, blickte ihm jetzt das gelbe Auge des Boten entgegen. Verfärbte sich rötlich, sobald er das Display berührte.

Shit. Das war kein gutes Zeichen. Mit mulmigem Gefühl im

Bauch entsperrte Nick das Handy. Die Erebos-App zeigte eine neue Aktion an. Unwillig, aber mit dem Gefühl, dass Widerstand ohnehin zwecklos war, tippte Nick sie an.

Wir haben dich gerufen, doch du hast nicht gehört, leuchtete es ihm rot entgegen. Die blonde junge Frau, die neben ihm saß, warf einen kurzen Blick auf sein Telefon, und Nick kippte es blitzschnell so, dass das Display aus ihrem Sichtfeld verschwand. Sie lachte auf, völlig zu Recht, es musste ja auch lächerlich wirken.

Die Schrift löste sich auf und machte einem Videofenster Platz. Nick hörte sich selbst aufstöhnen. Das Filmchen war vier Minuten lang und zeigte zwei junge Männer, die an einem Tisch in einem schlecht beleuchteten Pub saßen. Der eine von ihnen, mit halblangem, dunklem Haar, beugte sich immer wieder weit vor, sichtlich bemüht, seinem Gegenüber etwas zu erzählen. Der andere saß nur da, beide Hände um sein Glas gelegt, und schüttelte alle paar Sekunden den Kopf.

Nick und Jamie. Im *Dublin Castle*, die Aufnahme konnte höchstens zwei Stunden alt sein. Das Video lief ohne Ton, und er wagte nicht, ihn anzuschalten. Weniger aus Angst vor dem schauderhaften Gesang im Hintergrund, sondern weil er fürchtete, man könnte doch etwas von dem hören, was er Jamie über den Tisch hinweg entgegenschrie.

Er sah sich das Video bis zum Ende an, startete es dann noch einmal neu. Konnte man ihm von den Lippen ablesen, was er sagte? Nein, wohl kaum, die Qualität des Films war nicht besonders gut, wer auch immer ihn aufgenommen hatte, war ein ganzes Stück entfernt gewesen, und die Beleuchtung im *Dublin Castle* war schummerig.

Je länger das Video dauerte, desto enger schnürte sich Nicks Kehle zu. Wen hatte Erebos in den Pub geschickt, um ihn zu beobachten? War ihm immer noch jemand auf den Fersen? Saß im gleichen U-Bahn-Waggon? Vielleicht sogar die neugierige Frau auf dem Platz neben …

Das Video verschwand.

Du musst aussteigen.

Hektisch blickte er auf. Der Zug hatte angehalten, die Türen waren bereits geöffnet. Seine Station. Er sprang auf und lief hinaus auf den Bahnsteig. So konnte es nicht weitergehen, ein paar Tage noch, und er würde einen ausgewachsenen Verfolgungswahn entwickelt haben.

Er lehnte sich gegen die Wand der Station und atmete durch. War jemand mit ihm ausgestiegen und drückte sich nun ebenfalls hier herum? Sah nicht so aus, aber ein cleverer Verfolger konnte ihm ebenso gut oben auflauern. Oder vor seiner Haustür.

Wie betäubt ging Nick zur Rolltreppe. Er hatte sie kaum betreten, als sein Handy vibrierte.

Wir warten auf dich.

Sarius ist müde, und in seinem Kopf rattert es unaufhörlich, aber es hilft nichts, seine Dienste werden eingefordert. Er steht vor einem Wegweiser; hölzerne Tafeln auf einem rostigen Metallpflock. Auf der rechten steht – *Zum schmalen Gürtel*, die linke weist den Weg zur Arena.

Arena.

Er erinnert sich noch gut daran, wie heiß er damals auf die Zweikämpfe gewesen ist. Sie waren der schnellste Weg gewesen, um upzuleveln. Man musste nicht vorher beinahe krepieren, man musste keine Aufträge erledigen, sondern einfach nur gewinnen. Dann hatte man die Möglichkeit, dem besiegten Gegner Level abzunehmen.

Aber jetzt? Es gibt keine Level mehr, würden sie einfach um Gold oder Ausrüstungsgegenstände kämpfen?

Hinter ihm taucht eine männliche Harpyie auf, die halb läuft, halb schwebt und den Weg zur Arena einschlägt. Wenige Sekunden danach folgt ein Zwerg.

Also steht wohl tatsächlich ein Arenakampf bevor. Sarius wendet sich nach links. Wenn er es sich recht überlegt, ist es eine gute Idee, dort mitzumachen. Er kann sich noch an einen befreundeten Dunkelelf namens Xohoo erinnern, dessen letzter Kampf in der Arena stattgefunden hat.

Möglicherweise gelingt ihm das, was Xohoo damals nicht beabsichtigt hat. Vielleicht gelingt es ihm zu sterben.

Im Näherkommen sieht Sarius, dass es sich nicht um die Arena handelt, die er kennt. Diese hier ist aus schwarzem Stein gebaut, an der kreisrunden Mauer hängen Banner, die die einzelnen Völker repräsentieren. Das der Dunkelelfen ist grün-golden, darunter befindet sich der Eingang für ihn und seinesgleichen.

Mandrik, der Barbar, den er vom Kampf in der Ruine kennt, läuft an ihm vorbei und hebt grüßend die Hand. »Hey, Sarius! Das wird gleich spannend, oder? Ich war noch nie in der Arena, du hast keine Ahnung, welche Tricks ich mir einfallen lassen musste, um dabei sein zu können!« Er hat eine neue Axt, fällt Sarius auf, die aussieht, als hätte sie zuvor einem Henker gehört.

»Viel Glück«, sagt er. Dass man sich in Städten und rund um die Arena auch ohne Feuer unterhalten kann, hat er bis zu diesem Moment völlig vergessen. Aber es ist praktisch, also spricht er sofort die Dunkelelfe an, Hellcat, die mit ihm gemeinsam durch das Elfentor tritt. »Weißt du eigentlich, worum wir hier kämpfen werden?«

Sie mustert ihn aus Augen, die beinahe weiß sind. »Um Wünsche und Geheimnisse, habe ich gehört. Ich bin auch schon total neugierig.«

Diese Preise klingen in Sarius' Ohren deutlich interessanter als zusätzliche Level oder bessere Waffen. Er folgt Hellcat in den Vorbereitungsraum der Dunkelelfen und ist überrascht, dass sich so viele hier eingefunden haben. Zwölf, wenn er richtig gezählt hat. Aber kein bekannter Name von früher dabei.

Von draußen kann Sarius die Zuschauer hören. Es müssen viele sein, sie lachen und rufen und beginnen bereits, Sprechchöre zu formen, die immer deutlicher werden. Sie verlangen das Gleiche wie immer.

Blut-Blut-Blut.

Sarius hätte nicht damit gerechnet, aber sein Überlebenswille erwacht. Vielleicht ist sterben einfach feige. Als Jugendlicher hat er Erebos das Handwerk gelegt, na gut, nicht alleine, aber doch. Jetzt, als Erwachsener, möchte er sich stattdessen abschlachten lassen und aus dem Staub machen?

Die Menge brüllt weiter nach Blut, in die Rufe mischt sich nun der dumpfe Rhythmus der Trommeln. Sarius macht sich innerlich bereit.

»Die Kämpfer in die Arena!«, ruft eine Stimme, die ihm unangenehm bekannt vorkommt. Die Menge tobt, die versammelten Dunkelelfen drängen zum Ausgang. Sein Volk ist das erste, das in die Mitte des Stadions getrieben wird, von zwei bulligen Gestalten mit Stielaugen, denen Leopardenfelle von den Schultern hängen.

»Die Dunkelelfen«, kreischt das Publikum. Sarius betritt die Arena, und im gleichen Moment sind alle Erinnerungen wieder da. Er weiß noch, wie gruselig er die Zuschauer gefunden hat, und daran hat sich nichts geändert. Drei krakenartige Wesen sitzen in der ersten Reihe und strecken ihre Tentakel nach den Kämpfern aus; das Geräusch, das sie dabei von sich geben, liegt irgendwo zwischen Zwitschern und Keuchen. Etwas weiter oben auf den Rängen hat sich eine Gruppe der spinnenköpfigen Männer versammelt; sie fressen gemeinsam an einem riesigen, schillernden Käfer.

Vogelartige, aber federnlose Geschöpfe, denen drei Hörner aus der Stirn wachsen. Menschenähnliche Wesen mit Fischmäulern. Irgendeine schleimige Gestalt, zwischen deren Armen sich klebrig wirkende Fäden ziehen. Sarius wendet den Blick ab.

Zur Freude des johlenden Publikums haben die Zwerge die Arena betreten, jetzt sind die Barbaren an der Reihe. Unter ihnen Mandrik ... und BloodWork.

Die Vampire sind die nächsten, gefolgt von den Harpyien – von ihnen sind nicht viele hier, bloß fünf Stück – und den Echsen. Danach kommen die Menschen, und zwischen ihnen entdeckt Sarius einen, den er ohne jeden Zweifel kennt. Seine bloße Existenz hat er beim ersten Mal als Verhöhnung empfunden, diesmal ist ihm das egal, aber er würde viel dafür geben, mit ihm sprechen zu können. Mit LordNick. Ihn hat man also auch wieder zurückgeholt.

Während die Katzenmenschen die Arena betreten, versucht Sarius, ein paar Schritte näher an seinen alten Bekannten heranzukommen, doch er wird sofort von dem stieläugigen Wächter zurückgedrängt.

Hätte ohnehin keinen Sinn, denkt er resigniert. Ein Gespräch würde uns bloß beide in Teufels Küche bringen.

Raunen geht durch die Zuschauerreihen, und im nächsten Augenblick betritt der Zeremonienmeister den Kampfplatz. Einen langen Stab in der Hand, nackt bis auf einen Lenden-

schurz, mit Vogelklauen anstelle von Füßen, braungrauer Haut und diesen kugelrunden, hervorquellenden Augen. Sarius hat ihn insgeheim immer »das große Glotzauge« genannt; mittlerweile kennt er den richtigen Namen des Mannes. Er weiß auch, was seine Aufgabe ist: die Toten in die Unterwelt zu begleiten.
Ich melde mich freiwillig, denkt er dumpf.

An die Stimme des Mannes hat er sich nicht mehr erinnert, doch sie ist ihm sofort wieder vertraut. Worte, die klingen wie fließendes Wasser. Kein Bächlein, eher ein reißender Fluss. Ein dröhnender Wasserfall.

»Ich begrüße die Veteranen und die Novizen«, ruft er. »Die Willigen und die Widerstrebenden. Ihr werdet um Leben und Tod kämpfen, um Wünsche und Geheimnisse. Von beidem habt ihr reichlich, das weiß ich.«

Sarius Blick richtet sich wieder auf LordNick. Ihn hätte er heute gern als Gegner, auch wenn er nicht erklären kann, warum. Vielleicht, weil er damals mit Xohoo kurzen Prozess gemacht hat und Sarius sich das gleiche Schicksal wünscht.

Der Zeremonienmeister stößt seinen Stab dreimal in den Sand der Arena. »Lasset die Kämpfe beginnen. Ich rufe Jandor und Zozan in die Mitte.«

Also kann man sich den Gegner diesmal nicht selbst aussuchen. Mit wachsender Nervosität sieht Sarius einen grünhaarigen Vampir und einen Menschen mit einem gezackten Krummsäbel aus ihren jeweiligen Gruppen heraustreten.

Den Menschen kennt er – Zozan war dabei, als sie gegen eine Überzahl blauer Schlangen gekämpft haben, und er muss sich in der Zwischenzeit bewährt haben, denn seine Ausrüstung ist kaum wiederzuerkennen. Er sieht unbesiegbar aus; Jandors Schwert wirkt im Vergleich zu seinen Waffen wie ein Zahnstocher.

»Ihr kämpft um euer Ansehen«, verkündet das Glotzauge. »Beide habt ihr Taten begangen, die euch zur Schande gereichen. Über die des Siegers breiten wir den Mantel des Vergessens. Die des Verlierers wird die Welt erfahren, auf die eine oder andere Weise.«

Sarius weicht unwillkürlich zurück, bis der Wächter ihm einen Stoß in den Rücken versetzt. Hat er das richtig verstanden? Wer verliert, wird öffentlich bloßgestellt? Die beiden auserwählten Krieger scheinen das ebenfalls nicht witzig zu finden. »Ich würde lieber um etwas anderes kämpfen«, erklärt Jandor. »Zehn Goldmünzen und eine Flasche Heiltrank?«

Der Zeremonienmeister gibt ein Geräusch von sich, das wie das Brüllen eines angreifenden Raubtiers klingt. »Der Einsatz steht fest! Kämpft!«

Jandor muss wirklich etwas zu verbergen haben, denn er stürzt sich ohne Zögern auf Zozan und sticht ihm in die Seite. *Blut-Blut-Blut*, ruft die Menge. Zozan, sichtlich überrascht, macht einen Satz nach hinten und holt nun seinerseits zum Schlag aus, doch Jandor hat die Hand gehoben und schleudert etwas wie einen weißen Kristall auf seinen Gegner.

Zozan erstarrt. Eiszauber, denkt Sarius und beobachtet fasziniert, wie der Vampir auf den bewegungsunfähigen Menschen zuläuft und auf ihn einsticht. Als der sich wieder rühren kann, ist sein Gürtel nur noch zur Hälfte rot.

Doch jetzt zeigt Zozan, was in ihm steckt. Sein Säbel malt silbrige Spuren in die Luft, er zielt auf Jandors Kopf, auf seinen Hals. Zweimal trifft er den Vampir schwer, dann hat der wieder genug Energie für einen weiteren Eiszauber.

Damit ist Zozans Ende besiegelt. Blut färbt den Sand der Arena dunkel, als er zusammenbricht. Der letzte Streifen Rot auf seinem Gürtel ist hauchdünn.

»Sieger ist Jandor!«, verkündet das Glotzauge. Er überreicht dem Vampir einen Sack mit Goldstücken, einen Umhang mit fantastischen Verteidigungswerten und eine Armbrust. Dann winkt er zwei der Wachen heran, die Zozan auf die Beine helfen und ihn beim Hinausgehen stützen. »Mach dich bereit, die Bedingungen deiner Niederlage zu verhandeln«, verkündet er.

Für die zweite Runde ruft der Zeremonienmeister Mandrik und eine Echsenfrau namens Shanna zu sich. »Ihr kämpft um die Erfüllung eines Wunsches«, erklärt er. »Was ihr wollt, ist bekannt. Wer es bekommt, wird sich jetzt entscheiden.«

Anders als bei dem vorhergehenden Duell kommt hier alles so wie vermutet. Mandrik ist an Stärke und Geschwindigkeit weit überlegen, er besiegt Shanna, ohne selbst nur einen einzigen Kratzer davonzutragen.

»Das war scheißunfair«, stellt die Echsenfrau fest, während die Wachen sie hochheben, doch weder der Zeremonienmeister noch Mandrik würdigen sie eines Blickes.

Die Stimmung im Zuschauerraum ist dafür blendend. Die Spinnenmänner werfen blau schillernde Käferflügel in die Arena, die Krakenwesen lassen ihre Tentakel über die Brüstung hängen und wühlen den Sand auf. Eine Frau mit winzigem Kopf, der Walrosszähne aus dem Mund ragen, malt mit ihrer siebenfingrigen Hand Rauchzeichen in die Luft.

»Die nächste Runde«, verkündet das Glotzauge. Es legt eine dramatische Pause ein und blickt sich nach allen Seiten um. »Ich rufe Sarius und BloodWork in die Mitte.«

Sarius hat geahnt, dass es ihn irgendwann erwischen wird, trotzdem ist seine erste Reaktion Panik, bis sich nach einigen Sekunden sein Verstand einschaltet. Perfekter könnte es eigentlich gar nicht laufen. Je stärker der Gegner, den man ihm zulost, desto besser. BloodWork wird ihn zu Brei verarbeiten, und das war es dann mit Erebos. Wenn der Zeremonienmeister das Duell beendet, bevor Sarius tot ist, wird er eben noch einmal angreifen. Das hat auch Xohoo damals so gemacht, woraufhin LordNick ihn in die ewigen Jagdgründe befördert hat. Sarius wird nicht zu kämpfen aufhören, sobald er verloren hat. Und hoffen, dass BloodWork kapiert, was er dann tun soll.

Dumm nur, wenn der Verlierer öffentlich bloßgestellt wird, so wie der der ersten Runde. Sarius überlegt krampfhaft, was das Schlimmste wäre, das Erebos über ihn wissen könnte, und kommt zu dem Schluss, dass nichts dabei ist, was er nicht verkraften würde. Ein paar peinliche Bilder, ein paar lächerliche Texte. Das war auszuhalten.

»Ihr kämpft um eure Freiheit«, erklärt der Zeremonienmeister. »Der Sieger erhält alles zurück, was er verloren hat, und ist uns zu keinem Dienst mehr verpflichtet. Der Verlierer dient uns bis zum Ende, egal, was es ihn kosten mag.«

Sarius schnappt nach Luft. Damit hat er nicht gerechnet, das ist ein Preis, den er nur zu gerne gewinnen würde. Das Ende der Kontrolle, der nächtlichen Alarme, der Erpressung. Vorausgesetzt, Erebos hält sein Wort, aber daran zweifelt er eigentlich nicht.

Nun bedauert er doch, dass er gegen BloodWork keine Chance haben wird. Aber was für eine perfide Idee, ausgerechnet sie beide gegeneinander antreten zu lassen. Niemals ist das Zufall.

Er atmet durch und stellt sich in Position. Das Glotzauge hebt die Hand. »Kämpft!«

BloodWork greift blindlings und mit der Wucht eines wütenden Nashorns an, lässt seine Axt durch die Luft sausen, zielt aber nicht besonders gut. Sarius weicht mühelos aus, steht nun im Rücken des Barbaren und trifft ihn mit dem Schwert am Oberschenkel. Wieder verlangen die Zuschauer nach Blut. Ihre

Rufe wecken Sarius' Zorn, er springt zur Seite, als BloodWork erneut angreift, die Axt verfehlt ihn um eine Armlänge. Auch diesmal schafft Sarius es, einen Treffer zu landen, er kann es kaum glauben. Jeder Vorstoß des Barbaren ist wilder, wütender, aber auch ungeschickter als der vorhergehende. Was ist los mit ihm? Sarius tänzelt um ihn herum, seine Hiebe verursachen keine tiefen Wunden, aber in der Summe schwächen sie BloodWork. Der nur noch ziellos und wie ein Berserker um sich schlägt. Es ist beinahe unheimlich.

Nein, begreift Sarius im gleichen Moment. Es ist herzzerreißend. Denn wahrscheinlich ist es nicht Wut, die seinem Gegner alle Fähigkeiten raubt, sondern Verzweiflung. *Der Sieger erhält alles zurück, was er verloren hat.*

Es wäre eine solche Erleichterung, diese Welt mit ihren Auswüchsen hinter sich lassen zu können. Sarius duckt sich unter einem Hieb weg, der ihn beinahe enthauptet hätte. Doch Sterben steht nicht mehr zur Wahl, das hat der Zeremonienmeister klargemacht. Nur dienen. Entweder er siegt hier, oder er muss sich Erebos weiterhin unterordnen. Wenn nicht er, dann … jemand, der auch ohne diese Last kaum mit dem Leben zurechtkommt.

Sarius kämpft jetzt viel mehr mit sich selbst als gegen Blood-Work. Was auf dem Spiel steht, weiß er. Für alle Beteiligten. Er weiß auch, dass er gut darin ist, Auswege zu finden. Dass er Freunde hat, die auf seiner Seite stehen. Er ahnt bereits jetzt, dass er sie bereuen wird, aber er trifft eine Entscheidung.

Vor dem nächsten Axthieb weicht er einen Wimpernschlag zu spät zurück, die Schneide gräbt sich tief in seine Hüfte, der Verletzungston setzt mit ungeahnter Heftigkeit ein. Sarius taumelt nach hinten. Hebt sein Schwert zu einem halbherzigen Angriff, den BloodWork mit Leichtigkeit pariert. Der nächste

Hieb trifft mit Wucht Sarius' Oberschenkel und lässt ihn zu Boden gehen, der kreischende Ton bohrt sich in seinen Kopf, trotzdem versucht er noch einmal, sich aufzurichten. Sein Gürtel ist fast zur Gänze grau – ein Treffer noch, und es ist vorbei, dann hat das Glotzauge sich verschätzt, und Sarius ist tot.

Du hast nur eine Chance …

Tatsächlich schlägt BloodWork wieder zu. Ob er bloß seinem Namen gerecht werden und die blutige Arbeit ordnungsgemäß verrichten will oder ob er bewusst zu einem gnädigen Todesstoß ansetzt, weiß Sarius nicht. Der Schlag trifft seinen Kopf, die Arena verschwimmt vor seinen Augen, der Ton verursacht ihm nun beinahe Übelkeit.

Aber er reißt nicht ab. Wie durch Nebel sieht Sarius, dass der Zeremonienmeister BloodWorks Arm hochreißt und ihn zum Sieger erklärt.

Er selbst liegt in seinem Blut und kann sich nicht mehr bewegen. Kann nichts mehr sagen. Aber er lebt, verdammter Mist. Ganz zweifellos lebt er.

Sie zerren ihn fort, aus der Arena hinaus, Treppen hinunter in einen fackelerleuchteten Keller. Dort legen sie ihn auf einen Holztisch und gehen. Ein paar Sekunden lang glaubt Sarius sich allein, dann löst sich eine hochgewachsene Gestalt aus den Schatten.

»Was für ein Pech, nicht wahr?« Der Bote tritt an die Holzliege heran. »Dabei sah es anfangs so gut für dich aus.«

»Ich weiß«, ächzt Sarius.

»Oft ziehen kleine Fehler großes Unheil nach sich.« Aus einer Tasche seines langen schwarzen Umhangs zieht der Bote eines der Fläschchen mit der sonnengelben Flüssigkeit. »Nun, lass uns besprechen, wie es weitergehen wird. Doch erst trink das.«

Der Heiltrank wirkt sofort, der Verletzungston erstirbt, und Sarius setzt sich auf. »Ich weiß, wie es weitergeht«, sagt er mutlos. Verflucht sich schon jetzt für seine Gutmütigkeit. »Ich muss weiterhin tun, was mir aufgetragen wird. Bis zum Ende.« Er greift nach seinem Schwert, das neben ihm auf dem Tisch liegt und an dem noch BloodWorks Blut klebt. »Welches Ende eigentlich?«

»Das erfährst du früh genug.« Der Bote richtet seine gelben Augen auf Sarius, beobachtet, wie der das Schwert in die Scheide an seinem Gürtel steckt. »Doch ich fürchte, du begreifst die Folgen deiner Niederlage noch nicht im ganzen Ausmaß.« In der für ihn typischen Geste verschränkt er die knochendünnen Finger ineinander. »Ich werde es dir erklären. Du denkst vielleicht, es ist niemandem aufgefallen, dass du dich immer wieder – nun, entzogen hast. Dass du unseren Aufforderungen erst spät und zögernd nachgekommen bist. Dass du versuchst, uns zu überlisten.« Er beugt sich über Sarius; so nah war ihm der totenschädelartige Kopf noch nie. »Dieses Verhalten werde ich ab nun nicht mehr dulden. Zu viel steht auf dem Spiel. Und ...«

Sarius ahnt, was jetzt kommt, und er behält recht.

»... die Zeit wird knapp.«

Fast drei Uhr nachts. In Nicks Kopf hämmerte der Puls, als er den Computer herunterfuhr. Der Bote hatte ihm keine Gelegenheit mehr zu einer Entgegnung gegeben; er hatte die Fackeln gelöscht und alles in undurchdringliche Dunkelheit getaucht.

Nick stand auf, ging ins Badezimmer und kramte aus dem überfüllten Schränkchen die Packung mit Kopfschmerztabletten hervor. Der Verletzungston war die Hölle, und er selbst war ein solcher Idiot. Er hätte sich das alles ersparen können, wenn seine Fantasie ihm nicht plötzlich Helen vorgegaukelt hätte, wie sie zitternd und mit tränenverschleierten Augen vor ihrem Computer saß und darum kämpfte, ihre Tochter wiederzubekommen. *Der Sieger erhält alles zurück, was er verloren hat.*

War das Spiel dazu überhaupt imstande? Wenn ja, war das immerhin ein schwacher Trost, bloß dass Nick es kaum herausfinden würde. Er konnte Helen nicht kontaktieren, er konnte niemanden mehr heimlich treffen. Das hatten die neuen Regeln sichergestellt. Das Handy zu Hause zu lassen würde als Akt des Ungehorsams betrachtet werden.

Er fegte Jeans, Bücher und eine Tasche von seiner vollgeräumten Couch, setzte sich und verbarg den schmerzenden Kopf in den Händen. Erst allmählich wurde ihm bewusst, was die Ankündigung des Boten in Wahrheit bedeutete. Jeder Schritt unter Beobachtung, jedes Wort mitgehört.

Ein Signalton seines Smartphones ließ ihn hochblicken. An der Erebos-App war der rote Punkt mit der Eins aufgetaucht. Eigentlich wollte Nick nur noch schlafen gehen, aber er würde jetzt einfach mal Gehorsam heucheln und sich erst morgen überlegen, ob es nicht doch Schlupflöcher gab, über die er das Spiel austricksen konnte.

Er tippte die App an, und es öffnete sich ein YouTube-Video. Drei Jungs, die er auf etwa sechzehn oder siebzehn schätzte, nahmen sich einen Luxusschlitten vor. Einen Aston Martin, wenn Nick das richtig sah. Einer stach den linken Vorderreifen auf, einer zerkratzte mit seinem Taschenmesser die ganze Längsseite, einer pinkelte gegen den Kühlergrill.

Ton hatte das Filmchen keinen, aber die Gesichter der drei konnte man ziemlich gut erkennen. *Noch erfahren nur Freunde und Verbündete von deiner Tat*, stand als Begleittext unter dem

Video. *Verhalte dich ebenfalls wie ein Freund, dann bleibt es dabei.*

Jede Wette, dachte Nick, dass einer der Vandalen eben unter dem Namen Zozan in der Arena verprügelt worden war. *Ihr habt Taten begangen, die euch zur Schande gereichen*, hatte der Bote gesagt und damit zweifellos recht gehabt. Erstaunlich, dass dieser Wagen nicht besser geschützt gewesen war, aber Nick kannte ja die Umstände nicht. Vielleicht gehörte er dem Vater von einem der drei Komiker.

Falls das so war, würde Zozan ab jetzt wie ein Hündchen parieren, sobald der Bote auch nur pfiff. Ebenso wie Nick, leider. Er musste vorsichtig sein. Die Sache mit der Terrordrohung ging ihm nicht aus dem Kopf.

Er würde sich zähneknirschend fügen und nur überschaubare Risiken eingehen. Bis zum Ende, hatte es geheißen. Egal, wie es aussehen würde, Nick wünschte sich dieses Ende jetzt schon herbei.

20

»Ich könnte nur kotzen vor Angst.« Syed knetete seine rechte Hand mit der linken. Er saß über sein Buch gebeugt, den Stift hatte er längst weggelegt. »Ich kapiere nichts von dem ganzen Scheiß.«

»Die Logarithmusregeln musst du einfach auswendig lernen.« Seit einer halben Stunde saß Derek neben seinem Freund und suchte für ihn Beispiele heraus, die denen, die er von Idmon erhalten hatte, möglichst ähnelten. »Sieh dir die mit den Brüchen und Wurzeln besonders gut an.«

Syed hob müde den Kopf. »Wieso?«

»Nur so ein Gefühl.« Verlegen blätterte Derek die Arbeitsblätter durch, die sie zur Vorbereitung bekommen hatten, und tippte auf eine Angabe mit drei Unterpunkten. »Das hier solltest du auch von vorne bis hinten durchrechnen. Wenn du willst, helfe ich dir.«

In Syeds Blick lag tonnenweise Zweifel. »Du bist aber auch nicht gerade ein Mathegenie. Besser wäre es, wir würden Owen dazuholen.«

»Der hat gerade Spanisch.« Noch einmal wies Derek auf das Beispiel, das dem auf Idmons Schriftrolle so ähnlich war. »Das sieht nur auf den ersten Blick mühsam aus, ich habe es gestern durchgerechnet, ich kann dir zeigen, wie es geht.«

Mutlos schüttelte Syed den Kopf. »Ist ja nett von dir, aber es ist nur eines von … wie vielen? Dreißig? Die sollten wir uns alle ansehen. Wenn ich mir die schwierigsten reinziehe, bleibt keine Zeit mehr für die, die ich vielleicht wirklich kapiere.«

Aber eines wie dieses hier wird kommen, dachte Derek mit wachsender Verzweiflung. Er wünschte, er hätte seinem Freund einfach eine Kopie des Schriftrolleninhalts in die Hand drücken können. Syed brauchte einen solchen Rettungsring noch viel mehr als er selbst, aber Idmons Anweisungen waren klar gewesen. *Du musst mir versprechen, dass du den Inhalt niemandem zeigst, auch wenn es noch so verlockend sein sollte.*

Ja, verlockend war es, und wie. Er wollte ja noch nicht mal sich selbst damit helfen. »Das Beispiel hier«, wiederholte er störrisch. »Wir haben noch eine halbe Stunde Zeit, bis Ethik beginnt, wir könnten es wirklich –«

»Langsam frage ich mich, ob du von Brown etwas erfahren hast«, fiel Syed ihm ins Wort. »So stur, wie du dich aufführst.«

»Was? Nein. Also … nicht direkt. Darauf extra hingewiesen hat er aber schon.« Das war frei erfunden, der Mathelehrer hatte nichts dergleichen getan, aber gegen jede Erwartung gab Syed sich damit zufrieden.

»Na dann, meinetwegen.« Er zog sich die Aufgabe näher heran. »Wehe, wenn sich morgen herausstellt, dass ich diesen Mist umsonst gerechnet habe.«

Ich habe getan, was ich konnte, sagte Derek sich, als sie später im Ethik-Unterricht saßen. Trotzdem wollten die Schuldgefühle, die an ihm nagten, nicht verschwinden. Er selbst würde morgen brillieren, ohne wirklich etwas verstanden zu haben. Außer natürlich, Brown gab andere Aufgaben als die auf der Schriftrolle.

Nein, das würde nicht passieren, beruhigte sich Derek. Bisher war noch jede von Idmons Prophezeiungen eingetroffen.

Während die Ethik-Lehrerin Miss Everly, die Derek seit dem gefälschten Katzen-Anruf kaum mehr ansehen konnte, versuchte, ein paar Schüler in eine Diskussion über vegane Lebensführung zu verwickeln, holte Derek unter der Bank sein Handy hervor.

Das Spiel hatte keine neue Nachricht geschickt. Aber warum nicht einmal checken, was aus dem Marlowe-Foto auf Instagram geworden war? Er öffnete die App und suchte nach *lostprinceofdoom*.

Zu seiner Überraschung waren seit seinem eigenen Upload noch zwei weitere Fotos dazugekommen. Eines zeigte einen hübschen Waldweg mit Zäunen rechts und links, das zweite war so dunkel, dass man kaum erkennen konnte, was darauf zu sehen war. Jemand, der schlief, vermutete Derek bei genauerer Betrachtung. Wer es war, ließ sich beim besten Willen nicht feststellen, das Foto war ohne Blitz geschossen worden, man erkannte mit viel gutem Willen hellblaue Bettwäsche und einen blassen Klecks auf dem Kissen. Den Kopf des Schläfers.

0 Follower, 0 following, nach wie vor. Keines der Fotos hatte auch nur ein einziges Like, aber offenbar gab es außer ihm selbst noch jemanden, der das Passwort kannte. Derek loggte sich aus seinem eigenen Account aus und versuchte, in den anderen hineinzukommen, doch das klappte nicht. Was bedeutete, jemand hatte das Login geändert und …

»Derek?« Er schrak hoch. Die Ethik-Tante stand mit verschränkten Armen vor der Klasse und musterte ihn, ohne zu lächeln. »Du weißt, wie die Regeln zum Handygebrauch an unserer Schule aussehen.«

»Ja.« Er setzte eine schuldbewusste Miene auf und sperrte das Telefon mit einem schnellen Tastendruck. »Tut mir leid, ist schon weg, ich musste nur schnell …«

»Nein.« Sie streckte die Hand aus. »Das gibst du mir bitte, ja?

Deine Eltern können es heute Nachmittag aus der Direktion holen.«

Shit. »Meine Eltern arbeiten beide bis abends, das wird nicht klappen.«

Nun lächelte Miss Everly doch. »Sehr schade, aber das ist nicht mein Problem.« Sie trat vor ihn, immer noch mit ausgestreckter Hand. »Das Handy, bitte.«

Er umklammerte es so fest, dass die Knöchel seiner Finger weiß hervortraten. Nicht, weil er dachte, er würde es auf diese Weise behalten können, sondern um die Wut, die in ihm aufwallte, zu kanalisieren. Er brauchte seine ganze Beherrschung, um der Lehrerin nicht entgegenzuschleudern, was ihm an Beleidigungen durch den Kopf ging. Es hätte so gutgetan. Aber nur für den Moment. Danach wäre die Katastrophe perfekt gewesen.

»Derek?«

Er biss die Zähne zusammen. Überreichte Miss Everly das Handy und zählte innerlich. Bis zehn, bis zwanzig, bis fünfzig. Erst danach blickte er wieder hoch und begegnete Syeds mitfühlendem Blick. Die Wut war mit einem Schlag zurück, und er fing mit Zählen von vorne an.

Ohne Smartphone zu sein, war auf jeden Fall Mist, aber jetzt kam ein neuer Aspekt dazu: Was, wenn Erebos sich meldete? Gut, niemand würde das Handy entsperren können, aber er wäre nicht verfügbar. Könnte nicht reagieren. Würde vielleicht etwas Wichtiges verpassen.

»Everly ist eine dumme Kuh«, zeigte Syed sich nach der Stunde solidarisch. »Genügt doch, wenn du dir das Telefon nach dem Unterricht selbst wiederholst. Immer dieser Akt mit den Eltern, total überflüssig.«

Derek nickte nur matt. Am besten, er schickte seinen Vater

ins Sekretariat, dem war im Moment ohnehin alles egal. Mum andererseits würde ihm mit einem ihrer Vorträge über Handysucht auf die Nerven gehen.

Missmutig holte er seine Sportsachen und machte sich mit Syed und Owen auf den Weg in den Umkleideraum. Heute stand Leichtathletik auf dem Programm, hatte es letztens geheißen. Derek war mehr nach Boxen zumute.

Mr Troy ließ sie fünf Runden laufen, und wider Erwarten tat das gleichmäßige Traben Derek gut. Er überholte Morton, der starr nach vorne blickte und ihn ignorierte. Wie er das schon seit Tagen tat.

Danach ließ er sich ausgepowert ins Gras fallen, neben Syed, der schon lange vor ihm fertig gewesen war. Gemeinsam sahen sie Owen zu, wie er sich mit verschwitztem, rotem Kopf über die letzte Runde quälte.

»Ich würde sofort tauschen«, sagte Syed nachdenklich. »Meine Kondition gegen Owens Mathekönnen.«

»Du kriegst das morgen hin.«

»Das sagst du so.«

Auf Laufen folgte Dreisprung und Kugelstoßen, danach war Derek zu erschöpft zum Grübeln. Nachdem er geduscht und sich umgezogen hatte, machte er sich mit Owen und Syed auf den Weg nach draußen. Vor dem Ausgang trat Miss Everly auf ihn zu. »Nicht nötig, dass deine Eltern kommen«, sagte sie und reichte ihm sein Handy. »Hier. Ich erwarte, dass du es während des Unterrichts künftig in der Tasche lässt.«

Derek konnte ihr ansehen, wie sehr ihr gegen den Strich ging, was sie tat. Warum also? War es eine Anweisung von oben? Oder ...

Er fühlte, wie ihm Schweiß auf die Stirn trat. Das Spiel würde sie doch nicht angerufen haben? Um ihr mit seiner Stimme zu erklären, dass ihrer Katze etwas zustoßen könnte, wenn sie nicht –

Nein. Unsinn. Sie hatte sein Handy gehabt, er hätte nicht anrufen können. »Danke«, sagte er mit erstickter Stimme. Sie drehte sich um und ging ohne ein weiteres Wort.

Syed grinste in sich hinein. »Na bitte«, murmelte er, als die Lehrerin außer Hörweite war. »Sie ist ja doch nicht so bescheuert.«

Sie verabschiedeten sich von Owen, der eine andere Richtung einschlug. In Dereks Bauch blieb ein mulmiges Gefühl zurück. Miss Everly war nicht freiwillig so entgegenkommend gewesen, das spürte er, und diese Ahnung bestätigte sich, als wenige Minuten später das Handy in seiner Hosentasche vibrierte. Er holte es heraus, so, dass Syed keine Sicht auf das Display hatte.

Wer starke Verbündete hat, ist selbst stark, stand da. *Wir warten auf dich.*

Derek beschleunigte seine Schritte. Wollte Erebos ihm damit sagen, dass es auch auf seine Ethik-Lehrerin Einfluss nehmen konnte? Dass sie Computerspiele spielte, konnte er sich nicht vorstellen. Wie funktionierte das?

»Hey, bist du heute noch nicht genug gerannt?« Syed war hinter ihm zurückgeblieben und holte nun wieder auf. »Sag mal – kann ich mit zu dir? Auf eine Stunde Mathe? Würde mich echt beruhigen, wir sind vorhin ja nicht fertig geworden.«

Alles in Derek wollte Ja sagen. Es fühlte sich ohnehin mies an, sein Wissen nicht mit seinem besten Freund zu teilen. Ihm etwas vorzumachen. Aber es war klar, dass sein *Verbündeter* anderes von ihm erwartete.

»Sorry«, sagte er lahm. »Ich muss noch Zeug für meine Familie erledigen. Ich komme sicher erst nach dem Abendessen zum Lernen.«

Syed nickte betrübt. »Schon gut. Hätte wahrscheinlich auch gar keinen Sinn, ich begreife den Kram einfach nicht.«

In der U-Bahn standen sie schweigend nebeneinander, und Derek fühlte sich schuldig wie selten, aber vielleicht gab es ja doch eine Möglichkeit, Syed zu helfen. Er würde Idmon fragen, ob er die Prophezeiung mit seinem Freund teilen durfte. Er musste ja nicht sagen, woher er sie hatte. Mit diesem Rätsel würde Syed dann eben leben müssen.

»Ich melde mich später noch mal, okay?« Derek stieg aus und legte den Weg nach Hause fast im Laufschritt zurück, denn sein Telefon vibrierte schon wieder. Erst als er die Treppen zur Wohnung hinaufstieg, zog er es heraus.

Eine neue Nachricht, meldete die App.

Sie bestand nur aus zwei Worten: *Rhea brennt*.

Die Rauchsäule ist noch weit entfernt, und Torqans Ausdauer ist am Limit. Er läuft allein durch eine Welt, die stumm geworden ist. Da und dort sieht er jemanden am Wegrand liegen oder kauern, doch er hat keine Zeit nachzusehen, ob es sich um verletzte Bewohner von Rhea handelt. Er möchte vor allem Idmon finden und erfahren, was passiert ist.

Dabei muss er sich im Grunde keine Sorgen machen. Idmon sieht die Zukunft, er wird auch gewusst haben, was auf Rhea zukommt.

Da, wo der Weg in den Wald mündet, muss Torqan eine Pause einlegen. Gleich wird er den Rauch nicht mehr orten können, also ist es wichtig, sich die Richtung genau zu merken. Er orientiert sich, wartet, bis seine Kräfte wiederhergestellt sind, dann läuft er weiter.

Die Kristallblumen am Wegrand haben sich tiefrot verfärbt, nun verwandeln sie sich in goldene Sterne und säumen den Weg, der seinerseits rot leuchtet wie Feuer; gleichzeitig nimmt der Wald Blautöne an. So ähnlich muss sich ein Drogenrausch auswirken, denkt Torqan, doch die Farbspiele dauern nicht lange. Bald ist alles rauchgrau, nur die Blüten funkeln wie frische Blutstropfen durch den Nebel.

Dann legt sich der Rauch, und Torqan steht vor den Trümmern von Rhea. Niemand sitzt in der Sonne, niemand läuft mehr zwischen den schiefen Hütten herum, die nur noch verkohlte Bretter- und Steinhaufen sind.

Idmons Behausung ist am besten davongekommen, schließlich besteht sie zum größten Teil aus Fels, doch innen muss das Feuer gewütet haben, davon zeugen Rußspuren an den Fensteröffnungen.

Langsam geht Torqan auf die Höhle zu. Er gesteht es sich nur zögernd ein, aber er ist voller Angst, im Inneren den verbrannten Körper seines Freundes zu finden. Den er möglicherweise hätte retten können, wenn er schneller gewesen wäre.

Die Tropfsteine, die von der Decke des Wohnraums hängen, haben sich schwarz verfärbt wie verfaulte Zähne. Das Buchregal ist vollkommen verbrannt, der Tisch …

Hämmern unterbricht Torqans Suche. Ein Laut, der hier nicht hergehört.

»Heeeeyyy!«

Weiteres Hämmern. »Ich weiß doch, dass du zu Hause bist! Seit wann sperrst du deine Tür ab? Mach auf, ich muss dir etwas erzählen!«

Rosie, zum Teufel. Derek fuhr mit seinem Schreibtischstuhl herum, das Kopfhörerkabel spannte sich. »Nicht jetzt!«

»Ach komm, dauert nicht lange! Ich hab ein A auf meine Englischarbeit bekommen, und –«

»Ich habe gesagt, nicht jetzt!« Er hörte, wie seine Stimme kippte. Es war nicht nur Wut über die Störung, es war eine Mischung aus schlechtem Gewissen, Sorge und dem Gefühl, dass die Dinge schiefzulaufen begannen, ohne dass er etwas dagegen tun konnte.

»Okay.« Rosies Stimme war kühl. Ihre Schritte entfernten sich.

Derek drückte sich die Handballen gegen die Augen. Ihm war zum Heulen zumute, doch dafür hatte er keine Zeit. Nicht jetzt, er musste …

… muss Bestandsaufnahme machen. Der Tisch ist fast heil geblieben, nur die linke Seite und die Kanten sind geschwärzt. Torqan sieht sich um. Keine verkohlten Knochen. Keine verkrümmte Leiche. Im Rahmen des Möglichen sind das gute Nachrichten.

Er berührt den Kupferkessel, in dem Idmon ihm bei seinem ersten Besuch Suppe gekocht hat. *Der Tod kommt nicht nur zu denen, die es gefährlich lieben*, hat er damals gesagt. *Er nimmt sich auch die, die Sicherheit suchen. Oder Nahrung.*

Nun sieht es aus, als wäre er zu den Bewohnern von Rhea gekommen. Traurig betrachtet Torqan die zerstörte Behausung. Erebos wird für ihn nicht mehr dasselbe sein. Es ist, als hätte er selbst ein Stück Zuhause verloren.

Er will schon wieder nach draußen treten, als ihm etwas Glänzendes ins Auge sticht. Eine silberne Schatulle, die auf einem steinernen Vorsprung an der Wand steht. Sie wirkt, als wäre sie der einzige Gegenstand hier, dem das Feuer nichts anhaben konnte.

Torqan nimmt sie in die Hände und öffnet sie. Im Inneren findet er ein zusammengelegtes Stück Pergament. Er entfaltet es und liest.

Freund, der du dies findest!
Als die Eingebung kam und ich im Geiste Rhea schon in Flammen stehen sah, war es zu spät, um dir Nachricht zukommen zu lassen. Ich hatte nur noch Zeit, die Menschen zu warnen, das Nötigste an mich zu nehmen und zu fliehen.
Vieles, woran mein Herz gehangen hat, ist nur noch Asche und Rauch, aber wir haben keinen der unseren verloren. Ob das so bleibt, wird auch an dir liegen, Freund. Der nächste Schritt ist wichtig. Ich würde es selbst tun, doch es ist mir nicht möglich, also hoffe ich, du bist bereit: An einem geheimen Ort sind Banner versteckt. Suche sie und bringe sie da an, wo sie hingehören. Du wirst den Ort beizeiten erfahren. Um unser aller willen, beeile dich. Und lege eine Kutte an, die dein Gesicht verbirgt, der Feind hat seine Augen überall.
Ich danke den Göttern für deine Freundschaft!
Idmon

Torqan liest den Brief zweimal und steckt ihn dann ein. Er muss nicht lange überlegen, natürlich wird er seinem Freund den Gefallen tun. Und, wenn er schon dabei ist, auch einem anderen Freund helfen.

Er wirft einen letzten Blick auf all das Schwarz und Grau, dann macht er sich auf den Weg.

»Es tut mir leid.« Derek drückte Rosie einen Kuss auf die Stirn und zog ein trauriges Hundegesicht. »Ich wollte dich nicht anblaffen, ich habe nur mit einem widerlichen Mathebeispiel gekämpft. Deshalb muss ich auch gleich noch mal weg. Aber ich bin zum Abendessen wieder da.«

Das war optimistisch. Doch wenn Rosie den Eltern erzählte, dass er in Sachen Schule unterwegs war, würden sie es nicht so eng sehen, wenn er ein wenig später heimkam.

Er zog einen Hoodie aus dem Schrank, dann setzte er sich mit seinem Arbeitsblock an den Küchentisch. Zehn Minuten später riss er die vollgeschriebenen obersten Blätter ab, steckte sie zusammengefaltet in einen Umschlag und lief nach draußen.

Die App schickte die Nachricht, während er noch im Treppenhaus war. Ein Bild von einem grauen Rucksack mit einem Wolfskopf drauf. Die Bildunterschrift lautete: *Müllsack. Gelb. Ecke Bingfield Street/Pembroke Avenue.*

Er seufzte. Das würde ihn eine knappe halbe Stunde kosten, und davor wollte er noch einen kurzen Abstecher machen. Besser, er beeilte sich.

Neben dem Haus, in dem Syed wohnte, befand sich ein Pub. Eine Gruppe Raucher stand draußen und beobachtete Derek, wie er den Umschlag mit Mathebeispielen und Lösungen in den Briefschlitz der Familie Barua steckte. Er überlegte kurz, drückte dann die Klingel und wartete, bis sich jemand über die Gegensprechanlage meldete. »Ich habe etwas für Syed in den Briefkasten geworfen, ist dringend!«, rief er, drehte sich um und ging mit gesenktem Kopf davon. Jetzt war es seinem Freund überlassen, was er mit der Information anstellte. Derek hatte sein Bestes getan.

Dass London von Bergen gelber Müllsäcke an gewissen Sammelstellen gezeichnet war, fand er normalerweise unschön, besonders weil es aus vielen davon nicht allzu gut roch. Doch als Versteck waren sie tatsächlich eine verdammt gute Idee.

Als er an der Straßenkreuzung von Pembroke und Bingfield Street ankam, leuchtete ihm ein solcher Haufen förmlich entgegen. Seine Kapuze hatte Derek schon beim Verlassen des Hauses über den Kopf gestülpt, nun zog er sie noch tiefer. Wenn er gleich anfangen würde, im Müll zu wühlen, wollte er dabei nicht zufällig erkannt oder von einer der CCTV-Kameras gefilmt werden.

Er betastete den ersten Sack von außen. Fühlte sich nach Hausmüll an, nach kleinen Teilen. Aus dem nächsten roch es nach gebrauchten Windeln, doch der dritte schien vielversprechend zu sein. Er war nicht mal zur Hälfte gefüllt, fühlte sich leicht an und enthielt nur einen einzigen Gegenstand, einen Klumpen, der durchaus ein Rucksack sein konnte.

Passanten gingen vorbei, doch sie warfen Derek entweder nur kurze, peinlich berührte Blicke zu oder ignorierten ihn vollständig. Menschen, die den Müll durchwühlten, waren in London kein seltener Anblick.

Vorsichtig lockerte Derek das Band, mit dem der Sack verknotet war, und sah graues Polyestergewebe. Treffer. Und jetzt?

Mit seiner Beute zog er sich in eine Nebenstraße zurück, fand ein niedriges Mäuerchen und setzte sich. Ein schneller Handycheck, aber Erebos hatte keine neue Nachricht gesendet. Also holte Derek den Rucksack aus dem Müllbeutel heraus und öffnete ihn.

Banner, hatte Idmon in seinem Brief angekündigt. Damit hatte er wohl die vier zusammengerollten Kunststofffolien gemeint, die sich im Hauptfach befanden. Obenauf fand Derek einen Zettel, nicht handbeschrieben, sondern per Computer und ausgedruckt.

Eine Adresse in der Copenhagen Street, dazu die Anmerkung *Hinterhof. Tor ist offen. Die große Glasfront gehört uns.*

Bei genauerer Überprüfung stellte Derek fest, dass es sich bei den sogenannten Bannern um Aufkleber handelte. Und die sollte er jetzt an eine Scheibe pappen?

Na gut. Laut Google Maps würde er in zehn Minuten in der Copenhagen Street sein, aber die Sache mit dem Hinterhof machte ihm Sorgen. In einen Hof konnte man meistens von diversen Wohnungen aus hinunterschauen. Wenn jemand ihn beim Glaswand-Bekleben erwischte, nützte ihm seine Kapuze auch nichts mehr.

Und – man konnte eingeschlossen werden. Das wollte Derek auf keinen Fall schon wieder erleben.

Er hängte sich den Rucksack über die Schultern und machte sich auf den Weg – erst einmal die Lage erkunden. Wenn sich die Aktion als zu riskant herausstellen würde, konnte er immer noch ...

Ja, was eigentlich? Einen Rückzieher machen? Das Gespräch mit Emily kam ihm wieder in den Sinn. Dass einige ihrer Freunde damals in den Jugendknast gewandert waren, allerdings hatten die auch jemanden töten wollen. Er schüttelte den Kopf. Das ließ sich ja wohl überhaupt nicht vergleichen. Er würde nur ein paar Aufkleber anbringen. Harmloser ging's kaum.

Exakt in dem Moment, als er das Haus in der Copenhagen Street erreichte, klingelte sein Telefon. Er schrak zusammen, als hätte man ihn bereits ertappt. Ein Blick auf das Display. Mum. Wahrscheinlich stand das Essen schon auf dem Tisch.

Nach kurzem Zögern drückte er das Gespräch weg. Blickte auf den Gebäudeeingang, als wäre der ein Gegner, den es zu besiegen galt. Kein Wohn-, sondern ein Bürohaus, und wie angekündigt stand der Eingang offen.

Am besten, er brachte es schnell hinter sich. Tat so, als wäre er hier zu Hause. Ein schwach beleuchteter Durchgang, dann öffnete sich der Hof vor ihm, halb zugeparkt mit Lieferautos und vier Pkw, die vermutlich einem Installations-Notdienst gehörten. Resc/You stand in blauen Lettern auf der Motorhaube und den Seitenfronten, das Logo war wie ein Tropfen geformt. Derek blickte sich um. Da, links von ihm, befand sich die besagte Glasfront, dahinter eine Lobby mit Empfangstheke, die nicht mehr besetzt war. Trotzdem machte Derek sich Sorgen. Denn hinter zwei der Fenster im obersten Stock des Gebäudes gegenüber brannte Licht. Dort arbeiteten noch Menschen, die jederzeit Feierabend machen und ihn dann entdecken konnten.

Er duckte sich hinter einen der Notdienst-Wagen und nahm den Rucksack von den Schultern. Vier Aufkleber anzubringen konnte nicht lange dauern. In fünf Minuten war er wieder fort.

Die Banner wurden jeweils von einem Gummiring zusammengehalten. Derek holte das erste heraus und entrollte es. Die Kante der Folie vom Schutzpapier zu lösen war gar nicht so einfach. Nach einem gehetzten Rundumblick schlich Derek zu der Glasfront und drückte das Anfangsstück des Aufklebers gegen das Glas. Er war etwa zwanzig Zentimeter hoch und extrem lang. Derek entrollte und klebte gleichzeitig, strich die Folie auf dem Glas glatt, bis sie zur Gänze festklebte. Ein wenig schief, aber das war es nicht, was ihn verblüfft davor innehalten ließ. Es war der Satz, der darauf geschrieben stand.

Die Toten sammeln sich und haben Fragen.

War das ein Witz? Ein Zitat? Konnte er das einfach so hier stehen lassen? Probeweise kratzte Derek an einer Ecke des Aufklebers, doch der hielt bombenfest. Er kannte die Sorte, man würde ihn mühevoll mit einem Schaber entfernen müssen.

Alarmiert zog er die nächste Rolle aus dem Rucksack, sie war dünner. Diesmal würde er lesen, was auf dem Banner stand, bevor er ihn anbrachte.

Es war eine Zahl. Eine Geldsumme.

54.800 Pfund

Damit konnte er noch weniger anfangen. Unschlüssig betrachtete er den Aufkleber, als sein Handy erneut klingelte. Wieder Mum. Hektisch drückte er auch dieses Gespräch weg, warum hatte er vorhin nicht daran gedacht, die Klingeltöne auszuschalten? Das holte er nun nach, hielt dabei die Luft an, um zu hören, ob irgendwo ein Fenster aufging oder, schlimmer, eine Tür. Doch alles blieb ruhig.

Es half nichts, sagte er sich, als sein Puls wieder in normalem Tempo schlug. Er musste das jetzt entweder durchziehen oder bleiben lassen. Und nachdem er schon angefangen hatte ...

Das Banner mit der Geldsumme war schneller angebracht, einfach, weil es kleiner war. Derek entrollte das nächste.

Sie wollen ihn nicht noch einmal sehen.

Egal, was das heißen sollte, es war mit wenigen Handgriffen an die Glasfront geklebt. Dann kam das vierte und letzte Banner. Er las den Text und schauderte innerlich. Harmlos klang das nicht, Derek fragte sich, was die Leute morgen früh denken würden, wenn sie ins Büro kamen.

Als er fertig war, schoss er schnell ein Foto, spähte und lauschte nach allen Richtungen, um sicherzugehen, dass wirklich niemand in seiner Nähe war, und verließ zügig den Innenhof.

Auf dem Weg zur U-Bahn rief er seine Mutter zurück, erklärte ihr, dass er noch etwas bei Syed zu erledigen gehabt hatte, aber jetzt gleich zu Hause sein würde.

Er zerbrach sich nicht den Kopf darüber, ob sie ihm glaubte; ihn beschäftigte etwas anderes. Er dachte wieder an Emily und ihre Warnungen. Vor allem jedoch an den Text, der auf dem letzten Banner gestanden hatte.

Leben für Leben. Tod für Tod.

Hi Nick!

Es gibt eine ganze Menge Neuigkeiten. Derek Carver, in dessen Schule du Fotos gemacht hast, ist wirklich Emilys Bruder.

Nick saß mit einem Glas Orangensaft auf seiner Couch und hatte eben Victors Post geöffnet. Eine Karte war offenbar nicht genug gewesen, um alles Wichtige darauf unterzubringen, also hatte er einen Brief geschrieben. Man sah Victors Handschrift an, dass er so etwas nicht oft tat.

Nachdem ich Emily von deiner Vermutung erzählt habe, hat sie sofort mit Derek gesprochen, der behauptet, er hätte noch nie von Erebos gehört. Sie weiß nicht, ob sie ihm glauben soll. Er hätte sich ein bisschen zu viel Mühe gegeben, ahnungslos zu wirken.

Ich habe in der Zwischenzeit ein paar Leute aufgetrieben, pass auf, das wird dich interessieren. Adrian McVay lebt derzeit nicht in London, er studiert Raumfahrttechnik in den USA. Irre, oder? Als ich ihm erzählt habe, dass Erebos wieder aufgetaucht ist, war er bestürzt und hat gefragt, ob er uns irgendwie helfen kann. Ich glaube nicht, dass er mit der Neuauflage zu tun hat.

Colin arbeitet als Immobilienmakler. Er war vor allem misstrauisch, als ich ihn kontaktiert habe, aber er kennt mich ja auch nur aus dem Soft-Suspense-Büro. Können keine tollen Erinnerungen sein. Jedenfalls will er bloß in Ruhe gelassen werden, aber immerhin schickt er dir Grüße.

Jerome kannte mich überhaupt nicht, fand es aber sehr witzig, wieder an das Spiel erinnert zu werden. Er ist damals ja recht glimpflich davongekommen, hat also leicht lachen. »Auf Erebos hätte ich echt wieder einmal Lust«, meinte er. Klang normal, wirkte harmlos. Er ist jetzt fertig ausgebildeter Optiker, und ich habe ihm versprochen, sobald ich eine Brille brauche, melde ich mich bei ihm.

Nicks Handy auf dem Couchtisch gab einen Signalton von sich – nichts Beunruhigendes, nur eine Terminerinnerung. Er musste in zehn Minuten aufbrechen, wenn er pünktlich in der Privatschule ankommen wollte.

Brynne ist mit einem Hundezüchter verlobt und lebt in Devonshire, wo sie – du ahnst es – Hunde züchtet. Ihr Jurastudium hat sie aufgegeben, sie sagt, sie liebt das Landleben. Dafür ist Aisha mit ihrem Medizinstudium beinahe fertig und fest entschlossen, Chirurgin zu werden.

So, uff, mehr Leute habe ich noch nicht geschafft. Bin aber ziemlich stolz auf mich. Keiner von den Erwähnten wusste, dass Erebos wieder aktiv ist. Außer sie haben mich angelogen. Kann natürlich sein. Lass von dir hören, ich fange gerade an, diese Analog-Kommunikation cool zu finden!

Victor

Noch acht Minuten. Nick schnappte sich eine seiner Postkarten und schrieb in kurzen Worten und winziger Schrift, dass die Regeln sich noch mal verschärft hatten. Kein Zuhauselassen des Handys mehr, keine Tricks, keine Gespräche unter vier Augen. Damit hatte er Helens Freiheit erkauft. Und hoffentlich ihr Familienleben mit Nancy.

Auf dem Weg zum Auto warf er die Karte in einen Postkasten, dann machte er sich auf den Weg nach Arringhouse. Zu dem Auftrag, der ihm finanziell erst mal die größten Sorgen nehmen würde. Und den er dem Spiel verdankte, sosehr ihm das auch gegen den Strich ging.

Sein Navi hatte ihm den kürzesten Weg gewiesen; Nick war pünktlich. Eine sehr dünne, sehr nervöse Frau empfing ihn auf dem Parkplatz, stellte sich als Cordelia Lissman vor und scheuchte ihn über einen Steinweg auf das Schulgebäude zu.

Ein Schloss, dachte Nick. Mit Türmen, Torbögen und spitzen Giebeln, alles in rotem Backstein. Auf gepflegtem Rasen, von eigenen Wäldern umgeben; wahrscheinlich liefen abends Rehe über das Schulgelände.

Auf der rechten Seite des Hauptgebäudes entdeckte er ausgedehnte Sportanlagen: Ein olympiataugliches Schwimmbecken, einen Leichtathletik-, einen Tennis- und einen Fußballplatz, daneben eine Beachvolleyballanlage. Wahrscheinlich hatte dieses Internat auch seinen eigenen Golfplatz.

»Das Haus stammt von 1826, wurde aber 1908, 1955 und 2016 komplett renoviert«, erzählte Lissman. Es hörte sich an, als würde sie diese Fakten täglich dreimal herunterbeten. Nick war nur mit halber Aufmerksamkeit dabei, als sie die berühmten Absolventen der Schule, die Förderprogramme und die Sporterfolge aufzählte. In Gedanken fotografierte er bereits das spektakuläre Gebäude, an dessen linker Längsseite er nun tatsächlich auch einen See entdeckte.

Sie betraten die Schule, über deren Eingang ein in Stein gemeißeltes Wappen hing – ein gekrönter Ritterhelm über drei Adlern mit ausgebreiteten Flügeln. In der Eingangshalle, die unerwartet hell war, lotste Lissman Nick zu einer ledernen Sitzgruppe. »Am besten warten Sie hier auf Direktor Wiley.«

Als sie fort war, holte Nick seine Kamera aus der Tasche. Das Morgenlicht fiel so weich und warm durch die Fenster, das wollte er unbedingt festhalten. Nicht weit entfernt spielte jemand Klavier, das Stück kannte sogar er: *Claire de Lune*, von Debussy.

Er seufzte. Manchmal machte das Universum wirklich blöde Witze. Claire. An die er gerade erfolgreich nicht gedacht hatte.

Zwei Minuten später kam ein klein gewachsener Mann auf ihn zu, der sich kerzengerade hielt und von Nicks turmhohen ein Meter neunzig überhaupt nicht beeindruckt wirkte. »Mr Dunmore! Ich freue mich, Sie kennenzulernen.« Er schüttelte ihm die Hand. »Ich bin John Wiley, der Direktor. Wie ich sehe, haben Sie schon zu arbeiten angefangen?«

»Was für ein großartiges Ambiente Sie hier haben.« Nick versuchte erst gar nicht zu verbergen, wie begeistert er war.

»Ich freue mich jeden Tag darüber«, erklärte der Direktor fröhlich und bat Nick mit einer Handbewegung, ihm zu folgen. Durch einen Säulengang mit Blick auf den begrünten Innenhof, in dessen Mitte ein Springbrunnen sprudelte.

»Darf ich Sie etwas fragen?« Nick war stehen geblieben und knipste den Brunnen im Sonnenlicht.

»Selbstverständlich.«

»Wieso haben Sie den Auftrag an mich gegeben, als Ihr üblicher Fotograf ausgefallen ist? Nicht dass ich mich nicht freuen würde, aber ich bin … na ja, nicht die nächstliegende Wahl.«

Der Direktor strich sich über sein schütteres Haar. »Da haben Sie natürlich recht. Aber zwei unserer Lehrer haben Sie unabhängig voneinander empfohlen. Sie hatten Ihre Homepage gefunden und waren von Ihren Arbeiten beeindruckt.«

Irgendetwas sagte Nick, dass das nur die halbe Wahrheit sein konnte. Sein Portfolio war okay, aber Schulfotografie kam darin nicht vor.

Sie traten durch ein Tor ins Freie und standen vor dem See, dahinter erhob sich der Wald. Ein Schwan schlug majestätisch mit den Flügeln.

»Hier werden die Fotos aufgenommen, wenn das Wetter so mitspielt wie heute«, erklärte Wiley. »Sind Sie einverstanden?«

»Ja. Perfekt.« Nick begann, sein Stativ aufzustellen und die beste Perspektive zu suchen. Geheuer war ihm die Sache nach wie vor nicht. Dass Erebos ihn für ein bisschen Kämpfen so großzügig belohnte, sah dem Spiel nicht ähnlich.

Danach kam er nicht mehr groß zum Nachdenken. Eine Schulklasse nach der anderen wurde ins Freie getrieben, zuerst die Kleinsten, alle in blau-weißer Uniform. Nick arbeitete konzentriert und schnell, unter Wileys wohlwollendem Blick.

Nach zwei Stunden machte er erstmals Pause. Jemand brachte ihm Kaffee. Nick sichtete seine bisherigen Aufnahmen und sicherte sie auf der mitgebrachten Festplatte, als ihn plötzlich das Gefühl beschlich, beobachtet zu werden. Er blickte hoch.

Ein junger Mann, höchstens zwei oder drei Jahre älter als er selbst, stand am Ufer des Sees und sah unverwandt zu ihm hinüber. Als Nick ihm grüßend zulächelte, steckte er die Hände in die Hosentaschen und marschierte auf ihn zu.

Nick legte die Kamera beiseite und streckte ihm die Hand entgegen, doch der andere machte keine Anstalten, sie zu schütteln. »Wer sind Sie?«, fragte er.

»Äh. Nick Dunmore. Ich bin heute hier, um die Schulfotos ...«

»Ja, das weiß ich.« Seine Brauen zogen sich über der Nasenwurzel zusammen. »Ich habe Sie empfohlen.«

Oh. Das kam überraschend. »Dann müssten Sie doch wissen –«

»Ich weiß, dass ich getan habe, was ich tun musste«, sagte der Mann leise. »Und dass Sie davon profitieren. Jetzt würde mich wirklich interessieren, wer es war, der mich so unter Druck gesetzt hat. Sie selbst? Oder jemand in Ihrem Auftrag?«

Nick öffnete den Mund und schloss ihn wieder. Er konnte sich zusammenreimen, wie die Dinge abgelaufen waren, aber er konnte es seinem Gegenüber nicht sagen, denn Erebos hörte ganz sicher mit. Das Spiel musste auch diesen Mann in die Fänge bekommen haben.

Er hätte ihm zu gern auf die Schulter geklopft und ihm zu verstehen gegeben, dass sie Leidensgenossen waren. Doch ihm war klar, dass Erebos damit nicht einverstanden sein würde.

»Es tut mir leid, aber ich habe keine Ahnung, wovon Sie reden«, sagte er. »Ihre Schule hat mich angeschrieben, ich war selbst überrascht.«

Der andere musterte ihn misstrauisch. »Schwer zu glauben.«

»Das tut mir sehr leid für Sie, aber so ist es nun mal.« In Nicks Kopf hatte bereits ein alt bekannter Mechanismus eingesetzt; er versuchte, seinen Gesprächspartner mit einem der Spielcharaktere in Einklang zu bringen. Barbar? Echse? Dunkelelf? War er neu? Ein Veteran?

In seiner Hosentasche meldete sich das Handy. Eine neue Nachricht auf der App: *Geh weg von ihm.* Nick steckte das Telefon wieder ein und griff nach der Kamera. Seine Selbstbestimmung zu verlieren war ein scheußliches Gefühl. »Tut mir leid«, sagte er, »ich muss mich um die Fotos kümmern. Ich schätze, es geht gleich weiter.«

Die Begegnung hallte noch in ihm nach, als er begann, die Unterstufenkinder zu fotografieren. Sich von Erebos auf diese Weise herumdirigieren lassen zu müssen kotzte ihn maßlos an – und das würde noch eine Weile so weitergehen. *Bis zum Ende.*

Der Himmel blieb wolkenlos, und in der großen Pause strömten die Schüler dutzendweise aus dem Schulgebäude. Sie belagerten die Bänke am Rand des Rasens; viele von ihnen zog es aber auch zum See. Nick legte seine Jacke ins Gras und setzte sich, die Kamera an ihrem Riemen um den Hals gehängt. Sicher war sicher. Er schloss die Augen und genoss das Gefühl von Sonne auf der Haut.

Es dauerte kaum zwei Minuten, als ein Schatten über ihn fiel. Nick blinzelte nach oben und sah in das lächelnde Gesicht einer Schülerin, die sicher schon die Oberstufe besuchte. »Ich wollte Sie nicht stören«, sagte sie, »aber wenn Sie gern einen Snack möchten – die Küche hat mich geschickt.« Ihr Englisch klang außerordentlich gepflegt, als wäre sie bei den Royals aufgewachsen. »Ich kann Ihnen Tee, Kaffee, Sandwiches und Kuchen anbieten. Es gibt Apfelschnitten, die sind noch warm.«

»Das ist ein tolles Angebot.« Nick wählte Kaffee und Sandwiches, er wollte gerade die Augen wieder schließen, als sich noch einmal jemand über ihn beugte.

»Entschuldigen Sie, Sir!« Ein dunkelhaariger Junge, ungefähr fünfzehn Jahre alt, in dessen Wangen sich Grübchen bildeten, wenn er lächelte. Er hielt eine Spendenbüchse in der Hand. »Wir unterstützen ein Hilfsprojekt in Somalia. Medikamente für ein Krankenhaus in Mogadischu. Heute nach dem Unterricht gehen wir nach Arringhouse, um dort zu sammeln, und ich habe mich gefragt, ob ich vielleicht mit Ihnen anfangen könnte ...«

Die Schüler hier waren so vorbildhaft, es war beinahe unheimlich. Die einen brachten ihm Snacks, die anderen engagierten sich ehrenamtlich. »Klar«, sagte Nick und zog sein Portemonnaie hervor. Ein Zehn-Pfund-Schein wanderte in die Sparbüchse. »Tolle Aktion.«

Das Lächeln des Jungen vertiefte sich. »Ach wissen Sie, bei uns liegt das in der Familie, und die Schule fördert zusätzlich jedes soziale Engagement. Ich danke Ihnen für Ihre Spende.«

Fast war Nick versucht, noch einen Zehner draufzulegen, als etwas anderes seine Aufmerksamkeit auf sich zog. Auf der gegenüberliegenden Seite des Sees, zwischen Sträuchern und langem Gras, kauerte ein Mädchen. Aus der Entfernung konnte er nicht genau erkennen, was es tat, aber möglicherweise versenkte es etwas im Wasser.

Der Junge mit der Sammelbüchse war bereits gegangen. Nick wechselte in Windeseile das Objektiv seiner Kamera; schraubte das beste Tele darauf, das er in der Tasche hatte, und nahm das Mädchen ins Visier.

Eine Schülerin, zweifellos. Sie trug die blau-weiße Uniform, und tatsächlich hantierte sie mit einer Art Blechkiste, um die sie Paketschnur gewickelt hatte. Beides tropfte bereits, es hatte den Anschein, als hätte das Mädchen das passende Unterwasserversteck noch nicht gefunden.

Deshalb also, dachte Nick. Deshalb bin ich hier. Demnächst wird mir die App eine neue Anweisung schicken, dass ich nämlich diese Blechschachtel aus dem Wasser holen und mit nach London nehmen soll. Ohne sie zu öffnen, natürlich.

Er zoomte noch ein Stück näher. Das Mädchen hatte das kastanienfarbene Haar zu einem Knoten am Hinterkopf aufgesteckt. Als es kurz den Kopf hob, drückte Nick ein paarmal auf den Auslöser und hielt das für eine clevere Idee, bis ihm einfiel, dass Erebos die Bilder sehen würde, sobald er sie auf den Computer überspielte.

Außer er sicherte diese paar verräterischen Fotos auf der mobilen Festplatte und löschte sie dann von der Speicherkarte der Kamera.

Das konnte funktionieren. Nick knipste weiter, während die Schülerin endlich die richtige Stelle für die Kiste gefunden zu haben schien. Sie ließ sie im See versinken, hatte die Schnur aber so lang gelassen, dass sie ein Ende an einem der Sträucher festknoten konnte. Ein letzter, prüfender Blick, dann drehte sie sich um und verschwand zwischen den Büschen und Bäumen.

Es gab also mindestens zwei Spieler in Arringhouse. Dieses Mädchen und den Mann, der Nick vorhin angesprochen hatte. Der vermutlich Lehrer war. Wenn sich die Chance ergab, würde Nick ihn ebenfalls ablichten.

Tatsächlich sah er ihn wieder, als er mit der zehnten Jahrgangsstufe nach draußen kam und die Schülerinnen und Schüler fotogerecht aufstellte. Der Mann würdigte Nick keines Blickes, erst als der die Kamera auf die Klasse richtete, bemühte sich auch der Lehrer um ein freundliches Gesicht.

Verübeln konnte man es ihm nicht. Wer wusste schon, wozu das Spiel ihn noch gezwungen hatte, außer Nick einen Job zu verschaffen. Er arbeitete mit Kindern, und das an einem renommierten Privatinternat. Da genügte schon der Hauch eines Verdachts von unpassendem Verhalten, und er war gefeuert. Erebos war bestimmt etwas Hübsches eingefallen, um ihm zu drohen. Musste ja nicht die Sache mit dem Terroranruf gewesen sein.

Zu Mittag hatte er alle Jahrgänge durch und wurde in den Speisesaal geführt. Besser gesagt, die Speisehalle. Direktor Wiley bat ihn an seinen Tisch und ließ einen Teller nach dem anderen auftragen. Am Ende stand eine doppelte Portion Mousse au Chocolat, durch die Nick sich kämpfte, danach hätte er gerne jeden einzelnen Gang rückgängig gemacht, so voll war er. Er hatte noch einen Nachmittag Arbeit vor sich – das Gruppenfoto der Lehrer, die Schule von innen und außen, die Sportplätze und alles andere, was Wiley so einfiel. Ihm war schlecht.

Das besserte sich an der frischen Luft und wurde wieder schlimmer, als es ins Internatsgebäude ging. »Wir haben eines der Zimmer fototauglich gemacht«, erklärte der Direktor. »Zwei Betten, sehen Sie? Zwei Schreibtische und ein prachtvoller Blick auf den See. Manchmal könnte ich fast neidisch werden; ich war als Kind ebenfalls im Internat, da haben wir die Ritzen an den Fenstern mit Zeitungspapier verstopft, weil es so gezogen hat.«

Nick fotografierte den hohen, hellen Raum mit den schicken Möbeln. Die Türen zu den Zimmern waren alt, an ihnen waren Messingschilder angebracht. *Shakespeare* stand auf dem des Musterzimmers. Nick grinste und schoss mehrere Bilder. »Hier wohnen ganz schön prominente Leute.«

»Schön wär's.« Direktor Wiley hauchte auf das Schild und polierte es mit seinem Ärmel. »Nein, es hat einfach jeder der Räume einen eigenen Namen. In diesem Trakt sind die Zimmer nach Dichtern und Dichterinnen benannt, im Nebentrakt nach berühmten Politikern. Cromwell, Churchill und so weiter. Bei den Mädchen sind es Wissenschaftlerinnen und Künstlerinnen. Darf ich Sie jetzt zu unserem hauseigenen Theater führen?«

Es war nach sieben Uhr und bereits dunkel, als Nick das letzte Foto schoss. Er fühlte sich wie durch den Fleischwolf gedreht, hoffentlich würde er auf der Rückfahrt nicht hinter dem Steuer einschlafen. Das Angebot, in der Schule zu Abend zu essen, lehnte er höflich ab; das eines starken Kaffees nicht.

Beim Verlassen des Geländes checkte er sein Telefon, das sich verdächtig ruhig verhalten hatte. Nick dachte an die Schachtel im See, die er jetzt wohl noch bergen musste.

Doch die App hatte sich nicht gemeldet. Keine Nachricht. Kein Auftrag.

Er saß im Auto und war versucht, sein Handy zu schütteln. Er hätte die Hand dafür ins Feuer gelegt, dass die Blechbüchse für ihn bestimmt gewesen war. Dass er wenigstens ansatzweise durchschaute, was Erebos im Sinn hatte.

Aber gut. Dann würde er jetzt einfach nach Hause fahren, die Fotos überspielen, sich schlafen legen. Er suchte seine Wohnadresse aus den Navi-Favoriten heraus und fuhr los.

Der Weg führte ihn durch das Städtchen Arringhouse, dem das Herrenhaus seinen Namen verdankte – oder umgekehrt –, dann hinaus auf die Landstraße.

Jetzt, wo der Stress des Tages langsam von ihm abfiel, ärgerte sich Nick, dass er nicht versucht hatte, den Namen des Lehrers zu erfahren, der ihm so feindselig begegnet war. Dann hätte Victor sicher einen Weg gefunden, mit ihm Kontakt aufzunehmen.

Das Mädchen mit der Blechschachtel war im vorletzten Schuljahr, sie hieß Lauren McKenzie, das stand auf der Schülerliste. Moment, es gab ja auch eine Liste der Lehrer und eine Schulhomepage, auf der er vielleicht Porträtfotos finden konnte ... Nick rieb sich die Augen. Er war wirklich müde, sein Hirn lief nur noch auf Notbetrieb. Wiley hatte ihm beim Abschied versichert, er sei vollauf zufrieden, wenn er in einer Woche die ersten Kostproben bekam, und er freue sich schon sehr auf den neuen Schulfolder.

»In dreihundert Metern rechts abbiegen«, erklärte das Navi.

Ein netter Mann war das, Wiley. Bei ihm war Nick sicher, dass er nichts mit Erebos zu tun hatte. Er fragte sich, wie die Schülerin – Lauren McKenzie – es schaffte, die Regeln des Spiels zu befolgen. In einem Internat war man doch nie ...

»In zweihundert Metern links abbiegen.«

... nie allein. Zog sie sich nachts mit ihrem Notebook aufs Klo zurück, wenn Erebos sie rief? Oder war das Spiel vernünftig genug, nichts Unerfüllbares zu ...

»In vierhundert Metern rechts abbiegen, dann gleich wieder rechts abbiegen.«

… zu verlangen? Nick gähnte. Dunkel war es hier, vorhin war er doch noch über beleuchtete Straßen gefahren? Nun waren nirgendwo mehr Laternen zu sehen, dafür Wald auf beiden Seiten der Fahrbahn, die zusehends holpriger wurde.

Er reduzierte die Geschwindigkeit. Checkte das Navi.

»Weiterfahren. In zweihundert Metern links abbiegen.« Nick verriss das Lenkrad. Das war nicht mehr die freundliche weibliche Stimme, die er gewohnt war. Es war die Stimme des Boten.

»Was zum Teufel –«, stieß er hervor, und nun drang Lachen aus den Lautsprechern. Das Display des Navis zeigte nicht mehr den Straßenverlauf, sondern ein gelbes Auge, das starr auf Nick gerichtet war.

»In fünfzig Metern links abbiegen.«

Auf seine Stirn war Schweiß getreten. Links gab es keine Straße, nur einen unbefestigten Weg. Er bremste hinunter auf Schritttempo und bog vorsichtig ab.

»In hundertfünfzig Metern haben Sie Ihr Ziel erreicht«, verkündete der Bote. »Es befindet sich direkt vor Ihnen.«

Nick ließ den Wagen weiterrollen. Der Boden wurde nun schlammig und glatt; im Licht der Scheinwerfer kam ein rostiges Torgitter in Sicht, mannshoch.

»Was soll ich hier? Was ist das?«

»Es ist die Wahrheit am Ende der Dinge«, hallte die Stimme des Boten durch den Wagen. »Du hast heute Bilder gemacht, die nicht für Arringhouse bestimmt sind. Sondern für dich, richtig?«

Nick begriff nicht, wie der Bote das wissen konnte. »Ich habe die Schüler fotografiert. Das Gebäude. Den See.«

Die Stimme wurde tiefer. Grollender. »Du weißt, wovon ich spreche.«

Natürlich wusste er es, und spätestens jetzt war er sicher, dass die Blechdose ein düsteres Geheimnis barg.

»Wem wolltest du die Bilder zeigen?«

Nick überlegte, so schnell sein erschöpftes Hirn es vermochte. »Niemandem. Wem sollte ich sie schon zeigen? Ich weiß selbst nicht, warum ich das Mädchen fotografiert habe. Aus Neugierde, denke ich.«

»Nimm deine Kamera. Lösche die Aufnahmen.«

Er drehte sich um und holte die Fototasche vom Rücksitz. Nach ein paar Minuten hatte er die Sequenz mit Lauren gefunden und löschte jedes der sieben Bilder. »Erledigt.«

Das Auge auf dem Navidisplay flimmerte. »Gut. Und jetzt steig aus.«

»Wie bitte?«

»Steig aus. Nimm den Apparat mit.«

Widerwillig löste Nick den Sitzgurt. Die Lichter des Wagens ließ er an, sein Handy steckte er in die Hosentasche. Beim Aussteigen wurde ihm bewusst, wie allein er hier war – kein anderes Auto zu hören, kein Hundegebell, nur das Rauschen des Windes. Und dann doch ein Motorgeräusch, das sich näherte, ein Flugzeug; tief genug, dass er die Positionslichter an den Tragflächen erkennen konnte. Merkwürdigerweise fühlte er sich durch den Anblick noch einsamer: wie ein Schiffbrüchiger auf einer Insel, der von den vorbeiziehenden Dampfern nie entdeckt werden würde.

Komischer Gedanke. Er schüttelte ihn ab und ging langsam auf das hohe, schmiedeeiserne Gittertor zu, vor dem er angehalten hatte. Stellte fest, dass es halb offen stand. Nick trat hindurch und sah erst jetzt, was hinter dem Eisenzaun lag.

Ein alter Friedhof. Verfallene Grabsteine, schiefe, moosüberwachsene Kreuze. Betende Engel mit langen Gewändern, die von Kletterpflanzen umrankt wurden. Die Wahrheit am Ende der Dinge, dachte Nick fröstelnd. »Was soll ich jetzt machen?«

»Suche das Grab von Lawrence Moreley.« Die Stimme drang nun aus dem Smartphone. »Du erkennst es an dem weinenden Engel, der am Rand sitzt.«

Nick hatte das Telefon kaum zur Hand genommen, als die integrierte Taschenlampe sich einschaltete. Der Lichtschein warf zuckende Schatten auf den Weg und die Gräber. Ein kleines Tier huschte raschelnd durchs Gebüsch, wohl aufgeschreckt von der ungewohnten Störung.

Die Vorstellung, dass noch jemand oder etwas außer Nick hier sein und aus dem Dunkel heraus nach ihm greifen könnte, war völliger Unsinn. Trotzdem gelang es ihm nicht, den Gedanken abzuschütteln. Dieser Friedhof war sichtlich verlassen, niemand pflegte die Gräber mehr. Immer noch hatte Nick kein anderes Auto in der Nähe gehört. Ein perfekter, schauriger Platz, um … unbeobachtet zu sein. Wobei auch immer.

Da! Da, an einem der Seitenwege fiel das Licht auf einen Engel mit langen Flügeln und vors Gesicht gelegten Händen. Er saß mit gebeugten Schultern auf dem Kopfteil des Grabes. Der Grabstein wies bereits Sprünge auf, doch die Inschrift war noch lesbar.

Lawrence Moreley.
*15.05.1875†

Wenn er den Stern und das Kreuz richtig interpretierte, handelte es sich um das Grab eines Säuglings. Der noch am Tag seiner Geburt gestorben war.

Auch wenn seitdem beinahe hundertfünfzig Jahre vergangen waren, fühlte Nick Traurigkeit in sich aufsteigen. Doch das war nicht der Grund, aus dem der Bote ihn hierhergelotst hatte.

Nick hob die Kamera vors Gesicht und versuchte, trotz der miserablen Lichtverhältnisse ein Foto ohne Blitzlicht zu schießen, indem er das Grab mit dem Handy beleuchtete. Er überprüfte das Ergebnis im Ansichtsmodus und fand es sehr stimmungsvoll, aber die Inschrift würde man kaum lesen können. Also schoss er auch noch ein paar Aufnahmen mit Blitz.

»Das sollte genügen. Kann ich jetzt wieder zurück?«

»Erst musst du graben.«

Das konnte der Bote nicht ernst meinen. Wonach denn, nach alten Kinderknochen? »Das Grab ist nicht mit Erde bedeckt, sondern mit einer Steinplatte«, erwiderte Nick.

»Sorge für Erde. Fülle sie in die Lichtschalen.«

Lichtschalen. Das mussten die beiden Gefäße rechts und links des Grabsteins sein. Nick legte Kamera und Handy beiseite und begann, mit bloßen Händen eine Mischung aus Erde, Blättern und kleinen Steinen in die Schalen zu füllen. Wozu das gut sein sollte, interessierte ihn nicht, er wollte bloß noch weg hier. »Fertig.«

»Gut. Dann lass uns heimkehren.«

Ohne sich noch einmal umzusehen, lief er zu seinem Auto zurück. Das Auge war vom Display des Navis verschwunden, dort war nun wieder der Straßenverlauf zu sehen. So wie normalerweise immer.

»Wenn möglich, bitte wenden«, sagte die Frauenstimme.

Zwei bange Minuten lang schien es, als wäre das eben nicht möglich, denn die Räder von Nicks Wagen drehten im Schlamm durch. Bis sie schließlich doch ein Stück feste Erde fanden und Nick im Rückwärtsgang auf den Hauptweg zurücksteuerte.

Er achtete nun genau auf jede Anweisung des Navigationsgeräts. Versuchte, sich selbst zu orientieren, überprüfte an Ortstafeln und Hinweisschildern, ob die Richtung stimmte oder das Gerät ihn wieder in die Irre führte.

Doch diesmal lief alles reibungslos ab. Innerhalb von zehn Minuten war er auf der Bundesstraße, und allmählich entspannte er sich. Von hier aus würde er auch ohne Hilfe des Navis nach Hause finden, allerdings hatte er noch fast den ganzen Weg vor sich.

Eine Stunde später war es geschafft, aber Nick fühlte sich nicht mehr in der Lage, weiterzuarbeiten, er war sogar zu schlapp, um Pizza zu holen. Das Einzige, was er schaffte, war, die Kamera an den Computer zu hängen und die Fotos zu überspielen. Danach bürstete er sich unter laufendem Wasser die Friedhofserde unter den Fingernägeln weg und steckte zwei Scheiben Weißbrot in den Toaster.

Ganz gegen seine Erwartung ließ das Spiel ihn diese Nacht durchschlafen.

Auch den Termin mit Professor Merill am nächsten Tag an der Uni hatte Erebos diesmal nicht abgesagt. Ein gutes Zeichen, fand Nick, als er aus dem Büro seines Betreuers kam ... und am Ende des Gangs Victor und Speedy entdeckte, die offenbar auf ihn warteten.

Sein erster Impuls war, sich zu verstecken, bis sie wieder fort waren. Natürlich würden sie über Erebos sprechen wollen, und das Spiel würde jedes Wort mithören. Wahrscheinlich hatte Victor Nicks Karte noch nicht bekommen und dachte, mit einem schalldämpfenden Handtuch wäre nach wie vor alles geregelt.

Doch bevor er noch reagieren konnte, hatte Speedy ihn entdeckt und kam mit erhobenen Händen auf ihn zu. »Keine Sorge!«, rief er. »Wir haben alles im Griff.«

Nick wich zurück, als trüge Speedy einen Sprengstoffgürtel. »Du verstehst nicht, die Regeln haben sich geändert, ich darf nicht –«

»Wissen wir. Deine Karte kam heute Morgen. Aber mach dir keine Sorgen, ich habe für alles gesorgt. Ich habe einen Jammer dabei.«

»Einen was?«

»Einen Störsender. Seit zehn Minuten laufen hier massenweise Leute verzweifelt herum, auf der Suche nach Netzverbindung.« Er klopfte Nick auf die Schulter. »Dir wird das niemand anlasten können, auch Erebos nicht. Wo kein Netz ist, ist kein Netz.«

Tatsächlich. Nick hatte sein Handy hervorgeholt. Keine Verbindung. Trotzdem wollte das flaue Gefühl in seinem Magen nicht verschwinden. »Ich traue dem Frieden trotzdem nicht. Ihr habt ja keine Ahnung, was das Spiel alles mitbekommt«, sagte er, als auch Victor herankam und ihn umarmte. »Gestern habe ich Schulfotos in einem Internat geschossen. Ein paar davon außerhalb meines Auftrags. Ein Mädchen hat sich merkwürdig verhalten. Erebos-merkwürdig, ihr versteht? Also habe ich sie fotografiert. Daraufhin hat das Spiel mich aufgefordert, diese Bilder zu löschen. Es muss Zugriff auf die Kamera bekommen haben. Und auf mein Navi sowieso.«

»Irre!« Es war schwer festzustellen, ob Victor schockiert oder beeindruckt war; das Leuchten in seinen Augen sprach für Zweiteres.

»Habt ihr Empfang?«, erkundigte sich eine Studentin im Vorbeigehen, während sie verbissen auf ihr Handy starrte. »So etwas kann doch nicht passieren, mitten in einer Weltstadt.«

Sie zog weiter, hielt dabei ihr Telefon mal nach links, mal nach rechts, mal hoch über ihren Kopf.

»Okay, dann lasst uns die wichtigen Dinge besprechen, bevor es hier zu Massenunruhen kommt.« Speedy winkte Nick, ihm zu folgen. Sie gingen ein Stockwerk tiefer, Victor grinste ihm immer wieder zu. »Warte nur!«, sagte er verschwörerisch.

Nick lächelte höflich zurück, doch insgeheim malte er sich aus, was auf ihn zukam, wenn Erebos ihm den Kontaktabbruch übel nahm. Ob dann die Polizei schon vor seiner Tür warten würde?

Aber sämtliche Grübeleien waren mit einem Schlag wie weggewischt, als Victor ihn zielstrebig auf eine der kleinen Sitzgruppen vor der Bibliothek zuführte. Auf eine hübsche Frau mit dunklem Pagenschnitt, die in einer Informationsbroschüre blätterte.

Ohne es zu bemerken, hatte Nick seine Schritte verlangsamt. Die Frau war Emily. Er hatte sie seit fünf oder sechs Jahren nicht mehr gesehen, doch mit einem Schlag waren sämtliche Erinnerungen wieder da.

Sie blickte hoch, als die Dreiergruppe näher kam, stand dann lächelnd auf und hauchte Nick rechts und links ein Küsschen auf die Wange. »So schön, dich wiederzusehen«, sagte sie.

»Ja. Auch«, murmelte er. Jetzt, da sie ihr Haar kürzer trug, konnte man in ihrem Nacken eine Schwinge des Raben sehen, den sie sich hatte eintätowieren lassen. Als sie frisch verliebt gewesen waren. Wie ein Versprechen war es gewesen, doch das Schwarz des Vogels schien das Einzige zwischen ihnen beiden zu sein, das nicht verblasst war.

»Ich habe Victor gefragt, ob ich mitkommen kann, wenn ihr euch heute hier trefft.« Sie setzte sich wieder.

Dass sie ihn hier zu dritt überfielen, musste einen Grund haben, und sobald sie alle um das kleine Tischchen saßen, rückte Victor mit der Sprache heraus. »Dein Brief heute Morgen hat mich echt umgehauen, und du sollst nicht glauben, dass du ab jetzt allein mit Erebos klarkommen musst.«

Nick war bei der Erwähnung des Spiels zusammengezuckt; am liebsten hätte er sofort überprüft, ob das Netz immer noch gestört war.

»Wir können alle nicht mitspielen«, fuhr Victor fort, »aber wir haben gehofft, du erzählst uns ein paar Details und wir ziehen vielleicht kluge Schlüsse? Uns sieht beim Recherchieren schließlich niemand auf die Finger.«

»Oh, ich kann euch ein paar interessante Dinge erzählen«, sagte Nick düster. »Gestern hat Erebos mich auf einen Friedhof gelockt, indem es mein Navi manipuliert hat. Ich musste den Grabstein eines Kindes fotografieren, das schon am Tag seiner Geburt gestorben ist. Dann habe ich Erde in die steinernen Kerzenhalter des Grabs gefüllt.« Er lächelte grimmig in die Runde. »Jemand eine Idee, was das bedeuten soll?«

Speedys Augen waren groß geworden. »Wahnsinn«, flüsterte er.

»Irrsinn, meinst du.« Nick hatte sich immer noch nicht daran gewöhnt, wie normal Speedy im Vergleich zu früher aussah. Sein Blick wanderte zu Emily. »Bist du hier, weil es dich auch wieder erwischt hat?«

Sie schüttelte den Kopf. »Nein. Aber ich glaube, Derek spielt. Er hat es mir gegenüber zwar abgestritten, aber das muss er schließlich, nicht wahr?« Sie drehte an einem silbernen Ring, den sie am Daumen trug. »Du hast in seiner Schule Fotos gemacht?«

»Ja. Der Auftrag war Teil einer Belohnung für gutes Kämpfen.« Er zog eine Grimasse. »Wobei ich seit gestern nicht mehr sicher bin, ob das alles ist. Vielleicht tue eher ich Erebos einen Gefallen als umgekehrt.«

Speedy hob die Augenbrauen. »In welcher Hinsicht?«

»Keine Ahnung. Nur ein Gefühl. Es stimmt, ich habe Derek fotografiert, ich habe ihn auch angesprochen, und er hat sich eigenartig verhalten. Beinahe feindselig. Ich könnte mir gut vorstellen, dass Emily recht hat und er wirklich spielt.«

»Zumindest behauptet Rosie das«, erklärte Emily. »Meine kleine Schwester. Sie sagt, sie hätte sich Dereks Handy gekrallt, als er unter der Dusche stand, und das rote E gefunden. Sie hat es angetippt, aber die App hat nicht reagiert.«

Emily seufzte.

»Rosie sagt, er tut außerdem merkwürdige Dinge. Läuft zu ungewöhnlichen Zeiten aus dem Haus. Sperrt die Zimmertür ab. Schreit sie an.«

Merkwürdige Dinge.

Nick erinnerte sich an Dereks seltsame Handbewegung nach dem letzten Foto. Hatte er ihm etwas signalisieren wollen? »Jedenfalls weiß das Spiel jetzt, dass er eine neugierige Schwester hat«, stellte er fest. »Nicht gut.«

Emily zog die Augenbrauen zusammen, ihre Mimik war Nick immer noch unendlich vertraut. »Du denkst, das könnte gefährlich für Rosie werden?«

»Ich hoffe nicht«, erwiderte er, »aber vielleicht findet sie auch bald ein rotes E auf ihrem Handy. Und dann hat sie keine große Wahl mehr, ob sie mitspielen will oder nicht. Erebos kann neuerdings im Namen seiner Spieler Textnachrichten schicken und telefonieren, mit täuschend echter Stimme. Es hat zum Beispiel mit meiner Freundin Schluss gemacht.«

Er blickte zu Boden und dann wieder hoch, er wollte Emilys Reaktion sehen. Ihr Blick ruhte auf ihm, nicht mitleidig, eher ... fragend.

»Du denkst, Derek wird gezwungen?«

»Möglich«, erwiderte Nick. »Kann aber auch sein, dass er mit voller Begeisterung dabei ist. So wie ich damals. Sag deiner Schwester, sie soll besser ihre Finger von Dereks Sachen lassen. Aber sie soll Alarm schlagen, wenn er beginnt, sich wirklich abzukapseln. Wenn er etwas tut, das sie völlig untypisch findet.«

»Okay.« Emily lächelte Victor und Speedy zu. »Und was macht ihr?«

»Ausgezeichnete Frage.« Victor seufzte. »Beim letzten Mal war es einfacher, da hatten wir direkten Zugang zu Erebos. Außerdem gab es Leute, die rausgeflogen sind und die man ein wenig ausquetschen konnte. Diesmal entscheidet das Spiel ganz alleine, wer dabei ist, und so wie es aussieht, wird niemand wieder rausgelassen.«

»Außer Helen!«, fiel Nick ein. In kurzen Worten berichtete er, wie er BloodWork im Spiel begegnet war. Wie Helen dann vor seiner Tür gestanden und welche Geschichte sie erzählt hatte. Und was in der Arena passiert war. »Sie müsste eigentlich draußen sein und ihre Tochter zurückhaben. Außer Erebos hat uns beide belogen.«

Emily hatte während seiner Erzählung mehrmals ungläubig den Kopf geschüttelt, nun richtete sie sich auf. »Ich versuche das herauszufinden. Bist du sonst noch jemandem wiederbegegnet?«

»Einer gewissen Aurora. Die war auch schon beim ersten Mal dabei, aber ich habe keine Ahnung, wer sie im realen Leben ist.« Nicks Blick suchte Emily. »Und – haltet euch fest – Lord-

Nick. Er hat in der Arena herumgestanden, aber zu weit entfernt, ich konnte mich nicht mit ihm unterhalten.«

Emily hatte begonnen, an einem Knopf ihrer Jacke zu drehen. »Warte – war LordNick nicht Alex? Der in der Schule immer sofort knallrot wurde, wenn man ihn angesprochen hat?«

»Wahrscheinlich. Ganz genau haben wir es nie erfahren.« Nick begann, an den Fingern abzuzählen. »Wir wissen, dass ich spiele. Derek wahrscheinlich auch. Außerdem ein Mädchen, das ich gestern in einem Privatinternat fotografiert habe. Einer der Lehrer dort ebenfalls. Dann LordNick, der möglicherweise Alex ist, und Aurora, deren Identität wir nie herausgefunden haben. Helen – hat vermutlich den Absprung geschafft.« Er blickte in die Runde. »Macht vier, maximal fünf, deren echte Gesichter wir kennen. Das ist nicht berauschend.«

Neben ihnen fluchte jemand lautstark, während er vergeblich nach Netzverbindung suchte.

Speedy warf ihm nur einen kurzen Blick zu und räusperte sich. »Ich werde ein paar meiner Quellen anzapfen. Ich habe Freunde, die sich gut mit Ransomware auskennen, vielleicht kann man Erebos unbemerkt aushebeln.«

In einer dankbaren Geste legte Emily ihm eine Hand auf den Arm. »Und was macht Victor?«

»Victor läuft nervös im Kreis«, sagte der düster. »Echt jetzt, mir wäre viel wohler, wenn ich einen Einblick in das Spiel hätte.«

»Ich würde gerne tauschen«, erklärte Nick. »Tja. Aber ich halte euch wenigstens auf dem Laufenden. Per Brief, handschriftlich. Wie in Großmutters Zeiten.«

Zehn Minuten später verabschiedeten sie sich. Emily umarmte Nick noch einmal, ein wenig länger als zuvor.

Er blieb oben an der Treppe stehen und sah seinen Freunden nach, wie sie gemeinsam nach unten gingen. »Passt auf euch auf«, rief er ihnen nach.

Dann setzte er sich an einen der Unicomputer, wartete, bis es wieder eine Netzverbindung gab, und googelte Alex Forsythe.

22

Der Moment, als die Blätter mit den Aufgaben verteilt wurden. Derek saß auf seinem Platz und hielt die Luft an. Er war knapp zur Schule gekommen und hatte noch kein Wort mit Syed gewechselt.

Sein Freund saß ein ganzes Stück entfernt in der Bank am Fenster und hatte die Finger ineinander verschränkt, als würde er beten. Ab und zu warf er Derek einen fragenden Blick über die Schulter zu.

Derek lächelte nur, obwohl ihm plötzlich gar nicht mehr wohl war bei der Sache. Er war wie selbstverständlich davon ausgegangen, dass die Beispiele, die er als Belohnung erhalten hatte, die waren, die zur Arbeit kommen würden. Nun zweifelte er erstmals, denn wirklich *gesagt* hatte das niemand. Was, wenn er es falsch verstanden hatte?

Mr Brown war zum Lehrertisch zurückgegangen und nickte der Klasse zu. »Ihr könnt die Blätter jetzt umdrehen.«

Es fühlte sich an, als würde Dereks Herz seinen gesamten Brustkorb ausfüllen, er konnte es durch den Schulpulli schlagen sehen. Mit schweißnassen Händen wendete er das Papier.

Sechs Aufgaben. Er kannte sie alle. Die Erleichterung, die ihn durchströmte, ließ ihn beinahe auflachen. Er würde jetzt nicht den Fehler begehen, zu Syed hinüberzuschauen, sondern einfach zu arbeiten beginnen.

Wenn man das Arbeiten nennen konnte.

Obwohl er sich viel Zeit ließ, war er eine halbe Stunde zu früh fertig, also tat er so, als schriebe er noch. Tippte auf dem

Taschenrechner herum, schüttelte den Kopf, strich etwas durch und schrieb anschließend dasselbe noch mal darunter. Sein Arbeitspapier sah gut aus. Es sah echt aus; so, als hätte er wirklich nachdenken müssen.

Er hatte auch drei kleine Fehler eingebaut; wenn er den Punkteabzug richtig einschätzte, würde es trotzdem für ein knappes A reichen.

Fünf Minuten, bevor die Stunde endete, kam Direktor Lewis in die Klasse und zog Mr Brown zur Seite. Was er ihm zuflüsterte, konnte Derek nicht hören, aber sein Hochgefühl war mit einem Schlag dahin. Ging es um die Arbeit? War es aufgeflogen, dass er die Beispiele schon vorher gekannt hatte?

Quatsch. Wie sollte das möglich sein? Brown blickte auch gar nicht in Dereks Richtung, er sah nur erschrocken drein und schüttelte den Kopf. Nach ein paar letzten geflüsterten Worten ging Lewis, und kurz darauf klingelte es zur Pause.

Derek blieb sitzen, bis der Lehrer die Arbeiten eingesammelt hatte, dann nahm er seine Tasche und ging aus der Klasse, mit einem hoffentlich unauffälligen Blick auf Syed, der sich eben in seinem Stuhl zurücklehnte, die Augen geschlossen.

Er würde Derek auf die Sache mit den Aufgaben ansprechen, gar keine Frage. Nur sollte das besser dann passieren, wenn er sein Handy nicht dabeihatte, also legte er es in den Spind und holte gleich die Geografieunterlagen heraus. Was eine gute Entscheidung gewesen war, denn Syed wartete bereits vor der Tür zum Schulhof auf ihn.

»Erklärst du mir das?« Er sah angespannt drein, ein bisschen weniger glücklich, als Derek es sich vorgestellt hatte.

»Erklären kann ich es nicht so richtig, aber hey! Ich hoffe, du hast gestern noch ausgiebig gebüffelt.« Er lachte.

»Klar. Ich dachte, du hättest mir einfach Übungsrechnungen

gebracht, weil du am Nachmittag keine Zeit hattest. Aber ... woher hattest du die Originalarbeit, Derek? Ich kapiere das nicht.«

Natürlich war Syed neugierig. Trotzdem hätte er ruhig erst einmal Danke sagen können, fand Derek. Immerhin hatte er Idmon hintergangen, um ihm zu helfen.

Dem ist das aber egal, der ist nicht echt, meldete sich eine innere Stimme, die Derek nur unwillig zur Kenntnis nahm. Echt oder nicht, ein Versprechen war ein Versprechen.

»Woher sie kommen, spielt keine Rolle, oder?«, sagte er knapp.

»Na ja, ich weiß nicht. Hast du sie geklaut?«

Allmählich wurde Derek sauer. »Nein. Jemand hat sie mir gegeben, und so, wie du dich benimmst, tut es mir langsam leid, dass ich sie dir weitergegeben habe.«

Syed blinzelte. »Sei nicht gleich so empfindlich. Ich will doch nur wissen, wie ...«

»Das kann ich dir aber nicht sagen, okay? Ich habe dir den Arsch gerettet, und alles, was dir dazu einfällt, ist, mir Löcher in den Bauch zu fragen.« Derek bremste sich, er war wieder laut geworden, die ersten Köpfe hatten sich schon zu ihnen herumgedreht.

»Keine illegale Sache, okay?«, sagte er deutlich leiser. »Eher so etwas wie ein Zufall.«

Nach wie vor standen in Syeds Gesicht jede Menge Zweifel. »Aha. Tja, dann danke. Ich bin auch echt erleichtert, die Arbeit wird sicher positiv, aber ...«

»Aber was?«

Er zog den Mund schief. »Hast du gar kein schlechtes Gewissen? Ist schon ein bisschen unfair denen gegenüber, die deine ... Hilfe nicht bekommen haben.«

»Unfair?« Schon wieder war Derek viel zu laut geworden. »Ehrlich, ich dachte, ich mache dir eine Freude und –« Er unterbrach sich, als Owen zu ihnen trat, sichtlich erstaunt über die gereizte Stimmung.

»Habt ihr Krach?«

»Was? Nein.« Derek atmete gegen das Brodeln in seinem Inneren an. »Alles in Ordnung.«

»Na ja, eigentlich nicht.« In Owens Miene lieferten sich Betroffenheit und Ungeduld einen heftigen Kampf. Ganz offensichtlich hatte er etwas erfahren und brannte darauf, es mit den anderen zu teilen. »Direktor Lewis war doch vorhin durch die Klassen unterwegs, wisst ihr schon, weswegen?«

»Nein«, sagte Syed. »Aber du offenbar.«

Owen strich sich das helle Haar zurück. »Es ist wegen Maia. Ihre Eltern sind gerade bei Lewis. Wie es aussieht, ist sie verschwunden. Und sie hat einen Abschiedsbrief hinterlassen.«

Die Nachricht traf Derek mit der Wucht eines Vorschlaghammers. »Was?«

»Mehr weiß ich auch nicht. Ich habe es zufällig mit angehört, als er es Miss Everly auf dem Gang erzählt hat.« Entschuldigend blickte er zu Syed. »Ich war ja schon früher mit der Arbeit fertig. War nicht allzu schlimm diesmal, oder?«

Ohne ein weiteres Wort ließ Derek die beiden stehen. Maia war in einer anderen Mathematikklasse als er, sonst wäre ihm ihr Fehlen sicher schon am Morgen aufgefallen. Ein Abschiedsbrief? Er konnte das nicht glauben, sie hatte doch erst vor einer Woche fröhlich in die Kamera dieses Fotofuzzis gelacht …

Ohne es bewusst gesteuert zu haben, war er in Richtung Direktorat gelaufen und sah dort Lewis mit einem Elternpaar stehen. Die Frau hatte die Hände vors Gesicht gelegt, der Mann seinen Arm um ihre Schultern. Er kannte Maias Eltern nicht, aber das mussten sie wohl sein, auch wenn sie beide weiß waren. Kein großes Ding, Adoptionen gab es häufig, und ganz offensichtlich hingen diese Eltern mehr an ihrer Tochter als zum Beispiel Dereks Vater an ihm. Doch das tat jetzt nichts zur Sache.

Er machte kehrt, obwohl er sich am liebsten dazugestellt und aus erster Hand erfahren hätte, was passiert war.

Abschiedsbrief.

Das Wort hallte die ganze Geografiestunde über in seinem Kopf nach; dass die Vulkane immer noch Thema waren, bekam er kaum mit.

Er war letztens auch eine Nacht lang verschwunden gewesen, das hatte bloß niemand bemerkt. Und er hatte es nicht geplant gehabt, anders als Maia. Außer natürlich …

Wenn der Abschiedsbrief nicht handschriftlich verfasst, sondern per Mail geschickt worden war, stammte er vielleicht gar nicht von Maia selbst. Derek schloss die Augen. Wäre der Brief nicht gewesen, hätte er einfach vermutet, dass Soryana einen Auftrag erhalten hatte, der mehr Zeit in Anspruch nahm, als gedacht. Dass sie vielleicht auch irgendwo festsaß, so wie er kürzlich.

Derek hätte alles darum gegeben zu wissen, was in dem Abschiedsbrief gestanden hatte. War das Wort im buchstäblichen Sinn gemeint? Wollte Maia sich das Leben nehmen? Der Gedanke schien ihm so verrückt, so unsinnig.

Sie wirkte so stark.

Möglichkeit Nummer zwei: Sie war einfach von zu Hause abgehauen, weil sie ihre Eltern nicht ertrug. Oder – die Idee schmerzte fast so sehr wie die erste – sie war mit jemandem durchgebrannt. Vielleicht war sie schwanger. Vielleicht …

Derek presste seine Hände so fest gegen die Schläfen, dass es wehtat. Er würde sich von seiner eigenen Fantasie in den Wahnsinn treiben lassen, wenn er so weitermachte.

Das Schlimme war, er hatte keine Chance, auch nur das Geringste herauszufinden. Maia und er kannten sich im Grunde kaum, er wusste nicht viel von ihr – nur was er fühlte, wenn er sie sah, mit ihr sprach, an sie dachte. Und dass er ein Leben, in dem sie nicht vorkam, wertlos fand. Die Welt würde ihre Farben verlieren ohne sie. Und fast ihren ganzen Sinn.

Je weiter die Geografiestunde sich ihrem Ende zuneigte, desto ratloser wurde Derek. Ihm fiel nichts ein, was er unternehmen konnte, ihm waren die Hände gebunden, es war ...

Er hielt inne. Eben hatte sein Blick Mortons Profil gestreift, und ihm war eine Idee durch den Kopf geschossen. Riskant, aber das war egal. Er würde etwas tun können, eventuell würde er einen Schlüssel zu Maias Verhalten finden.

Einen Schlüssel, haha. Nein, es würde auch ohne gehen müssen. Und zwar schnell.

Er stellte sich Morton entgegen, als der auf dem Weg in den Speisesaal war. Ohne Riley, das war Glück. »Komm mal ein paar Minuten mit.«

Mortons Gesicht verzog sich angeekelt. »Lass mich in Ruhe, Psycho.«

»Nein. Sorry.« Derek packte ihn am Ärmel und zog ihn mit sich, in einen der weniger belebten Gänge. »Du wirst mir einen Gefallen tun müssen.«

»Ich denke überhaupt nicht daran.«

»Das tust du besser doch. Ich habe keine Hemmungen, das Filmchen auf YouTube zu stellen. Oder dem Direktor zu zeigen. Oder beides.«

Morton verdrehte die Augen. »War klar, dass du wieder mit diesem Scheißfilm ankommen würdest. Aber du kannst mich nicht ewig damit erpressen. Ich lasse dich doch seit Tagen in Ruhe, oder? Für mich existierst du gar nicht mehr.«

»Schön«, erwiderte Derek. »So soll das auch bleiben. Es reicht mir nur nicht. Welches Fach hast du nächste Stunde?«

Aus Mortons Blick sprach blankes Misstrauen. »Sozialkunde.«

»Na, das passt doch perfekt. Warte zehn Minuten, dann sage, du musst kurz raus. Wir treffen uns vor meinem Spind.« Er sah Morton herausfordernd an. »Wo der ist, weißt du ja.«

Derek selbst hatte in der darauffolgenden Stunde praktischerweise frei. Normalerweise verzog er sich immer in die Bibliothek, um Hausaufgaben zu machen, diesmal war er schon fünf Minuten vor der verabredeten Zeit an den Spinden.

Er war nicht sicher gewesen, dass Morton wirklich auftauchen würde, doch der kam, wenn auch zwei Minuten zu spät. »Das läuft jetzt nicht weiterhin so«, knurrte er. »Wenn ich tue, was du möchtest, löschst du dafür den Film.«

Bereitwillig zückte Derek sein Handy. »Mache ich gern. Könnte nur sein, dass ich ihn auch auf meinem Computer habe.« Er ging einen Schritt auf Morton zu. »Wenn du mir jetzt hilfst und mich und die anderen ansonsten in Ruhe lässt, wird niemand ihn sehen. Darauf kannst du dich verlassen.«

»Und du kannst dich drauf verlassen, dass ich dir die Zähne ausschlage, wenn du den Film weitergibst.«

Derek nickte kühl. »Einverstanden. So, und jetzt zur Sache. Du hast doch letztens meinen Spind aufgebrochen und meine Physikpräsentation mitgehen lassen.«

Es war keine Frage gewesen, dementsprechend gab Morton auch keine Antwort. Zuckte nur mit den Schultern.

»Ich möchte, dass du jetzt das Gleiche mit diesem Spind hier tust.« Er führte ihn vier Türen weiter, bis vor Maias Schrank, und holte zwei Stück Draht und eine Kundenkarte vom Gameshop aus seiner Tasche. »Da. Werkzeug. Beeil dich.«

Morton lachte auf. »Hoffst du, dass sie da drin ihre Höschen aufbewahrt?« Er bog sich eines der Drahtstücke zurecht. »Wenn du nicht so ein Loser wärst, könntest du das selbst.«

Während Derek sich umblickte und prüfte, ob die Luft auch wirklich rein war, schob Morton den Draht in das Schloss. Zehn Sekunden später stand die Spindtür offen, und er warf Derek die Utensilien vor die Füße. »Da. Und jetzt sprich mich bloß nicht mehr an.«

Die verächtliche Geste war Derek egal, er hob die Sachen vom Boden auf und steckte sie in die Hosentasche. »Wo ist eigentlich Riley?«

»Hast du nicht verstanden, was ich gesagt habe?«, fuhr Morton ihn an. Schnaubte dann genervt. »Krank.«

»Oh. Gute Besserung.«

Morton hielt ihm den ausgestreckten Mittelfinger entgegen, wandte sich um und ging.

In Maias Spind herrschte Ordnung. Bücher und Hefte lagen, nach Schulfächern sortiert, in übersichtlichen Stapeln im oberen Fach, die Sportsachen und eine Regenjacke hingen auf Haken an der Stange.

Das war ein erster Erfolg, offenbar hatte noch niemand Maias Schrank durchsucht. Würde aber nur eine Frage der Zeit sein. Ohne lange zu zögern, holte Derek alles aus dem Spind heraus. Blätterte durch die Bücher, durchsuchte die Hefte nach losen Papieren. Nichts. Bloß Schulzeug.

Ihre Arbeitsblätter heftete Maia in eine dicke, gelbe Mappe

ein – und hier wurde Derek wider Erwarten fündig. Aus den Zetteln rutschte ihm ein Heft entgegen, das nicht aussah, als gehöre es zu ihren Schulsachen. Kein Name drauf; der Umschlag war hellblau, die Mitte bildete ein fünfzackiger weißer Stern.

Er schlug es auf. Zeichnungen, kurze Notizen, noch mehr Zeichnungen.

Ja, das sah aus, als wäre es privat. Hastig steckte Derek das Heft in seine Tasche und bemühte sich dann, die anderen Sachen möglichst so wieder einzuräumen, wie er sie vorgefunden hatte. Er widerstand der Versuchung, seine Nase in Maias Regenjacke zu vergraben, und drückte die Spindtür zu.

Nun musste er noch drei Stunden überstehen, bis er sich seine Beute in Ruhe ansehen konnte.

Nach der letzten Stunde rannte er aus der Schule, ohne auf Syed oder Owen zu warten, er murmelte nur kurz etwas von Zahnarzt und war fort. Die App war ruhig geblieben. In der U-Bahn fühlte er sich ungestört genug, um sie zu öffnen.

Kein Auftrag, keine Rüge. Nur ein Spruch.

Du kämpfst auf unserer Seite, wir auf deiner. Dein Sieg ist auch der unsere.

Das las sich gut und bezog sich wohl auf die Mathearbeit. Erebos schien nichts von seinem Freundschaftsdienst für Syed mitbekommen zu haben. Derek behielt das Smartphone in der Hand und wünschte sich, er hätte Maias Nummer. Dann hätte er zumindest versuchen können, sie anzurufen.

Ob die Polizei ihr Handy schon geortet hatte? Wahrscheinlich. Vielleicht hatte man sie sogar schon gefunden, und sie würde in ein paar Tagen wieder zur Schule kommen.

Und das Heft in ihrem Spind vermissen. Doch das war Dereks geringste Sorge. Er widerstand der Versuchung, es aus der

Tasche zu holen und mit dem Lesen zu beginnen, das konnte er zu Hause tun. Und weil er das mit der Geduld nun immer besser beherrschte, würde er vorher sogar noch einen kleinen Umweg machen.

Der Spielplatz auf Crabtree Fields war um diese Zeit von Kindern bevölkert. Ein Mädchen rammte Derek beinahe mit dem Dreirad, und auf der Kletterlandschaft tummelte sich eine Gruppe von Jungs, die Piraten spielten.

Ein schneller Blick unter das hölzerne Fundament genügte, um sich zu vergewissern: Die mühselig erbeutete Mappe war nicht mehr da. Unter den Blicken der versammelten Mütter tat Derek so, als würde er etwas aufheben, das er verloren hatte, und machte sich auf den Weg nach Hause.

One is the loneliest number, hatte Maia in verschnörkelten Buchstaben auf die erste Seite im Heft gemalt, und dazu ein paar Gesichter, die vermutlich Selbstporträts sein sollten. So perfekt Derek sie sonst fand, ein Zeichentalent war Maia nicht.

Klar war aber, dass die Gesichter unterschiedliche Stimmungslagen darstellten. Fröhlich, nachdenklich, traurig. Eines der Porträts hatte ein kreisrundes Loch in der Mitte der Stirn, aus dem ein einzelner Tropfen Blut floss. Derek blätterte weiter.

Krumme Bäume, Kringel, Blumen. Dazwischen in großen Buchstaben immer wieder die Worte: Wer? Wie? Warum?

Auf der nächsten Seite Grabsteine, ohne Namen, nur mit jeweils einem eingemeißelten Fragezeichen. Allmählich kam Derek zu dem Schluss, dass Maias Fröhlichkeit vielleicht doch vorgetäuscht gewesen war. Seine Sorge um sie wuchs. War es Todessehnsucht, die sie immer wieder Gräber malen ließ? Das Motiv wiederholte sich auch auf den nächsten Seiten; meist waren es zwei große Grabsteine, manchmal war ein dritter, kleinerer dabei. Auf einer der Zeichnungen schwebte das schwer zu erkennende Maia-Gesicht darüber und weinte dicke Tränen auf die Gräber. Im Hintergrund ging die Sonne unter.

Dazwischen stieß Derek auch immer wieder auf relativ normal wirkende Notizen. *Dienstag, 16.30. Ideen? My Village Café –.*

Das Café kannte er, das war nur ein paar Straßen von der Schule entfernt. Wahrscheinlich hatte Maia sich dort mit jemandem getroffen. Ideenaustausch für ein Schulprojekt? Ja, im besten der Fälle. Konnte aber auch ein Date gewesen sein. Ideen für einen gemeinsamen Urlaub? Ideen für einen gemeinsamen ... Selbstmord?

Shit. Derek hatte gelesen, dass es so etwas gab. Dass Menschen, die nicht mehr leben wollten, sich zusammentaten und dann – ja.

Das war so verrückt. Und so dumm, wenn Maia es wirklich vorgehabt hatte. Es gab so viele Leute, die ihr gern geholfen hätten, ihn, Derek, vor allem. Egal, worum es ging.

Er wünschte, Owen hätte nichts von einem Abschiedsbrief gesagt und ihre Mutter nicht so verzweifelt ausgesehen.

Draußen begann es zu regnen, und das tat es auch auf den nächsten Seiten von Maias Heft. Die Tropfen fielen aus tiefschwarzen Wolken, wieder über Gräbern. Auf einem dieser Gräber lag ein langes Messer, blutbefleckt, und dieses Bild war das erste, das Derek wirklich Angst machte. Hatte sie sich überlegt, sich mit einem Messer ...

Er blätterte hektisch den Rest durch, aber es tauchte kein zweites Mal auf. Dafür einige schwermütige Liedtexte und immer noch sehr viel Regen.

Er legte das Heft beiseite, es brachte ihn nicht weiter, sondern bloß um den Verstand. Er brauchte Hilfe, und er wusste, wo er sie sich holen würde.

Sumpf. Grünlicher Schlamm, unter dem sich immer wieder etwas bewegt. Torqan hat bereits einen Schritt hineingetan, ist aber sofort bis zum Knie versunken. Hier war er noch nie, und es gefällt ihm nicht. Er hat gehofft, bei Apates Schenke oder in Rhea zu landen, doch das ist ihm nicht geglückt, und nun sitzt er hier fest.

Der grüne Schlick wirft Blasen, als würde ein sehr großes Tier darunter atmen. Suchend dreht Torqan sich um die eigene Achse. Eine Brücke zu finden wäre fantastisch, oder ein Floß. Doch alles, was es hier gibt, sind hässliche Insekten und das Ding unter dem Schlamm.

Egal, in welche Richtung er sich wendet, irgendwann wird der Boden weich, und er hat nichts gefunden, womit er sich behelfen könnte. Er wird immer ungeduldiger, er hat jetzt keine Zeit, um originelle Auswege zu finden, er ist in Eile. Als er allerdings in einiger Entfernung etwas schimmern sieht, ähnlich wie zuletzt die Goldmünzen, geht er vorsichtig darauf zu, seine Füße versinken dabei knöcheltief.

Was er aus dem Schlamm zieht, sind goldene Werkzeuge. Ein Hammer und eine Harke, die jemand hier versenkt haben muss. Unter der Oberfläche des Sumpfs brodelt es heftiger.

Probeweise lässt Torqan die Harke auf den Schlamm klatschen. Wieder steigen Blasen auf, gleichzeitig hört er über sich Flügel schlagen.

Eine Harpyie senkt sich zu ihm herab und landet wenige Meter entfernt. Es ist nicht Aiello, sondern ein männliches Exemplar mit goldenen Augen, das den Namen Lorwin trägt.

Er faltet seine Flügel zusammen und kommt auf Torqan zu. Eine schnelle Bewegung, kaum ein Fingerschnippen, und eine kleine, blaue Flamme schlägt aus dem Sumpfboden. Sie können sich unterhalten.

Lorwin deutet auf die goldenen Werkzeuge. »Das sind meine.«

Die Harpyien sieht Torqan ohnehin mit gemischten Gefühlen; dass er selbst dieses Volk nicht wählen konnte, irritiert ihn immer noch. Außerdem ist er nervös und hat es eilig. »Kann jeder behaupten«, gibt er also zurück. »Ich habe sie gefunden, warum soll ich sie nicht behalten?«

Lorwins Flügel rascheln. »Sieh sie dir an. Weißt du, was sie bedeuten?«

Bedeuten? Ratlos betrachtet Torqan den Hammer. »Nein, aber das ist doch egal. Mein Morgenstern bedeutet auch nichts, trotzdem gehört er mir.«

»Typisch.« Lorwin stößt einen Pfiff aus. »Na, dann werde eben glücklich damit. Ich sammle sie später ein, dann finde ich sie neben deinen abgenagten Knochen.«

In den Sumpf kommt Bewegung. Etwas grünlich Schimmerndes stößt durch die Oberfläche. Ein Kopf, so lang wie ein Boot. Eine gelbe Zunge, gespalten, die aus dem Maul schnellt.

»Ich könnte dich natürlich auch hier wegbringen.« Mit überheblichem Lächeln deutet Lorwin nach oben, in Richtung Himmel. »Aber nicht ohne Gegenleistung. Was hast du zu bieten? Aber bitte nicht etwas, das mir sowieso schon gehört.«

Torqans Blick hängt wie gebannt an der riesigen Schlange, die sich stetig weiter aus dem Schlamm arbeitet. Die Schuppen auf ihrem schillernden Körper formen sich zu immer neuen Mustern, zu Bildern. Ähnlich, als würde man ein Kaleidoskop drehen. Es ist wunderschön, fast hypnotisch. Torqan merkt kaum, dass der Kopf mit den schräg liegenden Augen immer näher kommt.

»Wenn ich du wäre, würde ich mich langsam entscheiden.« Lorwin hebt einen faustgroßen Stein vom Boden, wirft ihn hoch und fängt ihn wieder. »Sie kann ziemlich schnell sein, wenn sie sauer wird.«

Die Schlange öffnet ihr Maul und entblößt dabei zwei schwertlange Giftzähne. Torqan weicht zurück, diesmal versinkt er fast bis zur Hüfte. »Okay! Nimm dein Werkzeug und ... ich habe ein paar Goldmünzen. Willst du die?«

»Wie viele?«

»Sieben, glaube ich.«

»Klingt gut. Deal.« Er streckt die Hand aus. Torqan gibt ihm drei seiner Münzen. »Den Rest, wenn du mich weggebracht hast.«

Die Harpyie lacht. »Du traust mir nicht? Klug von dir.« Ein kräftiger Ruck an seinem Arm, und Torqan steht wieder auf beinahe festem Boden. Die Schlange hat jede der Bewegungen verfolgt, nun richtet sie ihren Oberkörper auf. Die Brustschuppen bewegen sich, zerfließen zu Bildern, die Torqan bekannt vorkommen – schmerzerfüllte Gesichter, Grabhügel, Feuer, Tränen. Ein Motiv gleitet so schnell ins nächste, dass er kaum mitkommt.

Lorwin breitet seine Schwingen aus und wirft den Stein in den Sumpf. »Bereit?« Er legt seine Arme um Torqan, Sekunden später heben sie vom Boden ab. Einen Moment lang scheint es, als hätten sie zu lange gewartet, die Schlange setzt zum Biss an, ihre gelb triefenden Zähne verfehlen Torqans Bein nur um Haaresbreite.

Die Luft rauscht in seinen Ohren. Sie steigen über den Sumpf, ein grünblauer Vogel, der einem Falken ähnelt, segelt knapp an ihnen vorbei. Zum ersten Mal sieht Torqan diese Welt von oben. Jetzt ist er tatsächlich neidisch auf die Harpyien, denn der Ausblick ist berauschend. Würde ihm die Sorge nicht wie eine bleierne Last auf die Schultern drücken, würde er den Flug in vollen Zügen genießen, denn es gibt unendlich viel zu sehen. Die Schlange ist nicht die einzige Bewohnerin des Sumpfs, wie es scheint; es wohnt auch etwas monströs Großes darin, mit rot gezacktem Rücken, der sich im Rhythmus langer Atemzüge hebt und senkt.

Sobald sie das Sumpfgebiet hinter sich gelassen haben, entdeckt Torqan zu seiner linken eine Arena. Noch weit entfernt, davor erstrecken sich Felder bis zum Horizont, die erstaunlich ordentlich angelegt worden sind. Rotes Getreide neben gelbem, daran angrenzend grüne Halme. Genau in der Mitte ein kreisrunder Teich mit einem sternförmigen Steg. Fast schon geometrisch und viel zu gepflegt, um zu Erebos zu passen, findet Torqan.

Torqan würde Lorwin gerne fragen, ob er weiß, wer die Felder angelegt hat und warum in dieser seltsamen Art, aber – kein Feuer, keine Gespräche. Und außerdem wird die Landschaft nun wieder typischer für Erebos. Weitläufige Wälder, dazwischen Grasland, kleine Dörfer. In einiger Entfernung sieht Torqan einen Schwarm umherflatternder Wesen, die eventuell Heuschrecken sein könnten. Denen will er kein weiteres Mal begegnen, zum Glück fliegt Lorwin in die andere Richtung. Er hält ungefähr auf die Arena zu, landet aber ein Stück davor. In einem winzigen Dorf, das Torqan noch nicht kennt. Es besteht aus fünf Hütten, die hauptsächlich von alten, spitzohrigen Wesen bewohnt zu sein scheinen. Zwei der unsympathischen Gnome entdeckt er auch, bevor Lorwin ihn zu dem Feuer zieht, das in der Mitte des Dorfs brennt. »So. Ich bekomme noch vier Goldstücke, nicht wahr?«

Torqan zählt sie ihm in die Hand. »Was fängt man überhaupt damit an?«

»Oh, man kann das Schicksal bestechen. Oder Tränke kaufen. Schwerter. Sogar Zukunft kann man kaufen.« Lorwin steckt die Münzen ein. »Bloß mit der Wahrheit ist es schwierig.«

Na gut, sah so aus, als würde Torqan keine vernünftige Antwort auf seine Frage bekommen. Aber vielleicht auf eine andere.

»Die bunten Felder, über die wir geflogen sind – wird dort etwas Besonderes angebaut? Irgendwie sahen die eigenartig aus.«

Lorwin antwortet nicht sofort, sondern sieht Torqan forschend an. »Du hast es nicht erkannt, oder?«

»Was erkannt?«

Anstelle einer Antwort schüttelt er den Kopf. »Das war mein Revier. Aber ich kann dir nichts darüber erzählen, du musst es dir selbst ansehen, wenn du mehr darüber wissen willst.«

Also hat Lorwin ein eigenes Revier, das ist schön für ihn, doch Torqan will jetzt weiter. Er muss Idmon finden. Noch nie hat er eine Prophezeiung so nötig gebraucht wie heute. »In welche Richtung liegt Rhea? Oder der *schmale Gürtel*?«

»Da hältst du dich am besten an den rechten Weg.« Lorwin weist in den Wald hinein. »Aber nimm dich in Acht vor Fallgruben. Einer der Dunkelelfen ist gestern in eine hineingefallen und fast draufgegangen.«

»Mache ich. Danke.« In eine Grube zu fallen wäre das Letzte, was Torqan sich wünscht. Darin festzusitzen und nichts tun zu können würde er nur schwer ertragen. Bevor er in den Wald tritt, hebt er einen langen Stock vom Boden auf, mit dem er den Weg vor sich auf Stabilität abklopft. Das kostet Zeit, aber wie sich herausstellt, lohnt es sich. Zwei Fallgruben entdeckt er auf diese Weise, beiden weicht er aus. Sie sind leer, aber von ihrem Grund ragen ihm lange, blutbefleckte Spieße entgegen.

Es dauert fast eine Stunde, bis der Wald sich lichtet. Torqan tritt zwischen den Bäumen heraus und steht in den Überresten von Rhea. Die verkohlten Balken der Häuser glänzen schwarz, als hätte es daraufgeregnet. Auf einer Steinbank sitzt Idmon und schnitzt etwas aus einer Wurzel. Was für ein Glück, Torqan hat ihn beim ersten Versuch gefunden. Er geht näher, und Idmon blickt auf. Lächelt. »Wie schön, dich zu sehen, mein Freund.«

»Ja, ich bin auch froh, dich zu sehen.« Er setzt sich neben ihn. »Ich brauche deine Hilfe, Idmon. Deine besondere Gabe.«

Der andere lässt seine Schnitzerei sinken. »Aber ich habe sie dir doch erst zukommen lassen, nicht wahr? War meine Vorhersage fehlerhaft?«

»Nein«, antwortet Torqan hastig. »Sie war perfekt, aber ich brauche noch eine. Dringend. Es ist ein Notfall.«

In Idmons Gesicht verschließt sich etwas. »Du wirst unbescheiden, Freund.«

»Es ist nicht für mich«, fügt Torqan hastig an. »Ich frage wegen einer Freundin, die verschwunden ist. Ich muss wissen, ob es ihr gut geht.«

Idmon dreht sein Schnitzmesser so, dass das Sonnenlicht sich darin spiegelt. »Eine gute Freundin?«

Das zu beantworten ist nicht einfach. Nein, wenn man es danach misst, ob sie viel Zeit miteinander verbringen. Tausendmal ja, wenn es nach seinen Gefühlen geht. »Eine wichtige Freundin«, sagt er.

»Sie bedeutet dir viel.«

»Ja. Sehr viel. Ich mache mir riesige Sorgen.«

Idmon schält einen langen Holzspan von seiner Wurzel. »Ich denke, ich weiß, wen du meinst.« Er schließt die Augen. »Sie ist an einem dunklen Ort, doch sie hat ihn selbst gewählt. Niemand hat ihr etwas zuleide getan.«

Ein dunkler Ort, das klingt alles andere als beruhigend. Meint er damit den Tod, den sie selbst gewählt hat? Am liebsten würde Torqan den Seher schütteln. »Lebt sie?«

Quälend lange kommt von Idmon keine Antwort. »Ja«, sagt er dann schließlich. »Sie lebt.«

»Wo? Wo steckt sie?«

Ungerührt schnitzt Idmon weiter, schweigend. Erst nach einer gefühlten Ewigkeit hebt er den Kopf und sieht Torqan an. »Du wirst es beizeiten erfahren. Du vor allen anderen.«

Er steht auf, legt sein Werkstück auf die Steinbank und geht auf seine zerstörte Behausung zu. Torqan bleibt ratlos zurück. Er weiß nicht mehr als zuvor, oder doch: Er weiß, dass Maia lebt. Wenn Idmon die Wahrheit sagt und sich nicht irrt, doch das hat er bisher noch nie.

Gedankenverloren greift er nach der bearbeiteten Wurzel. Erst jetzt sieht er, was Idmon hineingeschnitzt hat. Totenköpfe, einen neben den anderen, mit glatten, runden Schädelknochen. Die Augenhöhlen sind tief, manche der Münder aufgerissen wie zu einem Schrei.

Mit mulmigem Gefühl im Bauch legt Torqan die Wurzel zurück. Er hofft, dass Idmons Kunstwerk nicht ebenfalls Teil seiner Antwort ist.

Sechs

Die Zeit ist mein unerbittlichster Feind. Nichts von dem, was ich tue, bringt sie dazu, langsamer zu fließen. Sie lässt sich weder bedrohen noch einschüchtern, und sie formt eine schreckliche Allianz mit meiner zweiten Gegenspielerin: der Ungewissheit.

Die Dinge nehmen ihren Lauf und fügen sich zusammen, doch ich kann nur beobachten und abwarten. Ich halte die Fäden in gefesselten Händen. Was, wenn alles umsonst war? Wenn am Ende nichts steht als Schmerz und Tod und Dunkelheit?

Für manche erhoffe ich genau das. Schmerz vor allem. Scham. Reue, obwohl damit kaum zu rechnen ist. In meinen einsamsten Stunden fürchte ich, dass mein Schlag ins Leere treffen wird oder, was schlimmer wäre, die Falschen niederstreckt.

Es ist nun fast alles bereit. Die Fäden spannen sich. Die Zeit ist reif.

Schon die zweite störungsfreie Nacht in Folge. Nick fühlte sich endlich wieder ausgeschlafen, sein Tag würde heute ruhig verlaufen, wenn nicht das Spiel neue Überraschungen für ihn auf Lager hatte.

Insgeheim hatte er mit Ärger gerechnet: Er hatte nach seinem alten Schulkollegen Alex gegoogelt, zwar von einem Unicomputer aus, aber trotzdem. Er traute es Erebos zu, auch das auf irgendeine Weise aufzuschnappen und ihn entsprechend zur Verantwortung zu ziehen.

Doch bisher war nichts passiert. Entweder, dem Spiel war Nicks Suche verborgen geblieben, oder Alex war gar nicht dabei und jemand anders verbarg sich hinter LordNick.

Er war als Sozialarbeiter tätig, so viel hatte Nick herausgefunden. Auf seinem Facebook-Profil gab es einige Bilder mit einer kurzhaarigen blonden Frau, die sympathisch wirkte. Pickel hatte Alex offenbar keine mehr, dafür begann sein Haar sich bereits zu lichten. Er lebte nach wie vor in London, doch das war alles, was Nick auf die Schnelle hatte herausfinden können.

Wenn seine Recherchen ohne böse Folgen blieben, würde er die Rechner auf dem Institut öfter für solche Zwecke nutzen. Aber nicht heute, denn da stand der dritte Fotoauftrag an. Diese Schule war allerdings kleiner, und man wollte wirklich bloß Schülerporträts und Gruppenfotos haben. Mehr als vier oder fünf Stunden würde er dafür nicht brauchen.

Während in der Küche der Kaffee durch die Maschine lief,

holte Nick die Post aus dem Briefkasten. Jede Menge Werbung, aber auch eine einzelne Postkarte, deren Vorderseite einen schlappohrigen Hund mit heraushängender Zunge zeigte. Der Text, der in fahriger Handschrift auf der Rückseite stand, war kurz.

Danke. H.

Immerhin. Nick seufzte. Wenigstens für Helen schien die Sache einigermaßen glimpflich ausgegangen zu sein. Er hätte sich zwar über ein paar Details gefreut – die Information, ob ihre Tochter wieder bei ihr war, zum Beispiel –, aber gesprächig war Helen noch nie gewesen.

Er goss sich gerade Kaffee in seine Tasse, als sein Handy klingelte. Das passierte nicht allzu oft, die meisten Leute riefen nicht an, sondern texteten. Also war es vermutlich Mum.

Damit lag Nick falsch, wie er schon beim Anblick der Nummer auf dem Display erkannte. »Mr Dunmore? Hier spricht John Wiley.«

Der Direktor von Arringhouse. Er klang anders, als Nick es in Erinnerung hatte. Hektischer, gestresster. Hoffentlich würde er ihn nicht doch wegen der Fotos drängen, Nick hatte sich darauf verlassen, dass ihm eine Woche Zeit zur Verfügung stand.

»Es tut mir sehr leid, Sie behelligen zu müssen, aber wir haben große Probleme.«

In Nicks Hinterkopf begannen die Alarmglocken zu schrillen. »Welche Art von Problemen?«

»Ich hoffe, Sie behandeln das, was ich Ihnen sage, mit absoluter Diskretion.«

»Natürlich.«

»Eine unserer Schülerinnen ist seit letzter Nacht abgängig. Am Abend war sie noch in ihrem Zimmer, doch sie muss sich davongeschlichen haben. Wir haben das ganze Schulgelände durchkämmt, aber bisher ohne Erfolg.«

»Oh.« Nick stellte seine Tasse ab. Vor seinem inneren Auge tauchte das Mädchen am See auf, wie es die Blechdose im Wasser versenkte. »Das tut mir sehr leid. Wie kann ich Ihnen helfen?«

»Nun, Sie haben das aktuellste Foto unserer Schülerin geschossen. Ich würde Sie bitten, mir die Aufnahmen, die Sie von ihr haben, möglichst gleich zuzuschicken. Wir müssen die Polizei informieren.« Er atmete hörbar durch. »Und die Eltern.«

»Ja.« Nick warf einen schnellen Blick auf die Uhr. Das würde er noch zeitgerecht hinbekommen. »Wie heißt das Mädchen?«

»Jessica Gresham. Sie ist fünfzehn, ihr Vater ist Parlamentsmitglied ... können Sie sich vorstellen, was passiert, wenn sie nicht wieder auftaucht?«

»Aber das wird sie.« Nick versprühte allen Optimismus, den er vortäuschen konnte. »Vielleicht hat sie jemanden aus dem Städtchen kennengelernt, da macht man in diesem Alter doch schon mal spontane Dinge.«

Wiley seufzte tief. »Diese Art spontaner Dinge schätzen die Eltern unserer Schüler nicht sehr, aber ich wäre trotzdem froh, wenn nichts Schlimmeres passiert ist.«

Die nächste Viertelstunde verbrachte Nick damit, aus den Fotodateien die Bilder von Jessica Gresham herauszusuchen. Eine rundliche Brillenträgerin mit roten Locken und sommersprossengesprenkelter Haut. Sie wirkte kindlich für ihre fünfzehn Jahre, und Nick verwarf seine eigene Idee nun zur Gänze. Er wäre sehr erstaunt gewesen, wenn dieses Mädchen sich nachts mit einem Jungen im Dorf verabredet hätte ... da lag eine andere Erklärung näher.

Er packte die vier Fotos, auf denen Jessica zu sehen war, in eine Mail an Wiley und schickte sie ab. Der Mann tat ihm leid; für den Ruf der Schule musste ein solcher Vorfall eine Katastrophe sein.

Seinem eigenen Auftrag sah er nun mit gemischteren Gefühlen entgegen als zuvor. Bei seiner ersten Schulfoto-Session war er Derek begegnet, der vermutlich Erebos spielte. Bei der zweiten dem Blechbüchsenmädchen und Jessica, von denen er das nun ebenfalls vermutete. Er wusste schon jetzt, dass er in Schule Nummer drei versuchen würde, jeder Schülerin und jedem Schüler vom Gesicht abzulesen, ob er oder sie auch mit dabei war.

Er packte seine Fototasche, allmählich war er knapp dran. Während er die Treppen hinunterlief, öffnete er die Erebos-App, immer noch halb in Erwartung einer Sanktion für das unerlaubte Googeln nach Alex Forsythe.

Doch Erebos beschränkte sich auf Angst einflößende Verkündungen. *Schweigen ist Leben. Der Tod baut dunkle Verstecke.*

Unwillkürlich dachte Nick an die verschwundene Jessica, und die Reste seines Optimismus lösten sich in Luft auf. Verdammt, er wünschte sich, er hätte Wiley besser helfen können als bloß mit einigen Fotos.

Am Eingang der Schule in Euston erwartete ihn bereits eine junge Lehrerin und führte ihn in eine schäbige Aula, wo man Turnbänke aufgestellt hatte. Nick baute seine Kamera auf und begann die Erstklässler zu knipsen, ohne wirklich bei der Sache zu sein.

Was, wenn man schon in den Mittagsnachrichten hören würde, dass Jessica tot aufgefunden wurde? *Der Tod baut dunkle Verstecke* – sollte er diesen Hinweis an die Polizei weitergeben? Oder ihn Wiley zukommen lassen? Auch wenn Erebos das mitbekam – egal. Dann würde es eben seine Drohungen ihm gegenüber wahr machen, damit würde er irgendwie zurechtkommen. Das Leben einer Fünfzehnjährigen war wichtiger.

Zum Glück war dies schon sein dritter Job als Schulfotograf, sonst hätte er es nicht geschafft, gründlich zu arbeiten, ohne wirklich bei der Sache zu sein. Als gegen halb elf wieder sein Handy läutete, riss der Ton ihn so plötzlich aus seinen Grübeleien, dass er vor Schreck fast das Stativ umgekippt hätte.

»Einen Moment bitte«, sagte er zu dem Jungen, der wartend vor ihm auf einem Stuhl saß.

Die gleiche Nummer wie heute Morgen. Wiley. Nick sah das Smartphone in seiner Hand zittern, er wollte nicht abheben, er hatte Angst vor dem, was er hören würde.

Andererseits, wenn Jessica tot war, hätte Wiley andere Sorgen, als ihn zu informieren. Vielleicht wollte er sich nur für die Fotos bedanken.

»Dunmore«, krächzte Nick ins Telefon.

»Ich wollte es Ihnen persönlich sagen. Gute Neuigkeiten!« Wiley klang zwanzig Jahre jünger als bei seinem ersten Anruf. »Jessica ist wieder aufgetaucht. Sie war gar nicht verschwunden, hat sie uns erzählt, sondern nur in einem der Wäscheräume im Keller eingeschlossen. Weil sie sich nachts eine zusätzliche Decke hatte holen wollen. Gerade vorhin hat eine der Hausdamen sie rufen gehört.« Er lachte auf. »Wir sind sehr erleichtert, und ich wollte nicht, dass Sie sich eventuell noch Sorgen machen.«

»Das ist wirklich freundlich von Ihnen, vielen Dank.« Nick verabschiedete sich und fotografierte weiter; ihm war, als hätte man ihm eine Bleilast von den Schultern genommen. Gleichzeitig konnte er die Geschichte nicht ganz glauben. Okay, das Mädchen war in der Wäschekammer wiedergefunden worden, aber Nick hätte seine Kamera darauf verwettet, dass es dort nicht die ganze Nacht lang gewesen war.

Der Tod baut dunkle Verstecke. Vielleicht hatte Jessica mitgebaut.

Noch vier Schulklassen, dann würde er es geschafft haben. Während eine Schülergruppe die Aula verließ und die nächste sich aufstellte, trank Nick ein paar Schluck Wasser. Dabei fiel sein Blick auf einen groß gewachsenen, dunkelhäutigen Jungen, der zu der vorherigen Gruppe gehört hatte. Er war auf der Treppe stehen geblieben und richtete sein Handy auf die Halle. So wie es aussah, fotografierte er. Er fotografierte Nick. Erstaunlicherweise hörte er auch nicht damit auf, als er bemerkt worden war. Im Gegenteil, er lächelte, knipste noch einige Male, hob grüßend die Hand und ging.

In Gedanken markierte Nick ihn sofort als Spieler. Wahrscheinlich würde er die Bilder umgehend über die App hochladen, *bang*, Auftrag erledigt, neuer Brustharnisch. Oder so. Er gehörte zu einer Gruppe, die Nick bereits fotografiert hatte. Er überprüfte die Schülerliste. Wenn die Klasse sich an die alphabetische Reihenfolge der Einzelbilder gehalten hatte, hieß der Junge Cameron Sadler.

Was fing er, oder genauer gesagt das Spiel, mit einem Foto von Nick an? War es zur Überprüfung gedacht, um herauszufinden, ob er den Job machte, den Erebos ihm zugeschanzt hatte? Das musste es doch bereits wissen, dank GPS und Spracherkennung.

Die nächste Klasse war so weit, die dazugehörige Lehrerin hatte sich in Stellung gebracht. Besser, Nick konzentrierte sich jetzt und grübelte später. »Okay«, sagte er und stellte sich hinter die Kamera. Musterte die Gesichter durch den Sucher und drückte dreimal ab. Dass wieder ein Anruf hereinkam, merkte er nicht sofort; er hatte den Klingelton abgestellt, und das rhythmische Vibrieren des Telefons drang nur sehr leise bis zu ihm.

Noch einmal Wiley? Egal, das musste jetzt warten. Jessica war wieder aufgetaucht, alles andere konnte nicht so dringend sein.

Nick schoss die Einzelporträts, fragte sich bei jedem davon, ob er gerade jemanden ablichtete, der Erebos spielte. Und vielleicht auch dazu angehalten war, ihn zu beobachten.

Danach kam die nächste Klasse dran. Und die übernächste. Irgendwann hörte er das Handy noch einmal, aber jetzt war er schon so gut wie fertig hier. Wiley würde verstehen, dass er nicht mitten in der Arbeit unterbrechen konnte.

»Das ging ja schnell und unkompliziert«, sagte die Direktorin am Ende und drückte ihm die Hand. Den angebotenen Kaffee lehnte Nick dankend ab; er packte seine Sachen und warf dann endlich einen Blick auf sein Handy.

Nicht Wiley war es gewesen, der ihn angerufen hatte, sondern Victor. Zwei Mal. Das war ungewöhnlich, sie hatten schließlich eine Abmachung.

Unschlüssig, wie er jetzt weitermachen sollte, verließ Nick das Schulgebäude. Draußen blieb er stehen. Konnte der Anruf eine Falle sein? Nicht von Victor, natürlich nicht, aber von Erebos? In dem Bewusstsein, vielleicht einen großen Fehler zu begehen, rief Nick zurück.

Das Freizeichen ertönte, dreimal, viermal. Dann erst wurde abgehoben.

»Nick?« Victors Stimme, gehetzt und heiser.

»Ja! Was ist denn los?« Er hörte am anderen Ende der Leitung Geräusche im Hintergrund, Schritte, einen entfernten Gong.

»Wir haben einen Fehler gemacht, Nick.« Er klang, als wäre

er den Tränen nahe. »Letzte Nacht wurde Speedy zusammengeschlagen, ziemlich schlimm. Seine Nachbarn haben ihn erst heute Morgen im Hauseingang gefunden, er ist seit zwei Stunden im OP.«

»Was?« Nick fühlte seine Knie weich werden. Mit einem Schlag waren alle Erinnerungen an Jamies Unfall wieder lebendig; wie konnte es sein, wie durfte es sein, dass so etwas noch einmal passierte? Zusammengeschlagen. »Was fehlt ihm? Wie schlimm ist es?«

»Kann man noch nicht so richtig sagen.«

»Bist du im Krankenhaus? Bei ihm?«

»Ja, ich möchte warten, bis ...«

»Ich komme hin.« Nick war schon in Richtung Bahnstation losgelaufen. »Wo genau seid ihr?«

Das Royal Free Hospital lag nahe der Station Belsize Park; Nick hätte die U-Bahn am liebsten selbst gefahren, ohne ein einziges Mal vor seinem Ziel zu stoppen.

Nur ihm zuliebe hatte Speedy sich wieder mit Erebos eingelassen. War der Überfall die Strafe dafür, dass er den Jammer mit ins Institut gebracht hatte? Dann war es ein mörderischer Preis für eine halbe Stunde ungestörtes Gespräch. Oder hatte er im Anschluss zu unvorsichtig recherchiert? Unfassbar, wie schnell das Spiel reagierte.

Nick trug das Handy nun wieder in der Hosentasche, und es vibrierte, sobald er den ersten Schritt auf den Bahnsteig von Belsize Park tat. Ohne sein Tempo zu verlangsamen, warf er einen Blick auf das Display.

Geh zurück.

»Ich denke überhaupt nicht daran«, stieß er durch zusammengebissene Zähne hervor. Am liebsten hätte er das Smartphone auf die Gleise geworfen, aber das hätte die Dinge nicht besser gemacht.

Er steckte es in die Hosentasche zurück, wo es kaum noch zum Stillstand kam. Ausgezeichnet, dann würde der Akku bald leer sein. Im Laufschritt erreichte Nick das vielstöckige Gebäude; der Eingang zur Notaufnahme war glücklicherweise kaum zu übersehen.

Victor saß mit gesenktem Kopf und ineinander verschränkten Händen auf einem der Plastikstühle im Wartebereich. Nick konnte sich nicht erinnern, ihn schon jemals mit so ernster Miene gesehen zu haben. »Weißt du schon etwas?«, keuchte er und ließ sich auf den Stuhl gegenüber fallen.

»Er ist aus dem OP raus«, murmelte Victor. »Seine Eltern sind gerade bei ihm, sie waren es auch, die mich angerufen haben. Offenbar hat er im Krankenwagen ein paarmal meinen Namen gesagt.«

Das Vibrieren in Nicks Jeanstasche war zum Aus-der-Haut-Fahren, gleich würde er das Handy doch noch zertrümmern. Oder im Klo versenken.

Oder es einfach ausschalten.

Natürlich hatte er die Warnung des Boten noch im Kopf, und er konnte sich ausrechnen, dass die Folgen scheußlich sein würden, aber im Moment war das alles egal. Flugmodus.

Er entsperrte das Gerät, und ein gelbes Auge starrte ihm entgegen. Ließ sich nicht schließen, nicht zur Seite wischen. Als es endlich verblasste, erschien an seiner Stelle die verhasste rote Schrift.

Geh nach Hause. Wir warten auf dich.

Auch das konnte er nicht wegmachen. Erebos legte sein Handy lahm, ließ ihn an keine der anderen Funktionen heran.

Victor hatte sich ein kleines Stück vorgebeugt, um einen

Blick auf das Display zu erhaschen. Das konnte er haben; Nick deckte mit den Fingern sowohl die Front- als auch die Rückseitenkamera ab und drehte das Handy so, dass Victor die Schrift sehen konnte. Dann schaltete er es aus.

Eine halbe Stunde später stießen Speedys Eltern zu ihnen. Beide blass und verstört, aber nicht verzweifelt. »Er wird wieder, sagen die Ärzte.« Der Vater war ein fülliger Mann mit freundlichem Walrossbart. »Zwei gebrochene Rippen, ein gebrochener Arm. Am gefährlichsten waren die inneren Blutungen, doch die haben sie bei der Operation in den Griff bekommen. Sie haben seine Milz retten können, das war erst nicht sicher.« Der Vater seufzte, sah seine Frau an. »Er ist jetzt wach und will dich sehen, Victor.«

Mit einem Satz war Victor auf den Beinen. »Gut. Sehr gut. Wo liegt er?«

»Auf der Chirurgie, Zimmer zwölf.«

Speedys Mutter legte Victor eine Hand auf den Arm. »Vielleicht doch erst morgen, hm? Er ist noch nicht ganz klar im Kopf, die Narkose wirkt nach. Mir wäre lieber, er hätte heute seine Ruhe.«

»Wir schauen nur ganz kurz bei ihm rein«, versprach Victor. »Also ... ich. Er will mich doch sehen, nicht wahr?« Bevor jemand widersprechen konnte, verabschiedete er sich und zog Nick hinter sich her den Gang entlang. »Ich würde dem Spiel zu gerne eins in die Fresse hauen«, murmelte er. »Oder in die Milz.«

Nick tappte hinterher, wie betäubt. Um Speedy so schwer zu verletzen, mussten sie ihn getreten oder mit Schlagstöcken auf ihn eingeprügelt haben. Aber wer? Einer der lächelnden Schüler, die er heute fotografiert hatte? Einer der Veteranen? Alex, zum Beispiel?

Wenn das so war, würden sie die Täter mit vereinten Kräften identifizieren können. Vielleicht sogar anhand der zahlreichen Schulfotos, die Nick geschossen hatte.

Vor Zimmer zwölf angekommen, klopfte Victor zaghaft an die Tür. Öffnete sie dann einen Spalt und lugte hinein. Nick konnte problemlos über seinen Kopf hinwegsehen.

Speedy lag allein im Zimmer, das Bett neben seinem war leer. Eines seiner Augen war mit einem großen Wattepad verklebt, da musste es ihn also auch erwischt haben.

Bei seinem Anblick packte Nick das schlechte Gewissen mit aller Wucht. Das hier war wieder einmal seine Schuld, er hätte Victor nicht informieren dürfen, er hätte allein mit Erebos zurechtkommen müssen, er war schließlich erwachsen, verdammt.

»Hey«, murmelte Speedy undeutlich.

»Hallo, Kumpel.« Victor war ans Bett getreten und griff vorsichtig nach der Hand seines Freundes. »Wir haben schon gehört, was passiert ist. Nick ist auch hier, aber wir werden dich nicht lange stören.«

»Hallo.« Langsam ging Nick näher. »Es tut mir so leid, Speedy. Wenn ich das geahnt hätte, hätte ich keinem von euch etwas gesagt.«

Speedy flüsterte etwas, das wie *nicht deine Schuld* klang; was er danach sagte, verstand Nick nicht. Nur Kates Namen hörte er heraus.

»Sollen wir sie informieren?« Victor setzte sich an die Bettkante. »Sie wird sicher wissen wollen, was –« Er hielt inne, als Speedy den Kopf schüttelte. »Sorgen«, sagte er, diesmal deutlicher. »Zu … viele Sorgen. Sie …«

»Klar wird sie sich Sorgen machen, aber trotzdem kannst du sie nicht im Unklaren lassen, finde ich.«

Speedy verzog schmerzerfüllt das Gesicht. »Doch. Bitte. Ich sage es ihr selbst ... wenn ich ... hier raus bin.«

Victor hob resigniert die Schultern. »Na gut. Deine Entscheidung.«

»Können wir etwas anderes tun?« Nick stand nun direkt vor dem Bett und versuchte, unter all den blauroten Schwellungen Speedys Züge zu erkennen. »Hast du vielleicht sehen können, wer dich angegriffen hat? Wenn du ihn beschreiben könntest, dann –«

»Es waren drei«, hauchte Speedy. »Mit Skimasken.«

Nick fluchte innerlich. Seine Idee, die Fotos auf der Suche nach möglichen Tätern durchzugehen, konnte er vergessen. »Es tut mir so leid«, wiederholte er. »Ich hätte niemanden mit reinziehen dürfen. Ab jetzt komme ich allein klar, ihr vergesst das Drecksspiel einfach, okay?«

»Das kannst du dir abschminken«, sagte Victor mit freundlichem Lächeln. »Jetzt ist es nämlich persönlich.«

Von Speedy kam keine Reaktion mehr, er hatte die Augen geschlossen, sein bandagierter Brustkorb hob und senkte sich in regelmäßigen Atemzügen. Victor ließ seine Hand los, legte sie behutsam auf der Decke ab und ging zur Tür. Währenddessen stand Nick immer noch da wie angewurzelt. Speedy schlief, er konnte ihn nicht fragen, ob es ihm recht war, aber er hatte das Gefühl, tun zu müssen, was ihm eben durch den Kopf gegangen war. Er holte die Kamera aus der Tasche und schraubte das geeignete Objektiv ein. Stellte auf Speedys Gesicht scharf und drückte ab. Zehn Fotos, von allen Seiten.

Victor hatte ihn stumm beobachtet. Erst als sie draußen waren, sah er Nick von der Seite her an. »Für wen sind die Bilder gedacht?«

»Vor allem für mich.« Das war zwar nur ein Teil der Wahrheit, aber ein wichtiger. »Um mich daran zu erinnern, mit wem ich es zu tun habe.«

»Ah«, sagte Victor grimmig. »Ausgezeichnet. Dann schickst du sie mir am besten auch.«

»Wie du möchtest.« Nick fühlte ein Brennen hinter den Augen. Bei dem Gedanken daran, dass vielleicht auch ihm gleich jemand im Hauseingang auflauern würde, empfand er keine Angst. Nur Erschöpfung. »Und sag Emily, sie soll auf sich aufpassen.«

Es war schon dunkel, als er zu Hause ankam. Im Hauseingang wartete niemand, in der Wohnung herrschte das gleiche Chaos wie am Morgen. Er räumte einen Teller voll mit Toastkrümeln in die Spüle – Überreste vom Frühstück, der letzten Mahlzeit, die er im Magen hatte. Und wahrscheinlich der einzigen für heute. Er hatte weder Hunger noch Appetit. Und ihm graute davor, den Computer einzuschalten. Ihm war klar, dass ihn sein Monitor nur deshalb nicht mit blutrot leuchtender Schrift empfangen hatte, weil das Handy offline war. Erebos wusste nicht, wo Nick steckte. Das Gefühl wollte er noch ein paar Minuten lang genießen.

Er legte sich aufs Bett und sah sich die Fotos des heutigen Tages auf der Kamera an. So viele Schüler, aber wie viele Spieler? Warum wählte Erebos gerade sie aus? Und vor allem: warum ihn selbst, ausgerechnet?

Er atmete tief durch, zählte bis zwanzig und schaltete dann sein Handy wieder ein.

Kein gelbes Auge, keine rote Schrift. Dafür zwei Nachrichten auf der Sprachbox. Die erste kam von Finn, seinem Bruder.

»Sag mal, habe ich dir etwas angetan oder so? Du bewertest unser Tattoo-Studio auf drei Plattformen mit einem Stern?

Wegen angeblich unhygienischer Bedingungen und talentbefreiten Tätowierern? Ich bin so fassungslos, Nick. Es steht deine Mailadresse drunter, warst das wirklich du?« Er klang verletzt, aber das ließ sich aus der Welt schaffen, da genügte ein Anruf. Hoffentlich konnte er auch die Bewertungen löschen.

Der zweite Anruf stammte von seiner Vermieterin. »Danke für Ihre Nachricht, Mr Dunmore. Wenn Sie die Wohnung wirklich bis zum Ersten des nächsten Monats kündigen wollen, geht das natürlich. Ich habe schon angefangen, mich nach anderen Interessenten umzusehen, einer von ihnen würde gerne übermorgen um neun Uhr vorbeikommen und die Wohnung besichtigen, sind Sie da zu Hause?«

Scheiße. Bei aller Bruderliebe, Anruf Nummer zwei hatte Vorrang. Nick erreichte seine Vermieterin sofort, erklärte ihr, dass er nicht daran dachte, auszuziehen, und dass sich jemand einen dummen Scherz mit ihm erlaubt haben musste.

»Aber Sie haben doch angerufen«, wunderte sich die Frau. »Sie haben mir aufs Band gesprochen. Und außerdem eine Mail geschickt.«

»Das war … sicher mein Bruder«, erklärte Nick, während sein Inneres sich zu einem harten Klumpen ballte. »Wir haben die gleiche Stimme. Wissen Sie, er hat ein Alkoholproblem, und dann macht er manchmal solche Sachen …« Im Geiste entschuldigte Nick sich auch dafür bei Finn.

Nachdem die Sache mit der Wohnung geklärt war, rief er ihn an. »Natürlich war ich das nicht!«, rief er anstelle einer Begrüßung. »Was denkst du eigentlich von mir?«

»Deine Mailadresse«, brummte Finn. »Becca ist ausgeflippt. Das Geschäft läuft endlich wieder gut, und dann so was. Du weißt doch, Hygiene ist das A und O, wenn die Leute da Zweifel bekommen …«

»Ich lösche das«, sagte Nick müde. »Ich versuch's. Aber gewesen bin ich es nicht.«

»Hätte mich auch echt gewundert.« Finn hustete. »Hast du vielleicht eine Idee, wer da so tut, als wäre er du?«

Und ob er die hatte. »Nein, sorry. Aber wenn ich es rausfinde, gebe ich dir Bescheid.«

Der Computer ließ sich problemlos hochfahren. Nick fand die Rezensionen sofort, dummerweise musste er sich einloggen, um sie zu löschen. Was schwierig war, da er die Accounts nicht selbst angelegt hatte und demzufolge das Passwort nicht kannte. Wenn es eine dieser irren Buchstaben-Zahlen-Kombinationen war, hatte er ohnehin keine Chance, es zu knacken. Aber wenn nicht ...

Erebos, gab er ein, doch das wäre natürlich zu einfach gewesen. *Sarius. Dunkelelf. Barbar. BloodWork.*

Nichts davon funktionierte, also versuchte Nick es mit Entschuldigungen. *Tut_mir_leid. Mein_Fehler. Sorry.* Auch hier kein Treffer.

Es wäre ihm egal gewesen, wenn es nur um ihn selbst gegangen wäre. Aber Finn im Stich zu lassen kam nicht infrage. Er lehnte sich zurück. Konzentrierte sich. Und dann wusste er es plötzlich. Wenn er damit keinen Treffer landete, würde er es aufgeben.

Die_Zeit_wird_knapp.

Bingo. Er war eingeloggt. Löschte umgehend die erste der Rezensionen, stellte beruhigt fest, dass das Passwort bei den anderen Plattformen ebenfalls funktionierte, und beseitigte die schlechten Kritiken auch dort.

Eine schnelle WhatsApp-Nachricht an Finn, dann holte er die Kamera und überspielte die Fotos, die er heute in der Schule geschossen hatte. Und im Krankenhaus.

Das, auf dem Speedy am schlimmsten aussah, übertrug er zusätzlich auf sein Handy, öffnete dann die Erebos-App und lud es hoch.

Glückwunsch, schrieb er dazu. *Ich bin sicher, das Gelbauge ist ebenso entzückt wie diejenigen, die an seinen Marionettenfäden ziehen.*

Die Beschimpfung, die er gerne noch angefügt hätte, verkniff er sich. Das alles diente nur dazu, Dampf abzulassen, und würde Erebos kein Stück beeindrucken.

Umso erstaunter war er, als der Bildschirm sich dunkel färbte und eine rote Antwort erschien.

Deine Witze werden besser, Nick Dunmore.

Und dann, Sekunden später: *Wir warten auf dich.*

24

Sie ist an einem dunklen Ort, doch sie hat ihn selbst gewählt. Der Satz verfolgte Derek die halbe Nacht lang und ließ ihn nicht schlafen. Immerhin lebte Maia, das hatte Idmon ihm bestätigt. Nach kurzem Zögern, aber doch.

Vielleicht war sie sogar schon wieder aufgetaucht, das würde er jedoch frühestens morgen erfahren. In der Schule.

Er wälzte sich auf die andere Seite und versuchte, ruhig zu atmen und an nichts zu denken. Doch der Schlaf zog sich immer weiter zurück, und irgendwann gab Derek auf. Knipste die Nachttischlampe an.

Schon nach halb drei. Er fragte sich, in welcher Schulstunde er morgen einschlafen würde. Wenigstens war Freitag, doch ein wirklicher Lichtblick würde das Wochenende nur dann sein, wenn er erfahren hatte, was mit Maia passiert war. Und dass es ihr gut ging.

Er holte sich ihr Notizheft ins Bett und blätterte es noch einmal von vorne durch. Immer wieder Grabsteine, Tränen, Regen. Dazwischen Songtexte. *Just running scared, afraid to lose, if he came back, which one would you choose?*

Dann noch mehr Regen, in manche der Tropfen hatte Maia Zahlen geschrieben. Derek sah näher hin, eben war ihm etwas aufgefallen, doch die Eingebung war sofort wieder verflogen. Lag wahrscheinlich an der Uhrzeit.

Er blätterte vor, zurück, noch einmal vor. Blieb an der Zeichnung mit Maia-Gesicht hängen, das auf Gräber weinte. Die Tränen sahen sehr gleichförmig aus, sie hatten alle einen leichten Schwung nach rechts. Derek schlug die nächste Seite auf. Mit den Regentropfen war es genauso. So wie ...

Er kniff die Augen zusammen. Und mit einem Mal wusste er, wo er diese besondere Tropfenform zuvor schon gesehen hatte.

Auf den Autos des Installations-Notdienstes, in dem Hof, wo er die Banner angebracht hatte. Das Logo sah exakt so aus wie Maias Tränen, hatte auch die Schattierung auf der gleichen Seite. Oder irrte er sich? Er hatte nur einen kurzen Blick daraufgeworfen und es sonst nicht weiter beachtet.

Er nahm das Handy vom Nachttisch und öffnete den Fotoordner, er hatte auf dem Hof Bilder geschossen, vielleicht war das Logo auf einem davon mit drauf.

Nein, leider Pech. Aber trotzdem ließ sich leicht überprüfen, ob etwas an seiner Beobachtung dran war. Morgen früh, noch vor der Schule. Er konnte ohnehin nicht schlafen, warum also nicht eine halbe Stunde früher aufbrechen?

Der Gedanke fühlte sich gut an. Derek legte sich Maias Notizheft auf die Brust und schloss die Augen, um sich zu überlegen, auf welchem Weg er am schnellsten dort sein würde.

Schrilles Piepsen ließ ihn hochschrecken. Durch die Gardinen fiel bereits Tageslicht; er musste doch noch eingeschlafen sein, verdammter Mist! Er stellte den Wecker aus und hob das Heft, das im Lauf der Nacht aus dem Bett gerutscht war, vom Boden auf.

Zu spät, um seine Aktion wie geplant durchzuziehen. Er würde bis nach dem Unterricht mit dem Besuch in der Copenhagen Street warten müssen.

Seine Hoffnung, dass Maia heute wieder in der Schule auftauchen würde, erfüllte sich nicht, und ihr Verschwinden hatte sich mittlerweile herumgesprochen. Ihre engeren Freundinnen wie Sarah und Alison erzählten jedem, der es hören wollte, dass Maia sich garantiert nichts angetan hatte. Sie hätten es mitbekommen, wenn sie unglücklich gewesen wäre.

Dann kennt ihr das Notizheft nicht, dachte Derek, in dessen Kopf sich immer schlimmere Szenarien abspielten. Mittlerweile wäre er froh gewesen, schwer getroffen, aber froh, hätte sich herausgestellt, dass Maia mit einem Kerl abgehauen war. Das war Theorie Nummer eins, die Sarah, Alison und Sharon vertraten.

»Sie hat sich in letzter Zeit heimlich mit jemandem verabredet.«

»Vielleicht ist er viel älter als sie.«

»Vielleicht ist er verheiratet.«

»Oder sogar ein Lehrer!«

Derek zog sich in die einsamste Ecke zurück, die er im Pausenraum finden konnte, und betrachtete erneut das Foto, das er in dem Innenhof geschossen hatte.

Wieder konnte er die Autos mit dem Logo nicht entdecken, sie spiegelten sich auch nicht in der Glasfront. Dafür konnte man die Banner sehr gut lesen.

Die Toten sammeln sich und haben Fragen.

54.800 Pfund

Sie wollen ihn nicht noch einmal sehen.

Leben für Leben. Tod für Tod.

Derek dachte an Maias Selbstporträt, das mit dem Loch in der Stirn, aus dem Blut floss. Ein einzelner Tropfen, der genauso aussah wie all die anderen in ihrem Heft.

Er sperrte hastig den Bildschirm, als er Syed auf sich zukommen sah. »Du bist sauer, stimmt's?« Sein Freund setzte sich auf den Stuhl neben seinem. »Tut mir echt leid, dass ich dir nach der Mathearbeit so viele Fragen gestellt habe. Aber du wärst an meiner Stelle auch neugierig gewesen, oder?«

Derek nickte stumm. *Die Toten sammeln sich.*

»Du nimmst es mir nicht mehr übel?«

»Nein. Es ist alles okay, ich fühle mich nur nicht besonders. Könnte sein, dass ich krank werde.« Er hatte es nur so dahingesagt, aber eigentlich war die Idee bestechend. Derek schlang sich die Arme um den Körper. »Magenkrämpfe. Ich glaube, ich gehe besser nach Hause.«

»Hast du etwas Schlechtes gegessen? Mein Onkel ist letztens drei Tage flachgelegen. War ein verdorbener Burger.«

»Möglich«, ächzte Derek. »Ich gehe mal zum Lehrerzimmer.«

Von da an lief es unkomplizierter ab, als er es erhofft hatte. Die Schulärztin war nicht da, aber Mr Brown unterschrieb die Freistellung, ohne lange zu fragen. »Du siehst wirklich blass aus. Kann jemand dich abholen kommen?«

»Nein. Aber es sind nur ein paar Stationen mit der Northern Line. Das schaffe ich.«

»Erhol dich gut übers Wochenende.« Der Lehrer drückte ihm den Freistellungsschein in die Hand. »Wenn du am Montag noch krank bist, brauchst du ein Attest.«

Derek nickte dankbar und schlurfte nach draußen. Vor einem Jahr hätte die Sache noch nicht geklappt, aber seitdem er sechzehn war, musste ihn in einem solchen Fall niemand mehr abholen.

Kaum war er außer Sichtweite der Schule, beschleunigte er seine Schritte. Ignorierte das kurze Vibrieren seines Handys. Er würde sich jetzt Klarheit verschaffen.

Je näher er der Copenhagen Street kam, desto häufiger vibrierte sein Telefon. Kurz bevor er die Adresse erreichte, zog er es doch hervor. Die App war bereits geöffnet.

Tu es ruhig, stand da. *Dann tun wir es auch.*

Noch bevor Derek sich darüber klar werden konnte, ob das eine Drohung sein sollte, öffnete sich die Welt von Erebos, zum ersten Mal auf dem Handy. Eine Grotte wurde sichtbar, und dort war jemand mit Eisenringen an die Wand geschmiedet. Seine Hand krampfte sich um das Smartphone. Soryana, mit einer Wunde am Arm, der Gürtel beinahe farblos. Über ihr schwebte eine Eisenkugel mit langen, spitzen Stacheln und senkte sich jedes Mal ein kleines Stück, wenn Derek einen Schritt weiterging. Soryanas Kopf hing kraftlos auf der Schulter, doch nun hob sie ihn. »Lauf weg. Bitte. Wenn sie dich bei mir finden ...«

Derek lehnte sich an die Hauswand, während sein Display sich langsam verfinsterte und die App sich schloss. Natürlich war das kein Zufall. Soryana war gefangen und verletzt, Maia verschwunden. Und nun zeigte Erebos ihm ihren Aufenthaltsort – sicher verfremdet, aber doch. Wie hing das zusammen?

Vielleicht war Maia gar nicht freiwillig abgehauen, sondern in eine Falle gelockt worden. Aber von wem? Und wieso gab es dann einen Abschiedsbrief?

Er begriff es nicht. Klar war nur, dass er jetzt gehorchen musste, wenn er nicht wollte, dass Maia zu Schaden kam. Noch mehr Schaden.

Er machte kehrt, versuchte, die App wieder zu öffnen, weil er sehen wollte, ob die Stachelkugel hochgezogen wurde, wenn er tat, was verlangt wurde. Doch Erebos verweigerte ihm den Zutritt.

Derek beschleunigte seine Schritte, dann würde das Spiel hoffentlich begreifen, dass es gewonnen hatte. Im nächsten Augenblick bog ein Lieferwagen um die Ecke. Resc/You stand auf den Seiten, und daneben leuchtete in Blau das Logo. Derek hatte recht gehabt, der Tropfen glich denen in Maias Heft bis ins Detail.

In der U-Bahn versuchte er unzählige Male, die App zu öffnen, aber sie reagierte nicht. Er startete sein Handy neu, beendete alle anderen Anwendungen, doch nichts half. Erebos ließ ihn buchstäblich im Dunkeln darüber, ob sein Gehorsam belohnt und die Stachelkugel wieder verschwunden war. Oder ob sein Zusammentreffen mit dem Resc/You-Wagen beobachtet worden war. Und Folgen hatte.

Auch als er endlich zu Hause war und sich vor den Computer setzte, gewährte Erebos ihm keinen Zutritt. Derek rollte sich auf seinem Bett zusammen. Wenn Maia nun seinetwegen etwas zustieß, würde er sich das nie verzeihen.

In Zweiminutenabständen versuchte er weiter, die Handyapp zu öffnen, und scheiterte jedes Mal. Dafür kam kurz vor drei Uhr ein Anruf herein. Emily.

»Hey, soll ich dich von der Schule abholen? Ich bin gerade in der Nähe, wir könnten …«

»Nein, sorry.« Derek musste seiner Stimme keinen leidenden Ton verleihen, der kam von ganz alleine. »Ich bin früher heimgegangen. Magenschmerzen.«

»Oh«, sagte seine Schwester. »Dann … komme ich schnell mit Magentropfen vorbei und koche dir Tee. Bis gleich!« Sie hatte aufgelegt, bevor er noch protestieren konnte.

Derek schloss die Augen. So intensiv hatte Emily sich nicht mehr um ihn gekümmert, seit er fünf gewesen war. Er konnte sich vorstellen, dass es dafür einen Grund gab, und allem Anschein nach sah Erebos das ebenso. Die App war wieder zum Leben erwacht.

Achte auf deine Worte.

»So!« Emily hatte die blaue Tasse mit den weißen Blüten bis oben hin mit Tee gefüllt. Er dampfte und roch nach Kräutern. »Mir hat der vor ein paar Monaten toll geholfen. Denkst du, es ist eine Magenverstimmung oder eher so etwas wie nervöse Magenschmerzen? Schulstress?«

Der Tee war noch zu heiß, um daran zu nippen. Derek stellte die Tasse auf dem Nachttisch ab. Maias Heft hatte er unter die Matratze geschoben, bevor Emily eingetroffen war.

»Kein Schulstress, es läuft gerade alles rund.«

»Freut mich.« Emilys Blick wanderte zum Computer. »Sag mal, würde es dir etwas ausmachen, wenn ich hier schnell einen Artikel aus dem Netz ausdrucke? Sind nur drei Seiten, aber mein Drucker spinnt.«

Da hatten sie also den wahren Grund für ihren Besuch. Sie war nicht aus Sorge um ihn hier, oder doch, aber Magenschmerzen hatten damit nichts zu tun. Emily wollte einen Blick auf seinen Computer werfen. »Na ja«, sagte er zögernd. »Mir ist er in letzter Zeit ein paarmal beim Drucken abgestürzt. Vielleicht nimmst du lieber Rosies Rechner?«

Das Lächeln seiner Schwester blieb unverändert. »Hm. Wenn es mit deinem Probleme gibt, sehe ich mir die gerne an. Manchmal liegt es ja nur an den Einstellungen.«

»Habe ich schon überprüft.« Es war Derek bewusst, dass er sich mehr als merkwürdig verhielt. Und dass Emily ihre Schlüsse ziehen würde, sie war alles andere als dumm.

Neben ihm auf dem Bett meldete sich das Handy mit dem üblichen Vibrieren. Derek nahm es an sich, achtete darauf, dass das Display nicht in Emilys Richtung wies.

Lass sie.

Zu gleichen Teilen erstaunt und erleichtert legte er das Gerät wieder zur Seite.

»Dad?«, fragte Emily? »Oder Jane?«

»Weder noch. Ein Schulfreund, der wissen wollte, wie's mir geht.« Er seufzte. »Meinetwegen. Dann versuch eben dein Glück mit meinem Rechner.«

»Danke!« Sie sprang auf und brachte Derek das Notebook, damit er das Passwort eingeben konnte. Es gelang ihm noch, einen prüfenden Blick auf die Desktopoberfläche zu werfen, bevor Emily das Gerät wieder zum Schreibtisch trug.

Kein rotes E. Keine Schriftrollen.

Erleichtert sank er in sein Kissen zurück. Emilys Auftauchen würde Maia nicht in weitere Gefahr bringen. Und seine Schwester konnte sich jetzt selbst davon überzeugen, dass er nicht spielte. Sie würde ihn künftig mit Fragen rund um Erebos in Ruhe lassen, so gesehen war es ein echter Glücksfall, dass sie vorbeigekommen war.

Der Drucker ratterte. »Na siehst du, funktioniert doch«, stellte Emily mit zufriedener Stimme fest. »Danke dir, Bruderherz. Und jetzt trink deinen Tee, der müsste abgekühlt genug sein.« Sie faltete ihre Ausdrucke zusammen und steckte sie in die Handtasche. »Übrigens, erinnerst du dich noch an das Spiel, von dem ich dir erzählt habe? Erebos?«

Jetzt kam sie ihm doch noch einmal damit? »Ja. Warum?«

»Weil ein Freund von mir, der dem Spiel damals in die Quere gekommen ist, kürzlich zusammengeschlagen wurde. Liegt im Krankenhaus, sie mussten ihn operieren.« Über ihr Gesicht zog ein Schatten. »Ich weiß auch nicht, warum ich dir das erzähle. Wahrscheinlich nur, weil es mich die ganze Zeit beschäftigt.«

»Ist ja auch schlimm.« Derek drückte sich eine Hand auf den Bauch, der allmählich wirklich zu schmerzen begann. »Ich wünsche deinem Freund alles Gute!«

Sie ging, und Derek griff sofort nach seinem Handy, suchte aber vergebens nach neuen Nachrichten. Was Emily ihm erzählt hatte, beunruhigte ihn stärker, als er es sich hatte anmerken lassen. Nicht ihres Freundes wegen, den kannte er ja nicht. Doch wenn sie ihm keine Märchen aufgetischt hatte, dann schreckte das Spiel nicht vor brutaler Gewalt zurück.

Er dachte an Ketten, Grotten und todbringende Dornenkugeln. Und das endlose Wochenende, das vor ihm lag, ohne Chance, etwas über Maias Verbleib herauszufinden.

Er war so in seine düsteren Gedanken versunken, dass er das rote Leuchten nicht sofort wahrnahm, doch als er es bemerkte, wurde ihm klar, dass es nicht eben erst aufgetaucht war. Vielleicht würde Erebos ihn für sein vorbildliches Verhalten Emily gegenüber belohnen wollen!

Er setzte sich vor den Computer. Irgendjemand würde ihm Rede und Antwort stehen müssen.

Torqan steht in einer Halle, die wirkt, als läge sie tief unter der Erde. Riesige Statuen flankieren die Wände, halb verborgen in Nischen: Ritter, die sich auf Schwerter stützen, eine Dunkelelfe, die neben einem abgeschlagenen Drachenkopf posiert, ein König mit grausamen Gesichtszügen, der zwei Kinder an Ketten hält.

In einer Ecke der Halle sitzt der Bote an einem Tisch, auf dem eine einzelne Kerze brennt. Sie wirft ihr Licht auf seine fahlen Züge, die Flamme ist ebenso gelb wie seine Augen.

»Torqan«, sagt er, ohne aufzublicken. »Deine Stunde ist gekommen. Auf die eine oder andere Art.«

Das klingt bedrohlich. »Ich habe alles getan, was ihr verlangt habt«, stammelt er. »Ich bin sofort wieder abgehauen, nachdem ihr es mir befohlen habt.«

Nun richten die Augen des Boten sich doch auf ihn, gelb, aber dennoch kalt. »Nicht sofort, oder? Du hattest ein wenig Nachdruck nötig.«

»Das tut mir leid«, erwidert Torqan hastig. »Es war keine böse Absicht.« Obwohl es ihn Überwindung kostet, tritt er einen Schritt näher. »Ist Soryana hier?«

Das Lächeln des Boten ist beängstigend. »Hier? Nein. Hier ist sie nicht.«

»Kann ich sie finden?« Er hofft so sehr auf ein Ja, dass es fast wehtut.

»Du hast Angst um sie, nicht wahr?«

Lügen hat keinen Sinn. »Ja.«

Der Bote erhebt sich, richtet sich zu seiner vollen Größe auf. »Präge dir dieses Gefühl gut ein.« Er winkt Torqan näher. Eine der steinernen Gestalten in ihren Wandnischen scheint sich zu rühren, kurz danach die nächste. Ein Ritter hebt knirschend sein Schwert. Ein Schatten wie von einem riesenhaften Vogel zieht über die Decke der Halle. Der König zerrt die Kinder an der Kette näher zu sich.

»Leben für Leben«, flüstert der Bote. »Du möchtest Soryana finden?«

»Ja. Geht es ihr denn gut? Ist sie in Ordnung?«

Das Schweigen des Boten lässt alle anderen Geräusche überlaut erscheinen. Das gelegentliche Tappen kleiner Tierfüße. Das Geräusch des Wassers, das von der Decke tropft.

»Wir werden es gemeinsam herausfinden«, sagt der Bote schließlich. »Wenn du den Auftrag erfüllst, den ich dir erteile.«

»Natürlich.« Torqan stimmt zu, ohne auch nur eine Sekunde lang nachzudenken. »Was soll ich tun?«

»Du wirst den Prinzen in Empfang nehmen. Du wirst ihn

sofort erkennen, wenn du ihn siehst, und von da an wirst du ihm zur Seite stehen. Sein Gefährte sein.«

Lostprinceofdoom erinnert sich Torqan. »Kein Problem«, sagt er. »Was genau muss ich tun?«

Der Bote erklärt es ihm.

»Ungehorsam«, kreischt der Gnom und streckt seine blaue Zunge hervor. »Du warst ungehorsam!« Sie stehen auf einem mondbeschienenen Friedhof, der Sarius vage bekannt vorkommt.

In den Bäumen schreit eine Eule, wie ein dumpfes Echo des hässlichen Wesens, das vor ihm umherhüpft.

»Und ich bin bestraft worden«, gibt er zurück. »Allerdings noch nicht so heftig wie einer meiner Freunde. Ist das die neue Taktik? Nicht mehr dem Aufmüpfigen selbst Schaden zufügen, sondern jemandem, den er mag? Wen lasst ihr als Nächstes verprügeln, wenn ich nicht nach eurer Pfeife tanze?«

Der Gnom zischt ihn drohend an. »Du begreifst überhaupt nichts, Sarius. Aber ich wusste es immer schon. Dunkelelfen sind dumm.«

»Dann verzichtet doch auf meine Dienste«, gibt er zurück. »Es wäre mir eine Freude, diesen Wahnsinn hier zu beenden.«

»Das wirst du auch, Elf«, flüstert der Gnom. »Auf die eine oder andere Weise.«

Sarius setzt sich auf einen der umgekippten Grabsteine. »Wie steht es eigentlich mit der Zeit, die angeblich knapp wird? Das betont ihr doch ständig, also wie knapp ist sie wirklich?«

Erstmals mustert der Gnom ihn ruhig und mit ernster Miene. »Das Ende steht unmittelbar bevor, endlich ist alles bereit. Deine Rolle steht fest, und du wirst sie erfüllen.«

»Ach ja?« Sarius schlägt die Beine übereinander. »Was ist denn meine Rolle?«

»Das wirst du noch erfahren.« Der Gnom bläht seine übergroßen Nasenlöcher. »Aber nicht von mir. Ich bin nur hier, um dich noch einmal an die Regeln zu erinnern.«

»Nicht nötig, weiß ich alles noch. Große Geheimhaltung, niemandem etwas zeigen oder erzählen. Kann ich jetzt wieder gehen?«

»Du hast etwas vergessen. Die Vorschrift, die für dich mehr gilt als für andere. Die du heute übertreten hast.«

Er seufzt. »Den Kontakt nicht abbrechen lassen.«

»Genau. Vergiss es nicht. Was wir dir anvertrauen werden, ist unersetzbar.«

Sarius schnaubt. »Dann bin ich der Falsche dafür.«

»Im Gegenteil«, erwidert sein warzenübersätes Gegenüber. »Du bist der einzig Richtige.« Er zieht eine Peitsche aus seinem Gürtel und lässt sie knapp vor Sarius' Füßen auf den Boden klatschen. »Und jetzt verzieh dich, Elf.«

Nichts lieber als das. Sarius springt auf und hofft, dass ihn gleich Dunkelheit umfangen wird, doch damit hat er sich geirrt. Zwar schwindet das Licht immer mehr, je weiter er sich vom Friedhof entfernt, aber es sieht nicht so aus, als wäre er für heute schon fertig.

Zu seiner Linken sieht er bläuliche Lichter glimmen, die aussehen, als würden sie schweben – er könnte dort ein wenig herumkämpfen und dann Schluss machen.

Die Lichter schwirren herum wie Mücken, und vielleicht sind es sogar welche, denn die mögen es ja schlammig. Schon nach kurzer Zeit versinken Sarius' Füße bei jedem Schritt tiefer im Boden.

Das hier ist Moor, verdammt. Er versucht, kehrtzumachen, doch das ist schwieriger als gedacht. Der Boden saugt ihn förmlich tiefer, und bald steckt Sarius bis zu den Knien fest.

Na gut. Er bleibt einfach stehen. Im Grunde wäre es in Ordnung, wenn er jetzt im Matsch untergeht, denn dann wäre es vorbei. Und eben deswegen wird Erebos es nicht zulassen, sondern ihn irgendwie rausholen.

Doch erst als er schon bis zum Bauch versunken ist, hört er über sich Flügel schlagen. Zwei Harpyien kreisen über ihm und senken sich langsam herab. Die männliche landet direkt vor ihm. Nennt sich Lorwin, dem ist Sarius bislang noch nie begegnet. Harpyie Nummer zwei hingegen, Aiello, kennt er. Sie entzündet schon im Landen ein paar Halme Sumpfgras. Hat also offenbar Redebedarf.

»Du befindest dich auf unserem Terrain, Sarius.«

Er stutzt. »Ich wusste nicht, dass die einzelnen Völker ihre eigenen Gebiete haben. Muss neu sein.«

»Ihr nicht«, erklärt Lorwin. »Nur wir.«

»Hm. Fair ist das nicht, oder?«

»Nichts hier ist fair.« Aiello hat ihn unter dem rechten Arm gepackt und breitet ihre Flügel aus. Sie entzündet einen Holzstab an dem brennenden Gras, steigt auf und zieht Sarius mit sich; aus dem Schlamm heraus und in die Lüfte. »Ich zeige dir mal etwas.«

Über die Landschaften dieser Welt zu fliegen ist für ihn eine neue Erfahrung. Der Wind rauscht in seinen Ohren, mischt sich mit Musik, zugleich zart und siegessicher, die Sarius plötzlich wünschen lässt, hier nicht mehr wegzumüssen. Der Ausblick tut sein Übriges dazu. Die Landschaft glitzert und funkelt unter ihm, in Blau-, Grün- und Rottönen; eigenartig ist nur die sehr geometrische Anordnung der Farben. So, als hätte jemand Pflanzen streifenweise danach angeordnet, ob sie weiß oder blau waren.

Apropos blau: Was sie nun überfliegen, muss das Feld mit

den blauen Schlangen sein, die ihm fast zum Verhängnis geworden sind. Der rote Pfad zieht sich in einer kerzengeraden Diagonale hindurch, golden gesäumt. Und nun sieht Sarius links davon einen ebenfalls goldfarbenen Stern aufgehen.

Der Anblick stößt etwas in ihm an, aber er kommt nicht darauf, was es ist. Als würde ihm ein Wort auf der Zunge liegen, das sein Gehirn trotz aller Konzentration nicht ausspucken will. Währenddessen ändert sich unter ihm die Landschaft. Wieder Farbfelder, die gelb schillern, grün und flammend rot. Den Blick lenkt aber ein See auf sich, der genau in der Mitte liegt und in dem jemand einen sternförmigen Steg angelegt hat. Man hört das Wasser bis hier oben plätschern. Auf dem Steg steht der Mann mit dem großen Stein. Er hat ihn abgelegt und setzt sich nun daneben.

Sterne, immer wieder Sterne. Sarius versucht, sich abzulenken, er weiß, dass er seinen Kopf nicht dazu zwingen kann, ihm zu verraten, woher er die Muster kennt, die er sieht. Beim ersten Mal war es ähnlich, auch da hat er die Bedeutung der farbigen Hecken und Wälle und Flüsse erst spät begriffen. Erst als er sie in anderem Zusammenhang vor Augen hatte.

»Schön ist das«, stellt er fest, als Aiello eine Schleife über eine silbrig-hellblaue Wasserfläche fliegt. Auch darüber steht ein Stern am Himmel. Nicht golden, sondern weiß.

»Finde ich auch«, sagt sie. »Ich komme von hier.«

Das ist eine merkwürdige Feststellung. Aber die Harpyien verhalten sich ohnehin anders als die anderen Spieler. Sarius fragt sich, wie sie sich für ihre Sonderstellung qualifiziert haben. Sind sie so etwas wie der neue Innere Kreis?

»Ich weiß, dass du nicht verstehst, was du siehst«, fährt Aiello fort. »Schon zu lange aus der Schule raus, nicht wahr? Oder damals nicht gut genug aufgepasst.«

Sarius will etwas ähnlich Schnippisches antworten, als ihm klar wird, was Aiello ihm da eben verraten hat. Aus der Schule raus.

»Du weißt viel mehr über mich als ich über dich, stimmt's? Du weißt, dass ich kein Schüler mehr bin. Wahrscheinlich kennst du sogar meinen Namen.«

Sie antwortet nicht, schlägt dafür heftiger mit den Flügeln, steigt höher. Und dann lässt sie Sarius los, lässt ihn von hoch oben auf die Erde zustürzen.

Es rauscht in seinen Ohren; ob es Blut oder der Luftzug seines Falls ist, weiß er nicht; instinktiv versucht er, seinen Sturz zu bremsen, doch es gibt nichts, woran er sich festhalten könnte.

Er rast auf den Boden zu, auf einen Landabschnitt ganz in Schwarz. Ob es verbrannte Erde ist oder dunkler Stein, kann er noch nicht sehen; er wappnet sich für den Aufprall, hat plötzlich doch Angst davor, würde zu gerne noch einmal die Muster von oben sehen und diesmal wirklich begreifen ...

Und dann sieht er, dass es schwarzer Schlamm ist, auf den er zustürzt. Er spürt den Aufprall kaum, denn er versinkt sofort. Der Morast schlägt über ihm zusammen, und das Schwarz nimmt die ganze Welt ein.

Es war längst dunkel draußen, aber noch nicht allzu spät. Nick saß vor dem Bildschirm und fühlte sich, als wäre er selbst es gewesen, der eben aus den Wolken in den Sumpf geworfen worden wäre, und nicht Sarius.

Aiello hatte einen Fehler gemacht, war zu gesprächig gewesen. Wusste sie bloß zufällig, wer es war, der hinter Sarius steckte, oder wusste sie es auch von allen anderen?

Nick fühlte Hunger in seinen Eingeweiden rumoren. Dachte

an die Pizza im Tiefkühlfach. Aber vorher wollte er noch die Schulfotos vom Vormittag hochladen.

Und außerdem etwas googeln, mal sehen, ob das Spiel sich beschwerte. *Harpyien*, gab er ein.

Der Wikipedia-Link ließ sich öffnen, ohne dass Erebos protestiert hätte. Leider gab er nicht allzu viel her. Harpyien seien geflügelte Mischwesen aus der griechischen Mythologie, hieß es da. Und dass sie die Sturmwinde verkörperten. Ansonsten waren sie für die Griechen ziemlich abstoßende Geschöpfe, die Essen vergifteten und für Göttervater Zeus Leute killten.

Eine von ihnen hieß Aello. Nick lehnte sich zurück. Das war kein Zufall; das freundliche Wesen, von dem er eben im Schlamm versenkt worden war, hatte dem Namen nur einen einzigen Buchstaben hinzugefügt. Wahrscheinlich, damit man bei der Internetsuche nicht sofort darauf stieß.

Aello, erklärte Wikipedia, war eine der Harpyien, die von den Göttern gesandt wurden, um – notfalls mit Gewalt – Frieden zu stiften. Und Verbrechen zu bestrafen.

Nick schloss die Seite und den Browser mit dem Gefühl, auf etwas gestoßen zu sein, das ihn einer Lösung näher brachte. Eine der Spielerklassen hatte Informationsvorsprung. – *Ich komme von hier*, hatte Aiello gesagt.

Sturmwinde. Sterne. Gewalttätige Friedensbringer.

Er schüttelte den Kopf. Der Gnom hatte angekündigt, dass das Ende knapp bevorsteht. Der Gedanke, die Zusammenhänge vielleicht erst danach zu begreifen, war alles andere als beruhigend.

Mitten aus dem Tiefschlaf schrak Nick hoch und dachte im ersten Moment, es wäre wieder das Spiel gewesen, das ihn mit einem Alarmton geweckt hatte, doch es war sein Handyklingelton. Der Traum, den er eben gehabt hatte, klebte noch in seinem Kopf – er war in dem runden See geschwommen und hatte versucht, sich auf den Steg zu ziehen, doch der war zu heiß gewesen, um ihn anzufassen. Dann waren ihm Flügel gewachsen, aber er hatte damit nicht fliegen können, im Gegenteil. Ihr Gewicht hatte ihn immer wieder unter Wasser gezogen.

Ein schneller Blick auf die Uhr – sechs Uhr dreiundvierzig. Wer meldete sich so früh am Morgen?

Nick griff sich das Telefon vom Nachttisch und war mit einem Schlag hellwach. Emily. Sie hatte ihn seit Jahren nicht mehr angerufen, und jetzt tat sie es noch vor sieben Uhr morgens?

Er räusperte sich. Wollte nicht verschlafen wirken. »Hallo?«

»Nick!« Das eine Wort genügte, um ihm klarzumachen, dass etwas passiert sein musste.

»Derek ist fort. Er muss sich letzte Nacht aus dem Haus geschlichen haben, Jane hat mich vorhin angerufen, sie wissen nicht, was sie tun sollen. Er hat sein Handy zurückgelassen. Und eine Nachricht.«

Nick hatte die Beine bereits aus dem Bett geschwungen und seine Jeans von der Couch gefischt. »Welche Nachricht?«

»Nur einen Satz: Sucht mich nicht.« Sie schluchzte auf. »Es ist meine Schuld, weißt du? Ich war gestern noch bei ihm, und er hat sich komisch benommen. Wollte mich erst nicht an seinen Computer lassen, dann kam eine Textnachricht über sein Handy, und plötzlich war es kein Problem mehr. Auf dem Desktop habe ich nichts von Erebos entdecken können, aber was heißt das schon ...«

Nick war in die Jeans geschlüpft und versuchte, sie mit einer Hand zuzuknöpfen. Gleich würde das Spiel ihr Gespräch unterbrechen, er war erstaunt, dass es das bis jetzt noch nicht getan hatte. »Hast du Vi… also, du weißt, unseren gemeinsamen Freund schon informiert?«

»Ja.« Wieder schluchzte sie auf. »Wir treffen uns gleich bei ihm. Ich dachte nur, du weißt vielleicht etwas, weil du ja auch …«

»Ich komme zu euch. Bis gleich!«

Zehn Minuten später sprintete Nick zur U-Bahn. Sein Handy hatte er eingesteckt, wenn auch mit flauem Gefühl im Bauch. Es zu Hause zu lassen wäre offene Rebellion gegen Erebos gewesen, und die wagte er nicht. Das Gespräch mit Emily musste das Spiel mitgehört haben, es wusste also, dass er mit anderen über Erebos gesprochen hatte. Mal sehen, ob es als Revanche wieder seine Wohnung kündigte.

Das Smartphone in der Jackentasche fühlte sich wie ein Sprengsatz an, aber er konnte es später immer noch einwickeln. Offline schalten. Notfalls wegwerfen, doch jetzt musste er erst mal erreichbar bleiben. Für beide Welten.

Victor empfing ihn an der offenen Tür. »Wir haben das unterschätzt, wir sind Idioten«, brummte er. »Wir hätten verhindern müssen, dass Derek einfach weitermacht. Wir kannten Erebos schon, wir hätten richtig mit ihm reden müssen.«

Nick klopfte ihm auf die Schulter. Er wartete auf das Vibrieren, auf die Botschaft, die er gleich bekommen würde: dass er sich gefälligst hier verziehen und mit niemandem sprechen sollte. Doch das Handy gab keinen Mucks von sich. Er trat ein.

Emily saß im hinteren Raum, auf dem Sofa mit den Kuhflecken. Es war ihr anzusehen, dass sie geweint hatte, und Nick kämpfte gegen den Impuls an, sie in die Arme zu nehmen.

»Er kann überall sein«, murmelte sie. »Jane hat die Polizei informiert, doch die waren total unbeeindruckt. Er ist ja erst seit letzter Nacht weg. Sie sagen, die meisten Jugendlichen kommen innerhalb von achtundvierzig Stunden ganz von alleine wieder.« Sie schloss die Augen. »Aber das wird bei Derek nur dann so sein, wenn das Spiel es zulässt, nicht wahr? Und danach sieht es nicht aus. Ein Mädchen aus seiner Klasse ist schon einen Tag länger vermisst, sagt Jane. Bisher keine Spur von ihr.«

Victor kam mit kummervoller Miene und einer dampfenden Teekanne herein. »Vielleicht ist alles nicht so schlimm wie beim letzten Mal. Du kennst doch Derek, wäre er bereit, jemandem etwas anzutun? Er wäre damals nicht im Inneren Kreis gelandet, er hätte sich nicht dazu bereit erklärt, Ortolan zu töten.«

Emilys Hände bebten, als sie nach ihrer Teetasse griff. »Vielleicht sucht das Spiel diesmal keine Täter. Vielleicht sucht es Opfer.«

»Aber was soll das bringen?« Victor schüttelte den Kopf so heftig, dass sein Bart durch die Luft wirbelte. »Ernsthaft! Das Spiel verfolgt ein Ziel, es will etwas erreichen. Nicht bloß blind Schaden anrichten.«

»Woher willst du das wissen?«, flüsterte Emily. »Wir haben keine Ahnung, wer dahintersteckt. Könnte doch sein, dass es jemand ist, der einfach nur zerstören möchte.« Sie starrte geradeaus, auf die hellgrüne Wand. »Ich frage mich, wie mein Vater es überstehen soll, wenn er noch einen Sohn verliert.«

Victor tat das, was Nick sich schon die ganze Zeit über verkniff. Er setzte sich neben Emily, legte ihr einen Arm um die Schultern und zog sie an sich. »Wird er nicht. Und du wirst nicht noch einen Bruder verlieren. Wir kriegen das hin.«

In Nicks Jackentasche herrschte immer noch verdächtige Ruhe. Sein Handy vibrierte nicht, und als er es herauszog, war die Erebos-App nicht aktiv. Keine Nachrichten, keine Warnungen. Als hätte das Spiel die Lust auf seine Mitwirkung verloren.

Was natürlich nicht stimmte. Es war die Ruhe vor dem Sturm, und seine Angst vor dem, was dieser Sturm alles mit sich wegfegen würde, wuchs. *Das Ende steht unmittelbar bevor*, hatte der Gnom ihm erst gestern erklärt. *Deine Rolle steht fest, und du wirst sie erfüllen.*

Nick betrachtete missmutig sein Telefon. Im Moment bestand seine Rolle vermutlich darin, dem Spiel eine Mithörgelegenheit zu verschaffen. Er stand auf, ging wortlos nach draußen und legte das Handy in die Küche.

»Erebos hat gestern das Finale angekündigt«, berichtete er beim Zurückkommen. »Es wäre jetzt angeblich alles bereit. Ich habe keine Ahnung, was das heißt, aber es verhält sich ungewohnt ruhig. Es hat mich nicht davon abgehalten, herzukommen, und mir keine Verhaltensregeln aufgezwungen. Als würde es ihm derzeit genügen, mich aus dem Weg zu haben.«

Victor ließ Emily los und stand auf. »Es gibt da etwas«, sagte er, »das ich gerne herausfinden würde.«

Von den fünf Computern im Nebenraum liefen drei. Victor setzte sich vor den mit dem größten Monitor, öffnete Google und begann zu tippen.

Erebos Spiel, schrieb er.

Nick spähte über seine Schulter. Die Suche lieferte Ergebnisse, aber sie hatten alle nichts mit dem zu tun, was gerade passierte. Auch nicht mit den Ereignissen von vor fast zehn Jahren, das war eigentlich kaum zu glauben. Da gab es nur zwei kleine Zeitungsmeldungen, die von dem Überfall auf Ortolan berichteten. Sie waren aufgetaucht, obwohl der Name des Spiels in den Artikeln gar nicht erwähnt wurde.

»Na gut«, konstatierte Victor und öffnete Facebook. »Dann

versuchen wir es mit ein bisschen Provokation.« Er begann einen neuen Beitrag.

Es gibt da ein Spiel, das sich Erebos nennt. Installiert sich selbst auf Computern und Handys und macht einem von da an das Leben schwer. Kennt das einer von euch? Spielt es jemand? Dann schreibt einen Kommentar!

Er klickte auf *Teilen*.

Nichts passierte. Victor schob die Maus hin und her, doch der Zeiger ließ sich nicht bewegen. Der Bildschirm war wie eingefroren, dann verdunkelte er sich.

Mit angehaltenem Atem sah Nick, wie rote Schrift im Schwarz erschien, bedrohlich langsam.

Dachtest du, wir sehen dich nicht? Wir beobachten dich, Victor Lansky. Aber wir haben keine Verwendung für dich.

Nick hörte Victor nach Luft schnappen. »Keine Verwendung für mich?«, rief er empört. »Okay.« Mit einem Sprung war er auf den Beinen und zog den Stecker aus der Dose, der Monitor wurde dunkel. »Kriegsrat«, erklärte er und winkte Nick und Emily zurück ins Sofa-Zimmer.

»Handys auf Flugmodus. Du lässt deines in der Küche, Nick? Gut, dann hört das Spiel ohnehin nur den tropfenden Wasserhahn.« Er schloss die Tür hinter ihnen.

»Wir überlegen jetzt einfach mal gemeinsam. Beim letzten Mal hieß es immer, das große Ziel sei die Schlacht gegen Ortolan. Gibt es diesmal etwas Ähnliches?«

Nick musste nicht lange nachdenken. »Irgendwas mit einem Prinzen, das kam ein paarmal vor. Aber niemand hat einen Namen genannt. Es gibt auch wieder einen Farbcode, wenn ihr mich fragt, aber er bedeutet mit Sicherheit nicht das Gleiche wie damals. Ziemlich oft tauchen Sterne auf. Goldene und weiße.«

»Hm.« Victor wechselte einen Blick mit Emily. »Klingelt da etwas bei dir?«

Sie schüttelte den Kopf. »Nein. Sorry. Ich kann nicht denken, ich habe nur Panik. Es ist wie damals bei Jack, da wusste auch keiner, wohin er verschwunden war, bis sie ihn dann ... gefunden haben.«

Diesmal wagte Nick es. Er nahm Emily in die Arme, halb darauf gefasst, dass sie ihn wegstoßen würde. Doch das tat sie nicht. Sie lehnte sich an ihn, und es war wie früher. Es fühlte sich so vertraut an, so richtig.

»Wir finden Derek«, sagte er in ihr Haar. »Und ihm wird nichts zugestoßen sein.«

Er spürte, wie sie zitterte. »Das kannst du doch gar nicht wissen.«

»Doch«, sagte er mit einer Zuversicht, die er nur zum Teil empfand. »Du wirst sehen. Es geht ihm gut.«

Emily blieb noch einige Sekunden in seiner Umarmung, dann löste sie sich und nahm das Papiertaschentuch entgegen, das Victor ihr reichte. »Wir können doch überhaupt nichts tun. Wie willst du ihn in London suchen? In dieser riesigen Stadt? Wir wissen noch nicht mal, ob er überhaupt hiergeblieben ist, er könnte überall sein.«

Nick blickte Hilfe suchend zu Victor, doch auch dem stand die Sorge ins Gesicht geschrieben. In Emilys Augen traten neue Tränen. »Ich kriege die Idee nicht aus dem Kopf, dass er es Jack nachmachen will. Weil er denkt, dass der für Dad der einzige Sohn ist, der zählt.« Sie atmete zitternd ein.

Nick nahm ihre Hand. »Er ist fort, weil das Spiel es von ihm verlangt hat«, sagte er mit fester Stimme. »Nicht, weil er sich etwas antun möchte. Es gehört zu einer seiner Aufgaben, da bin ich sicher.«

Sie wollte ihm glauben, das konnte er ihr ansehen. Auch, dass sie es nicht schaffte.

»Okay.« Er ließ ihre Hand los. »Ich bin gleich wieder da.« Nick stand auf und ging in die Küche, griff sich sein Handy – immer noch kein Mucks von Erebos – und stellte sich hinaus auf den Hausflur.

Mit dem Daumen tippte er das rote E an. Zweimal, dreimal. Nichts passierte. Nick lehnte sich gegen die Wand. »Du hast Derek Carver fortgeschickt«, sagte er. »Bring ihn zurück nach Hause. Seinen Auftrag kann ebenso gut ich erledigen.«

Keine Reaktion vonseiten der App. Er kämpfte seine aufsteigende Wut nieder. »Egal was es ist«, presste er zwischen den Zähnen hervor. »Ich tue es anstelle von Derek. Ich bin die bessere Wahl, ich bin erwachsen.«

Röte überzog das Display wie ein Sonnenuntergang, bevor es sich verdunkelte und Buchstaben erschienen. Ein einziges Wort. *Eben.*

Aha, alles klar. Das Spiel hoffte darauf, dass ein Sechzehnjähriger sich eher reinlegen ließ als er.

Aber sehr edel, dass du dich opfern möchtest. Das scheint deine zweite Natur geworden zu sein.

Er begriff die Anspielung auf Helen, doch er würde nicht darauf eingehen. »Ich will Derek finden. Und ich werde dafür Himmel und Hölle in Bewegung setzen. Kann gut sein, dass ich dir dabei in die Quere komme.«

Die Schrift veränderte sich.

Schweigen ist Silber, Reden ist Tod
Die Wahrheit ein scharfes Schwert
Und der, den es zu treffen droht,
Weiß gut, wie man sich wehrt.

Für eine Fee eine ganze Armee,
Gewissheit für die Toten,
wer viel riskiert und nicht verliert,
Dem ist auch nichts verboten.
Nicht atmen und nicht schrei'n,
kein Ton, dann bist du mein.

Jetzt auch noch Gedichte. Nick bemühte sich um Beherrschung. »Soll mir das irgendwie helfen?«

Es könnte dir helfen zu verstehen. Früher oder später wirst du das ohnehin.

Reden war keine gute Idee, das hatte Nick verstanden. Der Rest war verschwurbeltes Zeug. »Das mit dem nicht atmen wird schwierig«, erklärte er. »Aber sonst tue ich mein Bestes. Sag mir einfach, was ich tun soll und wo ich Derek finde. Wenn du meine Hilfe willst, rück ihn heraus.«

Das Handy bebte in seiner Hand, über den Lautsprecher ertönte ein Grollen. *Die Bedingungen stellst nicht du.* Damit beendete die App sich ebenso selbst, wie sie sich geöffnet hatte. Mit dem Gefühl, eine schwere Niederlage erlitten zu haben, kehrte Nick zu den anderen zurück und wich Emilys erwartungsvollem Blick aus. Er schüttelte den Kopf, und Victors Mundwinkel bogen sich nach unten. »Nichts? Gar nichts?«

»Oh, so würde ich das nicht sagen«, antwortete Nick grimmig. »Erebos hat mir erklärt, dass ich nicht für Derek einspringen kann, weil ich erwachsen bin. Und dann hat es mir ein eigenartiges Gedicht unter die Nase gehalten. Schweigen ist Silber, Reden ist Tod. Das war der Anfang, an den Rest kann ich mich nur ungefähr erinnern. Etwas mit einem Schwert und einer Fee und den Toten.«

Beim letzten Wort war Emily merkbar zusammengezuckt.

Sie wischte sich über die Augen. »Ich muss schnell mal Rosie anrufen.« Damit ging sie ins Nebenzimmer.

»Eine Fee?«, sagte Victor nachdenklich. »Hm. Kam irgendwann eine Fee im Spiel vor?«

»Einmal. Wenn es eine war. Ich habe sie aus einer Art Abflussrohr gerettet. Sie und meine Fotos.«

»Aha. Okay. Und was ist mit den Toten?«

»Die sollen irgendwas erfahren. Nein, warte mal: *Gewissheit für die Toten*, so hieß das. Und darauf reimte sich dann – *verboten*. Aber frag mich nicht, in welchem Zusammenhang.« Nick strich sich das Haar aus der Stirn. Ein Screenshot, das wäre es gewesen. Dann hätten sie sich gemeinsam den Kopf über das Gedicht zerbrechen können.

»Tote«, sinnierte Victor. »Zombies gab es das letzte Mal ja da und dort. Diesmal wieder?«

»Nein, habe ich nicht gesehen. Nur Gerippe, von Riesen zum Beispiel.« Er hielt einen Moment inne. »Dafür hat Erebos mich auf einen echten Friedhof gelotst. Hat mein Navi gekapert.« Konnten diese Toten gemeint sein?

Er hatte auf Wunsch hin einen bestimmten Grabstein fotografiert, den eines Kindes, das noch am Tag seiner Geburt gestorben war …

Die letzten zwei Zeilen des Gedichts schossen ihm durch den Kopf. *Nicht atmen und nicht schrei'n, kein Ton, dann bist du mein.*

Das … passte auf merkwürdige Art und Weise. Ein Kind, das weder geatmet noch geschrien hatte, weil es bei der Geburt gestorben war. Allerdings vor über hundert Jahren, das konnte heute für niemanden mehr eine große Rolle spielen. Aber es gab dieses Grab. Es gab diesen Satz. Und im Moment keinen anderen Anhaltspunkt.

»Vielleicht sollten wir Derek wirklich außerhalb von London suchen«, sagte Nick. Er erklärte Victor, was ihm eben durch den Kopf gegangen war. »Wahrscheinlich totaler Quatsch, aber ich könnte hinfahren und nachsehen, ob mir etwas auffällt.«

»Da komme ich mit.« Victor richtete seine pummelige Gestalt auf. »Erebos hat keine Verwendung für mich, sagt es. Umso lieber trete ich ihm in den Hintern.«

Sie lachten, einen Moment lang fühlte sich alles leicht an, dann kam Emily zurück ins Zimmer. »Noch immer keine Spur von ihm«, flüsterte sie. »Jane hat alle seine Freunde angerufen, niemand weiß etwas.«

Nick sprang auf. »Ich hole mein Auto. Victor, wenn du Emily erzählst, was wir vorhaben, kommt sie vielleicht auch mit.«

Sie saßen zu dritt in seinem alten Ford, Emily neben ihm auf dem Beifahrersitz, die Hände ineinander verkrampft. Victor lümmelte auf der Rücksitzbank.

Das Problem war, Nick wusste nicht mehr genau, wo der Friedhof gelegen hatte. Sein Navi hatte ihn in Zusammenarbeit mit dem Boten dorthin gelotst; irgendwann danach war er durch Hersham gefahren. Also hatte er den Ort als Ziel eingestellt und hoffte, er würde sich zurechtfinden, wenn er einmal dort war. Notfalls jemanden fragen, nach einem Waldfriedhof zwischen Hersham und Arringhouse.

Es dauerte, bis sie London hinter sich gelassen hatten, der Verkehr war dicht, und Nick konnte fühlen, wie nervös Emily neben ihm war. Sie hielt ihr Smartphone mit beiden Händen fest, als wäre es ein Talisman, entsperrte immer wieder das Display, als wollte sie sichergehen, dass ihr auch keine Nachricht entgangen war.

Doch es kamen keine Nachrichten. Dafür begann alle paar

Minuten Nicks Handy zu vibrieren. Er hatte damit gerechnet, dass das passieren würde. Dass sein Ausflug Erebos nicht passen würde, deshalb hatte er das Telefon mit dem Bildschirm nach unten in der Seitenablage deponiert. Dort lag es nun und surrte wie eine empörte Wespe.

»Ich seh etwas, was du nicht siehst«, sagte Victor auf dem Rücksitz. »Und das ist ein Stern.«

»Hä?« Nick warf einen Blick in den Rückspiegel, auf Victors verschmitztes Gesicht.

»Fahrspiele!«, rief der. »Wir können die Zeit doch nutzen.« Er zwinkerte, und Nick begriff.

Keine schlechte Idee. Im Rahmen eines Kinderspiels über Erebos-Inhalte zu reden. Nick hatte sich zwar schon als ungehorsam geoutet; denn natürlich wusste Erebos, dass er mit *Uneingeweihten* unterwegs war und derzeit den Kontakt verweigerte, aber über das Spiel zu erzählen, wenn das Handy direkt danebenlag, war vielleicht doch zu riskant.

»Ich seh etwas, was du nicht siehst«, erwiderte er also, »und das sind blaue Schlangen.«

»Oh. Giftig?«

»Und wie.«

Eine kurze Nachdenkpause trat ein. »Kann ich nicht zuordnen«, murmelte Victor.

Nick dachte nach. Nächster Versuch. »Ich seh etwas, was du nicht siehst, und das sind bronzene Asseln. Fressen Papier.«

Schnauben von hinten. »Das ist ja der reine Zoo dort.«

Mit Victor waren die Dinge irgendwie immer leichter. Nick lächelte. »Ich seh etwas, was du nicht siehst, und das ist ein Mann, der einen großen Stein trägt.«

»Trägt oder rollt? Einen Berg hinauf?«

»Nein, trägt. Auf den Schultern.«

»Ach.« Victors Kopf erschien zwischen den Lehnen der Vordersitze. »Wie Atlas?«

Atlas. Richtig, da gab es ja diesen Titanen in der griechischen Mythologie, der die Erdkugel auf den Schultern herumschleppte. Nick kannte Bilder von Statuen, die Atlas zeigten ... Atlas.

Die Erkenntnis kam so plötzlich, dass er das Lenkrad verriss und den Wagen beinahe auf die Gegenfahrbahn gesteuert hätte. Emily stieß einen unterdrückten Schrei aus, doch da hatte Nick das Auto schon wieder im Griff. Er reduzierte das Tempo und fuhr auf den Parkplatz eines Baumarkts.

Der Mann mit dem Stein war nicht zufällig immer wieder aufgetaucht. Er war eine Art lebendige Erklärung für die anderen Hinweise, vor denen das Spiel nur so strotzte. Sterne und Streifen. Nick schüttelte über sich selbst den Kopf. Wie blind konnte man eigentlich sein?

Sein eigenes Handy wollte er dazu nicht verwenden, also drehte er sich zu Victor um. »Hattet ihr auch einen Atlas in der Schule?«

Er erntete einen entrüsteten Blick. »Natürlich. Wahrscheinlich den gleichen wie du.«

»Erinnerst du dich an die ersten Seiten?«

»Puh, nicht mehr so genau, um ehrlich zu sein. Aber ich schätze, da gab es erst mal die Zeichenerklärung und dann jede Menge Landkarten.«

»Stimmt«, sagte Nick. »Aber davor gab es ...«

»Flaggen!«, fiel Emily ihm ins Wort. »Eine Doppelseite mit allen Landesflaggen.«

»Ganz genau.« Nick lächelte ihr zu. »Victor, suchst du mal auf Google?«

»Schon erledigt.« Victor hielt Nick das Smartphone vor die

Nase. Binnen Sekunden wurden sie fündig. Ein roter Weg, gelb eingefasst, der diagonal durch ein blaues Feld verlief, links oben ein goldener Stern: Demokratische Republik Kongo.

Streifen in Grün, Gelb und Rot, in der Mitte eine runde blaue Scheibe mit einem Pentagramm: Äthiopien. Eine hellblaue Fläche mit einem einzelnen weißen Stern im Zentrum: Somalia.

»Diesmal läuft man in Erebos ständig auf afrikanischen Flaggen herum, wie es scheint«, murmelte er. »Bei meiner letzten Session hat mich jemand in einen Streifen schwarzen Schlamms geworfen. Ich frage mich, ob der zu Tansania, Angola oder dem Sudan gehört hat.« Aiello war das gewesen, und sie hatte etwas gesagt, bevor sie ihn losgelassen hatte ...

Er bekam noch nicht alle Puzzleteile zusammen. Und er begriff nicht, was die Flaggen im Zusammenhang mit dem Spiel bedeuten sollten. Dass die Lösung des Rätsels in Afrika lag? Dann hatten sie ja echt riesige Chancen, dahinterzukommen.

Vielleicht war er aber auch nur zufällig auf dem Afrika-Teil des Spiels herumgelaufen und hätte anderswo einen kreisrunden Blutsee in einer Salzwüste entdeckt.

Er gab Victor das Handy zurück. »Klüger als vorher und auch wieder nicht«, sagte er und lenkte das Auto zurück auf die Straße.

Flaggen. Er wurde nicht schlau aus der Sache. In der Seitenablage vibrierte sein Smartphone; diesmal musste er sich sehr beherrschen, um nicht schnell einen Blick daraufzuwerfen.

Eigentlich sollten sie bald nach Hersham kommen, aber die Straße kam Nick nicht bekannt vor. Führte das Navi ihn diesmal über eine andere Route? Oder hatte in aller Heimlichkeit Erebos das Gerät wieder übernommen?

Nick folgte den Anweisungen, bis er an der nächsten Hinweistafel vorbeifuhr. Vier Orte in der Nähe waren dort angeführt, Hersham war nicht dabei.

Er packte das Lenkrad fester. »Emily, im Handschuhfach müssen noch alte Straßenkarten sein, kannst du die richtige raussuchen?«

Emily öffnete die Klappe, kramte herum und faltete schließlich eine Landkarte auf. »Wir fahren in die ganz falsche Richtung, wir sind viel zu weit nördlich«, erklärte sie nach kurzer Zeit.

Nick lächelte grimmig. Hatte er es doch vermutet. Das war ärgerlich, aber gleichzeitig ein gutes Zeichen. Erebos wollte ihn vom Weg abbringen, vom Friedhof und von Arringhouse fernhalten. Das tat es nicht einfach so, es musste einen Grund dafür geben. Sie waren auf der richtigen Spur.

Bei der nächsten Gelegenheit wendete er den Wagen und fuhr jetzt nach Emilys Anweisungen. Das Handy in der Seitenablage spielte verrückt, noch ein gutes Zeichen. Nick grinste schadenfroh in sich hinein.

»In der Nähe von Hersham ist ein alter Friedhof eingezeichnet«, stellte Emily fest. »Soll ich dich dorthin lotsen?«

»Großartig! Ja, bitte tu das.« Die Dinge waren so viel einfacher, wenn er sie nicht alleine bewältigen musste. Schon Victors Hinweis auf Atlas – meine Güte. Da wäre Nick wahrscheinlich nie draufgekommen.

Dreißig Meilen später wies endlich ein Straßenschild in Richtung Hersham. Emily leitete ihn auf eine schmalere Landstraße, die an Wiesen, kleinen Wäldern und Weiden vorbeiführte. Hinter einem Holzzaun grasten Schafe, kurz danach passierten sie einen Pub mit roter Backsteinfassade. Wäre nicht die Sorge um Derek gewesen, hätte Nick es idyllisch gefunden.

Jedenfalls bis hinter ihnen ein Polizeiwagen mit Blaulicht

und Sirene auftauchte, sie überholte und Nick an den Straßenrand winkte.

Erebos hat die Drohung mit der Terrorwarnung wahrgemacht, war Nicks erster Gedanke. Jetzt würden sie ihn festnehmen, verhören, wahrscheinlich hatte das Spiel ihm mittlerweile belastendes Material auf Handy und Festplatte geschmuggelt. Dann würde er hinter Gittern landen.

Einen Moment lang war er versucht, einfach aufs Gas zu steigen und abzuhauen, aber das hätte die Dinge nur schlimmer gemacht. Er bremste. Kam hinter dem Polizeiwagen zum Stehen.

Ein Polizist und eine Polizistin stiegen aus. »Mr Nick Dunmore?« Ihre Gesichter waren ernst, und Nick fühlte, wie ihm Schweiß auf die Stirn trat. »Ja?«

»Wir haben eben einen Anruf vom Direktor von Arringhouse bekommen. Sie haben einen Schüler bei sich, Sie haben ihn ohne Erlaubnis vom Schulgelände mitgenommen.«

»Was?« Mit dieser Anschuldigung hatte Nick nicht gerechnet. Sie war besser als eine gefakte Bombendrohung, aber trotzdem nicht wahr. »Da ist nichts dran.«

Emily und Victor waren ebenfalls ausgestiegen. »Sie können gerne im Auto nachsehen«, bot Emily an. »Außer uns niemand da.«

Die Polizistin ging auf den Wagen zu, spähte hinein, forderte Nick auf, den Kofferraum zu öffnen. Dort lagen seine Ersatz-Fototasche mit der billigeren Kamera, der Verbandskasten und ein Paar Stiefel, für den Fall, dass Fototouren ihn in matschiges Gelände führten.

»Sehen Sie?« Nick schaffte es nicht ganz, den Triumph in seiner Stimme zu unterdrücken. »Niemand drin. Wer soll der Schüler überhaupt gewesen sein?«

Der Polizist bückte sich und warf einen Blick unter das Auto. »Der Schuldirektor hat uns versichert, dass der Junge bei Ihnen eingestiegen ist. Er hat uns auch Ihre Autonummer durchgegeben und uns gesagt, auf welcher Strecke wir Sie vermutlich finden.« Ein prüfender Blick von oben bis unten. »Weisen Sie sich bitte aus. Und Sie auch«, fügte er in Victors und Emilys Richtung hinzu.

Nick kramte seinen Ausweis hervor. Ihm war völlig klar, dass es nicht Wiley selbst gewesen war, der den angeblichen Vorfall gemeldet hatte, sondern Erebos. Mit Wileys Stimme. Vermutlich sogar von einem der Schultelefone.

»Kommen Sie bitte mit uns zur Dienststelle.« Der Polizist gab die Ausweise zurück. »Wir müssen der Sache auf den Grund gehen. Möglicherweise haben Sie den Schüler ja bereits irgendwo abgesetzt. Ich will Ihnen nichts unterstellen, Mr Dunmore, aber Sie verstehen, dass wir den Jungen finden müssen.«

Nick sah, wie Emilys Gesichtszüge sich verhärteten. Sie wollte einen ganz anderen Jungen finden, einen, der tatsächlich verschwunden war.

»Ist das wirklich nötig?« Victor setzte sein charmantestes Grinsen auf. »Sehen Sie, wir kommen überhaupt nicht aus Arringhouse. Wir sind auf dem Weg nach Hersham, zu einem Friedhof, wo ich das Grab meines Urgroßvaters besuchen möchte. Wir kommen aus London.«

Die Polizisten wechselten einen Blick. »Wir werden das genau zu Protokoll nehmen. Fahren Sie uns bitte nach.«

Innerlich fluchend tat Nick, was von ihnen verlangt wurde, gleichzeitig wunderte er sich, dass Erebos nicht mit härteren Bandagen kämpfte. Die Terrorwarnung zum Beispiel hätte ganz andere Konsequenzen nach sich gezogen. Kein *Fahren Sie uns bitte nach,* sondern *Legen Sie sich flach auf den Boden und bewegen Sie sich nicht, sonst schießen wir.* Aber, begriff Nick, es war dem Spiel wohl kein Anliegen, ihn völlig aus dem Verkehr zu ziehen. Seine Rolle im Finale stand schließlich fest, wie der Gnom verkündet hatte. In einer Sicherheitszelle würde er sie kaum übernehmen können.

Also wollte Erebos ihn nur ausbremsen. Ihn aus dem Weg schaffen, bis er gebraucht wurde. Er konnte Emilys Unruhe spüren, als wäre es seine eigene. »Wir machen so schnell wie möglich«, versprach er.

Ihre Lippen zitterten. »Das ist nicht schnell genug.«

Während sie dem Polizeiwagen hinterherfuhren, verschoben sich die Straßenzüge auf Nicks Navi. Sie drehten, streckten und verbogen sich. Färbten sich gelb und schwarz und formten ein Auge.

Zwei gute Stunden lang saßen Nick, Emily und Victor auf der Polizeiwache und schilderten ihren Vormittag. Dreimal bat Nick, man möge doch Direktor Wiley anrufen und sich vergewissern, dass er es auch wirklich gewesen war, der die Polizei informiert hatte.

Dass Emily langsam den Tränen nahe war, ließ sich nicht mehr übersehen, aber sie verlor kein Wort über ihren vermissten Bruder, der sich möglicherweise in der Gegend aufhielt. Nick selbst beherrschte sich ebenfalls, sie wussten ja bereits, wie die Polizei zu dem Thema stand: Achtundvierzig Stunden lang wurde abgewartet. Sie würden mit Dereks Erwähnung nur noch mehr Zeit verlieren.

Er fühlte, wie seine Geduld zu schwinden begann. Die Beamten hatten es nicht eilig, es wirkte fast, als gingen sie ihre Arbeit mit Absicht langsam an. »Also. Dann schildern Sie den

Ablauf des Tages aus Ihrer Sicht«, forderte die Polizistin ihn auf.

Da gab es nicht viel zu erzählen. Sie waren losgefahren, hatten im Stau gestanden, hatten getankt, hatten sich verfahren ...

Moment. Sie hatten getankt. Nick unterbrach seine Aufzählung. »Wann kam der Anruf von Arringhouse herein? Wann ist der Schüler angeblich in mein Auto gestiegen?«

Die Polizistin kramte in ihren Unterlagen. »Der Anruf kam um elf Uhr zweiundzwanzig. Den Jungen haben Sie zehn Minuten früher einsteigen lassen.«

Nick zog sein Portemonnaie aus der Hosentasche und förderte die Tankrechnung zutage. Triumphierend hielt er sie hoch. »Hier stehen Datum und Uhrzeit. Um zehn Uhr vierundfünfzig war ich noch gut neunzig Kilometer von Arringhouse entfernt. Verraten Sie mir, wie ich achtzehn Minuten später ein Kind entführt haben soll?«

Die beiden Beamten nahmen die Rechnung an sich, studierten sie genau und sahen sich irritiert an. »Hm«, sagte der Polizist. »Das ist allerdings ...«

»Richtig. Es ist unmöglich. Und wir würden jetzt gerne gehen.«

Das durften sie endlich auch, nachdem die Polizisten die Tankrechnung kopiert hatten. Auf dem Weg zurück zum Auto schüttelte Victor den Kopf. »Du hast echt Glück, Dunmore, dass du so eine alte Kiste fährst. Hätte sie so was wie moderne Bordelektronik, hätte Erebos sich bestimmt schon hineingehackt und den Motor lahmgelegt.«

Leicht erschöpft, aber voller Kampfgeist setzte Nick sich wieder auf den Fahrersitz. Jetzt griff er sich doch sein Handy von der Ablage. Bald drei Uhr nachmittags, der Umweg und die Polizei hatten schauderhaft viel Zeit gekostet. Erebos hatte insgesamt vier Nachrichten geschickt. *Du brichst unseren Pakt*, war die erste. *Halt an*, lautete die zweite. Als Drittes wiederholte das Spiel einen Teil der Regeln: *Verbreite keine Informationen in deinem Freundeskreis oder deiner Familie.*

Die vierte Nachricht war keine Nachricht mehr, sondern eine offene Drohung. *Wir wissen, wer bei dir ist. Das wirst du bereuen. Und sie werden es auch.*

Nick achtete darauf, dass Emily nicht mitlas; sie war ohnehin rastlos vor Sorge. So sah sie auch nicht, wie sein Display sich verfärbte; als würde Blut aus einer offenen Wunde am oberen Rand quellen und nach und nach alles in Rot tauchen.

Es ließ sich nicht mehr wegmachen. Nick versuchte es mit Wischen, mit Antippen, mit dem Drücken sämtlicher Tasten. Auch neu starten klappte nicht. Er hatte die Kontrolle über alle Funktionen des Handys verloren, war aber sicher, dass es nach wie vor mithörte.

»Alles okay?«, fragte Victor vom Rücksitz.

»Nicht so wirklich.« Nick wog das Telefon in seiner Hand. Überlegte, es einfach aus dem Autofenster zu werfen. Der Gedanke war gleichzeitig bestechend und beängstigend, denn damit würde er den Kontakt zum Spiel gänzlich abbrechen. Würde nicht mehr erfahren, was es von ihm verlangte. Dann war er möglicherweise wertlos fürs Finale, und Erebos würde die Sache mit der Bombendrohung wahr machen.

Er legte das Telefon zurück in die Ablage. Wenn er ganz sichergehen wollte, dass man ihn nicht orten konnte, mussten auch Emily und Victor ihre Handys aufgeben. Es war nicht unwahrscheinlich, dass das Spiel sich auf irgendeine Weise auch schon bei ihnen eingenistet hatte.

»Fahren wir dann?« Emily gab sich hörbar Mühe, nicht ungeduldig zu klingen.

»Klar.« Er startete den Motor. Aus dem Navi blickte ihm immer noch das gelbe Auge entgegen, doch jetzt war es mit roten Adern durchzogen.

Dank Emilys Navigation erreichten sie den Friedhof in weniger als einer Stunde. Vorsichtig bog Nick auf den Weg ein, der heute nicht so schlammig schien wie beim letzten Mal.
»Was hast du hier noch mal gemacht?«, fragte Victor und spähte durch die schmiedeeisernen Stäbe des Zauns. Irgendwo links von ihnen im Wald raschelte es, als hätten sie ein Tier aufgeschreckt.
»Ein Grab fotografiert. Ein Kindergrab.« Er betrat den Friedhof, der bei Tageslicht überaus malerisch wirkte. Efeu und wilder Wein rankten sich an Kreuzen und Statuen hoch. Nick suchte nach dem weinenden Engel.
Da war er. Er beugte sich über die Grabplatte, beide Hände vors Gesicht gelegt. *Lawrence Moreley, *15.05.1875†.*
»Es bedeutet, dass er am gleichen Tag gestorben ist, an dem er geboren wurde, nicht wahr?«, fragte er.
»Ich denke schon.« Victor ging neben dem Grab in die Hocke, während Emily rastlos herumlief und Ausschau hielt. »Warum solltest du ausgerechnet das hier fotografieren? Der arme Lawrence ist gestorben, als Queen Victoria noch Königin war.« Behutsam strich Victor ein paar trockene Blätter vom Grab. »Wahrscheinlich hat er gar nicht bemerkt, dass er zur Welt gekommen ist. Hat nicht geatmet, wurde notgetauft und bekam ein christliches Begräbnis.«
Nicht atmen und nicht schrei'n.
Ohne das Gedicht zu kennen, hatte Victor gewissermaßen daraus zitiert. Wieder fühlte Nick sich in seiner Theorie bestätigt. Es war gut gewesen, hierherzufahren, auch wenn er noch

immer nicht begriff, wie das Grab eines tot geborenen Kindes ihm weiterhelfen sollte.

Er verbarg das Gesicht in den Händen, nicht um zu weinen wie der Engel, sondern um besser nachdenken zu können. Tote Kinder. Afrika. Ja, da gab es natürlich vieles, was ihm sofort dazu einfiel. Hungersnöte, Dürrekatastrophen, Bürgerkriege. Bloß, was hatte Erebos damit zu tun? Wenn es sich plötzlich wohltätigen Zwecken verschrieben hätte, dann wären doch die Aufgaben andere gewesen. Spenden sammeln, zum Beispiel, oder irgendwelche Aufrufe in den sozialen Medien starten.

Moment. Spenden sammeln … das hatte dieser eine Junge getan, den Nick in Arringhouse fotografiert hatte. Zehn Pfund hatte er ihm in die Sammelbüchse gesteckt.

Wahrscheinlich hatte eines mit dem anderen überhaupt nichts zu tun, und es lag bloß an dem Chaos in Nicks Kopf, dass er begann, alles mit allem in Verbindung zu bringen.

»Ich sehe hier nichts, was uns weiterbringt«, rief Emily vom anderen Ende des Friedhofs. »Eben habe ich noch einmal mit Jane telefoniert, sie hat immer noch kein Lebenszeichen von Derek.« Ihre Stimme schwankte am Ende des Satzes. »Sollten wir nicht besser nach London zurückfahren?«

Alles in Nick lehnte sich dagegen auf. Sie waren hier näher an einer Lösung, er konnte nur leider nicht erklären, warum.

»Etwas im Spiel weist auf Kinder wie Lawrence Moreley hin«, murmelte er in Victors Richtung. »Es ist eine Art Gedichtzeile. Nicht atmen und nicht schreien, kein Ton, dann bist du mein, so ungefähr.« Sein Blick wanderte wieder zum Grabstein und dem, was davorstand. Er richtete sich auf. »Erebos wollte übrigens nicht nur Fotos. Es wollte auch, dass ich die Lichtschalen mit Erde fülle.«

»Die da?« Victor stupste eine davon mit dem Finger an. »Da

ist immer noch Erde drin.« Er beugte sich darüber, stutzte. Griff dann hinein und zog etwas heraus. »Oh Scheiße«, flüsterte er.

Es war ein breites weißes Band, das eine lange Schlaufe bildete, auf der in blauer Schrift *Yankees* stand. An dem Metallring am Ende der Schlaufe hingen drei Schlüssel. Victor sah betreten drein und schaffte es nicht rechtzeitig, seinen Fund vor Emilys Augen zu verbergen.

»Was ist das?« Sie kam näher, jeder Schritt schneller als der vorhergehende. »Das ist doch … o Gott, das sind Dereks Schlüssel! Das Band habe ich ihm aus New York geschickt.« Sie riss es Victor aus der Hand und untersuchte es mit zitternden Fingern. »Das sind seine Wohnungsschlüssel. Und der für den Schulspind. Wo habt ihr sie gefunden?«

Wortlos deutete Victor auf die Lichtschale, Emily hob sie hoch und drehte sie um. Neben einer Menge Erde fiel noch etwas anderes heraus. Ein Zettel. Sie beugten sich zu dritt darüber.

Bis hierher und nicht weiter. Sonst werdet ihr die Folgen zu tragen haben.

26

Es war vier Uhr fünfzig, und Derek war bereit. Schwarze Jeans, schwarzer Hoodie, schwarze Jacke. Er hatte alles in seinen Rucksack gepackt, was Erebos ihm aufgelistet hatte, und er wusste, wo er den Rest finden würde.

Aus dem Schlafzimmer hörte er Dad schnarchen, als er in die Küche schlich, sich Mums Notizblock schnappte und die Nachricht schrieb, die er schreiben sollte: *Sucht mich nicht.*

Dann verließ er die Wohnung, mit den Schuhen in der Hand, damit seine Schritte lautlos waren. Erst draußen zog er sie an und verschmolz mit der Nacht.

Sein Zug ging um fünf Uhr vierundzwanzig, und vorher musste er noch das Ticket finden. Der Bote hatte ihm den Ort genau beschrieben, hatte ihm zuletzt sogar ein Bild gezeigt: Ein Papierkorb an der Victoria Station, er hing an der Wand neben einer Bäckerei.

An einem Samstag um diese Zeit waren noch nicht allzu viele Menschen auf dem Bahnhof unterwegs, und niemand beachtete Derek, als er sich bückte und die Unterseite des Mülleimers abtastete.

Er fand den Umschlag sofort, er war mit doppelseitigem Klebeband fixiert. Ein Ruck, und Derek hatte ihn in der Hand.

In seinem Inneren fand er das Bahnticket und einen Zettel mit ein paar Anweisungen. Einiges davon war merkwürdig, aber egal. Es war hinzubekommen. Alles war hinzubekommen, wenn er dafür am Ende Maia fand.

Im Zug stellte er sich schlafend, sah nur kurz hoch, als der

Schaffner seine Fahrkarte kontrollierte, und verkroch sich danach umgehend wieder in seine Kapuze. Ohne Smartphone unterwegs zu sein fühlte sich merkwürdig an. Keine Handyspiele, keine Musik, kein YouTube. Er blickte aus dem Fenster in die heller werdende Welt hinaus. Erst rauschten sie an Industriegebieten vorbei, dann an grauen Vorstädten, danach wurde es ländlicher. Zweimal musste er umsteigen, dann war er da.

Das kleine, verträumt wirkende Bahnhofsgebäude aus roten Ziegeln lag im morgendlichen Sonnenschein, dahinter führte eine schmale Straße ins Städtchen. Dereks Anweisung lautete, erst ein paar seiner Sachen in einem verlassenen Schafstall zu deponieren, der in einer Wiese abseits der Straße stand, und dann ein Päckchen zu suchen. Angeblich war es im Inneren einer Trauerweide versteckt, die am Rand des nahen Flüsschens stand und deren Äste fast bis ins Wasser hingen.

Der Schafstall war schnell gefunden. Derek lief über Gras, das noch nass vom Morgentau war, und öffnete an der Hinterseite des Verschlags eine morsche Holztür.

Innen roch es immer noch nach Schaf, obwohl der Stall schon seit Jahren unbenutzt sein musste, so löchrig wie das Dach und der Boden waren. Derek nahm seinen Rucksack ab; die Dinge, die er hier zurücklassen sollte, hatte er alle in einem verschnürten Kunststoffbeutel gesammelt. Er legte ihn in den ehemaligen Futtertrog unter einen Rest von Heu. Mit mulmigem Gefühl. Es waren wichtige Sachen dabei, die er später wiederhaben wollte. Musste. Aber heute Abend würde er wieder zurück sein und sie abholen, und warum sollte ausgerechnet in dieser Zeit jemand den verlassenen Schafstall durchsuchen?

Beim Hinaustreten sah er sich um, aber es schien ihn niemand beobachtet zu haben. Ein Stück weit entfernt ging eine alte Frau mit ihrem Hund spazieren, ab und zu fuhr ein Auto die Straße entlang, das war alles. Derek machte sich auf die Suche nach dem Fluss.

Er verlief nahe einer verfallenen kleinen Kirche, und wenn die Sonne durch die Wolken lugte, ließ sie ihn funkeln wie ein Schmuckstück. Den Baum erkannte Derek schon aus einiger Entfernung, er stand übers Wasser gebeugt wie ein durstiges Tier.

Bisher hatte alles reibungslos geklappt. Das Einzige, was Derek auf der Seele lag, war die Tatsache, dass seine Familie jetzt wahrscheinlich bald aufwachen würde. Oder schon wach war. Und sich garantiert Sorgen machte.

Aber heute Abend war er wieder zurück, und vielleicht fand er vorher ja noch eine Telefonzelle, dann würde er kurz zu Hause anrufen. Am besten Dad, der sah die Sache bestimmt am gelassensten.

Doch jetzt war erst mal die Trauerweide dran. Der Bote hatte ihm nicht gesagt, was er dort finden würde, nur dass es wichtig war. Das Astloch lag ein wenig über Kopfhöhe, und Derek musste sich ziemlich strecken, um es zu erreichen. Sofort ertastete er Plastik und etwas Längliches, das darin eingewickelt war. Er zog es heraus, riss die Verpackung ab und hielt ein Smartphone in der Hand. Keines der neueren Modelle, dafür mit vollgeladenem Akku.

Merkwürdig. Dann hätte er doch auch sein eigenes mitnehmen können, oder? Aber der Bote hatte ihn ausdrücklich angewiesen, es zu Hause zu lassen.

Auf die Rückseite war mit Marker ein vierstelliger Code geschrieben. Derek schaltete das Gerät an und gab ihn ein. Die Erebos-App öffnete sich sofort und zeigte eine Landschaft, die der, in der Derek gerade stand, fast aufs Haar glich. Ein Flüsschen, eine Trauerweide – und darunter Soryana, die ihren Vampirmantel um den Körper geschlungen hatte und sich im Schatten des Baums hielt.

Das bedeutete, sie war hier, nicht wahr? Er würde sie finden, er würde sie zurückbringen, und spätestens dann würde niemand ihm mehr diesen heimlichen Trip übel nehmen.

Allerdings wurde es jetzt erst schwierig. Bis zu diesem Punkt hatte er genaue Anweisungen gehabt und gewusst, was er an welchem Ort finden würde.

Der nächste Schritt war einer, der sich anfühlte, als müsse Derek ihn im Nebel tun. *Gehe ins Dorf, dahin, wo Schwäne zwei Hälse haben*, hatte der Bote erklärt. *Dort warte auf den Prinzen. Du wirst ihn erkennen, wenn du ihn siehst.*

Schwäne hätte Derek tendenziell eher auf dem Wasser vermutet, aber er würde der Anweisung natürlich folgen. Hoffentlich begriff er, was gemeint war, wenn er das Dorf erreicht hatte.

Arringhouse war ein wirklich hübscher Flecken mit einer Menge alter Fachwerkhäuser, einer weiteren mittelalterlichen Kirche und kleinen Läden, die Mum in Begeisterung versetzt hätten. Antiquitäten, Schmuck, Cupcakes, solche Dinge. Allerdings keine Wasservögel. Derek ging langsam die verwinkelten Gassen entlang, sah sich aufmerksam um – fündig wurde er aber erst auf dem Hauptplatz.

Das Rathaus, eine Bäckerei, ein kleiner Supermarkt – und ein Pub mit dem Namen »The Swan with two Necks«. Auf dem Pubschild war das Tier sogar aufgemalt, es schwamm zweiköpfig zwischen Wasserlilien herum. Der rechte Kopf war hoch erhoben, der linke geneigt.

Bingo. Einen Teil der Aufgabe hatte Derek also bewältigt,

jetzt musste er noch diesen Prinzen erkennen. Fragte sich nur, woran. Krone, Hermelinmantel, Kutsche? Derek setzte sich auf eine Steinbank vor dem Rathaus, die von der Morgensonne leicht gewärmt war. Hoffentlich hatte der Bote ihn nicht überschätzt. Er hatte ihm keine Uhrzeit genannt, zu der der ominöse Prinz auftauchen sollte. Mit etwas Pech saß Derek möglicherweise also bis zum Nachmittag hier.

Positiv: Das Wetter schien gut zu bleiben. Nicht so positiv: Er hatte vergessen, sich etwas zu essen mitzunehmen, und sein Magen knurrte.

Unter den Leuten, die bisher an ihm vorbeispaziert waren, hatte sich mit Sicherheit kein Prinz befunden. Niemand, der herausgestochen wäre, niemand, den er erkannt hätte. Derek zog das neue Handy hervor. Tippte das rote E an.

Geduld.

Er lachte auf. Na gut. Daran hatte er sich ja fast schon gewöhnt. Würde er eben warten. Geduldig.

Nach eineinhalb Stunden war davon allerdings keine Rede mehr. Auf der Steinbank hatte Derek es nicht mehr ausgehalten, er lief auf dem Platz und in den benachbarten Gassen herum, warf immer wieder einen Blick in den Swan, bis eine Kellnerin ihn fragte, ob er hier frühstücken wollte.

Was er im Prinzip gern getan hätte, aber dafür wäre es nötig gewesen, seinen Posten zu verlassen, außerdem hatte er nicht genug Geld mit. Für zwei Sandwiches aus der Bäckerei allerdings schon. Mit ihnen kehrte er auf die Steinbank zurück und begann zu essen. Er war mit dem zweiten Sandwich zur Hälfte fertig und begann gerade, sich ein wenig besser zu fühlen, als jemand aus einer Seitengasse heraus den Platz betrat. Derek sah ihn und vergaß beinahe zu kauen.

Du wirst ihn erkennen, hatte der Bote gesagt und damit vollkommen recht gehabt, obwohl Derek den Jungen in seinem Leben noch nicht gesehen hatte. Der andere war vermutlich ein bis zwei Jahre jünger als er, aber genauso groß. Dunkles Haar, siegessicheres Lächeln. Und er trug den grünen Sweater mit dem verblassten Basketball darauf.

Derek war aufgestanden, beinahe ohne es zu merken. Er schluckte seinen letzten Bissen hinunter und wischte sich die Hände an den Jeans ab. Der andere hatte ihn ebenfalls gesehen und kam langsam auf ihn zu. Legte die rechte Hand auf die Brust, ballte sie zur Faust, öffnete sie, schloss sie wieder.

Derek nickte, machte seinerseits das Zeichen. Nun beschleunigte der Junge seine Schritte. »Hey! Das war ja einfach. Cool, dass ich dich gleich gefunden habe.« Er sah Derek neugierig an. »Wie heißt du? Also ... richtig, meine ich. Hier.«

»Derek.« Er musterte den Jungen von oben bis unten. Wieso war der ein Prinz? Okay, sein Englisch war lupenrein, er hörte sich an wie die Sprecher im Fernsehen, aber er sah völlig normal aus. Sogar ein bisschen schäbig in dem alten Sweatshirt. »Und du?«

»Cedric.« Der andere streckte ihm die Hand hin. »Freut mich, dich kennenzulernen.«

Die Manieren waren auch perfekt. Derek nickte freundlich, er wartete insgeheim darauf, dass das Handy vibrieren und der Bote ihm sagen würde, was jetzt als Nächstes passieren sollte. Dereks Anweisungen reichten nur bis zu dieser Begegnung, kein Stück weiter.

»So.« Cedric nahm seinen Rucksack von den Schultern. »Ich habe das hier für dich«, er holte einen blau-weißen Schulpullover heraus, »und das.« Eine Spendenbüchse folgte. Etwas ratlos nahm Derek sie entgegen; im nächsten Moment entfuhr ihm ein erstaunter Laut. Auf der gelben Büchse war ein blauer Tropfen aufgedruckt. Maias Tropfen. Darunter stand in ebenfalls blauen Buchstaben Resc/You.

Doch kein Installations-Notdienst, wie es aussah.

»Ich habe etwas zu erledigen«, erklärte Cedric. »Was genau, kann ich dir nicht sagen, du verstehst schon.« Er lachte auf. »Damit nicht auffällt, dass ich abhaue, musst du mich vertreten.« Er deutete auf den Schulpullover. »Lauf einfach ein bisschen in der Gegend herum und sammle für unsere Krankenhäuser. Ein paar von meinen Kumpels machen das heute auch. Wir beide sehen uns relativ ähnlich, wir sind fast gleich groß und haben die gleiche Haarfarbe, aus der Entfernung kann man dich für mich halten.«

Derek griff nach dem Pullover. Das war ziemlich viel Information auf einmal. Was hatte Cedric da gleich noch mal gesagt? »Unsere Krankenhäuser?«

»Ja.« Cedric klopfte gegen die Sammelbüchse. »Resc/You ist eine Charity-Organisation, die medizinische Stationen in allen möglichen Ländern betreibt. Da wird immer Geld gebraucht – für Medikamente, für Geräte und um die Ärzte zu bezahlen. Mein Dad ist im Vorstand, er engagiert sich stark für Benachteiligte.« Er schüttelte die Büchse. »Ich finde das super, aber ehrlicherweise gehe ich oft auch deswegen sammeln, damit ich öden Schulaktivitäten entkomme. Da sind die Lehrer sehr entgegenkommend.« Er grinste. »Und heute ist es ein perfekter Vorwand, um unbeobachtet den Auftrag erledigen zu können. Du ahnst ja nicht, wie streng die in Arringhouse sind.« Er deutete vage hinter sich. »Meine Schule. Internat. Da sitzen sie dir rund um die Uhr im Genick.«

Cedrics Redeschwall war kaum zu bremsen, Derek kam nur mit Mühe zu Wort. »Ich bin also nur hier, damit man aus der

Entfernung denken könnte, du sammelst hier für den guten Zweck?«

»Äh. Fast.« Cedric sah auf die Uhr. »Außerdem auch für den Fall, dass ich ein bisschen länger brauche. Der Auftrag ist tricky, und ich muss um drei Uhr wieder im Internat sein. Weil ich noch nicht fünfzehn bin. Notfalls müsstest du also für mich hineingehen … aber keine Angst«, fügte er hastig an, als er Dereks Gesichtsausdruck sah. »Du musst nur auf einer Liste an der Tür deinen Namen und die Rückkehrzeit eintragen. Es steht niemand am Eingang und wartet, sie kontrollieren nur um drei Uhr die Liste. Du schreibst einfach Cedric Tate drauf und verziehst dich auf mein Zimmer.« Er deutete in die Richtung, in der vermutlich die Schule lag. »Fergus, mit dem ich das Zimmer teile, ist übers Wochenende zu Hause, es würde also niemandem etwas auffallen. Wenn ich zurückkomme, ziehst du wieder deine eigenen Sachen an, und ich sage, du bist ein Freund und warst bei mir zu Besuch.« Er klopfte Derek auf die Schulter, als wäre er der Ältere von ihnen beiden. »Aber ich bin ziemlich sicher, dass ich vor halb drei wieder hier bin. Okay?«

Etwas in der Masse an Information hatte Derek aufhorchen lassen, doch es war ihm entglitten, bevor er es wirklich zu fassen bekommen hatte. »Moment«, rief er, als Cedric sich schon zum Gehen wandte. »Wo genau ist die Schule? Und wo ist dein Zimmer?«

»Du läufst einfach den Hügel hinauf. Die Straße links am Bäcker vorbei, immer geradeaus. Der Zimmerschlüssel ist in der Spendenbüchse, da hängt auch ein Magnetanhänger dran, mit dem du den Haupteingang aufschließen kannst. Das Zimmer liegt im rechten Gebäudeflügel, zweiter Stock.«

»Zimmernummer?«

»Keine. Bei uns gibt es keine Nummern, die Zimmer sind nach berühmten Persönlichkeiten benannt. Meines nach Christopher Marlowe.«

Er war so schnell weg gewesen, dass Derek den Rest seiner Fragen nicht mehr losgeworden war. Marlowe. Lostprinceofdoom. Und Resc/You, deren Büroeingang er mit riesigen Stickern beklebt hatte. Alles Fäden, die bei Cedric zusammenliefen, aber wieso?

Sobald er zurück war, würde Derek das herausfinden. Jetzt musste er erst mal für ihn einspringen, gewissermaßen. Hinter dem Pub fand er eine ruhige Ecke, dort zog er den Hoodie aus und den Schulpulli an, hängte sich den Rucksack um die Schultern und begann, mit der Spendenbüchse durch den Ort zu laufen.

Er hielt sich vor allem an Touristen, die nun zunehmend das malerische Örtchen bevölkerten. Leicht zu erkennen daran, dass sie vor jedem zweiten Haus Selfies schossen. Seine Erfolgsquote war gar nicht schlecht, das gute Wetter machte die Menschen fröhlich, die älteren lobten ihn für seinen Einsatz, von den jüngeren schoss er bereitwillig Gruppenfotos. Victory-Zeichen, Duckfaces, herausgestreckte Zungen. Die Büchse wurde allmählich schwerer.

Zweimal erkannte er in einiger Entfernung andere Arringhouse-Schüler, schlug dann aber schnell die entgegengesetzte Richtung ein. Wenn sie winkten, grüßte er ebenfalls, achtete aber darauf, dass sie einander nicht zu nahe kamen.

Gegen halb zwei begann er, nach Cedric Ausschau zu halten. Es wäre eine riesige Erleichterung gewesen, wenn der mit seinem Auftrag früher als erwartet fertig gewesen wäre und Derek sich nach Belieben auf den Heimweg hätte machen können.

Außerdem wäre dann noch Zeit gewesen, um ein paar Dinge zu klären. Zum Beispiel, ob Cedric in den letzten Tagen Maia begegnet war.

Sie war Derek bislang noch nicht über den Weg gelaufen, obwohl er fast überzeugt davon war, dass sie sich in der Nähe aufhielt. Die App hatte ihm Soryana bestimmt nicht grundlos gezeigt.

Um zwei Uhr hörte Derek auf zu sammeln und konzentrierte sich ganz darauf, Cedric nicht zu übersehen. Doch der ließ sich nicht blicken, auch nicht um Viertel nach zwei. Oder um halb drei. Dafür glaubte Derek in der Nähe der Bäckerei kurz jemand anders entdeckt zu haben – blondes Haar, Jeansjacke. War das Riley? Bevor er genauer hinsehen konnte, war sie um die Ecke verschwunden. Wenn sie es denn gewesen war, wahrscheinlich hatte er sich geirrt. War jetzt auch nicht wichtig, wichtig war etwas anderes. Es wurde immer später.

Nervosität kroch in ihm hoch. Okay, Cedric hatte gesagt, es könnte knapp werden, aber er war nun wirklich schon lange unterwegs. Hätte Derek gewusst, wohin er gelaufen war, hätte er ihm entgegengehen können, aber so …

Viertel vor drei. Es half nichts, wenn er sich an die Abmachung halten wollte, musste er sich jetzt auf den Weg zur Schule machen. Vielleicht hatte Cedric den ja auch schon eingeschlagen, im Bewusstsein, dass es knapp werden würde. Mit ein bisschen Glück trafen sie sich beim Eingang.

Derek marschierte los. Kaum hatte er das Dorf hinter sich gelassen, konnte er die Schulgründe bereits sehen – wow, das war ein richtiges Schloss dort auf dem Hügel. Gut zweihundert Meter vor ihm liefen zwei Mädchen, ebenfalls in Schuluniform, und er ging langsamer, um nicht zu ihnen aufzuschließen. Von Cedric immer noch keine Spur.

Im Gehen schraubte Derek die Sammelbüchse auf. Wie es aussah, würde er den Schlüssel doch brauchen. Mit gesenktem Kopf betrat er das parkähnliche Schulgelände durch ein offen stehendes schmiedeeisernes Tor.

Wiesen, riesige Sportanlagen, Waldstücke und ein See. Seine eigene Schule war im Vergleich dazu ein Witz. Aber er würde sich nicht umschauen können, er musste zusehen, dass er so schnell wie möglich in Cedrics Zimmer kam, ungesehen. Die beiden Mädchen strebten auf einen Eingang zu, und Derek folgte ihnen, immer noch mit großem Abstand. Ein paar ältere Schüler querten den Weg direkt vor ihm, würdigten ihn zum Glück aber keines Blickes.

Dann stand er vor der Tür, durch die die Mädchen verschwunden waren. Hoffentlich war das auch für ihn die richtige. Er legte den Magnetöffner an das Kontaktfeld. Hielt die Luft an.

Mit einem Summton sprang die Tür auf, und Derek schlüpfte ins Haus, in eine beeindruckende, holzvertäfelte Eingangshalle. Sah sich hektisch um – wo war die Liste? Ah, da hing sie, und ein Stift an einer Schnur gleich daneben.

14.58 Uhr, schrieb er in die erste Spalte; Cedric in die zweite … und dann fiel ihm der Nachname nicht mehr ein. Es war etwas Kurzes gewesen, vier oder fünf Buchstaben, und es hatte ihn irgendwie an Kunst erinnert …

Tate! Genau, die Tate Gallery war ihm dazu eingefallen. Und –

Noch während Derek den Namen auf die Liste schrieb, wusste er plötzlich, wo ihm der letztens noch begegnet war. Die Erinnerung war wie ein Schlag gegen die Brust, er zuckte zusammen. Wieso wurde ihm das jetzt erst klar?

Tate Inc. Die Fabrikhalle, in der er eine Nacht lang eingeschlossen gewesen war. Aus der er einen Aktenordner hatte mitgehen lassen.

Wirklich alles schien sich hier um Cedric zu drehen. Nur, warum? Der war ein netter Vierzehnjähriger. Was war es, das ihn für Erebos so besonders machte?

Während Derek in den zweiten Stock hochlief und hoffte, dass er sich im richtigen Gebäudeteil befand, versuchte er sich an das zu erinnern, was er bei Resc/You an die Scheibe geklebt hatte.

Das eine war eine Riesensumme Geld gewesen, zwei- oder vierundfünfzigtausend Pfund. Ging es dabei um das Schulgeld, dass seine Eltern jährlich für Cedric zahlten?

Die Toten sammeln sich und haben Fragen, hatte ein weiterer Aufkleber verkündet. Was sollte dieser Spruch am Büro einer karitativen Organisation? Unlogisch war das.

Zweiter Stock. Derek blickte angestrengt zu Boden, als eine Gruppe Schüler ihm entgegenkam. »Hi«, sagte einer von ihnen, dann waren sie an ihm vorbeigezogen.

Auf dem dritten Aufkleber hatte ein verwirrender Satz gestanden, darüber, dass jemand einen anderen nicht mehr sehen wollte. Und auf dem vierten etwas, das wie eine Drohung klang. *Leben für Leben, Tod für Tod.*

Er hätte Cedric zu gerne gefragt, was das bedeutete, aber der hatte ihm ja noch nicht mal die Lage seines Zimmers genau erklärt. Marlowe, er brauchte Marlowe, doch hier stand Byron an der Tür, und an der nächsten Shakespeare. Er lief an Austen vorbei, an Dickens, und dann – endlich, endlich – stand er vor Marlowe.

Seine Hand mit dem Schlüssel zitterte, er musste zweimal ansetzen, bis er ins Schloss traf. Kaum war er im Zimmer, drückte er die Tür wieder zu und versperrte sie doppelt.

Atemlos ließ er sich auf eines der Betten sinken. Geschafft, zumindest für den Moment. Hier würde ihn niemand mehr rauskriegen, bis Cedric endlich aufgetaucht war.

Das Zimmer war überraschend schlicht. Zwei Betten, hellblau bezogen, zwei Schreibtische, zwei Kleiderschränke. Ein gemeinsames Bücherregal, ein angrenzendes Badezimmer mit Toilette. Wenn man aus dem Fenster blickte, sah man ein Stück vom See und den Weg, den Derek entlanggekommen war. Ausgezeichnet. Dann würde er Cedric sehen können, sobald er das Schulgelände betrat.

Doch er kam nicht. Eine Stunde verging, dann noch eine. Allmählich verdichtete Dereks Nervosität sich zu bösen Vorahnungen. Er tigerte im Zimmer auf und ab, sah immer wieder nach draußen und hoffte, endlich den Jungen in dem grünen Basketball-Sweater den Weg entlangkommen zu sehen.

Als es langsam dunkel wurde, beschloss er, auf die Abmachung zu pfeifen. Er würde hier abhauen, wenn Cedric Probleme bekam, konnte er es auch nicht ändern. Eigentlich war Derek nur deshalb noch da, weil der Auftrag es ihm ermöglichen sollte, Maia zu finden, doch diesem Ziel war er noch keinen Schritt näher gekommen. Wenn er jetzt einfach ging ... würde Erebos das als Unfolgsamkeit werten? Und seinerseits die Abmachung brechen? Die ohnehin nur darin bestand, dass sie gemeinsam herausfinden würden, ob es Maia gut ging.

Sie ist an einem dunklen Ort, doch sie hat ihn selbst gewählt. In Dereks Ohren klang das immer noch erschreckend nach Selbstmord.

Hier herumzusitzen hielt er jedenfalls nicht länger aus, er wollte sich gar nicht ausmalen, wie panisch seine Familie mittlerweile sein musste. Die Frage war bloß, wie er ungesehen aus dem Haus kommen sollte. Auf den Gängen vor dem Zimmer war jetzt jede Menge los; Gelächter, jemand kickte einen Ball gegen die Wand, ein anderer probierte Handyklingeltöne aus.

Ratlos tippte er das rote E an, wie schon ein paarmal in den Stunden zuvor, doch da hatte die App nicht reagiert. Immerhin besser, als dass sie ihm wieder zu *Geduld* geraten hätte, das wäre wahrscheinlich das Ende des Handys gewesen.

Diesmal öffnete sie sich. Allerdings zeigte sie kein Bild, sondern ein Wort, das eigentlich aus dreien bestand. – *Lostprinceofdoom.*

Na toll. Den hatte er doch in Empfang genommen, wie es verabredet gewesen war. Oder ... meinte das Spiel etwas anderes? Viele Apps waren auf dem fremden Telefon nicht installiert, aber Instagram war dabei. Er öffnete es. Der Account, mit dem er eingeloggt war, hatte als Namen eine wirre Buchstaben- und Zahlenfolge, die sich kein Mensch merken konnte. Er wies weder Fotos auf, noch hatte er Follower. Aber er folgte einem anderen Account, nur einem einzigen: @lostprinceofdoom. Derek scrollte sich durch die Fotos, es waren seit dem letzten Mal einige dazugekommen.

Ein Treppenhaus, an dessen Wand alte Bilder hingen. Porträts von Königen und Lords vor allem. Ein Weg, der über eine Wiese führte, begrenzt durch einen hellgrünen Lattenzaun – ein Stück See schimmerte blau am Rand des Bildes. Nächstes Bild: die Statue eines Mädchens, mit einer Art Toga bekleidet, das einen Krug auf der Schulter trug. Nächstes Bild: ein verbogener Wegweiser: *Briony Mansion, 0.4 miles.*

Derek scrollte. Das darauf folgende Foto zeigte eine der typischen englischen Telefonzellen, allerdings war sie nicht rot, sondern gelb, und im Inneren befand sich ein gut gefülltes Bücherregal.

Motiv des letzten Bilds war ein Haus. Moderne Architektur; ein wenig wirkte es, als hätte jemand weiße Bauklötze asymmetrisch aufeinandergeschichtet. Rundum ein gepflegter Garten mit zurechtgeschnittenen Büschen.

Keine Hilfe, das alles. Egal, Derek würde jetzt einfach zu Hause anrufen, nur ganz kurz, um zu sagen, dass er okay war. Und irgendwann gegen Mitternacht hoffentlich wieder da sein würde.

Er beschloss, nicht Dads, sondern Rosies Nummer zu wählen – sie würde die wenigsten Fragen stellen. Er tippte die Zahlenfolge ein und wartete auf das Freizeichen. Draußen war es nun schon fast dunkel, irgendetwas musste schiefgelaufen sein.

»Keine gute Idee, Derek.«

Beinahe hätte er das Handy fallen gelassen. Das war nicht Rosies Stimme, sondern die des Boten, der ihm erneut den Kontakt mit seiner Familie verweigerte, wie schon damals in der Fabrikhalle. Hoffentlich, hoffentlich hatte das Spiel auch diesmal einen Fake-Anruf bei seinen Eltern gemacht und sie beruhigt. *Ich bin bei Syed und bleibe über Nacht, das ist doch okay?* Oder so ähnlich. Sonst hatten sie wahrscheinlich schon die Polizei informiert.

Er steckte das Handy ein und schulterte den Rucksack. Draußen war es ruhig geworden, es musste Essenszeit sein. Die Schüler saßen wohl im Speisesaal, und demnächst würde auffallen, dass Cedric fehlte. Dann würde jemand nachsehen kommen …

Ohne länger nachzudenken, sperrte Derek die Tür auf, den Schlüssel ließ er innen stecken. Der Gang vor den Zimmern war leer, und er huschte hinaus. Wusste nicht, ob er besser nach rechts oder nach links laufen sollte.

Er entschied sich für rechts, doch je weiter er ging, umso

deutlicher hörte er Stimmengewirr von unten. Geschirrklappern. Da lag also der Speisesaal. Derek machte kehrt, versuchte, seine Schritte leise zu setzen, doch es musste sich nur eine der Türen öffnen, und man würde ihn entdecken.

Am Ende des Gangs stand er wieder vor einer Entscheidung. Er war an einem Treppenabsatz gelandet, von dem aus Stufen nach beiden Seiten abwärtsführten. Er hatte keine Ahnung, welche er nehmen sollte, er würde sich rettungslos hier verlaufen …

Dann sah er sie. Die Bilder der Könige und Lords, an der Wand des linken Treppenhauses. Lostprinceofdoom hatte ihm einen Wegweiser zur Verfügung gestellt.

Derek schlich vorsichtig nach unten, immer noch voller Angst, einem Lehrer oder Erzieher zu begegnen, und gelangte in eine Art Vorhalle – nicht die, durch die er hereingekommen war – und an eine Glastür, hinter der die Nacht anbrach.

Mit einem Stoßgebet drehte er den Knauf, und die Tür öffnete sich. Sekunden später lief er durch die Dunkelheit.

Im letzten Licht der Dämmerung war es nicht schwierig, den Weg zum Tor zu finden, nur leider war es jetzt geschlossen und versperrt. Derek fluchte, damit hatte er nicht gerechnet. Hieß das, er musste bis zum nächsten Morgen auf dem Schulgelände bleiben? Ohne jemanden zu Hause informieren zu können?

Hilflos blickte er sich um. Zurück ins Internatsgebäude kam er nicht mehr, er hatte ja den Schlüssel samt Magnetanhänger stecken gelassen. Über den Zaun zu klettern kam ebenfalls nicht infrage – er war über zwei Meter hoch, es gab kaum Halt für Hände und Füße, und die Spitzen sahen gefährlich aus.

Durch den See schwimmen? Die Idee war genauso idiotisch, vor allem im Dunkeln. Und selbst wenn er auf diese Weise vom

Gelände kam – danach war er durchnässt, so konnte er sich in keinen Zug setzen.

Trotzdem ging Derek auf den See und das kleine Wäldchen daneben zu. Immerhin bestand die Chance, dass das Eisengitter nicht um das ganze Grundstück herumreichte und irgendwo von brusthohem Maschendrahtzaun abgelöst wurde. Dann hatte er gewonnen.

Sobald er den Wald betreten hatte, wurde die Dunkelheit undurchdringlich. Er schaltete die Taschenlampenfunktion des Smartphones ein, in dem Bewusstsein, dass der Akku auf diese Weise in kürzester Zeit leer sein würde. Besser also, er rannte, um möglichst schnell am Ende des Grundstücks anzukommen.

Daher hätte er beinahe den Weg übersehen, der nach etwa dreihundert Metern nach rechts abzweigte. Hellgrüner Lattenzaun säumte ihn auf beiden Seiten. Der Zaun, den er auf Instagram gesehen hatte.

Von da an blickte Derek sich so gut um, wie es die Lichtverhältnisse zuließen. Die Taschenlampenfunktion hatte er abgestellt, kaum dass er aus dem Wald wieder herausgetreten war. Weg und Zaun führten nun am See entlang, diesmal auf eine Mauer zu. In der sich ein Tor befand.

Derek atmete tief durch, bevor er die Klinke nach unten drückte. Sie gab nach. Das Tor öffnete sich.

Draußen zu sein war ein guter erster Schritt, jetzt musste er nur noch den Bahnhof wiederfinden. Und zuvor den Schafstall, in dem er seine Schlüssel und seine Ausweise deponiert hatte, wie vom Boten verlangt.

Er lief eine schmale Straße entlang. Links konnte er die Lichter des Internats sehen, rechts gab es nichts als Felder, auf denen lange Halme sich im Abendwind bogen. Demnächst, schätzte Derek, musste das Dorf in Sicht kommen, von dort aus würde er sich zurechtfinden, hoffte er. Auf jeden Fall konnte er jemanden nach dem Weg fragen.

Doch dann stand er plötzlich vor einem Wegweiser, der nach rechts, zu einer Straße ins Grüne zeigte. *Briony Mansion, 0.4 miles.*

Er zögerte. Das war nicht die Richtung, in die er vernünftigerweise gehen sollte. Dort fand er weder Schafstall noch Bahnhof. Aber vielleicht ...

Es war kurz nach acht. Fuhren um diese Zeit überhaupt noch Züge von Arringhouse? Was er an der Bahnstation definitiv gesehen hatte, war eine Telefonzelle, die er auch benutzen würde. Aber auf eine halbe Stunde mehr oder weniger kam es nicht an.

Derek fasste einen Entschluss. Nicht zu wissen, wohin das Spiel ihn leiten wollte, würde ihn wahnsinnig machen und Erebos möglicherweise wütend. Er schlug den Weg nach Briony Mansion ein. Umkehren konnte er immer noch.

Die gelbe Telefonzelle leuchtete ihm schon von Weitem entgegen. Sie stand an einer Querstraße, hier begann ein Wohngebiet, das wohl auch zu Arringhouse gehörte. Villen mit großen Gärten, aber auch typische Wochenendhäuser. Und – es gab Straßenbeleuchtung, wie Derek erleichtert feststellte. Er hielt Ausschau nach dem Bauklotzgebäude, das auf dem letzten Foto des lostprinceofdoom-Accounts zu sehen war.

Das entdeckte er nirgendwo, dafür aber etwas anderes. Die Statue des Mädchens in der Toga, das den Wasserkrug hielt. Sie stand auf einem verwilderten Grundstück ohne Zaun, vor einem verlassenen Haus. Und sie war nicht alleine.

Als Derek näher kam, löste sich ein Schatten aus dem Halbdunkel des Gartens und kam auf ihn zu.

Er war stehen geblieben. Sah dem zweiten Mädchen entgegen, dem, das nicht steinern, sondern höchst lebendig war und ihn an sich drückte, bevor sie sich wieder löste und ihn ansah. Das trübe Licht der Straßenlaterne spiegelte sich in Maias Augen. »Ich habe auf dich gewartet«, sagte sie.

»Die Folgen sind mir scheißegal!«

Nick hatte Emily noch nicht oft fluchen gehört, aber nun tat sie es aus vollem Herzen. Sie hielt den Zettel in der Hand, den sie aus der Lichtschale geschüttelt hatte. *Bis hierher und nicht weiter, sonst werdet ihr die Folgen zu tragen haben.*

»Wir fahren natürlich weiter. Oder, Nick? Oder?«

»Klar.« Er versuchte nachzudenken, kam aber zu keinem vernünftigen Ergebnis. Dereks Schlüssel hatten in der Schale gelegen – und außerdem diese Nachricht. Hieß das, jemand hatte ihn sich geschnappt? Hielt ihn fest?

Denkbar. Aber nicht besonders logisch. Außer er benutzte ihn dazu, Nick fernzuhalten – nur, warum ihn dann erst herlocken?

Andererseits, wirklich gelockt worden war er nicht, er hatte bloß seine Schlüsse gezogen, aus lauter Informationen, die Erebos selbst ihm geliefert hatte. Einem Gedicht, in dem die Toten Gewissheit forderten. Dem Grabstein, den er fotografieren sollte. Und genau an diesem Grabstein hatten sie ja auch Schlüssel und Nachricht gefunden. Kein Zufall, niemals.

»Können wir dann bitte endlich los?« Emily flüsterte, sie war so hörbar den Tränen nahe, dass Nick sie, ohne lange zu überlegen, in den Arm nahm. »Können wir. Ich weiß nur wirklich nicht, wohin.«

»Zu dieser Schule, würde ich vorschlagen.« Victor hatte am Rand des Grabes gesessen, nun stand er auf und klopfte sich Erde von der Hose. »Dort gibt es Spieler, hast du erzählt.«

Ja, Nick erinnerte sich an das Mädchen, das die Schachtel im See versenkt hatte. Und an den Lehrer, der ihm so feindselig begegnet war. Der ihm zwangsweise den Fotojob besorgt hatte. Mit ihm zu sprechen war vielleicht wirklich eine gute Idee; hoffentlich gehörte er zu denen, die übers Wochenende in der Schule blieben.

Dem Navi traute Nick weiterhin nicht, er hielt sich an die Ausschilderung und an Emilys Hinweise, doch sie telefonierte zwischendurch wieder mit Jane und ihrem Vater. Kurz auch mit Rosie, die sich fast nicht beruhigen ließ.

»Wir finden ihn, ihm ist sicher nichts passiert«, wiederholte Emily mehrmals. »Ich bin mit zwei sehr klugen Freunden unterwegs. Wir schaffen das.«

Als sie auflegte, war sie blass, und ihre Stimme zitterte. »Ich brauche etwas zu trinken. Wir hätten Wasser mitnehmen sollen.«

Flüssigkeit und eine Kleinigkeit zu essen waren auch ganz in Nicks und Victors Sinn, deshalb steuerte Nick erst nicht das Internat, sondern das gleichnamige Dorf an. Arringhouse.

Sie mussten ein Stück außerhalb parken, offenbar war der Ort am Wochenende ein beliebtes Ausflugsziel. War ja auch sehr hübsch hier, und unter anderen Umständen hätte Nick vorgeschlagen, sich an einen der Tische vor dem Pub zu setzen und etwas Warmes zu essen. Doch die Lage wurde langsam wirklich bedenklich. Vier Uhr nachmittags, und immer noch kein Lebenszeichen von Derek. Es war ja allein schon beunruhigend, dass ein Sechzehnjähriger sein Handy zu Hause liegen ließ, auch wenn Nick sich vorstellen konnte, dass er das nicht freiwillig getan hatte. Sein eigenes Smartphone sah immer noch aus, als wäre es an inneren Blutungen verstorben. Alles rot, nichts reagierte. Hatte Derek eigentlich Geld mitgenommen?

Emily verschwand in einem kleinen Supermarkt, der neben dem Rathaus lag. »Ich weiß nicht, wie wir weitermachen sollen«, sagte Victor, als sie allein waren. »Der Trip dient nur dazu, Emily zu beruhigen. Vernünftiger wäre es, zur Polizei zu gehen.«

»Das haben die Eltern doch schon versucht.« Nick blinzelte gegen die Sonne an. »Denkst du, uns nimmt man dort ernster?« Er fuhr herum, als er eine Berührung an der Schulter spürte. Vor ihm stand ein Mädchen, das ihm völlig fremd war. Etwa sechzehn oder siebzehn, blondes Haar, helle Haut, wasserblaue Augen.

»Ja?«, fragte er, leicht irritiert.

Das Mädchen schluckte. »Ich weiß, wen Sie suchen.«

Nick und Victor wechselten einen schnellen Blick. »Tatsächlich? Woher?«

»Ich weiß es einfach.« Sie blickte zu Boden, auf ihre Sneaker. »Er hat gesagt, dass Sie kommen würden.«

»Er?«

»Ja. Derek.«

Nick sah aus den Augenwinkeln, wie Victor einen Schritt vor machte; er selbst musste sich zusammennehmen, um das Mädchen nicht bei den Schultern zu packen. »Du weißt, wo Derek ist?«

»Na ja. Auf dem Weg nach Hause. Aber er hat gesagt, dass Sie ihn wahrscheinlich hier suchen würden. Er hat Sie ziemlich genau beschrieben.«

Bei näherer Betrachtung meinte Nick nun doch, das Mädchen schon einmal gesehen zu haben. Allerdings in Schuluniform … und mit mehr Make-up. Er beugte sich ein Stück zu ihr hinunter. »Wir kennen uns, nicht wahr?«

»Was?« Sie wich zurück. »N-Nein. Woher sollten wir –«

»Ich habe dich fotografiert, oder? Gehst du hier zur Schule? Oder gemeinsam mit Derek?«

Sie biss sich auf die Lippen, sah sich um, als überlege sie, in welche Richtung sie am besten abhauen sollte. Vom Supermarkt her kam Emily auf ihre kleine Gruppe zu, mit eiligen Schritten und einer Einkaufstasche in der Hand.

»Wann genau hast du Derek gesehen?«

»Heute. Vor … einer Stunde oder so. Er hat gesagt, er fährt jetzt nach Hause. Wahrscheinlich sitzt er gerade im Zug.«

Emily hatte die letzten paar Worte offensichtlich gehört. »Wer sitzt im Zug?« Sie umringten das Mädchen nun beinahe, und es war Nick klar, dass es sich in die Enge gedrängt fühlen musste.

»Na … Derek.« Sie wandte sich ab und wollte gehen. Nick sah die Einkaufstasche fallen und griff hastig danach, bevor der Inhalt auf dem Boden zerbrechen konnte. Denn Emily hatte deutlich weniger Berührungsängste, sie packte das Mädchen am Arm und zog es zur Seite. »In welchem Zug? Woher weißt du das? Wer bist du überhaupt?«

»Ich?« Unwillig versuchte sie, sich zu befreien. »Wer sind Sie?«

»Ich bin Dereks Schwester. Emily Carver. Ich suche ihn seit heute Morgen, und wenn du weißt, wo er steckt, dann sagst du mir das jetzt sofort!« Emily hatte alle ihre psychologischen Grundsätze über Bord geworfen. Sie funkelte das Mädchen an. Schüttelte es am Arm. »Los! Wie ist dein Name?«

»Riley.« Die Antwort kam so leise, dass Nick sie kaum verstanden hatte. »Und jetzt lassen Sie mich bitte los. Derek ist auf dem Weg nach Hause. Sie sollten auch fahren.«

»Moooment.« Victor trat neben Emily und verschränkte die Arme vor der Brust. »Du hast Derek also tatsächlich hier gesehen?«

»Sag ich doch.« Sie versuchte vergeblich, sich aus Emilys Griff zu befreien.

»Ihr geht auf die gleiche Schule?«

Rileys Blick irrlichterte nun zwischen Nick und Victor hin und her. »Nein.«

»Doch, ich denke schon.« Nick sprach leise, sie begannen allmählich, die Aufmerksamkeit der Passanten auf sich zu ziehen. »Ich sagte doch, ich habe letztens dort fotografiert, und ich kenne dein Gesicht. Was suchst du in Arringhouse?«

Riley kämpfte nun heftiger. »Lassen Sie mich los, sonst schreie ich!«

»Alles gut«, beschwichtigte Victor sie. »Emily, sei nicht so grob. Woher weißt du, dass Derek auf dem Heimweg ist, Riley?«

Sie dachte entschieden zu lange nach. »Hat er mir selbst gesagt. Dass er schon am Bahnhof steht.«

»Ah. Er hat dich angerufen?«

»Nein, ich ihn.« Sie schien nun wieder auf sichereren Boden zurückgefunden zu haben. »Weil wir uns verloren hatten, und er meinte dann, er müsste einen früheren Zug nach London erwischen. Und … ich sollte Ihnen Bescheid geben, wenn Sie auftauchen.«

Victor schüttelte freundlich den Kopf. »Interessant, finde ich. Vor allem, weil Derek sein Handy zu Hause liegen gelassen hat.«

Rileys Mund öffnete und schloss sich wieder. Sie brauchte einen Moment, bis sie begriff, dass sie sich in eine Ecke geredet hatte, aus der sie nicht mehr herauskam.

»Es hat mit dem Spiel zu tun, nicht wahr?«, sagte Nick. »Mit Erebos. Hör mal, wenn du weißt, wo Derek steckt, dann sag es uns jetzt!«

Sie schien in sich zusammenzusacken. »Okay«, murmelte sie. »Aber versprechen Sie mir, dass das unter uns bleibt.«

»Klar.« Emily lockerte ihren Griff und merkte zu spät, dass das ein Fehler war. Mit einem Ruck hatte Riley sich losgerissen und rannte quer über den Platz in die nächste Seitengasse hinein. Nick reagierte viel zu langsam, lief ihr noch ein paar Meter nach, doch da hatte er sie schon aus den Augen verloren.

Er fluchte. Emily sank auf eine Steinbank beim Rathaus. Nur Victor lächelte. »Da haben wir doch etwas Interessantes herausgefunden, nicht wahr?«

Nick vermutete, dass sein Blick ebenso entgeistert war wie Emilys. »Und was soll das sein?«

»Also, Derek ist sicher nicht weggelaufen, weil er sich umbringen will. Damit ist deine größte Sorge schon mal vom Tisch, Emily. Er ist auf keinem Einzeltrip, er erledigt etwas für Erebos. Deshalb schickt das Spiel diese Riley, die uns von seiner Spur abbringen soll. Damit er seinen Auftrag ungestört ausführen kann.«

»Klingt logisch«, murmelte Nick.

Victor grinste. »Aber wir finden ihn natürlich trotzdem.«

Doch schon der nächste Schritt erwies sich als Problem. Das große Tor an der Zufahrt zum Internat war verschlossen, dabei war es erst kurz nach fünf. Nick hätte Direktor Wiley angerufen, wäre nicht sein Handy außer Betrieb gewesen. Emily googelte bereits nach der Telefonnummer, da entdeckte Victor eine Klingel mit Gegensprechanlage am Zaun, ziemlich versteckt unter den herabhängenden Ästen eines Baumes.

Sie drückten den Knopf, doch erst beim zweiten Mal meldete sich eine Frau mit unangenehm hoher Stimme. »Ja bitte?«

»Guten Abend«, sagte Nick. »Ich bin Nick Dunmore, ich

habe letztens bei Ihnen die Schulfotos geschossen. Ich müsste dringend Direktor Wiley sprechen.«

Die Frau schnaufte hörbar. »Haben Sie einen Termin?«

»Nein. Es ist ein Notfall. Könnten Sie bitte das Tor für uns öffnen?«

Erneutes Schnauben. »Uns?«

»Ja, ich habe zwei Freunde bei mir, wir sind auf der Suche nach einem Verwandten, und es spricht vieles dafür, dass er hier ist. Würden Sie also bitte ...«

Ein Summen ertönte. Das Tor sprang auf, und Victor öffnete es so weit, dass sie mit dem Auto durchfahren konnten. Am Schuleingang erkannte Nick die gleiche Frau, die ihn bei seinem Fototermin in Empfang genommen hatte, Lippmann oder Lissman hieß sie. »Der Direktor nimmt sich sehr gerne Zeit für Sie, aber ich soll Ihnen bestellen, dass Sie hier wohl kein Glück haben werden. Die Besucher, die heute da waren, sind alle bereits wieder fort.«

Sie ging voran in die Direktion, die Nick unter normalen Umständen rasend gern fotografiert hätte. Holzvertäfelte Wände, Spitzbogenfenster, altes Glas, schwere Möbel. Es war wie eine Zeitreise in ein vergangenes Jahrhundert.

»Mr Dunmore!«, begrüßte Wiley ihn herzlich, ließ sich Emily und Victor vorstellen und bot ihnen Plätze an. »Mrs Lissman hat mir bereits gesagt, warum Sie hier sind, aber ich fürchte, ich kann Ihnen nicht weiterhelfen. Wir haben derzeit niemanden im Haus, der nicht zu den Schülern oder zum Lehrkörper zählt.«

Er hörte aufmerksam zu, als Emily ihm Dereks Verschwinden schilderte und dass sie in der Nähe seine Schlüssel gefunden hatten. Sie verbog die Wahrheit ein wenig, ließ alles weg, was mit Erebos zu tun hatte. »Ich glaube, dass er übers Internet mit jemandem hier Kontakt hatte und hergefahren ist. Das Verrückte ist, er hat sein Handy zu Hause gelassen. Sie verstehen sicher, dass wir uns furchtbare Sorgen machen.«

Wiley nickte ernst. »Natürlich. Aber wenn einer unserer Schüler Derek mit ins Haus genommen hätte, dann hätte er das in der Liste eingetragen.« Er nahm ein Blatt Papier von seinem Schreibtisch und drückte es Emily in die Hand. »Sehen Sie? Drei schulfremde Kinder waren heute hier.« Er deutete auf die Zeilen, in denen die Namen vermerkt waren. »Alles andere sind unsere Schülerinnen und Schüler, die das Wochenende für einen Ausgang genutzt haben. Sie haben eingetragen, wann sie die Schule verlassen haben und wann sie wieder zurückgekommen sind. Wer diesen Eintrag vergisst oder zu spät wiederkommt, verliert sein Ausgangsprivileg für einen Monat.«

Hier waren nicht nur die Möbel aus einem früheren Jahrhundert, dachte Nick. Offenbar konnte man ihm den Gedanken am Gesicht ablesen, denn Wiley lachte auf. »Altmodisch, ja, aber viele der Eltern legen großen Wert darauf, dass wir besonders auf die Sicherheit ihrer Kinder achten. Das geht nur mit genauen Regeln.«

»Und wenn sich jemand hineinschmuggeln würde?«, fragte Victor.

Wiley legte die Stirn in Falten. »Wer sollte das tun und warum? Na gut, wir hatten schon sehr verliebte Jungs aus dem Dorf, die versucht haben, eines der Mädchen außerhalb der erlaubten Zeiten zu besuchen, aber so etwas fällt sehr schnell auf.« Mitfühlend sah er Emily an, die das Gesicht in den Händen verbarg. »Haben Sie ein Foto Ihres Bruders dabei?«

Sie nickte. Fand auf ihrem Handy ein Bild, auf dem sie gemeinsam mit Derek in die Kamera lächelte.

»Gut. Das mailen Sie mir, und wir drucken es aus. Es gibt

gleich Abendessen, dann lasse ich es im Speisesaal herumgehen. Wenn einer meiner Schüler Derek in Arringhouse gesehen hat, finden wir das heraus.«

Wiley verfügte über eine natürliche Autorität, die beruhigend war. Liebend gern hätte Nick alle weiteren Schritte ihm überlassen, nur kannte der Direktor leider nicht alle Fakten. Und Nick ahnte, dass Erebos Amok laufen würde, wenn sie Wiley einweihten.

»Sie sind natürlich herzlich zu unserem Abendessen eingeladen«, sagte er. »Wir haben heute Rinderbraten, soviel ich weiß.«

»Sehr gerne!«, rief Victor, noch bevor einer der anderen höflich ablehnen konnte. »Ich liebe Ri–«

Das Telefon auf dem Schreibtisch klingelte, Wiley entschuldigte sich für die Unterbrechung und nahm ab. »Arringhouse School, John Wiley am Apparat. Oh, guten Abend. Wie bitte? Ja, hier ist alles in Ordnung. Hm … aha. Meinen Sie wirklich?« Sein Gesicht verdüsterte sich. »Natürlich, Sie sind uns jederzeit willkommen, aber …« Er verstummte, durch die Leitung war eine aufgeregte Männerstimme zu hören. »Selbstverständlich. Das tun wir. Bis später.« Mit einem tiefen Seufzer legte er den Hörer auf die Gabel. »Sehen Sie? Das sind die besorgten Eltern, mit denen wir es zu tun haben. Dieser Vater ruft seit einiger Zeit fast täglich an, weil er befürchtet, seinem Sohn könnte etwas zustoßen. Wenn ich ihn frage, wie er darauf kommt, sagt er nur, das wäre nicht meine Angelegenheit. Ich solle nur auf den Jungen achten.«

In Nicks Kopf schrillten alle Alarmglocken. »Wie lange geht das schon so?«

»Etwa zehn Tage.« Wiley zuckte mit den Schultern. »Vielleicht auch zwei Wochen. In etwa. Jedenfalls will der Vater jetzt vorbeikommen und sich selbst vergewissern, dass es seinem Sohn gut geht. Er ist schon auf dem Weg.« Wiley stand auf und öffnete die Tür zum Vorzimmer. »Mrs Lissman, wären Sie so freundlich, Cedric Tate zu informieren, dass sein Vater heute noch zu Besuch kommt?«

»Heute noch?«, echote die unangenehme Stimme. »In Ordnung, ich sage es ihm.«

Victor saß auf der Couch und blätterte in dem Infomaterial der Schule; dafür war Nick zu unruhig. Er schlenderte im Büro auf und ab und versuchte, aus Ideenbruchstücken in seinem Kopf ein Bild zu formen: Die Zeit wird knapp. Kindergräber. Afrikanische Flaggen. Ein Junge, der Geld für ein Krankenhaus in Mogadischu sammelt.

Er hätte Wiley zu gerne gebeten, ihm ein Foto von Cedric zu zeigen, doch der war beschäftigt damit, das Bild auszudrucken, das Emily ihm gemailt hatte. Nick inspizierte so lange die Tafel mit den Lehrerporträts, die an der Wand hing. In der dritten Zeile fand er den jungen Lehrer, der ihm beim Fotografieren am See so misstrauisch begegnet war. Arthur Shelby. Er tippte auf das Bild. »Ist Mr Shelby heute im Haus?«

Wiley blickte von seinem Computerbildschirm auf. »Nein, der ist übers Wochenende zu seiner Familie gefahren. Warum?«

»Nicht so wichtig. Wir haben uns beim letzten Mal unterhalten, und ich hätte ihn gern noch einmal gesprochen.« Draußen war es mittlerweile fast dunkel. Nick fragte sich, ob sie eine Übernachtungsmöglichkeit brauchen würden; er glaubte nicht, dass Emily bereit war, unverrichteter Dinge wieder nach London zurückzukehren.

Vom Vorraum her waren klappernde Laufschritte zu hören, Sekunden später steckte Mrs Lissman ihr gerötetes Gesicht ins

Zimmer. »Mr Wiley? Ich ... also, kommen Sie bitte. Ich verstehe das nicht, aber –«

»Was ist denn passiert?«

»Ich habe überall nachgesehen, aber ich finde Cedric Tate nicht.«

Henry Tate tauchte eine Stunde später auf, da war das gesamte Haus bereits in Aufruhr. Lehrer wie Schüler durchkämmten sämtliche Zimmer, die Klassenräume, die Waschküche und den Keller, nun ging es an den Außenbereich. Natürlich hatten sie auch versucht, Cedric auf seinem Handy zu erreichen, aber da ging nur die Sprachbox ran. Am beunruhigendsten fand Wiley die Tatsache, dass der Schlüssel an der Zimmertür steckte. »Als wollte Cedric nicht mehr zurückkommen, ich kann das einfach nicht glauben.« Wie einen Talisman hielt er die Liste in der Hand, die er ihnen zuvor gezeigt hatte. »Er war jedenfalls nach seinem Ausgang pünktlich wieder im Haus. Vierzehn Uhr achtundfünfzig, hier ist der Eintrag.« Uhrzeit und Name waren flüchtig hingekritzelt, Cedric schien es eilig gehabt zu haben.

»Ist das die gleiche Schrift?« Nick deutete erst auf den Eintrag vom Vormittag – elf Uhr dreiunddreißig – und dann auf den von Cedrics Rückkehr. Er lieh sich das Blatt von Wiley und hielt es Victor vor die Nase. »Was sagst du? Ich bin nicht ganz sicher.«

»Schwierig. Das erste Mal sind es nur Blockbuchstaben, beim zweiten Mal Schreibschrift ... aber sehr ähnlich sieht es nicht aus.«

Möglicherweise hatte ein Freund für Cedric unterschrieben, das wurde hier heimlich sicher oft gemacht. Doch Nick hatte noch eine andere Idee. Er zeigte den Zettel Emily. »Könnte das hier Dereks Schrift sein? Was meinst du?«

Sie biss sich auf die Lippen, schüttelte den Kopf. »Ich weiß es nicht. Wir schreiben uns per WhatsApp, ab und zu schicken wir uns Mails ... ich kenne seine Handschrift nicht, wir wohnen ja nicht zusammen.«

»Ja. Natürlich. Klar.« Seine Idee gefiel Nick trotzdem mit jeder Minute besser. So etwas war ganz Erebos' Stil: die Spieler wie Räder in einer großen Maschine ineinandergreifen lassen ... damit die Maschine dann am Ende etwas zerstören konnte. Oder jemanden.

Er schloss sich der Suchaktion im Haus an, half dabei, die Nebenräume, die Klassenzimmer und die Keller zu durchkämmen, doch weder Cedric noch Derek tauchte auf.

Als Henry Tate das Haus betrat und Wiley ihn mit den Tatsachen vertraut machte, wurden Nick zwei Dinge klar: Erstens war Cedric Tate unter Garantie der Junge mit der Spendenbüchse, denn er war dem Mann, der Wiley nun anbrüllte, wie aus dem Gesicht geschnitten. Den Körperbau hatte er hingegen nicht von ihm geerbt; während Cedric groß und schlank war, hatte Henry Tate deutlich zu viele Kilos auf den Rippen und reichte Nick nicht einmal bis zum Kinn.

Zweitens war John Wiley ein Mann mit enormem Rückgrat. Er nahm Tates Ausbruch mit freundlicher Gelassenheit hin und versicherte ihm, dass bereits alles in die Wege geleitet worden war, um Cedric zu finden. Die Polizei sei informiert, die Mitarbeiter schon dabei, das Gelände rund um die Schule zu durchsuchen.

»Sind wir eigentlich die Einzigen, die einen Zusammenhang sehen?«, murmelte Victor. »Wir suchen hier einen verschwundenen Jungen und zack – verschwindet der nächste. Am gleichen Ort.«

Emily hatte sich die Arme um den Körper geschlungen. Ganz so, wie sie es früher immer getan hatte. »Du meinst, die beiden sitzen zusammen?«

»Na ja, das nicht unbedingt. Aber ich denke, sie sind in der gleichen Mission unterwegs.«

Henry Tate ließ es sich nicht nehmen, sich selbst noch einmal in allen Winkeln des Hauses auf die Suche zu machen. Dass auch Emily ihren Bruder vermisste, hatte er mit unbewegter Miene zur Kenntnis genommen. »Haben Sie im Vorfeld auch Todesdrohungen erhalten? Wurde bei Ihnen vandalistisches Zeug an die Wand geklebt? Nein? Dann ist es wohl kaum dasselbe.«

Die Beleuchtung an allen Sportanlagen war eingeschaltet, und Nick schloss sich dem Suchtrupp zum See an. Deshalb war er nicht weit von Tate entfernt, als dessen Handy einen Laut von sich gab, der ihm nur zu vertraut war. Durchdringendes Summen.

Es war dem Mann am Gesicht abzulesen, dass er dieses Geräusch nicht zum ersten Mal hörte. Er blieb stehen und holte sein Handy heraus. Das Display konnte Nick nicht sehen, nur einen schwachen gelben Widerschein.

Tates Unterlippe zitterte. Kurz schloss er die Augen. »Sie können die Suche abbrechen«, sagte er. »Cedric ist nicht hier.«

In einer Mischung aus Verblüffung und wilder Freude folgte Derek Maia durch die dunkle Straße. Erebos hatte Wort gehalten, er hatte sie gefunden, bevor ihr etwas zugestoßen war – auch wenn es ganz danach aussah, als hätte Maia keine Rettung nötig. Sie lief den Weg mit einer Gewissheit entlang, als wäre sie hier zu Hause, und summte dabei leise vor sich hin. In ihrer Hand klimperte etwas. Schlüssel vermutlich. Ab und zu drehte sie sich zu ihm um und lächelte ihn an.

Wenn es nach Derek gegangen wäre, hätte der Spaziergang ewig dauern können. Er verkniff sich die Fragen, die ihm auf der Zunge brannten, denn damit würde er die gelöste Stimmung sicher ruinieren. Maia hatte ihm schon auf seine erste – »Wie meinst du das, du hast auf mich gewartet?« – keine Antwort gegeben. Nur gelächelt und ihn mit sich fortgezogen. Ihn kurz darauf gefragt, ob er Hunger habe. Angekündigt, dass es gleich Pizza geben werde.

Sie hatten die bewohnte Straße jetzt hinter sich gelassen, hier gab es keine Häuser mehr … bis dann, eine halbe Meile weiter, doch wieder eines in Sicht kam. Derek kannte es, er hatte es auf Instagram gesehen. Das weiße Bauklotz-Haus.

Wie groß es war, erfasste er erst, als sie direkt davorstanden. Maia entsperrte den Zugang mit einem fünfstelligen Code, und sie befanden sich in einem japanischen Garten. »Keine Angst«, sagte sie. »Die Überwachungskameras sind aus.«

Überwachungskameras. Er blickte sich um. Ein Schwimmteich, ein Pavillon, zwei Nebengebäude. »Wem gehört das hier?«

Sie gab einen weiteren Code ein, direkt neben der Tür. »Jemandem, der es uns leiht. Ohne es zu wissen und nur für kurze Zeit, aber wir machen ja nichts kaputt.«

Sie trat ein, ohne das Licht anzumachen. Leuchtete nur mit ihrem Handy in den Eingangsbereich, auf weißen Marmor, Designermöbel, abstrakte Kunst an den Wänden. Derek folgte ihr stumm. Das hier war ein Palast, ein sehr moderner, ungemütlicher zwar, doch es war klar, dass er Millionen gekostet haben musste.

Erst als sie die Küche erreichten, schaltete Maia das Licht an. »Diese Fenster kann man von der Straße aus nicht sehen«, erklärte sie und tippte das Bedienfeld des Ofens an.

Derek hatte sich auf einen der Stühle am Esstisch gesetzt. »Seit wann bist du schon hier?«

Sie schob vier Tiefkühlpizzen in ein beeindruckend großes Backrohr. »Seit drei Tagen. Magst du lieber Salami oder Thunfisch?«

»Salami.« Vier Pizzen. Dann mussten noch mindestens zwei andere Leute im Haus sein. Er sah Maia zu, wie sie eine Flasche Wasser aus dem Kühlschrank holte, zwei Gläser vollschenkte und damit zum Tisch kam. Es half nichts, er musste das Thema irgendwann ansprechen.

»Deine Eltern sind total besorgt um dich.«

Sie sah ihn aus ihren dunklen Augen ernst an. »Welche?«

Erst meinte er, sich verhört zu haben. Hatte Maia ihn eben gefragt, welche Eltern? Im nächsten Moment lächelte sie. »Kann ich mir vorstellen, tut mir auch leid, aber wenn alles klappt, kriegen sie mich morgen wohlbehalten zurück. Oder übermorgen.«

»Willst du sie nicht wenigstens anrufen?« Dann ergab sich vielleicht auch für ihn eine Möglichkeit, sich kurz zu Hause zu melden. Sein schlechtes Gewissen ließ sich kaum noch ausblenden.

»Nein.« Entschieden schüttelte Maia den Kopf. »Nicht bevor ...«

Im gleichen Moment öffnete jemand die Küchentür. Derek sprang auf, darauf gefasst, dem Hausbesitzer Rede und Antwort stehen zu müssen. Doch es war nur ein Junge in Cargohosen, mit kaffeebrauner Haut, krausem Haar und offenem Lächeln. Er kam auf Derek zu und setzte sich auf den Stuhl neben ihn. »Hi! Ich bin Cameron. Und du Derek, nicht wahr?«

»Äh. Ja.« Damit war zumindest geklärt, wer die dritte Pizza bekam. Allerdings nicht, wer dieser Cameron war. Derek konnte sich nicht erinnern, ihn schon jemals gesehen zu haben. Gehörte seinen Eltern das Haus? War er Maias Freund?

Er erinnerte sich daran, was Sarah und Alison nach ihrem Verschwinden in der Schule erzählt hatten: dass sie sich mit jemandem traf, den sie alle nicht kannten ...

»Riecht schon gut«, stellte Cameron fest und schnupperte in Richtung Ofen.

Maia nickte. »Wie geht es ihm? Ist er okay?«

»Ja. Ist total konzentriert und noch immer motiviert. Cooler Typ, eigentlich. Aber irgendwann wird er die Geduld verlieren.«

»Angst hat er keine?«

»Nein. Zum Glück.«

»Gut.«

Derek hatte das Gespräch wortlos verfolgt; schlau wurde er nicht daraus. Seine Erleichterung darüber, dass es Maia gut ging und sie nicht einmal annähernd so aussah, als wollte sie ihr Leben beenden, wich allmählich leisem Unbehagen. »Was tut ihr hier eigentlich?«

Die beiden anderen wechselten einen Blick. »Wir warten«, sagte Maia.

»Aha. Und worauf?«

»Wir haben eine Menge Fragen«, antwortete Cameron. »Und warten auf Antworten.«

»Nicht nur«, ergänzte Maia. »Aber auch.«

Wieder betrat jemand die Küche. Ein Mädchen, ebenfalls dunkelhäutig, mit riesigen Augen und kurzen Zöpfen, die leicht abstanden. Sie grüßte nicht, setzte sich nicht, sondern lehnte sich nur mit verschränkten Armen gegen die Wand.

»Schon Hunger?« Maia stand auf und warf einen prüfenden Blick ins Backrohr. »Dauert noch ungefähr fünf Minuten. Das dort ist übrigens Derek. Derek, das ist Cora.«

»Hi«, sagte er, bekam aber keine Antwort. Das Mädchen senkte nur das Kinn und gähnte.

Diese Versammlung wurde immer merkwürdiger. Und so gerne er Zeit mit Maia verbringen wollte, so wenig gefielen ihm die Umstände. »Hört mal«, sagte er, »ich denke, ich bin dann hier raus. Teilt euch meine Pizza einfach auf. Ich hoffe echt, dass ich jetzt noch einen Zug in Richtung London kriege.« Er stand auf, und Cameron tat dasselbe. Cora stellte sich in die Küchentür.

»Tut mir leid, Derek, aber das geht nicht«, erklärte Maia. »Ein bisschen musst du noch hierbleiben.«

»Was?« Ungläubig sah er, wie Cora ein langes Messer aus dem Block auf der Anrichte zog. »Das ist nicht euer Ernst.«

»Wir tun dir nichts.« Maia gestikulierte beschwichtigend in Coras Richtung. »Aber sieh mal, wenn du nach Hause kommst, fragen sie dir sofort Löcher in den Bauch. Und ganz ehrlich: Du würdest meinen Eltern Bescheid geben, nicht wahr? Um sie zu beruhigen?«

Das hätte Derek tatsächlich fair gefunden. Er hatte das Bild von Maias weinender Mutter vor der Direktion noch gut vor Augen.

»Und das geht eben nicht.« Maia zog ihn wieder auf seinen Stuhl zurück. »Wenn du jetzt nach Hause fährst, werden sie dir Fragen stellen, die du nicht beantworten kannst. Und die, bei denen du es könntest, würden uns alles zunichtemachen.«

»Was denn zunichtemachen? Die Antworten, auf die ihr wartet?«

»Auch.« Maia stand auf und schaltete das Backrohr aus. Sie legte den dampfenden Inhalt auf vier Teller und nahm Cora das lange Messer aus der Hand. Mit den geachtelten Pizzen kehrte sie zum Tisch zurück.

Cora setzte sich immer noch nicht dazu. Sie holte sich nur zwei Stücke Thunfischpizza – und das Messer. Damit stellte sie sich wieder an die Tür.

Derek sah ihr zu, wie sie genüsslich zu essen begann, tief in ihm war seine alte Freundin, die Wut, neu erwacht. »Heißt also, wenn ich versuche, hier rauszukommen, sticht sie dort mich ab? Seid ihr völlig irre?«

»Das würden wir nicht«, erklärte Cameron kauend. »Aber wir würden dich anders am Abhauen hindern. Und wenn du es doch schaffen solltest, würdest du am Ende mit ziemlichen Problemen dastehen. Wir sind nämlich eigentlich alle nicht hier.«

»Genau.« Zum ersten Mal meldete sich Cora zu Wort, mit überraschend tiefer Stimme. »Es ist nur ein einziger hier. Und zwar freiwillig.«

Derek schlang zwei Stück Pizza hinunter, ohne zu schmecken, was er aß. Er begriff nach wie vor nicht, was Maia und ihre Freunde hier taten, worauf sie warteten, aber er hatte verstanden, dass noch eine fünfte Person im Haus sein musste. Freiwillig, wie Cora meinte. Derek hatte dazu eine gewisse Idee. Und er nutzte die Essenspause, um sich die Bedingungen zu überlegen, unter denen er mitspielen würde.

»Okay«, sagte er schließlich und wischte sich die Finger an einer Papierserviette ab. »Ihr lasst mich also nicht raus. Aber ich finde, wir könnten ein paar Fakten auf den Tisch legen, oder? Ich fange an: Wir alle vier spielen Erebos, und das ist auch der Grund, warum wir hier sind. Maia, du bist Soryana, bei den anderen weiß ich es nicht.«

In Maias Augen funkelte es amüsiert. »Der erste Teil deiner Behauptung stimmt. Der Rest ... nicht ganz.«

»Na fein. Dann lasst mal sehen, wie es mit meinem nächsten Tipp steht. Wir alle sind in Wahrheit gar nicht hier, wie ihr sagt, ein anderer aber schon, und ich glaube, dass er Cedric heißt.«

Keiner der drei reagierte. Sie kamen Derek vor wie ein gut aufeinander eingespieltes Team. Wie ein Rudel, und Maia war die Leitwölfin.

»Ich sollte heute mit ihm Rollen tauschen«, fuhr er fort. »Er sagte, er wäre sicher um drei zurück, aber um fünf war er das immer noch nicht. Auch nicht um halb sechs. Könnte es also sein, dass er euch in die Fänge geraten ist? Und auch nicht mehr gehen darf? Hört mal, er ist erst vierzehn!«

Er glaubte, in Maias Lächeln echte Zuneigung zu erkennen. »Du bist ein lieber Kerl, Derek.« Sie stand auf. »Komm mit.«

Treppen, die nach unten führten. Zu einem Partykeller mit riesiger Musik- und Lichtanlage. Einer Bar. Daneben führte eine weitere Treppenflucht noch tiefer. »Dieses Haus«, erklärte Maia, »gehört sehr reichen Leuten, wie du dir sicher schon gedacht hast. Reiche Leute sind oft auch sehr ängstliche Leute. Deshalb haben sie nicht nur eine eigene Disco, einen Schwimmteich und allen möglichen anderen Kram hier eingebaut, sondern auch das da.«

Sie standen in einem dunklen, kahlen Raum, in dessen Mitte der Fußboden eine Art Fenster aufwies, aus enorm dickem Glas. Von dort strahlte Licht herauf. Derek ging daneben auf die Knie und spähte nach unten.

Dort lag ein weiterer Raum, hell erleuchtet. Zwei der Wände waren mit Regalen vollgestellt, in denen sich Lebensmittelkonserven, Wasserflaschen und Saftpackungen stapelten. Es gab eine Kochnische und einen Kühlschrank, beherrscht wurde der Raum aber von einem Flachbildschirm, der fast eine gesamte Wand einnahm. Auf diesem Bildschirm lieferte sich gerade ein Barbar, der Derek bekannt vorkam, eine heftige Schlacht mit einem grünen, wurmartigen Wesen. Davor saß Cedric, den Gamecontroller in der Hand.

»Er ist hier hergekommen, um zu spielen?« Derek war fassungslos.

»Nicht wirklich. Er wurde hergeschickt, um etwas von hier unten zu holen.« Maia hatte sich neben ihn gesetzt, sie deutete auf eine silbern schimmernde Schatulle, die neben Cedric stand. »Und jetzt muss er sich den Weg aus dem Keller erarbeiten. Ein Rätsel lösen. Was allerdings erst möglich sein wird, wenn … es so weit ist.«

Derek wusste nicht, was er sagen sollte. Er starrte nach unten, wo Cedric mit Feuereifer seine Spielfigur steuerte. »Kann er uns nicht hören?«

»Nein. Weißt du, das hier ist ein Atombunker. Mit Vorräten, die vier Menschen zwei Monate lang überleben lassen. Mit Toilette, Dusche, eigener Belüftungsanlage. Noch zwei weiteren

Zimmern, die du von hier nicht sehen kannst. Aber natürlich alles hermetisch nach oben hin verschlossen. Solange wir das Licht nicht anschalten, wird Cedric uns nicht bemerken.«

Derek ließ den Jüngeren nicht aus den Augen. Cedric, bei dem alle Fäden zusammenzulaufen schienen. Er sah ihn triumphierend auflachen, als er den Wurm endlich geschlachtet hatte. Nein, er wirkte nicht, als hätte er Angst. »Warum nennt Erebos ihn einen Prinzen?«

Maias Augen leuchteten in dem spärlichen Licht, das nach oben drang. »Tja. Was macht deiner Meinung nach einen Prinzen aus?«

Es war einmal ein König, der hatte einen Sohn. »Seine Abstammung.«

Sie lächelte. »Genau. Das ist das Schlüsselwort.«

Hier im Halbdunkel spürte Derek mehr und mehr, wie müde er war. Und wie zwiegespalten. Er und Maia saßen an dem Oberlicht, als wäre es ein fahles Lagerfeuer, und endlich sprachen sie miteinander. Es war fast, als würden die Regeln von Erebos auch hier gelten. »Er ist ein netter Kerl. Was wollt ihr von ihm?«

»Von ihm wollen wir gar nichts. Es ist, wie Cameron gesagt hat. Wir haben Fragen, wir wollen Antworten.«

Aber nicht nur, ergänzte Derek stumm. »Ihr seid keine normalen Spieler, nicht wahr? Ihr wisst mehr als wir anderen.«

Sie antwortete nicht, und Derek hakte nach. »Du weißt, wer ich bin, oder?«

Maia zögerte nur kurz. »Ja, du bist Torqan. Hübscher Name, finde ich.«

»Und du Soryana?«

Sie blickte zur Seite. »Wir sollten wieder zu den anderen gehen.«

»Erst, wenn ich ein bisschen klarer sehe.«

Er hörte sie seufzen. »Nein, ich bin nicht Soryana. Aber das ist am Ende alles nicht so wichtig.«

Da war Derek anderer Meinung, schließlich war Soryana der Köder gewesen, mit dem das Spiel ihn hierhergelockt hatte. Und möglicherweise wusste Maia davon. Weil sie wohl ahnte, wie sehr er sie mochte. Er rückte ein Stück von ihr ab. »Warst du es, die Erebos unter die Leute gebracht hat? Geht das alles von dir aus? Von euch?«

Maia lachte. »Schön wär's, ich wünschte, ich könnte so etwas. Ist aber nicht so.« Sie wurde wieder ernst. »Ich kann dir nicht mehr dazu sagen, nur dass wir die Sache nicht losgetreten haben. Das war jemand anderes.« Sie stand auf. »Wir sollten jetzt wirklich hinaufgehen.«

Derek warf einen Blick durch das Panzerglas nach unten, wo Cedrics Spielfigur eine kleine Holztafel aus einer Höhle voll grün leuchtender Spinnen holte. Auf einem der abstoßend hässlichen Tiere saß ein Gnom mit blauer Haut. Er hob lässig die Hand, und in diesem Moment begriff Derek, dass er genau diesen Gnom schon einmal gesehen hatte. In dem Burgverlies, in dem er die Auswahl für seinen Namenlosen getroffen hatte. *Wenn dir das Lachen vergeht, werde ich da sein*, hatte er gesagt und recht behalten. Zum Lachen war Derek nicht mehr zumute.

Er folgte Maia nach oben, den Kopf voller schwerer Gedanken. Sie, Cameron und Cora steckten unter einer Decke. Sie wussten mehr als die anderen Spieler, sie genossen offenbar Privilegien …

Und mit einem Mal war es klar. Derek blieb mitten auf der Treppe stehen. Dass er es erst jetzt begriff, schrieb er seiner Müdigkeit zu.

Es gab dieses eine Volk, das überlegen war und das nicht jeden in seine Reihen aufnahm. Maia, Cameron und Cora waren Teil der Gruppe, der Derek sich auch zu gerne angeschlossen hätte, doch Erebos hatte ihn zurückgewiesen. *Weil du nicht zu ihnen gehörst*, hatte der Gnom gesagt.

Er hätte seine Hand dafür ins Feuer gelegt, dass er recht hatte. Sie waren keine normalen Spieler. Sie waren die Harpyien.

Er präsentierte ihnen seine Erkenntnis, als er wieder oben in der Küche war. Keiner der drei widersprach oder bestätigte seine Theorie. Maia nahm sich ein Stück der erkalteten Pizza, Cameron grinste. Nur Cora funkelte ihn böse an; ihr war seine Anwesenheit spürbar ein Dorn im Auge.

»Wieso ihr?« Er blickte von einem zum nächsten. »Ich habe versucht, Harpyie zu werden, aber ich wurde abgelehnt.«

»Das liegt einfach nur daran, dass du keine bist«, stellte Cameron trocken fest. »Musst du nicht persönlich nehmen.«

»Aha. Aber ihr schon? Was habt ihr, das ich nicht habe?«

Cora schnaubte und wandte sich ab, die beiden anderen reagierten nicht. Maia konzentrierte sich auf ihre Pizza, Cameron betrachtete seine Fingernägel.

»Ernsthaft jetzt!« Er baute sich vor Maia auf. Sie zuckte mit den Schultern.

»Ist das nicht offensichtlich?«

Das fand er nicht, außer es bezog sich auf etwas so Oberflächliches wie die Hautfarbe. Das konnte sie aber nicht gemeint haben, oder? »Du willst mir jetzt nicht erklären, dass man erst ab einem gewissen Hautton Harpyie werden kann, oder?«

Cameron lachte auf. »Na ja, ganz falsch ist es nicht.«

»Doch, ist es«, sagte Maia ernst. »Die Hautfarbe ist nicht der Grund, das weißt du genau.«

Jetzt blickte Derek überhaupt nicht mehr durch. »Was ist es dann?«

Mit einem Mal wirkte Maia sehr müde. »Überleg dir einmal, wie meine Eltern aussehen. Und dann erinnere dich, was du bei Resc/You an die Scheiben geklebt hast.« Sie warf einen Blick auf die elegante Designeruhr an der Wand. »Ich muss ein paar Stunden schlafen. Wer setzt sich hinunter und hat ein Auge auf Cedric?«

»Mache ich«, sagte Cameron. »Ich hoffe, er schläft auch und kriegt nicht irgendwann Panik, weil er das Rätsel nicht lösen kann. Derek, wenn du müde bist, leg dich im grünen Zimmer auf die Couch. Kein Licht anmachen und auch sonst nicht auf dumme Ideen kommen. Cora?«

»Ich passe auf.« Sie lächelte Derek auf eine Weise an, die ihn wünschen ließ, sie wäre bei ihrem grimmigen Blick geblieben.

Die Couch war nicht nur schick, sondern tatsächlich auch bequem. Derek rollte sich ein, in dem schmerzhaften Bewusstsein, dass bei ihm zu Hause heute Nacht wohl niemand schlafen würde. Außer, Erebos hatte für ihn angerufen. Das hoffte er sehr.

Er schloss die Augen. *Überleg dir einmal, wie meine Eltern aussehen.* Sie waren weiß, Maia musste adoptiert sein, das war Derek schon seit dem Moment vor der Direktion klar. Galt das damit auch für die beiden anderen? Vermutlich. Aber das allein war es ja nicht. Es hatte mit Resc/You zu tun. Die Organisation, bei der Cedrics Vater im Vorstand saß. Für die Cedric Geld sammelte. Deren Glasfassade Derek mit Aufklebern verunstaltet hatte.

54.800 Pfund

Sie wollen ihn nicht noch einmal sehen.

Die Toten sammeln sich und haben Fragen.

Waren die 54.800 Pfund eine Spendensumme? Kaum. Oder doch? Und Cedrics Vater hatte sie in die eigene Tasche gesteckt? Dann waren möglicherweise in dem Aktenordner, den er bei Tate Inc. geklaut hatte, Beweise dafür gewesen. Gut, wenn das stimmte, war es eine ziemliche Schweinerei, aber kein Grund, diesen riesigen Aufwand mit Erebos zu betreiben. Und eine ganze Horde Jugendlicher in die Sache reinzuziehen.

Eine Horde. Ein Heer.

Eine Armee.

Das Lied aus der Schenke spukte ihm wieder durch den Kopf. – Für eine Fee eine ganze Armee, Gewissheit für die Toten ...

Die Toten, die immer wieder auftauchten. Sie sammelten sich, sie hatten Fragen, sie wollten Gewissheit –

Mit einem Ruck setzte Derek sich auf der Couch auf. Sie hatten Fragen ... und sie wollten Antworten? Das war es doch, was Maia und Cameron gesagt hatten. Trotzdem zog Derek da sicher völlig falsche Schlüsse; denn die beiden waren definitiv nicht tot.

Er legte sich wieder hin und versuchte, das Gedankenkarussell in seinem Kopf zu stoppen. *Sie haben Fragen. Sie wollen ihn nicht noch einmal sehen.* Wen? Wer will wen nicht mehr sehen? Und was war daran wichtig?

Derek drehte sich auf die andere Seite. Was hatte Maia vorhin gesagt, als er von ihren Eltern gesprochen hatte?

»Welche?«, hatte sie gefragt.

Ja, das war es gewesen. Beschäftigte sie sich gedanklich mit ihren leiblichen Eltern? Das war durchaus verständlich, aber ...

Und dann fiel ihm die letzte Zeile des Liedes wieder ein, das der Barde im *Schmalen Gürtel* gesungen hatte.

Nicht atmen und nicht schrei'n

Kein Ton, dann bist du –

Mit einem Sprung war Derek von der Couch. Wenn es stimmte, was er sich zusammenreimte, dann begriff er, dass Maia Antworten suchte. Für ihn selbst galt das allerdings auch, er würde nicht die ganze Nacht hier herumliegen und sich fragen, ob seine Vermutung richtig war. Aber falls es so war, hatte er sogar eine Erklärung für die 54.800 Pfund, und zwar eine ungeheuerliche.

Er stürzte aus dem Zimmer, an Cora vorbei, die gedöst haben musste, denn sie erwischte ihn erst, als er schon fast in der Küche war. »Du haust jetzt ganz bestimmt nicht ab!«, fauchte sie. »Die Ausgänge sind alle versperrt.«

Derek machte sich aus ihrem Griff los. »Ich will überhaupt nicht abhauen. Ich muss mit Maia sprechen. Jetzt.«

»Sie schläft.«

»Das tut mir dann sehr leid. Ändert aber nichts.« Er lief zur nächsten Tür, riss sie auf und stand im Esszimmer; hier war er falsch. Cora war dicht hinter ihm. »Lass Maia doch in Ruhe.«

Er antwortete nicht. Die nächste Tür öffnete sich in ein lilafarbenes Zimmer, die übernächste in eine Bibliothek. Erst beim darauffolgenden Versuch hatte Derek Glück. Es war ein Schlafzimmer mit riesigem Bett, in dem allerdings niemand lag. Maia saß im Dunkeln auf einem Stuhl beim Fenster und blickte in die Nacht hinaus. Sie drehte nicht einmal den Kopf, als Derek eintrat.

»Tut mir leid«, murmelte Cora.

»Schon okay. Komm rein, Derek.«

Er nahm sich auch einen Stuhl und stellte ihn neben ihren. »Sorry, dass ich dich störe. Aber das, was du vorhin gesagt hast … dass ich mich daran erinnern soll, was ich bei Resc/You an die Scheiben geklebt habe – ich glaube, ich habe verstanden, was dahintersteckt.« Er sah sie nicht an, blickte ebenfalls hinaus, wo sich windbewegte Äste in der Dunkelheit abzeichneten.

»Wirklich?« Sie stieß ein kurzes Lachen aus. »Gut, das hat er gehofft. Dass man es auch ohne Erklärung versteht.« Nun sah sie ihn doch an. »Obwohl ich dir natürlich schon ziemlich kräftig auf die Sprünge geholfen habe.«

»Ich weiß ja noch nicht einmal, ob ich richtigliege.« Derek hielt inne. »Wer ist *er*?«

»Nicht wichtig. Also?«

Er wusste nicht, wie er es formulieren sollte. Es würde auf jeden Fall seltsam klingen. »Seid«, er räusperte sich, »seid ihr die Toten? Die sich sammeln und Fragen haben? Die Gewissheit bekommen sollen?«

Maia drehte sich zu ihm herum; seine Augen hatten sich ausreichend an die Dunkelheit gewöhnt, um ihn die Wachsamkeit in ihrem Blick erkennen zu lassen. »Wieso denkst du das?«

Er holte tief Luft. »Weil – ihr wohl alle adoptiert seid. Resc/You ist eine wohltätige Organisation, die in Entwicklungsländern aktiv ist; vielleicht vermittelt sie auch Kinder zur Adoption.«

»Was ja nicht schlimm wäre«, sagte Maia mit schiefem Lächeln.

»Nein.« Derek blickte über die Schulter zurück, vergewisserte sich, dass Cora gegangen war. »Nicht, wenn die Eltern das Kind zur Adoption freigeben. Oder wenn sie tot sind. Aber ich glaube, das war bei euch nicht so.«

Sie blinzelte. »Woraus schließt du das?«

»Aus einer Liedzeile. Im Spiel kommt ein Barde vor, der immer ein bestimmtes Lied singt. Schweigen ist Silber, Reden ist Tod. Am Ende heißt es dann: Nicht weinen und nicht schrei'n, kein Ton, dann bist du mein.« Er zögerte, dann sprach er weiter. »Ich glaube, es war so: In den Krankenhäusern, die zu Resc/You gehören, sind immer wieder Babys auf die Welt gekommen. Die meisten sind anschließend mit ihren Eltern nach Hause gegangen, aber die, die bei der Geburt nicht geschrien haben … die hat man für tot erklärt. Weggetragen. Nach ein bisschen Tätscheln waren sie dann vielleicht ganz in Ordnung, aber man hat sie den Eltern nicht zurückgegeben. Sondern entsprechende Papiere angefertigt und sie adoptionswilligen Paaren zukommen lassen.« Wieder zögerte er. »Für eine Summe von 54.800 Pfund.«

Maia sagte nichts. Starrte nur zum Fenster hinaus.

»Deshalb auch dieser komische Satz: Sie wollen ihn nicht noch einmal sehen. Für Eltern, die das angeblich tote Kind vielleicht selbst beerdigen wollten. Oder sich verabschieden.« Seine Stimme klang heiser, er räusperte sich. »Ich könnte mir vorstellen, dass es unter der einfachen Bevölkerung noch viele Analphabeten gibt. Und Menschen, die sich leicht einschüchtern lassen. Die hinnehmen, was man ihnen sagt.«

Er unterbrach sich, als ihm das Bild von dem Baum mit den drei Gehenkten wieder einfiel. *Sie hingen zu sehr an ihnen –.*

Eventuell nahmen manche es doch nicht widerspruchslos hin, aber vielleicht irrte sich Derek auch in diesem Punkt.

»Meine Eltern haben mir oft erzählt, wie froh sie waren, dass sie mich so schnell bekommen haben«, flüsterte Maia. »Ein Waisenmädchen, noch ganz klein. Sie mussten nicht jahrelang warten wie andere Leute. Mum sagt oft, sie hätte es sonst wahrscheinlich aufgegeben. Sie hätte zu wenig Geduld.«

Da war es wieder, das Wort. Geduld. Derek nickte. »Bist du denn sicher, dass es nicht genau so war? Dass du nicht wirklich eine Waise warst?«

Sie blickte weiter starr vor sich hin. »Sieht nicht so aus. Jemand hat Papiere gefunden. Aufzeichnungen über die toten Babys, die dann eben doch nicht tot waren. Und ausgeflogen wurden, hauptsächlich nach Großbritannien. Ein paar auch nach Frankreich. Angeblich gehöre ich mit dazu.«

Derek fragte sich, wie es sich anfühlen musste, so etwas über sich selbst zu erfahren. »Wärst du lieber da geblieben, wo du geboren wurdest?«

Nun sah sie ihn doch an. »Das weiß ich doch nicht. Vielleicht wäre ich dann längst tot, in Somalia ist die Lebenserwartung schließlich nicht hoch. Und ich liebe meine Eltern, ich habe ein tolles Leben – aber wie es aussieht, habe ich auch eine leibliche Familie. Eine Mutter, einen Vater, Geschwister, deren Sprache ich überhaupt nicht spreche.« Sie wischte sich übers Gesicht. »Das sind meine Fragen. Und ich brauche Antworten darauf, auch wenn du das vielleicht nicht verstehst.«

Derek dachte an Rosie. »Doch, das verstehe ich. Deshalb also der ganze Aufwand rund um Erebos? Damit ihr Informationen sammeln könnt? Und alles einfädeln, um Cedric einzusperren, damit sein Vater mit der Wahrheit rausrückt?«

Ein paar Sekunden lang schwieg Maia. »Auch«, sagte sie dann. »Und weil der Barde recht hat. Alles musste heimlich passieren. Reden wäre Tod.«

Das fand Derek nun doch ein Stück zu dramatisch. »Ernsthaft jetzt? Du denkst, jemand würde dich umbringen, wenn du die Sache publik machst? Das glaube ich nicht.«

In Maias Blick lagen zu gleichen Teilen Trauer und Wut. »Ich auch nicht. Aber ich habe auch nicht gesagt, dass es mein Tod wäre.« Sie wandte sich wieder dem Fenster zu, hinter dem der Wind auffrischte.

Nicht ihrer. Um wen ging es dann? Derek presste beide Hände gegen die Schläfen. Immer wieder war vom Tod die Rede; da war ja auch noch der vierte Aufkleber gewesen. Das vierte Banner. Er wartete, bis Maia ihn ansah. »Leben für Leben, Tod für Tod. Ich schätze, du weißt, was das bedeutet?«

»Ja.«

»Sagst du es mir?«

Sie betrachtete ihn nachdenklich. Wandte ihren Blick ab und sah noch einmal aus dem Fenster. Dann stand sie auf und verließ ohne ein Wort den Raum.

Sie hatten gesucht und niemanden gefunden, weder Derek noch Cedric. Mit einer Stablampe, die er vom Hausmeister geliehen hatte, stand Nick am See und ließ den Lichtkegel über die Wasseroberfläche gleiten. Die meisten anderen waren ins Schulgebäude zurückgekehrt, doch Emily war geblieben. Er konnte sie neben sich im Nachtwind frösteln sehen.

»Ich weiß, was du denkst«, sagte er. »Aber so ist es nicht. Derek liegt nicht am Grund dieses Sees.«

Sie sah ihn an. Kam dann näher und lehnte sich an ihn, ließ zu, dass er den Arm um sie legte. »Ich habe solche Angst«, flüsterte sie.

»Ich weiß. Aber es geht ihm gut.« Er wünschte sich, er wäre so überzeugt gewesen, wie er sich anhörte. »Wiley hat die Polizei verständigt, spätestens morgen finden wir ihn.«

»Und wenn nicht?« Nick konnte spüren, wie sie zitterte. »Oder nur noch –«

»Nein!« Er wollte nicht, dass sie das Wort aussprach. »Er ist in Ordnung. Du wirst sehen.« Er drückte sie kurz an sich. »Lass uns zurückgehen.«

Auf dem Weg zum Schulhaus sprach Emily nicht, aber sie entspannte sich merklich, hörte auf zu zittern. Erst als sie die Eingangshalle betraten, wandte sie sich zu Nick um. »Ich muss noch mal Jane anrufen, auch wenn ich nicht weiß, was ich ihr sagen soll. Ich musste sie vorhin schon mit allen Mitteln davon abhalten, sich ins Auto zu setzen und herzufahren.«

»Und dein Vater?«

Emily zuckte die Schultern. Ihre Augen glänzten verdächtig. »Keine Ahnung. Er wollte nicht mit mir sprechen.« Sie löste sich von Nick und ging auf die lederne Sitzgruppe zu, in der er damals vor seinem Fototermin gesessen und auf Wiley gewartet hatte.

Gut, wenn sie alleine telefonieren wollte, verstand er das. Er wandte sich um und sah Victor aus Richtung des Speisesaals kommen. »Komm, es gibt noch etwas zu essen, die anderen vom Suchtrupp hatten auch Hunger.«

»Ich aber nicht.« Nick bemühte sich um ein Lächeln. »Hör mal, kannst du bei Emily bleiben, bis ich zurück bin? Ich möchte kurz mit Wiley reden.«

Victor warf einen bekümmerten Blick zu der Sitzgruppe hinüber, wo Emily saß. Vorgebeugt, ihr Haar fiel wie ein Schleier über ihr Gesicht. »Klar. Wie geht es ihr?«

»Beschissen. Vor allem, weil da ein See ist. Wo steckt Henry Tate?«

Victor hob die Augenbrauen. »Gute Frage. Er sagte, er müsse sich um etwas kümmern, das ist über eine Stunde her, seitdem habe ich ihn nicht mehr gesehen. Wahrscheinlich telefoniert er mit dem Polizeipräsidenten, oder was einflussreiche Leute in solchen Fällen eben machen.«

Beide warfen einen Blick zu Emily hinüber. Ihr Gesicht war immer noch nicht zu sehen, aber ihr Rücken bebte.

»Mist«, sagte Victor. »Aber keine Sorge, ich lasse sie nicht allein. Geh du zu Wiley.«

Nick schlich die Treppen hoch, langsam wie ein alter Mann. Genau so fühlte er sich auch. Ausgepowert, ohne eine Idee, wie es weitergehen sollte. Es war fast elf Uhr, stellte er fest, die Suche hatte länger gedauert, als er gedacht hätte.

Ob er Wiley jetzt überhaupt im Büro antraf? In einer Krisensituation wie dieser vielleicht schon, schlafen gegangen war er bestimmt noch nicht. Nick klopfte, aber niemand antwortete, also öffnete er die Tür zum Vorraum. Mrs Lissman saß jedenfalls nicht mehr an ihrem Platz. Er pochte an die nächste Tür; die schwere, hölzerne zum Büro des Direktors.

Auch hier keine Antwort. Nach kurzem Zögern drückte er sie einen Spalt auf, sah aber sofort, dass in dem prächtigen alten Raum kein Licht brannte. Er wollte bereits wieder gehen, als plötzlich rotes Flackern die Dunkelheit durchbrach.

Nick umklammerte die geschwungene Türklinke so fest, dass das Metall sich in die Innenfläche seiner Hand grub. Mit dem Gefühl, sich einem Duell zu stellen, trat er ein. Das Leuchten kam vom Computermonitor des Direktors; Nick umrundete den Schreibtisch.

Willkommen, Nick Dunmore, stand auf dem Bildschirm. *Schließe die Tür und sperre sie ab.*

Er tat, was von ihm verlangt wurde. Der Schlüssel steckte innen, Nick drehte ihn zweimal im Schloss. Immer noch war das rote Flackern des Monitors das einzige Licht im Raum.

Doch kaum hatte er sich an den Schreibtisch gesetzt, verschwand es, und alles um ihn herum wurde schwarz wie die Nacht vor den Fenstern.

Glitzernder Sternenhimmel. Nur langsam kann Sarius erkennen, wo er sich befindet. Zwischen verkohlten Trümmern, die wie die Überreste eines Dorfs aussehen. Rund um die Ruinen ragt der Wald hoch in den Himmel, ein Vogel krächzt in den Bäumen.

Er kennt die Stelle nicht, er ist allein hier, und so intensiv er sich auch umsieht, er findet keine Hinweise darauf, was jetzt von ihm erwartet wird. Zu seiner Rechten befindet sich etwas, das wie eine in den Stein gehauene Behausung aussieht, sie ist nur schwarz vom Ruß, aber nicht zerstört. Sarius zieht sein Schwert und tritt ein.

Doch auch hier ist niemand. Das Einzige, was er findet, ist ein geschnitzter Vogel mit weit ausgebreiteten Schwingen, der auf der steinernen Fensterbank liegt und wundersamerweise das Feuer überlebt hat, das hier gewütet haben muss.

Als Sarius aus der Wohnhöhle tritt, steht der Mond über dem Wald; nicht weißgolden wie sonst, sondern rötlich, als wäre er mit Blut beschmiert.

»Warum bin ich hier?«, fragt er in die Nacht hinein.

Keine Antwort. Niemand taucht auf, nicht einmal einer der widerlichen Gnome. Na gut, dann wird er einfach den Weg in den Wald nehmen. Er würde gerne Atlas treffen und ihm ein paar Fragen stellen, doch hauptsächlich erhofft er sich Hinweise, die über die Welt von Erebos hinausreichen. Hinweise auf ein Versteck, zum Beispiel.

Hier blühen Blumen, die ihm helfen, nicht vom Weg abzukommen. Sie wachsen am Rand und schimmern wie Edelsteine, aber sobald Sarius vorbeigeht, lassen sie die Köpfe hängen und verblühen.

Er glaubt zu verstehen, was das bedeutet. Sein Weg ist nicht der zurück, er muss voranlaufen, egal, was ihn am Ende des Waldes erwartet.

Erwartung scheint überhaupt das Stichwort zu sein. Die Welt von Erebos wirkt, als verharre sie vollkommen ruhig, als laure sie auf ein wichtiges Ereignis, das auf keinen Fall verpasst werden darf. Das einzige Geräusch ist der Wind in den Bäumen – und ab und zu ein entferntes Grollen, das Sarius nicht zuordnen kann. Ein Gewitter?

Er hackt auf ein paar Schlingpflanzen ein, weniger, weil sie ihm im Weg sind, eher aus Nervosität. Ist er völlig alleine hier? Keine anderen Kämpfer, nicht einmal scheue Tiere, die vor ihm fliehen?

Dann, endlich, lichtet sich der Wald, und vor ihm liegt ein Feld, auf dem nur einzelne verdorrte Bäume stehen. Unter einem davon brennt ein Feuer, und davor sitzt jemand. Mit gezogenem Schwert geht Sarius weiter.

Der andere scheint ihn nicht zu bemerken. Er ist mit etwas auf dem Boden beschäftigt, auf das er seine Aufmerksamkeit gerichtet hat. Immer wieder schiebt er Dinge hin und her.

Sarius ist jetzt nah genug herangekommen, um erkennen zu können, dass es sich um einen Barbaren handelt, und sogar um einen, den er kennt. Er hat gemeinsam mit ihm in der Ruine gegen die blauäugigen Skelette gekämpft. Mandrik. Er hebt den Kopf erst, als Sarius ans Feuer tritt und ihn grüßt.

»Hallo«, sagt er und steckt sein Schwert weg. »Bist du alleine hier?«

»Ja, völlig alleine, schon seit Stunden. Cool, dass du jetzt auch da bist.«

Sarius wirft noch einen prüfenden Blick rundum, dann setzt er sich hin. »Was tust du da?«

»Ich muss ein Rätsel lösen«, sagt Mandrik, »aber ich glaube, ich bin heute schon zu müde dafür. Bloß, wenn ich es nicht schaffe ...«

Aus der Entfernung Grollen, diesmal ist es eindeutig Donner. Mandrik verstummt, aber Sarius ist trotzdem hellhörig geworden. »Was wolltest du sagen?«

»Na ja. Ich sitze fest, gewissermaßen, und muss dieses Rätsel lösen, wenn ich mich befreien will.«

Befreien. Das klingt außerordentlich interessant. Er sieht Mandrik an, versucht, ihn einzuordnen. Ich sitze fest. Wenn

Sarius die richtigen Schlüsse zieht, liegt eine Lösung auch ganz in seinem eigenen Interesse. »Kann ich dir helfen?«

»Ich weiß nicht.« Mandrik deutet auf ein paar Holz- und Steintafeln, in die Worte geritzt oder gebrannt sind. »Ich sollte vierzehn Fragmente sammeln, das war schon ein ziemlicher Aufwand, ich musste erst Würmer abschlachten und ausweiden, in Gräbern wühlen und … ach egal. Die Sachen waren jedenfalls schwer zu finden. Jetzt soll ich sie in die richtige Reihenfolge bringen und bekomme es nicht hin.«

Sarius beugt sich über die Tafeln. Zum Teil sind sie noch mit Erde oder grünlichem Schleim verschmiert, doch man kann die Schrift lesen.

HOCH

    LAWRENCE

                          ATME

   FLIEGEN   WEIT

                     ALS

        HINTER

     LÜGEN

             EINE

                    UND

  BITTE

MEILE

                        FEEN

     SCHNELLER

Was Sarius sofort ins Auge sticht, ist der Name Lawrence – es ist der des 1875 tot geborenen Jungen. Doch der Rest …

Vom Fliegen ist die Rede – oder von Fliegen? Den Insekten? Als würde Erebos noch eine dritte Möglichkeit vorschlagen wollen, hört er über seinem Kopf Flügel schlagen, es ist eine der Harpyien, die über ihnen kreist. Zu hoch allerdings, als dass Sarius erkennen könnte, wer genau es ist. Sie macht keine Anstalten zu landen, sondern zieht in einem weiten Bogen über den Wald hinweg, bis sie außer Sichtweite ist.

Fliegen. Er konzentriert sich auf die Tafeln. Hoch hinter Fliegen und eine Bitte. Nein, das war es keinesfalls.

»Ich kriege es nicht hin, aus allen Teilen einen Satz zu machen.« Mandrik versetzte der Atme-Tafel einen Schubs.

»Vielleicht musst du das ja nicht.« Sarius greift nach dem Schild, auf dem »HOCH« steht. »Weißt du, wer mit Lawrence gemeint ist?«

»Nein. Ich kenne niemanden, der so heißt.«

»Aber du bist hier Feen begegnet? Und kennst das Gedicht?«

»Auch nicht.« Als müsse er für dieses Versäumnis Wiedergutmachung leisten, wischt Mandrik Schleim von der Weit-Tafel. »Welches Gedicht meinst du?«

Sarius muss sich kurz sammeln, dann weiß er es wieder: »Für eine Fee eine ganze Armee, Gewissheit für die Toten«, zitiert er. »Wer viel riskiert und nicht verliert, dem ist auch nichts verboten.« Danach kommt dann noch etwas mit atmen.

»Nie gehört«, erklärt Mandrik. »Was soll das alles heißen?«

Sarius sieht ihn an. Würde ihm gerne sagen, dass – wenn er mit seiner Vermutung nicht falschliegt – es Leute gibt, die sich sehr um ihn sorgen. Doch wahrscheinlich würde dann sofort der Blitz in den kahlen Baum über ihnen einschlagen. »Weißt du was?«, meint er stattdessen, »ich glaube, das Rätsel ist nicht für dich gedacht, sondern für mich. Kann ich es versuchen?«

»Bitte sehr.« Mandrik rückt ein Stück zur Seite, und Sarius beugt sich über die Tafeln. Schneller hoch. Schneller als Lawrence. Schneller fliegen. Schneller lügen.

Er legt »SCHNELLER« und »ALS« beiseite; die beiden Worte müssen zusammengehören.

Zu den Feen fehlen ihm die Armeen, und was soll das mit der Meile? Ah – eine Meile. Das passt ebenfalls. Eine Meile schneller fliegen? Nein, das ist Quatsch.

»Ist nicht so einfach, oder?« Mandrik sieht gespannt zu. »Ich wäre echt froh, wenn du es lösen würdest.«

»Ich gebe mein Bestes.« Er konzentriert sich. Atme schneller als ... puh. Er braucht einen sicheren Punkt, mit dem er anfangen kann.

Vielleicht die Feen. Feen fliegen schneller. Atme hinter Lawrence. Sarius seufzt. Legt neu. Legt um. Am Ende bleibt ihm immer ein Wort übrig, manchmal auch zwei.

Er wirft noch einmal alles durcheinander und holt tief Luft. Atme, steht hier. Möglicherweise geht es darum? Es ist so viel vom Tod die Rede, doch Atmen ist ein Lebenszeichen.

Kurz entschlossen legt er zwei der Fragmente aneinander, in der plötzlichen Überzeugung, dass sie zusammengehören.

Atme bitte.

Als Nächstes greift er nach dem Feen-Stein.

Feen fliegen ... hoch ... und weit.

Auch das macht einen guten Eindruck, und der nächste Satz ist mit einem Mal einfach.

Schneller als Lügen.

Doch nun bleiben ihm vier Worte, die sich zwar zu einer Art Satz zusammenfügen lassen, aber der ergibt keinen Sinn.

Eine Meile hinter Lawrence.

»Wow«, sagt Mandrik. »Das ist nicht übel. Denkst du –«

»Warte noch«, unterbricht ihn Sarius. Er sieht sich die vier Zeilen an und ändert ihre Reihenfolge, bis er zufrieden ist.

FEEN FLIEGEN HOCH UND WEIT,
SCHNELLER ALS LÜGEN.
EINE MEILE HINTER LAWRENCE
ATME BITTE.

In dem Moment, als er sich zurücklehnt, ertönt ohrenbetäubendes Krachen. Vor ihnen reißt die Erde auf, von unten strahlt bläuliches Licht herauf. Ein Gnom kriecht aus dem Spalt, seine Fingernägel sind Krallen, die fast bis zum Boden reichen. »Erbärmlich lange habt ihr gebraucht! Und nun wollt ihr gehen? Diesen reizenden Ort verlassen?« Er deutet mit einer übertrieben eleganten Bewegung auf den Erdriss. »Da entlang, Gentlemen.«

Mandrik ist schon aufgesprungen und losgelaufen; Sarius folgt ihm langsamer. Er memoriert die vier Sätze vor sich hin, überzeugt davon, dass er sie noch brauchen wird. Feen fliegen hoch und weit. Für eine Fee eine ganze Armee. Wenn er diesen Zusammenhang begreift, wird er auch den Rest verstehen, da ist er sicher. Die einzige Fee, die ihm bislang untergekommen ist, hat er vor dem Ertrinken in einem unterirdischen Flusslauf gerettet.

Wenn es denn wirklich eine Fee gewesen ist.

Als er endlich bei dem Erdspalt angekommen ist, stößt der Gnom ihn förmlich hinunter. »Viel Vergnügen!«, krächzt er. »Und achte auf deinen Weg.«

Der Weg, von dem die Rede gewesen ist, wird von blau brennenden Fackeln beleuchtet, die rechts und links in Wandhalterungen stecken. Wahrscheinlich sind sie dafür verantwortlich, dass Mandrik und Sarius sich immer noch unterhalten können.

»Ich habe eigentlich gehofft, ich könnte gleich raus.« Mandrik sieht sich nach allen Seiten um. »Ich bin so müde.«

Eine Meile hinter Lawrence, wiederholt Sarius im Kopf, Feen fliegen hoch und weit. Er nimmt Mandrik am Arm und klopft gegen die grob aus dem Stein gehauene Mauer. »Hoffen wir einfach, dass das hier kein Labyrinth ist, dann sind wir schnell draußen.« Was er insgeheim nicht glaubt. Erebos weiß genau, was es tut, es hält Mandrik und ihn beschäftigt, bis … tja. Bis was passiert?

Sekunden später reißt lautes Platschen ihn aus seinen Gedanken. Es klingt, als würde man mit einem nassen Handtuch auf Stein schlagen, doch der riesige, plumpe Schatten, der sich gleichzeitig an der Wand abzeichnet, lässt etwas anderes vermuten.

Es sind Kröten, die unmittelbar darauf ungelenk um die Ecke hüpfen, groß wie Kühe, mit glasigen Augen und warzig grauer Haut. Sarius zieht sein Schwert, gemeinsam nehmen sie sich das erste der Tiere vor, und er landet einen Treffer in dessen Brust – was er im nächsten Moment bereut. Das Tier stürzt zwar zu Boden, doch das Blut, das hervorspritzt, trifft ihn, und sofort setzt der Verletzungston ein.

Sie müssen giftig sein, diese hässlichen Geschöpfe, und wie sich zeigt, sind sie in mehrfacher Hinsicht gefährlich. Die zweite Kröte ist rot und gehörnt. Sarius verhält sich jetzt vorsichtiger, nach jedem Schlag oder Stich springt er sofort zurück – doch diesmal ist es Mandrik, bei dem sich das Blut durch den Harnisch ätzt.

Als sie das Vieh endlich erledigt haben, lehnt der Barbar sich gegen die Wand. »Ich bin so müde«, wiederholt er. »Ich muss eine Pause machen, tut mir echt leid. Denkst du, ich könnte ein wenig schlafen? Während du aufpasst?«

Sarius erwartet, dass Erebos protestieren wird. Doch weder setzt Donnergrollen ein, noch taucht einer der griesgrämigen Gnome auf. »Ist in Ordnung«, sagt er. »Wir suchen uns einen Platz, an dem ich Überblick –«

Heftiges Klopfen, so laut, dass Nick unwillkürlich aufsprang. »Hey! Heeey! Bist du immer noch da drin?«

Victor. Offenbar hämmerte er mit der Faust gegen die schwere Holztüre. Nick warf einen schnellen Blick auf den Monitor, dann hastete er zur Tür.

»Ja, ich bin hier«, wisperte er. »Bitte geh wieder.«

»Was? Du musst lauter reden.«

»Kann ich nicht. Ich bin beschäftigt ... mit etwas, bei dem ich alleine sein muss.«

Jetzt begriff Victor. »Oh. Okay, ich verstehe. Das ist gut, das ist sehr gut, vielleicht findest du etwas heraus! Ich wollte dir nur sagen, dass ich mich ein wenig schlafen lege, Emily versucht es auch. Wiley ist ins Dorf gefahren, gemeinsam mit Tate, der die örtliche Polizei mobilisiert. Nur, damit du Bescheid weißt.«

»Danke.«

»Wenn du mich brauchst, weck mich sofort, okay? Ich habe das Handy an, und mein Zimmer heißt Tennyson.«

»Ich muss zurück.« Nick war schon wieder halb am Computer, voller Angst, dass die Unterbrechung Folgen gehabt haben könnte. Doch diesmal schien das Spiel gnädig zu sein.

Nur Mandrik ist verstört. »Was ist passiert? Ich dachte, du bist fort.«

»Nein, alles in Ordnung.« Sarius blickt sich um. Zieht Mandrik ein Stück mit sich, bis sie einen Felsen erreichen, der ein

Plateau bildet und auf den sie hinaufklettern können. »Wenn du schlafen möchtest, dann am besten hier«, sagt er. »Ich hoffe, ich kann dich wecken, wenn es nötig ist.«

»Du bleibst hier?«

»Ja.«

Der Barbar streckt sich auf dem glatten Stein aus, Sarius setzt sich daneben. Er kann die Kadaver der Kröten von hier aus sehen, und er wünschte, der Verletzungston würde verschwinden. Er ist noch von erträglicher Lautstärke; wäre Sarius beschäftigt, würde er ihm kaum auffallen. Aber da er nur untätig herumsitzt und rund um ihn nichts passiert, wird er mit jeder Minute lästiger.

Erstaunlich, dass es so friedlich bleibt hier unten. Keine weiteren Gegner in Sicht. Vom Plateau aus kann Sarius erkennen, dass sie leider doch in einer Art Labyrinth gelandet sind – übermannshohe Wände erstrecken sich kreuz und quer durch die Höhle. Aber außer ihnen ist niemand hier. Als wären sie die letzten Überlebenden dieser Welt.

Er lehnt sich zurück. Der Zustand kann nicht lange dauern. Hat er noch nie.

Doch diesmal irrt er sich. Keine weiteren Kröten tauchen auf, auch keine Skorpione oder ähnliches Getier. Keine Skelette, keine Schlangen. Irgendwann merkt er, dass die Höhle von leiser Musik erfüllt ist, doch er weiß nicht, wann sie eingesetzt hat. Sie verbindet sich auf vollkommen natürliche Weise mit dem Verletzungston, so, als wäre er Teil der Melodie.

Dann zieht ein Schatten über Sarius hinweg; als wäre ein großer Vogel über ihm. Er blickt hoch, aber da ist nichts außer Fels.

Die Untätigkeit auszuhalten ist schwieriger, als sich von einer Schlacht in die nächste zu stürzen. Um nicht ebenfalls einzuschlafen, wiederholt Sarius im Geist die zusammengepuzzelten Sätze. Feen fliegen hoch und weit. Schneller als Lügen.

Ob er Mandrik eine Zeit lang hier alleine lassen und das Labyrinth ein wenig genauer erkunden kann? Verlockend, aber er hat versprochen, hierzubleiben, auch wenn die Minuten sich ziehen, auch wenn er nun spürt, wie müde er selbst ist.

Seinem Gefühl nach sind Stunden vergangen, als er Schritte durch die Höhle hallen hört, die näher kommen. Keine Laufschritte, es klingt eher, als würde jemand gemächlich heranschreiten.

Sarius versucht, Mandrik zu wecken, doch der rührt sich nicht, auch nicht, als die Gestalt aus den Schatten der Mauer tritt, vor dem Plateau stehen bleibt und hinaufblickt.

Ein Mann, der nicht aussieht, als wäre er ein Krieger. Haar und Bart sind dunkel und mit grauen Strähnen durchzogen. Er trägt eine Tunika, Hosen aus braunem Leder und ebensolche Stiefel. In den Händen hält er einen kleinen Gegenstand; was es ist, kann Sarius auf die Entfernung nicht erkennen.

»Jetzt beginnt deine Aufgabe«, sagt der Mann.

»Was heißt das? Wer bist du?«

Der Mann erwidert seinen Blick. »Ich heiße Idmon. Wir sind uns noch nicht begegnet, aber Mandrik kennt mich.«

»Das kann jeder sagen. Mandrik schläft.«

Idmon lächelt. »Gut so. Lass ihn schlafen. Die meisten anderen schlafen auch. Was jetzt kommt, ist allein deine Aufgabe.« Er winkt Sarius zu sich hinunter.

Na gut. Sarius klettert vom Plateau; innerlich darauf vorbereitet, dass gleich eine Falle zuschnappen könnte.

»Nun liegt alles in deiner Hand«, sagt Idmon. »Sobald du die Nachricht schickst, auf die wir warten, kann Mandrik gehen. Und nicht nur er.«

Sarius versteht nicht. »Welche Nachricht?«

»Du wirst es wissen, wenn es so weit ist.«

Damit lässt er sich nicht abspeisen. »Du musst mir schon genauer sagen, was ihr von mir erwartet.«

Sachte schüttelt Idmon den Kopf. »Du weißt, was du wissen musst. Alles ist gesagt.« Er legt Sarius den kleinen Gegenstand in die Hand – einen geschnitzten Vogel, der die Schwingen ausbreitet. Er gleicht dem, den er in dem niedergebrannten Dorf gefunden hat, bis ins Detail. Idmon deutet hinter sich, dahin, wo die Gänge des Labyrinths sich im Dunkel verlieren. »Geh. Jetzt.«

Also läuft Sarius los. Es ist überraschend einfach, die richtigen Abzweigungen zu finden, denn wenn er sie nimmt, schwillt die Musik an, vermittelt ihm dieses triumphale Gefühl, dem er sich kaum entziehen kann, verleiht ihm beinahe Flügel. Ja, er wird wissen, welche Nachricht er schicken soll, sobald es so weit ist; er wird nicht scheitern, ihm wird alles gelingen, weil es einfach so sein muss.

Dann hat er den Ausgang der Höhle erreicht und läuft ins Freie, unter den nächtlichen Sternenhimmel. Die Musik endet abrupt, und Sarius prallt zurück, als er erkennt, dass er nicht alleine ist. Vor ihm steht der Bote, größer und bedrohlicher denn je, die gelben Augen leuchten fahl unter der Kapuze seines Umhangs hervor. »Schweigen ist Silber«, sagt er, hebt die Hand, und die Sterne erlöschen.

Die Dunkelheit im Raum war absolut. Das Spiel hatte sich so überraschend schnell beendet, dass Nick noch ein paarmal die Maustaste drückte, bevor er mit dem schweren Ledersessel vom Schreibtisch abrückte.

Er knipste die darauf befindliche Messinglampe an und rieb

sich übers Gesicht. Laut der Uhr an der Wand war es kurz nach vier. Die Nacht hatte ihren Höhepunkt längst überschritten.

Und er musste nun etwas tun, er wusste nur nicht, was es war. Atme bitte. Ja, das bekam er hin. Aber den Rest?

Er schloss die Tür des Direktionsbüros auf und tappte auf den Gang hinaus. Das riesige alte Gebäude lag still da. Dieser Idmon hatte recht gehabt, die anderen schliefen alle, und Nick hätte nichts lieber getan, als sich ihnen anzuschließen. Er warf einen schnellen Blick auf sein Handy. Immer noch alles rot.

Noch einmal ließ er sämtliche Hinweise, die er bekommen hatte, innerlich Revue passieren. Nichts davon ließ sich in der wirklichen Welt umsetzen – mit einer Ausnahme. Es gab einen Hinweis auf Lawrence, und damit musste Lawrence Moreley gemeint sein, dessen Grab Nick fotografiert hatte.

Eine Meile hinter Lawrence.

Nick tastete in seiner Jackentasche nach den Autoschlüsseln. Der Friedhof war der einzige reale Anhaltspunkt, den er bekommen hatte, jedenfalls glaubte er das.

Sollte er sich in diesem Punkt irren, war er ratlos.

Das große Gittertor stand offen, vermutlich auf Wileys Anordnung. Wenn Cedric zurückkehrte, sollte er nicht vor verschlossenen Türen stehen. Fröstelnd lief Nick zu seinem Auto und fuhr vom Parkplatz.

Das Navi schaltete er diesmal nicht ein; er war nun schon zweimal auf dem Friedhof gewesen, er würde ihn auch ohne Hilfe finden. Was danach kam, war viel eher das Problem. So naiv zu glauben, dass Cedric oder Derek neben dem Steinengel am Grab sitzen würden, war er nicht.

Die Straßen waren wie ausgestorben, und Nick kam schnell voran. Je mehr er sich dem Friedhof näherte, desto nervöser wurde er. Sein Handy hatte er auf den Beifahrersitz gelegt, um sofort mitzubekommen, wenn Erebos sich meldete, doch da rührte sich nichts. Nach knapp vierzig Minuten bog er auf den schmalen Weg ein, das Licht seiner Scheinwerfer fiel auf den Zaun und warf speerförmige Schatten auf die Gräber.

Das half wenigstens ein bisschen. Sein Handy als Taschenlampenersatz konnte er diesmal vergessen; das blutrote Licht, das es abstrahlte, würde nichts bringen. Nur sein Unbehagen steigern.

Er sah allerdings genug, um feststellen zu können, dass außer ihm niemand hier war. Zur Sicherheit ging er trotzdem an Lawrence' Grab, um nachzusehen, ob dort ein neuer Hinweis versteckt war. Er überprüfte die Lichtschalen, strich über die Grabplatte, doch seit letztem Nachmittag hatte sich nichts verändert. Nur der Engel am Grabmal sah im spärlichen Licht plötzlich Angst einflößend aus.

Ratlos kehrte Nick zu seinem Wagen zurück. Das hier war genau die Situation, vor der er sich gefürchtet hatte. Er war dem einzigen Hinweis nachgegangen, mit dem er etwas anfangen konnte, aber der hatte ins Nichts geführt.

Obwohl – genau genommen war er nicht zu Lawrence' Grab geschickt worden. Sondern eine Meile weiter. Nick rieb sich die Schläfen, als könne er damit die Müdigkeit vertreiben, die ihn am logischen Denken hinderte. Das Problem war, hinter dem Grab lagen weitere Gräber. Danach kam Wald.

Ein paar Augenblicke stand er unschlüssig da, dann drehte er sich um und ging zum Auto zurück. Eine Meile in der Dunkelheit laufen kam nicht infrage. Er würde fahren und darauf achten, worauf er im näheren Umkreis stieß.

Vorsichtig setzte er den Wagen zurück und fuhr wieder auf die Landstraße. Ein Stück geradeaus, dann zweigte eine Nebenstraße rechts ab, da ging es nach ...

Nick trat so heftig auf die Bremse, dass der Wagen ruckartig stehen blieb. Den Wegweiser, der hier angebracht war, hatte er beim letzten Mal nicht wahrgenommen. Er war nicht mehr neu; ein wenig verbogen und verblasst, doch was darauf stand, war einwandfrei lesbar: *Camberbush Airport, 0.8 Miles.*

Feen fliegen hoch und weit. Er erinnerte sich; beim ersten Mal, als er hier gestrandet war, hatte er Fluglärm gehört. Verwirrter als zuvor lenkte er das Auto nach rechts. Was sollte er auf einem Flughafen? Noch dazu auf einem so kleinen? Im Näherkommen sah er das Rollfeld hinter einem hohen Zaun; hier landeten mit Sicherheit keine Linienmaschinen, das war ein Privatflughafen.

Der wie ausgestorben dalag. Nick stellte den Wagen hinter einem der Verwaltungsgebäude ab und stieg aus. Am nächstliegenden Zaun entdeckte er ein Plakat für einen Flohmarkt, der vor zwei Wochen auf dem Flughafengelände abgehalten worden war. Eine Kartbahn gab es hier ebenfalls; sehr häufig in Betrieb war der Platz offenbar also nicht.

Trotzdem konnte Nick im Dunkel immerhin drei Maschinen stehen sehen, abseits der Landepiste. Zwei Sportflieger und ein etwas größeres Flugzeug für acht bis zehn Passagiere. Langsam ging er den Zaun entlang. Der erstaunlich niedrig war. Ein Stück weiter lagen ein großer, spärlich beleuchteter Parkplatz und der Haupteingang zum Gelände.

Betreten verboten, Lebensgefahr!, stand auf einem roten Schild. Daneben hing eine Tafel mit den Öffnungszeiten und dem Angebot für Flugstunden.

Nick blickte sich um. Kein Mensch weit und breit, es würde überhaupt kein Problem sein, über diesen Zaun zu klettern, er war nicht einmal brusthoch. Tja, nur was dann? Er musste eine Nachricht schicken, hatte Idmon erklärt, doch was sollte er schreiben? Bin jetzt am Camberbush Airport und ziemlich einsam hier?

Aber vielleicht lag ja irgendwo etwas versteckt, oder es gab eine Botschaft mit weiteren Anweisungen – alles denkbar. Nick schwang sich über den Zaun. Einfach nur abwarten brachte nichts. Von Lebensgefahr würde keine Rede sein, der Flughafen sperrte erst um sieben Uhr wieder auf.

Er ging über ein Stück Rasen und dann auf das niedrige Gebäude rechts von ihm zu. Dort lagen ein Café, Büroräume und die Flugschule, dahinter stand der Tower, der das Haus kaum überragte.

In dem Moment, als Nick die Hand auf die Türklinke des Cafés legte, hörte er hinter sich ein Grollen; leise zuerst, dann immer lauter. Er drehte sich um.

Blinkende Lichter am Himmel, die näher kamen, ebenso wie das Dröhnen. Es war ein Flugzeug, das zur Landung ansetzte, ohne dass die Landebahn beleuchtet oder der Tower besetzt gewesen wäre. War das eine Notfalllandung? Wusste jemand davon, außer ihm selbst? Hektisch sah Nick sich um und duckte sich dann hinter einen Betonpfeiler.

Der Flieger setzte auf, bremste, kam zum Stillstand.

Eine Zeit lang passierte nichts, dann öffnete sich nahe dem Heck eine Klappe. Eine Art Rampe wurde hinausgeschoben, und zwei Männer in grauen Overalls wurden sichtbar. Vorsichtig manövrierten sie etwas Längliches aus der Maschine, über die Rampe auf die Landebahn. Nick konnte nicht genau sehen, worum es sich handelte, nur dass es jetzt auf ein rollendes Gestell montiert und vom Flugzeug weggeschoben wurde. Auf ihn zu.

Er duckte sich tiefer, aber die Männer stellten ihre Last gut fünfzig Meter von ihm entfernt ab, direkt unter der Zugangsbeleuchtung der Flugschule. Dann rannten sie zu ihrem Flugzeug zurück, kletterten hinein und holten die Rampe ein. Kaum zehn Minuten nach der Landung rollte der Flieger außer Sicht, auf eine der hintersten Parkpositionen.

Nick sah ihn in der Dunkelheit verschwinden und richtete sich langsam auf. Das, was unter der Außenbeleuchtung stand, war so etwas wie eine rollbare Trage. Auf der ganz offensichtlich jemand lag.

Er ging darauf zu, in einer Mischung aus Neugierde und Angst – davor, dass es sich hier um eine Falle handelte, die er nicht begriff, oder dass die Gestalt auf der Trage nicht mehr am Leben war. Zehn Schritte noch. Fünf. Drei.

Es war eine Frau, und sie war mit etwas Dünnem, Weißem bis zum Hals zugedeckt. Von ihrem Gesicht sah man kaum etwas; über Mund und Nase war eine Atemmaske gestülpt, die Stirn war schweißbedeckt. Nick entdeckte eine Sauerstoffflasche, die seitlich an der Trage festgeschnallt war.

Rasseln bei jedem angestrengten Heben und Senken der Brust. Atme bitte. Nick berührte ihre Wange und zuckte unmittelbar zurück. Die Frau strahlte Hitze aus wie ein Ofen, egal, wer sie war, sie brauchte ärztliche Hilfe, sie …

Er trat unwillkürlich einen Schritt zurück, als sie plötzlich den Kopf zur Seite warf und einen schmerzerfüllten Laut von sich gab. Und jetzt, im Profil –

Er kannte diese geschwungenen Augenbrauen. Die hohen Wangenknochen. Es war so lange her, früher war ihr Haar pechschwarz gewesen und an einer Seite abrasiert, sie hatte ihre Schneidezähne mit Strasssteinchen verziert …

»Kate?«, flüsterte er.

Sie reagierte nicht, rang nur nach Atem. Nick riss sein Handy aus der Jackentasche, der Bildschirm war nun nicht mehr rot, sondern schwarz, er ließ sich nicht entsperren, egal, was Nick tat.

Irgendwo hier musste es ein funktionierendes Telefon geben; notfalls würde Nick eine Tür aufbrechen oder ein Fenster einschlagen, er würde Hilfe für Kate holen, es sah nicht aus, als würde sie noch allzu lang durchhalten.

Er packte die Trage und schob sie auf den Gebäudekomplex zu mit dem Gefühl, dass die Zeit immer knapper wurde ...

So wie Erebos es immer wieder betont hatte.

Feen fliegen hoch und weit. War Kate damit gemeint? Die für eine Hilfsorganisation als Ärztin in verschiedenen Entwicklungsländern unterwegs war? Natürlich, sagte er sich, natürlich, und nun raten wir einmal, welche Organisation das sein könnte. Er legte an Tempo zu, ohne zu wissen, bei welcher Tür er es zuerst versuchen sollte, wo die Chancen am besten waren. Sein Blick wanderte von einem Eingang zum nächsten, bis er an etwas hängen blieb.

Einem an die Mauer gemalten Vogel mit ausgebreiteten Flügeln, der exakt dem glich, den Idmon ihm in geschnitzter Form überreicht hatte. Er befand sich über einer Tür, die groß mit *Meeting Room* gekennzeichnet war.

Ohne weiter nachzudenken, steuerte Nick die Trage darauf zu, Erebos hatte ihm den Hinweis sicher nicht umsonst gegeben.

Er behielt recht. Die Tür ließ sich problemlos aufdrücken, und da, hinten an der Wand, entdeckte Nick ein Telefon. Gott sei Dank. Er schob Kate über die Schwelle, fixierte die Räder des Rollgestells und riss den Apparat an sich –

»Ich habe sie schon gerufen.« Eine matte Stimme aus der dunkelsten Ecke des Raums. Nick fuhr herum und sah Speedy, der sich eben mühsam aus einem Stuhl hochkämpfte und nach einem Paar Krücken griff. »Sie werden bald da sein, ein Krankenwagen und ein Notarzt, ich habe versucht, ihnen Kates Zustand zu schildern, aber ich wusste ja selbst nicht so genau ...«

Er humpelte auf sie zu. Stützte sich auf der Trage ab und bedeckte Kates Gesicht mit Küssen. »Sie sind gleich da, Liebling«, flüsterte er. »Wir haben es bis hierhin geschafft, jetzt schaffst du auch noch den Rest, nicht wahr? Ich bin hier. Atme weiter, ja? Nicht aufgeben. Bitte.« Er wandte Nick sein bleiches Gesicht zu. »Ich wusste nicht genau, wie es um sie steht, hoffentlich war der Flug nicht zu viel ... es hätte alles nicht so lange dauern dürfen.«

Nick sah Speedy nur wortlos an. Seit er Kate erkannt hatte, hatte sich der diffuse Gedanke in seinem Kopf breitgemacht, dass Victors alter Kumpel mit Erebos' Wiederauferstehung zu tun haben könnte. Nun hatte er die Bestätigung dafür, viel schneller als erwartet.

Speedy beachtete ihn nicht mehr. Er vergrub seinen Kopf an Kates Hals, sprach mit ihr, drückte sie vorsichtig an sich. »Ich bin bei dir«, sagte er wieder und wieder. »Bleib du jetzt auch bei mir, ja? Bitte.«

Nick ließ sich bei einem der Tische auf einen Stuhl fallen. Kate. Die gute Fee, die medizinische Hilfe brachte. Für sie hatte Speedy eine ganze Armee mobilisiert, hatte andere Menschen Opfer bringen lassen – warum? Jeder Patientenrückholdienst hätte sie ebenso nach Hause fliegen können. Und das in Begleitung von ausgebildetem medizinischen Personal.

Nur war es wahrscheinlich nicht so einfach. Reden war Tod, fiel Nick wieder ein, und die Wahrheit ein scharfes Schwert.

Ein Schwert, das über Henry Tates Kopf hing. Was war es, wovor er sich so sehr fürchtete, dass erst sein Sohn verschwinden musste, damit er Kate gehen ließ?

Sie nicht sterben ließ, genauer gesagt. Nick litt bei jedem ihrer rasselnden Atemzüge mit. Was wusste sie?

Von Ferne war nun Motorengeräusch zu hören, kurz danach flackerte das Blaulicht eines Krankenwagens durch die Fenster. »Sie sind da, Liebling«, flüsterte Speedy. »Hörst du? Atme weiter. Bitte.«

Im nächsten Moment wurde die Tür aufgerissen, ein Arzt und zwei Sanitäter stürzten herein. Speedy trat zur Seite. »Soweit ich informiert bin, ist es eine bakterielle Pneumonie, noch ohne Sepsis, hoffentlich. Miss Richardson war die letzten sieben Monate in Äthiopien, die Versorgung dort war unzureichend.«

Der Arzt nickte, er hörte Kate mit dem Stethoskop ab und runzelte besorgt die Stirn. »Nicht gut. Wir fahren sofort los.« Er gab den beiden Sanitätern ein Zeichen. »Checkt die Sauerstoffsättigung und meldet im St. Jacobs Hospital, dass wir kommen, sie sollen alles für die Tests bereit machen.«

Die Männer setzten sich in Bewegung, Speedy wollte das ebenfalls tun, doch der Arzt hielt ihn mit einer Geste zurück. »Wir müssen sie liegend transportieren, da ist für Sie leider kein Platz mehr im Wagen.«

»Aber ...«, sagte Speedy hilflos, »ich kann sie nicht schon wieder alleine lassen.«

»Tut mir leid.« Der Arzt war schon fast draußen, wenige Sekunden später setzte der Krankenwagen sich in Bewegung.

»Ich bringe dich hin«, hörte Nick sich selbst sagen. »Mein Auto steht draußen.«

Sie fuhren los, als die Polizeisirenen bereits zu hören waren. Noch nicht sehr laut, aber es war eindeutig, dass sie den Flugplatz ansteuerten. Nick gab Gas, er wollte nicht in Befragungen rund um die Landung der Maschine verwickelt werden. Dass dabei massenhaft Vorschriften verletzt worden waren, war klar.

»Wenn ich die Adresse des Krankenhauses ins Navi eingebe, schickt es mich diesmal nicht in die Pampa, oder?«, fragte er, ohne sich zu Speedy umzuwenden.

»Hat es das? Tut mir leid. Nein, ich denke nicht.«

Nun sah Nick ihn doch an. »Du weißt das nicht? Aber du warst es doch, der Erebos reaktiviert hat, oder irre ich mich da? Um Kate zurückzubekommen?«

»Ja, war ich«, bestätigte Speedy. »Aber die Details habe ich nicht beeinflussen können. Ich konnte nichts bestimmen, nichts verhindern ... tut mir alles so leid. Aber wenn man einmal definiert hat, was das Ziel des Spiels sein soll, dann erledigt die künstliche Intelligenz den Rest alleine. Sucht die richtigen Mitspieler und lässt sie zusammenarbeiten, als wären sie Teile einer Maschine. Weißt du, es war ein wenig wie bei diesem Navi: Ich habe ein Ziel eingegeben, und Erebos hat den Weg dorthin ausgerechnet. Nur dass es außerdem das Fahrzeug gesteuert hat.« Auch Speedy atmete schwer, er war sicher noch nicht aus dem Krankenhaus entlassen worden, sondern hatte sich heimlich rausgeschlichen. Und dann ... ein Taxi genommen? Einen Uber? Egal, das waren nicht die entscheidenden Details.

»Was war es, das Kate herausgefunden hat? Warum hat Tate sie nicht heimgeschickt?«

Speedy sah ihn unter schweren Lidern heraus an. »Das mit Henry Tate weißt du? Alle Achtung.« Kurz schloss er die Augen. »Sie war als Ärztin für Resc/You in Äthiopien. Tate ist im Vorstand der Organisation und nach außen hin sehr engagiert. Sie hat eines Tages beobachtet, wie eine andere Ärztin einen Kaiserschnitt bei einer Patientin durchführte und das Baby sofort wegbrachte. Es hieß dann, das Kind wäre tot zur Welt gekommen ... aber Kate hat es am nächsten Tag wiedergesehen und wiedererkannt, an einem Muttermal am Arm. Sie hatten eine Auffangstation für Waisen, verstehst du?« Speedy fuhr sich durchs Haar. »Und dann hat sie begonnen, nachzuforschen. Hat vermutet, dass Tate manche Kinder zur Adoption anbietet und es schafft, dabei die Behörden des Landes auszutricksen. Sie hat Dokumente gefunden und mir Fotos davon geschickt, daraus war klar abzulesen, dass diese Sache schon jahrzehntelang lief und ein Teil des Personals ganz gut daran mitverdiente. Sie sagte mir, sie würde weiterforschen, und gleichzeitig, dass sie sich nicht wohlfühlte. Drei Tage später war sie verschwunden. Jemand muss sie verpfiffen haben.« Er blickte nervös auf die Straße. »Kannst du nicht ein bisschen schneller fahren?«

Nick trat aufs Gas. »Aber du hast Lebenszeichen von ihr bekommen?«

»Nicht direkt von ihr, aber von einer französischen Krankenschwester, mit der sie befreundet ist. Die sagte, ich solle um Gottes willen den Mund halten und niemandem von der Sache erzählen, wenn ich Kate wiedersehen wollte. Sie haben sie anderswo hingebracht, in ein Dorf ohne jede technische Anbindung, das Modernste, das es dort gibt, ist ein Ziehbrunnen. Kate konnte keinen Kontakt mit mir oder sonst jemandem aufnehmen.« Er warf Nick einen schnellen Blick zu. »Aber ihre Freundin war hin und wieder dort und hat mich anschließend informiert. Wenn sie konnte, es durfte ja niemand etwas davon mitkriegen. Sie sagte, dass es Kate immer schlechter ging. Und da habe ich Erebos reaktiviert. Ich habe in den letzten Jahren oft mit der Software herumgespielt, die war ja nicht verloren, nachdem Erebos sich abgeschaltet hatte. Ich musste nur ein paar Kontakte in der Branche spielen lassen – bei Soft Suspense gab es ja zum Beispiel eine Version der Engine. Ich habe sie immer mal wieder zum Spaß ein wenig upgedatet und neue Features eingebaut. Einfach, um zu sehen, ob es klappt. Nachdem Kate verschwunden war, dachte ich mir: Das ist meine einzige Waffe. Tate kann sie nicht zu mir zurückverfolgen, er wird nicht einmal mitbekommen, dass das Spiel läuft und dass eine Menge Leute anfangen, gegen ihn zu arbeiten. Aber ich kann ihn damit zwingen, Kate zurückzuschicken. Er hätte sie sonst sterben lassen, verstehst du? Du hast ja gesehen, in welchem Zustand sie ist.«

Also hatte Erebos eine ganze Armee rekrutiert. Und im Gegenzug Tates Sohn verschwinden lassen. Das Spiel hatte recht gehabt, die Zeit war tatsächlich knapp gewesen.

»Weißt du, wer es war, der Cedric Tate entführt hat?«

Erstmals trat ein winziges Lächeln in Speedys Gesicht. »Niemand. Du wirst sehen. Das ist das einzig Schöne an der Sache.«

Am Horizont zeigte sich das erste Morgenrot, als Nick in die Notfalleinfahrt des St. Jacobs Hospital einfuhr und einen Rollstuhl für Speedy organisierte. Er erkundigte sich, wohin Kate gebracht worden war, erfuhr zu seiner Erleichterung, dass sie noch lebte, und schob Speedy in den nächsten Aufzug.

»Wieso hat Erebos eigentlich dafür gesorgt, dass ausgerechnet du verprügelt wurdest?«, fragte er und drückte den Knopf für den fünften Stock.

Müde schüttelte Speedy den Kopf. »Das war nicht Erebos. Ich mache ja die IT für den Verein, unter anderem, und da habe ich den Fehler begangen, bei Resc/You Adoptionsprotokolle einzusehen. Und ein paar Fragen zu stellen. Das Risiko war mir schon bewusst, aber für mich ging es um alles.« Er hob die Schultern und zuckte gleichzeitig schmerzerfüllt zusammen. »Ich dachte, wenn klar wird, dass noch jemand etwas von der Sache ahnt, schicken sie Kate heim. Irrtum. Die Typen mit den Schlagstöcken meinten, das nächste Mal würden sie mir zeigen, wie heiß es in einer echten Firewall werden kann.«

Im fünften Stock vertraute Nick Speedy einer freundlichen Krankenschwester an, die eben ihren Dienst angetreten hatte. »Er wird hier nicht fortgehen, bevor er sicher sein kann, dass Kate Richardson durchkommt«, erklärte er ihr leise. »Aber er braucht selbst ärztliche Versorgung, er ist frisch operiert. Vielleicht können Sie sich mit seinem Krankenhaus in Verbindung setzen?«

Die Schwester meinte, sie würde sehen, was sich machen ließ, und Nick verabschiedete sich von Speedy. Der nahm seine Hand und drückte sie kurz. »Tut mir leid, die Sache mit deiner Freundin«, sagte er. »So etwas wollte ich wirklich nicht.«

»Ich weiß.« Nick klopfte ihm vorsichtig auf die Schulter. »Grüß Kate von mir, wenn sie aufwacht.« Damit ging er.

Als er wieder im Auto saß, zückte er sein Handy. Es ließ sich entsperren, als wäre nie etwas gewesen. Auch die App ließ sich öffnen. *Sobald du die Nachricht schickst, auf die wir warten, kann Mandrik gehen*, hatte Idmon gesagt. Und er hatte recht gehabt, Nick wusste, welche Nachricht das war.

Die Fee ist zurückgekehrt, sie ist am Leben, schrieb er. *Die Armee kann entlassen werden.*

Er fuhr langsam in Richtung Internat zurück, fühlte, wie die durchwachte Nacht mit jeder Minute schwerer auf ihm lastete. Als sein Handy klingelte, fuhr er deshalb sofort an den Rand und schaltete die Warnblinkanlage ein.

Es war Emily. Er lächelte. Wahrscheinlich war Derek eben wieder aufgetaucht, und sie wollte Nick das wissen lassen. Er schloss die Augen und hielt sich das Telefon ans Ohr. »Hi, guten Morgen«, sagte er.

»Nick? Oh Gott, Nick, gut, dass ich dich erreiche!«

Mit einem Schlag war all seine Müdigkeit verschwunden. Emily klang panisch, ihre Stimme kippte beinahe, als sie weitersprach. »Du musst sofort kommen!«

Derek erwachte von einem Rütteln an seiner Schulter. Im ersten Moment wusste er nicht, wo er war. Er lag auf einer grünen Couch in … ach ja, einem grünen Salon. Der zu einem fremden Haus gehörte. Über ihn gebeugt stand Maia. »Los, komm, wir müssen weg hier!«

Er setzte sich auf, rieb sich die Augen. Die Rollläden vor dem Fenster waren geschlossen, es ließ sich nicht sagen, ob es draußen schon hell war. In der Küche waren Cameron und Cora emsig dabei, alle Spuren ihrer Anwesenheit zu verwischen. Sie putzten den Ofen, wuschen das Geschirr ab. Maia schloss sich ihnen an, sie sammelte den Müll ein und schnürte den Beutel zu, dann wischte sie feucht über sämtliche Oberflächen und drückte Derek einen Besen in die Hand. »Hilf mit, bitte. Es muss perfekt aussehen.«

Zwanzig Minuten später war Maia zufrieden und nahm Derek und Cameron mit hinunter zum Sichtfenster in den Atombunker. Cedric schlief. Er lag ein wenig verdreht auf dem Sofa gegenüber dem Bildschirm, der Controller war zu Boden gefallen. »Ausgezeichnet«, sagte Maia, gab in das Bedienpaneel an der Wand einen Zahlencode ein und wartete, bis es dreimal grün blinkte. »Er kann jetzt raus. Und wir sollten auch abhauen, so schnell wie möglich.«

Derek warf einen letzten Blick hinunter auf den schlafenden Cedric in seinem verwaschenen Basketball-Shirt. »Müssen wir ihn nicht wecken?«

»Das erledigt jemand anderes.« Maia packte ihn am Ellenbogen und zog ihn in Richtung Treppe. »Los jetzt. Und achtet darauf, dass ihr nichts liegen lasst.«

Als sie aus dem Haus traten, ging gerade die Sonne auf. Der Akku des Handys, das Derek im Astloch der Trauerweide gefunden hatte, war leer, aber er würde jetzt als Erstes eine Telefonzelle suchen und seine Familie anrufen.

Der Gedanke färbte den prächtigen Sonnenaufgang grau. Sie würden weinen, ihn anbrüllen, ihn fragen, ob er verrückt war. Zu Recht. »Wohin geht ihr jetzt?«, erkundigte er sich. »Ich muss erst mal diesen Schafstall wiederfinden, dort habe ich ein paar wichtige Sachen deponiert.«

Cora drehte sich zu ihm um. »Sind da Schlüssel dabei? An einem weißen Band?«

»Ja! Wieso?«

»Weil du sie dann nicht in dem Stall finden wirst. Ich habe sie begraben.« Sie lächelte, zum ersten Mal, seit Derek sie kannte, wirkte sie fröhlich. »Auf einem Friedhof, wie es sich gehört. Sollte ein Ablenkungsmanöver für ein paar Leute sein. Ich habe dafür insgesamt dreieinhalb Stunden im Bus gesessen.«

Das auch noch. Derek biss die Zähne aufeinander. Er würde also erst im Schafstall nachsehen, ob wenigstens seine Ausweise noch da waren. Dann würde er telefonieren und dann …

»Wir gehen jetzt erst mal alle in die gleiche Richtung«, erklärte Maia. »Und Derek, falls deine Eltern ausflippen sollten … was hältst du davon, wenn du ihnen erzählst, es wäre bloß ein romantischer Ausflug gewesen? Wir hätten uns getroffen und dann die Zeit vergessen?« Sie blickte ihn an und nach ein paar Sekunden wieder weg. »Ich brauche nämlich auch noch eine plausible Geschichte, wenn ich wieder heimkomme.«

Er nickte, obwohl er wusste, dass die Idee nicht wasserdicht war. Maia war zwei Tage vor ihm verschwunden.

Nach zwanzig Minuten kamen sie durch ein Waldstück, und Derek fühlte sich auf fast wohltuende Art an Erebos erinnert. Das Licht, das durch die Baumkronen fiel, das Rascheln überall – und er war mit anderen unterwegs. Nur die Kristallblumen fehlten. Und die Ungeheuer. »Wenn du nicht Soryana bist«, fragte er leise, »wer dann?«

»Aiello, aber das hast du schon geahnt, oder?« Sie drehte sich rasch um, als hätte sie etwas gehört, zuckte dann aber mit den Schultern.

Cora lief mittlerweile gut fünfzig Meter vor ihnen, sie schien den Weg am besten zu kennen, Cameron schloss allmählich zu ihr auf, und Derek versuchte, den Abstand zu den beiden zu vergrößern. »Denkst du, dass Cedric schon wach ist?«

»Ich glaube schon«, sagte Maia. »Und er wird auch eine gute Geschichte brauchen.«

»Hm.« Derek kickte einen Ast aus dem Weg. »Jetzt, wo er gehen darf – habt ihr eure Antworten?«

»Wir haben vor allem jemanden zurück, der sie alle kennt«, erklärte Maia. »Es war knapp, aber sie lebt.«

»Sie?«

»Ja.« Maia deutete nach vorne, dorthin, wo der Wald sich lichtete. »Ist das dein Schafstall?«

Das war er tatsächlich. »Oh, gut«, sagte Derek erleichtert. »Das ist immerhin et–«

Im gleichen Moment traten zwei Männer Cora und Cameron in den Weg. Sie trugen schwarze Overalls, Skimasken über dem Gesicht und Stöcke in der Hand, die wie Baseballschläger aussahen.

»Scheiße«, rief Cora und machte kehrt, begann zu laufen,

und auch Derek setzte zur Flucht an, doch er war noch keine fünf Meter gekommen, als auch vor ihm zwei Männer aus dem Wald sprangen. »Weiter«, knurrte einer von ihnen. »Los.«

Sie trieben Derek und die anderen zum Schuppen, stießen sie hinein und bauten sich dann zu dritt vor ihnen auf. Einer blieb an der Tür und blockierte sie.

Es war so schnell gegangen, dass Derek kaum begriffen hatte, was passierte. Erst jetzt breitete sich allmählich Angst in ihm aus.

»Ihr wart in dem Haus, aus dem wir vorhin einen Jungen befreit haben, der als vermisst gemeldet war, richtig?« Die Stimme des Mannes war sachlich. Er klopfte mit dem Schläger in seine hohle Hand. »Wer ist euer Auftraggeber?«

»Wie bitte?« Maia fasste sich als Erste. »Welches Haus? Welcher Junge?«

Der Mann trat einen Schritt auf sie zu, und obwohl Dereks Angst nun seinen ganzen Körper ausfüllte, stellte er sich dicht neben sie. »Ich weiß nicht, was Sie wollen, wir sind einfach nur spazieren gegangen. Haben die Nacht durchgemacht und wollten jetzt nach Hause.«

Der Blick des Mannes war kalt. »Wir sind von der Polizei. Spezialkommando. Ihr habt größere Probleme, als ihr euch vorstellen könnt, Leute.« Er fixierte Maia, dann Cameron, dann Cora. »Wir durchforsten die Gegend schon die ganze Nacht; vor Kurzem konnte das Entführungsopfer aus dem Haus flüchten. Und ihr kommt aus exakt dieser Richtung. Aber wenn ihr kooperiert, wird alles nicht so schlimm, uns ist klar, dass ihr nur den Plan eures Auftraggebers ausgeführt habt. Sagt uns einfach, wie er heißt und wo wir ihn finden.«

Verunsichert betrachtete Derek die Kleidung des Mannes vor ihm. Der Overall konnte theoretisch der eines Polizei-Sonderkommandos sein, obwohl nirgendwo Abzeichen oder Ähnliches aufgenäht waren. Die Baseballschläger dagegen ... nein. Und nur einer der vier Vermummten trug eine Schusswaffe.

Bevor er noch etwas sagen konnte, brach Maia neben ihm zusammen. Sie sank auf die Knie, schluchzend und mit vors Gesicht gelegten Händen. »Wir haben überhaupt nichts gemacht! Nur ein Lagerfeuer am Waldrand, aber wir haben echt aufgepasst, dass nichts passiert! Bitte ... Sie kennen meinen Vater nicht! Wenn ich mit der Polizei nach Hause gebracht werde ...« Sie schluchzte so sehr, dass ihr ganzer Körper bebte. Derek, innerlich voller Bewunderung für ihre Improvisationskunst, sah den Mann einen Blick mit seinen Kumpanen wechseln. Er gab dem an der Tür ein Zeichen, woraufhin er nickte und nach draußen ging. Ein anderer nahm seinen Platz ein.

Derek hockte sich zu Maia und legte ihr einen Arm um die zitternden Schultern. »Ich begleite dich, wenn du willst. Er wird dich nicht schlagen, wenn ich dabei bin.« Und, zu dem Mann vor ihnen gewandt. »Ich weiß wirklich nicht, worum es geht, aber lassen Sie meine Freundin da bitte raus. Sie hat wirklich nichts getan, aber ihrem Vater ist das egal, der glaubt ihr auch sonst nie.«

»Ja«, bestätigte Cameron. »Aber wisst ihr, um diese Uhrzeit hat er noch nicht getrunken, vielleicht läuft es dann besser.«

Maia schluchzte wieder auf. Schüttelte den Kopf, lehnte sich an Derek.

»Ihr kamt aus Richtung des Hauses, in dem der Junge gefangen gehalten wurde«, beharrte der Mann. »Sonst war niemand weit und breit, und das Entführungsopfer hat uns das Haus genau beschrieben.«

Derek überlegte blitzschnell. Hatte Cedric angegeben, dass er entführt worden war? Weil er auch eine Geschichte brauchte, bei der er möglichst glimpflich davonkam?

»Was'n für ein Haus?«, hörte er Cora fragen, sie klang gelangweilt. Auch vor ihr zog Derek im Geiste den Hut. »Ach Scheiße, Leute, ich hab euch doch gleich gesagt, der Ausflug ist eine Idiotenidee. In London kannst du zu jeder Tages- und Nachtzeit unterwegs sein, aber hier in der Provinz verhaften sie dich, wenn du zur falschen Zeit im Wald spazieren gehst.« Sie zog ein Päckchen Zigaretten aus der Jackentasche und ging zu dem Mann bei der Tür. »Haben Sie mal Feuer?«

Der Sprecher der Einsatztruppe verengte die Augen. »Ihr seid aus London? Nicht aus der Schule hier?«

»Hier?« Cameron lachte. »Nein. Hier möchte ich nicht einmal begraben sein.«

Der vierte Mann kam wieder herein und nahm seinen Platz ein, kurz darauf klingelte das Handy des Anführers der angeblichen Polizisten. »Sir«, sagte er. »Ja. Wir haben jemanden, sie sind zu viert, aber viel jünger, als wir dachten.« Er hörte aufmerksam zu, was sein Gesprächspartner sagte, und legte dann auf. »Wir warten auf Anweisungen«, murmelte er.

Die nächste Viertelstunde verbrachten sie schweigend. Nur Maia schluchzte immer noch, allerdings leiser jetzt. Cora tigerte an der Wand hin und her und machte verdächtig den Eindruck, als schmiede sie Fluchtpläne.

Irgendwann begann Cameron zu summen. Es dauerte ein wenig, bis Derek die Melodie erkannt hatte, es war die des Barden aus Apates Schenke. Schweigen ist Silber, Reden ist Tod, die Wahrheit ein scharfes Schwert ...

Maia nickte unmerklich, und auch Derek hatte verstanden. Sie würden um jeden Preis bei ihrer Story bleiben. Ausflug. Lagerfeuer. Prügelnder Vater.

Dann, wie aus dem Nichts, ertönte ein Krachen, und bevor irgendjemand reagieren konnte, wurde von außen die Stalltür aufgedrückt, mit so viel Wucht, dass der Overallträger, der davorgestanden hatte, zur Seite stolperte. »Emily?«, rief jemand mit heiserer Stimme. Im Türrahmen stand ein groß gewachsener Mann mit halblangem Haar; Derek erkannte ihn sofort. Es war der Fotograf, der ihre Schulfotos geschossen hatte.

Nick war nach Emilys Anruf aufs Gas gestiegen und hatte die Strecke nach Arringhouse in Rekordzeit bewältigt. »Ich bin in einem Schuppen eingeschlossen, sie haben gesagt, sie zünden ihn an, wenn ich ihnen nicht verrate, was sie wissen wollen.« Mit erstickter Stimme hatte sie Nick die Lage ihres Gefängnisses beschrieben, dann hatte sie plötzlich aufgeschrien, und die Verbindung war unterbrochen gewesen.

Er hatte den verdammten Schuppen auf Anhieb gefunden, er brannte nicht, stattdessen waren bewaffnete Männer hier. Die nach Sondereinsatzkommando aussahen.

»Wo ist Emily?« Erst jetzt entdeckte er Derek. »Meine Güte, wo warst du? Alle haben nach dir gesucht wie verrückt!«

Von niemandem erhielt er eine Antwort. Sie starrten ihn bloß an, erschrocken, verblüfft oder abwartend. Nick musterte die vier maskierten Männer in Schwarz, die Derek und seine Begleiter in Schach zu halten schienen. »Wo steckt Emily Carver? Sie hat mich angerufen und um Hilfe gebeten, sie sagte, sie wäre hier eingesperrt!«

Einer der Männer trat vor. »Es tut mir leid, ich habe keine Ahnung, von wem Sie sprechen.« Er sah erst Cora, dann Maia an. »Oder heißt eine von euch Emily?«

Nick begriff es nicht. »Aber sie hat …« Er bremste sich. Wie sicher konnte er sein, dass der Anruf wirklich von Emily gekommen war? Möglicherweise war er dem gleichen Trick aufgesessen wie Claire. Dann war es Erebos gewesen, das ihn hergelockt hatte. Um diese bedrohliche Versammlung zu finden?

Er zog sein Handy hervor, das immer noch einsatzfähig wirkte. »Ich rufe deine Schwester jetzt an«, sagte er zu Derek gewandt. »Oder weiß sie schon, dass du okay bist?«

Derek schüttelte den Kopf, im gleichen Moment nahm ein anderer der Overallmänner Nick das Telefon ab. »Tut mir sehr leid«, erklärte der erste mit freundlichem Lächeln, »aber wir haben hier noch einige Dinge zu klären. Es könnte sein, dass die vier sich strafbar gemacht haben.«

Der Junge, der nicht Derek war, verschränkte die Arme vor der Brust. Erst jetzt wurde Nick bewusst, dass er ihn kannte, er hatte ihn fotografiert – und umgekehrt. Er war es gewesen, der ihn mit dem Handy von der Treppe aus geknipst hatte. Und das Mädchen, dem Derek den Arm um die Schultern gelegt hatte, kam ihm ebenfalls bekannt vor. Gingen die zwei in dieselbe Schule? Nur das zweite Mädchen schien ihm fremd zu sein, aber egal. Was er wusste, genügte, um sich das meiste zusammenreimen zu können. Alles Spieler hier.

Bis auf die Männer in Schwarz, vermutlich, die er auf den ersten Blick für Polizei gehalten hatte. Auf den zweiten stachen ihm die Baseballschläger ins Auge, und Speedys Worte kamen ihm in den Sinn. *Die Typen mit den Schlagstöcken meinten, das nächste Mal würden sie mir zeigen, wie heiß es in einer echten Firewall werden kann.* Er fühlte, wie sein Puls sich beschleunigte. Besser nicht nach einem Ausweis fragen. Umso mehr, als einer der Männer einem anderen ein unauffälliges Zeichen gab, woraufhin der nickte und nach draußen ging. Kurz darauf hörte Nick ihn mit gedämpfter Stimme telefonieren.

Ich bin ihnen in die Quere gekommen, dachte er. Unliebsame Überraschung, und nun holen sie sich neue Anweisungen von ihrem Boss.

Der Mann kam zurück. »Wenn ich das richtig verstanden habe, liebe Kinder, dann seid ihr verschwunden, ja?« Obwohl sein Mund von der Skimaske bedeckt war, glaubte Nick zu hören, dass er lächelte. »Keiner weiß, wo ihr steckt. Wäre also nicht überraschend, wenn ihr verschwunden bleibt.« Er lachte. »Natürlich nicht für immer, irgendwann wird man eure Überreste finden.«

Ohne zu zögern, ging er auf Derek zu und packte ihn am Oberarm. Nick reagierte automatisch, er trat dazwischen und fühlte eine Sekunde später einen Schlag gegen die Seite, der ihm den Atem nahm. Er sank zu Boden, der nächste Schlag traf seine Schulter.

»Der Kerl hat uns angegriffen«, sagte einer der Männer sachlich. »Ist aggressiv geworden, wir mussten uns wehren.« Wie aus weiter Ferne hörte Nick jemanden weinen, doch er konnte nicht nachsehen, wer es war, er war vollauf damit beschäftigt, Luft zu bekommen.

»Ich hoffe«, sagte der Mann, »ihr kommt nicht auf ähnlich dumme Ideen. Und jetzt wüsste ich gerne, ob jemand etwas von einem blauen Ordner weiß. Die Beschriftung darauf lautet Lieferungen 3283-3577.«

Stille. Dann eine tiefe Mädchenstimme. »Was'n für Lieferungen?«

Etwas klatschte laut, aber da im Anschluss niemand schrie, hatte wohl nur einer der Männer mit dem Schlagstock in die eigene hohle Hand geschlagen. »Der Ordner«, sagte der Mann neben Nick.

Dann summte jemand. Begann zu singen, es war eine Mädchenstimme. »Für eine Fee eine ganze Armee, Gewissheit für die Toten. Und so weiter. So weiter.«

Nick war erstaunt, dass ihm einfiel, wie es weiterging. Wer viel riskiert und nicht verliert, dem ist auch nichts verboten. Er krümmte sich auf dem Boden und sah, dass Derek und das Mädchen sich Stück für Stück in Richtung Tür schoben.

»Mund halten«, schrie einer der Männer, obwohl niemand mehr sang. Riskieren, dachte Nick. Super Idee. Sind ja meine Rippen.

»Der Ordner?«, sagte er mühsam. »Blau, ja?«

Einer der Männer riss ihn vom Boden hoch, ein zweiter packte ihn am Haar. Sie gruppierten sich um ihn. »Du weißt also, wovon wir sprechen?«

Auch der Typ, der die Tür blockiert hatte, trat nun einen Schritt vor. Der Zeitpunkt war gut, Nick schloss die Augen. Es würde wehtun. »Von eurer Sammlung Nackt-Selfies?«

Der Schlag in den Bauch ließ alle Kraft aus seinem Körper weichen. Doch im Zusammensacken sah er, wie Derek und das Mädchen die Tür aufrissen und nach draußen liefen, dann trat jemand gegen seinen linken Oberschenkel, und er schrie auf. Idiotischste Heldentat aller Zeiten, dachte er, bevor ein Schlag auf den Kopf alles dunkel werden ließ.

Maia rannte so schnell, dass Derek unmöglich Schritt halten konnte. Er war Syeds Tempo gewöhnt, aber auch der hätte gegen Maia keine Chance gehabt. Ohne sich umzudrehen, rannte Derek weiter, wenn einer der schwarzen Typen ihn einholte, würde er das ohnehin mitbekommen. Er wusste nicht, ob Cora und Cameron es auch geschafft hatten; er wusste nicht, was mit dem Fotografen passierte. Hoffentlich schlugen sie ihn nicht zu Brei.

Was er wusste, war, dass ihm bald der Atem ausgehen würde, und er begriff, welches Ziel Maia anpeilte. Das Dorf, einen Ort, wo Menschen waren, wo man sie bemerken würde. Sobald jemand sie zu Gesicht bekam, würde man sie nicht mehr verschwinden lassen können.

Seitenstechen. Er würde bald stehen bleiben müssen, er begann schon, schwarze Punkte vor den Augen zu sehen. Weit vor ihm war Maia in lockeren Trab gefallen und winkte mit über den Kopf erhobenen Armen, wie eine Fluglotsin. Ein Wagen mit Bäcker-Firmenlogo hielt an, und Maia steckte den Kopf ins Fenster. »… finde ich wirklich total nett«, hörte Derek sie sagen, als er nah genug herankam.

Die Bäckerin nahm sie nicht nur mit ins Dorf, sondern brachte sie bis ans Tor des Internats, wo sie beiden ein Croissant schenkte und sie aussteigen ließ.

Maia zerrte Derek hinter sich her. »Mach schnell. Ich mache mir Sorgen um Cora, Cameron und den langen Typen.«

Schnell war allerdings nicht so einfach, denn noch bevor sie das Gebäude betraten, stürzte Emily heraus und fiel Derek um den Hals. »Ich bin so froh! Wo warst du? Warum hast du dich nicht gemeldet?«

Er tätschelte ihren Rücken, ohne eine einzige Frage zu beantworten, denn über ihre Schulter hinweg hatte er Cedric entdeckt, der betreten zu Boden blickte. Neben ihm stand ein kleiner, rundlicher Mann mit Brille und aufeinandergepressten Lippen. Sein Blick streifte Derek nur flüchtig und richtete sich dann auf Maia.

»Du musst sofort deine Mutter anrufen!« Emily drückte Derek ihr Smartphone in die Hand.

»Und du solltest dich sofort um deinen Ex kümmern«, erwiderte er. »Falls sie ihn noch nicht totgetreten haben.« Er schilderte in kurzen Worten, was in der Scheune passiert war, sah seine Schwester davonhasten und seufzte tief. Dann suchte er Jane unter Emilys Kontakten. Schloss die Augen. »Hallo, Mama.«

Nick schmeckte Blut. Blinzelte vorsichtig, aber nirgendwo in seinem Blickfeld waren die schweren Schnürstiefel der Overallmänner zu entdecken. Er musste weggetreten gewesen sein, wie lange, wusste er nicht, und jetzt war er allein.

Bestandsaufnahme. Seine Beine ließen sich bewegen, seine Arme auch. Alles tat weh, aber nichts davon unerträglich. Langsam richtete er sich auf. Atmen war fast schmerzfrei, offenbar war keiner seiner Knochen gebrochen.

Ein Stück rechts von ihm summte etwas. Leuchtete. Nick versuchte aufzustehen, doch seine Knie gaben unter ihm nach, also robbte er auf die Stelle zu.

Sein Handy. Mit zerschmettertem Bildschirm, aber noch funktionstüchtig. Da hatten die Baseballschlägertypen nicht gründlich gearbeitet. Unterhalb der Sprünge, die das ganze Display überzogen, zeichnete sich rote Schrift auf schwarzem Grund ab.

Reden ist Gold.

Nick war der gleichen Meinung. Nur leider war niemand hier, mit dem er reden konnte.

Als er die Autos vor dem Schafstall bremsen hörte, hatte er sich bereits an der Futterkrippe hochgezogen und stand mühsam auf beiden Beinen. Falls es die Overallmänner waren, die zurückkehrten, würde er sich sofort fallen lassen und totstellen, doch als die Tür aufgerissen wurde, war es Emily, die hereinstürzte.

»Nick!« Sie drückte ihn an sich, ließ aber sofort locker, als er schmerzerfüllt aufstöhnte. »Oh Gott, wie siehst du aus! Du brauchst einen Arzt! Du musst ins Krankenhaus! Wer war das?«

Zu Arzt und Krankenhaus schüttelte er den Kopf, die Frage am Ende beantwortete er mit Schulterzucken. »Keine Ahnung. Sie waren maskiert. Ich schätze, es waren die gleichen Leute, die Speedy so zugerichtet haben.«

Kurz nach Emily hatte Victor den Stall betreten und hinter ihm drei Polizisten. Sie musterten ihn ebenfalls besorgt, aber Nick bestand darauf, ins Internat gebracht zu werden. Dort würde er alles zu Protokoll geben und sich von der Schulkrankenschwester versorgen lassen. Falls es eine gab.

Zwei Stunden später saß er mit bandagiertem Brustkorb in einem Empfangsraum, der an die Eingangshalle grenzte. Rote Samtmöbel, alte Buchschränke und ein Kristallüster vermittelten ihm wieder das Gefühl, zwei Jahrhunderte in der Zeit zurückgerutscht zu sein. Emily, die er im Behandlungsraum grob ins Bild gesetzt hatte, wich ihm nicht von der Seite. Aber auch Derek saß da, und das Mädchen, dessen Name Maia war, wie Nick nun wusste.

Er hatte noch keine Gelegenheit gefunden, Victor von Kates Rückkehr zu erzählen, oder von ihrem Zustand, oder davon, dass Speedy diesmal das Mastermind hinter Erebos war. Aber vielleicht musste er das gar nicht selbst tun. »Victor?«

»Ja?«

»Du hast einen Führerschein, oder?«

»Klar!«

»Okay.« Nick nahm einen Stift vom Tisch und notierte eine Adresse auf die Rückseite einer der vielen Schulbroschüren, die herumlagen. »Fünfter Stock, Zimmer dreiundzwanzig«, sagte er. »Möglicherweise wirst du staunen. Und zeig das niemandem, dem du nicht vertraust.«

Als wäre das sein Stichwort gewesen, betrat Henry Tate das Zimmer, Cedric an seiner Seite. Victor, der den Mund schon geöffnet hatte, zu einer Frage vermutlich, schloss ihn wieder. Rollte die Broschüre zusammen, salutierte damit und ging.

Tate schob seinen Sohn auf Derek und Maia zu. »Diese beiden hier«, sagte er. »Kennst du sie?«

Man konnte Cedric ansehen, wie sehr die letzten Stunden ihm zugesetzt haben mussten. Was auch immer er seinem Vater erklärt hatte, es schien ihn nicht zufriedengestellt zu haben. »Nein, Dad. Ich habe sie noch nie gesehen. Wie kommst du darauf?«, murmelte er.

»Du bist in eine Falle gegangen, kapierst du das nicht?«, brauste Tate auf. »Jemand hat dich eingesperrt, um mich unter Druck zu setzen, weil er wusste, dass ich für dich alles tun würde.«

Cedric blickte verlegen zur Seite. »Nein. Wirklich nicht. Ich war ganz allein dort, niemand hat mich gefangen oder so. Ich habe dir doch schon gesagt, es war meine eigene Schuld. Ich habe diesen Schlüssel gefunden und bin einfach ins Haus. Es war ein Spiel, so wie Schnitzeljagd, und ich habe mich selbst eingesperrt.« Er sah seinen Vater an, versuchte zu lächeln. »Es gibt Häuser, bei denen ist die Sicherheitstechnik noch ausgefeilter als bei unserem.« Er wies mit der Hand auf Nick. »Aber ihn kenne ich! Er hat unsere Schulfotos gemacht.«

»Ach«, sagte Tate. »Das ist ja ein Zufall.«

»Ja. Und er hat zehn Pfund für Resc/You gespendet.«

»Wie großzügig.« In Tates Stimme lag blankes Eis. »Geh packen, Cedric. Die nächste Woche verbringst du zu Hause, danach sehen wir weiter.«

Sichtlich bedrückt schlich Cedric aus dem Zimmer. Nick blickte ihm voller Mitleid nach. Weniger wegen des Ärgers, den er zweifellos noch bekommen würde, sondern vor allem, weil wohl bald ein paar unschöne Wahrheiten über seinen Vater ans Licht kommen würden. Reden ist Gold, erinnerte er sich. »Fliegen Sie Ihren Sohn mit der Falcon 2000 nach Hause, die am Camberbush Airport steht?«, erkundigte er sich beiläufig.

Für den Bruchteil einer Sekunde erstarrte Tate, dann hatte er sich wieder im Griff. »Wie bitte?«

»Ich meine den Flieger, der heute Morgen hier gelandet ist«, sagte Nick. »Ich frage mich, wie hoch die Strafe ist, die Sie für die unerlaubte Landung zahlen müssen.«

Tate betrachtete ihn ausdruckslos. »Sie spinnen sich interessante Dinge zusammen. In der Tat ist heute eines meiner Flugzeuge in der Nähe gelandet, aber nur, weil es technische Probleme gab. Die Crew hat das ordnungsgemäß gemeldet und eine Landeerlaubnis erhalten.«

»War Ihre Schlägertruppe auch mit an Bord?«, fauchte Maia. Sie saß schon seit Längerem unruhig auf ihrem Stuhl, den dunklen Blick auf Tate gerichtet.

Er blieb gelassen. »Ich habe keine Ahnung, wovon Sie sprechen.«

»Wirklich?« Sie lehnte sich vor, kein bisschen eingeschüchtert. »Ich freue mich ja für Sie, dass Sie sich so tolle Knüppelschwinger leisten können. Und einen eigenen Jet. Was sonst noch so? Eine Jacht?«

Tate sah auf die Uhr. »Es tut mir leid, dass Sie so wütend sind, aber …«

»Sagen Sie, in welchem Ihrer hübschen Statussymbole steckt das Geld, das Sie für mich bekommen haben?«

Es war der Mangel an Erstaunen in Tates Gesicht, der Nick davon überzeugte, dass Maia recht hatte. »Für dich?«, fragte er. »Ich fürchte, ich verstehe schon wieder nicht.«

»Vierundfünfzigtausendachthundert Pfund«, sagte sie scharf. »Für ein Mädchen aus Somalia. Schnelle Adoption, viel weniger bürokratische Hürden als üblich. Dafür viel mehr Geld.«

Er zog interessiert die Augenbrauen hoch. »Du bist aus Somalia?«

»Den Unterlagen zufolge, ja. Und wissen Sie, es gibt Unterlagen.«

Tate zuckte die Schultern und betrachtete Maia mit der Andeutung eines Lächelns. »Glückwunsch«, sagte er dann. »Wer immer es war, der dich aus einem krisengeschüttelten Armutsgebiet mit hoher Kindersterblichkeit gerettet hat, du solltest ihm Danke sagen.« Damit wandte er sich um und ging.

Maia war aufgesprungen, sichtlich drauf und dran, Tate nachzustürmen, aber Derek hielt sie am Arm fest. »Nicht«, sagte er. »Du siehst es doch, du dringst nicht zu ihm durch. Wir sollten besser herausfinden, wo Cora und Cameron stecken.«

Doch von den beiden war auch am Mittag noch keine Spur zu finden. Dafür hatte Victor Emily eine Textnachricht geschickt, die nur aus vier Worten bestand: ICH FASSE ES NICHT! Emily antwortete, er solle ein Auge auf Kate haben und auf alle, die sie besuchen wollten. Danach bat sie Wiley um ein freies Bett für Nick. »Wenn du schon keinen Arzt willst, dann leg dich wenigstens ein paar Stunden hin.« Sie strich ihm das Haar aus der Stirn. »Ich wecke dich, wenn es Neuigkeiten gibt.«

Derek führte Maia nach draußen zum See, und sie setzte sich ans Ufer. Seit sie Tate ihre Vorwürfe entgegengeschleudert hatte, war sie schweigsam gewesen. Nun warf sie für eine Entenfamilie Brotstückchen ins Wasser und sah zu, wie die Tiere sich daraufstürzten. »Weißt du«, sagte sie unvermittelt, »das Schlimme ist, dass der Mistkerl zum Teil recht hat. Vielleicht wäre ich längst tot, wenn sie meine Eltern nicht belogen hätten. An Unterernährung verreckt oder an Cholera. Oder im Bürgerkrieg erschossen worden.« Sie riss ein Stück Brot ab und warf es ein Stück weiter als die bisherigen. Die Enten schwammen um die Wette. »Stattdessen hatte ich den Luxustransfer nach England, in ein Sechs-Zimmer-Haus zu sehr wohlhabenden Eltern, die nur leider keine eigenen Kinder kriegen können.« Sie wandte Derek das Gesicht zu, über ihren Augen lag ein Schleier. »Trotzdem … er hat es nicht für mich getan. Er hat das Leben meiner leiblichen Eltern noch beschissener gemacht, als es ohnehin schon war. Er hat mich verkauft wie einen Hundewelpen.« Sie blickte wieder auf den See hinaus und warf ein weiteres Stück Brot ins Wasser. »Ich weiß nicht, wie ich mit Mum und Dad darüber reden soll.«

Derek setzte sich neben sie ins Gras, ohne die geringste Ahnung, was er ihr raten sollte. »Wie hast du überhaupt davon erfahren?«

»Über eine Nachricht auf meinem Computer. Ich wurde gefragt, wie viel ich über meine Herkunft weiß. Ob ich mehr wissen möchte, auch wenn es möglicherweise nichts Gutes ist.«

»Und du hast Ja gesagt?«

»Habe ich. Daraufhin hat das Spiel sich installiert. Erstaunlich viele andere wollten nichts wissen, hat sich dann herausgestellt. Ihnen war zwar ebenfalls klar, dass sie adoptiert waren, aber sie waren mit der Situation vollkommen zufrieden. Und weißt du, ich verstehe das. Es ist nicht schön, sich aus seiner heilen Welt schubsen zu lassen.«

Derek zupfte ein paar Grashalme aus. Wäre seine Welt wirklich heil gewesen, er hätte sich das auch nicht von ein bisschen

Wahrheit kaputt machen lassen wollen. »Deshalb gibt es nur drei Harpyien?«

»Betroffene gibt es viel mehr, aber die meisten waren eben nicht interessiert. Nachdem klar war, die Wahrheit über unsere Herkunft könnte unbequem sein, haben sie darauf verzichtet. Also sind wir insgesamt nur neun Harpyien. Wir drei waren die, die Erebos für die Sache mit dem Haus ausgewählt hat.« Wieder flog Brot in den See. »Es gehört den Eltern einer Schülerin hier, Lauren McKenzie. Die leben allerdings das halbe Jahr in den USA.«

Und das Spiel hatte das Mädchen wohl irgendwie dazu gebracht, den Schlüssel rauszurücken. Oder den Eingangscode. Oder beides.

»Wie viel wusstet ihr?«, fragte Derek leise. »Darüber, wie das Spiel funktioniert? Wer hinter welcher Figur steckt?«

Maia blinzelte. »Wir wussten, dass jemand bald sterben würde, der die Wahrheit über unsere Herkunft recherchiert hatte. Dass wir den Anweisungen des Spiels folgen sollten, um diese Person zu retten. Und die Informationen. Dass Erebos mit seiner künstlichen Intelligenz die richtigen Wege finden würde, um die richtigen Leute zu rekrutieren. Und ... zu beeinflussen.« Sie sah ihn beinahe schüchtern an. »Das mit Soryana war nicht meine Idee. Sie war einfach da, und Cameron bekam die Aufgabe, sie zu steuern.«

»Cameron?« Derek schüttelte den Kopf. »Wirklich Cameron?«

»Ja. Seine eigentliche Figur war Lorwin, aber gelegentlich hat er die Lockvögel gespielt.« Sie senkte den Blick. »Tut mir leid, war nicht fair.«

Er schluckte. Tatsächlich nicht fair, aber es machte es einfacher, sein eigenes Geständnis loszuwerden. »Ich muss dir auch etwas sagen.« Derek folgte mit den Augen einer jungen Ente, die im Alleingang Richtung Schilf schwamm. »Als du verschwunden warst, habe ich Morton deinen Spind aufbrechen lassen. Ich hatte Angst, du würdest dich umbringen. Es hieß, du hättest einen Abschiedsbrief hinterlassen.«

Maia sah ihn an, verblüfft, dann verzog sie den Mund zu einem schiefen Lächeln. »Morton? Diese Null?«

»Schlösser knacken kann er. Jedenfalls habe ich ein Heft gefunden und mitgenommen. Mit Zeichnungen von dir und ein paar Texten.« Er sah Maia an und schnell wieder weg. »Sorry.«

»Nicht so schlimm. Und apropos Morton – Riley hat das Spiel letztens auch rekrutiert. Sie hat sich zur Werwölfin gemacht. Kiria.«

Derek lachte auf. »Wenn ich das gewusst hätte.« Eine Weile saßen sie schweigend nebeneinander. Derek überlegte, wie er formulieren sollte, was ihn beschäftigte, doch er fand keine Worte, die in seinen Ohren vernünftig klangen. »Idmon«, sagte er daher einfach. »Bist du ihm auch begegnet?«

»Ja.«

»War er ... also, weißt du, ob hinter ihm ein wirklicher Mensch steckt? Oder auch bloß künstliche Intelligenz?«

Wieder warf Maia Brot in den See. »Idmon ist das, was Erebos als Gegenstück zum Boten entworfen hat. Verständnisvoll, weise, warmherzig. Aber nicht menschlich.« Sie wischte sich mit dem Handrücken über die Stirn. »Ich habe mich stundenlang mit ihm unterhalten, und ... das klingt jetzt dumm, aber er wird mir fehlen.«

»Klingt nicht dumm.« Derek hatte Idmons Gesicht vor Augen, als wäre es das eines Freundes. *Auf die Lebenden.* Zu denen Idmon selbst nicht gehörte.

Das Brot war fast zur Gänze verfüttert. Maia warf den Rest

hinein und wischte sich die Hände an den Jeans ab. »Du bist merkwürdig, aber ich mag dich irgendwie.« In einer Geste, die ihn völlig überrumpelte, legte sie ihren Kopf an seine Schulter. »Du bist auch jemand, der die fehlenden Puzzlestücke in seinem Leben sucht, nicht wahr? Gib mir Bescheid, wenn du sie gefunden hast.«

Cora und Cameron tauchten gegen vier Uhr nachmittags auf, unbeschadet, aber hungrig. Die schwarzen Männer hatten sie knapp hinter dem Schafstall geschnappt, in ein Auto gezerrt, sie aber nach einem Telefonat – allem Anschein nach mit ihrem Auftraggeber – wieder rausgelassen. Irgendwo im Niemandsland, ohne Geld und ohne Telefon.

»Wir sind per Autostopp hergefahren«, erzählte Cameron erschöpft. »Nicht einfach, wenn man jemanden neben sich hat, der die ganze Zeit über so dreinsieht.« Er deutete auf Cora, deren Miene sich noch ein Stück weiter verfinsterte.

»Wir sind angekommen, oder etwa nicht?«

»Ja, es gibt echt nette Trucker.« Sie setzten sich an einen Tisch im Speisesaal, und Cameron griff nach einem Sandwich, das Emily ihm reichte. »Hat Cedrics Vater jetzt wenigstens die Polizei am Hals?«

»Noch nicht.« Emily betrachtete nachdenklich die Tischplatte. »Nick hat die Schläger angezeigt, aber ob sich da eine Verbindung zu Tate herstellen lässt? Es wird viel von Kate abhängen; davon, was sie erzählt. Aber ich habe vorhin mit Victor telefoniert; sie ist noch nicht wieder aufgewacht.«

Cameron, der keine Ahnung haben konnte, wer Victor war, griff nach dem nächsten Sandwich. »Aber sie lebt, nicht wahr? Es hat geklappt, sie ist gerettet?«

»Das hoffen wir. Alle. Sehr.«

Sie saßen immer noch um den Tisch, als ein junger Mann hereinkam und zögernd auf sie zuging. »Arthur Shelby«, stellte er sich vor. »Direktor Wiley hat mir gesagt, es wäre ein Nick Dunmore hier, der mich sprechen wollte. Der Fotograf.«

»Ja«, sagte Emily. »Aber der schläft.«

»Hm. Ich wollte mich gerne bei ihm entschuldigen, ich dachte, er wäre es gewesen, der mir dieses Spiel auf den Computer geschmuggelt hat. Und aufs Handy.«

»Nein«, sagte Derek, »das war ganz sicher nicht er.«

»Ich wollte da überhaupt nicht mitmachen, ich habe nicht viel übrig für Computerspiele.« Shelby zuckte mit den Schultern. »Aber irgendwie hatte ich keine Wahl. Und für mich als Lehrer war das alles eine Katastrophe. Ich habe ja nicht nur Mr Dunmore den Fotojob besorgt, sondern auch die Schulregeln verletzt. Zum Beispiel Cedric Tate einen Raum organisiert, wo er nachts spielen konnte.« Er seufzte. »Ich hätte mich nicht erpressen lassen dürfen, sondern gleich mit Wiley reden sollen. So muss ich das eben jetzt tun.« Er stand auf. »Sind Sie so nett und richten Mr Dunmore meine Entschuldigung aus?«

Emily nickte. »Das mache ich gern.«

Mit müdem Lächeln schüttelte Shelby ihr die Hand und wollte schon gehen, als Derek sich räusperte. »Darf ich Sie noch etwas fragen?«

»Ja?«

»Wer waren Sie? Also, im Spiel. Vielleicht haben wir uns getroffen?«

Der Lehrer lachte gequält auf. »Ich habe versucht, mich so gut wie möglich zu tarnen, also habe ich als Zwergin gespielt. Idanna. Sagt dir das etwas?«

Nein, tat es nicht. Derek bedankte sich höflich. Damit, dass Lehrer sich ebenfalls mit dem Spiel herumschlagen mussten, hatte er nicht gerechnet. Er fragte sich, ob Mr Brown vielleicht auch von Erebos überrumpelt worden war. Und die Mathebeispiele unter Zwang selbst rausgerückt hatte. In diesem Fall würden ihm seine und Syeds gute Leistungen ausgesprochen verdächtig vorkommen.

Sie fuhren am Abend zurück nach London. Nick ließ Emily ans Steuer, er fühlte sich im wahrsten Sinn des Wortes zerschlagen und war froh, sich mit dem Beifahrersitz begnügen zu dürfen. Victor, Maia und Derek quetschten sich auf die Rückbank.

Maia hatte ein paarmal dazu angesetzt, sich dafür zu bedanken, dass Nick sich in dem Schafstall gewissermaßen geopfert hatte, doch er hatte bloß abgewunken. »Ehrlicherweise wollte ich Emily retten, nicht euch. Aber offenbar habt ihr dem Spiel wirklich am Herzen gelegen. Mehr als ich jedenfalls.«

Maia erzählte, was es mit den Harpyien auf sich gehabt hatte, doch als sie erwähnte, dass sie die wahre Identität hinter den Spielfiguren kannten, fiel Nick ihr sofort ins Wort. »Okay, dann sagst du mir doch sicher, wer sich hinter Aurora versteckt? Das hätte ich schon vor zehn Jahren gern gewusst.«

Da musste Maia nicht lange nachdenken. »Sie ist Katzenfrau, nicht wahr? Eine gewisse Anne Nichols, sie ist seit zwei Jahren Begleitlehrerin hier in Arringhouse.« Maia lachte auf. »Ich bin ihr zweimal im Spiel begegnet, und sie wollte überhaupt nichts mehr damit zu tun haben. Du kennst sie?«

Der Name sagte Nick nichts. Vielleicht war sie nicht an seine Schule gegangen, vielleicht hatte sie auch schon geheiratet, und er hätte sie nur unter ihrem Mädchennamen zuordnen können. »Und LordNick?«

»Warte mal.« Maia fuhr sich übers Haar. »Alexander ...«
»Alexander Forsythe?«, schlug Nick vor.

»Genau. Sieht ziemlich so aus wie du, nicht wahr?«

»Wie ich früher mal, vielleicht.« Immerhin das hatte Nick endgültig klären können. Er lehnte sich zurück und sah aus dem Fenster.

Man konnte die allgemeine Erschöpfung im Wagen nun förmlich mit Händen greifen. Eine Zeit lang sprach niemand. Victor brütete vor sich hin, ebenso wie Derek. »Mum wird mir den Kopf abreißen«, murmelte er irgendwann.

»Du musst nicht alleine nach Hause, ich komme mit«, bot Emily an. »Ich besänftige sie, okay?«

»Okay.«

Doch zuerst luden sie Maia ab, die erklärte, dass sie die Konfrontation mit ihren Eltern im Alleingang hinbekommen würde – immerhin hätten die auch einigen Erklärungsbedarf. Victor stieg gemeinsam mit Nick aus, er kündigte an, seine Blessuren neu verarzten und ihm außerdem etwas kochen zu wollen.

»Ich komme noch immer nicht darüber hinweg, dass Speedy mich nicht eingeweiht hat«, sagte er düster, während er Nick die Treppen hinauf stützte. »Kein Wort darüber, dass Kate in solcher Gefahr ist, und erst recht kein Wort über Erebos.«

»Er wollte dich schützen«, ächzte Nick. »Nimm es nicht persönlich.«

»Oh, und wie ich das persönlich nehme!« Victor nahm Nick die Schlüssel ab und sperrte die Wohnungstür auf. »Was denkst du, wie hilfreich ich hätte sein können. Außerdem ist Kate auch meine Freundin. Immer schon.« Er führte Nick hinein und half ihm, sich auf die vollgeräumte Couch zu setzen. »Ausgesprochen übersichtlich hast du es hier«, grinste er.

»Ich weiß. Wenn du Tee suchst, der ist in dem Regal neben dem Kühlschrank.«

Während das Wasser heiß wurde, räumte Victor einen Stuhl und das Couchtischchen frei. Insgeheim wartete Nick die ganze Zeit darauf, dass sich der Computer einfach anschalten oder der Alarmton losheulen würde. Doch alles blieb ruhig. Auch Erebos schien erschöpft zu sein.

Gegen zehn Uhr abends kam Emily und brachte das Auto zurück. Nick schämte sich in Grund und Boden für den Zustand seiner Wohnung, aber sie nahm das Chaos kaum wahr. »Es war weniger schlimm für Derek als gedacht. Jane hat geheult, das hat ihm ziemlich zugesetzt, Dad hat ihn über eine Minute an sich gedrückt und nicht losgelassen. Und Rosie hat tatsächlich versucht, ihn zu verprügeln, du hast noch nie eine so wütende Vierzehnjährige gesehen.« Emily lachte auf und kramte in ihrer Handtasche. »So wütend, dass sie vergessen hätte, mir zwei Einladungen für ihren Tanzabend zu geben, war sie dann allerdings doch nicht.« Emily fächerte sich mit den Karten Luft zu. »Ist in fünf Tagen. Wie wär's, Nick, hast du Lust?«

»Solange ich nicht selbst tanzen muss.« Er versuchte, nicht allzu sehr zu strahlen. »Gerne.«

»Genau, und ich werde schon wieder ignoriert«, schmollte Victor. »Was mache ich eigentlich falsch?«

Emily stand auf und drückte ihm einen Kuss auf die Stirn. »Überhaupt nichts. Ich bin sicher, Rosie wäre entzückt über einen zusätzlichen Bewunderer.« Sie schlüpfte wieder in ihre Jacke. »Ich bin todmüde, ich muss schlafen. Wir sehen uns, ja?«

Victor schloss sich ihr an; Nick hörte sie gemeinsam die Treppen hinunterlaufen. Er blieb auf der Couch sitzen und wartete darauf, dass er genug Energie aufbringen würde, ins Bett zu gehen. Ein Arztbesuch morgen war vielleicht doch eine gute Idee.

Er stemmte sich mühsam vom Sofa hoch, als der Computer

auf dem Schreibtisch zum Leben erwachte. Kein rotes Leuchten diesmal, auch kein gelbes. Der Bildschirm zeigte Sarius, wie er an einem Bach saß und der Sonne beim Untergehen zusah. Als Nick näher humpelte, drehte Sarius den Kopf und lächelte. Am Horizont erhoben sich zwei Tiere in den Himmel, die man für Drachen halten konnte.

Am Donnerstag gab Mr Brown Derek seine Mathearbeit mit strahlenden und Syed mit noch strahlenderen Augen zurück. »Ihr habt euch unglaublich gesteigert, ich bin wirklich überrascht. Weiter so, ihr seid auf dem richtigen Weg!«

Morton warf Derek einen mürrischen Blick zu, Riley blickte nicht einmal auf, ihr Profil verschwand völlig hinter ihrem Haar.

Als sie Maia in der Pause trafen, hielt sie beide Daumen hoch, auch wenn sie wusste, dass es bei diesem mathematischen Triumph nicht mit rechten Dingen zugegangen war. »Die nächste Arbeit wirst du ohne Idmon hinbekommen müssen«, sagte sie. »Am besten, du fängst gleich mit Lernen an.«

Morton, der die beiden zusammenstehen gesehen hatte, rempelte Derek im Vorbeigehen an. »Übrigens«, rief er über die Schulter zurück, »weißt du, dass er mich gezwungen hat, deinen Spind aufzubrechen?«

»Erzähl mir was Neues.« Sie drehte ihm den Rücken zu. »Aber es gibt etwas, das du noch nicht weißt«, sagte sie zu Derek gewandt. »Komm, ich zeige es dir.« Sie lief voran in Richtung Cafeteria, und er folgte. Maia setzte sich an einen der kleineren Tische in der hinteren Ecke und holte eine Mappe aus ihrer Tasche. »Sieh mal.« Sie schlug sie auf.

Es war der Ausdruck eines Scans eines verblassten Dokuments, nur mit Mühe lesbar. Derek zog ihn näher heran.

Bishaaro Samatar stand da, und darunter *Hospital Baidoa*. Ein Datum, der sechsundzwanzigste Oktober, und der Vermerk *Girl, stillborn*.

»Es ist eine Krankenhausakte, und der Tag ist mein Geburtstag!«, rief Maia. »Bishaaro Samatar könnte meine leibliche Mutter sein, und wenn das stimmt und sie noch lebt ... dann werde ich sie kennenlernen.« In Maias Stimme lag so viel Entschlossenheit, dass Derek einfach nur nickte. Auch wenn er die Vorstellung, dass Maia in ein solches Krisengebiet reisen wollte, alles andere als erfreulich fand.

»Meine Eltern unterstützen mich«, fuhr sie fort. »Sie waren entsetzt, als sie von Tates Machenschaften gehört haben.« Maia strich über das Papier. »Sie sagen, sie wussten das nicht, und ich glaube ihnen.«

Wieder nickte Derek. Las noch einmal, was da stand. Baidoa. Das Wort kannte er – er hatte es in dem blauen Ordner gelesen, den er geklaut hatte. Kein Fantasyname also. Eine Stadt.

»Ich werde Somali lernen, ich will mich mit meiner Familie unterhalten können.« Maia war in ihrer Euphorie kaum zu bremsen. »Das müsste mir doch eigentlich im Blut liegen, oder?«

»Ja«, sagte Derek und schob den Ausdruck zu Maia zurück. Schon unfassbar, dachte er, welche Zufälle die Weichen für ein Leben stellten. Die Familie, in die man geboren wurde. Das Land, in dem sie lebte. Und manchmal sogar, ob man unmittelbar nach der Geburt genug Kraft und Luft hatte, um zu schreien.

Ich liebe Hashtags, weil sie wie Waffeln aussehen, verkündete das Lightboard über der Bar des Foxlow. Jamie saß bereits da, als Nick und Victor eintraten. Er sprang hoch und winkte ihnen entgegen. Diesmal hatten sie sich zum Frühstück verabredet, und der monströs große Caffè Latte auf dem Tisch sprach Bände. Jamie genoss seinen nicht veganen Ausflug.

Heute war der erste Tag, an dem Nick ohne Schmerzen gehen konnte. Die Diagnose, die er vom Arzt bekommen hatte, lautete auf Rippenprellungen und multiple Blutergüsse; doch die Schwellungen gingen immer mehr zurück. »Hi, Kumpel«, sagte er und klopfte Jamie auf die Schulter. »Hast du alles mitgebracht?«

»Klar.« Er deutete auf die Aktenmappe, die neben ihm auf der Bank stand.

Sie orderten Frühstück, full english, und Victor erklärte der Kellnerin ganz genau, wie heiß sein Teewasser sein sollte und wie lange die Blätter ziehen mussten.

Während sie aufs Essen warteten, fragte Jamie ihnen Löcher in den Bauch. Vor allem Tate betreffend. »Der ist ein ziemlich großes Tier, wenn ihr dem an den Karren fahrt, wird das auch einigen anderen nicht schmecken.«

»Umso besser«, stellte Victor fest. »Aber soweit ich weiß, ist Resc/You ansonsten eine sehr vertrauenswürdige Charity-Organisation. Man muss nur Tate und seine Helfershelfer subtrahieren, und das machen wir, okay? Schon den anderen zuliebe, die ernsthaft helfen wollen und sich nicht bloß bereichern.« Sein Tee wurde serviert, Victor inspizierte ihn, befand ihn für gut und lehnte sich zurück.

Dafür blickte Jamie aufmerksam zur Tür. »Meine Güte, das ist sie ja wirklich«, sagte er und stand auf, und auch Nick drehte sich um.

Im Eingang stand Helen, mit hängenden Schultern und einem kleinen Mädchen an der Hand, das im Unterschied zu ihr strahlte und den Blick neugierig im Lokal umherwandern ließ.

Hinter ihnen betrat ein Mann das Foxlow, der Nick bekannt vorkam, den er aber trotzdem nicht auf den ersten Blick identifizieren konnte.

Auf den zweiten war aber alles vollkommen klar. Alex. Alias LordNick. Er trug einen merkwürdig schiefen Haarschnitt und Jeans, die zu groß aussahen.

»Kommt her, setzt euch.« Jamie winkte die drei heran. Helen nahm neben ihm Platz, mit sichtlicher Scheu – Jamie war während ihrer gemeinsamen Schulzeit einer von denen gewesen, deren Scherze am meisten geschmerzt haben mussten.

Das schien ihm auch bewusst zu sein. Er lächelte dem Mädchen zu, das auf Helens Schoß saß. »Du hast tolle Zöpfe«, sagte er.

»Öpf«, rief das Mädchen und lachte.

»Das ist Nancy«, murmelte Helen und strich ihr über den Kopf. »Danke noch mal, Nick. Ich weiß genau, was du getan hast.«

»Mag Nancy Waffeln?« Victor beugte sich über den Tisch zu der Kleinen hin. »Ich wette, du magst Waffeln. Mit Schokosoße, die hab ich auch am liebsten.« Er hob die Hand, in der Hoffnung, dass die Kellnerin ihn bemerken würde.

»Vor allem«, sagte Jamie trocken, »mag Nancy bei ihrer Mum bleiben. Die in zwei Wochen einen neuen Job antritt, bei dem sie ein ganzes Stück besser verdienen wird.«

»Bürojob«, sagte Helen leise. »In einem Möbelhaus.«

»Genau«, bestätigte Jamie. »Einer unserer Klienten hat eine neue Kraft gesucht und – hey. Helen ist extrem flott dabei, Bestellungen zu bearbeiten.«

Nick beobachtete das Gespräch der beiden mit wachsendem Staunen. Sie hatten sich in der Schule gehasst, Jamie hatte kein gutes Haar an Helen gelassen. Nun machte es fast den Eindruck, als fühle er sich mit verantwortlich für alles, was in ihrem Leben schiefgegangen war.

»Es gibt einen Kindergarten ganz in der Nähe«, sagte er, »und da haben wir auch schon einen Platz für Nancy bekommen. Alex hier wird regelmäßig bei den beiden vorbeischauen. Er war es übrigens, der dafür gesorgt hat, dass Nancy wieder nach Hause durfte.« Jamie lächelte in die Runde. »Wusstet ihr, dass er Sozialarbeiter ist?«

Victor hob seine Teetasse. »Ich wusste das! Ich bin nämlich verdammt gut im Recherchieren. Wetten, ihr wusstet nicht, dass Brynne jetzt Hunde züchtet?«

Es wurde ein mehrstündiges Frühstück in immer gelösterer Stimmung. Nick konnte sich nicht erinnern, Helen jemals lachen gesehen zu haben, doch jetzt tat sie es und sah dabei aus wie ein anderer Mensch.

Bevor sie sich verabschiedeten, stieß er Alex leicht den Ellenbogen in die Seite. »Hey, LordNick«, sagte er leise. »Hat dich das Spiel auch wieder aus seinen Fängen gelassen?«

»Ja.« Alex sah betreten drein. »Ich würde mich heute übrigens nicht mehr so nennen. Nur falls du da Zweifel haben solltest.«

»Nicht die geringsten.« Nick schlüpfte in seine Jacke und stellte dabei fest, dass seine Rippen doch noch schmerzten. »Grüß Dan von mir, falls du ihn siehst.«

Sie trafen sich vor dem Theatersaal der Tanzschule. Emily trug ein schickes rotes Kleid, Derek sogar einen Anzug. Er hatte Maia mitgebracht, die ihnen sofort von ihren Plänen erzählte, und dass ihre Eltern bereits Geld nach Somalia überwiesen hatten. An ihre anderen Eltern. »Meine Mutter lebt wirklich noch, und ich habe drei Geschwister – zwei Brüder, eine

Schwester«, rief sie. »Ist das nicht Wahnsinn? Ist das nicht einfach unglaublich?«

Sie wurde von einem rothaarigen Mädchen in einem weit schwingenden blauen Kleid unterbrochen, das auf sie zutänzelte. »Sucht euch Plätze, es geht gleich los«, rief es und musterte Nick dabei von oben bis unten. »Bist du der mit dem Rabentattoo?«

Er lächelte und schob sich das Haar aus dem Nacken. »Ich bin Nick.«

»Du bist ziemlich groß«, stellte Rosie fest. »Besser, du sitzt nicht ganz vorne.« Damit war sie wieder verschwunden.

Victor kam beinahe zu spät, doch sie hatten ihm einen Platz frei gehalten. »Sorry«, keuchte er. »Aber Speedy hat angerufen: Kate ist wach, und sie ist ansprechbar, die Antibiotika haben angeschlagen.«

»Das ist fantastisch!« Nick fühlte, wie Emily seine Hand drückte.

»Sobald sie dazu imstande ist, wird sie mit der Polizei reden«, fuhr Victor fort. »Und Speedy möchte das auch tun. Er meinte, er will sich nicht hinter dem Spiel verstecken, er will offenlegen, was er getan hat.« Skeptisch zog er die Augenbrauen zusammen. »Was ich für eine ausgesprochene Schnapsidee halte.«

Noch während er den Satz zu Ende sprach, wurde es dunkel im Saal. Emily hatte Nicks Hand immer noch nicht losgelassen. Dann kam Rosie mit drei anderen auf die Bühne und war besser, als er es sich hätte vorstellen können. Dass das Handy in seiner Sakkotasche vibrierte, bekam er erst im Lauf der nächsten Nummer mit, bei der Rosie nicht dabei war. Trotzdem fand er es unhöflich, das Telefon jetzt hervorzuziehen, der Bildschirm würde leuchten und die anderen Zuschauer ablenken.

Das Vibrieren verebbte, begann erst zwei Nummern später erneut. Als langer, jubelnder Applaus einsetzte, tat Nick so, als wäre ihm etwas auf den Boden gefallen, beugte sich nach vorn und entsperrte sein Smartphone.

Tiefblauer Sternenhimmel, ein silbriger Vollmond. Davor zogen geflügelte Wesen durch die Nacht; vielleicht Drachen. Vielleicht auch Harpyien. Das Rot der Schrift war dunkel und samtig, es ließ ihn an Rosenblätter denken, nicht an Blut.

Leb wohl, Nick Dunmore.

Die Sterne funkelten, die Schrift verblasste. Der Bildschirm wurde schwarz.

Ursula Poznanski ist eine der erfolgreichsten deutschsprachigen Jugendbuchautorinnen. Ihr Debüt *Erebos*, erschienen 2010, erhielt zahlreiche Auszeichnungen (u. a. den Deutschen Jugendliteraturpreis) und machte die Autorin international bekannt. Inzwischen schreibt sie auch Thriller für Erwachsene, die genauso regelmäßig auf den Bestsellerlisten zu finden sind wie ihre Jugendbücher. Sie lebt mit ihrer Familie im Süden von Wien.

Das will ich lesen!

ISBN 978-3-7432-0531-4

Tritt ein oder kehr um!
DIES IST EREBOS